FARFALLE

# Aslak Nore

# Il cimitero del mare

*traduzione dal norvegese di*
Giovanna Paterniti

Marsilio

La traduzione di questo libro è stata realizzata con il contributo di NORLA.
NORLA
Norwegian
Literature Abroad

Titolo originale: *Havets kirkegård*

Prima edizione: giugno 2024
ISBN 978-88-297-1549-7
www.marsilioeditori.it

# IL CIMITERO DEL MARE

## Nota dell'autore

Questo è un romanzo. Luoghi, fatti e personaggi sono frutto di fantasia, con qualche eccezione che i ringraziamenti a fine volume chiariranno. Tutto ciò che riguarda la ricostruzione del naufragio dell'*hurtigruteskipet* DS Prinsesse Ragnhild, l'espresso costiero che affondò il 23 ottobre del 1940, si basa su fonti documentarie.

Fra queste, le planimetrie arrivate nelle mie mani grazie a un prezioso collaboratore dell'Hurtigrutemuseet di Stokmarknes. L'esposizione dei fatti è inoltre basata sull'inchiesta del tribunale distrettuale di primo grado di Salten e soprattutto sulla testimonianza del comandante Knut Indergård di Batnfjordsøra, al momento ancora ignota al pubblico, che mi è stata fornita dalla Norsk Skipsfartshistorisk Selskap di Nordmøre e racconta una nuova versione di quanto accaduto.

Insieme agli altri membri dell'equipaggio – l'ufficiale di coperta Petter Søholt di Molde, il primo macchinista Johan Brevik di Smøla, il macchinista in seconda Hans Lie di Kristiansund e il cambusiere Oskar Mortensen –, il comandante Indergård ha portato a termine una delle più imponenti e memorabili operazioni di salvataggio in Norvegia durante la Seconda guerra mondiale, senza che gliene sia mai stato riconosciuto il merito.

Questo libro è dedicato al coraggioso equipaggio della

nave mercantile MK Batnfjord – che quel giorno trasse in salvo dalle gelide acque dell'Atlantico oltre centoquaranta naufraghi, fra norvegesi e militari tedeschi – e a tutti quelli che non sono riusciti a salvare e che hanno trovato sepoltura nel cimitero del mare.

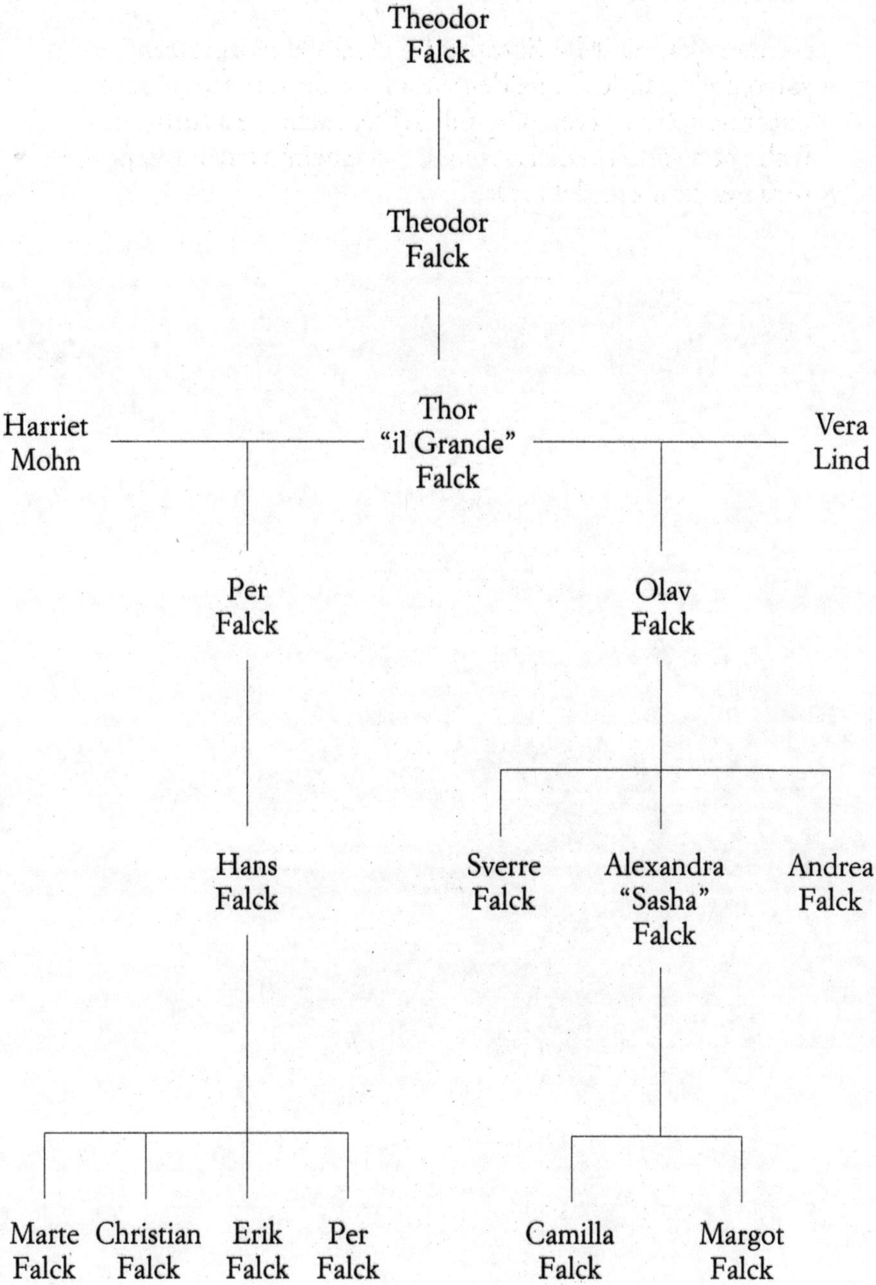
Theodor Falck
Theodor Falck
Harriet Mohn
Thor "il Grande" Falck
Vera Lind
Per Falck
Olav Falck
Hans Falck
Sverre Falck
Alexandra "Sasha" Falck
Andrea Falck
Marte Falck
Christian Falck
Erik Falck
Per Falck
Camilla Falck
Margot Falck

# Prologo

*Dagens Næringsliv*, 4 agosto 2006

***Il medico umanitario***
**Hans Falck ha salvato migliaia di vite.**
**Il prezzo che ha pagato per questo è di aver spesso dimenticato il compleanno dei figli**
di John O. Berg

**Libano, settembre 1982.** Nell'oscurità il giovane medico cammina a passo svelto attraverso il campo profughi di Shatila, a Beirut. In mano tiene una voluminosa borsa rossa di primo soccorso, con il braccio libero stringe a sé un neonato avvolto in una coperta.

C'è odore di escrementi e bruciature da polvere da sparo, un fetore in cui Hans Falck si imbatterà molte altre volte nei decenni successivi e che gli riporterà sempre alla mente quella sera a Shatila. È la sera in cui le milizie cristiano-falangiste si sono introdotte nel campo profughi con il pretesto di stanare i militanti palestinesi che si sono nascosti lì. È in atto un massacro, le milizie cristiano-falangiste non risparmiano nessuno. Intorno a lui voci intermittenti, grida e spari.

Un razzo squarcia il cielo, un istante dopo gli edifici si illuminano, è come vederli attraverso un irreale filtro grigioargento. Falck si ferma. Fra cumuli di immondizia, razioni alimentari e bottiglie di superalcolici giacciono i morti: giovani uomini con i genitali mutilati, donne incinte con il ventre squarciato, bambini piccoli. Sulla sinistra del suo campo visivo, a una ventina di metri, vede un ammasso di corpi, donne che proteggono i figli e uomini abbracciati stretti. Hanno piccoli fori di proiettile sulla fronte, sono stati giustiziati tutti con colpi a distanza ravvicinata.

Il razzo svanisce e calano le tenebre, come se qualcuno avesse premuto un interruttore. All'ingresso sud del campo profughi intravede il profilo di bassi edifici saltati in aria e dietro un cordone di miliziani.

Sente il debole, penetrante pianto del neonato. Si rifugia dietro un cassonetto dei rifiuti, si inginocchia e cerca di cullare il piccolo.

Potrebbero vederli? No, sono ben nascosti.

Deve fare qualcosa, altrimenti gli porteranno via il neonato. Hans Falck apre la cerniera della borsa con il kit di primo soccorso, tira fuori i flaconi di plastica contenenti soluzione fisiologica e alcol, la lettiga portatile adagiata sul fondo, che ruba troppo spazio, e poi anche cateteri, stetoscopi e sfigmomanometri, strumenti che con i loro spigoli vivi potrebbero ferire la testa del neonato.

In una tasca laterale ha una bottiglia di whisky, un Johnnie Walker Black Label che gli è stato regalato personalmente dai leader palestinesi. Lo sa, pur non avendone certezza; sa che adesso sono tutti morti.

Apre la bottiglia, ci infila la punta di un dito. Lascia che gli effluvi di whisky raggiungano il piccolo, poi mette la punta del dito nella sua boccuccia e lui la succhia con l'inspiegabile energia di un neonato, geme piano, poi si quieta del tutto. Hans Falck improvvisa con cura un letto di coperte sul fondo della borsa, vi adagia sopra quel corpicino, lo nasconde sotto lacci emostatici e garze, poi chiude la cerniera.

Afferra la borsa, e avanza verso i miliziani. Il suo fascino già lo precede, per dirla con le parole di un collega «è in grado di sedurre chiunque, dall'esattore al politico più in vista alla donna in *niqab*». Questa terribile notte del 1982 il dottor Falck sta affrontando la sua prova più grande: salvare un neonato da una strage in atto.

**Libano, estate 2006.** Sono trascorsi quasi venticinque anni dai massacri nei campi profughi palestinesi che hanno scosso il mondo intero. Ne è passata di acqua sotto i ponti, ma qualcosa è rimasto immutato: la guerra in Libano. Hans Falck ha ancora lo stesso colorito dorato dal sole, la pelle liscia, il passo agile e quel maledetto fascino "da ragazzo" che aveva nei duri anni Settanta, quando il figlio dell'armatore di Bergen rimorchiava le donne vestito da operaio, sostenendo che dopo la rivoluzione avrebbe collettivizzato forzatamente la compagnia di navigazione del padre.

«Ma l'ufficio successioni del tribunale mi ha preceduto» scherza Falck, poi con un gesto galante si complimenta con una nota attrice palestinese che si avvicina al bancone del bar del Mayflower, il leggendario hotel dove è solito soggiornare quando si trova a Beirut.

«Noi lo chiamiamo Hans *Saqr*» dice arrossendo la giovane palestinese. «In arabo significa falco.»

E naturalmente lui ordina due Johnnie Walker, senza ghiaccio. «Il distillato dell'Olp è d'obbligo» dice.

Invita al brindisi sollevando il bicchiere di cristallo: «Per i vivi, per i morti e per gli oppressi.»

Non è certo questa la categoria sociale a cui Hans appartiene, proviene infatti dalla potente dinastia dei Falck, che per tutto il Novecento hanno giocato un ruolo fondamentale nella società norvegese in qualità di armatori, benefattori e politici. Il nonno paterno Thor, detto il Grande, era un noto armatore che perse la vita nel naufragio di un espresso costiero durante la guerra e venne insignito *post mortem* della Croce di guerra al valor militare con una spada per il suo impegno nell'organizzare la resistenza sulla costa.

Fu allora che la famiglia Falck si divise in due rami. I Falck di Oslo e quelli di Bergen, a cui Hans appartiene e che vivono nella residenza a sud di Fana. Le malelingue hanno sempre sostenuto che questi ultimi siano stati ingiustamente penalizzati al momento della divisione dei beni. Quindi si può ipotizzare che in futuro ci sarà una disputa sull'eredità fra i Falck di Oslo e quelli di Bergen?

«Oh no, non credo proprio!» esclama Hans. «Da buon comunista sono contrario per principio alla successione ereditaria, non c'è niente che possa rafforzare le disuguaglianze più di questa istituzione.» Sorride. «Inoltre» aggiunge, «il fatto di aver perso tutti i nostri beni è stato per noi un *vantaggio*. È diventata la nostra fortuna. Il problema dei ricchi è che attraversano la vita con il timore di quello che un giorno potrebbe essergli tolto. Solo quando hai perso tutto sei veramente libero.»

Ben diversa la situazione dell'altro ramo, la cosiddetta falange di Oslo dell'impero Falck: Olav Falck, zio di Hans, è stato ministro della Difesa e presidente dell'importante Gruppo Saga, con sede a Rederhaugen, poco distante dalla capitale. È una figura pubblica assai schiva, si dice che sia un uomo da dieci miliardi di corone e così influente da avere un peso difficilmente quantificabile in denaro.

Cogliamo forse un'eco del tradizionale scisma della storia norvegese che vede la cultura d'impresa stanziata lungo le coste e l'élite amministrativa a Oslo?

«Noi di Bergen non siamo così interessati alla capitale!» ride Hans. «Non è certo un segreto per nessuno che se devo prendere un volo per l'Europa o il Medio Oriente non faccio mai scalo a Oslo, a meno che non sia assolutamente necessario.»

Il patriota di Bergen, l'idealista radicale, il borghese bohémien. Sono molti gli appellativi usati per connotare

Hans Falck, e di qualunque argomento si stia parlando lui ha sempre la risposta pronta e un sorriso malizioso sulle labbra. Chi lo frequenta assiduamente sostiene che sia come una matrioska russa: a ogni bambola che schiudi appare una nuova versione di lui. Conosce mezzo Medio Oriente, dai politici di spicco ai tassisti di Hamra Street, ma è un mistero per chi gli è più vicino. L'uomo dalla risata contagiosa che riecheggia nel foyer dell'hotel ha visto più sofferenza di qualunque altro norvegese della sua generazione e apparentemente sembra non esserne rimasto turbato. Il medico, noto ben oltre le cerchie specialistiche del suo settore per aver salvato migliaia di persone indifese nelle peggiori aree di conflitto esistenti al mondo, più di una volta si è dimenticato dei compleanni dei figli. Hans Falck ha comunque sempre la risposta pronta: «Parafrasando Hemingway, mi piacciono i comunisti quando sono medici, ma li detesto quando sono preti. Sono solo un essere umano fallibile, come tutti gli altri.»

Non c'è proprio niente che lo destabilizzi?

In effetti sì, qualcosa c'è.

Alla domanda se Hans Falck abbia davvero amato qualcuno, al di là degli oppressi di tutto il mondo e della sua stessa immagine riflessa, per la prima volta il suo sguardo vacilla e lui si agita a disagio sulla sedia. Non dà una risposta diretta, ma forse una risposta la dà comunque.

**Libano, settembre 1982.** I miliziani puzzano di alcol da parecchi metri di distanza. Meglio dell'odore di morte, pensa Hans. I giovani soldati hanno sguardi annebbiati, fazzoletti sopra il naso e armi puntate verso di lui. Alle sue spalle diverse raffiche, grida isolate, poi il silenzio.

«È in corso un'operazione contro i terroristi palestinesi» dice un tenente. «Agli stranieri abbiamo dato la possibilità di lasciare l'accampamento prima che l'operazione avesse inizio.» Il falangista si accende una sigaretta. «Il fatto che tu non abbia approfittato di questa possibilità fa pensare che anche tu appartieni ai gruppi militanti.»

Alcuni dei soldati più giovani, sembrano adolescenti, ricaricano l'arma e avanzano minacciosamente di un passo nella sua direzione.

«Ho assistito una donna durante il parto» replica Falck.

«I neonati di oggi sono i terroristi di domani» ribatte astioso il tenente. «Il neonato... dov'è?»

Hans si accorge di avere i palmi così sudati che la borsa potrebbe sfuggirgli di mano. Un gemito del piccolo o la perquisizione della borsa e sono morti entrambi.

«Non lo so» risponde Hans. «L'ultima cosa che ho visto è stato l'assalto alla clinica.»

«Di dove sei?»

«Norvegia... nazione cristiana... amica di Israele... legami stretti.»

Il tenente fa una smorfia e scambia qualche parola con quello accanto, poi gli dice: «Puoi andare...», accompagnando le parole con un cenno del capo.

Lui tira un sospiro di sollievo.

«Ma prima controlliamo la borsa.»

E adesso? Falck posa cautamente la borsa a terra. Apre con prudenza la cerniera. I miliziani sono chini su di lui. Il viso del neonato è nascosto, ma Hans vede la coperta sollevarsi e abbassarsi impercettibilmente, al ritmo del respiro del piccolo.

Che gli altri se ne siano accorti?

Hans tira fuori la bottiglia di Johnnie Walker e la allunga al tenente.

«Ne avete più bisogno voi di me» dice.

Il libanese osserva l'etichetta, per fortuna la borsa sembra non interessargli. L'ufficiale si prende la bottiglia. «*Get lost*» gli intima. «Sparisci!»

Le mani gli tremano talmente che Hans non riesce a chiudere la cerniera, senza peso e intorpidito avanza tra due file di falangisti libanesi con le armi puntate, avanza verso la libertà, consolandosi al pensiero che se facessero fuoco si colpirebbero a vicenda. Hans Falck torna all'hotel, lo stesso in cui si trova adesso, quasi venticinque anni più tardi, seduto su un divano Chesterfield marrone scuro. Quel volto sicuro di sé si adombra all'improvviso.

«E il neonato?»

«L'ho affidato alle cure di qualcun altro. Ho promesso alla madre di non rivelare la sua identità, e intendo mantenere la promessa. Spero solo che il piccolo abbia avuto una vita migliore della sua.»

PARTE PRIMA

# Lo Strapiombo

## Capitolo 1
## Un falco che sta per spiccare il volo

La nonna aveva sempre pronosticato che il patrimonio di famiglia sarebbe scomparso prima di lei. Che cosa intendesse di preciso – se fosse una dichiarazione di immortalità o una maledizione gettata sui discendenti – nessuno avrebbe saputo dirlo con certezza. Non per niente Vera Lind era una scrittrice. Ma di tutte le storie che aveva raccontato, era quella a spaventare di più Sasha.

Il suo vero nome di battesimo era Alexandra Falck, anche se la nonna fin da subito aveva insistito per chiamarla Sasha, o *Sashenka*, piccola Sasha, in onore del bisnonno di cui nessuno aveva mai visto nemmeno una fotografia.

Afflitta dall'insonnia, Sasha si era alzata di buon'ora; aveva scelto un maglione blu scuro a collo alto e un blazer in tweed: un abbigliamento formale era importante in occasione di impegni spiacevoli. Il giorno prima aveva infatti scoperto che uno dei borsisti con accesso all'archivio che lei dirigeva aveva consultato i file del rapporto annuale della fondazione relativi al 1970, violando così l'accordo di riservatezza sottoscritto, e Sasha non era tipo da prendere alla leggera il venir meno alla parola data.

Che il borsista avesse ficcato il naso era alquanto spiacevole, ma soprattutto era un sintomo. Lo percepiva, come si percepisce un sentore nell'aria quando una stagione lascia il posto alla successiva: storie da tempo rimaste sepolte stavano per riaffiorare.

Che cosa intendeva sua nonna dicendo che verità e lealtà verso la famiglia erano in conflitto?

Sasha uscì dalla casa del custode in cui viveva e che in quel momento era vuota. Le figlie erano con una coppia di amici in una baita in montagna e Mads in Asia per lavoro. Nei primi tempi dopo il matrimonio, lui aveva accennato al fatto che forse sarebbero stati un po' stretti nella proprietà di famiglia dove aveva sede la società di famiglia e dove vivevano molti membri della famiglia. Sasha si era infuriata, come in genere accade quando qualcuno punta il dito contro un'ovvia verità su qualcosa che si ama.

Di trasferirsi non se ne parlava.

Rederhaugen distava dalla capitale un breve tragitto via mare. Sasha proseguì lungo il viale di aceri fino al piazzale per l'inversione. Il pallido riverbero del ghiaccio della notte tingeva di nuovo il paesaggio. Una folata di vento freddo le accarezzò il viso e s'insinuò nella giacca. Lei rabbrividì.

Aveva vissuto lì tutta la vita, eppure le capitava ancora, e spesso, di sentirsi sopraffatta dalla devozione e dall'amore che quel luogo suscitava in lei. Era il suo mondo. La proprietà e la famiglia erano tutt'uno, un prolungamento di se stessa: gli scogli lisci e arrotondati a ovest dove faceva il bagno da bambina, i pontili e le rimesse per le barche sulla punta meridionale, i prati perfettamente pianeggianti che d'estate erano di un verde smeraldo e a cui seguiva un fitto e frusciante bosco di conifere che terminava in uno strapiombo sul lato est, dove Vera aveva la sua baita da scrittrice.

Arrivata alla fontana, asciutta, imboccò il vialetto di ghiaia che conduceva all'edificio in muratura color bianco d'uovo alto tre piani. Dominava la proprietà dalla cima di una collinetta erbosa, con colonnati, bay-window, terrazzini dalle ringhiere in ferro battuto decorati come trine e una torre rotonda simile a quelle dei castelli, con tanto di merli in cima.

Sasha era conservatrice per natura; i cambiamenti la contrariavano e la intimorivano. Durante un acceso diverbio, Mads le aveva fatto notare che una persona con il suo background – un giorno Sasha avrebbe ereditato insieme al fratello e alla sorella una proprietà privata che veniva considerata forse la più bella in assoluto dell'intera nazione, un'attività imprenditoriale che valeva miliardi e una fondazione filantropica – avrebbe avuto ben poco da guadagnare da un cambiamento rivoluzionario. Nulla di più vero, ma il suo essere conservatrice andava oltre: tutto considerato, per lei quello che contava davvero era la famiglia, nient'altro.

La lealtà nei confronti della famiglia per Sasha era la cosa più importante, e quando i suoi membri più influenti entravano in conflitto – il padre dal carattere dispotico e la nonna, per esempio, avevano convissuto per mezzo secolo nella stessa residenza senza rivolgersi granché la parola – riteneva suo compito trovare un equilibrio fra i due estremi.

Raggiunto il lato posteriore dell'edificio principale attraversò l'ingresso a piano terra ed entrò nella biblioteca, dove aveva il suo studio. Nella cassetta della posta trovò una cartolina dell'Hotel Finse 1222: «Non dimenticare l'escursione sul ghiacciaio Hardangerjøkulen. Ti amo. M.»

Piccole sorprese del genere erano tipiche di Mads. Si sentì invadere dalla tenerezza all'idea che fosse riuscito a procurarsi una cartolina di Finse e si fosse preso la briga di spedirgliela prima di partire. Da giovane l'avrebbe sicuramente liquidato come un cinico tentativo di fare colpo su di lei, adesso invece lo considerava un gesto di vero amore.

Si accomodò sulla sua Eames Plastic Chair marrone.

In qualità di direttrice del museo della Fondazione Saga, Sasha era personalmente responsabile sia dei dipendenti, sia dei dottorandi con borsa di studio. Aprì l'agenda: «Appuntamento 08.00-08.10.» Guardò l'orologio, mancava ancora un quarto d'ora. Si sentiva a disagio solo all'idea.

Nell'ultimo anno aveva coordinato i preparativi per un ambizioso progetto da realizzare in collaborazione con l'Archivio federale di Friburgo, più precisamente con l'Abteilung Militärarchiv, la sezione riguardante l'archivio militare. Quando parlava del progetto con gli estranei capitava spesso che la guardassero con aria perplessa. Che gli archivi non fossero considerati particolarmente affascinanti, a Sasha poco importava; per lei, quella che prendeva vita dalle lettere e dagli scarni telegrammi era la Storia con la S maiuscola. Era un lavoro di riordino che le si confaceva alla perfezione. La nonna ripeteva spesso che la storia aveva lo stesso grado di oggettività di un romanzo, ma era solo una delle sue tante esagerazioni.

La collaborazione con gli archivi in Germania consisteva soprattutto nel raccogliere informazioni sulle molte centinaia di migliaia di soldati tedeschi di stanza sul territorio norvegese durante la guerra. Nella banca dati elettronica, parenti, storici e chiunque altro avrebbero potuto cercare per nome, numero di piastrina di riconoscimento o simili, e avere accesso alle informazioni esistenti. Dal punto di vista logistico non era una sfida da poco, ma l'ambizioso progetto del padre di Sasha era quello di promuovere la conoscenza della Fondazione Saga in Germania.

Bussarono alla porta, poi bussarono di nuovo, ma fu solo quando il suo orologio arrivò a segnare le otto precise che lei rispose: «Sì?»

Il dottorando Sindre Tollefsen entrò cauto. Indossava vestiti logori e aveva una stempiatura così pronunciata che gli restava solo un arruffato ciuffo di capelli sulla sommità della testa. La osservò incerto, con sguardo mite e leggermente elusivo. Dimostrava la sua stessa età.

«Si accomodi.» Lui fece quanto gli era stato detto e

Sasha pensò a tutte le persone che suo padre aveva dovuto licenziare così su due piedi.

Non riusciva a capacitarsi di come avesse fatto, visto che a lei risultava tanto spiacevole.

«Come saprà...» esordì per poi schiarirsi incerta la gola, «la Fondazione Saga ha stretto da tempo un rapporto di collaborazione con l'università, in base al quale ai borsisti viene data la possibilità di consultare i nostri archivi per le loro ricerche di dottorato. La collaborazione presuppone un patto di fiducia reciproca. I suoi contributi agli studi storici del periodo bellico sono stati significativi, così come il suo apporto al progetto di collaborazione con i tedeschi.»

Tollefsen deglutì, l'aguzzo pomo di Adamo si spostò visibilmente. Sasha era rimasta entusiasta dell'argomento della sua tesi sui movimenti di resistenza antinazista nelle forze armate del Terzo Reich su suolo norvegese. Era una storia ancora completamente sconosciuta che orbitava intorno a due sottufficiali tedeschi giustiziati a Kristiansand alla fine della guerra, una tesi che avrebbe potuto modificare radicalmente il fronte delle ricerche.

«Ma nel contratto che anche lei ha sottoscritto per poter avere accesso ai nostri archivi» aggiunse Sasha, «si fa esplicitamente menzione di un obbligo di riservatezza che si applica sia ai militari tedeschi, sia a tutto ciò che riguarda i rapporti con la Saga e le vicende della nostra famiglia.»

Fu solo allora che il dottorando sembrò comprendere la gravità della situazione. «E lei come fa a sapere che...»

«Sulle nostre procedure di sicurezza interna non posso entrare nel dettaglio» replicò lei.

In realtà, per l'implementazione del sistema il capo della sicurezza di Rederhaugen si era ispirato al modello utilizzato dal sistema sanitario per la consultazione delle cartelle cliniche, un modello che permetteva facilmente di controllare chi avesse avuto accesso agli archivi e a quali file. Il giorno prima, dopo la spiacevole conversazione con

Vera, Sasha aveva deciso di consultare alcuni documenti digitalizzati e nella cronologia aveva visto il nome utente del dottorando. L'invadenza le dava fastidio. In questo era uguale a suo padre.

«Lei ha consultato i verbali del consiglio di amministrazione della Saga del 1969 e del 1970» gli disse. «Si tratta di questioni private, irrilevanti ai fini delle sue ricerche o per la collettività.»

«Irrilevanti per la collettività!» Tollefsen alzò la voce.

«Esatto» ribadì Sasha. «Come saprà, la nostra famiglia osserva severe restrizioni nei rapporti con la stampa. Non abbiamo mai invitato qui giornalisti e mai lo faremo. Lealtà e discrezione sono per noi delle priorità.»

Picchiettò la penna contro il sottomano in pelle sulla scrivania.

«Comunque... Lei ha abusato della fiducia che le abbiamo dato e per questo la sua collaborazione e il suo accesso agli archivi decadono con effetto immediato.»

Con il labbro inferiore che gli tremava Tollefsen chiese: «Mi sta mandando via?»

Lei annuì. «Mi dispiace.»

Contrariamente a quanto si sarebbe aspettata, lui non si alzò, rimase lì, impalato, senza parole, con un sorriso deforme stampato in viso.

«Sa perché ho letto quelle due relazioni annuali sulle attività della fondazione?»

«No. E nemmeno mi interessa saperlo.»

«Perché la storia di Vera Lind riguarda anche le mie ricerche. E le menzogne che voi avete sempre raccontato sulla vostra famiglia.»

Sasha inspirò a fondo, soffocando la tentazione di rispondere a tono. «Il tempo a nostra disposizione è terminato» disse senza troppi giri di parole, e indicò la porta.

Il dottorando se ne andò a grandi passi, ma arrivato sulla soglia si fermò e si girò. «Credevo che lei fosse diversa, Sasha Falck. E invece è altrettanto codarda. Anzi, se possibile anche di più. Non voglio lavorare per una fondazione che ha la verità come motto, ma agisce all'opposto. Chieda a sua nonna di raccontarle che cosa è davvero accaduto nella Fondazione Saga nel 1970.»

La porta sbatté alle sue spalle.

***

Sasha rimase lì a fissare il soffitto. Vera, ancora una volta. Verità e lealtà? Nel 1970? Una volta alla settimana Sasha andava a trovare la nonna alla baita vicina allo Strapiombo. Era fatta così, premurosa e diplomatica dal suo punto di vista, riservata e allergica ai conflitti agli occhi dei fratelli.

Ci era andata proprio il giorno prima.

Come sempre aveva portato prelibatezze fresche di pasticceria e come sempre la nonna le aveva chiesto un bicchiere di vino rosso e una sigaretta, mentre lei le leggeva un capitolo tratto da uno dei suoi romanzi preferiti. Tutto come al solito, insomma. Finché la conversazione non aveva preso una piega inaspettata.

«Quest'anno la famiglia ha deciso di commemorare il settantacinquesimo anniversario del naufragio» aveva detto Sasha con una certa cautela nella voce. «Abbiamo noleggiato un espresso costiero per raggiungere il punto dove si trova la nave cimitero.»

La nonna si era girata lentamente verso di lei. «Dammi un'altra sigaretta, Sashenka.»

«Credo che ti farebbe bene venire con noi» aveva aggiunto. «E magari potresti anche raccontare com'è andata veramente.»

«Raccontare com'è andata?»

«Non hai mai detto una parola al riguardo.»

Forse era tipico della generazione della nonna non parlare degli eventi traumatici. Quella disgrazia le aveva portato via il marito e per poco non le aveva tolto anche il figlio appena nato.

«A me farebbe sicuramente bene» aveva ribattuto Vera, «ma non sono così sicura che a voi piacerebbe ascoltare quello che ho da dire.»

«Certo che a noi farebbe piacere, nonna. Ne è passato di tempo dalla guerra, siamo in grado di affrontare la verità.»

Vera aveva scrutato a lungo la nipote attraverso il fumo della sigaretta. «*Noi*» aveva detto poi, scuotendo la testa. «Sei sempre stata leale nei confronti della famiglia, Sashenka. È una cosa bella. A volte però lealtà e ricerca della verità sono in antitesi. Su un espresso costiero a noleggio io non ci salgo, questo è sicuro. Vuoi davvero sentire quello che ho da dire?»

Sasha aveva annuito.

«Potrebbe andare tutto in pezzi, devi metterlo in conto.»

«Allora una sigaretta me la fumo anch'io.»

Vera era rimasta in silenzio, ma quando Sasha stava per andarsene le aveva chiesto di chiamarle un taxi e di accompagnarla attraverso il bosco fino al piazzale per l'inversione.

«Nonna, ma tu non esci mai...» aveva detto Sasha.

«E invece oggi uscirò, cara Sashenka» aveva ribattuto l'anziana signora con una nota astiosa. «Non sono mica interdetta, cacchio!»

Sasha si era limitata a deglutire. Non era abituata a essere messa in riga così da Vera. Ci aveva rimuginato su per tutta la strada attraverso il bosco e per il resto della giornata.

Era arrivato il momento di scoprire dove fosse andata Vera dopo la conversazione del giorno precedente.

Davanti all'ingresso al piano terra c'era Jazz, il cane da guardia, che subito sollevò le zampe anteriori appoggiandosi a lei.

«Cosa c'è?» sussurrò Sasha, grattandolo dietro le orecchie.

Jazz abbaiò impaziente. Era un pastore belga malinois, dal muso lungo con una maschera nera e di colore fulvo carbonato come un pastore tedesco, ma con il pelo più corto, il corpo meno massiccio e più eretto nel portamento. Jazz era affettuoso come un cucciolo e coraggioso come un lupo, avrebbero potuto addestrarlo a fare qualunque cosa; era persino capace di arrampicarsi sugli alberi come un gatto. Quando c'era un presidente da difendere o un terrorista da catturare, il primo a intervenire era sempre un pastore belga malinois.

Sasha seguì a passo sostenuto il cane che si inoltrava nella boscaglia incolta. Conosceva ogni radice e ogni roccia del percorso, la geografia dell'intera proprietà era impressa dentro di lei, in ogni sua cellula: l'oscuro e soffice sentiero di aghi di pino che attraversava il bosco di conifere, poi la breve salita sulla roccia liscia che diventava viscida quando pioveva, le radici bianche come ossa che circondavano un piccolo stagno coperto di ninfee, infine le due alture rocciose a forma di lama d'accetta che formavano una gola. Quand'erano bambini, ovviamente, non avevano il permesso di avventurarsi da soli nel bosco del demonio.

Ed ecco che all'improvviso il paesaggio si apriva e la vegetazione lasciava il posto a una scoscesa parete a strapiombo sul mare, una vera e propria muraglia naturale, e lì, a pochi metri di distanza sulla sinistra, c'era la baita della nonna.

Un refolo di vento la investì e una sensazione di vertigine le attraversò il petto. Con un balzo, Jazz raggiunse la soglia lastricata, si alzò sulle zampe posteriori e abbaiò.

Sasha bussò delicatamente con il battente a ferro di cavallo.

Nessuno rispose.

«Nonna?»

Aprì la porta, che cigolò leggermente.

«Vera? Ci sei?»

Una zaffata di chiuso la investì. Sasha lanciò un'occhiata agli scaffali traboccanti di volumi, senza soffermarsi sui titoli dei dorsi. Andò verso la camera da letto, il parquet ondeggiava leggermente sotto i suoi piedi. Aprì la porta: il letto era rifatto, sul piumino era adagiato un copriletto bianco ricamato al tombolo. Sopra la testata era appesa una fotografia della nonna con il figlio neonato scattata sull'espresso costiero. Ogni volta che la guardava, Sasha si emozionava, quell'immagine le dava la sensazione che mondo e tempo fossero connessi.

Quando era più giovane le era capitato che qualche anziano, vedendola, si commuovesse fino alle lacrime, per via della spiccata somiglianza, evidente anche a lei, con la nonna. Il labbro superiore incurvato in modo impercettibile verso il basso agli angoli della bocca dava a entrambe un'aria naturalmente malinconica, aristocratica, che molti scambiavano per arroganza. La carnagione immacolata di un pallore perlaceo contrastava nettamente con i capelli color mogano con qualche nota di rosso, come quelli della nonna. Anche gli occhi erano simili, leggermente all'insù, incorniciati da zigomi pronunciati e folte sopracciglia scure, le iridi di un intenso blu oltremare. Sasha aveva da poco superato la trentina, «l'età in cui le donne sono all'apice della loro bellezza», per usare le parole del dottor Hans Falck. Molto si poteva dire del seduttore e convinto maschilista di Bergen, ma non che lo zio non avesse esperienza in questo campo.

Chiuse delicatamente la porta della camera da letto e andò all'angolo cottura. Era tutto pulito e in ordine. Nel frigorifero c'era ancora quello che le aveva portato il giorno prima. Aprì l'anta dell'armadietto sopra il piano di lavoro e, mentre la richiudeva, la sua attenzione fu catturata da come la luce risplendeva sulla fila di calici del ripiano più alto. Tre erano appannati. Sasha ne prese uno e ci passò sopra la punta di un dito. Alcune gocce erano rimaste sul vetro e il bordo era umido, come se fosse stato lavato da poco. Mugolando, Jazz strofinò il collo massiccio contro il suo fianco.

Sasha uscì, a grandi balzi il cane si avvicinò allo Strapiombo, poi si fermò di colpo, avanzò di mezzo passo con il muso basso, come se avesse fiutato qualcosa.

Lo Strapiombo aveva delle piccole cenge e ginepri e cespugli abbarbicati qua e là alla parete che ostacolavano la vista verso il fondo. All'incirca una decina di metri più in basso, una piccola scogliera affiorante era collegata alla terraferma da una sottile striscia di sabbia, ciottoli e giunchi, che permetteva di non bagnarsi i piedi nei periodi di bassa marea e che convogliava l'acqua in un'insenatura verde ricca di conchiglie, alghe e fango.

Sasha si allungò per vedere al di sotto. Si inginocchiò, con il braccio intorno al collo di Jazz. Il sole basso sull'orizzonte le ferì gli occhi, si accovacciò e avanzò con le mani sulla ruvida sporgenza rocciosa, gli aghi di pino le pungevano i palmi, il mare era leggermente increspato.

La nonna giaceva a faccia in giù nell'acqua, il suo corpo ondeggiava piano in superficie, come una boa, come un giocattolo in plastica gonfiabile, i vestiti erano zuppi e i colori originari apparivano più scuri. Un basso raggio di sole si posò su quel corpo facendo scintillare l'acqua. Era circondato da una miriade di meduse criniera di leone, vomito degli spiriti degli annegati, le chiamava la nonna. Sulla parte posteriore del gilè verde trapuntato era visibile lo stemma della Saga, un falco che sta per spiccare il volo, e sotto il motto di famiglia; a guardarlo così, attraverso l'irrequieta superficie dell'acqua, si aveva l'impressione che le ali aperte si muovessero.

## Capitolo 2
## Non si insegna ai gatti ad arrampicarsi, ma...

Olav Falck lasciò cadere l'accappatoio su una panchina e s'incamminò nudo sul pontile. Faceva insolitamente freddo considerata la stagione, le assi in legno sotto i suoi piedi erano coperte di brina. La temperatura dell'aria era di sette gradi sotto lo zero, quella dell'acqua probabilmente si attestava sui due, tre gradi. Il pontile, proprio accanto a una rimessa per barche rossa, si allungava in una baia circondata da basse formazioni rocciose che parevano lame d'ascia. Come sempre, Olav Falck si accertò che non ci fossero meduse nei dintorni, poi si tuffò.

Mentre i suoi vasi sanguigni si restringevano per proteggere gli organi vitali, si sdraiò sulla schiena, con il membro rattrappito che galleggiava in superficie, fino a quando non riprese il controllo del respiro e riuscì a fissare il cielo limpido e blu sopra di lui. Il bagno in mare Olav lo aveva sempre fatto in ogni stagione, fin da quando ne aveva memoria, molto prima che diventasse di moda. Che i neonati trattenessero automaticamente il respiro sott'acqua lo sapevano tutti, ma per lui aveva un significato particolare, era qualcosa di eroico che ben si accompagnava alla storia di sé che amava raccontare. Per Olav Falck la vita era una lotta in cui ci si doveva misurare con gli altri e affermare come migliori. E lui, ovviamente, aveva lottato fin dall'inizio.

La vita con lui era stata indulgente, nonostante avesse settantacinque anni assumeva farmaci solo sporadicamente. Il cardiologo gli aveva fermamente proibito di fare il bagno nelle fredde acque del fiordo se non ci fosse stato qualcun altro a riva, ma lui se ne fregava; se doveva morire, meglio morire in acqua.

I bagni nel mare gelido erano la sua unica forma di dipendenza. Le sfide da affrontare non gli mancavano di certo, per esempio designare il suo successore una volta che si fosse dimesso, ma in linea di massima valeva per l'azienda di famiglia quel che valeva per l'intera nazione: non si trattava più di *costruire*, ma di gestire.

Solo dopo un bel po' si decise a uscire. Salì sulla scaletta, mentre il sangue tornava ad affluire abbondante nelle dita dei piedi e delle mani, e avvertì un lieve formicolio diffondersi in tutto il corpo, come d'inverno il calore del caminetto in una stanza gelida.

Una volta sul pontile, Olav simulò qualche mossa di pugilato, sferrò ritmicamente dei diretti e, a spalle curve e chiuse, dei montanti. Gli sport classici lo appassionavano, era capace di disdire incontri e appuntamenti se capitava che coincidessero con gare importanti in occasione dei giochi olimpici o dei campionati mondiali di atletica leggera. Più di ogni altra disciplina amava il pugilato. Aveva diciannove anni quando Ingemar Johansson aveva battuto Floyd Patterson nel 1959, lo aveva seguito con grande interesse per tutto il suo periodo d'oro negli anni Sessanta e Settanta ed era in prima fila a Las Vegas nei match per il titolo.

Poche cose lo irritavano come il divieto di disputare incontri di boxe professionistici sancito per legge e simili atteggiamenti paternalistici tipicamente norvegesi. Una certa componente di rischio era innegabile, d'altra parte che cosa sarebbe una vita senza rischi? Olav era dell'idea che la vita fosse bella perché ti feriva: senza dolore nessuna gioia.

Si affrettò a risalire il sentiero che tagliava in due il boschetto ghiacciato tra la baia e il giardino, e attraversò il prato in direzione del busto del padre, realizzato in lega di rame e stagno e retto da un basamento in granito grezzo, opera di uno degli scultori più in vista. Un riflesso dorato rischiarava la fronte, sul basamento era inciso un epitaffio: CONTINUARE A VIVERE NEI CUORI DI CHI ABBIAMO LASCIATO È COME NON MORIRE. THOR S. FALCK 03.11.1903 – 23.10.1940. Olav aveva perso il padre da neonato e non aveva di lui alcun ricordo, ma si sentiva pervadere di umiltà pensando alla stirpe a cui apparteneva.

Raggiunse l'ingresso del piano terra sul retro della torre col rosone. Dopo una doccia bollente nello spogliatoio salì la scala a chiocciola all'interno della torre fino al suo studio, ci si chiuse dentro e controllò l'agenda. Nessun appuntamento per il resto della giornata, quindi ne avrebbe approfittato per scrivere il discorso per il convegno. A grandi linee lo aveva già in mente, si sarebbe lasciato ispirare dalla figura paterna, come titolo provvisorio aveva pensato a «Un pioniere della resistenza». Direttore di una grossa compagnia di navigazione di Bergen con diverse navi in servizio lungo la tratta costiera, Thor il Grande aveva organizzato azioni di spionaggio nei confronti dei tedeschi e inviato pescherecci sulle sponde opposte del Mare del Nord facendoli tornare carichi di radiotrasmittenti.

Nel suo discorso avrebbe anche affrontato la questione delle mine britanniche sulle coste norvegesi. Che suo padre avesse perso la vita per un ordigno esplosivo subacqueo inglese e non tedesco era davvero un paradosso.

Olav aveva scritto solo qualche frase quando bussarono alla porta.

«Sverre?» disse Olav. «Che cosa ci fai qui?»

Il maggiore dei figli di Olav si avvicinava ai quarant'anni e col passare del tempo la sua somiglianza fisica con il padre era sempre più evidente: come lui, era alto e atletico, aveva un viso dalla carnagione bronzea con occhi sottili e penetranti, dominato da un naso aquilino che le malelingue chiamavano «becco di falco».

Per l'occasione, il figlio aveva lasciato nell'armadio le solite giacche in tweed dal taglio classico di Savile Row e indossato una sfarzosa camicia nera con decori floreali a ricamo. Una nota di allegria ravvivava la sua abituale espressione sottomessa.

«Hai un momento?» disse Sverre.

«Nessun appuntamento imprevisto, per favore. Ho intenzione di godermi la vista del fiordo e di approfittare dell'agenda vuota per scrivere il discorso su mio padre che terrò al convegno.»

«Si tratta proprio del convegno, per l'esattezza della spedizione subacquea al relitto» proseguì Sverre. «C'è qui una persona con cui mi piacerebbe che parlassi un attimo.»

Sverre era il responsabile del progetto *Saga Arctic Challenge* previsto entro l'anno. Aveva lavorato bene ai preparativi per il convegno. Affollare di pensatori di calibro internazionale un espresso costiero a noleggio e riuscire a farli arrivare alle isole Lofoten e Vesterålen, passando dal punto in cui era avvenuto il naufragio del 1940, rappresentava l'essenza dell'immagine di sé che la Fondazione Saga voleva proiettare: genuinamente norvegese e al tempo stesso attraente per gli stranieri.

«Ah» sospirò lui. «Accomodatevi...»

Il socio di Sverre indossava un blazer doppio petto in velluto bordeaux che dominava il campo visivo di Olav con lo stesso irritante effetto della *muleta* sul toro.

«È già carnevale?» chiese in tono pungente per sottolinearne l'eccentricità.

Olav non disprezzava i parvenu che negli ultimi anni erano apparsi nelle classifiche dei più ricchi del paese, anzi, tutto sommato non gli dispiaceva affatto vedere il disagio che la loro impudenza suscitava fra i membri della borghesia tradizionale. E, in quanto a cattivo gusto, Ralph Rafaelsen primeggiava.

Olav chiese che gli portassero del caffè, mentre cercava di interpretare i rapporti di forza tra suo figlio e Rafaelsen. Negli ultimi anni i media avevano spesso descritto Rafaelsen come una persona intraprendente e amante del rischio; aveva costruito un enorme patrimonio nel campo dell'allevamento ittico espandendo poi considerevolmente il raggio dei suoi affari.

«Perciò volete parlare della spedizione subacquea al relitto?» chiese guardandoli a turno. «Saresti tu il proprietario di questa famosa muta da palombaro?»

Da programma, una volta che l'espresso costiero fosse arrivato al punto del naufragio, grazie a un particolare scafandro un subacqueo sarebbe sceso fino al relitto, a trecento metri di profondità, trasmettendo in diretta le riprese ai partecipanti al convegno.

«Esattamente» rispose Rafaelsen, guardandolo negli occhi. «Anche se chiamarla muta da palombaro sarebbe come chiamare aereo di linea una navicella spaziale.»

«Un po' come chiamare salmone selvatico dell'Atlantico i prodotti ittici che vendi?» disse Olav. «Le tue gracili creature hanno in comune con il fiero salmone dell'Atlantico quanto un barboncino ha in comune con un lupo.»

Rafaelsen ridacchiò. «L'Exosuit è rivoluzionaria. È uno scafandro rigido articolato in cui la pressione interna è uguale a quella atmosferica, quindi non esiste più nessun rischio legato alla decompressione nel caso di immersioni a grande profondità. Il pilota di questa macchina, perché alla fine è una sorta di sottomarino monoposto, non ha tappe di decompressione da rispettare. Ne esiste solo uno in tutta la Norvegia: il mio. Sarebbe perfetto per il convegno.»

Rafaelsen proseguì magnificando caratteristiche tecniche e accessori del meraviglioso apparecchio, ma Olav lo ascoltava con un orecchio solo; lui prediligeva l'ampiezza delle competenze, la maniacale ossessione dei nerd per i dettagli esulava dalla sua comprensione.

Con suo grande disappunto, Olav si rese conto che Sverre, nonostante avesse una decina d'anni in più, si mostrava ossequioso nei confronti di Rafaelsen, rideva a tutte le battute del socio del Nord-Norge e annuiva zelante qualunque cosa dicesse.

I problemi con il figlio erano la principale ragione per cui Olav a settantacinque anni era ancora a capo del Gruppo Saga, valutato dodici miliardi di corone dalla rivista *Kapital*. Nonostante fossero gli introiti della società immobiliare e la gestione patrimoniale ad assicurare *cashflow* alla famiglia, Olav nutriva un certo disprezzo per commercianti e bottegai, cercando quindi in ogni occasione di convogliare l'attenzione sulla fondazione, di cui lui stesso era presidente. Il tintinnio dei soldi in entrata non sarebbe dovuto mancare, certo, ma il *credo* della Saga era diverso: raccontare la storia del paese. Alcuni avevano miliardi sul conto in banca, altri avevano capitale culturale. Solo la Saga li aveva entrambi.

E comunque Olav non sarebbe rimasto a lungo ai vertici dopo aver raggiunto l'età pensionabile, se la Saga si fosse limitata a organizzare conferenze ed erogare sovvenzioni, come la maggior parte delle fondazioni no-profit dello stesso genere. Fin dai primi anni del dopoguerra le società di famiglia avevano intessuto fitti rapporti con i servizi segreti, all'inizio legandosi alle unità di pronto intervento – chiamate Stay Behind – istituite in vista di una eventuale minaccia di occupazione comunista, e poi... Era una storia lunga e intricata... Di certo l'attività di intelligence non fruttava guadagni, né riconoscimenti pubblici, anzi, rappresentava una potenziale minaccia agli altri settori, ma dava a Olav qualcosa di ben più importante: la sensazione di non essere irrilevante. Prima di potersi dimettere avrebbe quindi dovuto introdurre alla complessa e delicata questione il suo potenziale successore che, per statuto, avrebbe dovuto essere uno dei figli.

Aveva perciò delle valide ragioni per continuare a reggere il timone.

«Va bene» disse Olav, interrompendo Rafaelsen nel bel mezzo di un ragionamento sulla videocamera subacquea appositamente creata per l'Exosuit. «Allora siamo d'accordo.»

«E ci sarebbe anche un'altra cosa» aggiunse Sverre, come prendendo l'abbrivio.

«Non ho fretta...» gli rispose con un sorriso Olav.

«Come saprai» iniziò il figlio lasciando trapelare una certa esitazione, «al convegno è prevista la partecipazione di molte personalità di spicco provenienti da ogni parte del mondo, e tutte vogliono andare alle Lofoten. Esercitiamo una certa attrattiva, a quanto pare. Alcuni hanno conti in banca miliardari, altri hanno capitali cult...»

«Arriva al punto» tagliò corto Olav.

«Ho appena avuto conferma che qualche membro della casa reale saudita verrà in rappresentanza» disse Sverre. «È possibile che il principe ereditario in persona faccia un salto al convegno con il suo jet privato.»

«Bodø ha la pista di atterraggio più lunga dell'intera Norvegia» aggiunse Rafaelsen. «Se ci è atterrato un aereo spia come l'U2 nel 1960, andrà bene anche per un jet privato.»

Sverre guardò il socio. «Ralph e io ci siamo detti che sarebbe bello poter offrire qualcosa in più ai giovani vip. Ralph ha dei buoni contatti negli squadroni di elicotteri e potrebbe requisirne alcuni. L'idea è di farli atterrare sull'espresso costiero nel pomeriggio per prelevare gli invitati, che sorvolerebbero le Lofoten e raggiungerebbero la residenza di Ralph nell'arcipelago delle Vesterålen, tornando il mattino dopo sulla nave.»

«Quel tocco in più, ecco...» disse Rafaelsen.

Casa reale saudita... elicotteri requisiti per uso privato... residenza di Ralph... Le parole si aggrovigliavano nella testa di Olav come gli incubi che a volte lo assalivano da bambino.

Restò a lungo seduto in silenzio, con la testa leggermente inclinata da una parte.

«Posso dire una cosa?»

«Siamo qui per questo» gli rispose Sverre.

Olav si schiarì la gola.

«L'ultima volta che sono stato all'Hotel Dorchester a Londra ho scambiato due parole con il concierge. Mi ha domandato se non desiderassi la suite, che *the Falcks* di solito chiedono.»

Si accorse che il figlio, non appena sentito il nome dell'albergo, aveva iniziato a mordicchiarsi il labbro inferiore, come presumendo dove sarebbe andato a parare. Olav sorrise e proseguì: «"Be'..." ho risposto al concierge, "io preferisco le stanze normali, purché abbiano una bella vista, pur essendo un..."» fece una pausa, come se stesse cercando la parola giusta, «"... un uomo ricco." "Suo figlio soggiorna sempre nella suite" ha obiettato lui. "Sì" gli ho risposto. "Ma lui è *il figlio* di un uomo ricco."»

Olav fissò a lungo Sverre, che ora lo guardava a bocca aperta e con occhi colmi di vergogna. Rafaelsen reagì con una risatina prudente.

«La Norvegia è un paese che permette di diventare benestanti e mantenere un certo livello di benessere. Alla maggior parte dei norvegesi le persone ricche non sono sgradite, anzi, coraggio e intraprendenza sono doti apprezzate. Abbiamo anche un sistema legislativo che tutela i nostri interessi. Ma si tratta di un equilibrio delicato. Ammiriamo impegno e maestria tanto quanto disprezziamo declino e decadenza. Storicamente abbiamo avuto ben poco a che fare con il ceto aristocratico, tramontato definitivamente per legge con la *Adelsloven* del 1821 che ha abolito privilegi e titoli nobiliari. Oggi coltivare il benessere in Norvegia, per lo meno se uno ha ambizioni che vanno oltre gli investimenti finanziari e vorrebbe diventare un pilastro della società, significa *non* schierarsi contro le organizzazioni sindacali e *non* assumere manodopera polacca sottopagata per costruire in nero le proprie case.»

Olav guardò Ralph, pareva uno scolaretto colto in flagrante a rubare in un negozio di dolciumi. La stampa aveva dedicato molto spazio alle condizioni di lavoro degli operai quando aveva fatto costruire quella sua enorme villa nelle Vesterålen.

«Oggi coltivare il benessere in Norvegia significa conoscere a fondo il modello norvegese» proseguì Olav. «Rendersi conto di come funziona la collaborazione a tre fra governo, datori di lavoro e lavoratori, comprendere i benefici di un mercato del lavoro dalla struttura salariale compressa e capire che tutto ciò implica trovarsi a un tavolo a bere e ubriacarsi con i rappresentanti politici eletti e i leader della federazione unitaria dei sindacati. Perché è questo il vero modello norvegese. Garantiamo alle persone oneste la possibilità di una bella vita, forniamo salari che permettono di fare vacanze nella soleggiata Europa meridionale, acquistare l'auto nuova e accendere un mutuo per comprare casa. In cambio abbiamo una popolazione che ci rispetta, che non elegge fomentatori e non prende d'assalto le nostre proprietà. E tutte le idee legate al convegno *Saga Arctic Challenge* che mi avete appena illustrato, reali sauditi, elicotteri e feste alcoliche sulla tua proprietà... sono una violazione di questo compromesso.»

«Non si insegna ai gatti ad arrampicarsi, ma...» stava replicando Rafaelsen, quando bussarono alla porta.

«Non voglio essere disturbato» disse Olav.

La segretaria, però, si affacciò sulla soglia.

«Non hai sentito?» ribadì lui irritato.

«Mi dispiace molto interrompere, ma è davvero importante.»

«Me lo auguro.»

Stava allungando la mano verso la tazza di caffè, poi vide lo sguardo della segretaria che si avvicinava, quegli occhi spalancati e spenti al tempo stesso, e si bloccò.

«L'incontro è terminato» disse a Sverre e Rafaelsen, che, sorpresi dell'improvvisa interruzione, si scambiarono un'occhiata perplessa mentre si alzavano per andarsene.

«Di cosa si tratta?» chiese Olav una volta rimasto da solo con la segretaria. Anche se, in fondo, sapeva già quale sarebbe stata la risposta.

## Capitolo 3
## Terra di nessuno

*Centro americano per gli interrogatori,*
*località ignota situata in Medio Oriente*

Quando due uomini armati lo condussero in una stanza molto bene illuminata, a Johnny Berg tornarono in mente le parole ammonitrici del suo superiore e mentore, un vecchio ufficiale noto a tutti con le iniziali HK: la vera tortura consiste non tanto nel dolore in sé, quanto piuttosto nella previsione di ciò che comporta.

Non aveva idea di dove fosse. Le settimane, i mesi seguiti all'arresto da parte delle milizie curde erano sfocati, come la vista da un altopiano sorpreso da una tempesta di neve, dove suolo e cielo si confondono, i minuti durano ore e viceversa.

Lo avevano trasferito in un altro campo di prigionia, poi era finito nelle mani degli americani.

Le guardie armate gli avevano tolto il passamontagna prima di spingerlo dentro la stanza, perché potesse vedere che cosa lo aspettava. La luce al neon gli ferì gli occhi. Gli altoparlanti diffondevano musica hard rock a tutto volume.

Al centro c'era una panca – leggermente inclinata, con cinghie in cuoio a entrambi i lati – su cui erano posati un cappuccio nero di lana e un asciugamano accuratamente ripiegato. Due uomini col viso coperto da passamontagna, in felpa grigia, ranger mimetici e stivali militari, lo stavano aspettando. Addossati alla parete c'erano due annaffiatoi pieni d'acqua.

La musica si spense.

No, pensò Berg con il cuore che gli martellava in petto, fa' che sia un'esercitazione, un sogno, qualunque cosa... purché io riesca a evitarlo... perché questo è peggio della morte.

«Yahya Sayyid Al-Jabal?» chiese uno dei due con un forte accento americano. «È il tuo nome?»

Berg non rispose.

«Ti ho fatto una domanda» disse l'uomo alzando leggermente la voce.

«No, sir» rispose. «Il mio nome è John Omar Berg.»

«Nazionalità?»

«Norvegese.»

«Okay» disse l'uomo incappucciato, senza traccia di aggressività nel tono. «Ci sono delle domande a cui dobbiamo dare delle risposte.»

A questo punto prese la parola l'altro, anche lui con il volto coperto, ma di corporatura più massiccia. Come se stesse parlando di riparare una lavatrice, e con la cadenza tipica degli Stati Uniti meridionali, disse: «Abbiamo due modi per farlo. Di sicuro preferirai il primo.»

Lo sguardo di Berg era fisso sulla ruvida parete di blocchi di cemento grigi.

«Hai viaggiato in Iraq e Siria con il nome di Al-Jabal» proseguì quello più imponente. «Le autorità del Kurdistan iracheno hanno registrato il tuo ingresso a Erbil da oltreconfine il 12 settembre dello scorso anno. Ma adesso ci stai dicendo che Al-Jabal non è il tuo vero nome?»

Berg chiuse gli occhi, reclinò la testa all'indietro e si coprì il viso con le mani.

«Non posso entrare nei dettagli dell'incarico» disse. «Ma potete verificare con i miei superiori, vi confermeranno che ero in missione.»

Gli americani lo incalzarono: «Per quale ragione sei venuto qui?»

In fondo, che importanza poteva avere a questo punto il rispetto dell'obbligo di segretezza? Nessuna. «Sono venuto per... ehm... esfiltrare un prigioniero di guerra norvegese.»

«Come si chiama?»

«Abu Fellah. Le autorità norvegesi possono confermarlo.»

Nell'ultimo anno i musulmani occidentali si erano riversati a frotte nella regione per contribuire alla costruzione del neo-autoproclamato Califfato e i paesi occidentali avevano messo in stato d'allerta i propri servizi segreti, temendo infatti che questi esperti e bellicosi guerrieri decidessero di rientrare in patria.

L'americano scosse lentamente la testa, i tratti del viso affiorarono appena sotto il passamontagna. «Ci siamo informati. Nessuno ha confermato la tua fantasiosa versione. Né la Norvegia, né gli altri stati alleati.»

Berg sentì un groppo serrargli la gola, non riusciva a respirare. Ogni cosa è destinata a finire, prima o poi, anche la fortuna che gli aveva permesso di restare in vita. Lavorava per i servizi segreti da dieci anni, era stato in missione nei posti più pericolosi al mondo, in Afghanistan, Libia e Iraq, e lo avevano insignito di numerose onorificenze. Molte volte c'era mancato poco, è vero, ma non si dice forse che Dio è norvegese?

Tutte stronzate.

«Te lo chiedo di nuovo» continuò quello che dirigeva l'interrogatorio. «Per quale ragione sei venuto qui?»

Dopo così tanti anni di servizio si sentiva esausto e disilluso. Il Medio Oriente andava in sfacelo comunque, indipendentemente dal fatto che l'Occidente intervenisse o meno. Erano sforzi che non portavano da nessuna parte, se addirittura non finivano per peggiorare la situazione.

Quasi un anno prima era stato contattato da un superiore per un incarico al di fuori dei canali ufficiali: era una missione di estrema rilevanza nazionale, ma nella pacifica Norvegia era venuta meno la volontà politica necessaria a portarla avanti. Si trattava di andare in Kurdistan, ritirare una pistola americana acquistata al bazar delle armi della capitale, entrare in contatto con un ex appartenente alle forze speciali americane che combatteva contro lo Stato Islamico, attraversare la terra di nessuno che costituiva la linea del fronte e raggiungere la città controllata dall'Isis, dove si trovava il norvegese Fellah. Che tutto questo l'avrebbe fatto senza la benedizione della propria nazione si erano ben guardati dal dirglielo.

I ricordi dell'accaduto riaffioravano a sprazzi, sotto forma di sudore, battito cardiaco accelerato, brevi e fugaci visioni impresse sulla retina. La casa bassa e di colore verde per via del visore notturno, le stanze fresche, i tappeti polverosi, i colpi di armi da fuoco col silenziatore, lo sguardo del ragazzino nel corridoio.

No, Berg non ce la faceva a rivedere quell'immagine, scacciò quei pensieri.

Erano stati scoperti subito prima di raggiungere l'erba alta che cresceva nella terra di nessuno. L'incarico era stato portato a termine, ma l'americano era stato abbattuto. Berg era riuscito a fuggire; una volta rientrato in Kurdistan, però, le milizie curde lo avevano catturato. Impossibile dire che cosa esattamente fosse successo, Berg supponeva che lo Stato Islamico avesse diffuso via radio la voce che uno dei loro era scomparso, per vendicarsi della sua azione e della fuga riuscita; al fronte era risaputo che le parti in conflitto ascoltavano le comunicazioni nemiche.

I curdi lo avevano trattenuto in un campo di detenzione per terroristi e poi consegnato agli americani. Per questo si trovava lì, in una stanza senza finestre, prigioniero di qualcuno che non credeva alla sua storia.

Cominciò a rendersi conto di quanto disperata fosse la sua situazione. La missione non aveva carattere di ufficialità, era *deniable*, e quelli che dalla Norvegia avrebbero potuto mettere una buona parola per lui non lo avevano fatto: era solo un norvegese con i capelli corvini e la carnagione dorata, di origini arabe, che evidentemente non credeva più nel modo occidentale di gestire il conflitto.

Le autorità norvegesi potevano anche conferirgli medaglie al valore, generali, ministri e membri della famiglia reale potevano anche stringergli la mano, ma in fondo sapeva che ai loro occhi lui sarebbe sempre rimasto uno straniero. Tutti i norvegesi di pelle scura lo sapevano. Se mostravi il tuo valore in combattimento o segnavi con la nazionale eri norvegese al cento per cento. Ma quando le cose andavano a rotoli non eri altro che il misero marocchino, il clandestino, il nero, l'immigrato, il musulmano, l'extracomunitario, il quattordicenne costretto a scappare dai nazi e a nascondersi in una siepe battendo i denti. I norvegesi adoravano gli stranieri assimilati che adottavano le usanze nazionali, come andare a sciare d'inverno, indossare il costume tradizionale il 17 maggio, giorno della festa nazionale, e mangiare costine di maiale al cenone della vigilia, ma ai norvegesi piaceva anche vedere confermati i propri pregiudizi: *avremmo dovuto capirlo che di lui non ci si poteva fidare*.

Johnny Berg rappresentava il capro espiatorio perfetto.

Gli americani gli infilarono la testa in un cappuccio nero aderente e lo fecero sdraiare di schiena sulla panca leggermente inclinata, poi uno dei due lo immobilizzò facendo passare le cinghie sulle tre cicatrici che gli attraversavano il petto in diagonale e stringendole bene.

Il silenzio era assoluto, fatta eccezione per lo sciabordio dell'acqua all'interno degli annaffiatoi che venivano spostati. Era tutto nero. Sentì l'acqua tiepida rovesciarsi sul suo viso, penetrare a poco a poco nel cappuccio nero fino a riempirgli lentamente le narici. Bagnato, gorgogliante, opprimente.

Tratteneva il respiro, lo trattenne così a lungo da sentire i polmoni scoppiare e le budella aggrovigliarsi per il dolore. Poi tutto diventò buio.

Pensò a Ingrid. Da quando era diventato padre, l'unica cosa che riusciva a tenerlo in vita quando le cose volgevano al peggio era pensare a lei. A volte quei sogni a occhi aperti erano così vividi che gli pareva di riuscire ad accarezzare i suoi lunghi capelli scuri. La figlia si sedeva accanto a lui sul bordo metallico del letto, in mezzo ai prigionieri in tuta arancione, dondolando le gambette, aveva le ginocchia sbucciate e le unghie dei piedini sporche; oppure, in base a criteri complicati, allineava le sue bambole lungo la parete della cella mentre le pettinava e chiacchierava con loro. Come gli sembrava vicina quando, con quei suoi passi brevi e leggeri da bambina, andava al lavandino e metteva il dentifricio rosa sullo spazzolino; poi svaniva, come un miraggio alla fine di una strada lunga e dritta nel deserto che si dissolve all'improvviso. Lei era sangue del suo sangue, aveva i suoi stessi tratti, un misto di norvegese e un non so che di straniero di cui lui stesso non conosceva l'origine.

Negli esseri umani l'istinto a trattenere il respiro sott'acqua è talmente forte da soverchiare la paura di restare senza ossigeno.

Quando Berg alla fine cedette, non era in grado di capire se stesse inspirando o espirando, sapeva solo che le vie aeree si stavano riempiendo di acqua e lui annegava, impotente come qualcuno imprigionato all'interno di una nave che sta affondando. L'istinto a trattenere il respiro sott'acqua era talmente forte che lui avrebbe detto qualunque cosa, qualunque in assoluto, purché la smettessero.

Nessuno sarebbe riuscito a opporre resistenza.

Chi era responsabile del fatto che lui si trovasse lì sdraiato? Che la missione non fosse andata a buon fine era evidente, ma che chi l'aveva ideata e affidata a lui non avesse alzato un dito per aiutarlo era imperdonabile. E se mai avesse scovato i responsabili, avrebbe dedicato il resto della sua esistenza a fare in modo che anche loro sperimentassero che cosa significava trovarsi immobilizzati su una panca di legno in una cantina buia e sentire l'acqua scorrere nelle vie aeree.

«Io... Io...»

I due uomini lo sollevarono in posizione seduta. Berg inspirò, urlava di paura e dolore.

«Mi chiamo John Omar Berg, sono stato arruolato nelle forze speciali della marina militare norvegese e ho lavorato per i servizi segreti. Sotto... il nome... Yahya Al-Jabal... sono partito per unirmi allo Stato Islamico.»

«Eccellente. Riportatelo ai curdi» disse l'americano.

## Capitolo 4
## Ma che razza di prosa è?

Quando il figlio entrò, Olav, nudo e con un piede posato sulla panca dello spogliatoio, si stava spalmando di Spenol l'interno coscia.

La mattina in cui gli avevano comunicato la morte di Vera immaginava già cosa fosse successo. Nel suo intimo lo aveva sempre saputo che prima o poi la madre avrebbe messo la parola fine alla sua vita. Lo sapeva da settantacinque anni. Lo aspettava. Da bambino sentiva le sue urla nella notte. Sperava che sarebbe finita. Sua madre aveva esalato l'ultimo respiro in mare, proprio come era accaduto a suo padre.

Mancavano quattro giorni al funerale, ma le cose da fare erano molte. L'importante era non perdere il controllo e riuscire a mantenere lo status quo. Era stata Vera a fondare Rederhaugen e a gettare le basi di quello che la Saga era diventata, la sua morte rischiava di sollevare dubbi e domande che avrebbero potuto riportarli agli anni bui e spalancare gli abissi della guerra.

No. Inspirò a fondo.

Una cosa alla volta, pensò Olav. Si sarebbe dovuto occupare delle questioni riguardanti la morte della madre con la stessa calma e sistematicità con cui da sempre risolveva i problemi.

Aveva dato pieni poteri all'avvocato di famiglia Siri

Greve, delegandola a ritirare il testamento di Vera dal notaio distrettuale.

L'aspettava da un momento all'altro, con il timore di scoprire cosa contenessero quei documenti.

Negli ultimi anni aveva parlato con sua madre solo il giorno del proprio compleanno, alla fine di luglio, e in quell'occasione lei piangeva sempre.

Olav era convinto che il conflitto con Vera avesse una causa ben precisa ed evidente: mentre per lui la famiglia era la cosa più importante, sua madre si era sempre posta al di sopra della famiglia.

La porta si aprì alle sue spalle interrompendo di colpo il fluire dei suoi pensieri. Riconobbe Sverre attraverso lo specchio appannato. Più passava il tempo, più il figlio diventava simile alle vecchie fotografie che lo ritraevano da giovane, ma dalle fotografie non trapelava quel non so che di debole e sfuggente che caratterizzava la personalità di Sverre. Un po' come paragonare un Rolex originale a una copia di qualità, pensò.

«Ah, sei tu?» disse continuando a massaggiarsi la crema idratante. Aveva spesso pensato che un'esperienza nelle forze armate nazionali sarebbe stato l'ideale per temprare Sverre e prepararlo agli incarichi che lo attendevano alla Saga, le cose però erano andate diversamente: dopo essere stato in missione all'estero, il figlio era rientrato pallido e tremante.

Sverre annuì, pareva imbarazzato dalla sua nudità.

«Ieri sera il pastore mi ha mandato un'email con la traccia del discorso funebre per la cerimonia. L'ho stampato.»

Olav si avvolse un asciugamano in vita, prese il foglio e iniziò a leggere.

«*Vera Lind ha abbandonato le sue spoglie mortali*» lesse. «Sverre?» disse sventolando il foglio. «Che cosa significa?»

Il figlio abbassò gli occhi sul pavimento bagnato.

«*Ha finalmente raggiunto i verdi pascoli*... Ma che razza di prosa è? Sciocche parole vuote, Sverre! Tua nonna era una scrittrice, la lingua era il suo strumento, si sarebbe tagliata una mano piuttosto che esprimersi in questo modo.»

«Scrittrice, sì, certo...» obiettò Sverre. «Saranno passati cinquant'anni dall'ultima volta che ha pubblicato qualcosa. E comunque sono le parole del pastore, non le mie.»

«Me ne fotto del clero norvegese, una masnada di socialisti omosessuali senza Dio. Il tuo compito era di fargli avere un elenco di punti essenziali riguardo a Vera, una lista semplice e chiara che nemmeno un pastore potesse fraintendere. Questa roba qui è spazzatura!»

Olav accartocciò il foglio del discorso funebre e lo gettò nel cestino dell'immondizia.

«Chiederò ad Alexandra di parlare con lui e dargli tutte le informazioni necessarie. E se quel pastore non è abbastanza in gamba cercheremo qualcun altro. Casomai sarà Alexandra a scrivere il discorso.»

«Hai chiesto a me di farlo, non a Sasha» ribatté scontroso Sverre.

Olav si spruzzò l'acqua di Colonia sulla fontanella della gola.

«La Danimarca esporta carne di maiale, la Francia vino, la Norvegia petrolio e salmone. Capisci che cosa intendo? Se dovessimo abbattere un leader talebano in una zona di guerra con un fucile di precisione ovviamente lo chiederei a te. Ho una grande considerazione di quello che hai fatto in Afghanistan, Sverre.»

Lui non rispose.

«Noi esseri umani abbiamo per natura requisiti diversi. Il nostro caro Adam Smith la chiamerebbe divisione del lavoro. Ho sbagliato a chiedere prima a te.» Gli sorrise. «Errore mio.»

Sverre lo fissava cupo. Il fatto che il figlio non controbattesse mai lo irritava profondamente; era evidente che in quel momento si sentiva offeso, anche se Olav si era limitato a dire la verità. Alla lunga era inevitabile.

Olav aveva cresciuto Sverre come se fosse stato il predestinato al trono fin da quando era piccolo. Quante volte aveva gettato nel mare freddo quel ragazzino terrorizzato, che gridava e si dibatteva come un'anguilla? Olav aveva messo in conto che a Sverre sarebbero serviti anni per lasciarsi alle spalle il duro trattamento, ma contava sul fatto che con l'età avrebbe compreso i vantaggi di quella *assuefazione al mare*. Non era andata così.

Da giovane, Olav pensava che si sarebbe dimesso da presidente del Gruppo e della Fondazione Saga non appena arrivato all'età della pensione. Ma gli anni passavano senza che lui riuscisse a trovare il momento giusto o un successore degno; così aveva posposto l'età pensionabile a settant'anni, decisione che aveva ufficialmente condiviso con figli e colleghi. Durante la splendida festa organizzata per il suo compleanno, a cui avevano partecipato anche sua altezza reale e il primo ministro, al momento del brindisi aveva dichiarato che dopo un ulteriore periodo di riflessione aveva deciso di «prolungare il suo incarico».

Ne aveva diritto, dal punto di vista sia formale che giuridico. In quanto fondatore, lo statuto della Fondazione Saga gli garantiva la facoltà di prolungare il suo mandato a tempo indeterminato. E senza di lui la famiglia si sarebbe ritrovata a ingrossare le fila delle vecchie dinastie agiate ma cronicamente sommerse dai debiti, con grandi proprietà ma flusso di cassa inesistente.

«L'intenzione era quella di dire qualcosa a proposito di una persona che significava molto per noi» disse Sverre. «Non di scrivere il discorso di Capodanno del primo ministro.»

Olav cinse le spalle del figlio con un braccio. «I discorsi di Capodanno sono penosi, i discorsi dei politici norvegesi sono appassionati quanto un resoconto burocratico.»

«Non ho nessuna intenzione di diventare un politico.»

«Tanto meglio» commentò Olav. «I politici vanno bene per qualche anno, assaporano il carattere afrodisiaco del potere, poi finiscono nel dimenticatoio. Pensa al lungo elenco di quelli con cui sono stato al governo: tutti dimenticati, a parte qualche rara eccezione. Un politico finito è un triste spettacolo, quasi quanto una star televisiva decaduta o un ex atleta drogato. Tu sei un sopravvissuto, Sverre, un pugile dal mento granitico. Se un giorno prenderai tu le redini dovrai essere in grado di incassare commenti ben peggiori del mio. Quando ero ministro della Difesa gli avvoltoi non mi perdevano mai di vista. La vita è una lotta, Sverre, la vita è trovarsi in acque gelide e riuscire a guadagnare la riva, altrimenti si soccombe. Vieni, dai...» Dallo spogliatoio uscirono sul pianerottolo. Da una parte la scala a chiocciola saliva all'interno della torre col rosone, fino allo studio di Olav, dalla parte opposta una porta a doppio battente conduceva alla biblioteca, dove la famiglia si sarebbe riunita per affrontare considerazioni e incombenze relative alla morte di Vera.

Siri Greve aspettava, appoggiata alla parete dal ruvido intonaco rustico. Come sempre indossava un abito attillato, che valorizzava le sue lunghe gambe, di un color blu oltremare che dava risalto ai capelli biondi e ondulati.

Dallo sguardo che gli rivolse, Olav capì immediatamente che si trattava di qualcosa di importante.

«Sverre, vai pure. Scambio due parole con Siri e vi raggiungiamo» disse al figlio, congedandolo con un esplicito gesto della mano.

Sverre se ne andò senza fiatare. Olav attraversò il pianerottolo in granito con gli occhi fissi sul viso imperturbabile di Siri: qualcosa non andava, ne era certo.

«Hai l'aria di chi porta brutte notizie...»

«Temo che ci siano delle complicazioni.»

«Una successione ereditaria non è mai semplice» disse lui, quasi stesse cercando di posticipare il momento spiacevole.

Siri scostò i capelli dalla fronte e sferrò il colpo. «Il testamento è sparito.»

Olav rimase lì, immobile, le mani affondate nelle tasche. Sentì un sapore sgradevole risalirgli in gola, accompagnato dalla sensazione di non avere più il controllo.

Era preparato a ricevere spiacevoli sorprese alla lettura delle ultime volontà di sua madre, ma non al fatto che potesse non esserci alcun testamento.

«Un testamento non può sparire così nel nulla» disse. «Credevo fosse al sicuro, ben custodito nello studio del notaio distrettuale...»

«Infatti è così: il testamento di Vera Lind è stato depositato presso il notaio distrettuale nel 1970» rispose l'avvocato.

«Allora non dovrebbero esserci problemi a farcelo consegnare, no?»

«Il notaio distrettuale ha confermato per iscritto che il testamento è stato ritirato da tua madre» rispose Siri sventolando un foglio. «Vera se lo è ripreso il giorno stesso in cui si è tolta la vita.»

Olav si fece scivolare due dita dalla punta del naso alle labbra e poi giù fin sotto il mento. «Mia madre avrebbe ritirato il testamento e subito dopo sarebbe andata allo Strapiombo per gettarsi nel vuoto?»

«Lo so che è difficile da accettare» rispose lei. «Ma è così che è andata.»

Con le mani affondate nelle tasche si mise a passeggiare avanti e indietro per il pianerottolo. «Qual è lo scenario peggiore, Siri?»

Era quello il suo modo abituale di ragionare, il suo segreto negli affari: quando esperti in armi nucleari o in cambiamenti climatici tenevano conferenze alla Saga, Olav chiedeva sempre quale *avrebbe potuto* essere lo scenario peggiore e in base a quello stabiliva la sua strategia.

«Che Vera volesse sbarazzarsi del testamento è una possibilità. Ma lo scenario peggiore è che ne abbia redatto uno nuovo, giuridicamente vincolante, a vantaggio dell'altro ramo della famiglia.»

«Hans e gli altri maledetti di Bergen» borbottò Olav.

Il ramo di Oslo stanziato a Rederhaugen, durante il periodo bohémien di Vera prima e sotto l'occhio attento di Olav successivamente, si era arricchito a dismisura con i proventi generati dal Gruppo Saga. La fondazione omonima aveva poi dato loro qualcosa di ancora più prezioso: una prestigiosa influenza. Quanto sarebbe durato?

«Questo è tutto.» Siri fece un cenno in direzione della porta della biblioteca e disse: «È arrivato il momento. Andiamo?»

## Capitolo 5
## Beni di considerevole valore

«La questione, quindi, è dove volete che le sue spoglie riposino.»

Dal momento che Sasha aveva un'idea tutt'altro che improvvisata in merito, alzò diligente la mano. L'impresario delle pompe funebri era un corpulento uomo di mezza età in abito scuro e dai capelli biondorossicci.

Erano passati quattro giorni da quando aveva trovato la nonna, ma l'immagine di lei quella mattina – sdraiata a pancia in giù, il gilè trapuntato verde scuro con lo stemma della Saga – continuava a riaffiorare, giorno e notte. Non le era mai capitato di trovare una persona senza vita prima di allora, a malapena ricordava di aver visto un morto.

I traumi personali sarebbe riuscita ad affrontarli, ma i sensi di colpa la divoravano. Vera aveva iniziato a comportarsi in modo strano subito dopo quella stupida e ingenua domanda con cui lei l'aveva invitata a raccontare qualcosa del naufragio. E la sera di quello stesso giorno l'aveva fatta finita.

«Che ne dite di Æreslunden al cimitero Vår Frelsers Gravlund?» suggerì Sverre.

«Ha perso il suo prestigio» borbottò Olav. «O è stata raggiunta la massima capienza, oppure non è più di moda fra i defunti.»

«Papà!» esclamò brusca Sasha. «È irrispettoso parlare così.»

«Mio padre è stato seppellito a Vestre Gravlund» proseguì Olav. «Non è male quel cimitero. Un'unica tomba per entrambi sarebbe la cosa più naturale.»

«Non sono d'accordo» ribatté Sasha.

Gli occhi di tutti si posarono su di lei. Erano riuniti nell'atrio della biblioteca, un locale luminoso di forma circolare, con un raggio di cinque metri circa. Sasha era abbagliata dalla luce del sole, che penetrava all'interno da una stretta finestra che correva lungo tutto il perimetro. Il soffitto a volta era decorato con motivi tratti dai libri dei Re contenuti nella Bibbia; una libreria occupava l'intera parete, dalla finestra fino al pavimento splendente in granito chiaro, mentre le postazioni di lettura e le avvolgenti poltrone dove la famiglia si era accomodata erano collocate al centro.

«Quale sarebbe la ragione del tuo disaccordo?» chiese Olav in tono sostenuto.

«Propongo un monumento commemorativo vicino allo Strapiombo» gli rispose Sasha. «E che le sue ceneri vengano disperse sul fiordo.»

L'impresario delle pompe funebri spostò lo sguardo qua e là con aria incerta e prese nota. «Sul fiordo...»

Olav lo ignorò e gettando un'occhiata all'avvocato chiese: «Siri, che ne dice la giurisprudenza di una soluzione del genere?»

«Da un punto di vista puramente formale è ammessa dalla legge, sempre che la dispersione delle ceneri non avvenga su un'area residenziale o su un tratto di mare con intenso passaggio di imbarcazioni da diporto.»

L'impresario delle pompe funebri cominciò a illustrare le questioni pratiche legate all'organizzazione del funerale: la bara in legno di ciliegio con mordente mogano, quale fotografia di Vera scegliere per il manifesto funebre, i musicisti che avrebbero dovuto suonare durante la cerimonia e il rinfresco che sarebbe seguito.

«Che ne dite dei Sølvguttene?» propose Olav. «Voglio che siano loro a cantare in chiesa.»

L'impresario ebbe un momento di esitazione. «È un coro maschile molto richiesto, con un preavviso così breve sarà estremamente difficile...»

«E va bene» tagliò corto Olav irritato, diede un'occhiata al suo Rolex Daytona, fissato al polso con una cinghia da sci nei colori della bandiera, rosso, bianco e blu. «Ci penso io a chiamare il direttore del coro. Mio figlio contatterà la sua agenzia nel caso in cui avessimo ulteriori domande.»

L'impresario delle pompe funebri annuì e si affrettò a lasciare la stanza.

Era tipico di Olav umiliare gli altri in quel modo, ma Sasha ci aveva convissuto così a lungo da non farci più caso. Anche se aveva dieci anni di più, Siri l'aveva invitata a unirsi al gruppo di amiche che si ritrovavano periodicamente nella sauna sotto Rederhaugen, unite dal comune intento di contrastare il potere dominante dei maschi in famiglia.

Avrebbero dovuto invitare a farne parte anche la nonna, era stata lei la prima vera femminista, ma nessuna aveva osato. E comunque lei non avrebbe mai accettato, e in ogni caso ormai era troppo tardi.

Olav si schiarì la gola. «Lo scopo di questa piccola riunione, al di là delle informazioni pratiche sul funerale, è di orientarsi nelle questioni legali inerenti alla successione ereditaria. Andrea è ancora in Svezia, ma tornerà a casa al più presto.»

Sverre scambiò con Sasha uno sguardo rassegnato, niente li avvicinava di più delle considerazioni sull'irresponsabilità della sorella minore. Andrea era il risultato di una breve relazione, risalente agli anni Novanta, con una donna della piccola nobiltà svedese dedita all'alcol.

«Alexandra, Mads è di ritorno dall'Asia?» chiese Olav.

Sasha scosse la testa.

Appena aveva saputo della morte di Vera, il marito le aveva detto che avrebbe prenotato il primo volo per tornare, ma lei lo aveva dissuaso. Anche se Mads era fra tutte la persona con cui si confidava più volentieri, la morte della nonna l'aveva spinta a stringersi alla famiglia di origine. Lui, Vera la conosceva solo superficialmente, e in un certo senso il suicidio era una questione intima e familiare che non lo riguardava così da vicino.

«L'ho convinto a non farlo. Tornerà per il funerale.»

«Bene. Avrà sicuramente riunioni più importanti a cui partecipare laggiù» disse Olav, soffermandosi poi con lo sguardo su ognuno dei presenti, singolarmente.

«Per chi se lo fosse domandato, dopo la morte di Vera siamo rimasti in stretto contatto con la polizia. È stata seguita la procedura standard, hanno aperto un'inchiesta sulle circostanze del decesso, esaminato il luogo dov'è stato ritrovato il corpo, controllato i tabulati telefonici e interrogato tutti quelli che si trovavano qui a Rederhaugen. Alla fine hanno escluso che si sia trattato di un crimine e le indagini sono state chiuse. Come ci si aspettava, ma è comunque un sollievo.»

Fece un sorriso stanco, poi guardò Siri Greve come se condividessero un segreto. Forse Vera aveva inserito qualche bomba a mano nelle sue ultime volontà.

«Vorrei essere aggiornato sul testamento» disse Sverre.

A volte il fratello brillava per la capacità di andare dritto al punto con grande naturalezza, ma contrariamente a quanto Sasha si sarebbe aspettata sia il padre che l'avvocato reagirono con impacciata irrequietezza.

«Ci sono delle complicazioni per quanto riguarda il testamento della mamma» disse Olav.

«Complicazioni?» chiesero Sasha e Sverre in coro.

«Ecco...» disse Siri Greve.

«Il testamento non si trova» spiegò Olav. «Ho appena saputo che la mamma è andata a ritirarlo dal notaio distrettuale presso cui l'aveva depositato il giorno stesso in cui si è tolta la vita.»

Il silenzio nell'atrio della biblioteca durò a lungo.

Per Sasha fu come ricevere una martellata sulla nuca, si sentiva frastornata e stordita.

Merda, pensò. Questo la rendeva più o meno colpevole? *Colpevole* non nel senso giuridico del termine, ma in senso morale. Impossibile a dirsi. Era davvero strano. Tutelare qualcuno, o diseredare qualcun altro, per lo meno sarebbe stata una logica conseguenza dell'affetto o dell'odio.

Ma... ritirare il testamento e togliersi la vita?

Non le tornava. E non riusciva a scuotersi di dosso la sensazione che avesse a che fare con qualcosa che lei aveva detto.

«Perché lo avrebbe fatto?» chiese Sverre.

«Non saprei. Un'ipotesi è che non volesse lasciare nessun testamento» rispose Olav. «Altrimenti perché andare a riprenderselo?»

«E questo da un punto di vista giuridico che cosa comporta?» insistette il figlio.

Siri si alzò. La sua famiglia era rappresentante legale dei Falck da generazioni. Raramente Olav si fidava degli esterni, ma Siri aveva il lignaggio adeguato e, oltretutto, quando lui l'aveva convinta a lavorare per la Saga era socia di un noto studio di avvocatura.

«Dal momento che non disponiamo di alcun testamento autenticato, il diritto successorio si applica agli eredi legittimi, in questo caso Olav. Al momento procederemo ipotizzando che Vera abbia redatto un testamento, che però non è stato ancora trovato. Per comprendere meglio quale sia la posta in gioco dobbiamo avere ben chiaro che cosa Vera effettivamente possedesse – e con che cosa, invece, non avesse nulla a che fare.»

«Per quanto riguarda la Saga?» chiese Sverre.

«Vera non possedeva nulla del Gruppo Saga. La successione dei beni del gruppo è a sé stante, segue il principio della linea di discendenza diretta. I dettagli li conoscete. Olav è a capo della società e ognuno dei tre figli ne possiede una quota di minoranza. Lo stesso vale per il ramo di Bergen. Come sapete, gli azionisti di famiglia hanno diritto di prelazione in caso di vendita. Quindi, non c'è nulla di cui preoccuparsi.»

«Mio padre aveva capito quanto fosse importante che con il passare del tempo il controllo del gruppo restasse nelle nostre mani» commentò Olav annuendo.

Come i patriarchi Falck prima di lui, anche Olav era sempre stato ossessionato dall'idea di perpetuare la discendenza. Appena diventato nonno, era andato a trovare Sasha all'ospedale, aveva preso la piccola Camilla fra le braccia, sollevato la neonata ed esclamato: «L'eternità della stirpe... Non esiste nulla di più bello!»

Siri guardò le persone lì riunite: «L'eredità di Vera, che si tratti di successione testamentaria o legittima, consiste quindi principalmente in beni immobili. Fra i più importanti ci sono Hordnes a Bergen, il capanno di caccia a Ustaoset e, naturalmente, Rederhaugen. Beni di considerevole valore.»

*Beni di considerevole valore*, un understatement che faceva a gara con quello del *capanno* di caccia, in pratica un intero alpeggio con tanto di baite.

«Per pura curiosità...» disse Sverre. «Quanto valgono queste proprietà?»

Siri sorrise forzatamente. Sasha si rese conto di quanto trovasse irritante suo fratello. «Partiamo dal presupposto che stimare il valore di un trilocale o di una villa come tante è piuttosto semplice, dato che hanno mercato e vengono acquistati e rivenduti quotidianamente. Ma che dire del cosiddetto capanno di caccia, di Hordnes e di Rederhaugen? Ognuna delle tre tenute è un bene immobiliare unico nel suo genere e vale quanto un potenziale acquirente sarebbe disposto a pagare. Tuttavia, acquirenti di questo calibro non si trovano facilmente.»

«Avete già parlato con quelli di Bergen?» chiese Sverre sporgendosi in avanti sulla sedia.

«Di certo avranno allungato il piattino per le elemosine sotto il naso di mia madre» commentò Olav.

A quelli di Bergen le cose erano andate così male che era stata disposta la vendita forzata della loro vecchia e sontuosa residenza a Hordnes, affacciata sul fiordo di Fana. La proprietà era stata quindi rilevata da Vera, che gli aveva concesso di continuare ad abitarci in cambio di una cifra davvero irrisoria; a detta di Olav, comunque, la loro liquidità era talmente limitata che a malapena riuscivano a pagare la bolletta della luce.

«Perciò temete che Vera nel suo testamento possa aver lasciato una o più proprietà al ramo di Bergen?» chiese Sasha.

«È un'ipotesi probabile» rispose Siri.

Olav si alzò e cominciò a passeggiare avanti e indietro nella biblioteca.

«Hans e gli altri sanno che le nostre proprietà sono intestate a Vera. E Hans, donnaiolo com'è, si sarà messo a corteggiare un'eccentrica novantacinquenne. Più vicini all'essenza della bassezza è difficile arrivare.»

Persino nelle migliori famiglie quando c'è in gioco un'eredità il buonsenso può venir meno, Sasha però aveva creduto che la sua sarebbe riuscita a mantenere una certa dignità. Che ingenua era stata! A volte essere una Falck era davvero faticoso.

«Papà... Sono accuse pesanti» disse. «Non abbiamo idea di cosa sia successo. Le tue sono solo ipotesi, e del peggior scenario possibile.»

«Hans e gli altri di Bergen ci sono sempre stati addosso, anche prima che tu nascessi, Sasha. Non sono mai riusciti a superare il fatto di essersi giocati male le loro carte negli anni Settanta.»

«Comunque, sono solo ipotesi» ribadì Sasha. «Al funerale manca ancora qualche giorno. Se Vera effettivamente ha ritirato il suo testamento e non lo ha distrutto, allora dev'essere qui, da qualche parte.»

«Bene, Alexandra. A te il compito di andare allo Strapiombo e passare sistematicamente in rassegna le sue cose.»

Sasha annuì docile al padre.

«Ma perché è così importante trovarlo il prima possibile?» chiese Sverre. «Il testamento non sarebbe comunque revocabile, no?»

«Perché l'informazione è potere» gli rispose Siri, e sorrise a Sasha seduta al di là del tavolo.

Olav si girò di nuovo verso la figlia. «Quando l'avrai trovato, devi farmelo sapere immediatamente.»

«Non possiamo provare a parlarne con Hans?» chiese Sasha. «Forse lui ne sa qualcosa.»

«Ci ho già provato, ma risponde sempre la segreteria telefonica» disse Olav. «Sarà come al solito in qualche posto senza copertura.»

## Capitolo 6

## Allora, siamo d'accordo?

*Al fronte, Kurdistan iracheno*

«Ultima possibilità di tornare indietro» disse l'autista in un inglese stentato, accendendosi una sigaretta con la brace della precedente. «È troppo pericoloso.»

Hans Falck girò la manovella per abbassare il finestrino del vecchio pick-up. «Proseguiamo.»

La strada che portava alla prigione si snodava a zigzag fra ricci anticarro, blocchi di cemento, mezzi corazzati e barriere di sacchi di sabbia. Di guardia c'erano le forze speciali curde, nelle loro divise mimetiche americane dai riflessi grigi; i soldati tenevano le braccia incrociate sul petto e le mani sulle spalle, nel tentativo di proteggersi dal vento freddo del deserto.

La Land Rover ingrigita dallo sporco si avvicinò lentamente al primo posto di blocco. Un militare con il passamontagna e l'elmetto in kevlar fermò l'auto con un gesto brusco, un altro controllò che non ci fossero armi o bombe nel baule e nella carrozzeria, esaminò il telaio con uno specchio, poi fece cenno all'autista di proseguire sulla strada polverosa.

Al posto di blocco successivo intimarono a Hans di scendere. Del fumo denso si levava da un fusto di petrolio arrugginito, per poi adagiarsi come una coltre sul checkpoint, mescolandosi al carburante e alla carne di agnello speziata. Odore di Medio Oriente.

Un soldato donna ordinò a Hans di togliersi scarponi, giubbotto antiproiettile e giacca, lo perquisì e lo scansionò con un metal detector palmare. Aveva capelli e carnagione scuri, occhi lucenti e un viso sottile un po' troppo asimmetrico per essere definito bello nel senso tradizionale del termine.

«Che cosa è venuto a fare in questo carcere?»

«Vorrei parlare con un suo superiore» le rispose Hans con un sorriso.

Lei non ricambiò, ma lo accompagnò fino a una garitta. In fondo alla stanza spoglia, dietro una scrivania in metallo sovrastata dalla stella rossa curda in campo giallo, era seduto un ufficiale corpulento stretto in un'uniforme di servizio verde di una taglia troppo piccola. Hans posò davanti a lui la carta d'identità, il tesserino dell'Ordine dei medici e la lettera di accompagnamento.

Il direttore del carcere esaminò con calma tutti i documenti, poi si grattò i baffi.

«Quindi... Afghanistan negli anni Ottanta, Libano, Gaza, Bosnia, Iraq, Siria. Ma soprattutto Kurdistan: lei è amico della nostra causa da molti anni, mi è stato riferito. Coautore di un manuale da campo sull'anestesia utilizzato in tutto il mondo dai medici che operano in zone di guerra. Una carriera di tutto rispetto, mister Hans.»

Hans Falck annuì senza entusiasmo.

«La nostra prigione è stata ispezionata parecchie volte dai medici della Mezzaluna rossa» proseguì il direttore, «ma non hanno trovato mai niente che non andasse. Trattiamo i nostri nemici meglio di quanto trattiamo noi stessi. Siamo persone civili, non bestie. Lei è consapevole dei pericoli a cui va incontro entrando? In caso di rivolta non garantisco di poterla salvare.»

«È un rischio che sono disposto a correre.» Bevve un sorso di tè, dolce come una caramella. «Le autorità norvegesi mi hanno dato carta bianca per curare un prigioniero norvegese.»

Ancora non riusciva a usare quel nome, Yahya Al-Jabal, pensando a Johnny Berg, l'uomo che stava cercando da mesi ormai, dopo che HK gli aveva sussurrato all'orecchio che era scomparso in Siria.

«È un uomo estremamente pericoloso, sottoposto alle più stringenti misure di sicurezza» gli spiegò il direttore. «Ce l'hanno consegnato gli americani, dopo avergli dato una bella ripassata. In genere i nostri prigionieri dell'Europa occidentale hanno un livello di istruzione basso e una storia di piccola criminalità alle spalle. Canaglie, feccia, sadici, delinquenti, questo sì, ma di certo non delle menti brillanti. Al-Jabal è diverso. Ha un passato nelle forze speciali norvegesi, da quanto ho capito, parla sia arabo che curdo, e conosce la nostra cultura al punto da potersi spacciare per simpatizzante. Posso chiederle qual è la ragione per cui proprio Al-Jabal ha bisogno di assistenza medica?»

«Il giuramento di Ippocrate mi impone di curare ogni paziente, amico o nemico che sia» rispose pacato Hans e aggiunse, sorseggiando il tè: «Sono preoccupato per la sua salute.»

Le autorità norvegesi presumevano che Berg fosse morto, ma il suo amico di vecchia data HK aveva intercettato delle voci secondo cui in realtà stava marcendo come jihadista in una prigione curda, situazione che a Hans non piaceva affatto. I curdi si erano sempre sentiti, e a ragione, traditi e pugnalati alle spalle dai loro alleati stranieri; questa paranoia era andata peggiorando nel corso degli ultimi anni, dal momento che erano rimasti praticamente da soli a presidiare la linea del fronte contro gli islamisti.

Quando il direttore del carcere si spostò nel piccolo locale adiacente, l'odore del suo sudore continuò ad aleggiare per tutta la stanza. Tornò dopo un'eternità.

«Mi dispiace» disse. «La sua richiesta non è stata accettata.»

Hans intrecciò le dita dietro la nuca. Un no qui non era esattamente come un no in Europa.

«Chiami il ministro della Salute a Erbil e gli spieghi la situazione» disse Hans, cercando il suo nome nella rubrica. Gli allungò lo smartphone aggiungendo: «È un mio buon amico.»

L'uomo rimase a lungo con gli occhi fissi sullo schermo, poi gli restituì il cellulare.

«Lo chiami lei...»

Gli rispose la segreteria telefonica, Hans imprecò piano.

«Richiesta non accettata» ripeté il direttore del carcere, lasciando cadere l'ennesima zolletta di zucchero nel tè.

Hans inspirò a fondo prima di giocarsi l'ultima carta. «L'estate scorsa, quando sono arrivato sui monti del Sinjar, subito dopo i massacri e le pulizie etniche, ero uno dei pochi medici occidentali. Non so se lei ha seguito la stampa internazionale, ma se avesse dei dubbi sulla mia lealtà nei confronti di chi combatte valorosamente contro i jihadisti, vorrei dirle in tutta modestia che ho fatto di più io per la causa curda che molti altri. Mi dia un po' di tempo con il prigioniero e le assicuro che prima di sera avrà un problema in meno in questo carcere.»

Il direttore lo fissò a lungo.

«Okay, mister Hans. Le concedo un'ora.»

***

La prigione era un edificio in cemento grigio, con piccole feritoie e finestrelle nella parte alta.

Erano passati solo pochi giorni dalla telefonata di Vera. A lui Vera era sempre piaciuta, il loro legame risaliva alla primavera del 1970, quando Hans era un liceale e lei lavorava al manoscritto che l'aveva portata ad abitare nella vecchia proprietà dei Falck, affacciata sul fiordo di Fana, e che alla fine non era mai stato pubblicato.

Vera lo aveva chiamato due giorni prima di togliersi la vita, a posteriori gli era sembrato che avesse un tono grave e serio, come di chi sta per fare una scelta decisiva.

Avevano parlato per una decina di minuti, lei gli aveva detto che certe questioni non si affrontano al telefono.

Non si erano più sentiti.

Qualcosa non gli tornava, per questo aveva assolutamente bisogno di parlare con Johnny Berg. Che un giovane norvegese detenuto con l'accusa di essere un foreign fighter potesse diventare una figura di spicco nella disputa per l'eredità di una scrittrice novantacinquenne sembrava piuttosto bizzarro, ma era così che stavano le cose.

La guardia aprì un cancello, lo fece passare e lo richiuse a chiave alle sue spalle. Dopo aver oltrepassato altri due cancelli di sicurezza, Hans si trovò davanti alla porta del carcere.

Man mano che avanzava nel corridoio il puzzo proveniente dalle celle si intensificava, odore di sudore misto a escrementi e carne putrescente. Attraverso le finestrelle di ispezione si riuscivano a vedere i prigionieri con indosso divise arancioni. La luce filtrava da una piccola apertura in alto, le pareti del corridoio interrotto da cancelli erano turchesi e bianche. Le celle erano sovraffollate, nell'aria aleggiava un tanfo di pestilenza e infezioni non curate, evidentemente i farmaci scarseggiavano. Alcuni detenuti si muovevano saltellando per via delle amputazioni, altri erano moribondi o fingevano di esserlo. Da medico, Hans si era trovato spesso in situazioni critiche, ma quando la guardia aprì la finestrella di ispezione faticò a reprimere i conati di vomito.

La cella in cui entrò era destinata a ospitare una o due decine di prigionieri, ma lì ne avevano stipate molte decine in più. Anziani denutriti dal torace scheletrico giocavano a carte con giovani dalle membra amputate, un adolescente cantilenava lamentoso in una lingua che pareva fiammingo, altri tossivano, si sistemavano sulle ferite lacci emostatici e fasce sporche. Un uomo con una benda su un occhio si spostava sorreggendosi alle stampelle. Alcuni prigionieri cercavano di stabilire un contatto gridandogli «*Sahafi!*», giornalista, mentre altri non appena li vedevano si passavano l'indice sulla gola.

Nella parte centrale della cella il tanfo era ancora più forte. Odore di morte. Tutt'intorno alla turca avevano appeso asciugamani e giacche.

«Eccolo lì» disse la guardia indicando un uomo seduto nella posizione del loto. Gli diede un calcio. «Al-Jabal, in piedi!»

Johnny Berg era appoggiato alla parete turchese, aveva gli occhi chiusi e i palmi delle mani rivolti verso l'alto, come se stesse meditando. Indossava un'uniforme arancione simile a quella che lo Stato Islamico imponeva agli ostaggi subito prima della loro esecuzione. Una sorta di vendetta da parte dei curdi, probabilmente. Nonostante il volto ingrigito ed emaciato era ancora un bel ragazzo, o meglio un bell'uomo, visto che Berg aveva da poco superato la trentina. Aveva un naso leggermente aquilino, labbra carnose, zigomi affilati al di sopra della barba folta e lunghi capelli scuri che pendevano flosci e grassi sulle spalle. Aprì gli occhi. Lo fissò a lungo, ma senza lasciar trapelare alcuno stato d'animo.

Hans aveva ben presente l'ultima volta che si erano visti: durante i bombardamenti siriani in Libano nel 2006, quando Berg, al tempo giovane giornalista freelance, lo aveva intervistato. Una bella intervista, una delle migliori. All'epoca non lo aveva nemmeno sfiorato il sospetto che Berg potesse lavorare per i servizi segreti, adesso ne era certo.

«Sono qui per verificare le tue condizioni di salute» disse Hans. «Sono contento di rivederti, ricordo ancora con piacere la nostra conversazione.»

Berg sostenne a lungo il suo sguardo, in silenzio. Poi chiuse di nuovo gli occhi, respirava lentamente attraverso il naso.

La guardia curda che accompagnava Hans, in allerta per l'interesse suscitato fra gli altri detenuti, non smetteva di guardarsi intorno.

Per quanto magro e denutrito, si intuiva facilmente che Berg doveva aver avuto un fisico prestante e allenato. Sul petto erano visibili tre profonde cicatrici diagonali, subito sotto la spalla due fori di proiettile rimarginati dalla pelle leggermente più scura.

Con lo stetoscopio al collo, Hans gli misurò la frequenza cardiaca a riposo e la pressione, poi prelevò un campione di sangue dal polpastrello dell'indice con una lancetta pungidito.

«Ascoltami con attenzione» gli disse posando le mani sulle sue. «Quando avevo la tua età accettavo qualunque incarico mi offrissero in Medio Oriente. Adesso sto diventando vecchio. Hai mai sentito di qualcuno che in punto di morte abbia rimpianto di non aver guadagnato abbastanza o di non aver partecipato a più missioni segrete in Medio Oriente?»

«Cosa stai cercando di dirmi?» gli chiese Johnny Berg.

«Hai una figlia...» rispose Hans.

Finalmente l'altro alzò gli occhi.

«Non fare il mio stesso errore» proseguì Hans. «Lo stato norvegese mi ha mandato qui a richiedere il tuo rilascio per ragioni di salute. E lo otterrò, i curdi non vedono l'ora di liberarsi di foreign fighter e potenziali portatori di malattie.»

«Perché vuoi aiutarmi?» gli chiese Berg dopo una lunga pausa.

«Il giuramento di Ippocrate mi...»

«Tutte stronzate, lo sai anche tu...» lo interruppe l'altro scuotendo la testa.

«Sei stato vittima di una grave ingiustizia.»

«È vero, ma non è la ragione per cui sei qui.»

«Johnny, Johnny... Non ti arrendi mai, eh? E va bene... Ci sarebbe un favore che potresti farmi una volta tornato in Norvegia» gli bisbigliò. «Non è questo il posto giusto per i dettagli, ma è la mia offerta: la libertà in cambio di un favore personale.»

Il prigioniero inclinò leggermente la testa, come se stesse riflettendo.

Hans aggiunse: «Hai ancora dei sostenitori in patria, persone che ti credevano morto e sono rimaste scioccate quando hanno saputo del trattamento che ti è stato riservato. Due poliziotti ti scorteranno fino in Norvegia. Fai come ti dico e sarai nello spazio aereo europeo prima che cali la notte.»

«Perché dovrei fidarmi di te?» disse Berg alzando su di lui i suoi limpidi occhi verdi.

«Perché no?» gli rispose l'altro. «E comunque... nella situazione in cui ti trovi non vedo molte alternative. Allora, siamo d'accordo?»

## Capitolo 7
## Brindiamo! A mia madre

La sera prima del funerale Sasha sentì dei passi all'esterno della baita allo Strapiombo. Subito dopo qualcuno picchiò forte con il battente a ferro di cavallo sulla spessa porta di legno e, prima ancora che lei avesse il tempo anche solo di rispondere, spalancò la porta ed entrò avvolto dall'oscurità.

Olav portava alti stivali di gomma, indossava una giacca in pile e dei sovrapantaloni con toppe in pelle sulle ginocchia.

Avanzò di un passo sul parquet scricchiolante. «Alexandra...» disse. «Trovato niente?»

Fin da quando era bambina, il tempo trascorso alla baita con la nonna aveva sempre avuto un sentore di fiabesco. Non che l'oggettivo mondo reale smettesse di esistere, nemmeno per Vera, ma restava comunque il mondo degli ingegneri, dei fisici, dei medici, e alla nonna interessava meno della descrizione che se ne poteva fare. Erano i racconti intorno al fuoco che si tramandavano dalla notte dei tempi che ci avevano resi esseri umani, storie che a poco a poco erano diventate libri, libri che avevano trovato la strada fino agli scaffali di Vera allo Strapiombo, un mondo senza tempo da cui il padre in quel momento l'aveva bruscamente strappata.

Era lì, nella baita, che Sasha aveva trascorso gli ultimi giorni. Per avere più tempo, la mattina accompagnava a scuola le figlie e si assicurava che una babysitter si prendesse cura di loro nel pomeriggio. A dire il vero, proprio quel giorno aveva fatto un salto a casa per preparare i vestiti per il funerale, abiti in velluto nero e scarpe di vernice con cinturino e fibbia per le bambine, completo scuro con cravatta abbinata per Mads. Il suo aereo sarebbe atterrato qualche ora prima della cerimonia e gli avrebbe fatto sicuramente piacere trovare il completo appeso e pronto per essere indossato.

Entrambi amavano dedicarsi all'altro con piccoli gesti premurosi.

Per il resto, non si era mossa dallo Strapiombo.

Passare in rassegna ogni singola opera di una grande biblioteca era decisamente impegnativo, per di più la quantità di volumi raccolti da Vera era davvero ingente. Le pareti del piccolo studio erano ricoperte da quelli che Sasha aveva stimato essere un centinaio di metri lineari di scaffali zeppi di libri, a cui andavano aggiunti i volumi riposti negli scatoloni chiusi con il nastro adesivo e conservati nella cantina per le patate, oltre ai numerosi raccoglitori contenenti la corrispondenza con la casa editrice.

Dopo aver sfogliato tutte quelle pagine le sembrava di avere i polpastrelli levigati dalla carta vetrata. Alcuni libri erano stati dedicati a Vera e autografati da colleghi scrittori più o meno celebri; c'era un numero infinito di romanzi, testi di carattere storico, sociologico, economico, oltre a scritti esoterici su miti e astrologia, e da ognuno riaffioravano i ricordi.

«Ho trovato di tutto» rispose Sasha. «Ma del testamento nessuna traccia.»

«Ho telefonato al notaio distrettuale» le disse il padre, «per accertarmi che la mamma fosse andata davvero a ritirare il testamento e che Siri non ci avesse raccontato frottole. In effetti, se lo è ripreso.»

«Non ti fidi di Siri?»

Lui le sorrise. «Mi fido di lei più che della maggior parte di quelli che conosco. Ma Siri Greve non è un membro della famiglia.»

Cominciava a imbrunire, la superficie del fiordo era di un nero bluastro, come petrolio. In lontananza, sulla sponda opposta, Sasha scorse alcune deboli luci sulla collina che s'innalzava in riva al mare e dietro il cielo grigio della sera.

«Sei triste, Alexandra?»

Il padre aveva uno sguardo comprensivo e sincero, capitava di rado e aveva il potere di rievocare in lei un'infantile sensazione di sicurezza e abbandono, la stessa che provava quando da bambina gli saliva sulle ginocchia.

La nonna aveva sempre considerato Sasha la luce dei suoi occhi. Quando era piccola, Vera le dava una mancia di dieci corone, mentre Sverre doveva accontentarsi di cinque o anche di niente, perché in famiglia era Sasha l'unica che si intendeva di letteratura e racconti, era lei e solo lei ad avere lo sguardo penetrante e la forza silenziosa di cui nessuno scrittore può fare a meno. Era sempre stato fonte di grande orgoglio per Sasha, che non aveva mai capito perché la nonna avesse smesso di scrivere.

Una volta, Vera aveva letto a voce alta per lei. Sasha avrà avuto dieci, undici anni, ma ricordava esattamente quel momento, in tutti i suoi dettagli. Era un testo di mitologia greca sulla dea Iris, la messaggera degli dèi. A un tratto la nonna aveva aguzzato le orecchie. Avevano sentito un suono là fuori, da qualche parte allo Strapiombo. Il suono era andato intensificandosi, ricordava il pianto di un neonato, era lamentoso e penetrante. La nonna si era messa a piangere.

«Perché piangi?» le aveva chiesto Sasha. «Sono solo dei gatti in amore...»

Vera l'aveva guardata negli occhi: «Per gli altri, forse. Ma non per *noi*. Per uno scrittore la verità è l'immagine che la realtà crea nella mente. Se tu pensi che sia un gatto... va bene, io invece penso che sia un neonato che soffre. E può essere altrettanto vero.»

Olav si mise a sfogliare un album con dei vecchi articoli di giornale. «Ovviamente, ha conservato tutte le recensioni dei suoi libri» disse in tono dolceamaro, poi lesse: «"Un'opera d'esordio sobria e stilisticamente meritevole", "un testo macabro e suggestivo dalla nostra nuova poetessa della costa".»

Le due raccolte di racconti di Vera Lind pubblicate negli anni Cinquanta erano state apprezzate dalla critica, ma non avevano riscosso grande successo, salvo diventare poi un piccolo cult, quando avevano inserito nelle antologie scolastiche alcuni di quei testi. Negli anni Sessanta aveva dato alle stampe una serie di romanzi oscuri e densi di suspense che avevano venduto bene e le erano valsi l'appellativo di "Daphne du Maurier del Nord-Norge", ma erano un po' troppo avveniristici. Negli anni Settanta, invece, la sua produzione letteraria si era improvvisamente interrotta.

«Era davvero famosa la nonna?»

«Non quanto lei riteneva di dover essere» ridacchiò Olav.

«È strano che abbia smesso di scrivere» disse Sasha.

Il padre, senza commentare, andò all'angolo cottura, tirò fuori una bottiglia di acquavite impolverata, si sedette al lato corto della scrivania, riempì due bicchierini e ne sospinse uno verso di lei.

«Sapevi che furono i tedeschi a costruire questa baita quando requisirono Rederhaugen?»

Sasha bevve un sorso di liquore e rabbrividì.

«Finita la guerra, Vera decise di renderla più confortevole e trasformarla nel luogo in cui si sarebbe potuta dedicare alla scrittura» proseguì lui imperturbabile. «Le pareti di tronchi rotondi a incastro sulla parte anteriore sono il risultato di quella ristrutturazione, ma sulla parete che dà verso il bosco è ancora possibile vedere il materiale originale con cui la baita era stata costruita.»

Aveva appena alzato la mano per indicare quando Sasha lo interruppe: «Non so praticamente niente di quel periodo. La nonna non mi ha mai raccontato nulla e tu molto poco.»

Olav bevve un sorso di acquavite e la guardò rattristato: «Perché è stato doloroso.»

«Doloroso?» Fissò il viso del padre, segnato dalle rughe, dove un solco si era appena disegnato al di sopra delle folte sopracciglia.

«Che altre parole potrei usare?»

Lanciò un'occhiata inquieta al di là della finestra.

«Mia madre non è mai stata una madre come te. Lei era... assente. Affettuosa e fredda al tempo stesso. Era quasi sempre la governante a occuparsi di me quando lei non c'era. Una volta è stata via per tutto l'inverno, è andata nel Sud della Francia. Un intero inverno... *doveva* scrivere, come diceva lei. Ho pianto fino a non avere più lacrime il giorno in cui è partita, me lo ricordo bene. Avevo nove anni. Me ne stavo lì a piangere su un binario della Østbanestasjonen... Ma ci pensi?»

Sasha immaginò il piccolo Olav sulla lunga banchina, mentre il treno sferragliando usciva lento dalla stazione di Oslo. Posò la mano sulla sua.

«Di notte la mamma urlava» proseguì. «Rederhaugen non era ancora stata ristrutturata, l'edificio principale era vuoto e molto freddo, risonante, le urla riecheggiavano nei corridoi e arrivavano fino alla stanza in cui dormivo. La mamma gridava, così, all'improvviso. Ogni notte balzava a sedere sul letto e gridava.»

«Nessuno è riuscito ad aiutarla?»

«Non ha voluto essere aiutata. E poi allora non c'era la stessa consapevolezza di adesso per certe cose. Una volta, avrò avuto dodici anni, forse tredici, non ce l'ho più fatta.

Sono andato sul mezzanino dell'edificio principale e mi sono messo una corda al collo, pensavo che sarei stato libero se solo mi fossi buttato al di là della ringhiera, che la morte era a un passo da me, che la morte era nera, non era niente.»

«Oh, papà...» disse Sasha facendogli una carezza sulla spalla.

«Poi mi sono sentito meglio, alla fine le cose migliorano sempre, Alexandra. Il mattino dopo mi sono svegliato con una strana sensazione. Avevo ancora paura di cosa avrebbe potuto inventarsi mia madre e quella paura mi avrebbe accompagnato per tutta la vita, ma ero libero: qualcosa dentro di me aveva capito che ognuno è artefice del proprio destino.»

Erano così tante le domande che Sasha avrebbe voluto fargli, ma si sentì sopraffatta dalle sue parole.

«È stato solo quando tu hai cominciato a crescere» proseguì Olav, «che ho provato di nuovo la stessa paura. Eri identica alle vecchie fotografie di Vera e io non volevo che avessi una vita come la sua. Ma non sei diventata come lei, Alexandra. Tu hai le stesse qualità per cui i miei antenati erano conosciuti, che forse ho anch'io nei miei giorni migliori, chissà... Sei intelligente e lungimirante, senza dubbio, ma non solo. Tu hai qualcosa in più, qualcosa di più importante: hai carattere. Dei valori in cui credi. Un forte senso di lealtà nei confronti della famiglia. Mantieni la calma anche quando sei sotto pressione. Rifletti prima di esprimerti e lasci intuire agli altri quello che pensi.»

Sasha sorrise al padre. Era al limite del patologico: nel riflesso dello sguardo altrui non vedeva che se stesso. Riversava costantemente i propri sentimenti sui suoi interlocutori, in ogni stanza l'atmosfera che si respirava era dettata dal suo umore. Eppure, lei lo amava di un amore che non poteva paragonarsi a quello che provava per altri, né per Mads, né per il fratello o la sorella. E nemmeno a quello per i figli, decisamente meno complesso.

«Ho trovato un libro sul naufragio dell'espresso costiero» gli disse mostrandogli *Una raccolta di testi sul naufragio della DS Prinsesse Ragnhild*. «Fra i vari documenti che contiene ci sono anche le deposizioni rilasciate dal capitano e dall'equipaggio al tribunale distrettuale di primo grado di Salten, il giorno dopo il naufragio.»

«Una lettura di forte impatto.» Olav iniziò a sfogliare il volume, mise gli occhiali che teneva al collo e lesse ad alta voce:

> In seguito all'esplosione l'imbarcazione si sollevò, il capitano fu sbalzato in aria e ricadde, quasi in ginocchio, sul ponte di comando. Fu quindi ribaltato di lato e si ritrovò steso sul fianco sinistro. Il capitano suppone che l'esplosione sia stata causata da una mina, ma aggiunge di non essersi trovato in una situazione simile prima di allora. Al contrario, ha avuto esperienza di siluramenti durante la precedente guerra mondiale e sostiene che questa esplosione sia di tipo diverso. Che potesse trattarsi di una mina lo ha dedotto dallo scoppio sordo...

«Siamo davvero così sicuri che si sia trattato di una mina?» chiese Sasha.

«Sicuri quanto è possibile esserlo riguardo a un fatto storico» le rispose Olav. «Chiunque abbia scritto del naufragio è di questa idea. Senti che cosa riferisce poco più avanti il capitano Brækhus, sotto giuramento.» Lentamente, lesse:

> Secondo il capitano tutto starebbe a indicare che l'esplosione sia stata provocata da una mina sottomarina. Il luogo del naufragio si troverebbe nella zona minata dagli inglesi l'8 aprile 1940.

«Pensa se davvero fossero gli inglesi i responsabili della morte del nonno...» disse Sasha.

Il padre annuì guardandola con tenerezza. «Sarebbe comunque di importanza secondaria. Pensa se mia madre non fosse saltata nel gelido Oceano Atlantico con me in braccio... Non sarei seduto qui questa sera.» Le sorrise, tornando a guardarla con occhi affettuosi e miti. «E nemmeno tu.»

Ne era passato di tempo da quando Sasha si era sentita così vicina al padre, inspirò il suo profumo e disse: «Ho chiesto alla nonna di raccontarmi qualcosa del naufragio, l'ultima volta che ci siamo viste.»

Olav ebbe un sussulto, il suo sguardo si indurì. «Tua nonna era una a cui piaceva raccontare, non documentare le vicende storiche.»

«Mi spaventa molto l'idea che possa essere stata quella domanda a spingerla a gettarsi nel vuoto.»

«No» la rincuorò il padre, tornato comprensivo, mentre posava una mano sulla sua. «Spesso gli omicidi hanno un movente semplice, amore o odio, per i suicidi invece il movente è la vita stessa. E la vita di mia madre non è mai stata responsabilità tua, Alexandra.»

«Sono così tante le domande senza risposta che riguardano la nonna» disse Sasha. «Non solo che fine ha fatto il testamento, ma anche chi era lei davvero, da dove veniva e perché ha smesso di scrivere.»

Il viso di Olav si irrigidì. «La vita di mia madre è un labirinto. Se ti ci avventuri dentro non riuscirai più a uscirne.» La fissò a lungo, poi tornò a sorridere. «Brindiamo! A mia madre.»

Poco dopo, Olav si alzò e andò a posare i due bicchierini da liquore sul bancone della cucina. «È pronto il tuo discorso per domani?»

«Sì, penso di sì.»

«Non vedo l'ora che il funerale sia finito, perché così si chiuderà un capitolo della storia della nostra famiglia. Per quanto affascinanti possano sembrare i segreti della vita di

Vera, per quanto all'apparenza intriganti, come spesso accade con i mitomani, devi promettermi una cosa, Alexandra.»

Un brivido scosse Sasha. «Che cosa?»

«Che non scaverai nel passato, che lascerai le cose come stanno. Perché se non lo farai, tutto quello che abbiamo costruito qui potrebbe crollare.»

## Capitolo 8

## Croce di guerra al valor militare con due spade

Il pubblico ministero aveva chiesto che l'udienza per la custodia cautelare si svolgesse a porte chiuse per ragioni di sicurezza del regno, e la richiesta era stata accolta.

L'avvocato Jan I. Rana prese posto accanto all'imputato. John Omar Berg, o meglio Johnny Berg, per usare il nome con cui lui stesso si era presentato, era stato scortato fuori dal Kurdistan e si trovava in Norvegia solo da un paio di giorni. Il viso era ancora emaciato e gli zigomi marcati. Ricordava vagamente una lucertola, per lo meno adesso i lunghi capelli neri erano pettinati ordinatamente all'indietro e ricadevano sul tradizionale cardigan norvegese lavorato ai ferri.

Che i furfanti lo indossassero, talvolta nella versione maglione, aveva un non so che di parodistico, ma, come sosteneva Rana, i cliché sono tali proprio perché funzionano.

Il giudice era un uomo impettito e flemmatico in abito scuro. Con una disinvoltura che l'avvocato Rana attribuì al suo essere la quattordicesima generazione cresciuta in ville dai giardini curati e ricchi di meli nella benestante zona occidentale di Oslo, lesse la richiesta del pubblico ministero: quattro settimane di custodia cautelare con divieto di ricevere visite e corrispondenza, ai sensi degli articoli 133 e 136 del codice penale riguardanti rispettivamente l'associazione con finalità terroristiche e i viaggi all'estero con finalità terroristiche.

«L'imputato John Omar Berg accetta la richiesta di custodia cautelare o chiede di essere rilasciato?» domandò il giudice con affettata noncuranza.

«Chiede di essere rilasciato» rispose Jan I. Rana.

«In tal caso lascio la parola al procuratore capo» dichiarò il giudice raschiandosi la gola.

Una donna bionda di nemmeno quarant'anni si alzò.

«Sappiamo che il 12 settembre 2014 John Omar Berg è atterrato nella città curda di Erbil. Sappiamo anche che negli ultimi anni la sua visione del mondo è mutata in direzione sempre più estremistica, come dimostra il seguente messaggio di posta elettronica datato 23 luglio dello stesso anno. Cito: "Sono talmente nauseato dal ruolo dell'Occidente in Medio Oriente che mi verrebbe voglia di arruolarmi in Daesh. Almeno hanno fegato." Fine citazione. Lo scopo di Berg è chiaro: unirsi all'organizzazione terroristica.»

Fece una pausa. L'avvocato Rana fissò Berg, che sedeva immobile come una statua di cera. Era imperturbabile, mai gli era capitato di vedere imputati possedere una simile calma, degna di un monaco tibetano dopo dieci anni di meditazione ininterrotta.

«Le intenzioni terroristiche di Berg sono quindi evidenti» proseguì il procuratore capo. «Quel giorno varca il confine che lo separa dalla città nord-irachena di Telskuf per incontrare connazionali dalle idee affini, in un villaggio controllato dallo Stato Islamico; fra questi ricordiamo il jihadista norvegese e foreign fighter Abu Fellah. Dell'incontro fra i due non sappiamo niente. Quello che sappiamo, grazie ai servizi segreti esteri, è che viene arrestato dai peshmerga curdi il mattino seguente.» Il procuratore si girò verso il giudice. «Le ragioni per cui il pubblico ministero ritiene necessaria la custodia cautelare per l'imputato risiedono nella gravità dei capi d'accusa. Ma non possiamo nemmeno prescindere da chi effettivamente è John Omar Berg, né dai suoi trascorsi.»

Il giudice pareva annoiato dal discorso del poco carismatico procuratore. Si confonde con il mobilio minimalista dell'aula, pensò l'avvocato Rana.

«Dopo essersi arruolato nelle forze speciali della marina militare norvegese» proseguì il procuratore, «Berg ha lavorato per anni al servizio della Difesa, autorizzato ad accedere a documenti estremamente riservati. Che una persona con tali competenze e conoscenze abbia scelto di aderire a un'organizzazione terroristica aggrava considerevolmente le circostanze del suo viaggio da foreign fighter. Berg ha le capacità per portare avanti un'azione terroristica. Inoltre, altri paesi europei ci hanno informato che diversi detenuti rilasciati dalla stessa struttura carceraria in cui Berg era recluso sono sotto indagine per pianificazione di atti terroristici. Il pubblico ministero ritiene che nel caso in questione ci sia un pericolo concreto di inquinamento delle prove. Senza contare che, se venisse lasciato libero, finirebbe per urtare il comune senso della giustizia.»

Con queste parole concluse il suo discorso, chiuse il fascicolo e tornò a sedersi con le mani compitamente raccolte in grembo.

Jan I. Rana si raddrizzò la cravatta e la giacca del completo scuro.

In origine il suo vero nome era Mohammed Iqbal Rana, nome che con sua grande irritazione si lasciava facilmente abbreviare in Mo-I-Rana, come la piccola e poco affascinante cittadina del Nord, e che quindi era stato fonte di tormento per tutta la sua infanzia e adolescenza. Mo-I-Rana aveva precocemente compreso che se voleva diventare qualcuno doveva smetterla di derubare i giovani benestanti dietro il centro commerciale di Tåsen e iniziare invece a fare gioco di squadra con i norvegesi, tanto più che nel giro di breve tempo metà della città si sarebbe chiamata Mohammed. Gli serviva un nome norvegese, prese in considerazione Tormod, e anche Bjørn, ma suonavano falsi, non gli si addicevano.

Poi si era reso conto che il nome più comune in Norvegia era Jan, che in persiano significa *anima*.

Un nome perfetto.

Jan I. Rana sgobbava sui libri. A Giurisprudenza stava più che altro per conto proprio. I pachistani più intraprendenti, che avevano iniziato piano piano a conquistare la facoltà, nutrivano una certa diffidenza nei suoi confronti. Per i colleghi di corso che abitavano in ville con grandi giardini ricchi di meli lui non era che un immigrato come tanti altri, proveniente dalla zona orientale, dal cemento, un cosiddetto *bambino tarassaco*, uno che era riuscito a farcela nonostante le proibitive condizioni di partenza. Non sarebbe mai potuto diventare come loro. Bull, Stang, Smith, Lütken, Stoud Platou, Collett, Falsen... I loro alberi genealogici annoveravano nobili, firmatari dell'Assemblea costituente, giudici della Corte suprema, e anche se i suoi antenati discendevano dalla casta guerriera indiana del Rajput, nessun norvegese ne era a conoscenza.

Cominciò a coltivare l'immagine di un giovane proveniente dalla classe operaia profondamente radicato nella cultura norvegese. In birreria con le ragazze della facoltà si vantava di essere un discendente dei manovali che avevano costruito la ferrovia di Bergen, sosteneva che Rana fosse un nome piuttosto comune fra gli svedesi e gli *skogfinner*, la minoranza finnica dedita alla pratica del debbio migrata nelle foreste norvegesi nel Sedicesimo secolo. Ben presto i suoi sospetti trovarono conferma: i colleghi di studi erano per lo più pigri e ignoranti; si riusciva a fargli credere qualunque cosa, purché la storia fosse abbastanza dettagliata e avvincente.

Con il passare del tempo comprese che le sue origini potevano essere un vantaggio: gli amici di vecchia data avevano sempre bisogno di avvocati difensori e lo avrebbero avuto anche le nuove generazioni. Il Califfato divenne una miniera d'oro, avrebbe dovuto mandare un biglietto di auguri natalizi aziendali al califfo, sulle sue folli idee si guadagnava da vivere e proprio per questo, quando il celebre medico Hans Falck aveva telefonato allo studio legale Rana & Andenæs proponendogli di difendere un norvegese *ingiustamente sospettato* di essere un foreign fighter, lui aveva lasciato perdere tutto il resto.

*Yeah, right*, si era detto.

Nella maggior parte dei casi, per gli imputati accusati di essere dei foreign fighter era sufficiente raccontare la solita vecchia storiella, cioè che erano partiti per aiutare donne e bambini, sperando che il pubblico ministero non avesse troppe prove a dimostrazione del contrario. Questo John Omar Berg, invece, non era interessato a una soluzione del genere: aveva dato a Rana un foglio con le iniziali HK seguite da un numero di telefono. E le risposte dell'uomo che si celava dietro quelle iniziali erano state così esaustive che l'avvocato non vedeva l'ora di poter tenere la sua arringa.

«Devo dare ragione al procuratore su molti punti. John O. Berg è stato formato e addestrato nelle forze speciali della marina militare norvegese, uno dei corpi più duri della Difesa.»

Stando ben attento a non utilizzare il nome straniero di Berg, l'avvocato proseguì: «Ha lavorato diversi anni per la Difesa e oltreconfine ha combattuto contro lo Stato Islamico. È anche vero che ha scritto email il cui testo può essere interpretato come favorevole all'organizzazione terroristica e sì, ha trascorso parte della sua prigionia in una struttura di detenzione connessa alla pianificazione di atti terroristici. Questo significa forse che le conclusioni sono già evidenti? Che John O. Berg dev'essere incarcerato?»

Rana guardò il procuratore, poi il giudice. Fece seguire una pausa a effetto così lunga da catturare l'attenzione di entrambi.

«C'è solo un problema riguardo a quanto la pubblica accusa ha riferito» continuò. «Ovvero: che cosa ha fatto Berg negli anni trascorsi al servizio della Difesa? Ha lavorato nei servizi segreti. Proprio così.»

L'avvocato proseguì soffermandosi sulle imprese di Berg nel periodo dal 2006 al 2010, quando operava in Afghanistan. «Correndo rischi enormi ha identificato strutture il cui scopo era di costruire bombe per uccidere i soldati norvegesi. Berg è capace, è eccezionale. Riceve onorificenze al valore, viene insignito con la Croce di guerra al valor militare con una spada, e poi addirittura con due spade.»

Rana guardò giudice e accusa e ripeté: «Due spade.»

Seguì un'altra lunga pausa a effetto. «Solo l'eroe della resistenza Gunnar Sønsteby ne ha più di lui. Berg salva vite norvegesi, difende i nostri interessi. Le sue responsabilità crescono. Utilizza come fonti ministri afghani, disertori delle Guardie rivoluzionarie iraniane e politici russi. In Libia *dirige il fuoco*, come dicono alla Difesa, e cioè da una posizione avanzata sul terreno individua e trasmette alle forze aeree, caccia norvegesi e alleati, le coordinate utili a individuare e colpire obiettivi nemici.»

Altra pausa.

«E sì... qualcosa in Berg comincia a cambiare, scrupoli morali lo tormentano perché questo suo lavoro è costato vite di civili. E allora che cosa fa? Diventa un disertore? No. Con lealtà informa i suoi superiori della sofferenza che lo affligge, *segue la procedura*, come dicono alla Difesa. Berg è leale, ma non remissivo. Poi tutto tace, per diversi anni. Berg diventa padre. È stremato dalle dure prove che ha dovuto affrontare. Un test eseguito sotto la regia del dirigente medico del dipartimento della Difesa evidenzia il decorso in atto di postumi dovuti a precedenti traumi. È questo il prezzo che Berg paga per aver difeso la Norvegia. E allora che cosa succede?»

L'avvocato Rana si grattò leggermente la testa. Era al

punto cruciale della sua arringa. «Succede che John O. Berg sale su un aereo diretto a Erbil, fatto di cui il procuratore ci ha già informato. Quello che ha tralasciato è aggiungere qualcosa di sostanziale sulle motivazioni che hanno spinto l'imputato a intraprendere il viaggio. È vero, esiste l'email con quel commento scritto di getto. In diverse occasioni mi sono trovato a difendere imputati accusati di essere dei foreign fighter e conosco bene la mole e l'estensione delle prove che l'accusa produce in casi simili: tracce di radicalizzazione su internet, contatti con fondamentalisti islamici a capo di gruppi interni al paese di residenza o stranieri, scambi su questioni logistiche legate a viaggi e soggiorni. E nel caso di John O. Berg? Niente di niente.»

Con soddisfazione, Rana si accorse che il giudice si era sporto leggermente in avanti, come se stesse seguendo attentamente.

«Se fossi stato io il procuratore, con prove documentarie così scarse penso che avrei presentato proprio questa come prova della scaltrezza e professionalità del *jihadista* Berg. Forse a lui è riuscito quello che nessun foreign fighter di nessun paese occidentale è mai stato capace di fare: passare totalmente inosservato prima della partenza. E se anche fosse, per quanto altamente improbabile, non potrebbe comunque essere arrestato: non ci sono prove, nessuna, sulle sue intenzioni di entrare a far parte di un'organizzazione terroristica. Giustamente si può obiettare che la decisione di partire per un paese inserito dal ministero degli Affari esteri fra quelli sconsigliati sia stata piuttosto ingenua, ma va considerato il fatto che Berg ha lavorato come giornalista e potrebbe esserci andato proprio per scrivere un reportage. Non lo sappiamo, è questo il punto. E per concludere, signor giudice, vorrei ricordare che il provvedimento di custodia cautelare può essere applicato esclusivamente quando le probabilità che l'imputato abbia commesso il reato di cui è stato accusato sono superiori alle probabilità che non lo abbia commesso. E quanto presentato dall'accusa non sembra andare in questa direzione. Mi conceda, dunque, per far luce sul caso, di accennare a ciò di cui Berg si è effettivamente occupato.»

Il procuratore alzò gli occhi.

«Berg ha lavorato per i servizi segreti» disse Rana.

Lei lo guardò con scetticismo.

«Berg è *deniable*. Che cosa implica questa espressione? L'attività di spionaggio fra stati è di norma regolata dalla Convenzione di Vienna. In poche parole, se una potenza straniera si serve di diplomatici per spiare un altro stato, i diplomatici coinvolti non vengono perseguiti, ma espulsi. Un trattamento privilegiato che non vale per chi lavora come *deniable*.»

Fece una breve pausa.

«Yahya Sayyid Al-Jabal è il nome di copertura che Berg usa quando è in servizio. E quando Berg varca il confine per entrare nei territori controllati dallo Stato Islamico non è certo per aderire a un'organizzazione terroristica. Al contrario, agisce con la deliberata intenzione di fare quello che ha brillantemente fatto per molti anni e che gli è valso diverse onorificenze al valore: difendere la Norvegia, fare in modo che le persone come voi e come me, contribuenti osservanti della legge, possano dormire sonni tranquilli.»

Ah, che meraviglia, quando le parole davano vita a frasi ben strutturate e incisive, che portavano al knock-out tecnico.

«E vorrei aggiungere: lavare i panni sporchi in pubblico, cosa che succederebbe se il ruolo di Berg venisse reso noto, è qualcosa che mi augurerei non accadesse se fossi io il pubblico ministero.»

«Ha finito?» chiese il giudice, schiarendosi la gola.

«Un'ultima cosa» disse. «Non solo Berg è innocente rispetto alle accuse che gli sono state mosse. John O. Berg è un eroe. Un eroe norvegese. E mentre era al servizio della patria è stato abbandonato in uno dei posti peggiori della terra – una prigione per terroristi, criminali di guerra e jihadisti in Siria – senza che la Norvegia, pubblicamente, alzasse un dito. È questo, signor giudice, il vero crimine.»

Il procuratore prese la parola per una breve puntualizzazione.

«Per quanto riguarda la Croce di guerra al valor militare con due spade, l'onorificenza può essere revocata per indegnità dell'insignito. La nostra richiesta di revoca nei confronti di Berg è stata inoltrata al Consiglio dei ministri, ma è una decisione che spetta solamente al re quando la questione verrà sollevata.»

Per la prima volta durante l'intera seduta, l'avvocato Rana notò una reazione in Berg. Al sentir nominare la Croce di guerra e il sovrano, Berg ebbe un sussulto e impallidì, sembrò sul punto di gridare qualcosa, ma si trattenne.

«Se avete finito...» disse il giudice, e si grattò la testa mentre, sbadigliando, controllava l'orologio.

Uscì dall'aula. Rana gettò un'occhiata all'imputato, ancora immobile al suo posto, con le mani in grembo e lo sguardo pensieroso.

Poi andò tutto molto velocemente. Il giudice tornò e lesse il verdetto, il cui punto essenziale era: «Il tribunale ha stabilito che i presupposti per il capo di imputazione, di cui all'articolo 133 del codice penale riguardante l'associazione con finalità terroristiche e all'articolo 136 riguardante i viaggi all'estero con finalità terroristiche, non sussistono. John O. Berg viene rilasciato.»

Un rumore di sedie che raschiavano il pavimento accompagnò i presenti quando si alzarono.

L'avvocato si voltò verso Berg, strizzò l'occhio e gli disse: «C'è un tavolo prenotato al Theatercaféen e una bottiglia di champagne in fresco. Che ne dici?»

## Capitolo 9
## Le calde mani da medico

Olav attraversò il prato immerso nei propri pensieri, le mani affondate nelle tasche. Il funerale gli aveva ricordato che anche lui era mortale; cerimonie e annunci funebri avevano iniziato a susseguirsi sempre più frequentemente nella sua vita, come i cartelli stradali quando ci si avvicina a una città. Era inevitabile: la vita era come la marcia dei lemming e Olav si trovava vicino allo strapiombo. La morte aveva sollevato forze vorticose che lui non era più in grado di controllare.

Per fortuna la fila delle condoglianze ufficiali sul sagrato della chiesa si era smaltita e i passi più penosi erano stati espurgati dal discorso tenuto dal pastore durante la cerimonia. I minibus con gli ospiti più anziani e fragili avevano raggiunto l'ingresso principale. Dal terrazzino, un quartetto d'archi ingaggiato per l'occasione accompagnava una cantante lirica di fama internazionale nell'*Ave Maria* di Schubert.

Olav aveva indirizzato un'informale richiesta di invito a partecipare al funerale al re, un amico di vecchia data. Un tempo capitava che facesse un salto a Rederhaugen per mangiare polpette di pesce e guardare il notiziario mentre le guardie del corpo restavano ad attenderlo in macchina. Era un privilegio avere un rapporto del genere con il re, raramente capitava di vederlo così soddisfatto come quando poteva permettersi di allungare le gambe sul tavolo e godersi una birra e una sigaretta lontano dalle luci dei riflettori. Ma al suo invito non aveva risposto.

Era arrivato il momento di parlare con Hans. Nel salone la melodia del quartetto d'archi, sistematosi sul mezzanino, si mescolava al sommesso brusio delle voci e al tintinnare dei cucchiaini d'argento sul servizio di porcellana. Nonostante nella sua vita avesse stretto più mani della maggior parte delle persone, Olav non poteva soffrire le adunanze così numerose.

Attraversò lentamente le sale di rappresentanza che fiancheggiavano il grande salone dei ricevimenti, facendo amichevoli cenni di saluto con il capo a destra e a sinistra. C'erano persone che non vedeva da molti anni, una rassegna di volti appartenuti alla vita della madre e anche alla sua, quasi tutti rugosi e martoriati dal tempo.

Che cosa ci facevano lì tutte quelle persone? Che cosa volevano? I figli lo incolpavano di eccessivo cinismo, ma lui la sapeva lunga. Tutto sommato, era semplicemente realista.

Salutò Johan Grieg, il vecchio editore di Vera, nonché membro del consiglio direttivo della Saga, pallido e smunto per via di un'insufficienza surrenalica. Un tempo Johan era stato un suo grande amico e compagno di bevute, ma come tutte le amicizie anche questa era diventata solo una pallida ombra di quel che era stata.

Al tavolo accanto sedevano alcuni ex politici. Olav era socialdemocratico, lo era sempre stato. Non che apprezzasse davvero fino in fondo il Partito laburista, l'Arbeiderpartiet. La deriva verso la mediocrazia e i sentimentalismi liceali erano cose che detestava e che rendevano ancor più importante avere qualche adulto responsabile nella sede di Youngstorget. Ma quali altre possibilità avrebbe avuto? La destra? I proprietari delle grosse ville e i piccoli commercianti arrabbiati li disprezzava quasi quanto i piccoli partiti, prenderli seriamente in considerazione era impossibile.

Ma dov'era finito Hans? Olav proseguì attraverso il salone, il bay-window e la sala della musica, e a un tratto sentì accanto a sé una voce femminile dall'accento del Nord.

«Falck, devo dire che l'ammiro.»

Quel complimento migliorò immediatamente il suo umore. Si girò verso la donna.

«È davvero un piacere sentirselo dire in un giorno come questo.»

Davanti a lui c'era un'elegante signora sulla settantina con i capelli corti. Portava una collana sopra il maglione a collo alto.

Si scusò con espressione desolata: «Mi dispiace, Olav Falck, le mie più sentite condoglianze. Naturalmente le sue attività non passano inosservate...»

Lui la fissò allibito.

«... Ma prima che la situazione diventi troppo imbarazzante...» proseguì, «... il mio commento era rivolto a Hans Falck.»

Fu solo in quel momento che Olav si accorse di Hans, seminascosto dietro una colonna, a un paio di metri da lui. A passo agile si avvicinò alla donna e posò sulle sue spalle le forti mani da medico fissandola con sguardo penetrante da distanza ravvicinata. Ovviamente il concetto di non invadenza dello spazio vitale altrui gli era del tutto estraneo.

«Mia cara, grazie mille. Mi è sembrato di cogliere un'inflessione delle Lofoten, o sbaglio?»

«Moskenes» disse lei arrossendo.

«Oh, adoro quelli del Nord!» esclamò a gran voce Hans allargando teatralmente le braccia; molti si voltarono. «Nei miei viaggi ho spesso pensato a come l'ospitalità e la filosofia di vita del Nord-Norge mi ricordassero quelle del Medio Oriente. Siete ben diversi dai norvegesi del Sud, grazie al cielo!»

«So che all'inizio della carriera ha lavorato a Flakstad.

Mio padre faceva il medico lassù ed è stato allora che ha conosciuto Vera Lind.»

«Stiamo parlando di quel dottor Schultz?»

Una sottile inquietudine s'impossessò di Olav, come sempre gli capitava quando le persone che aveva intorno risultavano meglio informate di lui. *Dottor Schultz*... lo aveva sentito nominare dalla madre, prima che le cose si complicassero.

«Era mio padre.»

«Pace all'anima sua» disse Hans. «Un medico leggendario, un progressista, un umanista che ha dedicato la sua carriera a migliorare le vite dei ceti più modesti in un'epoca precedente al welfare state e all'agiatezza. Il dottor Schultz è stato un modello per me e per tutti i medici progressisti impegnati nel sociale negli anni Settanta.»

A quei complimenti la signora si commosse, mentre Olav cercava di nascondere l'invidia. Sempre più spesso incontrava persone che gli chiedevano se *lui* fosse parente di Hans Falck. Un tempo era stato il contrario: Hans, il figlio dell'armatore che si travestiva da proletario per rimorchiare, era considerato un pagliaccio. E tale era rimasto, secondo Olav, anche se negli ultimi anni era diventato una sorta di eroe nazionale per via dell'impegno da medico nelle zone teatro di guerra. Hans era stato il primo occidentale a denunciare al mondo la strage compiuta dallo Stato Islamico sui monti del Sinjar. Appariva scosso da quello che aveva visto, ma Olav era dell'idea che si stesse soprattutto godendo la notorietà.

Non mancava mai di sottolineare che l'empatia di Hans Falck per il mondo dei poveri era inversamente proporzionale alla sollecitudine che mostrava nei confronti dei parenti prossimi, sparsi per la Norvegia.

«E sa una cosa?» proseguì la donna, sempre rivolgendosi a Hans. «Ha fatto davvero bene a rifiutare l'Ordine reale di sant'Olav.»

«E come avrei potuto non farlo? Noi socialisti ce l'abbiamo per tradizione di rifiutare le onorificenze borghesi. È un eccellente principio.»

Hans aveva rifiutato la medaglia dell'Ordine reale norvegese di sant'Olav?

«Che presunzione» ribatté pronto Olav, ma la replica non trovò terreno fertile. «Però la cittadinanza onoraria curda l'hai accettata, no?»

«Sì. E anche l'onorificenza libanese dell'Ordine nazionale del Cedro» rispose Hans strizzando l'occhio alla signora.

Lei gli bisbigliò qualcosa di incomprensibile all'orecchio, fece un cortese cenno in direzione di Olav e se ne andò.

«I miei figli non sono potuti venire oggi, ma ti porgono tutti le loro condoglianze» gli disse Hans, una volta rimasti soli.

«Vorrei scambiare due parole con te» rispose Olav, conducendolo in un corridoio che portava alla cucina, dominata da credenze provenzali con ante a rete attraverso cui si intravedevano servizi in porcellana giapponese.

Se ancora aveva un certo ascendente su Hans lo doveva proprio ai beni immobili. Hans esercitava, indubbiamente, un gran fascino sulle donne, anche se col passare del tempo diventava sempre più patetico, e godeva di un certo prestigio dovuto all'essere un medico umanitario, ma la sua famiglia era totalmente al verde. All'epoca, l'ufficio successioni del tribunale aveva tolto tutto al padre, Per Falck, mentre Olav, attraverso Vera, era diventato proprietario della vecchia residenza a Hordnes, lasciandola in affitto al ramo di Bergen in cambio di una cifra ben al di sotto del prezzo di mercato. Inoltre, aveva dato loro un posto nel consiglio di gestione della fondazione e una quantità simbolica di azioni del Gruppo Saga. Meglio averli all'interno, dalla propria parte. Per Hans non poteva esserci umiliazione più grande, oltretutto con il tempo le bocche da sfamare erano diventate talmente tante che i dividendi ricavati dalla percentuale di azioni della Saga non davano poi chissà quale sollievo.

«Dobbiamo parlare dell'eredità» disse Olav.

«Su questo siamo d'accordo.»

Olav si appoggiò alla parete, scrutando Hans.

«E io che credevo che voi comunisti foste contro l'istituzione stessa dell'eredità...» disse.

«Che cosa vuoi, Olav?»

«Immagino che tu sappia già che non è stato trovato alcun testamento dopo la scomparsa di mia madre» rispose Olav. «Sappiamo che è andata a ritirarlo dal notaio lo stesso giorno in cui si è tolta la vita, ma dal momento che non ne abbiamo trovato traccia fra i suoi beni personali qui a Rederhaugen, l'ipotesi più verosimile è che lo abbia distrutto. La successione ereditaria seguirà quindi le norme stabilite per la suddivisione fra eredi diretti.»

«Non so quanti contatti tu abbia avuto con tua madre negli ultimi anni» disse Hans. «Ma se tu le avessi parlato ti saresti reso conto che Vera e io avevamo un rapporto stretto, che risale a quel lontano inverno trascorso a Bergen, mentre lavorava alla stesura di un suo libro, nel 1970.»

«Se *tu* l'avessi conosciuta davvero, sapresti che il suo funerale non è il luogo migliore per questo tipo di commenti» ribatté Olav.

«Tua madre ha sempre amato la verità» replicò Hans. «È una delle cose che più apprezzavo di lei. Mi ha telefonato anche di recente, due giorni prima di morire, per dirmi che voleva parlarmi a quattr'occhi. Dell'eredità.»

Un sorriso obliquo affiorò sul suo viso, che il sole aveva segnato di rughe.

«Naturalmente, è possibile che Vera abbia cambiato idea e abbia distrutto il testamento. Ma viene anche spontaneo pensare che proprio voi di Rederhaugen avreste validi motivi per desiderare che le sue ultime volontà non vengano alla luce, per volervi sbarazzare di un documento che molto probabilmente comporterebbe per voi la perdita della proprietà, costringendovi a suddividere i suoi beni con altri.»

Il brusio delle voci penetrava attraverso le porte socchiuse. Hans si avvicinò a Olav e posò le mani sulle sue. Erano calde proprio come girava voce che fossero.

Hans si voltò e se ne andò, Olav lo guardò allontanarsi a passo lieve fra la gente e si sentì davvero vecchio.

# Capitolo 10
# Chi siamo?

«Chi siamo?» iniziò Sasha.

Guardò la platea dei partecipanti al ricevimento funebre, soffermandosi prima sugli ospiti seduti ai tavoli rotondi apparecchiati nella sala del caminetto, poi su quelli accomodati su divani e poltrone nel bay-window con vista sul fiordo.

«Chi siamo noi?» ripeté. «Chi siamo noi come singoli individui, e come popolo? Ho pensato a lungo a questa domanda dopo la morte di mia nonna. È la questione esistenziale che sottostà a tutte le altre. Chi era Vera?»

L'inquieto vagare di sguardi degli ascoltatori s'interruppe non appena ebbe pronunciato l'inizio del discorso, esattamente come lei aveva previsto. Posò gli occhi sul padre. Erano parole che lui stesso avrebbe potuto dire. Una scelta consapevole da parte sua, era stato lui a insegnarle come si tiene un discorso. Lui, e Vera.

«La parola Norvegia deriva da *Norvegr*, ovvero la strada che porta a nord. Come la rotta marittima che risale la nostra lunga costa. Chi siamo? Un popolo temprato che abita una terra dove la natura è sempre stata poco generosa, dove i nostri avi vivevano del poco che le coste offrivano. Per centinaia di anni i nostri mercanti e marinai, a bordo di velieri agili e veloci, hanno scambiato merci lungo la rotta che porta a nord. Il viaggio di mia nonna dalla povertà in cui è cresciuta ai privilegi della famiglia di cui è diventata parte è una storia della Norvegia del secolo scorso. La rotta costiera è stata decisiva per la storia di Vera. È quella che da ragazza l'ha portata nel Sud del paese.»

Fece un'altra pausa.

«Chi era Vera? Mia nonna parlava raramente di sé, come la maggior parte delle persone della sua generazione. E mentre pensavo a cosa avrei detto a voi in sua memoria mi sono domandata: Perché non ho insistito per saperne di più sul suo luogo di origine? Perché non le ho fatto abbastanza domande su suo padre, mercante e colono russo, un *pomory* che non ha più rivisto; su sua madre, che l'ha cresciuta da sola tra mille difficoltà sull'inospitale costa delle Lofoten negli anni Venti e Trenta? In fondo credo capiti lo stesso a tutti noi: attraversiamo la vita come sonnambuli senza capire che cosa abbiamo perduto se non quando ormai è troppo tardi.»

Bevve un sorso di vino. «Potrebbe quindi sembrare un lieve paradosso che una persona così riservata come Vera abbia scritto acclamati racconti traboccanti di fervida immaginazione, storie che per la critica si collocano "al crocevia fra un naturalismo radicato nelle regioni costiere, una decadenza che non ha nulla di norvegese e una mitologia senza tempo". Ma io credo piuttosto che fosse il contrario, che la letteratura sia sempre stata per lei un modo per evadere dalla realtà, da quando era bambina e fino al momento in cui ci ha lasciati. Sul tappeto volante della letteratura era libera di andare esattamente dove avrebbe voluto.»

La gente annuiva in silenzio e Sasha capì che era arrivato il momento di imprimere al suo discorso una svolta decisiva.

«Almeno in apparenza. La vita di Vera Lind ha avuto inizio in un povero villaggio di pescatori ed è terminata qui, a Rederhaugen. Mia nonna è sopravvissuta a un drammatico naufragio in cui ha perso il marito gettandosi fra le onde con un neonato in braccio. Una tragedia che verosimilmente ha plasmato il resto della sua vita e anche quella dei suoi discendenti, la nostra vita. Se non si fosse lanciata tra i flutti con il piccolo Olav – mio padre – fra le braccia e non fosse stata tratta in salvo, niente di tutto questo esisterebbe. Ti devo molto, mia cara nonna, ma qui mi fermo. Che tu possa riposare in pace.»

Un applauso spontaneo risuonò. Sasha sentì le guance avvampare e strinse forte le dita intorno al calice, come per mantenere l'equilibrio. Olav la raggiunse e l'abbracciò.

«Non sai quanto abbia apprezzato le tue parole, mia cara Alexandra» le bisbigliò.

Lo ringraziò sciogliendosi dalla sua stretta. Si sentiva così vuota dentro, come se fosse stata un'attrice in uno spettacolo teatrale allestito per volere del padre. Avvertì l'irrefrenabile desiderio di fumarsi una sigaretta, si buttò addosso una giacca e si fece strada fra le persone che, dandole pacche sulle spalle, si complimentavano con lei.

«Sasha?» Qualcuno la chiamò nel momento in cui raggiunse le doppie porte che davano sulla terrazza.

Voltandosi si trovò faccia a faccia con l'anziana editor della nonna. «Ruth, che piacere...» le disse prendendo fra le mani quei polsi sottili, adorni di bracciali *bangle* color avorio.

Ruth Mendelsohn era un'elegante pensionata dagli ondulati capelli argentei, con un paio di occhi penetranti e intelligenti che ti scrutavano da sotto le sopracciglia arcuate.

«Belle parole, ma tu... ci credevi?»

«Cosa vorresti dire?» le chiese Sasha, aprendo la porta del giardino d'inverno e accendendosi una sigaretta sulla soglia.

«Vera parlava sempre così tanto di te» le rispose Ruth. «Diceva che tu eri l'unica della famiglia a capire che cosa facesse e quali ragioni la muovessero. Anche tu fumi di nascosto? Hai un'altra sigaretta?»

Sasha le porse il pacchetto e le diede da accendere. «Perché avrei dovuto mentire?»

Ruth, leggermente china in avanti, fece qualche passo verso il busto di Thor il Grande e si fermò davanti alla recinzione che circondava le aiuole di rose ormai gelate.

«Perché la verità è troppo difficile da ammettere» disse. «Non è per questo che le persone preferiscono non raccontarla?»

«Cosa vorresti dire?» le chiese Sasha sulla difensiva.

«È passato molto tempo dall'ultima volta che sono stata allo Strapiombo» disse Ruth. «Mi piacerebbe tornarci...»

Sasha ebbe l'impressione che la donna avesse qualcosa da raccontarle e si offrì di accompagnarla. Costeggiarono l'edificio principale e scesero fino al piazzale per l'inversione, da dove imboccarono il sentiero che si addentrava nel bosco in direzione dello Strapiombo. Qualche minuto dopo eccole lì, sul ciglio. Ruth fissava turbata gli scogli e l'acqua poco profonda sotto di loro. In quel punto la brezza fredda soffiava più intensamente.

«Sai che fra i sopravvissuti all'olocausto il tasso di suicidi è più basso rispetto a quello della popolazione in genere?» le disse. «Fra gli scrittori, invece, quelli che hanno scritto dell'olocausto intendo, è esattamente l'opposto. Jean Améry, Tadeusz Borowski, Paul Celan, Jerzy Kosinski, Joseph Wulf e Primo Levi: tutti sono sopravvissuti all'olocausto e *tutti* si sono suicidati, spesso diversi decenni più tardi. Perché?»

Sasha rabbrividì per un soffio d'aria gelida che le attraversò i vestiti leggeri.

«Perché gli scrittori hanno una natura più sensibile, oppure perché scrivere equivale a rivivere la sofferenza.»

Ruth annuì.

«Esattamente. Il mito di Vera è proprio quello che tu hai raccontato. La sognatrice che fantasticava. Una folle anima d'artista trascinata a fondo dai problemi psichici e dal blocco della scrittrice.»

«Non era proprio quello che intendevo...» replicò Sasha. «Finché abbiamo lavorato insieme, Vera ha sempre detto di voler scrivere qualcosa di diverso da polizieschi e racconti macabri. Aveva in mente un documento storico sul naufragio della DS Prinsesse Ragnhild e su quello che era accaduto durante la guerra. Ti dice qualcosa il titolo *Il cimitero del mare*?»

Sasha ebbe l'improvvisa sensazione che avrebbe dovuto saperne qualcosa. Fortunatamente l'imbrunire nascose il rossore che le imporporò il volto. C'era un che di allettante e al tempo stesso di morboso in quelle due parole: mare e terraferma, mare e morte.

«Vuoi entrare?»

Ruth annuì e Sasha la precedette. Non appena aprì la porta della baita fredda e buia, i mobili si delinearono come sagome di persone, un tempo si sarebbe spaventata. Girò un antiquato interruttore e la luce si accese.

«Finalmente, alla fine del 1969 i tempi erano maturi» proseguì Ruth. «E così Vera passò l'intero inverno del 1970 a scrivere nella vecchia proprietà dei Falck a Bergen.»

«Mi stai dicendo che la nonna avrebbe redatto il manoscritto, il suo ultimo manoscritto, rimasto inedito, mentre era ospite dei parenti di Bergen?» protestò Sasha. «Impossibile. Quel ramo della famiglia la odia, naturalmente, visto che lei ha distrutto il matrimonio da cui sono discesi.»

«Be'... io sono andata a trovarla a Hordnes, è così che si chiama, giusto? Voleva scrivere un'ode alla cultura della costa, quella delle sue origini, con il viaggio dell'espresso costiero poi naufragato come cornice. Sarebbe stato lo sfondo ideale per un resoconto storico sulla guerra diverso da tutti gli altri. Vera voleva scrivere un'opera che rompesse con i canoni di amico e nemico, colpa e vergogna. Ricordati, Sasha, che gli eroi di guerra erano ancora in vita a quel tempo.»

La sensazione di essere stata ingannata si era trasformata in un intorpidimento che si andava diffondendo in tutto il corpo. L'ignoranza si rivelò più dolorosa di qualsiasi cosa la menzogna avrebbe potuto svelare.

«Nessuno della nostra famiglia ha letto quel manoscritto» disse a bassa voce.

«Nemmeno io» commentò Ruth.

Con una certa diffidenza nello sguardo, Sasha le domandò: «Come mai?»

«Prima che riuscissi a leggerlo, il manoscritto è stato confiscato dai Reparti speciali della polizia.»

«Che cosa?» sbottò Sasha, prendendo tempo nel tentativo di elaborare lo shock, poi protestò: «È pura follia! Siamo in Norvegia, non nell'Unione Sovietica di Stalin!»

«Come tu, con tanta precisione, hai retoricamente domandato nel discorso appena fatto: chi siamo noi?»

Ruth pronunciò quelle parole con voce dolce, osservandola con occhi acuti e penetranti.

«Cosa poteva mai contenere quel manoscritto per spingere i Reparti speciali della polizia a confiscarlo?»

«Non ne ho idea, Sasha. Davvero. Ma di una cosa la polizia non era a conoscenza: c'era un altro esemplare del manoscritto. È stato trafugato dalla casa editrice in una vecchia edizione del *Conte di Montecristo* e poi consegnato nelle mani di Vera, qui, allo Strapiombo. Lei lo ha depositato presso il notaio, come garanzia. Prima che l'oscurità la avvolgesse.»

Depositato presso il notaio... In quel momento capì il vero significato di quello che l'anziana editor le stava raccontando.

«La nonna è stata dal notaio il giorno in cui si è tolta la vita» disse Sasha stupefatta. «Credevamo che ci fosse andata per riprendersi il testamento. In realtà era lì per recuperare il suo manoscritto, *Il cimitero del mare*.»

Ruth annuì.

«Un testamento è una testimonianza, ripeteva spesso

tua nonna. Ogni testamento è un romanzo, e ogni romanzo è un testamento. E se *Il cimitero del mare* fosse l'autentico testamento di Vera?»

«Il libro è qui» disse Sasha affrettandosi verso uno degli scaffali. «*Il conte di Montecristo*, intendo.»

Il volume era in basso, ai piedi della poltrona bergère dove la nonna sedeva sempre. Sasha soppesò quel mattone, ne accarezzò la copertina irregolare al tatto e lo aprì.

«È questo» disse Ruth da dietro la sua spalla.

Sasha lo osservò attentamente, lo girò e rigirò, ma... niente.

«Devi guardare all'interno della copertina» le suggerì Ruth, e con grande attenzione fece un taglio nella parte superiore del risguardo, che rivelò una piccola tasca.

Sasha ne tirò fuori dei fogli numerati, in cima al primo lesse: «Mia cara Sashenka.»

Guardò Ruth. «Preferisco leggerli quando avrò un momento di tranquillità, immagino tu capisca...»

«Sono troppo pochi per essere il manoscritto» constatò Ruth. «Sembrerebbero piuttosto pagine di una lettera.»

«Ma perché nascondere una lettera per me in un libro, anziché posarla sulla scrivania?»

Per la prima volta quella sera, Ruth Mendelsohn abbozzò un sorriso. «Tua nonna scriveva polizieschi. Direi che la risposta alla tua domanda è piuttosto evidente, se ci rifletti. A quel tempo Vera era profondamente afflitta – e forse lo è sempre stata, anche in seguito – dalla sensazione di non essere creduta dai suoi familiari. Non avresti trovato questa lettera se io non ti avessi raccontato della confisca del manoscritto.»

«È probabile.» Sasha aveva solo voglia di tornare a casa per poter leggere in pace quei fogli.

«La narrazione è potere, e voi di Rederhaugen lo sapete bene. Chi ha il controllo della narrazione ha il controllo del potere. Da tempo c'è chi sta dettando la storia ufficiale. Forse adesso è arrivato il momento di lasciare la parola a Vera.»

Attraverso la finestra, Sasha fissava l'orizzonte, in lontananza scorse il fanale di una barca a motore.

«Leggi la tua lettera» le sussurrò Ruth. «E racconta la storia di Vera. Ne sarebbe orgogliosa.»

«Non saprei» disse Sasha, ripensando alle parole di suo padre. Al fatto che certe cose dovevano essere lasciate com'erano. Perché tutto ciò che avevano costruito sarebbe potuto crollare.

Ruth, con voce improvvisamente autoritaria, come proseguendo quel monologo interiore disse: «Ho una certa esperienza di vita, Sasha Falck. E sono dell'idea che non sarà la fine del mondo se riscatterai tua nonna dall'ingiustizia che ha dovuto subire.»

***

Johnny Berg festeggiò il rilascio andando a passeggio per il centro, fino al lungo pontile davanti ad Aker Brygge.

Esattamente come preannunciato, Hans Falck lo aspettava su una barca open fuoribordo con lo scafo bianco, proprio in fondo alla banchina. Il cappotto di lana scuro lasciava intravedere una camicia bianca e la cravatta, troppo sofisticato per l'occasione e inappropriato, un po' come indossare scarpe eleganti con la suola liscia a Capodanno se nevica. Berg salì a bordo della barca ondeggiante e lo salutò con una stretta di mano.

«L'udienza è andata come previsto, suppongo.»

L'altro annuì. «Per fortuna non c'erano giornalisti.»

Non aveva più visto Hans da quel giorno in prigione; la divisa di medico da campo gli donava più del completo scuro, ma l'energia che sprigionava era la stessa.

«Bello essere di nuovo a casa?»

«Mai quanto uno si aspetterebbe.»

«Capita spesso» disse Hans. «Quello che si teme di più non è poi così terribile, e quello che si spera di più non è mai così bello. È così che funziona. Sono contento che siamo riusciti a rivederci. Arrivo direttamente dal funerale a Rederhaugen, ho chiesto al custode di mettermi a disposizione questa barca. Ci facciamo un giro?»

Hans Falck portò la barca in planata e poi curvò leggermente a sinistra. Berg, in piedi accanto a lui, nella luce del crepuscolo intravide alla sua destra la residenza reale estiva Oscarshall e il museo della nave polare Fram.

Poco dopo, Hans rallentò.

«Guarda laggiù» gli disse.

Indicò delle pareti rocciose di colore grigio a qualche centinaio di metri di distanza. S'innalzavano a strapiombo sulla costa, come una muraglia difensiva naturale; un bosco di conifere ricopriva la sommità della scogliera.

«Quella è Rederhaugen.»

«Ne ho sentito parlare» disse Berg. Alcune finestre erano illuminate. Al di sopra delle cime degli alberi si ergeva un'alta torre in pietra con un vessillo in cima. Sul fiordo aleggiava un freddo umido e pungente.

«La dobbiamo al mio bisnonno» proseguì Hans. «Era un fervente patriota di Bergen e un uomo a cui piaceva la competizione, perciò avrebbe voluto costruire nella sua città una residenza che surclassasse la Gamlehaugen, il "castello" dell'armatore e primo ministro Christian Michelsen, ma non avendo trovato una proprietà adeguata, ha comprato questa tenuta a Oslo, oltre a Hordnes. Rederhaugen è uno dei pochi esempi di architettura gotica in Norvegia.»

«Meno castelli ci sono, meglio è per la gente comune. È una legge di natura» disse Berg.

«Sei radicale» commentò Hans con un sorriso sincero. «Lo apprezzo.»

«Anche *tu* lo eri quando abbiamo avuto quella conversazione a Beirut. E adesso te ne stai qui a tenere discorsi su un vecchio aristocratico che avrebbe voluto costruire un castello in Norvegia. Il tuo socialismo era solo un trucco per attirare le ragazze?»

Hans gli sorrise, comprensivo. «Sono socialista, e socialista resterò fino alla morte. Ma sono anche un padre di famiglia. Un Falck. Più invecchio, più diventa importante l'idea della continuità della stirpe. Sarà così anche per te, vedrai.»

«Non credo» ribatté Berg, accendendosi una sigaretta al riparo dal vento.

«Conosci Olav Falck?» gli chiese Hans.

«Di fama.»

Gettò un'occhiata alla superficie del mare, su cui si era adagiato un velo di bruma. «È proprio perché ci tengo al cognome che porto e alla fama postuma che ho deciso di mettermi in contatto con te. La Saga è una putrida tana di ratti, e la colpa è di Olav.»

«Una fondazione di ricchi privilegiati che fanno beneficenza può essere irritante, lo capisco» disse Berg. «Ma cosa c'è da temere da una fondazione incentrata sulla storia norvegese del periodo bellico, sui negoziati di pace in Medio Oriente e nei regimi ibridi autoritari dell'Europa dell'Est?»

«Olav e la Saga hanno due facce. Tu hai appena descritto la superficie lucida e levigata di quella che in realtà è una fondazione di comodo, Johnny, una copertura per attività di spionaggio e ricorso alla forza al di fuori del controllo parlamentare.»

Suo malgrado, Berg ne fu incuriosito.

«Nel campo dello spionaggio non è insolito» ammise. «Ci sono molti esempi di fondazioni e società fittizie che fungono da copertura per attività del genere. Ma le tue sono solo ipotesi o qualcosa di più?»

«Be'...» disse Hans mettendo in folle. «Si dà il caso che io abbia avuto lunghe conversazioni con la persona che a suo tempo ebbe la responsabilità di trasformare Rederhaugen in una postazione dei servizi segreti e che poi, dopo essersi pentita, decise di raccontare quello che aveva fatto. È al suo funerale che sono appena stato. Hai mai sentito parlare di Vera Lind?»

«A dire il vero, no.» Berg buttò in mare il mozzicone di sigaretta.

«Era una scrittrice famosa negli anni Cinquanta e Sessanta. Nel 1970 si trasferì per un inverno a Bergen, nella tenuta di famiglia, dove io ancora vivevo. Setacciò gli archivi alla ricerca della verità su quanto accaduto alla famiglia durante la guerra, in modo particolare sul naufragio di un espresso costiero nel 1940. Il manoscritto che ne venne fuori era talmente scottante che i Reparti speciali della polizia lo confiscarono e lo bruciarono.»

«Affascinante» disse Berg. «Anche se ancora non vedo quale contributo potrei dare.»

Hans rise piano. «Sto per affidarti il compito di scrivere la mia biografia.»

Berg si girò verso di lui. «Stai scherzando, vero? La *tua* biografia?»

Hans scosse la testa sghignazzando.

«In tutta umiltà, direi che ho vissuto una vita piuttosto interessante e ho molto apprezzato come mi hai ritratto nell'articolo che hai scritto anni fa.»

La cosa si faceva sempre più strana. E non rientrava fra le molte possibilità che Berg si era prefigurato.

«Perché non te la scrivi da solo, l'autobiografia?»

Hans ridacchiò. «Al mio cospetto Rederhaugen si chiuderebbe come un'ostrica. Quelli che ci vivono non parlano mai con gli esterni, di sicuro non con me. Diverso sarebbe se un biografo chiedesse qualche pettegolezzo *off-the-record* sulle scappatelle di Hans Falck. Parlerebbero eccome, e volentieri anche.»

«Forse. Ma non capisco cosa vuoi da me.»

«Un lutto è sempre destabilizzante per una famiglia. Olav è un maniaco del controllo che guida la famiglia col pugno di ferro. Sua madre, Vera Lind, ha fatto testamento e non ti nascondo che conoscere il contenuto delle sue ultime volontà per me sarebbe di grande interesse. L'unico problema è che non si sa dove si trovi questo testamento, Vera Lind ha portato il segreto con sé nella tomba.»

«Stai chiedendo il mio aiuto per una successione ereditaria?»

«Si tratta di beni di considerevole valore. E ho ragione di supporre che il mio ramo della famiglia ne sarebbe il beneficiario. Stiamo parlando di proprietà di centinaia di milioni di corone, forse anche di più. Vorrei che scoprissi dove si trova il testamento di Vera Lind e qual è il suo contenuto.»

«In che modo?»

«Olav ha una figlia, Alexandra, che quasi tutti, eccetto il padre, chiamano Sasha. Decisamente brillante, direttrice di museo. È la copia di sua nonna, ma al tempo stesso anche la cocca di papà. Si è sempre tenuta in equilibrio fra la letteratura della nonna e i giochi di potere del padre. Il tuo compito è di farle intuire che potresti aiutarla a trovare il testamento. Lo troverà Sasha per noi.»

«Continuo a non capire: sei venuto fino in Kurdistan per ingaggiarmi per una successione ereditaria?»

«Non è proprio così. Tu e io abbiamo lavorato in Medio Oriente per molto tempo, Johnny...»

La barca ondeggiava.

«E come ben sai» proseguì, «sul campo di battaglia si sentono storie e si hanno notizie di fatti che in patria non scopriresti mai. Ho un'ampia rete di contatti in Kurdistan, dopo tutti gli anni che ci ho lavorato. Dei dettagli ci occuperemo poi, ma voglio dirti subito una cosa sull'operazione a cui hai preso parte. Ho incrociato le informazioni delle mie fonti con tracce di bonifici bancari e società di comodo: a quanto pare tutto sembrerebbe ricondurre alla Fondazione Saga. E come se non bastasse, di recente ho saputo che Olav, sfruttando importanti conoscenze in politica e nei servizi segreti, si è dato attivamente da fare per *impedire* il tuo rientro in patria.»

Johnny inspirò a fondo, poi sbuffò dal naso e chiese: «Perché? Io neanche lo conosco Olav Falck.»

«Ma tu sai cose che potrebbero rivelarsi pericolose per la Saga e per Olav.»

«Quali cose?»

Lo guardò con paterna indulgenza. «Ancora non capisci? Durante il tuo ultimo incarico in Medio Oriente non hai lavorato per i servizi segreti norvegesi, come suppongo tu abbia fatto in precedenza. Non ti avrebbero mai assegnato un compito così pericoloso e così delicato dal punto di vista politico; e se anche lo avessero fatto, ti avrebbero esfiltrato immediatamente. No, John Omar Berg, senza nemmeno saperlo tu hai lavorato per la Saga e il tuo datore di lavoro ti ha scaricato.»

Soffiava un vento freddo. Ma cos'è che mi sta dicendo?, pensò Berg.

Hans guardò verso Rederhaugen. «Un filo unisce quello che è accaduto a Vera nel 1970 a quello che è accaduto a te. Tutti e due sapevate fatti e cose che avrebbero potuto svelare i lati oscuri della Saga, esiste un collegamento storico che attraversa tutto il dopoguerra e le cui radici risalgono al naufragio della DS Prinsesse Ragnhild nel 1940.» Hans accelerò facendo ruggire il motore. «Vedi che abbiamo interessi comuni? Il mio ramo della famiglia avrà la parte di eredità che gli spetta e tu l'uomo che era disposto a lasciarti marcire in prigione.»

Berg avvertì un delizioso profumo di missione nell'aria, ma restò in silenzio.

«Come ricorderai, abbiamo stretto un accordo.» Hans Falck lo guardò con espressione dura. «Che ancora non si è concluso. E un'altra cosa: il dirigente medico del dipartimento della Difesa è un mio buon amico. Sono a conoscenza dei problemi con tua figlia. Non viviamo in un paese corrotto, Johnny, ma è lecito pensare che qualcuno potrebbe voler vedere le tue cartelle cliniche con... come dire... con estremo interesse. E questo avrebbe delle ricadute sul diritto di visita a tua figlia. Una strada o l'altra. Ovviamente, se porterai a termine l'incarico avrai la quota che ti meriti.»

Accelerò e tornò indietro disegnando un'ampia curva, in modo che Berg potesse vedere la torre di Rederhaugen. Una delle finestre era illuminata.

***

Quando Sasha tornò all'edificio principale, il ricevimento funebre era praticamente finito. Meglio così, avrebbe potuto mettersi comoda e leggere la lettera di Vera. Le sedie erano vuote, si mise a sparecchiare i tavoli con le ragazze in camicetta bianca, mentre Olav dava indicazioni a due borsisti che stavano spostando un tavolo da pranzo al piano superiore. Dal corridoio che portava alla cucina si sentivano i rumori di piatti e bicchieri che venivano impilati.

Andrea, la sorella minore, era arrivata quella mattina, giusto in tempo per il funerale. Erano riuscite a scambiarsi solo poche parole.

«Eh, ho fatto bene a venire, sì, sì, giusto così» disse Andrea abbracciandola. «Quando la nonna è morta ero alle Svalbard, niente rete, ho dovuto prendere il biglietto più caro, mai pagato tanto per un viaggio di ritorno. E mentre sorvolavamo il Nord-Norge c'è stato un uragano, fortuna che ho recuperato del Valium e mi sono impasticcata per bene, in piena turbolenza mi sentivo come alla spa per un bel massaggio. Sono proprio un po' fuori adesso, ma ho fatto la cosa giusta, sì, sì.»

«Papà ha detto che eri in Svezia...»

«Sono sempre in Svezia, quando chiede.»

Sasha rise. Andrea aveva poco più di vent'anni ed era più alta di lei, atletica in modo mascolino, con spalle larghe e dritte, fianchi sottili e lunghe braccia scolpite. Il suo lato androgino era ulteriormente messo in risalto dai corti capelli scuri e dai vestiti informi che le piaceva indossare.

Il padre le raggiunse. «Piccola riunione?»

Per quel giorno Sasha ne aveva avuto abbastanza di riunioni di famiglia, desiderava solo tornarsene a casa. Olav aveva il colletto della camicia sbottonato e le maniche arrotolate fino al gomito. I tre figli gli si avvicinarono formando un semicerchio davanti a lui.

«È stata una giornata molto intensa. No?» disse lui, passandosi una mano sui capelli grigi lisciati all'indietro.

Loro annuirono e rimasero lì, in silenzio, ai lati di una teca in vetro. E in effetti era proprio così, dopo un funerale ci si sente incredibilmente sfiniti. Sasha passò un dito sul vetro, coperto da un fine strato di polvere. DS PRINSESSE RAGNHILD, era inciso sulla targhetta. IN SERVIZIO PER DET NORDENFJELDSKE DAMPSKIBSSELSKAB 1931-1940. Si soffermò a osservare l'accurato modellino dell'espresso costiero. Ponti, fumaiolo, scalandrone, scialuppe di salvataggio, prua e cassero di poppa. Ebbe una fugace visione dei passeggeri: mercanti e predicatori, pescatori e operai, marinai e ufficiali di coperta davanti allo sportello della biglietteria o che si godevano la vista appoggiati alla battagliola. E Vera, vent'anni, neomamma. Non riusciva a pensare ad altro che al *Cimitero del mare*.

«Volevo solo dirvi che ho apprezzato molto quello che avete fatto oggi, e da quando la mamma ci ha lasciati. Andrea, grazie per il caviale del Mar Caspio, il pâté di fegato d'oca e lo champagne. Sverre, grazie per aver gestito gli aspetti logistici.»

«Urrà, medaglia alla logistica» gemette Andrea.

«I dilettanti credono che la guerra sia fatta di strategia,

gli esperti invece sanno che si vince con la logistica» disse Olav. «Sorridi, Sverre.»

Olav si girò verso Sasha. «Alexandra, mia cara Alexandra, grazie per le tue parole. Contano più di quanto tu possa immaginare.»

Evidentemente il ricevimento funebre aveva risvegliato il suo lato sentimentale. Sasha non vedeva l'ora che fosse finito. Olav cinse con le braccia Sverre e Andrea, che si trovavano ai lati della teca, e si chinò in avanti fino a sfiorare quasi la fronte di Sasha con la sua.

«Vi ricordate il nostro 4-4-2 in linea? Noi contro il mondo. Alexandra e Andrea esterni laterali, Sverre e io centrali. Non mi fido di nessuno di quelli che sono venuti qui oggi. Nessuno. Possono fare tutti i sorrisi e le condoglianze che vogliono, ma se ne avessero l'occasione non esiterebbero a derubarci e pugnalarci alla schiena.»

I figli tacevano.

«La famiglia» disse Olav, «la continuità della stirpe, la discendenza diretta. Questo conta. Il resto sono solo sciocchezze.»

Dopo la morte della nonna, marito e figlie non avevano trovato molto spazio nei pensieri di Sasha, figuriamoci poi dopo la conversazione con Ruth e il ritrovamento della lettera. Ma in quel momento si sentì assalire all'improvviso dal desiderio e dalla nostalgia della sua famiglia, delle loro voci, dei loro odori.

Olav li lasciò andare. «Volevo solo dirvi questo. Grazie.»

«Ci beviamo un bicchierino nella stanza blu?» propose Andrea.

Sverre accettò subito, un goccio non lo rifiutava mai.

«Mi dispiace» disse Sasha. «Mads è atterrato oggi e durante il ricevimento non gli ho quasi parlato, e le bambine sono rimaste praticamente abbandonate a loro stesse da quando Vera è morta. Facciamo un'altra volta.»

Fratello e sorella scomparvero ai piani alti, Sasha spense

le luci e uscì. Finalmente sola. Era una serata limpida e fredda. Jazz sbucò correndo dall'oscurità. Sasha s'incamminò verso casa.

***

Mads, seduto al tavolo in rovere con il colletto della camicia sbottonato, sorseggiava un bicchiere di vino rosso. Era vicino ai quaranta, e l'età aveva aggiunto al suo viso un tocco di vissuto che lo rendeva più attraente. Due rughe gli solcavano la fronte, la barba di tre giorni lasciava intuire una spruzzata di grigio, sotto la camicia sbiadita le braccia erano forti e muscolose per l'allenamento intenso e costante.

Lo baciò rapida, poi andò al bancone della cucina e si versò del vino.

«Le bambine dormono?» chiese piano.

«Erano sfinite. Hanno corso per tutto il pomeriggio per stanze e corridoi. Camilla ha detto che i funerali sono divertenti quasi quanto la vigilia di Natale e le feste di compleanno, Margot invece mi ha fatto delle domande sulla morte.»

Sasha rise. Senza aggiungere altro, Mads si alzò e la strinse fra le sue braccia forti. Rimasero a lungo così.

«È bello riaverti qui» bisbigliò lei.

«Forse dovremmo fare un viaggio insieme, solo noi quattro. Che ne dici?» La sua voce era venata di tenerezza. «Ho bisogno di una pausa. Francia?»

Sasha non rispose, ma sgusciò fuori dal suo abbraccio.

«Mi daresti un consiglio, Mads?»

«Certamente.»

«Ti sei mai pentito di aver preferito la Saga alla politica?»

Quando si erano conosciuti, il marito era considerato un grande talento della politica, ma dopo essersi sposati, durante uno dei pranzi domenicali, Olav era riuscito a convincerlo: il futuro era nella Saga a Rederhaugen e non in «un partito socialdemocratico tenuto in vita dalla respirazione assistita». Convincere degli ex politici a entrare nella Saga era uno dei cavalli di battaglia del padre e Mads, che proveniva da una famiglia modesta, si era lasciato tentare dal repentino aumento di introiti che il passaggio al settore privato gli avrebbe garantito.

«Se fossi rimasto in politica, non credo che il nostro rapporto sarebbe sopravvissuto.»

«Cosa vorresti dire?»

«Che mi risucchiava ogni energia e mi impegnava ogni momento. Sì, certo, viaggio ancora parecchio, ma ho degli orari di lavoro. Prima non ne avevo, la politica è come una droga, un gioco che ti fa dimenticare tutti quelli che hai intorno. Forse è un po' quello che succede anche agli scrittori, come Vera.»

«Ci sono molte cose che Vera non ci ha mai rivelato.»

«Quali cose?»

Sasha andò alla finestra, l'aprì, si accese una sigaretta. Di solito lui non sopportava che lei fumasse, ma questa volta non disse nulla, anzi le si avvicinò e si appoggiò al davanzale.

Sasha inspirò a fondo.

«Papà vuole che io mi disinteressi dei segreti della nonna e lasci tutto così com'è, mentre la vecchia editor di Vera mi ha chiesto di andare a fondo nel mistero che avvolge il suo ultimo manoscritto. Cosa dovrei fare?»

«Di solito Olav ci azzecca.»

«È la tua risposta?»

«La tua era una domanda?»

Mads inclinò la testa e la guardò. «Credo che la risposta tu la sappia già. Ti sosterrò sempre e comunque, Sasha, a patto che tu agisca nel modo giusto.»

Lei gli diede un tenero bacio in fronte: «Lo sai che ti amo, vero?»

«Mi piace sentirmelo dire.»

Lanciò nel buio della notte il mozzicone di sigaretta, poi andò nella sala del caminetto. Prese il libro con la lettera della nonna.

Mia cara Sashenka,

se stai leggendo questa lettera è perché hai parlato con qualcuno di cui mi fido. È la ragione per cui l'ho infilata qui, anziché lasciarla in bella vista come una lettera d'addio. Possono trovarla solo le persone che sanno cosa mi è successo nel 1970. Una piccola garanzia di sicurezza, per così dire.

Sono le stesse persone che mi hanno sostenuto contro chi mi voleva mettere a tacere. La mia versione di quanto accaduto durante il conflitto non corrisponde alla narrazione ufficiale a cui la nazione e gli eroi di guerra si sono attenuti. Mai avrei immaginato che dopo quello che è successo non sarei più riuscita a scrivere. Un blocco dello scrittore di 2340 settimane, all'incirca 16.380 giorni.

Ci stavo pensando ieri, durante la nostra conversazione. La famiglia vuole commemorare il settantacinquesimo anniversario del naufragio della DS Prinsesse Ragnhild, e tu hai chiesto la mia versione dell'accaduto.

Ma i ricordi sono come un gatto che ti scivola via da sotto le dita quando tenti di accarezzarlo e nel cuore della notte s'intrufola in camera da letto e fa le fusa accoccolato su di te.

Sulla scrivania ho ancora la fotografia che mi ritrae insieme a Olav, appoggiati alla battagliola della nave dopo la partenza da Bergen, pochi giorni prima della disgrazia.

La sollevo verso la luce. Quanta parte dell'essenza di una persona rimane costante nel corso della vita? Quanto è rimasto di Olav, quanto di me stessa?

So che sei stanca di sentirtelo dire, Sasha, ma in questa foto mi somigli molto. Tu, l'unica della famiglia ad aver ereditato l'interesse per la letteratura. Da piccola eri capace di stare seduta per ore ad ascoltare i miei racconti di spettri del Nord della Norvegia.

Comunque, non è certo per rievocare il passato che ti sto scrivendo questa lettera. A mio giudizio, sotto la guida di Olav la famiglia è andata degenerando. Godiamo di un'agiatezza mai avuta prima, ma dal punto di vista morale rasentiamo la bancarotta.

Potrei dilungarmi con molti esempi al riguardo, sia sul piano politico che personale, ma mi accontenterò di dire che ho già espresso la mia posizione molto tempo fa e in una sede più adeguata. Non è un segreto che tutto abbia avuto inizio durante la guerra ed è legato al naufragio della DS Prinsesse Ragnhild. Quella disgrazia è il tumore maligno, che non è mai stato asportato. È in gran parte mia la colpa, così come la responsabilità. Anche se avevo le mie ragioni.

La famiglia è a un bivio, Sasha. Puoi continuare a vivere secondo il motto dello stemma dei Falck, *Familia ante omnia*, la famiglia prima di tutto, anche quando verità e lealtà sono in conflitto.

Ormai da troppo tempo i potenti uomini di famiglia hanno anteposto la lealtà alla verità, sia nei confronti dei familiari che di una determinata idea del nostro paese e della sua storia. Hanno esercitato forti pressioni attraverso le loro narrazioni e, se qualcuno ne chiede ragione, reagiscono con rabbia, come sempre accade ai potenti che danno per scontati i loro privilegi.

Spero che tu avrai il coraggio di accettare la sfida. Se desideri conoscere la verità la scoprirai, ma devi essere preparata al fatto che potrebbe rivelarsi dolorosa.

In effetti avrei dovuto parlartene apertamente, ma non ho la forza di sopportarlo. Né il coraggio. La morte non mi spaventa. Non è altro che il dolore che procura ai propri cari, un dolore che con l'avanzare dell'età diminuisce sensibilmente.

Paradossalmente, la morte cessa nel momento stesso in cui sopraggiunge. Esiste solo per i vivi.

V.L.

# PARTE SECONDA

# Il rosone

## Capitolo 11
## Il difficile è tornare a casa

Qualche giorno dopo la conversazione con Hans, Johnny Berg attraversò una bella piazza lastricata impreziosita da una fontana nel centro di Oslo, trovò la targhetta in ottone con inciso il nome della casa editrice, Grieg Forlag, suonò, entrò attraverso una pesante porta di vetro – vetro blindato, notò – e rimase ad aspettare nell'ingresso, osservando le fotografie del pantheon di autori defunti legati alla società.

La foto di Vera Lind doveva essere stata scattata negli anni Sessanta: nel suo sguardo si coglieva la vivacità tipica della giovinezza, ma aveva anche qualche ruga incipiente agli angoli della bocca, come capita spesso alle donne verso la fine dei quarant'anni, l'età che aveva lei al tempo.

«Sei rimasto affascinato da Vera Lind? Anche tu?»

Hans Falck gli si avvicinò a passi rapidi e risoluti e lo abbracciò. «Sono contento che tu sia riuscito a venire, fra un paio di giorni dovrò tornare in Kurdistan.»

«Non ho grossi impegni» replicò Berg.

Aveva passato gli ultimi giorni a vagabondare per Oslo, in lungo e in largo. Aveva rivisto l'appartamento dov'era cresciuto, a Bjølsen, nel quartiere Sagene, e il negozio da parrucchiere per uomo Sagene Herrefrisør, dove lavorava l'allenatore di calcio Zolly, che era stato trasformato in un hipster bar, ma il nome era rimasto. E poi il vecchio condominio a Løkka, che aveva occupato abusivamente a sedici anni: al piano terra, dove lui aveva letto i grandi classici della sinistra rivoluzionaria, ascoltando musica ska e pianificando strategie per scacciare i neonazisti, adesso c'era un'agenzia immobiliare. Forse era inevitabile, ma la città lo rendeva malinconico, come solo può farlo il luogo delle tue origini, dove posti e ricordi convergono fondendosi in un tutt'uno inscindibile.

Era libero, libero dalla peggior prigione al mondo, avrebbe dovuto sentirsi felice. Perché non lo era? Si sorprese a rimpiangere il periodo dietro le sbarre. Non certo i pestaggi, le torture e le malattie, no, quello che gli mancava era il sogno della libertà. Tutti i prigionieri del mondo sono pieni di sogni. È l'unico lusso di cui il carcere non può privare i detenuti. Adesso i sogni erano svaniti, solo la realtà era rimasta.

Berg non aveva niente da fare, per questo non concludeva granché. Ma quel giorno Hans gli aveva proposto un incontro in casa editrice.

«Sei riuscito a metterti in contatto con il dirigente medico del dipartimento della Difesa? È una brava persona.»

Johnny annuì, il giorno prima si era sottoposto a un controllo e aveva risposto a tutta una serie di domande.

«Faccio un salto da lui più tardi per chiedergli l'esito della visita.»

Il titolare della casa editrice varcò la porta interrompendo così la conversazione. Peder Grieg era alto e magro, sulla quarantina, con una mascella pronunciata che rivelava il suo essere un uomo di grande temperamento. Dopo la proposta di Hans, Berg aveva fatto qualche ricerca piuttosto superficiale sulla famiglia Grieg: l'editore attuale era del tutto sprovvisto del fascino che il padre Johan dimostrava nelle occasioni pubbliche, ma si diceva che avesse un miglior controllo degli utili di bilancio.

«Hans» disse salutando in un tono che voleva essere

gioviale, ma risultò piuttosto goffo. «E lei dev'essere John O. Berg. Prego, seguitemi.»

Li condusse in un ufficio ordinato, con divano e poltrone Chesterfield e una grande scrivania dal piano laccato. Peder fece loro segno di accomodarsi sul divano, mentre due impiegati della Grieg Forlag – un uomo e una donna che sembravano nati per servire la cultura – entravano portando i contratti.

Hans Falck si fermò davanti ai disegni che ritraevano tutti gli editori della famiglia Grieg. «Johan e Peder si alternano a ogni generazione fin dal 1800, se non sbaglio...»

«Dal 1842» precisò annuendo Peder.

«Johan Grieg dilapida il patrimonio, che la generazione successiva di Peder deve ricostituire, prima che il successore Johan sperperi gli averi costringendo il successore Peder a salvare il salvabile» disse Hans con una strizzatina d'occhio. «La chiamano la "maledizione dei Johan" quando parlano della Grieg Forlag, no?»

«Diciamo che è un settore in continua evoluzione» replicò Peder senza traccia di umorismo. «E noi cerchiamo di fare del nostro meglio per essere sempre un passo avanti. Oltretutto io non ho figli, quindi nella prossima generazione non ci sarà nessuna vittima della "maledizione dei Johan".» Si sedette in poltrona. «Come sai, Hans, in linea di massima non sono molto favorevole ad affidare la tua biografia a un autore di scarsa esperienza come Berg.»

«Se i miei vecchi mentori in Medio Oriente l'avessero pensata come te quando ero solo un medico fresco di laurea, migliaia di bambini feriti in guerra oggi sarebbero morti» ribatté Hans con un sorriso malizioso. «John ha qualcosa che a molti esperti manca: talento e volontà.»

«Bene...» disse Peder. «In questa casa editrice noi *siamo* i nostri autori. E vogliamo una tua biografia.» Si girò verso Berg e lo osservò con sguardo critico, non senza una certa indulgenza. «Posso chiederle come avrebbe pensato di iniziare questo libro?»

«Certamente» gli rispose Berg, e si schiarì la gola. Si era appena reso conto di come Hans avesse sopravvalutato l'idea della biografia quando gliel'aveva proposta. E questo poteva diventare un problema: senza la casa editrice alle spalle il loro piano sarebbe sfumato, lui non sarebbe riuscito a parlare con la famiglia Falck di Rederhaugen. «Quante memorie di primi ministri avete pubblicato negli ultimi anni?» chiese.

«Tre» gli rispose Peder, all'improvviso un po' esitante. «Oltre a quella di un ex responsabile dell'Alto commissariato per i rifugiati.»

«Quante copie ne avete vendute?» chiese Berg.

«Stiamo parlando di opere che gettano nuova luce sulla nostra nazione e sulla sua identità!» sbottò Peder. «La Grieg Forlag racconta la storia della Norvegia: questa è ed è sempre stata la nostra ambizione.»

«Solo i giornalisti politici leggono libri del genere» proseguì Berg. «Vengono lanciati in pompa magna nella vostra sala ricevimenti per poi svanire dalla coscienza della gente e coprirsi di polvere in un magazzino, prima di finire al macero. Le storie di qualche moralista che si considera irreprensibile non interessano a nessuno.»

I due impiegati si scambiarono un'occhiata di disappunto, l'editore invece si grattò inquieto la testa e annuì, come a invitare Berg a continuare.

«Ci sono scrittori convinti che per arrivare al cuore del lettore sia necessario vantarsi e indorare la realtà. Io invece costruirò una biografia di Hans servendomi del suo stesso metodo.»

«E quale sarebbe questo metodo?» chiese scettico uno degli editor.

«Sedurrò il lettore come Hans seduce le donne» rispose Berg, gettando un'occhiata a Hans Falck. «Stiamo parlando di un uomo capace di sedurre qualunque donna, dall'esattrice delle tasse alla più fervente devota in *hijab*, tutte. Come fa? È sincero. Sempre. Anche sulle sue debolezze, sul prezzo che la famiglia e i figli hanno dovuto pagare per il suo lavoro, sulle donne che ha abbandonato e tradito. Perché una guerra, per quanto terribile possa essere, non è mai la cosa più difficile, no, il difficile è tornare a casa. Ma nonostante tutte queste debolezze, questi lati oscuri, Hans è una persona capace di farci sognare, che ci fa venir voglia di spingerci oltre, di superare noi stessi.»

Gli sguardi di condiscendenza avevano lasciato il posto a un vivo interesse, le persone intorno al tavolino adesso lo ascoltavano attenti.

«Quando l'ho intervistato, parecchi anni fa, Hans mi ha raccontato una storia. La sua biografia inizierà in un campo profughi libanese nel 1982, dove ha lasciato l'unica donna che abbia mai amato. Sta correndo sotto una pioggia di proiettili, fra le braccia stringe un neonato indifeso, tutt'intorno ci sono i miliziani che li vogliono morti. Dopo questo incipit la narrazione si sposterà a Bergen, nel 1970, quando Hans Falck, figlio di un armatore e liceale impegnato nella sinistra radicale, incontra una persona che gli apre nuovi orizzonti e accende in lui il desiderio di sognare in grande.» A voce bassa Berg aggiunse: «Quella persona era Vera Lind.»

Peder Grieg inspirò a fondo, sollevò le sopracciglia e chiese: «E lei si ritiene capace di raccontare tutto questo?»

«Sì» rispose Berg serio. «Perché, pur senza voler fare paragoni, sono sentimenti e dilemmi che io stesso ho sperimentato sulla mia pelle. So cosa significa sacrificare gli affetti personali quando si lavora in una zona di guerra. Ed è proprio questo, la commistione di familiare e straordinario, ad arrivare dritto al cuore delle persone, che si tratti delle amanti di Hans o dei lettori.»

Grieg guardò l'orologio, ridacchiando soddisfatto, e spinse verso di lui i contratti posati sul tavolo. «Ho sentito abbastanza, Berg. Il lavoro è suo. Cinquanta e cinquanta, da dividere fra di voi. Vi diamo un anticipo e copriamo le spese per i viaggi in Medio Oriente, previa documentazione. Hans, c'è qualcosa che vorresti dire prima di passare alla firma del contratto?»

«Racconta la verità» disse Falck a Berg, «ma non farmi apparire noioso.»

***

Usciti dalla casa editrice, Hans era entusiasta di come erano andate le cose e propose a Johnny di bere qualcosa insieme. Berg rifiutò cortesemente l'invito e s'incamminò in direzione del quartiere Kvadraturen. La fugace euforia per l'esito della piccola messa in scena svanì rapidamente lasciando il posto a ben altri pensieri. Esibizioni del genere erano state il suo lavoro per anni, ma quando attraversò Grev Wedels plass si sentì vuoto, come un pagliaccio che si toglie il trucco dopo lo spettacolo.

Gli aprirono il portone del Gamle Logen e lui salì svelto i gradini dell'ampia scalinata coperta da una passatoia fino a raggiungere i locali, ricavati nel sottotetto, di pertinenza del Policlinico militare nazionale, come la targhetta sulla porta annunciava. Un medico si affacciò all'uscio e gli sorrise amichevole. «John Berg? Prego, si accomodi.»

Chiacchierando dell'amico di vecchia data Hans Falck, lo fece accomodare in un ufficio disordinato con un poster su cui campeggiava il motto PRENDITI CURA DI UN VETERANO.

«Allora... Abbiamo avuto l'esito della risonanza magnetica funzionale» disse in un tono che sembrava minacciosamente premuroso.

Il dirigente medico gli mostrò due immagini e le appoggiò davanti a lui. Si trattava di scansioni cerebrali, altro Berg non avrebbe saputo dire. «Questo è un cervello che non è stato esposto a traumi da esplosione. Guardi qui la differenza nel tessuto cerebrale...» Indicò una zona in basso sulla destra dell'immagine. «Nel cervello sano quest'area somiglia a una chela di granchio, vede?»

Con gli avambracci sulla scrivania, intrecciò le dita delle mani e allungò il busto in avanti. «Noi medici lo definiamo Tbi. Non c'è un modo facile per dirlo. Tbi sta per *Traumatic Brain Injury*. Una lesione cerebrale traumatica.»

«Lesione cerebrale?» Berg deglutì.

«Ha operato nelle forze speciali?»

«Molto tempo fa. Negli ultimi anni ho lavorato soprattutto in borghese.»

«In borghese» ripeté il dirigente medico grattandosi il mento. «La letteratura scientifica degli Usa mostra sul lungo periodo una forte correlazione fra Tbi e operatori che per molti anni sono stati esposti a diversi tipi di esplosioni, è il caso del cosiddetto *breaching* per sfondare le porte, per esempio. Senza contare gli ordigni esplosivi improvvisati, ovviamente. Ha sofferto di insonnia o depressione negli ultimi anni?»

Dopo qualche attimo di esitazione, Berg rispose: «Sporadicamente. Come tutti, suppongo.»

«Sono conseguenze più che normali. La Tbi non implica necessariamente una scarsa qualità di vita» proseguì il medico. «Ma è importante che lei rifletta bene e risponda con sincerità alle mie domande. Sappiamo che la Tbi ha ripercussioni psicologiche che ricordano da vicino quelle del disturbo post-traumatico da stress. Irritabilità, umore tendenzialmente negativo, rabbia, depressione, disfunzione erettile.»

Non la finiva più. Lesione cerebrale. Foro in testa, foro nel cuore. Che avvilimento. Quando finalmente tacque, il medico lo osservò premurosamente con uno sguardo mite e intelligente.

«Sono parecchi anni che lavoro qui» aggiunse poi. «Abbiamo davvero cercato di migliorare le condizioni dei nostri veterani. Certo, le unità delle forze speciali hanno le loro procedure, ma i principi alla base sono gli stessi. E sono molto semplici: debriefing sinceri durante e dopo l'incarico. Niente è sbagliato quando ci si lascia andare e si vuota il sacco. E poi, il sostegno dei commilitoni. Ci prendiamo cura gli uni degli altri.» Bevve un sorso di caffè. «Ci sono cose che lei non può o non vuole raccontarmi, questo lo capisco. Ma ha qualcuno con cui parlare delle esperienze che ha vissuto?»

Berg sentì qualcosa crescergli dentro, salire su per lo stomaco, arrivargli in gola. «No. Non credo proprio.»

«Mi permetta di darle un consiglio» disse il medico. «Con i danni da Tbi che lei presenta, può convivere facilmente e bene. Io credo che quello di cui ha bisogno sia qualcuno con cui parlare. Nessuno può fare a meno del gruppo.»

Johnny Berg non avrebbe saputo spiegare il perché, se fosse stata la parola *gruppo*, o il volto mite del dirigente medico, o tutto ciò che per così tanto tempo aveva represso, ma all'improvviso iniziò a raccontare. «Ero all'estero quando mia figlia è nata» disse con gli occhi bassi. «Nel deserto libico, a dirigere il fuoco dei nostri cacciabombardieri. Sono venuto a saperlo tre giorni dopo. Ho festeggiato in tenda, con un sorso di acquavite, insieme al commilitone Grotle. Volevo solo tornare a casa. Pensavo che sarebbe andato tutto bene, se solo fossi riuscito a tornare a casa.»

«È uno dei grandi eventi della vita» disse il medico in tono empatico. «Perciò non è difficile da credere.»

«Sono tornato a casa. All'inizio è stato bello. È tutto così tranquillo e silenzioso in una casa dove c'è un neonato, si percepisce un'atmosfera di beatitudine come in una chiesa. Parlavamo sottovoce e dolcemente, la mia compagna era bellissima, splendente. Mi sentivo così vicino alle mie due ragazze, non le avrei più lasciate. Ma al di là della superficie, nel profondo, c'era molto di torbido. Mi sentivo in colpa per averle tradite accettando l'incarico, per essere partito anziché restare e assistere alla nascita.»

Berg assaporò il gusto salato delle lacrime.

«E poi, a poco a poco, è venuta fuori tutta la rabbia per quello in cui ero stato coinvolto. Ero stato io a dirigere il fuoco, io a fornire ai cacciabombardieri le coordinate che avevano causato la morte di libici innocenti. E per cosa, poi? La situazione in Libia non era migliorata, né peggiorata. Lo avevo fatto per dieci anni... E per cosa? Era un pensiero insopportabile.»

«Nella letteratura scientifica più recente è stato introdotto il concetto di *moral injury*, danno morale» disse il dirigente medico, «secondo cui possono patire effetti collaterali anche coloro che non si sono trovati fisicamente in pericolo, per esempio i piloti di droni in un deserto americano. Lei si è trovato in evidenti condizioni di pericolo, ma credo che si possa applicare anche al suo caso.»

«Ho cominciato a lasciarmi andare» proseguì Berg. «Non mi presentavo al lavoro, fumavo hashish tutto il giorno. La mia compagna mi ha sbattuto fuori. All'inizio si parlava di affidamento condiviso, ma non era facile. Mi sono dovuto accontentare dei fine settimana, ma quando un giorno la mia ex e il suo nuovo tipo, una guardia del corpo del cazzo dell'Agenzia di sicurezza, sono venuti a casa mia e mi hanno trovato strafatto sul divano mentre mia figlia dormiva, allora lei ha messo la parola fine. Da quel momento mi hanno concesso solo incontri protetti.»

Il medico si chinò in avanti. «E allora, lei che cosa ha fatto?»

«L'unica cosa che potevo fare» rispose Berg. «Sono partito, di nuovo. Solo sul campo mi sentivo al sicuro. Ho fatto quello che mi hanno chiesto di fare, sono finito dentro per un equivoco. Sette mesi senza vedere mia figlia, oltre a tutto il resto, non hanno giocato a mio favore, se così posso dire. Adesso non posso più vederla. Una decisione che il tribunale ha preso prima che...» Picchiettò cautamente col dito sui risultati della risonanza magnetica funzionale. «Prima di vedere questi documenti che dimostrano che ho una... ecco... una lesione cerebrale.»

«Ho sentito molti altri veterani raccontare di situazioni simili alla sua» disse il dirigente medico. «Non sono gli incarichi in sé la cosa più difficile, per quanto possano risultare esperienze tragiche. Il difficile è tornare a casa.»

## Capitolo 12
## Siamo sopravvissuti al naufragio e alla scissione della famiglia

Prima che Vera morisse, Olav aveva richiesto una serie di preventivi per ristrutturare la torre con il rosone nell'ala est dell'edificio principale. Aveva poi trovato un imprenditore edile all'altezza, che aveva mandato degli operai grintosi a montare le impalcature tutt'intorno alla torre, ormai avvolta da un telo per ponteggi bianco candido.

Il problema era la piattaforma lignea sul tetto a livello della merlatura: era intrisa di umidità e coperta di muffa, e i violenti acquazzoni e le fitte nevicate degli ultimi tempi avevano causato infiltrazioni all'ultimo piano della torre, quello con il rosone. Era un miracolo che non avesse ceduto durante un temporale, considerato anche che il vetro era vecchio e poroso; il timore di Olav era che le infiltrazioni potessero raggiungere il suo studio.

Quando bussarono alla porta lui era in piedi davanti alla finestra dello studio e guardava attraverso le maglie del telo del ponteggio. Era tardi. Ai piedi, come al solito, aveva delle Aurlandsko di colore beige. Aveva regalato un paio di mocassini tradizionali anche ad Alexandra per poi constatare, con grande felicità, che anche lei li portava sempre. Si chinò leggermente in avanti sul radiatore, scaldava piacevolmente, era lui che con l'età stava diventando più freddoloso. Alexandra lo assecondava sempre, era fedele. La famiglia prima di ogni altra cosa, esattamente come avrebbe dovuto essere.

«Avanti» disse.

Il viso parzialmente in ombra di Siri Greve apparve sulla soglia. L'avvocato entrò e andò a versarsi un bicchiere d'acqua dalla brocca.

«Volevi parlarmi?» gli chiese.

Declinò l'offerta di un bicchiere di vino, perché doveva mettersi al volante per tornare a casa.

«Il testamento non è saltato fuori» disse Olav in un tono a metà fra una domanda e una constatazione.

Lei non gli rispose, restò lì, in piedi, appoggiata al mobile buffet fissandolo pensierosa.

«In tutta onestà, devo ammettere che non capisco esattamente quale sia la posta in gioco riguardo al testamento di Vera» disse.

«È sparito nel nulla» ribatté tagliente Olav. «Cos'è che non capisci?»

«Vera risultava proprietaria di tutti i beni di famiglia. Temi forse che nel suo testamento ne abbia ceduto qualcuno?»

Con aria assorta, Olav si grattò le folte sopracciglia. «Siri, mettiti a sedere.»

Lo disse in un tono che, se ne rese conto lui stesso, suonava come un invito e insieme come un comando. L'avvocato si accomodò sul divano, accavallò le gambe. Olav prese dalla libreria alcuni volumi che posò sul tavolino.

«Questi sono i libri scritti da mia madre, o meglio alcuni di quelli che ha scritto» iniziò con fare didascalico. «Libri interessanti, certo, ma dimenticati. D'altra parte, chi potrebbe ricordarsi di un romanzo o di una raccolta di racconti a cinquant'anni di distanza? Appartengono al cimitero dei libri.»

Siri ebbe un fremito di impazienza, lui se ne accorse.

«Arrivo al punto» disse. «La prima volta che sono venuto a sapere che mia madre lavorava a un progetto completamente diverso è stato nell'inverno del 1970. Lei si trovava a Bergen e un mio conoscente della Grieg Forlag mi raccontò di avere grandi aspettative sul libro che stava scrivendo, la storia del naufragio della DS Prinsesse Ragnhild durante la guerra.» Olav bevve un sorso di vino rosso. «Non posso certo dire di esserne stato felice, ero cresciuto insieme a lei e sapevo fin troppo bene quali traumatici ricordi un progetto del genere avrebbe potuto risvegliare. Ma la libertà d'espressione non si nega a nessuno, come previsto dalla Costituzione, e quindi se desiderava scrivere qualcosa era nel suo pieno diritto farlo.»

Siri annuì. Come molti avvocati era una persona di sani e rigidi principi, una debolezza professionale che talvolta irritava Olav; d'altra parte, era la pedanteria della famiglia Greve a renderla ideale per maneggiare documenti giuridicamente vincolanti, e di quelli a Rederhaugen ce n'erano a bizzeffe.

«A quanto pare, la faccenda del manoscritto si rivelò più complicata del previsto» proseguì Olav. «Mia madre, che riposi in pace, finì per attirarsi le ire dei Reparti speciali della polizia. Per quale ragione non saprei, io presi ufficialmente le distanze fin da subito, ma la casa editrice non poté dare alle stampe un libro contenente dichiarazioni infondate su persone non più in vita, fra cui anche mio padre. Per la mamma fu davvero un duro colpo, cominciò a vedere nemici ovunque e spettri in pieno giorno. I problemi psichici, che aveva sempre avuto, peggiorarono.»

«Confiscare un manoscritto è una misura coercitiva non da poco» disse l'avvocato.

Olav sospirò. «Il suo crollo psicologico aveva altre cause, traumi che non erano mai stati elaborati. Venne ricoverata a Blakstad, furono anni molto duri. Gli anni bui... sai bene anche tu di cosa parlo.»

«Ancora non capisco quale sia il nesso con il testamento.»

«Dopo molto, molto tempo mi è giunta voce che il manoscritto esisteva, che mia madre lo aveva depositato presso il notaio distrettuale sotto forma di testamento.»

Siri Greve annuì, come se finalmente avesse capito. «Quindi le ultime volontà di Vera in realtà non sarebbero un testamento giuridicamente vincolante, ma il manoscritto di un libro?»

«E chi può saperlo...» sospirò Olav. «Forse entrambi.»

«E adesso temi che il manoscritto possa essere finito nelle mani sbagliate con il rischio di venir pubblicato?»

«Siamo sopravvissuti al naufragio, a infamanti campagne denigratorie e alla scissione della famiglia. Ce la caveremo anche adesso. Ma la risposta è: sì, è questo il mio timore.»

«Chi è al corrente di questa cosa?»

«Non saprei. Negli ultimi cinquant'anni a stento ho rivolto la parola a mia madre. Però... considerato che si tratta di un manoscritto non sarebbe inverosimile pensare che Grieg, il suo editore, ne sia al corrente.»

Siri lo guardò pensierosa. «Parlane con Johan. Digli chiaramente che non deve farne parola con nessuno.»

Olav annuì silenzioso, Siri si alzò e se ne andò. Lui chiuse la porta dello studio. I suoi passi erano pesanti come il suo respiro. Si sentiva così vecchio... Forse perché non era più *figlio*, ma solo *padre*? Si accomodò alla scrivania, appoggiandosi allo schienale allungò le gambe e ci posò sopra i piedi. La storia era un giogo che lo opprimeva.

Prese il telefono e cercò il contatto di Johan Grieg.

Nonostante si vedessero spesso in occasioni piuttosto formali, per la maggior parte funerali, era da tanto che non si sentivano al telefono.

Il vecchio editore di Vera gli rispose al terzo squillo, con l'aria interrogativa di uno che sa chi lo sta chiamando ma non si sbilancia sulla sua identità. «Sì? Pronto?»

Aveva una voce così debole, Grieg si era davvero consumato negli ultimi tempi.

«Sono Olav» disse schiarendosi la gola. «Olav Falck. Vorrei chiederti una cosa, Johan...»

«Già... Mi sarei stupito se mi avessi chiamato per ricordare insieme i bei vecchi tempi» replicò Grieg.

«Quando sei venuto qui a Rederhaugen, negli ultimi mesi?» gli chiese Olav.

«Non ricordo.»

«Io invece sì» ribatté Olav. «Sei venuto il giorno in cui mia madre si è tolta la vita. A pranzo.»

Grieg taceva. «È una sorta di interrogatorio telefonico?» chiese poi.

Olav sorrise soddisfatto alla sua immagine riflessa sul vetro della finestra. Sotto pressione, Johan si era sempre rivelato un debole, e non era certo meno fragile adesso che era malato.

«Sei arrivato al solito orario e te ne sei andato piuttosto presto?»

«Non ho la forza per aggirarmi furtivo a Rederhaugen di sera» sospirò Grieg. «Tanto meno se è per andare a trovare Vera.»

Innegabilmente credibile, pensò Olav, ma anche un'efficace manovra diversiva.

«Ce l'hai tu il manoscritto di mia madre?» chiese.

Sentì Grieg sospirare.

«Tu eri il suo editore e le volevi bene» proseguì Olav. «E poi hai sempre avuto dei rimorsi di coscienza per quello che è successo nel 1970.»

«Questo è assurdo» disse Grieg respirando affannosamente. «È la tua famiglia, sono i tuoi traumi. Non puoi accusare me. E sai bene che, se così fosse, tu saresti stato il primo con cui mi sarei messo in contatto. Mi sono sempre schierato dalla parte della famiglia Falck.»

«Continua così» replicò Olav. «E non farne parola con nessuno.»

Poi chiuse la telefonata.

## Capitolo 13
## Interdizione

Sasha si svegliò di soprassalto.

La radiosveglia sul comodino indicava le 3.43. Mads dormiva girato di spalle, ne vedeva solo la schiena muscolosa. Si sentiva sfinita e sveglia al tempo stesso, si girò sul fianco opposto e chiuse di nuovo gli occhi, ma capì subito che non sarebbe riuscita a riaddormentarsi.

Dal funerale era passata quasi una settimana, che lei aveva trascorso suddividendosi fra il meticoloso lavoro nell'archivio della Fondazione Saga e la vita con la sua famiglia nella casa del custode. Lo stato di emergenza dettato dal decesso stava per lasciare il posto alla ripetitiva normalità del quotidiano. In quanto all'ammonimento del padre a non scavare nel passato della nonna, lei lo aveva seguito. Quasi del tutto.

Aveva la maglietta zuppa di sudore. Si sedette sul bordo del letto e accarezzò delicatamente Mads sulla schiena con l'indice. Lui borbottò qualcosa di incomprensibile, poi ripiombò nel sonno.

Di solito Sasha dormiva serenamente senza interruzioni, ma quello era un periodo fuori dal comune. Subito prima di togliersi la vita, Vera si era confidata con lei scrivendole una lettera, che poi aveva nascosto dove solo una cerchia ristretta – chi era a conoscenza degli eventi del 1970 – avrebbe potuto trovarla. Una cerchia ristretta. Gli eventi del 1970. Rabbrividì, di eccitazione e timore.

Andò in bagno, si sfilò la maglietta sudata, la gettò nella cesta della biancheria sporca, si vestì e andò in soggiorno. Le piaceva la notte, il ronzio sommesso degli elettrodomestici, la luce fioca sulla sponda opposta del fiordo che penetrava attraverso la finestra. S'infilò un paio di scarpe e uscì. La notte la investì col suo freddo invernale, la primavera si faceva attendere. L'oscurità la rendeva più sensibile ai rumori, più simile a un animale, e i sensi affilati di tanto in tanto facevano affiorare in lei pensieri liberatori.

Si accese una sigaretta e fischiò per chiamare Jazz. Strano che non arrivasse. Tutti i pensieri che la morte della nonna aveva portato con sé l'assillavano, come se avesse avuto in testa un'equazione matematica che non riusciva a risolvere. Si incamminò verso sud, in direzione della spiaggia dove andavano a fare il bagno, si arrampicò su una roccia coperta di muschio e lì rimase in contemplazione del fiordo.

Dopo un po' saltò giù, attraversò il boschetto a passo sostenuto e proseguì oltre la statua di Thor il Grande, illuminata dal chiarore della luna, e oltre gli alti bay-window dell'edificio sul retro.

In silenzio, per non svegliare gli altri, tornò a casa, si sedette al tavolo e aprì il suo Mac. Prima di coricarsi, Mads le aveva inviato i link di diversi alberghi e castelli in Provenza. Potevano aspettare. Un tale John O. Berg voleva intervistarla «*off-the-record* per un'imminente biografia di Hans Falck che verrà pubblicata dalla Grieg Forlag». Sasha ridacchiò e gli rispose brevemente: «Solo se non è autorizzata.» Premette il tasto INVIO prima di avere il tempo di pentirsene.

Ovviamente non avrebbe parlato con nessun giornalista.

L'ultimo messaggio veniva da Blakstad, l'ospedale psichiatrico. Nonostante la promessa fatta al padre, qualche giorno prima aveva tentato senza successo di contattare telefonicamente l'istituto, decidendo poi di scrivere un'email per informarsi sulla possibilità di avere accesso alle cartelle cliniche di Vera Lind.

La risposta, succinta e negativa, era firmata dalla responsabile dell'ufficio relazioni con il pubblico. Poche cose erano in grado di irritare Sasha come un'irremovibile pedanteria, stava per scriverle una risposta piccata quando sentì dei passi nel corridoio.

«Sasha?» disse Mads con voce impastata di sonno.

«Come mai sei sveglio?» gli chiese lei.

«Come mai *tu* sei sveglia? Credi che non me ne sia accorto? Non hai praticamente dormito nell'ultima settimana.»

«Siediti, Mads. Devo raccontarti una cosa.»

Mads si versò un bicchiere d'acqua, poi si sedette di fronte a lei e posò le mani sulle sue. Un tempo erano stati l'eloquenza e il carisma da politico di un'organizzazione giovanile a renderlo così affascinante ai suoi occhi, adesso quello che amava davvero di lui era la premura. Mads non era diverso dagli altri: aveva usato il periodo universitario per mostrare chi voleva diventare e la vita familiare per svelare chi era davvero.

«Si tratta di Vera e della domanda che mi avevi fatto?»

«Ho trovato una lettera della nonna» gli rispose. «Non ne ho parlato né con papà, né con Sverre o Andrea.»

Lui inspirò a fondo e annuì. «Che cosa c'è scritto nella lettera?»

«Diciamo che è la lettera d'addio di una suicida.»

Lui allungò le braccia fin sopra la testa. «Dovresti consegnarla alla polizia.»

Quella risposta la infastidì. «No, non è una faccenda da polizia. Non è certo vietato dalla legge togliersi la vita.»

«E Olav?»

Al di là del tavolo, lei lo fulminò con lo sguardo. «La nonna era davvero infuriata con papà, è questa la ragione per cui mi ha scritto la lettera. Mi chiede di scoprire la verità sulla famiglia e su quello che è accaduto durante la guerra. E anche dopo. Temo che la nonna sapesse qualcosa della Saga che io non sono certa di voler sapere.»

Mads si alzò, andò al bancone della cucina e versò del vino in due bicchieri.

«Perché me lo stai raccontando?»

«Mi fa sentire così sola tenermi dentro tutto questo!»

Mads si sedette davanti a Sasha. «Che cosa hai intenzione di fare?»

Lei gli spiegò brevemente che aveva pensato di andare a Blakstad, l'ospedale psichiatrico dove Vera era stata ricoverata negli anni Settanta, per farsi dare le sue cartelle cliniche. «Sei ancora al mio fianco?»

Mads sorrise stanco. «Non voglio essere io quello che ti mette i bastoni fra le ruote.»

Sasha rimase in silenzio, provò una lieve stretta al cuore per il tono che aveva usato. Evidentemente non era molto motivato ad andare a fondo della questione.

«Torno a letto» disse Mads. «Dovresti farlo anche tu.»

***

Il mattino dopo, Sasha s'incamminò lungo il sentiero che dalla casa del custode si snodava lungo la costa. Dalla spiaggia sotto casa proseguì sugli scogli che portavano a un viottolo coperto di vegetazione, dietro la sala conferenze costruita nella roccia su progetto del prestigioso studio di architettura Snøhetta per celebrare il venticinquesimo anniversario della Saga; poi attraversò il boschetto ed ecco finalmente apparire alla sua vista la baia con il pontile e la rimessa delle barche.

Sasha non aveva molti vezzi da ricca. A pensarci bene ne aveva soltanto uno, un Riva Aquarama, un modello italiano del 1968 con lo scafo in mogano, un motoscafo da competizione, un gioiellino vistoso di quelli che lei avrebbe subito associato ai neoricchi e che contrastava radicalmente con la discrezione che le era abituale. Nonostante questo, adorava quell'imbarcazione. Non di rado capitava che scendesse fino alla rimessa anche in inverno, per poter passare la mano sulle diverse essenze di legno lucidato e sullo scafo dalla linea slanciata ed elegante. E al primo sentore di primavera chiamava un professionista per preparare il motoscafo a prendere il largo dalla rimessa sulla punta meridionale. Se i maestri del Rinascimento avessero disegnato imbarcazioni, pensava Sasha, il risultato sarebbe stato un Aquarama.

Quando raggiunse il pontile vide Olav parlare con il giardiniere, che lo stava aiutando a caricare delle taniche sulla sua Grimsøy. L'Aquarama ondeggiava accanto alla riva.

Potendo scegliere, preferiva di gran lunga spostarsi via mare. Che fosse diretta a est verso il centro città, o a sud verso la penisola di Nesodden, o a ovest verso il fiordo, per raggiungere l'ospedale dove Vera era stata ricoverata all'inizio degli anni Settanta, la barca era la sua soluzione prediletta. Non si può certo dire che fossero stati amichevoli con lei quando si era messa in contatto con Blakstad, ma era convinta che un incontro a quattr'occhi avrebbe migliorato le cose.

«Lo metti in acqua presto il tuo Aquarama quest'anno!» le gridò Olav. «Troppo presto! Dove stai andando?»

Lei si strinse nelle spalle. «A farmi un giro.»

Sasha salì in barca. Sedersi su quei sedili in pelle color crema e girare la chiave di avviamento dava la stessa sensazione di prepararsi a guidare un'auto sportiva. Il paragone non era poi così fuori luogo, dato che l'Aquarama era equipaggiato con due motori Lamborghini V12. Uscì in retromarcia, curvò dolcemente a destra e poi accelerò in direzione ovest. Il sole primaverile le scaldava il viso e lei non poté fare a meno di sorridere.

Mezz'ora dopo ridusse la velocità, raggiunse lentamente il pontile, vuoto, vista la stagione, e ormeggiò il motoscafo. Imboccò un sentiero pedonale che attraversava un boschetto ed ecco apparire alla sua vista Blakstad.

Gli eleganti edifici costruiti agli inizi del Ventesimo secolo sul modello della città giardino, secondo i canoni della pianificazione urbanistica del tempo, si accompagnavano alle costruzioni in mattoni basse e insignificanti del dopoguerra. Sasha varcò a passo svelto l'ampio portone d'ingresso dell'amministrazione.

La responsabile dell'ufficio relazioni con il pubblico era, come spesso capita, un'ex giornalista in declino. A Sasha pareva di averla già vista in un talk show andato in onda molti anni prima che aveva avuto vita breve.

«Alexandra Falck, suppongo...» disse in tono piuttosto scontroso e pungente.

Sasha annuì.

«La sua richiesta è stata esaminata» proseguì la donna, «e respinta. Non possiamo lasciar visionare le nostre cartelle cliniche a degli estranei. Si tratta di documenti dai contenuti molto sensibili.»

La rabbia che una simile pedanteria suscitava in lei Sasha l'aveva ereditata dal padre, in questo gli somigliava proprio.

«Immagino saprà che ci sono casi in cui l'obbligo di riservatezza può essere infranto» replicò con distacco. «Nel caso in cui il materiale venga esaminato a scopo di ricerca, per esempio. Sono la direttrice dell'archivio della Fondazione Saga.»

La responsabile fece una smorfia. «In tal caso faccia una richiesta formale.»

«Oggi non sono qui semplicemente in veste di ricercatrice, ma anche di parente. Non molto tempo fa Vera, mia nonna paterna, si è tolta la vita. E le ricordo che ai parenti è permesso accedere alle vecchie cartelle cliniche.»

L'altra si alzò esitante. In quel momento Sasha capì di aver vinto.

«E va bene. Ha due ore a disposizione.»

Oltrepassarono la reception e scesero le scale fino a una porta in metallo. Il corridoio del seminterrato era adibito a deposito di arredi e attrezzature di proprietà dell'ospedale: letti, deambulatori, stetoscopi, cateteri, imbracature per sollevatori, barelle. In fondo c'era un'altra porta, senza targhetta, che la responsabile dell'ufficio relazioni con il pubblico aprì. Un odore vagamente riconoscibile di carta invecchiata e tarme le investì; mentre si accendeva, la luce tremolò, illuminando a sprazzi il locale, la polvere danzava nell'aria al ritmo dei loro passi. Addossati alla parete c'erano degli scatoloni di cartone impilati l'uno sull'altro e contrassegnati da cifre indicanti diverse annate.

«A quale nome e periodo devo far riferimento?» chiese la donna.

«Vera Margrethe Lind» rispose Sasha accorgendosi che la sua voce aveva ritrovato l'ardore. «Nata nel 1920, ricoverata nella primavera del 1970. La data precisa non sono in grado di dargliela, di certo non prima di aprile-maggio.»

La donna la condusse a uno scaffale. «Lind... Vediamo...»

Scorse gli archivi con la punta delle dita, tirò fuori un raccoglitore e lo porse a Sasha. «Ecco le sue cartelle cliniche. Non può restare qui, le troverò un posto in cui sedersi a esaminarle. Ha esperienza per quanto riguarda la lettura di documenti pubblici?»

«È il mio mestiere» rispose Sasha con un sorriso.

La donna l'accompagnò in una stanzetta lì accanto, Sasha appoggiò i documenti su un piccolo tavolo in formica, chiuse la porta e iniziò a leggere.

Vera era stata ricoverata il 2 maggio del 1970, dopo un «progressivo deterioramento delle condizioni mentali culminato nell'insorgere di una psicosi con conseguente tentativo di suicidio nella dimora di residenza».

Nel maggio del 1970 era stata scrupolosamente esaminata dallo psichiatra Finn Butenschøn, che dopo lunghi consulti aveva concluso che Vera Lind soffriva di «profondi traumi verosimilmente derivati da carenti relazioni di attaccamento sviluppate nell'infanzia e da un naufragio avvenuto nel Nord-Norge durante la Seconda guerra mondiale» che «hanno drasticamente compromesso le sue facoltà mentali e la sua capacità di vivere in società».

Sasha si bloccò. Inspirò a fondo. Non c'era niente che non sapesse già o di cui restare stupita, ma il 27 maggio il dottor Butenschøn nella sua relazione clinica aveva annotato qualcosa che la fece sobbalzare: «A giudizio del sottoscritto, le condizioni della paziente si sono aggravate in conseguenza di un'immagine del sé di tipo narcisistico, caratterizzata da illusorie fantasie di grandezza e associata a deliri di persecuzione, secondo i quali personalità ben identificate appartenenti alla sfera pubblica e membri della famiglia stessa della paziente sarebbero intenzionati a farle del male. Ne è manifestazione l'insistenza nel dichiarare di aver scritto un libro che è stato "bruciato nel bosco" perché contenente informazioni che avrebbero potuto cambiare "la storia del paese".»

Sasha si alzò e si appoggiò alla parete dell'angusta stanzetta. *Appartenenti alla sfera pubblica e membri della famiglia stessa della paziente?*

Per i Falck spesso non faceva differenza.

Si sedette di nuovo, riprese a leggere i documenti. Era evidente che gli psichiatri di Blakstad avessero lavorato scrupolosamente. Butenschøn si era messo in contatto con il dottor Schultz delle Lofoten, «le cui cartelle cliniche riguardanti l'infanzia della paziente hanno consentito di avere un quadro clinico completo».

Merda. Lì non c'erano. Doveva cercare di procurarsele.

Vera non era stata una paziente facile, soprattutto nel primo anno, reagiva in modo incontrollato e nell'ottobre del 1970 il personale infermieristico – «agendo per necessità, nel rispetto della legge» – aveva più volte fatto ricorso a mezzi di contenzione meccanica. Vera Lind aveva ripetutamente messo in atto tentativi di suicidio, fra cui uno per sciopero della fame nell'inverno del 1971 e un altro sfociato in un grottesco episodio il 27 luglio dello stesso anno, quando «la paziente, confezionato un cappio servendosi della camicetta, aveva insaponato il pavimento e tentato di uccidersi per soffocamento appendendosi alla maniglia della porta. Il tentativo era stato sventato da un'infermiera durante il consueto giro di controllo».

E quarantacinque anni dopo Sasha se ne stava seduta lì, nel seminterrato di quello stesso edificio. D'un tratto si sentì travolgere da un'ondata di claustrofobia, come se fosse lei a subire ora la contenzione meccanica, scattò verso la porta quasi aspettandosi di trovarla chiusa a chiave come in una cella di isolamento e la spalancò con forza.

La porta si aprì, la polvere del seminterrato danzava nello spiraglio di luce. Non c'era nessuno, l'unico suono era quello di una ventola.

Rimase lì, immobile, il respiro affannoso, il sapore salato delle lacrime. Piangeva per i tragici eventi che avevano colpito Vera? Sì, certo, ma erano anche lacrime di rabbia: si sentiva raggirata, era risentita con chi non gliene aveva mai parlato, e con se stessa che non aveva mai chiesto.

Appoggiata alla parete, disse a voce alta: «Non sei la nonna. Sei un'archivista e la direttrice del museo della Fondazione Saga.»

Quelle parole l'aiutarono; non appena si tranquillizzò, tornò a sedersi al tavolino. L'intensità drammatica delle annotazioni si stemperava via via. Nel tardo inverno del 1972 la situazione si era stabilizzata al punto che a Vera era stato concesso di fare lunghe passeggiate fuori dall'ospedale.

Il suo fedele accompagnatore, lo psichiatra Butenschøn, ne elogiava i miglioramenti. «Dopo aver seguito la paziente per due anni» scriveva nel suo ultimo contributo datato 6 giugno 1972, «possiamo affermare che la situazione si è stabilizzata, soprattutto per quanto riguarda le reazioni incontrollate e le tendenze suicide, che sono sostanzialmente scomparse.»

Al tempo stesso, però, sottolineava con fare ammonitore: «Nonostante questo è mia ferma convinzione che non siamo arrivati a sviscerare del tutto i deliri persecutori e megalomaniaci che la paziente riferisce e che tuttora la affliggono. Non escludo che tale questione possa essere riconsiderata quando il caso sarà sottoposto al giudice tutelare per l'interdizione. Per tutto ciò che concerne quest'ultimo punto, rivolgersi all'avvocato di famiglia August Greve jr.»

Sasha aveva letto abbastanza. Chiuse il raccoglitore, lo riconsegnò alla reception ringraziando per la disponibilità e tornò all'imbarcazione ormeggiata.

Interdizione, pensò. Che parola terribile, una ventata di aria gelida da un altro tempo, da un'epoca di sterilizzazioni forzate e lobotomie.

In che modo dovrei procedere?, pensava attraversando in planata il freddo fiordo, e quando la torre di Rederhaugen apparve all'orizzonte ecco che la risposta arrivò: i tempi non erano ancora maturi per un confronto con il padre, ma Siri Greve era la figlia dell'avvocato che aveva portato avanti la causa con il giudice tutelare per conto della famiglia. Se c'era qualcuno che poteva saperne qualcosa, era Siri, lei sapeva praticamente tutto.

Sasha ormeggiò il motoscafo e tornò all'edificio principale.

## Capitolo 14
## *La séduction*

Il suono squillante di un campanello penetrò nel sogno. Johnny Berg aprì gli occhi e si tirò su a sedere. Si era addormentato sul divano. Sul tavolo c'erano contenitori da asporto ancora mezzi pieni di *pad thai*, bottiglie di bibite e scatole di gelato, cartine per sigarette e qualche grumo di hashish marocchino. Si era preso una bella botta. I postumi da cannabis erano diversi da quelli di una sbornia: non una pulsazione martellante nella testa, ma una diffusa e frastornante sensazione di pesantezza, come quando ci si risveglia da un'anestesia.

Suonarono di nuovo. Sprazzi confusi degli ultimi giorni di sregolatezze gli balenarono davanti agli occhi. Uno spacciatore al riparo di un portone a Fredensborg, un rumoroso locale con il karaoke in Trondheimsveien, uno strip club dietro Rådhuset. Com'era iniziata? Sì, ecco, adesso ricordava, era iniziata al Gamle Logen.

Suonarono per la terza volta. Berg andò al citofono. Sentì sbattere il portone d'ingresso, un paio di piani sotto il suo.

«Chi è?» chiese appoggiato alla porta.

«Sono io! Apri!»

La voce di HK, inconfondibile come sempre: un possente baritono con la cadenza musicale e rilassata di un tassista della Oslo orientale, mista a un non so che di sofisticato, proprio com'era anche lui.

Berg aprì. Dai tempi in cui era a capo della Sezione, HK

doveva aver perso almeno dieci chili, era in gran forma, e la barba bianca ben curata risaltava sulla carnagione dal sano colorito dorato, tipica di chi è in pensione. Solo gli occhi da lupo infossati dalle iridi grigioblu erano gli stessi di sempre. Si abbracciarono.

«Ti trovo bene» disse HK.

«Mi reggo in piedi. Tu, invece, sembri ogni volta più giovane.»

Quell'uomo avanti con gli anni gli sorrise affabile.

«È la vita da pensionato. Non appena lasciamo la Sezione ci sentiamo subito ringiovanire. Mentre il tempo di chi è in servizio attivo bisognerebbe calcolarlo come si fa per i cani, non in anni umani. In altre parole, Johnny, fra non molto saremo coetanei.»

Berg non poté fare a meno di abbozzare un sorriso.

Accompagnava HK un gigante dai capelli rossi che lui conosceva bene. «Grotle» disse stringendo il commilitone in un abbraccio virile.

«Hai davvero un aspetto di merda, Johnny!» ruggì lui con quel suo accento del Vestlandet, immobilizzandogli le spalle con due mani che parevano d'acciaio. In quel momento Johnny si accorse dei lineamenti tirati e di quanto fosse invecchiato. Aveva passato la cinquantina, il viso era segnato dalla vita all'aria aperta e i capelli erano scarmigliati nel modo tipico di chi ha cominciato a perderli. La barba rossa, incolta e grigiastra, era più corta di quando erano in Afghanistan, dove si vociferava che, vista l'altezza e la stazza da armadio a due ante, Grotle sarebbe potuto facilmente arrivare a diventare governatore della provincia settentrionale del Faryab. Se c'era qualcosa che incuteva rispetto negli afghani era la forza fisica, e il gigante del Vestlandet era forte come un orso polare. Si era formato come artificiere subacqueo della marina militare ed era uno dei migliori, quando lavoravano insieme alla Sezione dicevano scherzosamente che avesse i piedi palmati.

«Per la miseria, Johnny. Bello rivederti. Credevo fossi fottuto» proseguì Grotle.

«Abiti ancora nella casa galleggiante?» gli chiese Johnny.

«Mi sposto sulla terraferma il minimo indispensabile» gli rispose l'altro facendogli l'occhiolino. «Ma ho saputo da HK che eri tornato a casa e non eri messo bene, allora sono venuto anch'io.»

«Un attimo solo» disse imbarazzato Berg. «Il tempo di dare una sistemata...»

I due lo ignorarono ed entrarono.

HK lanciò un'occhiata al tavolino, a Grotle e poi a Berg. «È così che sei messo...»

Lo fissava con lo sguardo di un padre rassegnato che scopre che la festa organizzata in sua assenza è degenerata. «Vediamo di rimediare, eh, Johnny?»

Dopo qualche istante di esitazione l'altro annuì controvoglia.

Passarono l'aspirapolvere ovunque, arieggiarono e lavarono tutti i pavimenti, lustrarono bagno e cucina, poi Grotle sollevò con fare dimostrativo i grumi di marocchino sopra il water.

«Aspetta!» protestò Johnny. «Potrebbero tornare utili.»

«È ancora più utile buttarli via» replicò Grotle tirando lo sciacquone.

Quando ebbero finito, si sedettero al tavolo della cucina con una tazza di caffè fumante tra le mani.

«Ero preoccupato per te» disse Grotle. «Ma anche infuriato. Te ne sei fottuto di tutti gli ordini, hai cominciato a operare di tua iniziativa e hai rischiato di trascinarci a fondo insieme a te. Hai visto troppi video antiamericani su YouTube e hai fumato troppo hashish.»

«Non avremmo dovuto bombardare la Libia» replicò Johnny. «E comunque avevo chiuso con l'hashish. Prima di quest'ultima canna.»

«Sai qual è il tuo problema?» disse Grotle con sguardo

meno duro. «Che prendi tutti i problemi del mondo sul personale. In effetti il bombardamento della Libia non è stato una gran mossa.»

«Non è stato una gran mossa?» ribatté Berg. «Molti innocenti sono stati uccisi, i rapporti di forza nel Medio Oriente sono stati sconvolti da persone che non sapevano nemmeno cosa stessero facendo, ai terroristi si sono spalancate le porte dell'inferno.»

Grotle lo fissò con occhi severi. «Tu eri un operatore, cazzo, non il ministro degli Esteri. I politici prendono le decisioni, noi le mettiamo in pratica. Meglio così che il contrario.»

Il gigante si alzò e andò verso la porta di casa. «Ho un aereo da prendere, diretto a nord. Divertitevi. Per qualunque cosa, chiamami, Johnny. Sono a Ramsund, quasi sempre. Ma se ti venisse in mente qualche altra cazzata, un giro di chiglia non te lo leva nessuno, me ne occuperò io personalmente.»

***

In un esclusivo negozio di alimentari in Bygdøy allé, HK e Berg comprarono pollo e aromi per preparare una ricetta francese; andarono poi al Vinmonopolet, da cui uscirono con due bottiglie di corposo rosso di Borgogna. Quando il profumo di aglio, pancetta, aromi e vino rosso si alzò dai fornelli, l'appartamento dava quasi l'impressione di essere accogliente.

«Mi ero dimenticato di quanto fossi bravo a cucinare» disse Johnny all'amico che stava sfumando il pollo e le verdure con il cognac.

«Ho imparato in Libano: i francesi mangiavano sempre bene, anche sul campo» disse HK sorridendogli dall'altro lato del bancone della cucina. «Sono stati loro a insegnarmi come si cucina. E come si raccolgono informazioni riservate.»

Il passato di HK era avvolto in un velo di nebbia, proprio come la sua vita privata. Di lui, Berg sapeva che il partner con cui conviveva, ormai in pensione, era stato segretario amministrativo di qualche dipartimento, e che aveva iniziato la sua carriera nei primi anni Ottanta in Libano come ufficiale dei servizi segreti nel battaglione Norbatt, l'unità norvegese della missione Unifil voluta dall'Onu.

«I francesi conoscevano bene quella parte del Medio Oriente, ma da loro ho appreso molto altro, e soprattutto la cosa più importante per chiunque lavori nell'intelligence.»

«Lo *charme*?» chiese Berg con un sorriso. HK aveva cercato di inculcargliene l'importanza quando era a capo del suo reparto operativo.

«Vedo che non hai dimenticato proprio tutto...» commentò l'altro facendogli l'occhiolino. «Pensa ai vigorosi fondisti del Trøndelag che abbondano nelle file dei nostri migliori contingenti: molto si può dire di loro, ma non certo che siano particolarmente *charmants*.»

Dopo qualche bicchiere, HK insaporiva volentieri i suoi discorsi con qualche francesismo.

«Le persone credono che lo scopo dell'arte della seduzione sia portarsi a letto qualcuno. Che si può anche fare, naturalmente. In realtà *la séduction* è una questione di potere: si impone il proprio volere, con astuzia, senza l'uso della forza. È questa la cosa più importante che i francesi mi hanno insegnato.»

«Eri in Libano quando hai conosciuto Hans Falck?» gli chiese Johnny.

«A Beirut» precisò HK. «Era l'estate del 1982. Lo so con certezza, perché è stato quando Israele ha attaccato la città.»

HK si azzittì, Johnny lo lasciò riflettere in pace.

«Hans lavorava in un campo profughi palestinese nella zona meridionale della città. Era un maniaco del lavoro, molto competente, ma ancor più arrogante e pieno di sé di quanto non sia adesso. Girava voce che avesse una relazione con una donna a capo di uno dei più noti gruppi armati palestinesi.»

«La storia che Hans ha raccontato a me era *leggermente* diversa» replicò Johnny.

«Girava voce» puntualizzò HK. «Hans aveva una moglie in Norvegia, anche se ogni volta che varcava il confine ricominciava a vivere da scapolo. Comunque, in quel periodo passava parecchio tempo con le milizie palestinesi. Se quelle dicerie fossero fondate o meno non lo sapremo mai, perché Mouna Khouri, così si chiamava, rimase uccisa nei massacri nei campi profughi di Beirut. Era il settembre del 1982, un mese che non dimenticherò mai.» Il suo sguardo si fece assente. «Mangiamo?»

Johnny, mettendosi nel piatto il pollo fumante, gli raccontò della diagnosi del dirigente medico del dipartimento della Difesa. HK lo ascoltò serio.

«E in tutto questo ho anche ricevuto un'offerta di lavoro» aggiunse Johnny.

«Che cosa? Davvero c'è qualcuno che vorrebbe assumerti?» ribatté HK con quella sua tipica risata cavernosa.

«Hans Falck vorrebbe che scrivessi la sua biografia.»

HK, che stava per bere un sorso di vino, fermò il movimento a mezz'aria.

«Ma pensa...» disse. «E tu cos'hai risposto?»

Johnny posò il contratto sul tavolo. «Ho accettato. Contratto firmato.»

«Devo ammettere che questa è stata una mossa inaspettata da parte del nostro caro Hans Falck.»

«Hans sostiene che Olav Falck e la Saga siano i veri committenti dell'ultimo incarico che ho svolto» disse Johnny.

«Non sarei dovuto andare in pensione» sospirò HK. «Quell'operazione era pura follia, con me a capo della Sezione non si sarebbe mai fatta una cosa del genere.»

«Hans ha detto anche che quell'operazione sarebbe stata il proseguimento di qualcosa che Olav e la Saga portano avanti dal dopoguerra. Che la mia storia sarebbe il capolinea di qualcosa che potrebbe mandare a gambe all'aria l'intera fondazione. E se è vero che Olav Falck è responsabile del fatto che la Norvegia non è intervenuta per salvarmi quando ero prigioniero in Kurdistan, io non mi tiro certo indietro.»

«Interessante» borbottò HK. «La vendetta è un incentivo potente, ora come allora.» Si accarezzò il mento. «Sei consapevole di quello su cui hai deciso di far luce, vero, mio caro Johnny? Sono congetture che giornalisti ben più competenti di te hanno cercato di verificare, senza arrivare da nessuna parte.»

«Io ho dei presupposti migliori per poterne venire a capo» ribatté Johnny.

Dopo una lunga pausa, HK disse: «Ai vecchi tempi lavoravo insieme a Olav, prima che lui fondasse la Saga. Eravamo subacquei, tutti e due. Poi lui ha scelto l'esercito, io i Reparti speciali della polizia. Andavamo molto d'accordo, la pensavamo allo stesso modo, ci interessavamo più di questioni strategiche che di monitorare gli studenti maoisti, per lo meno io. Alla fine però siamo entrati in collisione. Era inevitabile, tutto sommato.»

«Perché?»

«Ci occupavamo entrambi di sicurezza nazionale» spiegò HK. «Ma in modi diversi. La mia lealtà si è sempre fondata sulla Costituzione norvegese, mentre Olav non si è mai fatto scrupoli a difendere il paese con mezzi che non ne rispettavano i principi. Olav è un utilitarista, è assetato di potere e spietato.»

Berg bevve altro vino. «È questa la mentalità con cui ha plasmato la Fondazione Saga?»

«È la mentalità che ne costituisce le fondamenta!» esclamò HK. «La Saga era parte della cosiddetta rete Stay Behind. Ex membri della resistenza in tempo di guerra e altri pilastri della società che non volevano deporre le armi hanno preso l'iniziativa di fondare un esercito segreto privato in vista di un'eventuale invasione sovietica. La rete aveva cellule in tutti i paesi dell'Europa occidentale, anche in Norvegia. Rederhaugen è stata utilizzata come deposito di armi e munizioni durante la guerra fredda.»

«Ma non le avevano scoperte e smantellate tutte negli anni Settanta?» Berg aveva un vago ricordo di quella faccenda.

«Molte sì» rispose HK. «Ma non tutte. La tenuta di Rederhaugen era perfetta come deposito. Durante il conflitto i tedeschi avevano requisito la proprietà e ci avevano costruito tunnel e rifugi antiaerei. La qualità dei muri di cemento era ottimale, diciamo... Dopo la guerra furono accumulate lì enormi quantità di armi e altro materiale bellico, ex generali della Wehrmacht arrivarono in aereo per mostrarci i sistemi di difesa in caso di invasione sovietica. Nessuno ha mai rivelato che la famiglia Falck e la Saga avessero un deposito del genere a Rederhaugen. O meglio...» HK inspirò a fondo. «Una persona che ha cercato di raccontare la verità c'è stata: la madre di Olav, una scrittrice di nome Vera Lind, morta da poco.»

Berg annuì. Ecco di nuovo spuntare quei due nomi, insieme: Saga e Vera Lind.

«Hans mi ha raccontato che Vera Lind ha lasciato un testamento che nessuno è riuscito a trovare.»

«Di questo non so niente, ma posso dire con certezza che il manoscritto a cui stava lavorando è stato confiscato, io stesso ho partecipato alle indagini.»

Per la prima volta quella sera, Berg ebbe la sensazione che spesso lo assaliva quando parlava con HK, ovvero che nulla potesse sorprendere il vecchio capo, già a conoscenza di tutto. «Che cosa? Hai letto il manoscritto?»

«No, non l'ho letto. Ma le indagini legate al caso Lind sono la causa della fine della mia amicizia con Olav e la ragione per cui ho smesso di lavorare per i Reparti speciali della polizia. Non potevo accettare un simile annientamento della libertà di espressione, né che la vita di una persona venisse distrutta nascondendosi dietro fumose formule sulla "sicurezza del regno". Per Olav la missione della stirpe dei Falck è quella di preservare la narrazione ufficiale della storia del paese. Chiunque metta in discussione questa narrazione, e quindi la Saga stessa, la paga cara. È successo a Vera Lind nel 1970. E...» aggiunse piano HK, «sembrerebbe che possa succedere anche a te, mio caro Johnny.»

Berg deglutì, aveva le mani sudate e il cuore gli martellava nel petto.

«Quando ero ormai vicino alla pensione» proseguì HK, «membri influenti delle forze speciali e dei servizi segreti hanno cominciato a domandarsi se gli "attrezzi" a disposizione nella "cassetta degli attrezzi" della Norvegia fossero abbastanza efficaci da poter contrastare la minaccia terroristica. Io ne sono stato tenuto fuori, ma so che è stato Martens Magnus, il capo delle unità speciali del dipartimento della Difesa, la forza trainante del progetto SB 2.0, la Stay Behind del nuovo millennio.»

Berg annuì. «Sono stati gli uomini di Magnus a reclutarmi per quell'incarico.»

«E tu sei stato così ingenuo e depresso da accettare» disse HK. «Paesi come Francia, Stati Uniti, Inghilterra e Israele eliminano spudoratamente i nemici di stato uccidendoli. Non è certo un segreto. In Norvegia invece sarebbe politicamente impossibile. Noi non facciamo certe cose. E allora, come fermare uno psicopatico estremamente pericoloso di nome Abu Fellah che da qualche parte nel deserto si vanta del sangue che scorrerà nelle strade norvegesi, e che ha le risorse e il supporto logistico forniti dallo Stato Islamico per concretizzare le sue minacce?»

Berg nascose il viso fra le mani. Era esattamente così che era andata.

«Be'...» proseguì HK in tono paziente. «Si chiede agli americani se hanno un drone Predator da prestarci. Ma se gli americani non ne hanno a disposizione o se l'obiettivo da colpire sta ben attento a non uscire allo scoperto, allora si ricorre alle forze di terra. Non ufficialmente, certo che no. Ci si rivolge all'unico uomo del regno che abbia le capacità necessarie a portare a termine l'incarico e un aspetto tale da poter passare inosservato in Medio Oriente, e che oltretutto ha finito per cacciarsi nei guai e non ha altra scelta se non quella di accettare una missione segreta. Un'arma che la Difesa ha formato investendo trenta milioni di corone, un'arma di nome John Omar Berg.» Fissò Johnny. «Si sono rivolti a te.»

Berg si accese una sigaretta, aspirò avidamente un paio di volte, poi disse: «Io mi sono comportato lealmente. Avrei continuato a tacere, se non avessi scoperto che mi avevano lasciato apposta a marcire lì in quella prigione. Una cosa è M. Magnus, un'altra Olav Falck. Tu sai se è vero quello che sostiene Hans? Che ci sia Olav Falck dietro tutto questo?»

«Olav è scaltro» gli rispose HK serio. «Non si sporca mai le mani. Per rovinare la madre non ha usato la violenza o le minacce, no, anzi... È diventato il suo premuroso tutore legale! E quando mi è giunta voce che tu fossi detenuto in Kurdistan e ho smosso mari e monti per tirarti fuori, Olav mi ha telefonato.»

Imitando in modo probabilmente veritiero la profonda voce del patriarca Falck, proseguì: «"Berg è stato il migliore, un eroe nazionale, è una vergogna che noi, in quanto nazione Norvegia, non siamo riusciti a offrirgli il supporto necessario, considerate le dure prove che ha dovuto superare, non poteva che finire male. Ma come tu sai, HK, il nostro governo purtroppo segue norme molto restrittive riguardo al riportare in patria dei foreign fighter." È esattamente questo che ha detto. Non è nel mio stile mandare a quel paese qualcuno, Johnny, ma quella volta ci è mancato davvero poco. Olav ha capito che in Norvegia il potere non si esercita con mezzi brutali, lo si avvolge ben bene nel moralismo e nelle buone intenzioni. Il punto però è sempre quello: come Vera Lind, anche tu custodisci una storia che potrebbe far affondare la famiglia Falck e la Saga se dovesse essere resa pubblica.»

HK sollevò il bicchiere e lo guardò a lungo in silenzio. «Salute, Johnny. Questa è una possibilità. Fa' le cose come vanno fatte e Olav e la Saga andranno in rovina definitivamente.»

I loro sguardi si incontrarono, il vecchio capo sorrise in modo enigmatico, lo stesso fece Johnny.

«Segui il suggerimento di Hans, vai a trovare la figlia di Olav. Se non ricordo male, nel 1970 girava voce che ci fosse un informatore nella polizia di sorveglianza. Forse è uno su cui possiamo fare un po' di pressione, mi documento e ti faccio sapere cosa trovo negli archivi.»

HK si accese la pipa. Il tiepido fumo di tabacco che s'innalzava evocò in Johnny immagini del passato, del giorno in cui molti anni prima HK era arrivato a Ramsund per reclutarlo, di quella volta in cui, durante l'addestramento, HK aveva dato loro una banconota da dieci corone per arrivare fino a Trondheim, di tutte le volte in cui si erano aggirati per i vicoli afghani; tutte queste immagini si levarono nel fumo della pipa.

«A cosa stai pensando, Johnny? Hai l'aria assente.»

«Ti sembrerà strano, ma quando accendi la pipa all'improvviso mi ritrovo a pensare...»

«... al passato» concluse la frase HK. «Nessuna parte del cervello è così connessa ai ricordi come il centro dell'olfatto.»

Berg annuì, tutt'a un tratto lo assalì una terribile malinconia.

«È per questo che il profumo delle ex fidanzate dovrebbe essere vietato per legge.»

HK gli sorrise paterno.

«E Rebecca come sta?»

«Immagino bene. Il suo nuovo tipo è una guardia del corpo dell'Agenzia di sicurezza con quattro figli dal precedente matrimonio, maglietta nera del Norseman Xtreme Triathlon e cintura nera in educazione dei figli.»

Lo sguardo di HK era annebbiato per tutti quei bicchieri di vino. Mise su una canzone di Jacques Brel e cinse col braccio la spalla di Johnny. «Vedrai che risolveremo anche questo quando arriverà il momento giusto. Sei un bravo ragazzo, Johnny, un bravo ragazzo.»

Dopo essere passato ai superalcolici, sollevò il bicchiere di cognac e disse: «Un brindisi anche per Hans, per la sua trovata di farti scrivere la biografia. Letteratura e spionaggio si avvalgono dell'arte della seduzione. S'inventa una realtà fittizia in grado di ingannare il nemico, o il lettore, coinvolgendolo al punto che non si rende più conto di essere ingannato. Questa, mio caro Johnny, è *la séduction*.»

## Capitolo 15
## Da donna a donna

Nel seminterrato dell'edificio principale, al di là degli spogliatoi, si accedeva al locale piscina, con tanto di lettini e tinozze finlandesi, avvolto da una luce turchese.

Sasha entrò nello spogliatoio femminile e proseguì verso la piscina. Nell'aria un lieve odore di cloro e il sommesso sciabordio delle onde, sollevate dalla figura che nuotava a stile libero, contro le piastrelle del bordo vasca.

Da ragazza, Siri Greve aveva gareggiato nella nazionale categoria juniores e ogni volta che poteva scendeva lì a farsi una nuotata. Non si accorse subito di Sasha che la osservava: i movimenti tranquilli, la respirazione ogni tre bracciate, ritmica e regolare, gli occhialini e la cuffia aderente nera le davano una parvenza di irreale. Sasha si sedette ad aspettare sul lato corto della piscina.

Dopo qualche vasca, Siri si fermò. «Sasha?» disse stupita e ansimante, sollevando gli occhialini sulla fronte. «Che cosa ci fai qui?»

«Ti ho mandato parecchi messaggi negli ultimi giorni...»

«Mi dispiace.» Puntandosi sulle braccia muscolose, l'avvocato si tirò su e si sedette sul bordo della vasca avvolta in un costume da competizione nero. «Non prenderla sul personale, uno dei consigli di amministrazione di cui faccio parte ha un sacco di problemi, maschi bianchi di una certa età, ti lascio immaginare...»

Che Siri Greve non avesse risposto ai messaggi di Sasha non era poi così sorprendente. Quando non nuotava e non lavorava per la Saga, correva di continuo da un consiglio di amministrazione all'altro. L'aumento della rappresentanza femminile nei consigli aziendali non era solo un passo avanti per la parità di genere, ma anche per Siri Jacqueline Greve. Volendo dare un volto a una donna moderna con innumerevoli posizioni di spicco nei consigli di amministrazione, una femminista in abiti Chanel, non si poteva che scegliere il suo. Di certo, però, se a contattarla fosse stato il padre di Sasha, il patriarca, i tempi di risposta sarebbero stati considerevolmente più brevi.

«Dobbiamo parlare di Vera» disse Sasha.

«Ne parliamo in sauna?»

Non era una domanda, e anche se non ne aveva affatto voglia, Sasha s'incamminò dietro la schiena dalla forma leggermente a V di Siri. La sauna femminile nel seminterrato di Rederhaugen era il posto in cui Siri teneva banco quando raccoglieva intorno a sé la sua ampia cerchia di donne di successo nel mondo politico, culturale e degli affari. Negli ultimi anni, in qualche occasione era stata invitata anche Sasha. Siri era dell'idea che le avrebbe fatto bene controbilanciare così gli «egocentrici e megalomani» uomini di Rederhaugen. Nella sauna, Sasha aveva ascoltato attentamente le congetture sulla futura composizione della rosa dei segretari di stato e i racconti su millantatori impotenti e matrimoni *aperti* rosi dalla gelosia, che parevano il tema preferito dalla cerchia, e facevano brillare gli occhi di gioia maligna.

Sasha si svestì e si fece una rapida doccia fredda. Siri era già seduta sull'ultima fila in alto delle panche della sauna, nuda e senza alcun imbarazzo; versò una mestolata di acqua sulle pietre roventi, il vapore si alzò implacabile verso il soffitto e per qualche istante Sasha faticò a respirare.

«Allora, Sasha... Che novità ci sono dall'ultima volta che ci siamo viste?»

Lei iniziò raccontandole qualche dettaglio delle cartelle cliniche di Blakstad. Il problema con l'avvocato era che Sasha non sapeva mai fino a che punto avrebbe potuto contare sulla sua lealtà. Con il passare degli anni, grazie agli incontri con il resto della cerchia si era sviluppata una sorta di amicizia, per cui Siri nella sauna le raccontava spudoratamente dei suoi amanti («il capo dell'ufficio spedizioni a letto è stato un sei scarso, troppo bello perché qualcuna avesse il coraggio di insegnargli a fare l'amore»). E di relazioni ne aveva avute parecchie dopo aver divorziato da una nota personalità del mondo della finanza, un traditore seriale che l'aveva lasciata senza neanche più lacrime per piangere.

Al tempo stesso, però, Siri era anche il fedele scudiero del padre, nonché uno dei suoi più stretti collaboratori, con tre generazioni di rapporti lavorativi fra i Greve e i Falck alle spalle, eredità non da poco. Era lui a pagarle lo stipendio e Sasha sapeva bene che in pochi avrebbero tagliato così di punto in bianco il cordone ombelicale con il proprio benefattore.

«Tutela giuridica» disse Siri, fissando pigramente il vuoto dopo il racconto di Sasha. «Non sono un'esperta nel campo, ma da quel che ricordo è entrata in vigore una legge nuova e più moderna sulla tutela e sull'interdizione giudiziale, una legge che tiene in maggior conto le esigenze dei destinatari sulla base della ratifica della Convenzione delle Nazioni Unite sui diritti delle persone con disabilità» aggiunse. «In sostanza, chi viene messo sotto tutela deve esprimere il proprio consenso in forma scritta. Ovviamente sono contemplate delle eccezioni, e spetta al tribunale la decisione finale sul privare o meno qualcuno della capacità di agire, e quindi di quella giuridica, ovvero l'interdizione giudiziale.»

«Esattamente! E io vorrei proprio sapere che cosa è successo quando il caso di mia nonna è arrivato davanti al giudice tutelare.»

«Credi che Vera possa essere stata messa sotto tutela?» le chiese Siri appoggiandosi alle panche in legno di magnolia.

«Non saprei» rispose Sasha a bassa voce. «So solo che qualcosa non torna. A quell'epoca tuo padre era l'avvocato della nostra famiglia, aiutami a trovare i documenti che spiegano che cosa è accaduto. Deve esserci qualcosa negli archivi, non credi?»

Siri si passò i palmi delle mani sulla fronte levigata dalle iniezioni di filler Restylane e poi sulle guance. Respirò a fondo. «Non posso. È stata la prima clausola che ho sottoscritto quando ho iniziato a lavorare per la Saga. Mio padre me l'ha inculcato fin da bambina: puoi essere in totale disaccordo con i Falck, li puoi contestare e anche insultare dietro le quinte, se necessario, ma non devi mai, per nessuna ragione, infrangere il segreto professionale.»

Sasha guardò Siri Greve negli occhi. «Io sono una Falck.»

«Ma in questo caso c'è divergenza di opinioni fra due Falck della stessa famiglia. Sai che vorrei aiutarti, Sasha. Da donna a donna... Potrei fissare un incontro con Olav e farmi portavoce della tua richiesta.»

«No» rispose Sasha fremente di rabbia. «Non è il caso di parlarne con papà.»

«Che cosa ti fa pensare che sarei disposta a mettere da parte la mia lealtà nei confronti di Olav?»

Siri era astuta. Sasha sentì le guance avvampare. Se voleva arrivare da qualche parte doveva tirar fuori un po' della spregiudicatezza del padre e un po' del gusto per il mistero che aveva la nonna.

«Ricordi, quando parlavi del tuo divorzio, quale dicevi che fosse la cosa peggiore, Siri? Non la questione economica, non la sensazione di fallimento, e nemmeno le ripercussioni sui figli. La cosa peggiore, dicevi sempre, era la sensazione di non essere a conoscenza di tutti i suoi tradimenti.» Naturalmente Sasha si guardò bene dal chiamarlo per nome, l'ex marito di Siri era *l'innominabile*. «La sensazione di essere stata raggirata. Esattamente come mi sento io adesso. Me ne sto lì sul pulpito come una stupida mascotte a fare un bel discorso celebrativo sulla necessità di conoscere la storia, e non conosco nemmeno la mia famiglia!»

L'avvocato strabuzzò gli occhi.

«C'è una certa differenza fra...»

«No» la interruppe Sasha. «Non ho finito. Tu riunisci qui nella sauna la tua cerchia di intellettuali femministe. È una cosa molto bella. Ma una donna scrittrice e sola che vede il suo manoscritto confiscato ed è costretta al silenzio da uomini potenti non è forse una storia di prevaricazione? Siri, io non so che cosa sia successo a Vera nel 1970, né adesso, ma lo scoprirò.»

«E Olav?»

«Papà è convinto che la storia di Vera e la famiglia siano in contrasto. Ma è sbagliato. Meglio l'onestà che continuare a nascondere la polvere sotto il tappeto.»

Siri sorrise, il suo sguardo esprimeva stupore e ammirazione.

«Non sarà a capo della Saga ancora per molti anni, e quando il prossimo capitolo della nostra storia verrà scritto, non sarebbe male avere stretto buoni rapporti con chi raccoglierà il testimone. O no? Da donna a donna...»

«Accidenti!» commentò Siri.

«Andiamo su?» propose Sasha, posando i piedi sul pavimento fresco.

***

I due dipinti a olio raffiguranti il padre, August Greve junior, e il nonno paterno, August Greve senior, nello studio di Siri Greve non si accompagnavano a mobili in stile Chesterfield e pesanti scrivanie in rovere massiccio. Divani, sedie e scrivania erano moderni e in sfumature di colore che andavano dal crema al caffè, rischiarati da lampade cilindriche di un giallo dorato. Sasha seguì il profumo fresco di Siri fino a una porta chiusa a chiave.

Entrarono in un locale piccolo e polveroso, pieno di archivi mobili che si spostavano con un sistema manuale a volantino. Sasha annuì un paio di volte. Con movimenti rapidi e decisi, Siri tirò fuori una scaffalatura e, dopo aver passato le dita affusolate sui fascicoli marroni, ne prese uno.

«Non è la prima volta che lo consulti, a quanto pare» disse Sasha. «Evidentemente eri già al corrente di questa storia.»

L'avvocato non le rispose. «Il carteggio è voluminoso, ma credo che tu sappia che cosa stai cercando. Sicura di volerlo sentire?»

Sasha annuì e allungò la mano per prendere il fascicolo, ma Siri iniziò a leggere ad alta voce.

«Cancelleria del giudice tutelare, 28 maggio 1970. "Su istanza dell'ospedale Blakstad e del parente di grado più prossimo in linea retta di Vera M. Lind, il giudice tutelare ha stabilito di interdire Vera M. Lind per un periodo di 3 – tre – anni ai sensi della Legge del 28 novembre 1898 sull'interdizione, che prevede la revoca totale della capacità di agire per impedire al soggetto di esporre il proprio patrimonio o altri investimenti e fonti di reddito al pericolo di venire sostanzialmente ridotti."»

«Un attimo» disse Sasha, e Siri interruppe la lettura. Sasha si sentiva mancare il terreno sotto i piedi, si prese la testa fra le mani, come faceva sempre quando qualcosa la turbava. Quello che aveva appena sentito era scioccante.

Il parente di grado più prossimo in linea retta. Non poteva che essere stato Olav a presentare istanza affinché sua madre venisse privata della capacità di agire e sottoposta a tutela.

Vera, sua nonna, fuori di testa ogni tanto, sì, ma anche

la sua grande eroina e stella polare, interdetta, la nonna, nella sua poltrona bergère con un romanzo in grembo, Vera, sotto la tutela di chi le era più vicino.

«È stato papà» mormorò, sentendo il gelo penetrarle dentro.

«Ovviamente è stato Olav» confermò impassibile Siri. «Si è ritrovato una madre psicotica e con istinti suicidi: cosa ti aspettavi che facesse un uomo come lui?»

«Cos'altro è successo in quei tre anni?» chiese Sasha, che in quel momento non aveva voglia di mettersi a discutere.

«Giugno 1973. "L'interdizione viene prolungata per un periodo di 2 – due – anni"» continuò a leggere l'avvocato con un tono assolutamente privo di qualsiasi emozione.

«Ma Vera era stata dimessa da Blakstad l'anno precedente!» Per la prima volta Sasha non riuscì a mantenere l'autocontrollo, era così furiosa da tremare tutta. Che cosa avevano fatto?

«Forse è di poca consolazione» disse Siri, «in ogni caso, dai documenti del giudice tutelare risulta che Vera riacquisì la capacità di agire nel 1975. E con quella le vennero restituite anche le proprietà: Rederhaugen, Hordnes e il cosiddetto capanno di caccia. Di questo però abbiamo già discusso.»

Di che cosa l'aveva privata Olav? E lei, Sasha, come avrebbe potuto proseguire le sue ricerche? Non disse una sola parola, si limitò a chiudere gli occhi: fuggire dalla verità non era più possibile.

«Nessuno potrà dire che io non ti abbia avvisata» concluse Siri Greve.

## Capitolo 16
## Ci serve un tiratore scelto

Sverre stava attraversando il prato davanti all'edificio principale quando sentì uno scoppio.

Sobbalzò. Quel rumore lo riportò indietro nel tempo, a quella volta su una strada di montagna polverosa, quando le pallottole si erano conficcate nella corazza dell'automezzo, l'autista aveva inchiodato, lui e i ragazzi, coperti da una granata fumogena, erano balzati giù, si erano buttati nel fossato e avevano risposto al fuoco dei talebani.

Erano passati nove anni dall'ultima volta che era atterrato in Afghanistan. E ogni singolo giorno provava il brivido dell'emozione che l'aveva attraversato quando – dopo lo scalo in Turchia – si era svegliato sul charter riservato ai militari. Ricordava ancora perfettamente quel susseguirsi di piccoli appezzamenti coltivati riarsi, un paesaggio a lui così estraneo, il deserto e i monti coperti di neve in lontananza. *Hindu Kush*, un nome che suonava esotico e romantico, e pareva uscito da uno dei romanzi d'avventura che divorava da ragazzo. Tutt'intorno a lui i commilitoni addormentati, allungati sulle file di sedili da tre, con la bocca semiaperta. Ancora adesso era capace di commuoversi al solo pensiero della truppa, del gruppo, del compagno di squadra.

Allo sparo che aveva appena sentito mancava l'incisività delle munizioni letali. Un fucile ad aria compressa, forse?

Sverre si era dimesso dalle forze armate della Difesa tre anni prima e da tre anni se ne stava pentendo. Ovviamente era stato il padre a spingerlo. Il mondo militare era ideale per forgiare il carattere, senza dubbio, ma non per restarci, a meno che «non desideri diventare un maggiore alcolizzato e un frequentatore abituale dei bordelli del Sud Sudan» gli aveva detto Olav. Impegni ben più importanti lo richiamavano a Rederhaugen, aveva sottolineato. E così Sverre era diventato vicepresidente della Saga, il suo ufficio si trovava esattamente sotto quello del padre, e da quel momento non aveva avuto altra ambizione o desiderio se non di prendere le redini dell'azienda di famiglia.

Lavorava quasi tutte le sere, spesso anche durante i fine settimana e le vacanze. Quando correva aveva sempre un podcast sulla leadership nelle orecchie. Si era prefisso un obiettivo: compiere quotidianamente almeno un'azione, piccola o grande che fosse, che lo avvicinasse all'ambita posizione di comando. Non credeva al destino o alla fortuna. Alla lunga il duro lavoro e la costanza lo avrebbero ricompensato.

Ma qualcosa non era andato come previsto. La "scadenza" della leadership paterna si era prorogata di volta in volta e Olav sembrava dedicare quasi più attenzione ad altri potenziali concorrenti che a lui. Con la morte della nonna e l'incertezza riguardo all'eredità, tutto era stato rimesso in gioco.

Il vento freddo penetrava attraverso la stoffa sottile della camicia bianca sotto la giacca in tweed. Mentre camminava lungo il vialetto, all'altezza del busto di Thor il Grande scivolò su una pozzanghera ghiacciata finendo gambe all'aria, gemette di dolore mentre si rimetteva faticosamente in piedi.

Al di là del boschetto gli apparve il mare. Le due figlie di Sasha erano sedute sul pontile insieme a dei ragazzi più grandi. Uno di loro agitava il fucile tenendolo sollevato sopra la testa. Su un promontorio all'estremità della baia un gabbiano si dibatteva in volo, chiaramente ferito.

«Che cosa state facendo?» gridò Sverre.

«Voleva solo farci vedere come si spara con un fucile ad aria compressa» disse Margot, indicando il ragazzo allampanato con l'arma in mano. «Però adesso il gabbiano si è allontanato troppo.»

«Non lo vedi che sta sanguinando?» s'indignò Camilla.

«È vietato sparare ai gabbiani» lo rimproverò Sverre. «Dammi quel fucile.»

Abbassando gli occhi per la vergogna, il ragazzo glielo passò.

«Sta soffrendo, poverino» insistette Camilla.

In linea d'aria il gabbiano sarà stato a settanta, ottanta metri da loro. Sverre si tolse la giacca in tweed, posò il calcio del fucile nell'incavo della spalla. Altro non gli serviva per sentirsi libero. Prese la mira. Era da tanto che non sparava con un fucile ad aria compressa, era da tanto che non sparava in assoluto. Il gabbiano era riuscito a guadagnare quota. Era tutta una questione di respirazione: inspirare, espirare, sparare a polmoni vuoti, il grilletto morbido. Sparò. Il gabbiano cadde a terra stecchito, a peso morto come un piattello.

«Cazzo! L'ha colpito!» esclamarono stupefatti i ragazzi. «Ma cos'è? Sei un cecchino?»

Sverre posò lentamente il fucile, si rivolse alle figlie di Sasha e disse: «Voi due tornate a casa. E tu» aggiunse indicando il ragazzo, «tu resti qui a seppellire il gabbiano. Il badile è nella rimessa per le barche. E si dice *tiratore scelto*, non cecchino.»

***

Mentre stava tornando all'edificio principale sentì una voce alle sue spalle, nel boschetto.

«Ben fatto, Sverre Falck.»

Si voltò e si trovò davanti un viso magro, segnato dalla vita all'aria aperta e con due occhi sottili, il viso di qualcuno che ha trascorso anni e anni in una tenda da bivacco militare, pensò Sverre.

«Magnus» disse. «Come mai qui?»

Sverre conosceva di fama Martens Magnus ben prima che l'ufficiale cominciasse a frequentare Olav in privato, e col tempo era diventata sempre più forte in lui la sensazione che fosse una subdola sanguisuga. Negli ultimi anni suo padre e MM, come spesso veniva chiamato, avevano stretto un legame di amicizia che si era consolidato al punto da spingere Olav ad assicurare all'ufficiale, di trent'anni più giovane, un posto nel consiglio di amministrazione della Saga. In passato Magnus era stato a capo dell'unità delle forze speciali della marina militare norvegese, reparto a cui Sverre aveva sognato di poter essere ammesso fin da ragazzino, e in occasione del funerale della nonna aveva indossato l'uniforme con le ali sul petto, distintivo a cui lui anelava da sempre.

Adesso invece era in abiti civili: cappotto scuro di lana e un paio di stivali lustri ai piedi.

«Non ho avuto modo di farti le condoglianze personalmente» disse con una ferrea stretta di mano. «È stato un addio onorevole.»

Sverre annuì, camminava con le mani in tasca, tirando calci ai sassi che incontrava sul sentiero.

Non era proprio vero che dopo essersi congedato aveva sentito una quotidiana nostalgia per le forze armate della Difesa. Un anno prima, Martens Magnus lo aveva cercato per offrirgli un incarico da corriere, non molto impegnativo. La missione consisteva nel prendere un aereo per il Medio Oriente, andare in una banca locale e poi presentarsi a un appuntamento. Andava fatto per la patria, altro non poteva aggiungere. Ovviamente lui aveva accettato. E si era sentito vivo, non più uno che attraversa la vita come un sonnambulo.

«Hai un paio di minuti?» gli disse Magnus. «C'è una cosa di cui vorrei parlarti.»

«Andiamo nel mio ufficio?»

«Ottima idea.»

Entrarono insieme nella torre e salirono la scala a chiocciola fino all'ufficio di Sverre. Il rumore dei passi del militare svanì nel tappeto orientale rosso scarlatto che Sverre aveva acquistato in Afghanistan e che dalla scrivania in teak si allungava fino alla libreria a incasso sulla parete corta di destra, dominata da volumi di argomento storico rilegati in pelle. Sulla parete corta opposta c'erano alcuni crest militari, distintivi dei reparti e medaglie incorniciate, oltre a una testa di antilope. Attraverso le alte finestre ad arco si vedeva il mare scintillare.

«Decisamente all'altezza» sentenziò Magnus annuendo. «Hai un ufficio più bello di quello di tuo padre.»

«E non ha visto questo.» Sorridendo orgogliosamente, Sverre aprì una porta bassa che conduceva al guardaroba, in cui erano appese camicie e giacche impeccabilmente stirate, e dietro quelle ecco un ampio armadio portafucili a combinazione elettronica. Sverre digitò il codice numerico e la porta si aprì. Fra tutti i fucili lì schierati, ne scelse uno che portò in ufficio.

«Un Purdey, per la caccia grossa in Africa, con inciso lo stemma dei Falck.»

«Niente male» disse Magnus. Con i movimenti sicuri di chi è abituato a maneggiare armi lo soppesò. «In questo periodo Olav ha un grande interesse per la caccia grossa, ho cercato di spiegargli che è un'attività ormai superata.»

Sverre sorrise.

«Fra l'altro...» aggiunse Magnus lisciandosi la barba con le dita, «il giorno in cui tua nonna è morta abbiamo cenato insieme; mi domandavo se avessi notato qualcosa di diverso dal solito, o se ti è sembrato che qualcuno si comportasse in modo strano.»

Di strano c'era il fatto che Magnus glielo stesse chiedendo.

«Mio padre ricorre a lei per estorcermi informazioni?» gli chiese.

«Assolutamente no, anzi...» rispose l'altro con un sorriso. «Ho sentito parlare bene di te. Il tuo ex capo del nucleo tiratori scelti è un collega e mio buon amico. Di te ha detto che sai fare gioco di squadra. Oltre a definirti un ottimo tiratore scelto, naturalmente. Come sai, i legami fra tiratori scelti e forze speciali della marina sono profondi e stretti.»

Aver fallito all'ultima tappa delle selezioni per entrare nelle unità delle forze speciali della marina militare, familiarmente chiamate Mjk e fra le più quotate al mondo, era stata per Sverre la sconfitta più bruciante di sempre. Sentì un fremito corrergli lungo la schiena.

«Come forse saprai» proseguì Magnus, «attualmente siamo impegnati in operazioni su suolo afghano. Stiamo allestendo una nuova task force, ma i nostri tiratori scelti sono malconci. Un troiaio di malattie, infortuni e circostanze sfavorevoli.»

Sverre sentì il petto gonfiarsi. «Davvero spiacevole.»

«Per farla breve» disse Magnus, «ci serve un tiratore scelto. Tu non fai parte delle forze speciali, ma hai capacità ed esperienza. E sei uno a cui non manca lo spirito di iniziativa, cosa che noi apprezziamo molto. Saresti disponibile?»

«Ehm... Un'offerta allettante» disse Sverre passando delicatamente i polpastrelli sul calcio del Purdey. «Ci rifletterò.»

Magnus prese il cappotto e si congedò da lui con un'energica stretta di mano. «Ma non troppo a lungo. A breve inizieremo la fase di arruolamento e preparazione.» Arrivato sulla soglia aggiunse: «A proposito, visto che siamo a quattr'occhi, Sverre, mi domandavo se avessi sentito qualcosa su Johnny Berg dai tuoi ex commilitoni.»

«Johnny Berg?» Il nome gli era noto, ovviamente: Berg

era considerato un mito da tutte le unità operative della Difesa. «Pensavo che fosse uscito di testa e avesse fatto perdere le sue tracce da qualche parte in Medio Oriente.»

«È tornato. Se le vostre strade dovessero incrociarsi, avvisami. E fammi sapere al più presto se la missione ti interessa.»

Sverre, immobile sul tappeto uzbeco decorato con cavalieri e animali favolosi, rifletteva. Aveva finito di essere l'eterno numero due lì a Rederhaugen. Fra i militari poteva essere se stesso.

Ma ecco all'improvviso riaffiorare in lui un altro ricordo: sprazzi di scene e immagini, non solo dell'Afghanistan, ma anche dei fili di innesco sul ciglio delle strade, la luce prima che il blindato Iveco saltasse per aria, in bocca quel sapore di terra e sabbia, il fumo, il crepitio della mitragliatrice Browning M2 calibro 12,7 che illuminava con i traccianti il fianco della montagna, l'odore di munizioni, benzina e carne bruciata.

È vero, sì, aveva avuto paura, ma di quella paura aveva anche sentito nostalgia, una nostalgia che nessun civile avrebbe mai potuto comprendere.

E ora Martens Magnus gli aveva appena prescritto una cura, l'unica davvero efficace.

## Capitolo 17

## Vanno sterminati tutti

*Linea del fronte, Kurdistan*

L'ospedale era sul lato curdo del confine, così vicino che lo Stato Islamico da un momento all'altro avrebbe potuto colpirlo con granate lanciate dall'artiglieria. Hans Falck diede ordine di fermarsi davanti all'ingresso principale e scese. L'ospedale era un edificio in muratura a due piani, color giallo girasole, circondato da cipressi e palme rinsecchite e con un giardinetto di erba riarsa marrone grigiastro sul davanti.

Alla reception regnava il caos. Il giorno prima i terroristi avevano colpito la Scuola superiore di polizia, nella parte opposta della città. Fonti indipendenti riferivano di un elevato numero di morti e feriti. Sulle panche allineate lungo una delle pareti erano sedute delle donne anziane in abito tradizionale e col capo velato, non smettevano di gemere e lamentarsi, mentre i soldati in servizio, per la maggior parte donne in divisa mimetica verde scuro, cercavano di riportare l'ordine. Hans si guardò intorno nella sala d'attesa, zeppa di feriti che saltellavano sostenendosi a vecchie stampelle, con fasciature insanguinate a coprire arti amputati, e giovani madri che tentavano di placare il pianto dei neonati.

Lo accolse una bella infermiera norvegese, di Drammen, che gli fece fare un giro dell'ospedale raccontandogli subito che i suoi genitori erano yazidi, la piccola minoranza stanziatasi in quell'area millenni prima che i jihadisti mettessero in atto il loro programma di pulizia etnica degli «adoratori del diavolo», come li avevano definiti.

Si udivano scoppi in lontananza.

«È solo la coalizione che bombarda le postazioni dei terroristi sull'altro lato del fronte» disse l'infermiera, stringendosi nelle spalle. «Niente di cui preoccuparsi.»

Scesero le scale che portavano al seminterrato, gli spiegò che avevano trasferito lì i reparti più vulnerabili in vista di un eventuale attacco: radiologia, terapia intensiva e maternità. Probabilmente era proprio in quest'ultimo che erano appena entrati, a giudicare dal delicato odore dolciastro di feci di neonato che si mescolava a quello penetrante dei disinfettanti.

Semisdraiata sul letto, una ragazza dai capelli corvini e arruffati stava allattando.

«È bellissima» disse Hans con un sorriso, accarezzando delicatamente la guancia della piccolina.

Gli ricordava sua figlia Marte appena nata: la sua era stata l'unica nascita della famiglia a cui aveva assistito. L'infermiera si fermò a scambiare qualche parola con una delle pazienti.

«Tutte le donne ricoverate qui sono yazide, come i miei genitori» gli spiegò poi. «E tutti i neonati sono frutto di stupri di massa. La ragazza che hai visto allattare è stata rapita e venduta a un mercato di schiavi a Mosul. Quando è riuscita a scappare era già incinta. Dottor Falck, tu hai contatti con la stampa internazionale e hai visibilità. Il mondo deve sapere che cosa sta succedendo qui.»

Falck le prese le mani e la guardò negli occhi. «Il mondo lo saprà. E puoi chiamarmi Hans.»

Di efferatezze, Hans Falck ne aveva viste fin troppe. Le milizie cristiane che massacravano civili nei campi libanesi, le truppe sovietiche in Afghanistan, l'offensiva turca in Kurdistan, i raid israeliani sulla Striscia di Gaza, le truppe governative di Assad ad Aleppo. La lista era infinita, ma il mezzo per raggiungere l'obiettivo sempre lo stesso: il terrore.

Lo Stato Islamico invece aveva stravolto ogni cosa. I suoi appartenenti non cercavano di nascondere quello che facevano, anzi, lo mandavano in onda, lo trasmettevano al mondo intero. Le efferatezze erano diventate uno scopo in sé e per sé. Gli obiettivi che rivendicavano, conquistare Roma o assumere il comando del mondo, erano chiaramente solo un mezzo per convincere le persone a unirsi alla loro causa.

Le detonazioni erano sempre più forti, i caccia si stavano avvicinando.

«Vorrei che controllassi le ferite di Mike» gli disse l'infermiera.

«Mike?»

«È norvegese, un buon amico della nostra causa, è rimasto ferito durante uno scontro la settimana scorsa. Hai Instagram?»

«No.»

«Mike va alla grande su Instagram. NorwegianSNIPER ha centocinquantamila follower in tutto il mondo. Finanzia il suo battaglione di combattenti peshmerga con il crowdfunding e le donazioni di privati.»

***

Mike era sdraiato in un vecchio letto da ospedale con una sponda ribaltata, teneva la gamba fasciata sopra il lenzuolo. Alcune schegge di granata lo avevano colpito al polpaccio, spiegò con sguardo introverso e timido, ma l'infezione stava regredendo, presto sarebbe tornato al fronte.

Hans però aveva subito notato il colore scuro delle ferite e la crosta nera nel punto in cui le schegge erano penetrate.

«Meglio incidere un pochino qui. Ti serve l'anestesia?»

Mike scosse la testa. «Vai!»

Con il bisturi, Hans fece un taglio profondo sul fianco del polpaccio, Mike non fiatò.

«Ho sentito che da molti anni ti batti per la causa curda» gli disse Mike. «Hai tutta la mia stima.»

A differenza degli altri medici umanitari comunisti di fama che Falck conosceva, per non dire con cui intratteneva rapporti complicati – Mads Gilbert, Hans Husum, Erik Fosse, Marianne Mjaaland e parecchi altri –, lui si era specializzato nell'operare in Kurdistan. Si era appassionato alla causa curda alla fine degli anni Ottanta, fin dai primi viaggi sui monti a fianco dei combattenti del Pkk, il Partito dei lavoratori del Kurdistan.

«Come sei finito qui?»

«Come tutti gli altri» rispose vago Mike. «Non potevo restarmene seduto a guardare i terroristi massacrare il mio popolo. Ho comunicato alla Difesa che qui in zona avevo un genitore malato di cui prendermi cura, mi sono comprato un po' di attrezzatura con la buonuscita e sono partito.»

«I tuoi superiori cos'hanno detto?»

«La verità?» chiese Mike.

«Sono un obiettore di coscienza» gli rispose Hans. «Non mi faccio illusioni sull'esercito.»

«È scoppiato il finimondo. A me non potevano fare niente, perciò se la sono presa con quelli che mi erano più vicini. I miei ex commilitoni a Rena hanno rischiato di finire nei guai solo per aver messo dei *like* ai miei post su Instagram; la mia ragazza, che lavora per la Difesa, è stata minacciata e costretta a chiudere con me, altrimenti l'avrebbero cacciata dall'esercito.»

Hans bendò la gamba di Mike.

«Io sono un patriota norvegese, è questo che loro non capiscono. Non si combatte Daesh inviando in Iraq un paio di aerei cargo e un team di medici, cazzo!»

«Non è la nostra guerra» gli disse Hans.

Mike lo guardò duramente. «Sì che lo è. Se non fermiamo il nemico qui, metterà a ferro e fuoco l'Europa. Il jihadismo è un cancro con metastasi. È una pestilenza. I jihadisti vanno eliminati tutti, dal primo all'ultimo. Questo è difendere davvero il nostro paese! Non capisci?»

«Ne sei davvero convinto?» gli chiese Hans.

Mike annuì.

«Mentre ero in patria quelli dei servizi segreti mi hanno convocato ad Akershus. Gliel'ho detto senza mezzi termini: io torno lì, ma se vi servono informazioni basta dirlo. Non voglio nemmeno soldi in cambio, sono un cittadino norvegese, ci mancherebbe. Mai più sentiti. Parecchi mesi dopo, ecco che mi contatta uno della Difesa, un norvegese, dicendo che avrebbe sostenuto economicamente il mio battaglione.»

«Vivete di finanziamenti collettivi?»

«Esatto. Ho incontrato quel tizio qui in città, mi ha detto che i soldi me li avrebbe dati a una sola condizione: mi sarei dovuto procurare un'arma e l'avrei dovuta depositare in una cassetta di sicurezza a Erbil. "Okay, si può fare" gli ho risposto.»

«E questo tizio norvegese chi sarebbe?»

Mike intrecciò le mani dietro la testa e lo fissò a lungo.

«Non ti dirò il suo nome, ma era uno che avevo conosciuto quando ero nell'esercito. Il punto, comunque, è che il tizio che ha ritirato quella pistola poco dopo è stato catturato dalle milizie curde nella terra di nessuno vicino al fronte. Hanno chiesto informazioni su di lui ai contatti che avevano nei servizi segreti norvegesi e loro gli hanno risposto che era un noto jihadista, che aveva lavorato per le forze speciali della marina militare norvegese prima di convertirsi e passare al nemico. Stronzate. La Norvegia lo aveva inviato qui per uccidere i jihadisti e poi l'ha piantato in asso con l'accusa di essere diventato uno di loro.»

«E tu come lo sai?» ribatté Hans, con la netta sensazione che la conversazione stesse per prendere una piega del tutto inaspettata. Andavano spesso così le cose in Medio Oriente, qui fra connazionali si parlava apertamente di argomenti che in patria erano strettamente confidenziali.

«Lo so perché quelli del battaglione curdo, quando lo hanno catturato, gli hanno trovato la pistola addosso e gliel'hanno confiscata» spiegò Mike. «E la pistola aveva lo stesso numero di serie di quella che io avevo procurato. Ho controllato. E ho cercato di far rilasciare il tizio, ma era già stato consegnato agli americani. È così che fanno: ti sfruttano finché a loro conviene, poi ti abbandonano.»

Hans lasciò vagare lo sguardo per la stanza vuota e fatiscente. «*Loro* chi sono?»

Mike, senza scomporsi, gli rispose: «Qui, se lavori per i peshmerga, arrivano spesso membri delle forze speciali occidentali o dei servizi segreti. Britannici, francesi, americani e altri. Vogliono informazioni sui terroristi di Daesh dei loro paesi di provenienza, e non fanno certo mistero di volerli identificare e uccidere. Noi norvegesi certe cose non le diciamo, noi norvegesi scaviamo pozzi e costruiamo scuole femminili. Ma ovviamente anche noi facciamo come tutti gli altri. Uccidiamo i terroristi, anche se non è politicamente corretto, né accettabile. Scommetto che l'operatore che è stato abbandonato lavora da freelance per la Norvegia. Così non corrono il pericolo che si possa risalire alle autorità. Le mie sono solo supposizioni, ovviamente.»

«Io quell'operatore lo conosco» disse Hans. «È tornato in Norvegia. Ma devo sapere chi è l'uomo della Difesa che hai incontrato.»

«Non funziona così» ribatté Mike scuotendo la testa. «Digli di venire qui e io gli racconterò tutto.»

***

Fu allora che sentirono un sibilo intenso, acuto e penetrante, e un istante dopo le pareti tremarono per un'esplosione non molto distante, l'intonaco si staccò, forbici e bisturi danzarono sul tavolino a rotelle accanto al letto.

«L'artiglieria!» urlò Mike, poi saltò giù dal letto e zoppicando si precipitò nel corridoio, seguito da Hans. «Portiamo i bambini nel rifugio antibomba!» gridò il curdo-norvegese.

Sibili e scoppi si avvicinavano sempre di più, come se un gigante tonto stesse calpestando le case sopra di loro facendole a pezzi. Un enorme boato fece tremare le pareti.

«Di qua!» urlò l'infermiera norvegese, che con un braccio teneva un neonato piangente avvolto in una copertina e con l'altro si trascinava dietro un letto.

Il rifugio era in cemento e grande abbastanza da poter ospitare una decina di letti. In un angolo c'era un generatore di corrente, nell'aria odore di gasolio. Mike si sedette appoggiandosi a una delle pareti, e rimase lì immobile.

Le urla delle madri si sovrapponevano al pianto acuto e penetrante dei neonati. Con ampi gesti delle braccia, Hans cercava di indirizzarli verso il rifugio, l'aria era densa di polvere, l'isolante sulle pareti si sbriciolava e cadeva a terra come segatura, la luce sul soffitto lampeggiava, poi si spense definitivamente e il buio li avvolse.

Un colpo di artiglieria si abbatté proprio sopra di loro, il locale tremò come un aereo che attraversa una forte turbolenza, le infermiere del posto levarono le braccia al cielo e lodarono Allah.

Poi scese il silenzio.

Subito dopo, ecco il delizioso, distante fragore dei cacciabombardieri.

«Credo che per oggi Daesh abbia finito» disse Mike.

Hans annuì. «Sembrerebbe di sì.»

«Adesso hai capito perché?» disse Mike pensieroso. «Vanno sterminati tutti, dal primo all'ultimo.»

## Capitolo 18

## Papà è al timone da troppo tempo

Dalla finestra della cucina nella casa del custode, Sasha guardava le figlie giocare in giardino. Posò la cartellina portadocumenti sul tavolo e inviò un messaggio alla chat dei fratelli.

«Possiamo vederci? È per la nonna.»

Sasha era diventata mamma da giovane, prima di Camilla e poi, due anni dopo, di Margot. Si era sempre considerata una madre capace, forse per la sua tendenza a parlare delle figlie molto meno di quanto facessero le altre mamme che conosceva. Non che non le amasse più di ogni altra cosa, anzi, avrebbe dato la vita per loro senza un attimo di esitazione, ma aveva sempre pensato alla maternità come a un dovere da compiere, una sorta di obbligo di leva, un mezzo necessario alla sopravvivenza della stirpe. Certo, aveva vissuto i primi anni avvolta nella nebulosa smemoratezza dell'allattamento e delle notti insonni, perché si era rifiutata di adottare il consueto e diffuso sistema della governante au pair, ma ormai era acqua passata. La paura che potesse succedere qualcosa alle figlie a poco a poco l'aveva abbandonata. Le bambine avevano perso i denti da latte e iniziato a fare domande sulla morte, sull'universo e sul proprio posto nel mondo.

Andrea rispose per prima: «Sono in pausa tra un lavoro e l'altro. Ah ah. Per me va bene adesso. Ho tempo.»

Le ragazzine vivevano la loro vita con un'autonomia crescente, Camilla fra abiti e principesse, Margot immersa nei suoi libri. La malinconia che così tante delle sue amiche avevano provato nella fase di conquista dell'indipendenza dei figli a lei era totalmente estranea. Forse era nella sua natura, o forse era dovuto al fatto che, morta prematuramente la madre, lei e Sverre erano stati cresciuti da Olav, un padre che lei amava e ammirava infinitamente, ma dallo stile educativo in contrasto con gli ideali della sua generazione, considerando quanto spesso era stato autoritario e assente.

«Nel mio ufficio tra venti minuti?» propose Sverre.

E comunque, ormai le figlie erano diventate abbastanza grandi da lasciarle più tempo per se stessa, tempo che avrebbe potuto dedicare a scavare nella storia di Vera, per esempio. E lei ne aveva approfittato. Dopo lo shock della scoperta del ricovero a Blakstad e della nomina di un tutore, Sasha aveva sistematicamente esaminato tutte le relazioni annuali sulle attività della Fondazione Saga intorno al 1970. Quello che aveva scoperto l'aveva convinta della necessità di informarne i fratelli.

Mads fece il suo ingresso in tuta da ginnastica e le diede un rapido bacio. «Non ti ho praticamente vista negli ultimi giorni» disse.

«Lo so» annuì Sasha. «Ho lavorato molto.»

«Hai un'aria strana. Che cos'hai scoperto?»

Senza distogliere lo sguardo dalla finestra, Sasha lo mise al corrente del contenuto delle cartelle cliniche di Blakstad e dell'interdizione di Vera con conseguente nomina di un tutore. Mads ascoltò in silenzio.

«Quindi, se ho capito bene» disse alla fine, «secondo te Olav avrebbe avuto sua madre sotto la propria tutela per parecchio tempo negli anni Settanta.»

«Non *secondo me*» ribatté Sasha, sentendosi provocata dall'intenzionale scetticismo che la scelta di quelle parole rivelava. «Secondo i fatti.»

«Sei l'unica persona che conosco ad avere un legame così stretto con il padre» disse Mads. «Un padre che è anche il tuo capo. E per di più che è stato tutore di Vera.»

«Così è.»

«Olav avrà sicuramente avuto una buona ragione» aggiunse lui, riflessivo. «Pensa a tutte le responsabilità di cui si è fatto carico. Prima deve fare da tutore alla madre psicotica, poi gli muore la moglie per un cancro e si trova a crescere te e Sverre, e poi Andrea, da solo, e intanto porta avanti l'azienda. Tuo padre è una forza della natura.»

Sasha non ci aveva ancora pensato in questi termini, ma per quanto suonasse vero, al ragionamento di Mads mancava un tassello decisivo, ovvero per quale motivo il padre avesse deciso di fare interdire la sua stessa madre e che cosa tutto questo potesse avere a che fare con il manoscritto *Il cimitero del mare*.

Con sguardo severo, Mads aggiunse: «Olav ti ha chiesto di non scavare nel passato di Vera.»

«È una promessa che ho già infranto.»

Lui inspirò a fondo. «Ti ho mai raccontato che cosa ha significato per me entrare a far parte della famiglia Falck? Ho sognato di essere accettato da voi fin da quando vi ho conosciuto. E non perché eravate ricchi e potenti.» Si girò verso di lei. «Ma perché eravate una *famiglia*. Con qualche scheletro nell'armadio, certo, ma chi non ne ha? Una famiglia, che beveva e litigava e ogni domenica si riuniva a pranzo. Io avevo solo mia madre. Non ti piacerà quello che sto per dirti» continuò Mads con voce tranquilla e determinata. «La famiglia e Rederhaugen sono la cosa più preziosa che hai, Sasha. Dovresti rifletterci bene.»

«Esattamente! E non posso tollerare che la verità su quello che è accaduto alla nonna sia stata tenuta nascosta.»

«E se fosse stata tenuta nascosta proprio per riguardo alla famiglia? Che ne sai di cosa succederà se sfiderai l'ammonimento di Olav e ti metterai a scavare nelle vecchie relazioni annuali della fondazione?»

«Perché sei dalla sua parte?» gli gridò Sasha.

«Perché urli, mamma?» li interruppe Margot. All'improvviso le ragazzine erano lì, sulla soglia.

«A volte anche gli adulti litigano» rispose Sasha, accarezzando i capelli della figlia. Inspirò a fondo, la codardia del marito la irritava molto. Perché si era schierato con Olav? E comunque, quello che aveva scoperto le imponeva una scelta: o una corsa in solitaria o un'alleanza alternativa. Al momento la scelta era caduta su quest'ultima opzione.

A passi rapidi raggiunse l'ufficio del fratello, bussò alla porta e l'aprì senza attendere risposta. Andrea e Sverre erano già arrivati, se ne stavano comodamente seduti in poltrona nell'angolo salotto davanti alla libreria e parlottavano, allungati ognuno sul proprio bracciolo: dunque, avevano capito che lei faceva sul serio. Con quei crest militari, distintivi dei reparti e medaglie incorniciate alle pareti, sembrava l'ufficio di un vecchio.

«Sasha» disse Sverre. «Che succede?»

Andrea si accese una sigaretta e si sistemò i capelli scuri e lisci.

«Fuma fuori» le disse il fratello, aprendo l'alta finestra affacciata sul prato, con il mare sullo sfondo. Il sole, basso sopra i colli a occidente, era di un rosso incandescente.

«Sverre, sei un uomo del passato» ribatté lei. «Nel tuo mondo le donne non hanno diritto di voto, gli omosessuali sono dei pederasti, Churchill ha appena rimpiazzato Chamberlain e l'evacuazione di Dunkerque è in atto. Mi pare ovvio che il divieto di fumare non sia ancora entrato in vigore nel tuo ufficio.»

Sasha preferì fingere di non aver sentito, le parole della sorella minore suonavano ancora più inappropriate e banali del solito. «Sono contenta che siamo riusciti a organizzare questo incontro» esordì, «ho qualcosa di importante di cui parlarvi.»

Andrea spense la sigaretta, Sverre taceva.

«Siamo tutti sconvolti dalla morte della nonna e dalla scomparsa del testamento» proseguì Sasha, rendendosi conto di quanto gravi suonassero le sue parole. «Il mio ruolo di archivista di famiglia mi ha spinto a scavare un po' nella sua vita, e ho scoperto delle cose che... ecco... che potrebbero avere delle ripercussioni su di noi. Noi tre.»

Posò sul tavolino dei vecchi fascicoli sulle attività della fondazione.

«Queste sono le relazioni annuali della Saga del 1969 e del 1970» spiegò. Fratello e sorella la guardarono interrogativi.

«Scusa un attimo» disse Andrea. «Non ti seguo.»

«Nemmeno io» aggiunse Sverre.

«Qualche giorno fa sono andata all'ospedale Blakstad.»

«Fammi indovinare... La nonna si è fatta un giro da quelle parti?» commentò Andrea in un tono che irritò Sasha. «Non sei un vero artista se prima non hai combattuto un po' con i tuoi demoni interiori.»

«La psicosi si è manifestata apertamente nella primavera del 1970» proseguì Sasha guardando la sorella e cercando di mantenere un tono pacato e paziente. «Due anni di tentati suicidi e "mezzi di contenzione" prima che la dimettessero.»

Sasha constatò che la voce seria aveva avuto effetto: il sogghigno di Andrea si congelò e Sverre era rigido come una statua di cera.

«Ho scoperto poi che è intervenuto un giudice tutelare. Capite cosa significa? Significa che è stata interdetta. È stata privata della capacità di agire, per dirla con parole più attuali. Il più potente mezzo coercitivo esistente in Norvegia. La nonna aveva un tutore. Papà. Era lui il suo tutore. Ed è stato suo tutore non solo nel periodo in cui era ricoverata, ma anche negli anni successivi, fino a quando la sua interdizione non è stata revocata, nel 1975.»

«Cazzo!» esclamò Andrea.

Sverre inspirò a fondo, inclinò la testa all'indietro e rimase a fissare gli stucchi in gesso che decoravano il soffitto.

«Nessuno ce ne ha mai parlato. Ieri sera ho esaminato le relazioni annuali della Saga» proseguì Sasha, picchiettando con l'indice sui fascicoli sbiaditi sul tavolino, «per capire che cosa questo ha comportato per la nonna, che possedeva e controllava la società.»

Fratello e sorella si allungarono in avanti.

«Conosciamo tutti la genesi della Saga» continuò Sasha. «Nel 1965 papà e la nonna investirono parte del ricavato della vendita delle nostre quote della Compagnia di navigazione Falck per creare una società e una fondazione, la futura Saga. Lo statuto della fondazione parla chiaro.» Prese un foglio e lesse: «"È facoltà di chi ha istituito la fondazione, ovvero Vera Margrethe Lind e Olav Theodor Falck, scegliere i membri del consiglio direttivo, così come destituirli, nonché prolungare la propria permanenza nel consiglio di amministrazione fintantoché siano in possesso delle capacità di agire."»

«Non sapevo nemmeno che la nonna fosse nel consiglio di amministrazione» commentò Andrea, a questo punto chiaramente interessata, suo malgrado, al quadro che Sasha andava delineando.

«Certo che ne faceva parte» disse Sasha. «Vera diede a papà un anticipo decisamente generoso sull'eredità, se vogliamo dirla così. Accettò di investire il suo patrimonio in una fondazione di pubblica utilità, ma a una condizione: avrebbe tenuto una mano sul timone della Saga per tutto il tempo che avesse voluto.» Sasha aprì la relazione annuale dell'anno successivo. «Guarda qui» disse a Sverre. «Giugno 1970. Ci sono stati dei cambiamenti nel consiglio di amministrazione. I membri sono ancora tre, ma guarda chi firma questa volta! Papà, August Greve jr e... anziché Vera, il suo editore, Johan Grieg.»

«La nonna era ricoverata a Blakstad» obiettò Sverre. «Non mi sembra poi così strano.»

Sasha gli sventolò i fogli davanti, con tale impeto che per poco quel vecchio fascicolo non si disfò. «Il diavolo è nei dettagli. Adesso nello statuto si legge: «"È facoltà di chi ha istituito la fondazione, ovvero Olav Theodor Falck, prolungare la propria permanenza nel consiglio di amministrazione senza i limiti di tempo previsti per gli altri membri del consiglio." Non può nemmeno essere destituito. Non si parla più al plurale, ma al singolare. Piccoli dettagli, grandi conseguenze. Perché Vera Lind non è più presente? Lo si spiega brevemente nella relazione annuale a pagina 13. Vi leggo il passaggio.» Con fratello e sorella alle spalle chini su di lei, lesse: «"A causa di divergenze con gli altri membri, Vera Lind ha lasciato il consiglio di amministrazione." Tutto qui. Ma lo statuto non poteva essere modificato senza il suo accordo. Con un'eccezione, però. Nel giugno del 1970 Vera era stata privata della *capacità di agire*. Perché interdirla, privarla della capacità di agire, era l'unico modo per buttarla fuori dalla Saga.»

«Ma per quale ragione?» chiese Sverre. «Perché tutto questo?»

«Perché...» rispose lentamente Sasha, «... nel 1970 Vera aveva terminato di scrivere il suo libro. So che si intitolava *Il cimitero del mare*, ma non di cosa parlasse. Vera custodiva un segreto così grande che Olav era disposto a fare qualunque cosa pur di impedirle di raccontarlo. Lasciate perdere il testamento scomparso, il vero testamento è *Il cimitero del mare*.»

«Oh, mio Dio» esclamò Sverre appoggiandosi al davanzale.

«Mi ci vuole qualcosa di forte» disse Andrea, e versò del whisky in tre bicchieri di cristallo.

«Venite qui» li esortò Sasha. I due, pur con qualche esitazione, si avvicinarono alla sorella.

«Ho sempre fatto quello che gli altri si aspettavano da me» proseguì Sasha. «Quello che papà si aspettava da me. Non ho più intenzione di insabbiare ciò che succede in questa famiglia. Ma da sola non posso farlo. Ho bisogno del vostro aiuto.»

«Aiuto per cosa, esattamente?» le chiese Andrea.

«Arriverà il momento in cui papà non ci sarà più e noi dobbiamo essere preparati. Spetta a noi gestire la verità sulla Saga, e per farlo dobbiamo scoprire qual è. Papà è al timone da troppo tempo» rispose pacatamente Sasha. «Abbiamo ognuno un posto nel consiglio di amministrazione e una quota di azioni. È arrivato il momento che lui si ritiri. Ci ha mentito. E se si rifiuterà dovremo costringerlo a farlo.»

Scese un lungo silenzio. Sverre, imbarazzato, distolse lo sguardo, mentre Andrea alzò per un attimo gli occhi al soffitto, verso l'ufficio del padre, come se lui potesse sentire quello che si stavano dicendo. Cosa probabile, fra l'altro, dato che non gli sfuggiva mai nulla.

«Hai la minima idea di quello che stai mettendo in moto?» le chiese alla fine Andrea, giocherellando con un cubetto di ghiaccio che aveva nel bicchiere. Fece un sospiro profondo. «Questo è ammutinamento!»

«Forse. Ma posso contare su di te?»

Sasha fissò con durezza la sorella più piccola, che si agitò sulla sedia.

«Ci stai o no?» le ripeté.

Andrea accarezzò lo stemma dei Falck. «Possono esserci delle ragioni per cui certi segreti, certe verità, non devono venire alla luce. Papà lo sa. Se deciderai di andare avanti e lo sfiderai in modo così diretto, la nostra famiglia potrebbe finire come tutte le altre: dilaniata dai conflitti e dalle dispute ereditarie.» Inspirò a fondo e concluse: «No, non ci sto.»

In quell'esatto istante, Sasha provò nei confronti della sorella un'avversione più forte che mai; non solo per la sua vigliaccheria, il mondo era pieno di gente come lei, ma perché la mascherava dietro quel suo stile irruento.

«Prendiamo atto della tua decisione» disse Sasha, e voltandosi verso il fratello chiese: «E tu, Sverre?»

Sapeva ovviamente che lui aveva sempre inseguito il sogno, per quanto irrealistico, di poter succedere al padre come leader della Saga, ma delle ripercussioni che gli ultimi giorni avevano avuto sulle sue stesse ambizioni Sasha non aveva fatto parola con nessuno.

Sverre rimase seduto lì, con un'espressione tormentata in viso, per un lungo momento, poi sospirò. «Parto per l'Afghanistan, con le Mjk.»

Lo disse con malcelato orgoglio. «Quindi, almeno per il momento, nessuna lotta di potere per quanto mi riguarda. Papà ancora non lo sa, per favore tenetevelo per voi fino a domani, quando glielo dirò.»

«Congratulazioni per la tua missione con le forze speciali della marina militare norvegese» disse Sasha inespressiva.

«Tutto qui?» commentò il fratello offeso.

«È sempre stato il tuo sogno, no?» gli rispose Sasha. Si sentiva un po' sollevata, nonostante tutto? Chissà... Forse, sollevata e sola. Poi si alzò e se ne andò, e mentre percorreva il lungo corridoio che portava al mezzanino le tornò in mente una delle tipiche frasi di Olav: se uno si sente solo, nessun posto è in grado di esacerbare la solitudine come Rederhaugen.

## Capitolo 19

## Sono davvero molto orgoglioso di te

Il telefono squillava. La luce del sole che inondava la stanza gli ferì gli occhi quando allungò la mano verso lo smartphone.

«Pronto?» rispose con voce roca. Si sentiva confuso e gli girava la testa, troppi alcolici e troppo poco sonno. Dov'era? Sul divano, nel suo ufficio. La sera prima aveva fatto tardi, con tutti quei drink e le canne con Andrea e chissà cos'altro ancora. Dopo che Sasha se n'era andata loro due erano rimasti a parlare e discutere fino all'alba.

Più che altro dell'incarico in Afghanistan di Sverre e delle molte idee di Andrea su possibili start up, ma anche di Sasha.

La pacata immagine di sé che comunicava e l'avvedutezza che la contraddistingueva facevano sì che Sasha passasse inosservata ai più, ma sia Sverre che Andrea avevano sempre avuto l'impressione che quella sua riservatezza nascondesse una rabbia repressa. E la cosa li spaventava, come se fosse stata forgiata in una materia diversa da loro, come se in lei si celassero delle forze oscure. Lei era come il padre. O la nonna.

«Ti sei dimenticato del nostro appuntamento?» gridò il padre al telefono. «Sei stato tu a proporlo!»

«Sì...» Sverre si schiarì la gola.

«Alle sette e mezza alla rimessa delle barche, mi hai detto!»

Il figlio si portò la mano alla fronte, guardò la distesa di bottiglie vuote e i posacenere traboccanti in quell'ufficio dall'aria irrespirabile, si accorse di Andrea che dormiva profondamente, accasciata su una poltrona bergère. Sverre aveva adagiato impeccabilmente la giacca sullo schienale della sedia della scrivania, lo faceva sempre, indipendentemente dalla quantità di alcol che gli scorreva nelle vene.

«Sto arrivando» bofonchiò subito prima di riagganciare.

In stato di semi-incoscienza si buttò addosso dei vestiti casual e si precipitò fuori. Era una giornata grigia a Rederhaugen. Nella notte il prato si era ghiacciato, l'edificio principale e la torre erano avvolti da una fitta nebbia mattutina. Quante volte aveva percorso quello stesso sentiero da bambino? E come aveva odiato l'"assuefazione al mare" a cui Olav lo costringeva! Se solo gli capitava di camminare su una superficie fredda quella sensazione lo travolgeva ancora, nonostante fossero passati così tanti anni. Per non parlare poi dei bagni nelle acque gelide del mare. Li detestava come il figlio di un alcolista detesta il tintinnare dei calici.

Giù alla rimessa, Olav aveva messo in acqua la Grimsøy con l'aiuto del giardiniere, che in quel momento stava trasportando le taniche di benzina al porticciolo. Olav era sul ponte ad arrotolare il telo che copriva i divanetti a poppa, quando vide il figlio e subito, facendo un cenno con la mano, gli disse: «C'è qualcosa che non va con la scaletta. La sistemi tu? Averla è obbligatorio.»

Sverre andò a prendere gli attrezzi nella rimessa e fissò bene la scaletta.

Poi uscirono in retromarcia.

L'inverno era agli sgoccioli e l'aria ancora fredda, ma il sole stava cominciando a scaldare il fiordo. Olav se ne stava al timone, ben piantato sulle gambe larghe. Quando si metteva al comando aveva sempre un non so che di parodistico. Sverre ricordava bene come lui e Sasha da bambini arrossissero ogni volta che il padre, col berretto da marinaio calcato in testa e la pipa fra le labbra, tentava di sfoggiare un gergo marinaresco incrociando altre imbarcazioni.

*Terje Vigen*, lo chiamava Sasha in quelle occasioni.

Arrivati in mare aperto, all'orizzonte videro una nave da crociera diretta verso la Danimarca. Olav diminuì la velocità, poi gettò l'ancora, il fondale lì non era molto alto. L'aria frizzantina di marzo aveva dato una bella sferzata a Sverre, che si sentiva un po' più in forma.

Accanto al Purdey c'era un fucile a pallini. Di punto in bianco, senza un'apparente ragione, Olav inserì le cartucce nel fucile e lo caricò. La barca ondeggiava dolcemente. Allungò il fucile a Sverre e gli disse: «Fammi vedere di cosa sei capace.»

Il figlio lo guardò con diffidenza. «È ridicolo.»

«Saresti in grado di colpire quel gabbiano lassù?»

Un gabbiano volava in cerchio sopra di loro, a un centinaio di metri di distanza, lasciandosi portare dalle correnti.

«Certo. Ma perché dovrei farlo?»

«Su, dai... Vediamo se il grilletto è davvero così morbido come dici.»

Sverre soppesò il fucile, lo imbracciò sistemando il calcio nell'incavo della spalla. Prese la mira, certo che era in grado di colpire quello stupido gabbiano.

«Che c'è? Perché esiti?» Il tono divertito del padre alle sue spalle.

Sverre abbassò lentamente il fucile. Si domandò che aspetto avrebbe avuto il viso del padre se l'avesse impallinato. Sverre Falck, un parricida. Non sarebbe mai riuscito a farla franca, mai, nemmeno se avesse affondato il padre nelle profondità del mare legandolo all'ancora.

Olav, attonito e ammutolito, lo guardava come se Sverre stesse per ucciderlo.

Sverre tolse le cartucce dal fucile e, maneggiandolo come da procedura, lo restituì al padre.

«È vietato sparare ai gabbiani» gli disse, appoggiandosi alla battagliola.

«E allora?»

«Starò via per un po'.»

«Via?» chiese Olav.

Sverre inspirò a fondo, come per prendere lo slancio.

«Vado in Afghanistan, con le Mjk. Le forze speciali della marina a Kabul hanno bisogno di un tiratore scelto.» Sforzandosi di mantenere un tono pacato aggiunse: «Mi hanno chiesto di partire con loro e ho accettato.»

«Che mi venga un colpo» esclamò Olav levando l'ancora. «Alla fine ce l'hai fatta... Ce l'hai fatta, Sverre!»

Il padre gli sorrise, gli strinse la mano e gli mise un braccio intorno alle spalle. «Ci vuole un brindisi. No, non quel whisky scozzese torbato, qui ci vuole qualcosa di cristallino, di puro!» E nonostante fosse ancora mattina presto tirò fuori dalla cabina una vodka Beluga ghiacciata. «Regalo di Garry, Garry Kasparov, quando è venuto a trovarci alla Saga.»

Brindarono e vuotarono i bicchieri in un sorso. La vodka era sorprendentemente tiepida e gradevole.

«Sei un vero duro, tu» disse Olav all'improvviso.

Sverre rimase in silenzio.

«Non molli, nonostante tutti i colpi che hai incassato. Mascella di granito, ti ricordi? *The granite chin?* I pugili migliori sono quelli più capaci di incassare colpi, è questo che fa la differenza, che li distingue da *journeymen* e *pubfighters*. In questo consiste la vita: nel prenderle e restare in piedi, comunque. E tu questo ce l'hai, come i pugili italiani. Tu sei Jake LaMotta, tu sei Rocky Balboa, tu... *hai la stoffa*!»

Sverre aveva quasi dimenticato come diventava il padre quando gli altri avevano successo. Meschino non lo si poteva certo definire: adorava i trionfi altrui. Sia perché lo riportavano ai propri, sia perché i trionfatori si esaltano a vicenda, sia perché diventava un'occasione per soffermarsi su gioie e dolori del successo, argomenti che ben conosceva per esperienza personale.

E allora, ecco che all'improvviso lui ti *vede*, pensò Sverre, perché rivede se stesso in te.

Erano mediocrità, miserie e nevrosi quello a cui non sapeva rapportarsi.

Olav lo strinse in un abbraccio, Sverre sentì quanta forza aveva ancora.

«Sono davvero molto orgoglioso di te... Ma fa' attenzione, laggiù in Afghanistan.»

«Sei *tu* a dover fare attenzione» ribatté Sverre.

Il padre lo guardò perplesso, si fece una risata. «E a cosa? A ricordarmi il salvagente quando attraverso il fiordo?»

Sverre scosse la testa. Poi sentì se stesso dire, con una voce che non era la sua: «Sasha ha scoperto che hai fatto interdire la nonna nel 1970. Ha intenzione di usare la storia di Vera per destituirti e prendere il controllo della Saga.»

Il padre rimase a fissare il fiordo risplendente. I gabbiani in volo sopra di loro, alcune barche a vela e il traghetto per Nesodden si incrociarono all'orizzonte. Olav non disse una parola di quello che pensava, ma Sverre vide le sue mascelle contrarsi ritmicamente e le tempie pulsare.

«Non so cosa sia successo a Sasha» aggiunse Sverre. «È cambiata.»

«No» ribatté il padre. «Alexandra è diventata quello che è sempre stata. È diventata come me.»

Che cosa intendeva dire? Sverre finì la sua vodka.

«Apprezzo la tua lealtà, Sverre» gli disse Olav puntando verso Rederhaugen, che si stagliava bassa all'orizzonte. «Sarà ricompensata.»

## Capitolo 20
## Il cimitero delle lapidi scartate

Sasha era in ritardo e procedeva a passo spedito rabbrividendo per le raffiche di vento. Una brezza fredda spazzava il parco Frogner, dall'ingresso principale in Kirkeveien soffiava lungo l'ampio viale in direzione del monolito del parco di Vigeland.

Si era letta gli articoli di John Berg. Cercando in rete informazioni su di lui finiva quasi sempre per imbattersi nei suoi reportage dal Medio Oriente e dall'Afghanistan, dove aveva lavorato come giornalista freelance, pezzi scritti soprattutto fra il 2005 e il 2010, oltre a un paio di interviste-ritratto, fra cui quella a Hans Falck a Beirut. Pur con una certa ritrosia, aveva dovuto riconoscere che non era poi così male come scrittore e che quindi era ragionevole che gli avessero affidato quell'incarico da biografo.

La sera, dopo la discussione con Mads prima e con il fratello e la sorella poi, aveva mandato un'email a Berg. Lui le aveva risposto con una domanda che aveva seriamente solleticato il suo interesse: se a Vera Lind fosse mai capitato di raccontare in quale occasione aveva stretto i rapporti con Hans Falck. Doveva essere accaduto nell'inverno del 1970, quando si era trasferita nella tenuta dei Falck di Bergen per lavorare al progetto di un libro.

Sì, avrebbe parlato con Berg. Forse anche lei avrebbe

potuto cavarne qualcosa di utile. Oltretutto le aveva assicurato che la conversazione sarebbe stata *off-the-record*.

John O. Berg l'aspettava appoggiato alla balaustra in granito che separava il parco Frogner dal parco Vigeland, con un piumino leggero e uno zainetto, esattamente come le aveva preannunciato. Sasha aveva ben presente l'aspetto degli scrittori, ma lui con quell'immagine non aveva nulla a che spartire.

Gli si avvicinò. Nemmeno il gelo della fine dell'inverno e il berretto calcato in testa riuscivano a nascondere il colorito dorato della sua carnagione e i lineamenti mediorientali. Gli occhi verdi scintillavano allegri e scherzosi.

«Vera Lind?» chiese lui.

Lei si bloccò, lo fissò. «Come, scusi?»

Lui si coprì la bocca con una mano, ridacchiò.

«Ho detto *Vera*? Oh, mio Dio, che mancanza di tatto! Lapsus freudiano.»

«Non importa, è un complimento che non mi aveva ancora fatto nessuno sotto gli ottant'anni» disse lei scuotendo sorridente la testa.

«Grazie per essere venuta» disse Berg. «Johnny, è un piacere conoscerla.»

Johnny? Non c'era più nessuno che si chiamasse Johnny, tanto meno uno scrittore.

Lei annuì, lui rimase in silenziosa attesa, come se volesse lasciare a lei la parola.

«Devo ammettere che all'inizio ero piuttosto scettica all'idea di incontrarci» disse Sasha, mentre passeggiavano lentamente in direzione della fontana che precedeva la terrazza su cui svettava il monolito.

«Perché?»

«Non amo i giornalisti» rispose lei, stringendosi nelle spalle. «Sono sempre alla ricerca di qualcosa che possa gettare fango sulla nostra famiglia.»

«Capisco perfettamente e sono d'accordo, ma Alexandra...»

«Sasha» lo corresse.

Lui sorrise. «Un nome russo?»

«Il mio bisnonno era un mercante e colono russo, un *pomory*. Nessuno della famiglia lo ha più rivisto dopo che se n'è andato lasciando la bisnonna incinta a Svolvær. Le voci dicono che avesse stretto rapporti con un membro georgiano del Politburo e che sia stato ucciso durante i processi di Mosca. Altro, mio padre non è riuscito a scoprire sulle sue origini.»

Tacque. Nel giro di un minuto, a un perfetto estraneo aveva raccontato della sua famiglia più di quanto avesse mai fatto.

«Capisco, Sashenka.»

Lei si sentì arrossire, nessuno eccetto Vera la chiamava così.

«Facciamo due passi» propose Berg. «Solo qualche chiacchiera introduttiva, nessuna registrazione, nessuna citazione. Per capire meglio chi è Hans e da dove viene. Va bene?»

«Perché ha voluto incontrarmi qui?» gli chiese Sasha dopo un po'.

«Venivamo sempre qui a Capodanno, da giovani. Cercavamo di convincere le ragazze dei ricchi quartieri occidentali a invitarci alle feste in Madserud allé» rispose lui indicando le ville grandi e sontuose alla sinistra del monolito.

«E ci riuscivate?»

Lui rise. «Quelle ragazze eleganti e danarose ci trattavano come nobili selvaggi. E poi ci scaricavano.»

La sua cadenza di Oslo non aveva un accento particolare, Oslo Nord, forse, tirò a indovinare Sasha.

«Quindi, mi ha voluto incontrare qui per via di questi ricordi di vent'anni fa sulle ragazze benestanti dei quartieri occidentali?»

«Sì» rispose Johnny Berg con espressione ingenua. «Può darsi che io sia l'unico a pensarla così, ma mi domando se sia possibile essere così infelici e al tempo stesso felici come si è stati a quattordici anni. Sei praticamente senza passato, tutto quello che hai sono i tuoi sogni. Poi ti costruisci una vita, i sogni gradualmente appassiscono e quando muori i sogni sono svaniti, non rimane che il passato.»

Chi mai poteva dire cose del genere? Di sicuro nessuno di quelli che conosceva.

«E lei dove si troverebbe su questa scala? Più verso i sogni o il passato?»

«Più verso il passato, purtroppo. Lei, invece?»

Sasha sorrise. «Se me l'avesse chiesto un paio di settimane fa le avrei dato la stessa risposta. Adesso però non ne sono più così sicura.»

Per la seconda volta nel giro di breve, Sasha si pentì immediatamente della facilità con cui si era lasciata trascinare sul ghiaccio sottile, per fortuna lui non si curò di approfondire quella risposta.

«Pensavo che potremmo andare a vedere le tombe di Vestre Gravlund» disse Johnny indicando verso nord. «Il nonno di Hans dovrebbe essere sepolto lì.»

Oltrepassarono il monolito e proseguirono verso il cimitero. La neve si era sciolta quasi del tutto, ne era rimasto solo qualche cumulo qua e là, nei punti più ombreggiati.

Johnny Berg non sembrava di famiglia benestante, ma nemmeno un arricchito. E di certo non era un imprenditore arrivista. Aveva uno sguardo profondo, espressivo, che alternava allegria e malinconia, cosa che mancava ai gioviali esperti in marketing e finanza.

Erano arrivati all'angolo settentrionale del cimitero.

«Tutti gli eroi di guerra sono riuniti qui» disse lei.

I più famosi sabotatori e i leader politici del fronte della resistenza erano stati seppelliti lì.

Sasha lo precedette verso una semplice lapide in steatite.

ARMATORE

THOR FALCK

03.11.1903 – 23.10.1940

«Non era di Bergen?» chiese Berg. «Come mai è stato seppellito qui a Oslo?»

Sasha ripulì un po' tutt'intorno alla lapide. «Bella domanda. Sia Thor il Grande che i suoi antenati vivevano a Bergen. Adoravano denigrare Oslo, ma sognavano di ottenere fama e riconoscimento qui nella capitale. Thor il Grande avrebbe voluto essere dove le cose accadono, anche dopo la sua morte.»

Sasha inarcò le sopracciglia e incrociò il suo sguardo.

«Thor il Grande, come lo chiama lei, è anche suo nonno?»

Sasha annuì. «Sì. L'albero genealogico dei Falck è un po' complicato.»

Esitò un istante, stava per scoperchiare un vaso che avrebbe dovuto restare chiuso, ma in fondo si trattava di Hans, di quello di cui aveva accettato di parlare.

«Mio nonno si è sposato la prima volta con una pittrice, da cui ha avuto un figlio maschio: Per» spiegò senza grande entusiasmo.

«Quindi, la compagnia di navigazione andava a fondo mentre la Saga procedeva a vele spiegate, e Per Falck ha finito per perdere il patrimonio di famiglia?»

«Esattamente.»

«È possibile che il desiderio di vendicare il padre sia per Hans una ragione di vita?»

«Voi uomini siete tutti uguali!» rispose lei con un sorrisetto. «Le vostre azioni sembrano dettate esclusivamente dall'intento di far colpo sui padri o di vendicarli.»

Johnny Berg non reagì a quella piccola provocazione. Nonostante avessero parlato solo per una manciata di minuti, Sasha aveva l'impressione che le tipiche sbruffonerie virili di cui suo fratello, suo padre e Mads non riuscivano a fare a meno a lui non interessassero minimamente.

«Vendetta, dunque.»

Lei annuì. «Zio Hans si proletarizzò, divenne un marxista leninista dell'Akp. Nessuno era così bravo a parlare alla gente comune. Se ne andava a rimorchiare ragazze in giro per i pub di Bergen, in salopette e camicia di tela grezza. In effetti dovrebbe chiedere a mio padre, io non ero neanche nata al tempo.»

«Tutti quelli con cui ho parlato hanno messo in rilievo il fascino che esercita sulle donne» disse Berg. «Anch'io ne sono stato testimone quando eravamo in Medio Oriente.»

«Sì, a lui piacciono le donne mediorientali.»

«Che cosa lo rende così attraente?»

«Ti fa sentire come se il resto del mondo non esistesse, ti fa credere che l'unica cosa che gli interessa sia ascoltare quello che hai da dirgli.» In questo, in effetti, Berg gli somigliava. «E poi è uno che ti fa sognare. Quando parli con Hans sei convinta che tutto sia possibile, che puoi salvare il mondo intero.»

Uscirono dal cimitero e s'incamminarono lungo Skøyenveien, una strada tranquilla fiancheggiata sulla destra, il lato sud, da grandi ville in legno. Sasha gli raccontò qualche aneddoto sulle innumerevoli relazioni di Hans con donne di ogni genere, dalle giovani politiche del Partito Rødt alle conduttrici radiotelevisive.

«Ci sarà anche un rovescio della medaglia, no?» chiese Berg.

«Hans è una persona eccezionale con gli estranei e i parenti lontani, non c'è limite alla sua empatia. Ma per quanto riguarda la sua famiglia... più ti avvicini, più diventa freddo e insensibile. Mi piacerebbe sapere che cosa pensa davvero di lui Marte, la figlia maggiore, è difficile immaginare un padre più assente.»

Johnny Berg si fermò davanti a una vecchia villa in legno e indicandola le chiese: «Sa perché è famosa questa casa?»

«A dire il vero, no.»

«L'armatore che ci abitava alla fine degli anni Settanta è finito nel mirino della polizia perché sospettato di contrabbando di alcolici. Quando hanno perquisito la villa, hanno trovato un locale segreto, un enorme deposito di armi e materiale bellico sufficiente a equipaggiare un centinaio di uomini, con una sofisticata apparecchiatura di ricetrasmissione dotata di antenna telescopica estensibile, come il periscopio di un sottomarino, fin oltre il comignolo. Apparteneva all'esercito segreto della Norvegia: Stay Behind. Ne ha mai sentito parlare?»

«Dirigo un museo e un archivio sulla storia del dopoguerra» rispose lei, leggermente infastidita da quel *mansplaining*. «Ne ho sentito parlare, ovviamente.»

«Certo...» disse lui facendo una smorfia. «Hans mi ha raccontato una cosa interessante su sua nonna, avvenuta nel 1970.»

Sasha si voltò perché non trapelasse il desiderio che provava di sapere cosa. «Ah, sì?»

«Nell'inverno del 1970, quando Hans era ancora al liceo, Vera ha vissuto a Bergen» rispose lui. «È stato allora che si sono conosciuti per davvero, il giovane studente prodigio di sinistra e la zietta più grande, eccentrica scrittrice che, secondo Hans, stava lavorando a un nuovo manoscritto. All'improvviso, un giorno di aprile di quello stesso anno, i Reparti speciali della polizia si presentarono alla porta, senza alcun preavviso, e perquisirono la stanza di Hans.»

Coincide con il momento in cui *Il cimitero del mare* è stato confiscato, pensò Sasha, sentendo inquietudine ed eccitazione ribollirle nelle vene.

«Hans si accorse che ai Reparti speciali non importava nulla dei volantini contro la guerra in Vietnam: la perquisizione era solo un pretesto. Il vero obiettivo erano gli archivi privati della Compagnia di navigazione Falck custoditi proprio lì, in quella stessa proprietà.»

Che ci fosse un nesso fra il manoscritto di Vera e gli archivi privati? Le tornò in mente la conversazione con Tollefsen, il dottorando, solo che l'uomo con cui stava parlando in quel momento non poteva licenziarlo. Anzi, forse avrebbe potuto aiutarla.

«E che importanza avrebbe tutto questo per la biografia di Hans?» gli chiese.

«Sua nonna Vera è stata molto importante per Hans» le rispose Berg serio. «Dalle loro conversazioni di quell'inverno lui ha tratto degli insegnamenti che si sarebbero poi rivelati decisivi: prendi sempre le parti dei più miseri contro i potenti, non smettere mai di sognare un mondo migliore.»

«La nonna ha smesso di sognare» disse lei a bassa voce. «E di scrivere.»

Johnny Berg indicò un edificio basso al centro del cimitero. «È mai stata al cimitero delle lapidi scartate?»

«Che cosa?»

«Per di qua, venga...»

Aveva un modo di fare che di primo acchito poteva sembrare studiato e irritante, ricordava quegli pseudoesperti in appuntamenti galanti in cui a volte capita di imbattersi, in realtà aveva un non so che di fanciullesco e spontaneo che a lei piaceva. Imboccarono un sentiero, Sasha aveva così tanti interrogativi in testa, ma non riusciva a raccogliere le idee.

«Quale casa editrice pubblicherà la biografia dello zio Hans?»

«La Grieg Forlag, ovviamente. Ho portato con me il contratto, nel caso volesse vederlo.»

«Le credo sulla parola» rise lei condiscendente. «Dovrebbe parlare con Johan Grieg, avrà molti aneddoti da raccontare, conosce Hans da una vita.»

Sasha ebbe un attimo di esitazione, soppesò pro e contro, poi decise di tacere sul manoscritto. Johnny Berg lavorava per Hans e quell'informazione avrebbe potuto guidarlo al testamento, il rischio era troppo grande.

«Ci sono molte domande ancora senza risposta riguardo a mia nonna» aggiunse invece. «Se Grieg le raccontasse qualcosa di Vera, soprattutto se ha a che fare con il 1970, le sarei grata se mi chiamasse.»

Dietro l'edificio c'era un'area incolta, con parecchie lapidi buttate a terra, accatastate alla rinfusa. Si sedettero su una panchina in cima a una collinetta. Berg aprì lo zaino e ne tirò fuori un thermos, poi le porse una tazza pieghevole in silicone; con un coltellino tascabile tagliò una fetta di salame e gliela offrì sulla lama del coltello. Lei notò delle cicatrici con dei puntini rossi sul lato della mano.

Il tè era dolce, la scaldò bene. Berg aveva il carisma di uno che aveva viaggiato parecchio, e che non sentiva di dover dimostrare granché. E poi non esagerò con l'ospitalità, e questo lei lo apprezzò.

«Chi non paga finisce qui, nel cimitero delle lapidi scartate» disse Berg. I suoi occhi verdi si raggelarono per un attimo. «Ma non sono certo cose che voi della famiglia Falck sapete.»

## Capitolo 21

### Resterà fra di noi, fra amici

Olav abbassò le veneziane e spense la luce nell'ufficio. Il crepuscolo avvolse Rederhaugen, allungandosi su boschetti e viali, poi l'oscurità stese il suo velo sui prati e infine sull'edificio principale.

Al primo piano c'era la sala da pranzo, accogliente, in stile tradizionale. Si affacciava a ovest, con vista sulla sala conferenze. Veniva spesso utilizzata quando il numero degli invitati era abbastanza ristretto, sia che si trattasse di pranzi fra intimi, sia di segreti incontri rappacificatori. Fra l'altro, era stato proprio lì che i rappresentanti di israeliani e palestinesi avevano cenato con i negoziatori norvegesi nelle fasi iniziali degli Accordi di Oslo.

Le cose che Olav temeva erano poche, ma le parole di Sverre sulle intenzioni cospiratorie di Alexandra avevano fatto riaffiorare in lui il ricordo della paura che da sempre lo affliggeva. Temeva la figlia come un tempo aveva temuto la madre, come se dessero voce a una versione alternativa di ciò che lui e la sua famiglia erano. Le considerava indomabili e difficili da tenere sotto controllo.

Dopo la morte della madre, Olav si era sentito solo come non gli accadeva da molti anni, ma non era del tutto vero – come invece sostenevano i figli – che avesse solo conoscenti e nessun amico. Negli ultimi anni, Martens Magnus era diventato per lui un amico fidato. Olav gli era stato vicino quando la sua relazione sentimentale si era interrotta l'anno prima e un giorno aveva ricevuto da lui un biglietto con le parole «Al mio caro amico Olav», gesto che lo aveva stranamente commosso.

Il loro rapporto aveva evidenti vantaggi reciproci, questo è vero, ma era comunque un'amicizia.

Da giovane, Olav faceva riferimento a chi era più vecchio di lui; avvicinandosi alla mezza età le cose avevano preso una piega diversa e adesso erano le persone giovani ad attrarlo. Provava solo disprezzo per i coetanei, per le loro malattie, i loro corpi, il loro stagnante modo di pensare in un mondo in costante cambiamento.

In quel momento Magnus, con un drink in mano, stava osservando un quadro in stile nazional-romantico nella sala del caminetto interna alla sala da pranzo.

«Olav» lo salutò vedendolo.

«Magnus» disse Olav, e lo abbracciò.

Tanto giovane Magnus non lo era più: aveva passato la metà dei quaranta e la pelle del viso era segnata da rughe profonde per tutti gli anni passati all'aria aperta, dapprima nel Nord-Norge, poi sotto il sole del deserto in Afghanistan, a caccia di terroristi con le unità delle forze speciali. A quel tempo si parlava di M. Magnus come di un promettente futuro capo del dipartimento della Difesa, ma c'era qualcosa di calcolato nel suo modo di fare che scatenava in molti una certa diffidenza e che portò a considerarlo più adatto ad agire dietro le quinte. Da anni dirigeva le unità delle forze speciali del dipartimento della Difesa e, su richiesta, collaborava occasionalmente con Olav e la Saga.

Con un cenno del capo, Olav lo invitò ad accomodarsi. «Vogliamo sederci? La cena è pronta, l'ha preparata mia figlia, la più piccola.»

Come antipasto, Andrea portò in tavola una terrina di pasticcio d'anatra dal delizioso profumo di chiodi di garofano e semi di finocchio.

«Antipasto strepitoso» la lodò Magnus. «Vuoi fare la chef, Andrea?»

«Quando erediterò Rederhaugen la trasformerò in un boutique hotel con un ristorante a tre stelle Michelin.»

Guardando l'ufficiale, Olav inarcò le sopracciglia, mentre la figlia scattava una serie di foto col telefonino allo stemma appeso sul caminetto.

La fotografia è una forma d'arte per pigri, pensò, con una fotocamera anche un debuttante può centrare il bersaglio.

Andrea scese in cucina.

«Prenditi cura di lei» disse Magnus. «Forse non riesci ancora a vederlo, ma ha un grande potenziale. Quando facevo l'istruttore era quello il genere di persona che rendeva stimolante il lavoro: allievi che avevano tutte le qualità, ma non ancora un obiettivo definito.»

«Andrea è brava in tutto» commentò Olav con un sospiro. «Solo che di fare la brava non ne vuole proprio sapere.»

M. Magnus svuotò il bicchiere di vino, un Beaujolais sorprendentemente economico scelto da Andrea, lentamente lo riappoggiò sul tavolo e s'infilò sotto il labbro una bustina di *snus*.

«Hai l'aria stanca, Olav» disse. «Dovresti trovarti una donna.»

L'altro scosse la testa.

«No, grazie. Le donne della famiglia mi bastano. Vive o morte che siano.»

Da quando Vera se n'era andata, confidò a Magnus, si era svegliato ogni singola notte nell'ora del lupo, quella che precede l'alba. E da quando Alexandra aveva cominciato a scavare nel passato le cose erano ulteriormente peggiorate. Gli aveva taciuto solo il fatto che voleva costringerlo a ritirarsi, perché suscitava in lui un'insolita sensazione di infamante vergogna.

«Non mi hai mai spiegato perché il suo manoscritto del 1970 era così pericoloso» gli disse Magnus, riempiendo i calici.

«Si tratta di questioni di famiglia.»

«Olav» proseguì Magnus, e lo fissò a lungo negli occhi. «Per poterti aiutare devo conoscere il contesto.» Incrociò le braccia sul petto. «Resterà fra di noi, fra amici.»

«Quando scoppiò la guerra» iniziò lentamente Olav, «Thor, mio padre, era direttore della compagnia di piroscafi di Bergen chiamata Det Hanseatiske Dampskibsselskab. Fu uno dei primi a organizzare la resistenza contro i tedeschi lungo la costa, senza di lui non ci sarebbero mai stati né Shetland Bus né radiotrasmettitori nel Vestlandet. Morì nel naufragio dell'ottobre del 1940, lo stesso a cui io sopravvissi neonato, fu insignito *post mortem* della Croce di guerra al valor militare con una spada.»

«Ho sentito di scheletri nell'armadio ben peggiori di un'onorificenza così alta» commentò MM.

«Solo che mio padre era un armatore e un uomo d'affari, stretto fra le sue convinzioni da una parte e le forze di occupazione dall'altra. Come ben sai, dopo la guerra la storia è stata scritta senza andare troppo per il sottile, era tutto o bianco o nero. In quel frangente, come dire... è bastato qualche ritocco a cancellare gli aspetti più *problematici*. Fino a quando, venticinque anni dopo, mia madre ha deciso di scriverci su un libro. E va bene, forse avrà dovuto stringere qualche accordo con le autorità tedesche, ma chi siamo noi per giudicare i morti?» Olav bevve dell'altro vino, nel tentativo di mandar giù il disagio per aver detto così tanto. «Ecco, è di questo che si tratta.»

«E adesso Sasha sta cercando di ritrovare il manoscritto. E come è venuta a sapere della sua esistenza?»

«All'inizio ero convinto che fosse stata mia madre a confidarglielo in segreto» rispose Olav. «Ma chissà... Non mi stupirei se a parlargliene fosse stato qualcuno della Grieg Forlag. La vecchia editor, o magari Grieg in persona.»

«Johan Grieg è un vanitoso di prima categoria» disse Magnus.

Olav lo guardò irritato. «Può darsi, ma Johan sa che cosa è accaduto nel 1970, fatti e cose che riguardano Rederhaugen.»

«Non è in fin di vita?»

«Sì, per fortuna» disse Olav. «Nel suo caso, forse sarà la natura a risolvere il problema.»

Andrea entrò con la portata principale: merluzzo semiessiccato non salato cotto in un soffritto di burro aromatizzato all'aglio, accompagnato da cubetti di bacon, piselli stufati con menta sminuzzata e carote glassate al cumino e miele.

Mangiarono in silenzio.

«Temo di avere altre brutte notizie» disse Magnus, passandosi sull'angolo della bocca il tovagliolo in cotone con lo stemma dei Falck.

Quelle parole ebbero su Olav l'effetto di un pugno allo stomaco.

«Vale a dire?»

L'altro si schiarì la voce. «Si tratta di Johnny Berg.»

«Sì, ho sentito che è tornato in Norvegia» commentò Olav cercando di apparire indifferente, nonostante il cuore gli fosse quasi balzato in gola. «Non è certo necessario che ti ricordi di chi è stata l'idea di servirsi di lui.»

«Non saremmo mai riusciti ad arrivare a Fellah se non l'avessimo fatto» ribatté M. Magnus. «E sappiamo quali sarebbero state le conseguenze: veder scorrere il sangue nelle strade di Oslo, inasprimento dell'odio fra immigrati e norvegesi, proliferare di volontari per la sicurezza urbana e aumento del radicalismo. Insomma, una situazione completamente fuori controllo. Togliere di mezzo Fellah è stata la cosa migliore. Per il mondo e per la *multiculturale* Norvegia.»

Olav rimase in silenzio per qualche istante, immerso nei propri pensieri. «Sono sempre stato scettico all'idea di servirci di Berg, a causa del suo stile oppositivo e antiautoritario.»

«Vale per Berg quello che vale per qualunque persona di valore eccezionale» gli rispose MM. «I loro punti di forza sono i loro punti deboli, e viceversa. Berg ha accettato perché abbiamo fatto pressione su di lui. Il problema è che non abbiamo alzato un dito per aiutarlo quando è stato fatto prigioniero. Se l'avessimo fatto avremmo potuto convincerlo a tenere...»

«Del senno di poi sono piene le fosse!» ribatté Olav con fastidio. «Davo per scontato che fosse uscito di scena. E invece torna a casa e viene rilasciato. Chi c'è dietro tutto questo? HK, non è vero?»

«No, non è stato lui. È stato Hans Falck a far uscire Johnny Berg dal Kurdistan.»

«Che cosa?» disse Olav con una voce che tradiva quanto profondamente lo avesse scosso quella notizia.

«Non è poi così strano. I due si conoscono dai tempi del Medio Oriente. Berg lo ha intervistato in Libano parecchi anni fa. E se vuoi il mio parere, sono fatti della stessa pasta.»

«Hans sa per quale ragione Berg si trovasse lì?»

Magnus scosse la testa. «Non ne ho idea, ha dei buoni contatti in quelle aree, ma dubito che possa esserne a conoscenza.»

«In quanti erano a sapere dell'incarico di Berg al fronte?»

«Johnny Berg, io, il volontario americano che era in missione con lui ed è stato ucciso, e un volontario curdo-norvegese dell'esercito peshmerga iracheno che ha svolto il ruolo di intermediario.»

«Chi sarebbe questo curdo-norvegese?»

«Un certo Mike. Ex soldato, ha lasciato il suo plotone per arruolarsi nei peshmerga e combattere contro lo Stato Islamico. È anche una mezza celebrità, usa i social per raccontare al mondo della sua lotta contro i terroristi.»

«Instagram» borbottò irritato Olav. Ma come si fa a parlare apertamente di guerra sui social? Era una cosa agli antipodi di qualunque idea di guerra e strategia lui avesse. La mania di postare tutto subito lo faceva sentire vecchio.

«Ho controllato» disse Magnus indicando il telefono. «Il suo account, NorwegianSNIPER, è inattivo da diversi giorni. Ho parlato con alcuni miei contatti laggiù: presumono sia morto due settimane fa, durante un attacco dello Stato Islamico.»

«Meno male che i terroristi ogni tanto si dimostrano utili» commentò pensieroso Olav. «Ma voglio esserne sicuro al cento per cento. Siamo davvero certi che non ci sia nessun elemento che potrebbe essere ricollegato alla Saga?»

A differenza di quello che spesso i suoi amici e nemici credevano, Olav era uno stratega con una spiccata avversione per il rischio. La missione di Berg era chiaramente ad altissimo rischio, ma era stata presa tutta una serie di precauzioni per evitare di poter risalire al nesso fra l'operatore e la Saga.

Martens Magnus annuì. «È tutto sotto controllo.»

Dopo aver fondato la Saga aveva lasciato aperta la strada alla collaborazione con le autorità e i servizi segreti. Sarebbe stato tutto molto più semplice se si fossero attenuti alle consuete modalità capitalistiche e alla pomposa beneficenza come di norma accade alle fondazioni, ma lui ne sarebbe rimasto profondamente dispiaciuto. La Saga e la proprietà di Rederhaugen erano parte di Stay Behind fin dalla guerra fredda, perché era interesse della nazione avere a disposizione delle unità di pronto impiego di cui potersi servire in caso di invasione comunista. E se centinaia di giovani norvegesi partivano per arruolarsi in eserciti stranieri a favore di un cripto-stato terrorista come l'Isis, era nell'interesse della nazione eliminare queste persone prima che potessero nuocere alla Norvegia. Da qui l'audace e grandiosa idea di una Stay Behind 2.0. Olav era convinto di avere ragione, poco importava se le autorità dovevano essere scavalcate per la loro mancanza di volontà politica.

E lì, in quella sala da pranzo, davanti a un calice di vino, con MM seduto di fronte a lui assorto nei propri pensieri, gli apparve in tutto il suo splendore la missione storica che aveva sempre perseguito: difendere la Norvegia, con ogni mezzo. Poteva sembrare gravida di conseguenze e pretenziosa, ma le cose stavano così.

Entrò Andrea con il dessert: un soffice soufflé adagiato su una base di vecchio *julebrød* ormai secco; il profumo di uvette e cardamomo del dolce "pane di Natale" gli fece quasi venire le lacrime agli occhi, tanto si sentiva stremato ed esausto.

«Sverre mi è sembrato molto interessato all'incarico in Afghanistan» disse Olav, che aveva bisogno di distrarsi pensando a qualcosa di più leggero. «Ti ringrazio per avergli aperto le porte.»

«È stata una tua idea, Olav» gli rispose con un sorriso MM, che levò il calice e aggiunse: «A Sverre. E alla nostra amicizia.»

Olav si schiarì la voce imbarazzato.

«Papà?» lo chiamò Andrea dalla soglia, si era messa un giaccone nero col cappuccio. «Io sto uscendo.»

«Andrea, tesoro, vieni un attimo qui» le disse lui.

«Cosa c'è?» chiese la figlia arrossendo.

«Riuscirai in tutto quello che desideri» disse abbracciandola forte. «Diventerai ciò che vuoi.»

Andrea se ne andò. Dopo il tradimento di Sasha, Olav si era reso conto di quanto volesse bene alla figlia più piccola, che per fortuna era esente dalla maledizione di Vera e Alexandra.

«Un'ultima cosa...» disse M. Magnus in un tono improvvisamente velato di incertezza. «A quanto pare la Grieg Forlag ha sottoscritto un contratto per la biografia di Hans Falck.»

«La biografia di Hans?» ridacchiò Olav. «Allora sarà bene revocare il divieto imposto alla famiglia di parlare con i giornalisti. Mi verrebbe quasi voglia di raccontare all'autore qualche storia su Hans.»

«Da amico devo ammettere che non mi sembra affatto una bella idea» gli disse serio Magnus. «Il biografo di Hans, che si documenta parlando con i membri della tua famiglia, è Johnny Berg.»

## Capitolo 22
## Sei un Falck

Sasha aveva cominciato a fare jogging quotidianamente. Correva per lunghi tratti intorno al fiordo e concludeva l'allenamento con una serie di esercizi per rinforzare addominali e dorsali. Qualunque marito avrebbe capito che qualcosa non andava, che la faccenda era seria, Mads invece non aveva battuto ciglio e lei si sentiva provocata dalla sua indifferenza.

Ogni volta che ripensava a come Mads, Sverre e Andrea si fossero schierati dalla parte di Olav, sentiva la rabbia crescere in lei. Sapeva di essere una persona che serba rancore, glielo avevano sempre fatto notare, ma questa volta non si trattava di bazzecole, era una questione che toccava nel profondo la consapevolezza che la famiglia aveva di sé. La nonna era stata vittima di un'ingiustizia e nessuno aveva il coraggio di affrontarla. Erano dei codardi.

Sasha era andata alla Litteraturhuset, la Casa della letteratura, per ascoltare Hans Falck parlare di "Guerra e femminismo in Medio Oriente". In una sala talmente affollata da dover proiettare su schermi la conferenza per dar modo a tutti di seguirla, Hans raccontava della situazione in Kurdistan e della lotta allo Stato Islamico.

L'atmosfera era elettrica, ricordava quella dei raduni dei risvegli religiosi. E naturalmente della famiglia c'era solo lei. Probabilmente Olav avrebbe preferito arruolarsi come foreign fighter piuttosto che essere seduto in quella sala in cui Hans Falck riceveva ovazioni per i suoi «straordinari atti di eroismo in campo umanitario», come, presentandolo, li aveva definiti la vivace direttrice della Litteraturhuset dai capelli rossi.

Il pubblico era visibilmente impressionato e commosso dai racconti di Hans Falck sulle adolescenti che venivano rapite, vendute come schiave del sesso a ricchi arabi del Golfo nei mercati di schiavi a Mosul, e che poi erano riuscite a scappare.

«E queste donne» disse Hans, «che hanno patito crudeltà che noi a stento riusciamo a immaginare, adesso sono schierate in prima fila nella lotta contro il regime del terrore, contro la barbarie. Sono loro a combattere per la libertà, libertà loro e di tutte le donne della regione. Eroismo è un termine ancora troppo riduttivo se penso al rispetto che provo per queste donne soldato. Una di loro mi ha supplicato dicendomi: "Abbiamo bisogno di aiuto! Il mondo deve sapere!"»

Nonostante la drammaticità del messaggio, Sasha si perse nei propri pensieri durante quella conferenza che durò ore. Le sembrava sempre più ovvio che gli eventi della primavera del 1970 gettassero una nuova luce, che avrebbe potuto aiutarla a capire dov'era finito il manoscritto di Vera dopo la sua morte. La nonna era stata interdetta e Sasha conosceva abbastanza bene suo padre da sapere che avrebbe eluso ogni accusa se lei non fosse riuscita a trovare qualcosa di più. Non era ancora il momento di affrontarlo.

Mentre ascoltava l'oratore, Sasha si era guardata intorno nella speranza di trovare Johnny Berg, ma non l'aveva visto. Una volta finita la conferenza si era fatta strada fra telecamere, reporter e ammiratori che affollavano l'atrio e aveva raggiunto Hans.

«Sasha» le disse lui, prendendole le mani e tenendo lo sguardo fisso su di lei senza minimamente curarsi dei giornalisti né di chiunque altro. «Ti trovo in splendida forma! Mi fa davvero molto piacere che tu sia venuta a sentirmi.»

Lei si complimentò per la conferenza e gli chiese: «Potremmo fare due chiacchiere?»

«Dobbiamo trovare un momento, certo» rispose Hans conciliante. «Sto per andare a cena dai Grieg adesso, padre e figlio, ma domani verrò a Rederhaugen per la riunione del consiglio di amministrazione. Di cosa si tratta?»

Alcuni giornalisti scalpitavano intorno a lui.

«Vorrei parlare di Vera» bisbigliò Sasha.

Una fugace ombra di dubbio attraversò il viso cotto dal sole di Hans, che un istante dopo le sorrise spavaldo: «Vera Lind? Un argomento inesauribile, mia cara Sasha. Lo riprendiamo dopo la riunione.»

***

Tornata dal giro di allenamento, Sasha si fece una doccia rapida, si rivestì e andò in soggiorno. Guardò l'orologio appeso sopra la porta della cucina nella casa del custode: il consiglio di amministrazione sarebbe iniziato mezz'ora più tardi.

«Dobbiamo decidere qualcosa per le ferie, al più presto» disse Mads, concentrato davanti al suo Mac.

Sasha sentì le figlie litigare contendendosi un iPad.

«Eh, già» rispose svogliatamente allungandosi al di sopra delle spalle del marito, sulla schermata c'era una pagina con i dettagli di un pagamento.

«Perché c'è scritto Mads Falck sulla tua carta di credito?»

Quando si erano sposati, sei anni prima, Mads aveva preso il suo cognome. Era stato lui a insistere per sposarsi in chiesa, Sasha avrebbe preferito un matrimonio molto meno solenne, magari in un'ambasciata, ma lui era stato irremovibile. Aveva addotto come pretesto l'anziana madre, un'accanita lettrice di riviste che seguiva le nozze reali con lo stesso interesse con cui altri seguivano i mondiali di calcio e che sarebbe morta di crepacuore se si fossero sposati a Parigi un lunedì.

Nel suo discorso il giorno del matrimonio, Mads aveva detto che cambiare il cognome in Falck-Johansen era stata una scelta d'amore, al che Andrea, allora sedicenne e ribelle, si era immediatamente alzata da uno dei tavoli al centro della sala e aveva gridato: «Ah, è stato per amore che hai cambiato anche la T di Mats in D! Credevo l'avessi fatto per dargli un tocco più aristocratico...»

La domanda di Sasha aveva raffreddato un po' l'atmosfera, lei viveva questo cambiamento del cognome come la violazione di un confine della sfera intima. Un anno prima aveva notato che il trattino fra i due cognomi era stato discretamente eliminato e adesso da Mads Falck-Johansen si era ridotto a Mads Falck.

«Non è poi così importante» le rispose. «L'importante è poter tirare un po' il fiato, finalmente. Perché ne abbiamo bisogno. Sia tu che io.»

Lui sorrise, lei no.

Al loro primo appuntamento, Mads l'aveva portata dove abitava, a un tiro di schioppo in treno dalla capitale, una misera città satellite. Sasha non aveva mai messo piede in un posto simile e lui, ovviamente, seppe usarlo a suo vantaggio. Indicando una finestra al quarto e ultimo piano di una palazzina grigia le aveva detto: «È la finestra della mia camera da letto. Ogni singolo giorno mi affaccio a guardare il centro commerciale facendo progetti su come andarmene via.»

Forse Sasha avrebbe dovuto capire l'antifona, invece lo aveva baciato dietro il centro commerciale, sotto la ventola di un fast food, nell'odore caldo di frittura e ketchup che ancora associava alla sua barba e alla sua lingua.

«Ho trovato un posto in Provenza che ti piacerà» le disse. «Sto facendo la prenotazione.»

«In mezzo a neoricchi sauditi e mondani europei benestanti in posa *duckface*?»

Con un debole sorriso, Mads si affrettò a ribattere: «No, no. Una magnifica residenza a Brantes, vicino a Mont Ventoux, di proprietà di un famoso cantautore francese. Sembra un posto molto bello, non c'è nemmeno un negozio di alimentari nel paese, niente, solo una libreria e il mercato ogni giovedì. Non è il genere che piace a te? *La classe*, diresti.»

Lei diede un'occhiata disinteressata alle fotografie e si strinse nelle spalle. «Sì, sembra bello.»

Sasha si voltò e andò in cucina, sentì il ticchettare basso della tastiera.

«Qual è il problema, Sasha?» disse Mads dietro di lei.

«In che senso?»

«Sei strana ultimamente. Da quando è morta Vera. È come se avessi perso la visione d'insieme, come se noi che viviamo qui non contassimo più niente per te.»

«Sei un Falck adesso» disse Sasha.

«Non mi dire che è *questo* il problema.»

«No?» replicò lei fissandolo a lungo negli occhi. «Sei parte della famiglia. E io sono davvero stufa di come ci ostiniamo a nascondere maldestramente i nostri segreti, come polvere sotto il tappeto.»

«Quello che a me interessa è evitare che la famiglia si sfasci. Olav mi ha detto chiaramente che un decesso potrebbe fare da detonatore a...»

«Parli con papà e non mi racconti niente?»

Sasha dovette sforzarsi di non alzare la voce.

Lo sguardo di Mads vacillò. «Non di quello, naturalmente. Mi capita spesso di parlare con tuo padre.»

Si alzò, le si avvicinò e le cinse la vita da dietro, braccia che Sasha percepì come inopportune e che respinse senza mezze misure. Mads tornò a sedersi mortificato.

«Comunque, riguardo alla vacanza... Ci portiamo la figlia di M. Magnus come babysitter a pagamento, così puoi lavorare quanto vuoi anche da lì.»

«Prenota, la casa sembra molto bella» disse Sasha.

Mads sorrise sollevato e inserì tutti i dati per effettuare il pagamento. «*Done*. Andiamo in Provenza!»

«Però io non vengo.»

Mads la guardò stupefatto. «Ma cosa dici?»

Sasha prese il cappotto dall'appendiabiti. «Tu vuoi andare in Provenza, le ragazze hanno la babysitter, io voglio restare a casa. Quindi non vedo quale sia il problema.»

«Ma per la miseria...» disse semplicemente lui.

«Il consiglio di amministrazione sta per iniziare. Devo andare.»

Sasha s'infilò il cappotto e uscì chiudendosi la porta alle spalle, si sentiva sollevata. Faceva molto freddo e aveva cominciato a nevicare, grossi fiocchi di neve pesante che coprivano di un manto bianco Rederhaugen, una primavera capricciosa, i fiocchi le si scioglievano sulla fronte, si fermavano sul cappotto in lana e sui capelli. Si accese una sigaretta. Le passò per la mente che anche Johnny Berg fumava. Eppure non aveva l'aria del fumatore, le piaceva quella debolezza, probabilmente una cattiva abitudine dei tempi in cui faceva il giornalista sul campo, pensò, immaginandoselo in un fumoso locale per *expat* a Beirut o a Kabul. Tutti i reporter di guerra fumano.

Perché non si era più fatto sentire?

## Capitolo 23

## Eutanasia omissiva

«Benvenuti a questo consiglio di amministrazione straordinario» disse Olav, «il primo dopo la tragica scomparsa di mia madre.»

Siri Greve sedeva di fronte a lui, in funzione di referente per il verbale e moderatrice.

«Grieg dov'è?» chiese Alexandra.

Olav fissò diffidente la figlia a capotavola. Aveva sfidato le sue insistenti esortazioni a non addentrarsi nei meandri dell'esistenza di Vera e, come se non bastasse, in base alle informazioni raccolte, stava cospirando alle sue spalle per farlo spodestare. Ma la cosa peggiore in assoluto era il pensiero che un certo John Omar Berg fosse in agguato con l'intento di trovare il filo conduttore. Che si fossero parlati?

«Johan Grieg non sta bene» rispose Siri. «Com'è noto a tutti è in condizioni di salute molto precarie. Comunque, non ha dato la procura a nessuno.»

Finalmente una buona notizia, pensò Olav. A quanto pare, Grieg aveva mantenuto la promessa. Non una sola parola.

«Lo scopo principale dell'incontro di oggi è di darvi informazioni sulla successione ereditaria, in modo particolare sul testamento di mia madre e su quali ripercussioni avrà sulle nostre attività» disse Olav. «Ma prima di tutto voglio che sappiate che la programmazione della *Saga Arctic*

*Challenge* procede bene. Organizzeremo il miglior convegno di sempre in terra norvegese. E non solo: finalmente chiuderemo il tragico capitolo dell'espresso costiero nella storia della nostra famiglia. Sverre, vuoi illustrare tu i dettagli?»

«Dunque...» iniziò lui titubante. «Ralph Rafaelsen non risponde più al telefono e il suo assistente mi ha appena mandato un'email per comunicarmi che in ogni caso non metterà a disposizione la sua Exosuit.»

«Per quale ragione?»

«Dovresti chiederlo a lui. Ma non credo che abbia gradito il vostro ultimo incontro. "Mancanza di rispetto" ha scritto il suo assistente.»

Dopo aver fissato a lungo il figlio, Olav ribatté: «Rafaelsen si comporta come una ridicola *drama queen*. Sono certo che riuscirai a sistemare questa sciocchezza, Sverre.»

Annuì rivolto all'avvocato, e lei disse: «Tornando alla scomparsa di Vera Lind, la situazione in merito al testamento è di status quo. Quello che sappiamo è che è andata a ritirarlo il giorno stesso in cui è morta. Tuttavia, com'è noto, non è ancora stato ritrovato.»

Gli occhi di tutti erano puntati su di lei.

«In pratica questo significa che, se si dichiarasse la mancanza di un testamento, Olav, in quanto unico figlio di Vera, risulterebbe suo unico erede in linea retta e quindi i beni di Vera, fra cui la proprietà di Hordnes, il cosiddetto capanno di caccia e Rederhaugen, diventerebbero suoi.»

«Pretendo un rinvio» intervenne Hans Falck.

«Hans Falck chiede la parola» disse in tono asciutto l'avvocato.

Olav cercò di leggere il volto del nipote. Che lo avesse sottovalutato? Non sarebbe certo stata la prima volta. Non l'aveva mai preso seriamente in considerazione, poi Hans era diventato un medico famoso, sempre all'estero in missioni umanitarie, e Olav se n'era pentito. Avrebbero potuto lavorare insieme, Hans avrebbe conferito alla Saga quella dimensione umanitaria di cui ancora era priva. Ad ogni modo, ormai era troppo tardi.

«Il giorno prima di suicidarsi» disse Hans, «Vera Lind mi ha telefonato...»

«La conosciamo già questa storia» lo interruppe Olav. «L'ultima volta che l'hai raccontata è stato due giorni fa.»

«Scusa, Olav, nessuno mette in dubbio che tu abbia già sentito questa storia» ribatté Hans tranquillo. «Ma gli altri?»

Gli altri lo guardavano con aria interrogativa, circostanza che lui ovviamente interpretò come un invito a proseguire.

«Durante la nostra conversazione, della durata di nove minuti e trentaquattro secondi, come si può verificare dai tabulati telefonici, Vera mi ha chiesto di presentarmi a Rederhaugen il prima possibile. Desiderava informarmi di alcuni cambiamenti che aveva apportato al testamento. Di che cosa si trattasse esattamente non lo so, ma ha accennato all'intenzione di restituirci la proprietà della tenuta di Hordnes. Purtroppo, prima che potessi raggiungere Rederhaugen, ho ricevuto la notizia della sua scomparsa.»

«Quale sarà la tua prossima mossa, Hans?» chiese Olav. «Insinuare che siamo stati noi a buttare mia madre giù dallo Strapiombo per impedire che parte dell'eredità potesse andare a voi? Levati il cappello di carta stagnola, buffone di un cospiratore!»

«Non so che cosa Vera volesse dirmi» proseguì Hans imperturbabile. «L'unica pretesa che avanzo da parte del ramo della mia famiglia è una proroga. Non credo sia irragionevole chiedere di aspettare a prendere una decisione definitiva.»

Andrea, appoggiata allo schienale, si dondolava sulla sedia. A un tratto prese la parola: «Eh, be'! Chi di voi ha frequentato la nonna negli ultimi anni? Non certo tu, papà, e nemmeno tu, zio Hans. Non Siri, non Magnus e nemmeno Sverre, oppure io.»

Olav si ricordò di quando Magnus a cena gli aveva detto che la figlia minore aveva tutte le capacità per sfondare. Aveva ragione.

«Solo una persona fra tutte quelle qui riunite sarebbe in grado di dire qualcosa di sensato su cosa la nonna volesse davvero. Perciò, anziché continuare a sentire il noioso battibecco fra papà e Hans, a nome di tutti vorrei chiederti se hai qualcosa di interessante da dirci in merito, Sasha.»

Alexandra risistemò i documenti che aveva davanti, poi alzò lo sguardo. «Nutro un profondo rispetto per il punto di vista di entrambe le parti» disse con fare diplomatico. «Dalle conversazioni avute con la nonna concordo con Hans, sarebbe prematuro presumere che la nonna non volesse lasciare alcun testamento. Penso che dovremmo prenderci del tempo.»

«Alexandra!» obiettò Olav, ma la figlia fu irremovibile.

«Non voglio che la morte della nonna si trasformi in un'indegna faida tra i due rami della famiglia. La mia proposta è di rimandare fino a quando quelli di Bergen non potranno presentarsi al completo. Suggerirei quindi di organizzare un consiglio di famiglia in cui il nostro ramo incontrerà il tuo, Hans. Senza avvocati esterni. Sono certa che anche la nonna avrebbe preferito questa soluzione.»

«Io non ne sarei così sicuro» bofonchiò Olav mentre gli altri annuivano, era in netta minoranza.

«Vada per la riunione di famiglia, allora» aggiunse poi in tono rassegnato. «Ma non stupitevi se finirà in uno scandalo.»

Olav si accorse di avere fame, poco dopo fu servita la cena. Una vellutata di zucca presentata con crostini e roquefort fuso e per secondo stufato di agnello con patate lesse, il tutto accompagnato da uno Château Margaux del 2005, una delle annate migliori, proveniente dalla cantina della casa. La carne era così tenera che si staccava dall'osso da sola e la salsa di pomodoro con champignon e cipolla bianca aveva un sapore deciso e un delizioso profumo di rosmarino. Niente di più facile che Andrea avesse cosparso di polvere magica le vecchie ricette ben consolidate.

Nonostante questo, Olav era molto taciturno, unico fra tutti ad avere una sedia coi braccioli, al centro del lato lungo, e non a capotavola come il popolino avrebbe immaginato. Che la gente fosse ignorante non era certo una sorpresa, di gran lunga peggiore era la sensazione di aver perso il controllo della sua stessa famiglia.

Alexandra lo aveva evitato per tutta la cena. Il padre colse l'occasione di elogiare il vino per mostrarsi l'Olav di sempre. «I vini della Borgogna e di Bordeaux sono decisamente un'altra cosa rispetto a quelli che la gente acquista normalmente al duty free. Alexandra, mi aiuteresti a portar su qualche altra bottiglia dalla cantina?»

Era un ordine, non una domanda; Sasha si alzò con una certa riluttanza. Percorsero il corridoio fino alla torre col rosone e scesero la scala a chiocciola che portava al seminterrato. L'ingresso si apriva su una scala scricchiolante che scendeva alla cantina dei vini. L'aria era umida e odorava di muffa. La luce lampeggiò ronzando più volte, poi si accese definitivamente, e un debole bagliore giallo gettò tutt'intorno ombre scure.

Olav sollevò una bottiglia di cognac verso la luce, l'aprì e ne bevve un sorso a canna. Il sapore dell'uva fermentata gli infiammò la gola. Allungò la bottiglia a Sasha.

«Non siamo venuti qui per prendere altro vino?» disse lei con una nota di incertezza.

«Voglio raccontarti una cosa, Alexandra, una cosa che non ho mai detto a nessuno» disse piano Olav, immerso nella penombra. «La vera ragione del rapporto difficile tra me e mia madre è da cercare nel suo manoscritto. Lei anteponeva se stessa alla famiglia.»

«La guerra è finita da un pezzo, papà. Non ci sono più testimoni di quell'epoca.»

Olav soppesò la bottiglia di cognac guardando il viso della figlia, in parte avvolto dall'oscurità.

«Cosa c'era di tanto pericoloso da richiedere l'interdizione di Vera?» gli chiese.

Quindi sapeva della tutela giuridica. La ventilazione nel locale lavanderia lì vicino emetteva un ronzio costante. Lui non disse una parola.

«Perché non me ne hai mai parlato?» aggiunse Sasha. «Perché sono un'archivista che non sa un bel niente di quello che gli archivi contengono?»

«Non credo che tu possa neanche immaginare» rispose Olav lentamente, «come ci si sente quando la persona che per natura dovrebbe prendersi cura di te è quella che invece ha bisogno di essere protetta. Nelle tue ricerche c'è qualcosa di profondamente astorico, tu osservi gli individui che appartengono al passato con i tuoi occhi di adesso.»

«Stai divagando, quello che...»

Lui la interruppe. «Lasciami finire. La legge sulla tutela dice in modo chiaro e inequivocabile che il tutore che è stato nominato – in questo caso io – si impegna a garantire che nessun altro abbia accesso alle informazioni che il tutore ha, o ne venga a conoscenza. Questo obbligo di riservatezza non decade una volta esaurito l'incarico. La legge è dalla mia.»

«A dire il vero ho letto proprio di recente gli articoli di legge» disse Sasha. «Si fa esplicita menzione del fatto che le informazioni possono essere condivise nella misura in cui si renda necessario nell'interesse del tutelato. Inoltre, l'obbligo di riservatezza non riguarda i figli e i nipoti del tutelato.»

Sarebbero state molte le cose di cui avrebbe voluto parlarle, di Vera e del manoscritto, di Johnny Berg e della Saga, ma una volta tanto non riuscì a formulare nulla di sensato. Fissò a lungo la figlia avvolta dall'oscurità, i tratti della madre, un misto di estremamente familiare – nessuno gli era più vicino – e al tempo stesso estraneo.

«Chi ne è al corrente?» gli chiese Sasha. «La famiglia Greve? Johan Grieg? Che però non risponde al telefono.»

Olav capì che la figlia non si sarebbe data per vinta, sarebbe stato meglio fare un salto da Grieg il prima possibile.

«Johan è malato. Ma puoi provare a parlare con lui.»

***

Era buio e nevicava fitto quando Johnny attraversò a passo svelto Kristian IVs gate cercando rifugio sotto la pensilina dell'Hotel Bristol. Salì i gradini coperti dalla passatoia rossa che portava alla hall, impreziosita da decorazioni color oro e ampie colonne in stile moresco.

HK, come sempre, era nella saletta più in fondo, a sinistra del bancone del bar. Stava sorseggiando un calice di bianco con calma affettata.

«Il miglior tavolo del Bibliotekbar» disse alla fine. «Solo la famiglia Grieg e io abbiamo il numero per riservarlo. Bevi qualcosa?»

«No, grazie. Devo guidare» gli rispose Berg. «Hai detto che era urgente?»

«Perché non mi racconti come vanno le cose, prima?» ribatté HK, che evidentemente voleva tenerlo un po' sulle spine.

«Vado a correre ogni giorno e tutto quello che mi fumo è una sigaretta la sera. Ho fatto un giro al parco Frogner con Sasha Falck. Siamo passati davanti alla stele funeraria di Thor il Grande, alla villa dell'armatore Meyer di Stay Behind e al cimitero delle lapidi scartate.»

«Notevole. Un giro che è stato una piccola odissea nella storia contemporanea della Norvegia. Lei che impressione ti ha fatto?»

«Mi è sembrata brillante, e un po' sola. Difficile non

esserlo quando si è così sfortunati da nascere molto intelligenti in una famiglia miliardaria. Mi ha mandato diverse email dopo, a cui non ho risposto.»

HK si fece una risata. «Il trucco più vecchio del mondo... Ottimo!»

«Perché mi hai chiesto di vederci?»

«La volta scorsa ti ho detto che ero stato coinvolto nelle indagini sulla vedova Lind nel 1970. Poi mi hai raccontato di essere stato alla Grieg Forlag.»

Sfilò un foglio dalla cartella portadocumenti e lasciò correre lo sguardo sulla sala gremita di signore benestanti, diversi camerieri e un pianista che suonava rilassante musica jazz di sottofondo.

Berg si chinò in avanti per vedere di cosa si trattasse.

HK sollevò l'indice. «Calma, Johnny. Come sai bene, i documenti sensibili hanno la spiacevole tendenza a sparire dagli archivi. Non mi chiedere come sia finito nelle mie mani, ma qui troverai il nome della fonte dei Reparti speciali della polizia nel caso Vera Lind del 1970. Stando a quello che ho letto ho l'impressione che la persona in questione qualche rimorso di coscienza ce l'avesse.» Inarcò le sopracciglia con fare malizioso. «Fanne quel che vuoi. Magari riesci a parlarci. La fonte, infatti, è ancora viva, anche se in cattive condizioni di salute, perciò non la tirerei troppo per le lunghe.»

***

Berg non ebbe difficoltà a trovare la casa di Johan Grieg, svoltò nel vialetto d'ingresso fiancheggiato da due abeti scuri e imponenti, la ghiaia scricchiolava sotto gli pneumatici. Spense il motore, scese dall'auto e s'incamminò verso la porta, fra cumuli di neve ancora alti. Al di là del profilo spigoloso della villa in legno in stile chalet svizzero, scorse le luci del centro di Oslo.

Aspettò un paio di secondi, poi suonò il campanello.

Nessuno gli aprì. La finestra a destra della porta d'ingresso era buia, così come quella piccola vicina al colmo del tetto. Non aveva dubbi sul fatto che Grieg fosse in casa, forse però non era solo.

«Chi è?» chiese una voce dall'interno.

«Sono John O. Berg. Il biografo di Hans Falck...»

La porta si socchiuse, lasciando intravedere il volto pallido e smarrito dell'editore.

«Mi fa entrare? Così le spiego perché sono venuto.»

Con una certa titubanza l'anziano lo fece accomodare. Portava un cardigan macchiato e un paio di eleganti pantaloni sciupati e troppo larghi che lo facevano sembrare ancora più vecchio. Vacillando percorse il corridoio dalle pareti tappezzate di riconoscimenti e fotografie incorniciate che lo ritraevano insieme ad autori e personalità di spicco del mondo della cultura. Berg si fermò davanti a una foto scattata a un giovane Grieg insieme a Vera Lind nella sala da pranzo del Grand. Si avvicinò. Era datata dicembre 1969.

«Faceva parte del consiglio di amministrazione nei primi anni della Saga, vero?» gli chiese.

«Sì. È per questo che conosco la famiglia così bene. A dire il vero è un legame che affonda le sue radici molto più indietro nel tempo. Mio padre era un caro amico di Thor Falck e da ragazzo ho trascorso molto tempo con Olav a Rederhaugen. Mi ricordo che correvamo giù in quei tunnel sotterranei, era fantastico per noi, un vero e proprio paradiso. Anche perché i genitori al tempo non si preoccupavano tanto di quello che facevano i figli.»

«Non è stato un po'... un conflitto d'interesse, diciamo, il fatto che Vera Lind pubblicasse i suoi romanzi con la Grieg Forlag?»

L'altro rise. «Il conflitto d'interesse non è forse la norma nell'editoria? Si conoscono tutti nell'ambiente. E comunque le assicuro che i romanzi di Vera soddisfacevano i più stringenti requisiti qualitativi pretesi dalla casa editrice. Lei era fantastica, oggi i suoi racconti e romanzi si venderebbero all'estero e alle produzioni televisive per somme ingenti. Comunque, quando mio padre alla fine degli anni Sessanta andò in pensione e io presi le redini dell'attività, mi fu offerto con grande naturalezza di entrare nel consiglio direttivo.»

Grieg fece accomodare l'ospite nel soggiorno, dove un'imponente finestra panoramica si affacciava su un giardino immerso nel buio e circondato da abeti scuri. Johnny percepì un lieve odore sgradevole, come di escrementi e vomito, e si accorse di un tavolino con le rotelle su cui erano posati bicchieri di carta e farmaci, oltre a una siringa con il cortisone.

«L'assistente domiciliare arriverà a momenti» disse Grieg. «Non abbiamo tutto il tempo del mondo.»

«Conosceva Hans quando ha avuto il posto nel consiglio di amministrazione della Saga?»

«No. Era troppo giovane. Il ricordo che ho di lui in quegli anni è quello di un giovanotto brillante e arrogante che viveva a Bergen ed era convinto di avere ragione su tutto. Be', in effetti non è che sia cambiato molto.»

Una risatina secca lo fece tossire.

«Hans e Vera si sono frequentati molto nel 1970, quando lei lavorava al manoscritto» disse Berg.

Sul viso dell'editore si dipinse l'espressione di chi capisce che sta per finire sul ghiaccio sottile. «Sì?»

«La prima versione del *Cimitero del mare* Vera l'ha scritta nella vecchia proprietà di famiglia a Bergen.»

Grieg si adombrò. «Se lo dice lei. Naturalmente non posso ricordare i dettagli della vita e delle attività di tutti gli autori, soprattutto se risalgono a così tanto tempo fa.»

«Se Vera Lind era un'autrice fantastica, per usare le sue stesse parole, non trova strano che *Il cimitero del mare* sia stato rifiutato? Hans Falck sì.»

Con mano tremante, Grieg prese un bicchiere d'acqua dal tavolino con le rotelle accanto alla poltrona e lo portò alle labbra. Sembrò riprendersi.

«A dire il vero, no. Vera scriveva romanzi d'intrattenimento, non romanzi documentari. I romanzi documentari sono un mondo diverso, fatto di persone realmente esistite, in cui la veridicità delle affermazioni dev'essere comprovata. Avremmo potuto pubblicarlo come romanzo d'intrattenimento. Anche se forse non sarebbe stato il caso: all'epoca, nei procedimenti giudiziari il valore diffamatorio attribuito alla letteratura era ben diverso da oggi. E comunque, non era quello che voleva Vera, la sua era una questione personale. Diceva di voler cambiare il corso della storia, e invece purtroppo si è imbarcata in qualcosa di più grande di lei. E Hans, cosa poteva saperne?»

«È per questo che non potevate pubblicare il manoscritto?»

«Non in quella forma. È stata una decisione editoriale.»

«Una decisione editoriale? Strano che siano stati coinvolti i Reparti speciali della polizia.»

Grieg inclinò la testa da una parte. «A cosa si riferisce?»

«Ho con me una lettera indirizzata al capo dei Reparti speciali in cui si parla del *Cimitero del mare*. Si fa anche il suo nome.»

«Potrebbe essere un falso, giovanotto.»

«Naturalmente» disse Berg. «Ma la mia fonte è attendibile e il testo è così particolareggiato che vale la pena leggerlo con una certa attenzione.»

L'editore non rispose, gli tremava leggermente il labbro inferiore.

Berg iniziò a leggere: «Qui si dice che "il suddetto conosce bene la scrittrice Vera Margrethe Lind e la sua dimora, Rederhaugen, e ha frequentato la sospettata fin dall'infanzia, dato che andava spesso a giocare lì. Grieg conosce quindi nel dettaglio anche il sistema di tunnel che si diramano sotto l'abitazione". Su questo è d'accordo?»

«Che frequentassi Rederhaugen non è certo un segreto per nessuno.»

Berg proseguì: «"Durante un incontro di ragguaglio con la nostra fonte al Bibliotekbar dell'Hotel Bristol in data 14 aprile 1970 è emerso che la vedova Lind minacciava di rivelare in un libro tutto ciò che sapeva sulle unità di pronto impiego di Stay Behind."»

«Basta così» lo interruppe l'anziano editore.

«E c'è di più» proseguì invece Berg con un sorriso. Si schiarì la gola con fare teatrale e aggiunse: «"Alla luce di quanto appreso, in data 15 aprile sono state avviate le indagini sull'autrice ed è stato esaminato il manoscritto inedito *Il cimitero del mare*. In virtù della sentenza del pubblico ministero in data 26 aprile 1970 il manoscritto è stato confiscato nei locali della casa editrice Grieg Forlag, in Sehesteds gate 2."»

«Non voglio sentire altro.»

Berg si alzò, attraversò la stanza e si avvicinò al tavolino con le rotelle. «Capirà bene che nella biografia di Hans questa cosa non si può omettere.»

«A dire il vero, no. Questa è la storia di Vera, non di Hans.»

«Ho esposto la mia idea su come sviluppare la biografia proprio pochi giorni fa, nella sede della casa editrice» ribatté risoluto Berg. «Erano tutti d'accordo sul fatto che l'incontro fra Vera e Hans a Bergen nell'inverno del 1970, quello in cui lei spiegava al giovane liceale quali valori contano davvero nella vita...»

Con una risatina secca, Grieg lo interruppe «E quali sarebbero questi valori?»

«Che qualsiasi persona con una coscienza morale, che si tratti di uno scrittore o di un medico, ha il dovere di schierarsi dalla parte della gente comune contro i ricchi e i potenti. Che si deve essere onesti e che la verità non è mai pericolosa. Si possono dire tante cose di Hans Falck, ma è innegabile che questi valori siano fondamentali per lui.»

«Hans ha tutto il mio rispetto. Ma lei, che cosa vuole da me?»

«Stringere un accordo. Lei mi racconta cos'è davvero accaduto nel 1970 e io mi riservo il diritto di valutare se non rendere pubblico questo documento.»

«È vero» iniziò lentamente Grieg, «che di tanto in tanto parlavo con i Reparti speciali della polizia. E... sì, mi era giunto all'orecchio che Vera stesse lavorando al manoscritto del *Cimitero del mare*, così ho informato il mio contatto.»

«Un gran contributo alla libertà di parola.»

«Erano altri tempi!» La rabbia sembrava aver dato nuove energie a Grieg, ma un accesso di tosse lo costrinse a interrompersi. «Gli eroi di guerra erano ancora vivi. Ricevetti una telefonata anonima nel mio ufficio, mi comunicarono che il manoscritto doveva essere distrutto e che avrebbero perquisito le proprietà di Vera per essere certi che non ne rimanesse nemmeno una copia.»

«E lei come ha reagito?»

«Ho preso di nascosto una copia del manoscritto» rispose con un sorriso. «E l'ho data a Vera.»

Berg proseguì nella lettura: «"L'editore Grieg è uno strenuo difensore della libertà di parola e in seguito ha manifestato all'ufficiale di addestramento Tofte rimorsi di coscienza per aver denunciato un autore della casa editrice. Si ritiene quindi necessario sollevare con effetto immediato il soggetto dal ruolo di informatore dei Reparti speciali della polizia."»

«Per quarantacinque anni sono stato afflitto dai rimorsi di coscienza per l'ingiustizia subita da Vera» disse Grieg con lo sguardo perso oltre la vetrata.

«Quale modo migliore per saldare i conti con se stessi che prendere il manoscritto e assicurarsi che questa volta venga dato alle stampe? Perché è così che è andata, vero, Grieg?»

«Supponiamo che io sia in possesso del manoscritto»

disse l'editore. «Perché mai dovrei consegnare l'unico esemplare esistente del *Cimitero del mare* nelle mani di un perfetto sconosciuto?»

«Per due ragioni. La prima è che, ovviamente, non sarebbe bello per la casa editrice se venisse pubblicata la notizia che il leggendario editore Grieg era un traditore e faceva soffiate ai Reparti speciali della polizia sui suoi stessi autori. Non credo che Peder lo apprezzerebbe.»

«Traditore» sbuffò l'altro. «Le minacce non fanno effetto su un moribondo.»

Berg fissò a lungo il vecchio editore. «Se devo essere sincero, io credo che lei desiderasse il meglio per Vera Lind. Ma è stato un codardo e ha paura della famiglia Falck, soprattutto di Olav. La vera ragione per cui mi darà il manoscritto è che vogliamo la stessa cosa. Vogliamo che la verità emerga, al di là di tutto quello che Olav può dire.»

«Potremmo arrivare a un compromesso» disse Grieg. L'innato istinto dell'uomo d'affari non lo aveva abbandonato, a quanto pare, nonostante le gravi condizioni di salute. «*Il cimitero del mare* è diviso in due parti. Le dichiarazioni più controverse e diffamatorie nei riguardi di persone esplicitamente menzionate, leggi Thor Falck, possono essere comprovate dalla documentazione degli archivi privati della compagnia di piroscafi di Bergen, Det Hanseatiske Dampskibsselskab. Io sono disposto a darle la prima parte del manoscritto, ovviamente in cambio lei manterrà il più assoluto riserbo sulla faccenda dei Reparti speciali della polizia.»

A Berg non piaceva molto che fosse Grieg a dettare le condizioni.

«Vada a Bergen ed esamini gli archivi» proseguì Grieg. «Troverà le prove della veridicità di quello che Vera ha scritto. Senza prove temo che quelle pagine non valgano niente. Considererò le prove che mi mostrerà come una garanzia di fiducia. Allora, e solo allora, le permetterò di leggere anche il resto. Se vuole che il caso diventi di pubblico dominio le servono entrambe le parti del manoscritto.»

Senza dire altro si alzò e, sostenendosi al deambulatore, barcollò fino a una cassaforte murata da cui prelevò una busta marrone.

«Questo è *Il cimitero del mare*» disse.

Consegnò a Berg il plico.

«Custodisca con attenzione la seconda parte.»

«Può starne certo» disse l'editore. «Ho preso le mie precauzioni, come Vera Lind. Se dovesse accadermi qualcosa, il manoscritto è pronto per essere dato alle stampe. Adesso vada. L'assistente domiciliare sarà qui a momenti.»

***

Arrivando, Olav vide un'auto uscire dalla proprietà di Grieg. Suonò il campanello. Nessuno rispose. Erano passati molti anni dall'ultima volta che era stato lì.

Ci si vedeva soprattutto ai funerali, adesso.

La porta non era chiusa a chiave, così entrò.

«Felicia?» La voce incrinata di Grieg arrivava dal soggiorno.

«Chi è Felicia? La tua nuova amante?» chiese Olav entrando.

«Olav?!» esclamò Grieg stupito, si schiarì la gola e aggiunse: «No, non ho più interesse per quel genere di cose. Felicia è la mia assistente domiciliare, è filippina.»

Olav si sentì ribollire di impazienza.

«Dobbiamo parlare, Johan.»

«E allora parla. Sei sempre stato bravo a parlare.»

Olav si appoggiò al divano. La vista della decadenza fisica di Grieg suscitò come sempre in lui una sorta di gioia maligna. La porta a doppio battente che dava sul soggiorno era semiaperta, come se qualcuno fosse stato lì prima di lui.

Si sedette di fronte all'editore.

«"La maledizione dei Johan", non è così che la chiamano i Grieg? È per questo che hai accettato i soldi dalle forze di Stay Behind prima del 1970, non è vero? La casa editrice andava male, non avevi scelta. Ti sei dato alla bella vita anziché tenere sotto controllo le spese.»

«Ero un patriota e un anticomunista, diamine!» sbottò Grieg. «Esattamente come te» aggiunse una volta ritrovata la calma.

«Capisco perché tu ti sia comportato così. Hai fatto bene. Quel manoscritto non doveva assolutamente circolare.»

L'editore allungò la mano verso il bicchiere d'acqua, il tremito stava aumentando. Olav decise di giocarsela.

«Sei stato tu ad andare a trovare mia madre l'ultimo giorno e a portarti via il manoscritto?»

«Ma cosa stai dicendo?»

Grieg si appoggiò al tavolino con le rotelle, ma nel momento stesso in cui cercò di alzarsi in piedi gli cedettero le gambe e cadde, prima sul tavolino e poi a terra, dove rimase a dimenarsi impotente.

I bicchieri di carta con le medicine rotolarono sul pavimento, come anche la siringa con il cortisone, il telefonino e una busta che atterrò qualche metro più in là.

Grieg, in preda ai crampi, con un filo di voce gli chiese la siringa con il cortisone. «Fammi l'iniezione. Chiama... chiama un'ambulanza.»

Olav non si mosse, rimase lì in piedi, a pochi metri di distanza, tranquillo, a braccia conserte. Al di là della vetrata, in lontananza, si vedevano le luci del centro.

«Dov'è il testamento? Dov'è il manoscritto della mamma?»

Grieg vomitò.

«Mor-... morbo... di Addison... insufficienza surre-... surrenalica. Muoio, cazzo» bisbigliò.

Lentamente l'editore girò la testa in modo da poterlo guardare in faccia.

«Fammi questa cazzo di iniezione. Ti prego, Olav. Ti racconterò tutto.»

«Per l'ultima volta: dov'è?»

Rannicchiato in posizione fetale, Grieg indicò tremante la busta imbottita sul pavimento. Olav la prese, era stata aperta, ne sfilò un plico e lo sfogliò rapidamente. Era stranamente sottile. «Questo non è tutto il manoscritto» disse.

Un sorriso grottesco illuminò il viso pallido e sconvolto di Grieg, che sembrava aver ritrovato le forze. «Credi di avere il controllo su tutto, Olav. Ma non sempre arrivi primo.»

Olav, combattuto, esitò un attimo, poi s'incamminò verso la porta di casa.

«È appena stato qui un giovanotto.»

Il telefono dell'editore cominciò a squillare, Olav si fermò, retrocesse di qualche passo. Lo schermo si muoveva sul pavimento, come un rettile.

Il nome sul display era ALEXANDRA FALCK.

***

Sasha attraversò la stazione ferroviaria semideserta di Oslo S.

Grieg non le aveva risposto, ma Berg le aveva mandato un messaggio. Johnny. No, Berg. Il giorno dopo, Mads e le ragazze sarebbero partiti per la Francia, avrebbe potuto dedicare completamente le sue giornate al lavoro, un pensiero che la rendeva euforica. E se la ricerca del manoscritto di Vera l'avesse condotta altrove? Forse era di una donna che la Saga e Rederhaugen avevano bisogno adesso.

Il grande orologio accanto al tabellone sulla parete di fronte ai binari segnava le dieci e mezza. Si lasciò il Burger King e le biglietterie automatiche sulla sinistra e si affrettò verso la scala mobile.

Berg l'aspettava al pub, uno di quegli anonimi locali che si trovano in qualunque stazione ferroviaria, seduto sotto la maglietta incorniciata di Wayne Rooney.

Berg fece un cenno al barista, che subito arrivò con una media.

Sasha si accorse della valigia accanto alla gamba del tavolo e si domandò dove stesse andando.

«Ho qualcosa che credo le farebbe piacere leggere.»

«E sarebbe?»

Tirò fuori una grossa busta dallo zaino.

«Sono andato a trovare Grieg e lui mi ha dato questo.»

Aprì la busta, ne sfilò un plico di fogli ciclostilati e lo posò davanti a lei.

Sasha restò talmente sbalordita che si ritrovò a fissare le foto dei calciatori sulla parete di fronte. Com'era possibile che fosse stato lui, e non lei, a scovarlo?

«Grazie» gli disse cercando di riprendersi dallo stupore. «Questa sera me lo leggo e domani la contatto per decidere insieme il modo migliore di procedere.»

Si rese conto di quanto pedanti suonassero quelle parole. «Le garantisco che le informazioni che contiene saranno trattate in maniera assolutamente confidenziale e che la ricompenserò...»

Con uno sguardo provocatorio lui scosse la testa. «Non crederà davvero che funzioni così?»

«Si tratta della *mia* famiglia.»

«Quello che ha sotto gli occhi» disse lui picchiettando con il dito sul foglio che fungeva da copertina, «non è l'intero manoscritto. Grieg non è uno sciocco. È la prima metà. La parte che contiene "le dichiarazioni più controverse e diffamatorie nei riguardi di persone esplicitamente menzionate", per usare le sue stesse parole. Il punto è che Vera era convinta che queste dichiarazioni potessero essere provate da lettere e documenti custoditi negli archivi privati della compagnia di piroscafi Det Hanseatiske Dampskibsselskab di Bergen.»

Gli archivi erano nella vecchia proprietà dei Falck a Fana, dove Hans abitava. In quell'istante, Sasha comprese perché sua nonna era andata a Bergen per scrivere il manoscritto: era alla ricerca di munizioni.

«L'accordo è molto semplice» proseguì Berg. «Portiamo a Grieg i documenti su cui il manoscritto si basa e lui ci darà l'altra metà.»

Tirò fuori dalla tasca due biglietti. «Il treno parte fra un quarto d'ora. Ci leggeremo il manoscritto durante il viaggio. Ho prenotato un vagone letto per lei.»

«Ci leggeremo il manoscritto?» chiese Sasha guardandolo perplessa.

Salire su un treno con un perfetto sconosciuto era una follia, esattamente come discutere di segreti di famiglia con un estraneo.

«Sa che cosa mi pesava di più quando lavoravo in Medio Oriente? L'essere solo. Scrivere è un'attività da solitari. Adesso lavoreremo insieme.»

«Per me va bene» disse Sasha.

Il cimitero del mare
di Vera Lind

## Prima parte

### *Bergen*

Ecco cosa accadde quando l'espresso costiero s'inabissò.

Tutte le navi vengono costruite sulla terraferma, anche quelle destinate a finire il loro viaggio nel cimitero del mare, dove riposano coperte di conchiglie e stelle marine, circondate da variopinti pesci abissali e organismi bioluminescenti che s'infilano nei condotti di aerazione e che da tempo hanno finito di consumare i resti delle persone che si trovavano a bordo. Anche quelle navi un tempo erano state saldate dagli operai di un cantiere navale, erano rimaste ormeggiate con le gomene alla banchina mentre le bandiere sventolavano sospinte dalla leggera brezza di terra e i passeggeri salivano a bordo pieni di speranze e si appoggiavano alla battagliola.

Senza sapere che cosa riservava loro il futuro, ovviamente; del resto, nessuno lo sa. C'è dolore nell'aria, e felicità, ma soprattutto dolore, perché al mondo c'è più dolore che felicità.

Per tutti questi anni, dopo l'ultimo viaggio per mare, ho scritto. Ma non del naufragio, non di quello che è accaduto, mai. È sempre rimasto lì, sotto la superficie, come l'amianto in una vecchia casa o il cadavere in fondo a un pozzo. Fino a quando non ho compreso che l'unico modo per far restare in vita quei morti era raccontare questa storia.

Già dal giorno successivo al naufragio, il 24 ottobre 1940, quando i testimoni hanno rilasciato le loro deposizioni al tribunale distrettuale di primo grado di Salten, durante il processo tenutosi nella loggia massonica di Bodø, sono state dette molte menzogne, anche sotto giuramento, su ciò che accadde quando la DS Prinsesse Ragnhild si inabissò al largo dell'isola Landegode. I pochi prescelti che si trovarono a indagare sul naufragio convennero che l'espresso costiero fosse stato affondato da una mina britannica. Ma non è vero. La deflagrazione che lo squarciò è scoppiata all'interno, per ragioni che spero si chiariranno leggendo queste mie pagine.

La vita sarà forse iniziata in mare, ma tutti i racconti di mare hanno inizio sulla terraferma. Questo ha inizio a sud di Bergen, in una magnifica proprietà terriera in collina sul versante settentrionale del fiordo di Fana, dove abitavo insieme al piccolo Olav, appena nato, uno stuolo di domestici e mio marito Thor, quando non era fuori città.

Era un grigio sabato di ottobre del 1940. La Norvegia era sotto l'occupazione tedesca e io in ritardo come sempre. Thor si lamentava costantemente della mia incapacità di essere puntuale, di qualunque cosa si trattasse, e siccome era vero io m'infuriavo. Naturalmente non trovavo i miei documenti d'identità e quando mi venne in mente che dovevano essere nella cassaforte di Thor imprecai. Qual era la combinazione? Me l'ero dimenticata, maledizione! No, ecco... la data di nascita del primogenito al contrario, una tradizione di famiglia. Mi feci aprire lo studio dal maggiordomo ed entrai. Ma qual era la data di nascita? Il primogenito di Thor non era figlio mio. L'anno era il '35, il mese ottobre, quindi 10, e il giorno? Che fosse il 12? Girai il disco e con mio grande sollievo la cassaforte si aprì. Afferrai i documenti, attraversai quasi correndo il prato davanti a casa e raggiunsi il piazzale, dove uno stalliere caricò la mia valigia sul tassì in attesa.

La bambinaia era già in città con il piccolo Olav e Thor sarebbe arrivato direttamente dalla riunione che aveva in centro.

«Al molo dell'espresso costiero?» si accertò il tassista guardandomi attraverso lo specchietto retrovisore.

Io annuii inquieta, mi tremava la mano mentre mi incipriavo il naso. Sarei tornata al Nord, per la prima volta da quando avevo fatto lo stesso viaggio nella direzione opposta. Sarei tornata a casa, anche se a dirla così suonava strano, perché quando ero partita quattro anni prima, finita la scuola professionale, mi ero ripromessa che lassù non ci sarei mai tornata.

Non era quella, comunque, la ragione della mia inquietudine. Nell'ultimo anno avevo lavorato come segretaria all'ufficio portuale di Bergen. Thor era direttore della compagnia di piroscafi Det Hanseatiske Dampskibsselskab ed era stato lui, controvoglia, a procurarmi quel posto. Bergen era un'importante città portuale sulla costa occidentale della Norvegia, e le informazioni sul traffico marittimo erano decisive per i servizi segreti che ci giravano intorno.

Due giorni prima, in un pomeriggio piovoso, mentre andavo alla stazione *si erano* messi in contatto con me. Scrivo *si erano* perché l'uomo col cappello sbucato dal nulla nella stradina a poca distanza dall'ufficio portuale era anonimo. Aveva sollevato il cappello come per salutarmi e mi aveva chiesto: «Quali navi partono dai moli Festningskaien e Skoltegrunnskaien oggi?»

«Scusi? Cosa significa?» avevo obiettato.

«Rispondete e basta, signora Lind.»

Dopo un primo momento di esitazione, visto il tono deciso e la nota autoritaria nella voce mi ero affrettata a rispondere: «Una flottiglia tedesca di sei *Räumboote*, dragamine con dislocamento fra le 110 e le 160 tonnellate e un'autonomia di 1100 miglia nautiche, equipaggiati con cannoni C-30 e diretti a nord verso Stadt per un'operazione di sminamento. Inoltre, le navi battenti bandiera norvegese P.G. Halvorsen, Vela e Hovda, e la Juliane con bandiera danese.»

«E ditemi, signora Lind, è una dote naturale questa vostra notevole abilità mnemonica?»

Avevo scosso la testa. «La alleno quotidianamente, come si farebbe per la capacità polmonare o la forza muscolare. Ed è specifica: un giocatore di scacchi che ricorda perfettamente le mosse di apertura non è detto abbia un'ottima memoria per qualsiasi cosa. Una segretaria dell'ufficio portuale può dimenticare il compleanno di sua madre, ma il traffico marittimo lo ricorda.»

Avevamo risalito la Teatergaten fino all'incrocio con la Håkonsgate. Il mio nervosismo aveva iniziato a scemare quando l'uomo mi aveva detto: «Ci è giunta voce che sabato vi imbarcherete sull'espresso costiero diretto a nord.»

Che invadenza! Mi ero sentita spiata. «Ma come...»

«La DS Prinsesse Ragnhild ha un sontuoso salone della musica in prima classe, accostato alla parete esterna della nave c'è un divano Chesterfield, facilmente visibile dall'ingresso, affiancato da poltrone e collocato sotto una grande fotografia della regina Maud e del principe Olav. Presentatevi lì la sera del giorno della partenza, alle sette e mezza precise. Un uomo vi inviterà a ballare. In quell'occasione vi verranno date ulteriori istruzioni.»

Mi si era stretta la gola, e il petto. «Viaggio con mio marito e con mio figlio neonato. Se mi rifiutassi?»

L'uomo col cappello aveva riso scuotendo la testa. «Non lo farete. Sappiamo di complicazioni insorte nel matrimonio, e che in più di un'occasione avete mostrato una condotta licenziosa e immorale. Se vi rifiutaste, può darsi che un tribunale si veda costretto a giudicare se siete in grado o meno di prendervi cura di vostro figlio. Salone della musica, sabato, alle sette e mezza.» Aveva sollevato il cappello congedandosi, mentre io ero rimasta ferma lì, disgustata e tremante.

Il tassì arrivò a Bryggen, di sfuggita vidi le casse di aringhe e i barili di olio di fegato di merluzzo al mercato del pesce, oltrepassammo i pescherecci e le imbarcazioni da diporto che ondeggiavano sullo specchio d'acqua luccicante accanto alla banchina, lanciai occhiate inquiete ai vicoli fra i magazzini di legno dal tetto a punta.

L'espresso costiero sarebbe partito dal molo più in fondo, vicino alla fortezza Bergenhus. Aprii la portiera prima che il tassista avesse il tempo di scendere, presi la valigia e mi affrettai verso la nave ormeggiata davanti a me.

Avevo il fiatone. Non ero ancora tornata in forma dopo la gravidanza. Sul fianco dell'espresso costiero era dipinto a grandi lettere PRINSESSE RAGNHILD. Dal fumaiolo leggermente inclinato nella parte centrale della nave, un vapore nero saliva oltre le gruette delle scialuppe di salvataggio e il cassero di poppa e, prima di dissolversi in cielo, si adagiava come una coltre di fumo sulla sottile striscia di mare dalla superficie leggermente increspata.

I passeggeri, disposti lungo la battagliola, erano pronti a vedere il piroscafo salpare. C'erano signore eleganti, ossequiosi uomini d'affari e soldati tedeschi. Notai un uomo all'inizio della passerella, aveva una benda nera su un occhio, come un pirata, e non distoglieva da me quel suo sguardo da ciclope. Mi metteva a disagio, abbassai gli occhi e proseguii. Un portuale gettò una gomena al marinaio a bordo. E se non fossi arrivata in tempo, se non fossi riuscita a imbarcarmi sulla nave dove c'era mio figlio neonato?

In effetti lo sportello era già chiuso e lo scalandrone stava per essere tolto, ma con qualche discussione riuscii comunque a salire, raccontando che quattro anni prima avevo percorso la tratta in direzione opposta come cameriera della DS Dronning Maud, la nave gemella della DS Prinsesse Ragnhild. Quando passai davanti al marinaio, lui bisbigliando mi invitò alla festa che avrebbero organizzato al piano dove alloggiava il personale di camera e cucina.

Posai il piede sul ponte in teak. Camminare sul legno flessibile era quasi come passeggiare su un sentiero nel bosco. Gli stantuffi martellavano. Mi misi in coda alla biglietteria della parte centrale della nave. Ero attorniata da uomini d'affari che insistevano per un passaggio alla prima classe, trasandati capitani di pescherecci e rigidi seminaristi che esigevano i pasti per l'intera traversata.

A un tratto scorsi a poppa la robusta bambinaia Ragnfrid, teneva nell'incavo di un braccio un fagotto di stoffa e l'altra mano appoggiata all'asta della bandiera. Mi feci strada fra i capannelli di persone, corsi per gli ultimi metri che mi separavano dal piccolo Olav e lo presi fra le braccia.

Si mise subito a piangere.

«Vi ho cercata dappertutto» disse Ragnfrid. «Ho pensato che aveste perso la nave.» Strinse le labbra, si vedevano già le prime rughe. «Arrivate sempre in ritardo, signora Vera.»

Come se non bastasse, non riuscivo a tranquillizzare Olav. Poi la bambinaia tirò fuori dalla borsa il biberon e lo infilò tra le labbra spalancate del piccolo, il pianto si interruppe immediatamente.

«Avevo una cosa importante da fare prima di partire.»

Ragnfrid posò le mani sui fianchi larghi. «E ditemi, cosa c'è di più importante che salire in tempo sulla nave dov'è imbarcato vostro figlio?»

Originaria di una delle isole all'estremo Nord della regione, Ragnfrid era la moglie bassa e tozza di un pescatore. Aveva cresciuto uno stuolo di bambini, verosimilmente più con piglio luterano che con amore. Di età indefinita, aveva sul mento una grande voglia da cui spuntavano lunghi peli neri che catturavano sempre il mio sguardo quando le parlavo. Girava voce che avesse messo al mondo un figlio l'anno prima, ma per me dimostrava sessant'anni. Dopo che il marito era morto in mare si era trasferita in città e aveva iniziato a fare la bambinaia per le famiglie benestanti. E così era arrivata anche dai Falck.

Ai suoi occhi penetranti color chicco di caffè non sfuggiva nulla di me. Dei benestanti non sparlava mai, che loro fossero ricchi e lei povera era nell'ordine naturale delle cose. In me, invece, vedeva un'arrampicatrice sociale, una donna del suo stesso ceto che nascondeva la cadenza dialettale e se ne andava in giro in abiti con le trine acquistati a spese della famiglia Falck.

«Riprendi pure fiato, ci penso io a Olav» le dissi.

Ragnfrid si appoggiò pensierosa alla battagliola. «Che cos'ha esattamente vostra madre?»

«Tubercolosi» risposi rapida. «Si sta aggravando.»

«Speriamo che riesca a vedere il piccolo Olav.»

«Già.» Le strinsi la mano, grande e paffuta. «Grazie per l'aiuto, Ragnfrid. Thor dov'è?»

«Nella cabina dell'armatore, credo.»

Rimasi a poppa mentre la nave salpava e lasciava il fiordo. Olav appoggiò al mio petto, sul cappotto, la testolina dai capelli soffici come il pelo di un gattino.

Al solo pensiero di incontrarlo rabbrividii, ma sapevo che non potevo lasciarmi sfuggire questa occasione. Dovevo andarmene via, via da Thor e dalla sua vile collaborazione attraverso la compagnia di navigazione, via dall'opulenza dei Falck che non mi apparteneva.

Era sabato mattina. In meno di quarantott'ore avremmo attraccato al porto di Trondheim. E lì lo avrei incontrato. Non ci vedevamo dal raduno nazionale dell'anno prima, ma ci eravamo scritti assiduamente. La mano posata sulla battagliola tremava. Come sarebbe andata? Il ritmo degli stantuffi aumentava, l'espresso costiero guadagnava velocità. La città ai piedi del monte Fløyen sparì alla nostra vista. La scia pareva un lungo e serpeggiante strascico nuziale bianco sulla superficie grigioblu dell'acqua.

Se le cose fossero andate come avevo previsto, saremmo stati liberi. Ma quanto valeva la libertà in un paese occupato?

*Florø*

A distanza di molti anni sento ancora la brezza salata incipriarmi le guance mescolandosi al fumo nero del piroscafo e i colpi degli stantuffi dal ventre della nave.

Sono passati trent'anni. In questo piovoso inverno del 1970 sono tornata a Hordnes, la tenuta dei Falck di Bergen. Fatta eccezione per qualche breve visita, non ci ero praticamente più stata dopo essermi trasferita a Rederhaugen con Olav alla fine della guerra. Bergen mi ricordava troppo quello che era accaduto. Il pretesto stavolta è quello di trovare *ispirazione* e *tranquillità*, come dicono gli scrittori se vogliono andare dall'amante o ritagliarsi del tempo per sé. Ma a chi importa? Non ho marito, e per come Olav amministra Rederhaugen io sono solo una palla al piede.

Seduta a un tavolo nella vecchia mansarda della dépendance che ospita anche gli archivi privati della Compagnia di navigazione Falck, dalla finestra vedo i tetti aguzzi della villa in stile chalet svizzero e più oltre il fiordo scuro, carico di pioggia. Ho iniziato da poco a esaminare i documenti che occupano tutte e quattro le pareti, coprendole da cima a fondo, di una stanza senza finestre.

Ma i ricordi continuano a riportarmi al passato, è così che funziona la mente umana: su quella nave nel 1940. Me ne stavo lì sul ponte, davanti alla biglietteria, ad aspettare il commissario di bordo che mi avrebbe accompagnato nella cabina dell'armatore. Dal momento che quattro anni prima avevo lavorato sulla Dronning Maud e che la Prinsesse Ragnhild altro non era che una nave gemella leggermente più grande e moderna costruita dalla stessa compagnia di navigazione, Det Nordenfjeldske Dampskibsselskab di Trondheim, sapevo esattamente che cosa ci fosse sotto il ponte di passeggiata. All'estremità della prua, in fondo al ponte di corridoio giù in basso, si trovavano gli stretti alloggi riservati al personale femminile di camera e a quello maschile di cambusa e cucina. Sul ponte soprastante, invece, c'erano gli alloggi del basso equipaggio, ovvero di giovanotti, ingrassatori e macchinisti, di tutti quelli, insomma, che non avevano fasce dorate sulle maniche; e infine, all'estremità, dove la prua si assottigliava, l'alloggio del nostromo.

In fondo, verso poppa, all'incirca sotto i saloni del terzo ponte, c'era la sala macchine; capitava solo di rado che fuochisti e macchinisti facessero capolino da quei locali roventi. Non li si vedeva praticamente mai, se ne stavano per conto loro.

Nella mezzeria, dove mi trovavo, gradi e salari erano più alti. Sopra di me, accanto al ponte di comando, c'erano le cabine del capitano, del primo e secondo ufficiale, del pilota e del telegrafista. Ma il vero cuore pulsante della nave era la biglietteria: l'ufficiale di coperta che la presidiava svolgeva non solo la funzione di addetto alla ricezione, ma anche di medico, poliziotto e amico in caso di bisogno.

Il commissario di bordo alzò una mano. «Signora Falck?» Mi accompagnò verso prua sotto il ponte coperto, fino alle scale che portavano alla sala da pranzo, da lì salimmo verso i saloni di prima classe, sotto il ponte di comando dov'era la plancia. Ma anziché prendere a destra in cima alle scale, il commissario di bordo aprì una porta in mogano laccato sulla sinistra.

La cabina aveva un ampio letto dal lato della paratia, una piccola scrivania, un lavabo e un angolo salotto in pelle sotto l'oblò che si affacciava sul ponte. La stanza odorava di dopobarba, sigarette e liquore. Thor, immobile, guardava fuori. Elegante come sempre, portava un abito rigato scuro e scarpe basse fatte a mano. Si voltò lentamente, aveva il nodo della cravatta allentato.

«Andate pure» disse rivolto al commissario di bordo. «Desidero parlare con mia moglie.»

«Vera...» Mi diede un bacio sulla guancia.

«Non vedi Olav da quando aveva pochi giorni» dissi porgendogli il fagotto. Dopo aver contratto il matrimonio, Thor aveva preteso che continuassi a rivolgermi a lui dandogli del *voi*, a quanto pare si trattava di un'antica tradizione in uso nell'aristocrazia del continente, soprattutto in Francia. Io, però, mi ero rifiutata categoricamente, dare del voi a mio marito significava per me rompere con il mondo in cui ero cresciuta e con i valori che mi stavano a cuore. Avevo raccontato a Thor quello che avevo letto in un libro dello scrittore britannico George Orwell: quando gli anarchici avevano preso il potere nella città spagnola di Barcellona durante la prima fase della guerra civile, il *voi* era stato abolito, sostituito esattamente come i completi e i cappelli a cilindro erano stati sostituiti da baschi e salopette. Thor provava una forte attrazione per me, al tempo, così era scoppiato in quella risata secca che lo contraddistingueva e, accarezzandomi i capelli, mi aveva detto: «Oh, Vera, Vera... E allora diamoci del tu.»

Thor gettò una rapida occhiata a Olav, che teneva con un certo disagio fra le braccia quasi tese. «È cresciuto» constatò laconico, subito prima di ridarlo a me. «Ci sono voluti tempo e fatica per convincere gli ufficiali tedeschi a lasciarmi la cabina dell'armatore» aggiunse. «Uno Sturmbannführer della polizia segreta ha avuto la cabina accanto alla nostra.»

Ai piedi del letto c'era la valigia aperta e nell'armadio dietro di me tre completi, un paio di scarpe eleganti e degli scarponi invernali in cuoio. Thor, in piedi accanto all'oblò, continuava a sbirciare fuori, in parte dandomi le spalle.

«Mi rimorde la coscienza quando penso a mia madre» dissi. «Ho così tanta paura che possa morire prima del nostro arrivo.»

Thor mi accarezzò la schiena, un po' goffamente.

Eravamo sposati da soli due anni, ma le nostre vite avevano già iniziato a scivolare in direzioni diverse. Thor era molto più grande di me ed era un armatore di terza generazione. Dirigeva Det Hanseatiske Dampskibsselskab, fiore all'occhiello della Compagnia di navigazione Falck.

Det Hanseatiske Dampskibsselskab consisteva in un'ampia flotta di piroscafi in servizio sia in patria che all'estero, e in quel primo anno di guerra Thor aveva lavorato a stretto contatto con la concorrente Det Nordenfjeldske Dampskibsselskab, sviluppando un rapporto di collaborazione con la compagnia che possedeva molti espressi costieri, fra cui la DS Prinsesse Ragnhild.

Thor aveva così acquisito una posizione strategica che all'epoca pochissimi altri norvegesi potevano vantare. Nella lunga Norvegia, prima che si diffondesse il trasporto via aerea e su ruote, erano le rotte che seguivano la costa l'unico modo per trasportare merci e persone. Questo tipo di collegamento affondava storicamente le sue radici nel passato: per secoli, i marinai a bordo dei tradizionali *jekt* a vela quadra si erano spinti verso sud per vendere il pesce essiccato, e sulla via del ritorno avevano trasportato frumento e altri prodotti che al Nord scarseggiavano. L'espresso costiero era il collegamento vitale che univa i fondali pescosi del Nord alle importanti città mercantili del Vestlandet.

Il controllo strategico della rotta costiera divenne ancora più importante dopo l'occupazione del suolo norvegese da parte di diverse centinaia di migliaia di soldati tedeschi. Avrebbero costruito opere difensive e rafforzato il fronte settentrionale in vista di un'eventuale violazione del patto di non aggressione stretto con l'Unione Sovietica.

«Vera» disse Thor con voce più mite, sedendosi sul letto. «Vieni qui, mia cara.»

Con delicatezza, in modo che il piccolo non si svegliasse, feci scivolare la cesta sul pavimento fin sotto il lavabo e mi sedetti accanto a Thor. Aveva quindici anni più di me, proveniva da un ambiente sociale e da un'epoca completamente diversi, in cui i maschi dovevano essere corpulenti e andare in giro con papillon, tight e *lorgnette*.

Tuttavia, proprio questo racchiudeva anche quel che avevo sempre apprezzato in lui: mi piaceva il suo essere così prevedibile. I miei nervi a fior di pelle non lo turbavano affatto. Se, contro ogni aspettativa, avesse letto un libro di Virginia Woolf, di Sigmund Freud o di qualche altro spirito moderno dotato di una certa sensibilità, avrebbe probabilmente pensato che le loro nevrosi gli fossero estranee tanto quanto lo era ai miei occhi la vendetta nelle saghe islandesi. Thor non se ne andava in giro mangiandosi le unghie per qualunque cosa e non pensava che il giorno del giudizio fosse imminente, nonostante l'occupazione tedesca e le notizie sconfortanti che arrivavano dal fronte occidentale.

«Che i nazisti siano degli zotici volgari è fuor di dubbio» era capace di dire sorseggiando il caffè del mattino a Hordnes, «ma sono dell'idea che queste persecuzioni degli ebrei in Germania siano state ingigantite a dismisura.»

Thor mi accarezzò dolcemente la schiena, sentii la sua grande mano scivolare fin sui fianchi e anche più giù, lentamente e con rassicurante naturalezza.

«Vera, so bene quanto sia difficile per te questa situazione. Con tua madre molto malata. Con un neonato che dà tanto da fare.»

«Mi sento così sola» gli dissi. «Vorrei che passassi più tempo a casa.»

Evitò il mio sguardo, scosse la testa irritato. «Le nostre proprietà non si pagano da sole. La vita che vivi non è certo regalata.»

Trasalii e mi divincolai allontanandomi da lui. «Se è una questione di denaro, posso anche dormire sul pavimento della stiva.»

Mi cinse le spalle con il suo grosso braccio. «Dormirai qui, naturalmente, insieme a me. Avremmo potuto viaggiare in condizioni migliori, è vero, ma siamo pur sempre diretti a nord e costeggeremo paesaggi di una bellezza senza eguali.»

Mi accarezzò il collo con un dito. «Ti amo, mia cara.»

Mi baciò sul collo, le sue labbra scesero fino allo sterno e ancor più giù, fino a incontrare il reggipetto e poi lungo il pizzo. Chiusi gli occhi. Ma quando una delle sue mani cercò di insinuarsi fra le mie cosce, li riaprii e il mio sguardo cominciò a vagare da una parete all'altra.

«No» bisbigliai.

Le sue labbra mi sfiorarono l'orecchio. «Perché no?»

Imbarazzato e risentito si allontanò da me.

Restammo sdraiati lì, a fissare ognuno davanti a sé. I pistoni battevano, al di là delle pareti si udivano voci lontane, risate, un brusio concitato.

Pochi istanti dopo, Olav cominciò a piangere. Lo presi dalla cesta, lo cullai fra le mie braccia, lo baciai delicatamente sulla fontanella alla sommità del capo, inspirai l'odore dolciastro e lievemente nauseante dei suoi soffici capelli, avvicinai al seno la boccuccia da uccellino spalancata e lui ci si attaccò, succhiando con l'inspiegabile forza che qualunque neonato indifeso possiede.

«Ho riflettuto» disse Thor dopo che ebbi rimesso nella cesta Olav.

Per la sua mentalità, i padri non avevano nulla a che spartire con un figlio finché non fosse stato abbastanza cresciuto da poter imparare le virtù maschili. Un giorno, Olav e il suo fratellastro Per, un bambino smorto e malaticcio di cinque anni più grande, frutto del primo matrimonio di Thor, avrebbero ereditato la sua attività, e prepararli a quel passo era compito suo. Fino a quel momento, invece, sarebbero stati altri a reggere il timone.

«Ragnfrid ha avuto da poco un figlio» disse Thor. «Potrebbe fare da balia a Olav.»

Un odore dolciastro di feci si levò dalla cesta. Adagiai Olav su una coperta in lana che avevo steso sul letto, lo lavai e lo cambiai.

«A me piace occuparmi di Olav» ribattei. «Fosse per me non avremmo nemmeno una bambinaia.»

A Thor i bambini non interessavano ed era cresciuto con uno stuolo di bambinaie, balie e governanti, perciò non mi capiva. Non aveva idea di come avevo vissuto io e di come funzionavano le cose dalle mie parti, di cosa significasse dover assicurare le case con tiranti durante le tormente invernali o trascinarsi faticosamente fino alle stalle per nutrire gli animali quando c'era una tempesta. Come avrebbe potuto comprendere la soddisfazione e la felicità che si prova il sabato dopo aver tirato a lucido la casa, lui che non si era mai occupato di faccende domestiche? Se alle donne delle mie parti avessero offerto una bambinaia per avere più tempo da dedicare ai loro progetti artistici, avrebbero scosso la testa sbalordite e alzato gli occhi al cielo.

«Sono convinto che ti piacerebbe anche la libertà che avere una balia ti darebbe, se ci rifletti.»

Fin da ragazzina avevo badato ai figli degli altri, perciò perché non avrei dovuto occuparmi del mio? Lo adoravo, lo amavo più di quanto avrei potuto immaginare già mentre lo aspettavo e passeggiavo nella tenuta di Hordnes a Fana, in quella lunga e cupa primavera e inizio d'estate del 1940. Era nato in luglio.

Dopo la sua nascita vedevo la realtà sotto una luce diversa, erano cambiati i colori e la mia vita somigliava a quello stato di transizione fra la veglia e i sogni che a volte ti resta addosso fino alle prime ore del mattino. Il mio corpo non era più lo stesso, era lacerato, la pelle tesa e luminosa. La prospettiva era diversa. Le piccole cose erano diventate importanti, il rigurgito sul collo della camicetta, il neonato che mostra la lingua mentre lo cambi. Mentre mi lasciavano indifferente le grandi domande senza tempo, l'immensità del cielo stellato, la continuità della stirpe.

Ma la guerra... non riuscivo a farmene una ragione, né dei soldati tedeschi che marciavano per le strade, né delle notizie secondo cui la Wehrmacht andava dilagando nell'Europa occidentale come inchiostro su un foglio.

Quando Olav era nato, Thor non era a Bergen, era arrivato in città un paio di settimane più tardi per vedere suo figlio. Un piovoso giorno di agosto aveva inviato un telegramma a Hordnes chiedendomi di raggiungerlo con il neonato alla sede della Compagnia di navigazione Falck.

Mi aspettava nel suo ufficio, insieme a un medico. Mi baciò freddamente su una guancia, poi fece un cenno in direzione del medico, che prese il piccolo, lo adagiò su una coperta, gli diede dell'acqua zuccherata e gli prelevò del sangue dal tallone provocando uno strillo di dolore.

«Cosa *significa*?» gli chiesi, anche se un'idea me l'ero fatta.

«Si tratta di una semplice formalità.»

«Ma che idea ti sei fatto di me?»

«Allora non hai ragione di inquietarti» rispose stringendosi nelle spalle. Il silenzio che seguì era soffocante, assordante. Fuori pioveva.

Dopo un lungo momento il medico tornò.

«È AB+» annunciò con sollievo. «La scienza ha fatto passi da gigante e, considerato il vostro gruppo sanguigno, possiamo affermare con un grado quasi assoluto di certezza che voi due siete i genitori biologici del neonato.»

Capita spesso che i momenti decisivi si svelino a noi solo a posteriori, e io non ho alcun dubbio, è stato allora che ho preso quella decisione. Dovevo andarmene, da Thor, da Bergen, da tutto ciò che era diventato mio senza esserlo mai stato davvero.

«Non mi piace l'idea che Ragnfrid e Olav debbano dormire diversi ponti sotto di noi» dissi dopo un breve silenzio. «E se succedesse qualcosa?»

«Non hai niente da temere» mi rispose. «I nostri espressi costieri non hanno avuto nessun incidente dall'occupazione in poi. La Prinsesse Ragnhild è addirittura dotata di ecoscandaglio. E poi...» aggiunse, «l'ammiraglio Carax, comandante in capo della flotta tedesca responsabile della costa occidentale norvegese, e sua moglie ci hanno invitato a cena. Domani, credo.»

Avrei voluto chiedergli ragione della sua evidente collaborazione, ma considerato il mio recente passaggio alla bandiera del movimento di resistenza sarebbe stato controproducente. Al tempo stesso avrebbe creato dei sospetti se mi fossi limitata a sorridere e assecondarlo, perché Thor conosceva bene le mie idee politiche radicali. Finii per adottare una sorta di posizione intermedia.

«Non sarebbe provocatorio intrattenersi a tavola con un ammiraglio tedesco?»

Thor sospirò. «Forse nelle tue cerchie eversive, dove la gente vive di aria e amore. Ma io ho dei posti di lavoro da salvaguardare.»

Mi strinsi nelle spalle.

«Fra l'altro, il capitano ha espresso il desiderio che tu sia presente a cena questa sera.»

«Incontrerò volentieri il capitano» risposi educatamente. Thor si chiuse la porta alle spalle. A Olav sfuggì un gemito nella cesta, ma si riaddormentò subito. Andai al lavabo e osservai la mia immagine riflessa, sforzandomi di non piangere. C'è sempre qualcosa a cui guardare con speranza. Nel giro di due giorni saremmo sbarcati a Trondheim, e altri due giorni dopo tutto ciò che conoscevo sarebbe finito, avrei voltato pagina e ricominciato.

Mi cambiai e scesi nella sala da pranzo della prima classe, che si trovava esattamente alla fine delle scale che partivano dalla cabina dell'armatore. Sul pianerottolo esterno scorsi di nuovo l'ufficiale tedesco con la benda sull'occhio. Ebbi l'impressione che mi stesse osservando, mi accorsi che la benda in realtà era marrone scuro e tenuta su da un elastico nero che attraversava obliquamente la fronte.

Varcata la soglia, l'odore di merluzzo appena pescato mi investì. Thor era seduto allo stesso tavolo di un signore di bassa statura, sulla cinquantina, con capelli biondi e ricci, lo sguardo vigile e quattro galloni sulle maniche della giacca.

«Capitano Brækhus, le presento mia moglie» disse Thor in tono formale.

Servirono merluzzo fresco con patate lesse, carote grattugiate e noci di burro al prezzemolo, burro vero. I cuochi disposero le pietanze su grandi vassoi d'argento, i filetti di merluzzo tremolavano al ritmo delle vibrazioni della nave. Il capitano Brækhus ci spiegò che sulle navi la situazione non rispecchiava certo quella delle città, dove la scarsità di cibo cominciava a essere un problema tangibile. Il mare era come una dispensa eterna, disse.

Mangiai lentamente, assaporando il gusto delicato e la consistenza friabile del pesce, che ben si accompagnava alla dolcezza delle verdure e al nutriente burro aromatizzato con prezzemolo riccio tritato.

«Il nostro paese si estende in lunghezza, la tratta costiera è la nostra via maestra! Ma ditemi, è la prima volta che la giovane signora viaggia su un espresso costiero?»

Scossi la testa.

«Sono originaria del Nord» gli risposi. «Ho prestato servizio come cameriera sulla DS Dronning Maud quando sono scesa a sud dopo aver portato a termine la scuola professionale.» Indicai verso prua. «Dormivo lì, sotto il cassero, negli alloggi riservati al personale femminile di camera. Li chiamavamo scherzosamente "la topaia", con una chiara allusione a certe prerogative femminili.»

Mi accorsi di aver messo in imbarazzo Thor, il capitano Brækhus invece pareva divertito.

«La Dronning Maud, la nostra nave gemella!» esclamò entusiasta. «Posso assicurarvi che le comodità sulla DS Prinsesse Ragnhild sono di livello decisamente superiore.»

«Mia moglie è dispensata da quel genere di incombenze, adesso» disse Thor accarezzandomi la schiena; sobbalzai non appena mi toccò.

«Una cameriera della Dronning Maud» ripeté con un sorriso il capitano schioccando le labbra. «Vi siete sposato con una donna decisamente solida, direttore Falck.»

«Senz'ombra di dubbio» ribatté Thor con una risata che tradiva il suo disagio.

«E ditemi, di cosa vi occupate quando non lavorate come segretaria all'ufficio portuale?» mi chiese il capitano.

«Scrivo» gli risposi seria.

Brækhus annuì con fare eloquente. «E di che cosa?»

Al tempo la scrittura non era altro per me che una lontana ambizione. C'era un divario abissale fra i miei sogni e i frammenti di testi che mettevo nero su bianco. Nel bluffare, invece, ero già piuttosto esperta. E così osai. «Sono cresciuta sulla costa. È nel mare che la vita ha avuto origine, eppure ci sono poche cose che temiamo come l'acqua. Sono sempre stata affascinata dai naufragi.»

«Vera...» intervenne Thor. «Questo tipo di riflessioni mi sembra fuori luogo.»

«Tutt'altro» ribatté il capitano con un sorriso. «È un argomento interessante.»

«Nutro da sempre una grande ammirazione per il codice d'onore marittimo» gli dissi, fissandolo intensamente.

«A che cosa vi riferite di preciso?»

«Al fatto che il capitano affonda con la nave.»

«Avete perfettamente ragione» dichiarò Brækhus in completo accordo con me. Non sapeva che di lì a pochi giorni si sarebbe trovato esattamente in quella situazione, come testimonia la sua deposizione:

L'espresso costiero si sollevò e s'inabissò. Vide le persone aggrapparsi alla battagliola mentre la nave affondava. Il capitano racconta di essere stato trascinato giù, nelle profondità del mare, e di aver bevuto molto. Quando riemerse, dell'imbarcazione non c'era più traccia, ma vide parecchi detriti galleggiare qua e là e sentì le grida di molte persone tutt'intorno a lui.

Ma cosa poteva saperne il capitano Bríkhus, cosa potevamo saperne del nostro futuro noi tutti, seduti nel salone ristorante della prima classe?

***

Mancavano cinque minuti alle sette e mezza. Lasciai il salone ristorante e uscii sul pianerottolo ricoperto di feltro a scacchi rossi da cui si accedeva a una sfarzosa scala con specchi alle pareti. La nave beccheggiava leggermente avvicinandosi al porto. I pistoni battevano, la velocità diminuiva, a breve l'espresso costiero avrebbe attraccato a Florø. Dal pianerottolo si sentivano le voci concitate e piene di aspettativa provenienti dai saloni ai ponti superiori. Afferrai il freddo corrimano in ottone e salii.

Il secondo ufficiale, che in quel momento stava scendendo tutto impettito, sollevò il cappello in segno di saluto, poi la sua schiena svanì dallo specchio del mezzanino.

Due ambulanti piuttosto brilli fischiarono quando passai loro davanti.

Arrivata al pianerottolo seguii il semicerchio del vano scale fino alla stretta porta che conduceva al guardaroba, illuminata dalla luce tremolante e intermittente di una candela. Una guardarobiera corpulenta appese il mio cappotto a una gruccia. Seguendo il brusio delle voci, spinsi un'anta della porta a ventola con oblò dai vetri ricurvi e pannelli in mogano intagliati con motivi norreni, ed entrai nel salone fumatori.

Riuscii a intravedere i contorni della costa, con le restrizioni dovute all'oscuramento avevamo sviluppato tutti una visione notturna da gatti. La DS Prinsesse Ragnhild si accostò per le manovre di ormeggio, sentii lo scambio di comandi gridati da marinai e portuali, il rumore del verricello da carico che veniva preparato.

Ero l'unica ospite e la cosa non mi piaceva per niente, avrei voluto confondermi nella moltitudine, non certo spiccare. Oltre a me c'erano solo la regina Maud e il giovane principe Olav che mi guardavano dall'alto di un ritratto fotografico appeso fra due oblò oscurati sulla parete esterna.

Per ingannare l'attesa fumai una sigaretta, mi incipriai il naso. Il salone della musica non era grande: tre divani Chesterfield fiancheggiati da tavolini bassi e poltrone, un pianoforte nero vicino all'uscita, una piccola pista da ballo al centro.

Le porte a ventola si aprirono, entrarono due ufficiali tedeschi tutti impettiti e con il berretto maliziosamente sottobraccio, uno dei due portava un vassoio pieno di bicchieri di cristallo. Mi salutarono con un cenno amichevole, io soffiai dal naso il fumo di sigaretta senza incrociare i loro sguardi. Sulle loro uniformi vidi dei teschi, erano uomini delle SS. Mi accesi un'altra sigaretta, anche se tutte quelle sigarette che avrebbero dovuto calmarmi i nervi in realtà non facevano che nausearmi. L'abito di trine mi stringeva la vita.

Gli uomini sono in grado di avvertire l'odore della paura, come i cani?

Sudavo, gelavo.

Poi, avvolta in un vestito verde chiaro, fece il suo ingresso la pianista della serata. Portava i capelli neri raccolti in uno chignon che metteva in risalto le orecchie leggermente a sventola e il grande naso sul viso asimmetrico. Bella non si poteva certo definire, ma attraente sì, allo stesso modo di una cantante di cabaret parigino logorata dalla vita. Si sedette e controllò l'accordatura del piano, rimasi incantata dai movimenti eleganti delle sue dita sui tasti.

Guardai l'orologio: otto meno un quarto. Il salone si riempì di ufficiali tedeschi e passeggeri locali. Perché l'uomo nel vicolo mi aveva chiesto di venire proprio qui? Era una trappola. I pensieri mi vorticavano nella testa, giravano in tondo come un criceto sulla ruota. Ero perduta. L'appuntamento era una scusa, un'esca a cui ero stata tanto ingenua da abboccare.

Gli ufficiali delle SS levarono i bicchieri e brindarono guardando verso di me.

Dov'era l'uomo che avrebbe dovuto invitarmi a ballare?

«Vostra maestà, aiutatemi» bisbigliai fissando implorante il ritratto della regina Maud.

Alla mia destra si erano accomodati due uomini e una donna. La donna, che avrà avuto la mia età, portava i capelli acconciati secondo la moda delle dive del cinematografo, con la riga dritta al centro e le ciocche inumidite e ben pettinate. Era incredibilmente bella. Con gesti teatrali mi chiese da accendere e io le porsi l'accendino. La donna arrotava la "r", come fanno nel Sunnmøre.

«Siete sola?»

Annuii.

«Potete unirvi a noi, se volete.»

«Magari più tardi.»

Il rombo dei motori si intensificò.

Se solo lasciassimo il porto, pensai, in mare aperto saremmo al sicuro. In quel momento un uomo si affacciò alla porta. Nella luce fioca intravidi una cicatrice diagonale che si allungava sul suo viso.

Mi squadrò, senza dire una parola. Lasciò vagare lo sguardo nel salone, sfiorando i norvegesi, la pianista e i tedeschi. Poi, dopo un cenno di saluto rivolto alla donna che avevo accanto, si accomodò su una poltrona in pelle.

«Siete diretta a nord?» mi chiese.

«Mia madre è gravemente malata» risposi. «Tubercolosi.»

«Mi dispiace.»

«Dove scenderete?»

«Alle Lofoten.»

«Il luogo di nascita dell'espresso costiero.» La voce dell'uomo si mescolava alla musica del pianoforte e al brusio delle voci. «Mi sono sempre trovato bene su al Nord. Avete una mentalità più aperta, lì. Ah, scusatemi... Henry Hagemann, piacere di conoscerla.»

Ci presentammo senza stringerci la mano. «L'espresso costiero è originario delle Vesterålen» lo corressi.

La pianista cantava *How Deep is the Ocean (How High is the Sky)* di Bing Crosby.

Lui posò un portasigarette sul tavolino, coprendolo con la mano lo spinse discretamente verso di me. La superficie lucida risplendeva, interrotta solo da un'incisione smaltata, una gomena avvolta a cerchio con le lettere N e F sopra e D e S sotto.

«Da lontano sembra d'argento, non è vero? Se permettete, vi offro una sigaretta...»

Si allungò sul tavolino e me la accese.

«E invece è di semplice alpacca, una lega di rame, zinco e nichel» proseguì mentre io osservavo il portasigarette. «Una superficie splendente spesso può nascondere il suo contrario. Niente è come sembra. L'alpacca resiste molto bene alla corrosione anche sott'acqua e non si arrugginisce.»

Perlustrò il locale con lo sguardo.

«Il portasigarette è vostro. Portatelo nella tasca interna.»

Fissò l'astuccio di alpacca, e poi fissò me.

«Un ballo?»

Ci alzammo, mi condusse sulla pista.

«Prima di fare quello che mi chiedete, vorrei delle garanzie» gli dissi.

«Non sono sicuro di capire che cosa intendete.»

«Garanzie sul fatto che conoscete delle persone in grado di aiutarmi a varcare il confine.»

Senza smettere di ballare, Hagemann bisbigliò: «Il direttore Falck, vostro marito, ha in programma di incontrarsi con diverse autorità tedesche a bordo. Avete mai sentito parlare dell'ammiraglio Carax?»

«Mio marito è un patriota» bisbigliai di rimando. «Non ho intenzione di spiarlo.»

«Otto Carax è l'*Admiral der norwegischen Westküste*. In pratica, è colui che requisisce truppe e materiali bellici lungo la costa. A vostro marito proporrà una più stretta collaborazione fra le autorità tedesche e le sue compagnie di navigazione.»

Sentii il battito del cuore accelerare, ma non dissi una parola. Non mi facevo grandi illusioni su Thor, ma una camicia bruna non era di certo.

«Quando sbarcheremo a Trondheim lunedì, fra due giorni, fate in modo di trovarvi nella sala da pranzo dell'Hotel Britannia, la Palmehaven. Alle undici in punto un uomo, sul lato sinistro della porta d'ingresso, vi chiederà una sigaretta. A quel punto aprirete l'astuccio che vi ho lasciato e gliela darete.»

«Grazie per il ballo» gli dissi.

Henry Hagemann mi ricondusse galantemente all'angolo con le poltrone e senza dire altro uscì svelto dal salone.

Presi il portasigarette e lo aprii. Le sigarette erano tenute ben in fila da un elastico, quella che mi aveva dato di nascosto era di un paio di millimetri più corta delle altre, di un colore leggermente giallognolo. Si distingueva. La paura si mescolò in me all'orgoglio. Non era forse quello che avevo sempre sognato? Fare qualcosa per la patria?

Cos'erano quelle voci?

Aguzzai le orecchie.

Le voci sembrarono aumentare di volume.

Ed ecco all'improvviso un'intensa striscia luminosa aprirsi un varco attraverso i due battenti della porta a ventola. Per una frazione di secondo il salone fu inondato di luce, o almeno quello fu l'effetto ai nostri occhi abituati all'oscurità. Le persone si guardarono intorno smarrite, come chi si trova in una sala da ballo quando si accendono le luci, rivelando difetti fino a quel momento rimasti nascosti.

I battenti si spalancarono, i soldati tedeschi fecero irruzione.

*Florø-Måløy*

Erano almeno una decina di soldati armati, seguiti da due uomini in cappotto grigio e con le insegne della polizia segreta. Era successo tutto così rapidamente che le persone nel salone erano rimaste come impietrite.

Le candele si spensero, solo una continuò a tremolare solitaria.

Comandi nervosi risuonarono nei saloni, sbattere di porte e latrare di pastori tedeschi con la bava alla bocca che dovevano essere trattenuti a forza dai guinzagli.

«Che nessuno si muova!» tuonò l'ufficiale della Gestapo. Indossava camicia bianca e cravatta, una giacca a doppio petto semplice ed elegante, con bottoni dorati e ampi risvolti. L'uniforme piuttosto aderente ne metteva in risalto il fisico atletico. Il viso era affilato e la mascella marcata.

Gli uomini delle SS si alzarono e salutarono, gli ufficiali di marina tedeschi scattarono sull'attenti.

I soldati puntarono su di noi torce e canne dei fucili.

Il portasigarette sul tavolo davanti a me risplendette colpito dai fasci di luce. Che Hagemann mi avesse ingannata? Per un istante il terrore mi paralizzò. Non poteva che essere una trappola, tesa apposta per me. Come avevo potuto essere tanto ingenua?!

«I norvegesi nell'angolo a destra» intimò il comandante della Gestapo. Biondo e alto, sui trent'anni, se ne stava lì tutto impettito e rigido, con il mento all'insù, a impartire ordini in tono asciutto e inequivocabile.

La pianista lanciò qualche maledizione contro i militari e fu subito trascinata al nostro angolo da due soldati semplici. Oltre a me, e ai due uomini e alla donna del Sunnmøre che mi sedevano accanto, di norvegesi ce n'era solamente un altro paio. Ci stringemmo fra due poltrone e un tavolino.

Da lassù sulla parete, la regina Maud ci fissava.

L'ultima candela si consumò, il fumo si disperse nel salone.

«Mi presento: Sturmbannführer Müller» disse quello che pareva il capo. «Adesso tocca a voi.»

Fece un cenno alla giovane donna del Sunnmøre.

«Betsy Flisdal.»

«Professione e motivo del viaggio?»

«Impiegata in un'azienda di filettatura del pesce a Ålesund. Sono diretta a Bodø per iniziare a lavorare in un'azienda di equipaggiamento femminile.»

Müller controllò biglietto e documenti identificativi. «Viaggiate in terza classe, signorina. Come mai siete in un salone di prima?»

«Non sono affari vostri, occupante» gli rispose lei risentita.

Lo Sturmbannführer non ribatté, ma la guardò con sufficienza, per niente turbato dalla provocazione. I suoi compagni di viaggio spiegarono farfugliando che al momento erano senza lavoro fisso e si mantenevano dando una mano sui pescherecci, ragione per cui erano diretti a Måløy.

Poi Müller si avvicinò a me.

«Vera Lind» mi presentai con voce tremante. «Segretaria presso l'ufficio portuale di Bergen.» Spostavo inquieta lo sguardo da un punto all'altro. «Mi sono imbarcata a Bergen con mio marito, mio figlio e la bambinaia.» Riacquistai una certa sicurezza nella voce, mi sembrava di avere una spiegazione plausibile. «Siamo diretti a Stamsund per andare a trovare mia madre, malata di tubercolosi.»

«Avete i documenti che confermano lo scopo del vostro viaggio?»

Un brivido di paura mi attraversò la schiena, sperai che non si accorgesse del mio nervosismo. «Purtroppo no, la situazione è precipitata inaspettatamente» gli risposi. «Mia madre sta per morire. Ma ho con me il certificato di nascita, su cui è scritto che sono nata alle Lofoten e risiedo a Bergen.»

Gli porsi il certificato, lui lo guardò solo di sfuggita.

«È un viaggio di necessità, avete la nostra piena comprensione, la prossima volta però ricordate i documenti.»

Müller si voltò e attraversò lentamente la pista da ballo. Osservò con attenzione il nostro tavolino: i bicchieri di cristallo pieni per metà, i cubetti di ghiaccio sciolti nel liquore.

Lo Sturmbannführer prese il portasigarette, lo sollevò e lo scrutò socchiudendo gli occhi. «A chi appartiene?»

Scese un silenzio assoluto, come in una chiesa.

Che cosa avrei dovuto fare? Regina Maud, pensai, aiutatemi voi.

Alla fine ruppi il silenzio: «È mio.»

«Ho dimenticato le sigarette» disse Müller con un tono quasi allegro che mi spaventò anche di più. «Ne avreste una da offrirmi?»

Annuii trattenendo il respiro.

Lo Sturmbannführer aprì l'astuccio, il silenzio era tale che sentii persino lo scatto di apertura. Con gesto quasi effeminato passò i polpastrelli delle dita sulla fila di sigarette. Io chiusi gli occhi e mi vidi rinchiusa in una cella.

Prese una sigaretta.

Se le avesse controllate più da vicino non avrei avuto possibilità di cavarmela.

Müller osservò attentamente il portasigarette, lo chiuse con cautela e lo posò di nuovo dove l'aveva trovato.

«Molte grazie, signora Falck.»

Un'ondata di sollievo mi attraversò.

L'attendente gli diede da accendere.

«Tuttavia...» Si schiarì la gola e, prima ancora che l'ondata di sollievo fosse svanita, aggiunse: «È il vostro ruolo negli uffici portuali l'oggetto delle nostre ricerche.»

Il cuore mi balzò nel petto. Come poteva saperlo?

«Siete pregata di seguirci.»

«Come?» domandai visibilmente turbata.

«Avete capito bene.»

Stavo per alzarmi, quando la porta a ventola si aprì di nuovo.

Apparve Thor, insieme al commissario di bordo, in completo elegante e con il berretto sottobraccio. Rivolgendosi allo Sturmbannführer gli chiese con voce autoritaria: «Cosa succede qui?»

«Indaghiamo sulla presenza di possibili sediziosi e appartenenti ai movimenti di resistenza» rispose Müller in tono più remissivo. I tedeschi avevano rispetto per le persone che rivestivano posizioni di rilievo.

«Ovviamente ne avete diritto, in base alle nuove ordinanze» rispose Thor, pedante come sempre. Fece un paio di passi nella mia direzione. «Ma la donna con cui state parlando è mia moglie.»

Müller si mosse inquieto sul posto.

«Ti hanno trattata bene?» mi chiese premurosamente.

Io annuii, poi abbassai gli occhi e lui, rivolgendosi allo Sturmbannführer, disse: «A meno che non abbiate dei sospetti fondati su mia moglie, non avete alcun diritto di infastidirla.»

«Lavora negli uffici portuali» ribatté Müller.

«Mia moglie svolge le sue mansioni di lavoro con grande diligenza e in modo apolitico.»

Lo Sturmbannführer conferì con l'attendente a voce molto bassa.

Fece un cenno di saluto a Thor, com'era corretto, e uscì con i soldati al seguito. Sulla soglia si fermò, si voltò e disse: «Grazie per la sigaretta.»

*Måløy*

Quella notte l'espresso costiero rimase ormeggiato al porto di Måløy. Thor russava tranquillo accanto a me, io non riuscivo a prendere sonno.

Ci eravamo conosciuti nell'estate del 1938, all'inaugurazione della mostra di sua moglie, nella stessa tenuta dove adesso, a più di trent'anni di distanza, mi ritrovo seduta a scrivere tutto questo.

Harriet Constance Mohn proveniva da una delle famiglie più facoltose di Bergen ed era cresciuta nel quartiere benestante di Kalfaret. Per i sensali di matrimoni dell'alta borghesia della città, un'alleanza Falck-Mohn sarebbe stata l'abbinamento perfetto. Di soldi, o meglio "beni", come loro stessi li definivano, ne avevano entrambi. Thor portava in dote l'imponente flotta mercantile che solcava acque internazionali della Compagnia di navigazione Falck, Harriet Mohn aveva le aspirazioni artistiche tanto in voga fra le donne di quelle cerchie. Ben presto, sfortunatamente, divenne chiaro che le mancavano sia il talento sia la capacità per realizzarle.

Di questo, io ovviamente non sapevo un bel niente quel giorno in cui mi presentai davanti all'enorme e sontuosa villa in stile chalet svizzero a sud di Bergen, nel comune di Fana, che al tempo si trovava in aperta campagna. Ero stata convocata d'urgenza a Hordnes quando una delle cameriere aveva dato disdetta. La costruzione dell'edificio risaliva al volgere del secolo, mi avevano detto, ed era stata realizzata grazie al patrimonio dell'eccentrico armatore Theodor Falck. Vivevo a Bergen da due anni e, per mantenermi mentre studiavo per prendere il diploma, avevo fatto le pulizie e servito molti benestanti, ma niente di ciò che avevo visto era lontanamente paragonabile a quel posto.

Sul cancello d'ingresso era affissa una grossa targa con inciso un falco dalle ali spiegate e sotto il motto FAMILIA ANTE OMNIA. Una strada ripida scendeva al cortile, circondato da siepi ondulate e ben tenute, che fungeva anche da maneggio per i cavalli lipizzani che i Falck tenevano in una stalla alla sinistra dell'ingresso. Entrai in un giardino d'inverno e da lì nel salotto, ampio come una sala da ballo, che ospitava la mostra. Insieme a un altro paio di cameriere portavo vassoi con champagne, astici e caviale che servivamo agli ospiti. Si trattava per lo più di signore ricche e vistosamente eleganti che mi trattavano come fossi invisibile e di mariti che non staccavano gli occhi dalla mia camicetta. Thor trottava instancabile fra gli ospiti e la cucina, e quando impartì a noi della servitù l'ordine di riempire i calici, subito prima dell'inaugurazione della mostra, mi parve estenuato e nervoso.

Il problema era che l'artista, Harriet Mohn-Falck, colta da uno dei suoi frequenti attacchi di sfinimento, era costretta a letto in una camera al secondo piano e aveva sprangato la porta dall'interno. E mentre io riempivo nuovamente i bicchieri agli ospiti, Thor Falck teneva coraggiosamente il suo discorso. La protagonista dell'evento quel giorno non si sentiva bene, spiegò, ma l'inaugurazione avrebbe comunque avuto luogo, come previsto. Le sue parole scatenarono un brusio concitato misto a risatine sommesse di gioia maligna. Naturalmente, aggiunse con un certo imbarazzo, chi lo avesse desiderato si sarebbe potuto assicurare uno degli acquarelli.

Mentre percorrevo il corridoio che mi avrebbe riportato in cucina lo vidi scuotere la testa. Un barlume di vulnerabilità era affiorato nel suo sguardo.

«Vi sentite bene?» gli domandai cauta.

«Donna ingrata e viziata» lo sentii mormorare in quella sua parlata nasale di Bergen. «Tutto questo gran darsi da fare per la sua dannata mostra di acquarelli che non interessano a nessuno e la signora non si degna nemmeno di onorarci della sua presenza.»

Mi avvicinai a lui, mi addossai alla parete. «So come ci si sente.»

Mi fissò con disapprovazione. «In che senso?»

«Mia madre è stata malata a lungo, sono cresciuta con lei sempre a letto.»

«Una cameriera» disse lui. «Come osi parlare con me di faccende personali?»

«È che mi siete sembrato così triste, signor Falck.»

Avrà avuto trentacinque, forse quarant'anni, parecchi più di me. Bello non lo si poteva definire, ma nei suoi occhi c'erano mitezza e vulnerabilità. Ancora non potevo saperlo, ma la mia osservazione aveva appena trapassato come una lancia la sua stoica corazza.

«Più che altro sono demoralizzato» disse in tono più cordiale. «Mia moglie trascorre giornate intere in stanze buie, senza *riuscire* a fare altro che starsene lì sdraiata a letto.»

«Gli artisti hanno spesso un animo particolarmente sensibile.»

«Mia moglie non è un'artista» ribatté senza troppi giri di parole. «È una donna viziata che *dipinge* acquarelli.»

Thor Falck prese un calice di champagne e lo bevve tutto d'un fiato. «Perché poi rendermi ridicolo raccontando tutto questo a un'estranea?»

«A volte si ha bisogno di sfogarsi.»

Lui annuì, riluttante, pensieroso.

Raddrizzò la schiena e mi chiese: «Come va con tua madre?»

«Non molto bene» risposi. «Peggiora costantemente. Comunque, non la vedo da anni.»

«Te ne sei andata?» Un lampo di vaga speranza attraversò i suoi occhi, anche se tentò di nasconderlo.

Sorrisi. «Si vive una volta sola, no?»

Per fare breve una storia lunga e complicata: anche Thor se ne andò. Non fu proprio una storia d'amore romantica. Non per me, almeno. Io ero una domestica di diciott'anni proveniente da un povero villaggio delle lontane Lofoten che aveva curato la madre malata in una casupola piena di spifferi.

Avrei forse potuto rifiutare l'invito dell'armatore Thor Falck a fare una passeggiata a cavallo dei suoi lipizzani?

Le nostre azioni, apparentemente libere, sottostanno a forze al di fuori del nostro controllo. Infatti, mi presentai leggermente rossa in viso nel luogo concordato, a debita distanza dall'atelier della moglie, all'esterno della proprietà. Thor mi aspettava sotto un grande frassino coperto di muschio a cui aveva legato i due cavalli. Lo salutai con un'educata riverenza, lui mi baciò sulle guance. Cavalcammo lungo il fiordo, attraverso prati e boschetti, sui sentieri che costeggiavano le rive e su strade sterrate, con il sole alle spalle. Thor impettito come un cavaliere russo nel suo trotto sicuro, io dietro di lui come un sacco di patate. Ovviamente risi nei momenti giusti e trattenni il suo sguardo un po' troppo a lungo, e quando, legati i cavalli, ci incamminammo su una scogliera in fondo a un'insenatura ben riparata e relativamente lontana dalla tenuta, lasciai cadere a terra i vestiti, mi spogliai completamente, gli feci l'occhiolino e scesi al mare.

«Che cosa aspettate?»

Non aspettò a lungo. Con lo sguardo colmo di desiderio e coprendosi il membro con la mano, si sfilò inciampando quel che aveva addosso e mi corse dietro. Al tempo avevo acquisito certe abilità grazie alla relazione clandestina con un attore del celebre teatro Den Nationale Scene, lui era sposato e di tanto in tanto trascorrevamo del tempo insieme in un appartamento mansardato a Nordnes. Quando, dopo il romantico bagno, uscimmo rabbrividendo dall'acqua, mi chinai e chiusi le labbra intorno al suo membro. Sapeva di sesso e di mare. Thor mi fissava stregato.

Mi sdraiai su un fianco, sulla calda scogliera e, con la testa sul palmo della mano, puntai gli occhi nei suoi e dissi: «Non sarò mai la vostra amante, lo capite, vero?»

Thor, incerto, mi chiese che cosa intendessi.

«Se vorrete farlo di nuovo dovrete lasciare vostra moglie.»

Thor non concorderebbe forse sul fatto che le cose siano andate velocemente, in fondo passò un'intera estate, ma è indubbio che sfidò il diffondersi dei pettegolezzi nei circoli bene della città e con grande scandalo divorziò da Harriet. Di questo bisognava dargli atto.

La famiglia di lei ovviamente si infuriò per la rottura dei voti nuziali, tanto più perché io ero una diciottenne squattrinata e originaria del moralmente discutibile Nord della Norvegia. Solo dopo lunghe trattative fra i rappresentanti legali dei Mohn e il giovane e brillante avvocato della famiglia Falck, August Greve, si arrivò a una sorta di accordo. Thor non era uno che cedeva facilmente e "l'accordo" consisteva nel concedere a Harriet modesti mezzi affinché potesse continuare a dipingere. È vero che rinunciò all'educazione del figlio, affidata esclusivamente alla madre mentre a lui spettava il ruolo di benefattore e garante economico, ma gli stava bene così. Inoltre, al figlio sarebbe spettata in eredità una quota significativa della Compagnia di navigazione Falck, da svincolare non appena lui avesse raggiunto la maggiore età.

Fu così che cominciai una vita nuova. Imparai il galateo a tavola e l'arte di vestirmi in modo adeguato, a chi dare del voi e chi ignorare volutamente, andai a teatro e cenai in compagnia di consoli, uomini d'affari, politici e altri armatori. Una volta, Thor e io prendemmo il piroscafo fino a Londra e da lì il battello e poi il treno fino a Parigi. Luoghi che conoscevo solo nelle pagine dei libri si materializzavano davanti ai miei occhi. I sogni a occhi aperti che avevo fatto da ragazzina si stavano avverando, la mia vita era diventata come quella dei romanzi che divoravo da adolescente. E quando Thor mostrava il suo interesse per me in una camera d'albergo parigina gemendo forte, quando infilava la punta rasposa della sua lingua nella mia bocca, ogni volta mi ripetevo che, se avesse continuato a desiderarmi, allora avrei vinto. Perché avrei potuto fare quello che volevo.

Ma la realtà si rivelò più complicata del previsto. Le persone bene della città non vedevano di buon occhio che le donne potessero avere lavori retribuiti. Dipingere acquarelli o scrivere racconti si poteva, purché non si trascurasse il ruolo di moglie modello. Io invece volevo studiare, volevo impossessarmi di tutta la conoscenza del mondo. E volevo lavorare.

Thor era assolutamente contrario. Perché avrei dovuto accettare un lavoro malpagato anziché badare alla tenuta durante le sue frequenti assenze? Non aveva alcun senso, a suo parere. Mi suggerì di ricorrere a un accademico come istitutore a domicilio invece che «aggirarmi fra sovversivi e rivoluzionari comunisti del Mot Dag», come diceva lui. Ma era esattamente ciò che volevo. Quella primavera compii diciannove anni. Avevo completato gli studi e superato l'esame per il diploma liceale quasi di nascosto.

Iniziai a sfidare Thor. Quando lui non c'era, e capitava spesso, andavo in città a seguire le lezioni di economia sociale, o ad ascoltare Arnulf Øverland e i profughi tedeschi all'associazione studentesca Studentersamfundet e a bere birra la sera. Entrai nella sezione giovanile del Partito laburista. Nell'estate del 1939 presi parte a un raduno nazionale a Sunndalsøra, e quello che accadde allora è una delle ragioni per cui mi ritrovo qui a scrivere queste pagine.

*Ålesund-Molde*

Avevo mentito a Thor. Non era solo il nostro matrimonio a essere una menzogna. Non stavo tornando al Nord per rivedere mia madre, lei era morta da tempo di tubercolosi, di cui aveva sofferto per molti anni, e i miei piani riguardo al viaggio ricordavano uno di quei racconti di fantasia che scrivevo a Hordnes per ammazzare la noia.

Trascorsi la seconda giornata sulla DS Prinsesse Ragnhild a passeggiare instancabilmente, allattando Olav e cullandolo fra le mie braccia. Il viaggio proseguiva a pieno ritmo. La costa punteggiata di bassi isolotti verdeggianti e scogliere lasciò a poco a poco il posto a monti dalle cime aguzze come cappelli da giullare e accette, e a onde lunghe che s'infrangevano spumeggianti su rocce incolori. Stadt e Hustadvika erano zone temute da qualunque marinaio esperto, e a ragione. Era il momento di fare attenzione alle rotte imprevedibili, appena più ampie di un fiume, e alle scogliere sommerse, che si rendevano visibili come innaturali increspature sulla superficie del mare.

La morte di mia madre mi era stata comunicata con un telegramma inviatomi dal dottor Schultz, che mi ero ritrovata fra le mani a Hordnes un giorno di settembre del 1938: «Cara Vera, sono spiacente di comunicarti che...» Avevo intuito subito di cosa si trattasse, mi ero precipitata giù, al fiordo, e avevo gridato disperata fino a che non mi erano rimaste più lacrime.

Avevo pianto per la sua fine così triste, ma anche per averla tradita partendo per il Sud. Mia madre aveva avuto una vita difficile dopo che una sera, a Svolvær, un russo l'aveva messa incinta per poi risalire sulla nave di *pomory* con cui era arrivato e sparire per sempre. Lei era povera e di salute cagionevole, ma mi ha cresciuto al meglio delle sue capacità. Prese in affitto una stanza da un proprietario terriero in uno sperduto villaggio di pescatori alle Lofoten. Lavorava il più possibile, quanto le riusciva, e metteva in tavola pasti a base di merluzzo *skrei* o carbonaro sotto sale almeno sei giorni alla settimana, a volte alla domenica polpette di pesce, minestra di orzo integrale e una prugna secca a testa.

Avevo undici anni quando si ammalò. Capitava che passasse notti intere a tossire, il suo respiro da tubercolotica appesantiva l'aria nella stanza. Diverse volte trovai i fazzoletti sporchi di muco e sangue che lei si era premurata di nascondere. A poco a poco smise di alzarsi e occuparsi del bestiame o aiutarmi nelle faccende quotidiane, sempre più spesso restava sdraiata sfinita a letto, da dove mi spingeva a uscire per fare questo e quello.

Per colpa sua saltavo la scuola. Avevamo bisogno di soldi, non potevamo continuare a fare affidamento a oltranza sulla benevolenza altrui. Lustravo pavimenti, tagliavo teste ai pesci e sferruzzavo vestiti, nonostante detestassi con tutta me stessa quel genere di attività, e la sera quando mi coricavo, se ne avevo la forza, restavo sveglia a leggere alla luce tremolante.

I libri erano la mia unica via di fuga verso il mondo, grazie ai libri potevo viaggiare, lontano da Hell e da Å, risalire la costa fino a Reine e oltre l'ospedale di Gravdal, più in là non ero mai stata, attraversare il fiordo, lasciarmi alle spalle il buio della notte polare e i monti e il mare e la gente che mi chiamava «la figlia del russo».

Il mondo da cui provenivo si era inabissato quando, a sedici anni, ero partita per il Sud, e con la morte di mia madre non ne era rimasto più nulla. Avevo invece una zia a Sulitjelma, con cui avevo sempre mantenuto rapporti stretti, e sarebbe stata proprio lei, zia Gerd, a giocare un ruolo decisivo nel mio piano. Quando avessimo fatto scalo a Bodø, senza farmi notare sarei sbarcata insieme al piccolo Olav e da lì avrei proseguito fino a Sulitjelma con un certificato di viaggio valido.

Thor, credendo che saremmo andati a trovare mia madre, non

si sarebbe accorto della mia assenza se non nel bel mezzo del Vestfjorden.

Quello che era accaduto sulla DS Prinsesse Ragnhild il primo giorno di navigazione aveva allontanato da me il pensiero di *lui*. Da quando ci eravamo conosciuti quell'estate, il pensiero di lui plasmava completamente la mia realtà, lui era in tutte le mie azioni, in tutte le canzoni che sentivo, era lui e non Thor a toccarmi la notte a letto. Forse non era altro che uno dei racconti di fantasia che da sempre davano senso alla mia vita, forse la favola si sarebbe scontrata con la dura realtà dell'esistenza. Forse. Ancora un giorno e lo avrei scoperto, il solo pensiero bastava a inondarmi di emozione ed euforia.

Thor fu impegnato in vari incontri per la maggior parte della giornata. Di tanto in tanto si sentiva risuonare il corno, poi la nave cominciò a rallentare e attraccò. Al porto di Ålesund merci e beni vennero prelevati dalla stiva con una possente gru. Casse di cavoli, patate e contenitori di latte, legname e ruote di automobili, da dietro la tela cerata spuntarono le teste smarrite di qualche cavallo. C'era fermento sulla banchina, il primo ufficiale di coperta e il carpentiere della nave erano chini sulla polizza di carico, un marinaio legò una cima al braccio di sollevamento della gru e lo orientò nella giusta direzione. Un giovane marinaio al suo primo imbarco si era coperto il viso con una maschera e sfregava le macchie di verderame sulla campana cercando di ridare splendore all'ottone.

Avevo affidato il piccolo Olav alla bambinaia. Vicino alla biglietteria mi imbattei in Betsy Flisdal, la donna che avevo visto nel salone della musica la sera prima. La luce del sole smascherava impietosamente i suoi difetti: il portamento curvo, il petto svuotato, la pelle arrossata e impura sotto il trucco, lo sguardo che continuava a spostarsi, come se seguisse una mosca con gli occhi.

«Mi dispiace per ieri» disse. «In quale occasione hai conosciuto Henry?»

«Non ricordo esattamente.» Mi strinsi nelle spalle, sperando che non fosse troppo informata, altrimenti per me sarebbero stati guai. «Ci siamo visti a Bergen un paio di volte, ma non è che lo conosco bene. Tu, invece?»

«Lavoravamo insieme, molto tempo fa» rispose lei con un sorrisetto astuto. «Ci facciamo due passi sul ponte?»

E mentre ce ne stavamo appoggiate alla battagliola disse con aria pensierosa: «Non avevo molta voglia di parlare di certe cose lì dentro, col rischio che qualcuno potesse sentirci.»

«Eh, no...» commentai esitante.

«Abbiamo fatto diversi viaggi nel Mare del Nord, se capisci cosa intendo...»

«A dire il vero, no» le risposi. Non mi dava l'impressione di essere particolarmente sveglia.

«Alle Shetland c'era un contrabbandiere di alcolici...»

In effetti, Henry Hagemann aveva quell'espressione stanca della vita e il volto rugoso tipici dei contrabbandieri di alcolici, e non mi stupii affatto che Betsy avesse partecipato ad attività del genere, pareva decisamente il tipo capace di farlo.

«Perché contrabbandare alcolici? Il proibizionismo è stato abolito da parecchi anni...»

«Ci sono ancora molti norvegesi che vogliono alcolici di contrabbando» ribatté Betsy, sorridendo con quei suoi denti ingialliti. «Abbiamo fatto molti viaggi, anche dopo l'arrivo dei tedeschi. La costa è lunga, non è difficile...»

All'improvviso si rabbuiò.

«Cos'hai?» le chiesi posando la mia mano sulla sua che stringeva la battagliola.

«A parte quest'estate, quando...» disse a bassa voce. «Era l'inizio di luglio, il 6 luglio per la precisione, lo so con certezza perché era il giorno dopo il compleanno di mia madre.»

«E cos'è successo?»

«Eravamo pronti ad attraversare di nuovo il Mare del Nord. Siamo arrivati a Bremanger, dove avevamo appuntamento con l'Irma, un peschereccio proveniente dalle Shetland. E invece all'appuntamento abbiamo trovato solo quei maledetti tedeschi.»

«Quante navi tedesche c'erano?»

«Tre. Me lo ricordo bene, ci hanno circondato in mare, hanno portato via il mio fidanzato. Da quel giorno non l'ho più rivisto.»

Il 6 luglio avevo lavorato, conoscevo il traffico marittimo della giornata e non c'erano imbarcazioni tedesche nei dintorni di Bremanger. Mi sforzai di ricordare. Irma. Il peschereccio era rimasto ormeggiato al porto di Bergen per tutto il giorno.

Il che significava che Betsy Flisdal mentiva.

Ma perché? Cosa voleva da me?

Posai una mano sulla sua spalla con gesto compassionevole. «Sono sicura che presto riavrai il tuo fidanzato. Adesso devo andare da mio figlio. Ci vediamo.»

Varcata la porta di ferro, mi fermai. Attraverso l'oblò vidi Betsy incamminarsi a passo deciso verso poppa, costeggiando la battagliola a dritta sul ponte di sovrastruttura. Salii i gradini che portavano al ponte di passeggiata, proseguii nella sua stessa direzione, oltre il cassero, fino alla scala che scendeva all'asta portabandiera a poppa. E lì mi fermai. C'erano solo poche persone, quasi tutti erano sbarcati per sgranchirsi le gambe. Girai la testa controvento, nel tentativo di riuscire a cogliere qualcosa.

Sentii la voce di lei: «Andiamo a prua? Ci sono un paio di cose da discutere.»

Una voce maschile che non riuscii a distinguere bene borbottò qualcosa in risposta.

Sentii i loro passi allontanarsi e senza farmi vedere scesi e li seguii. Arrivati al pianerottolo delle scale a prua, anziché salire ai saloni cominciarono a scendere, oltre il ponte principale, e ancora più giù, fino al limite dell'area vietata ai passeggeri. Dov'erano diretti? Li seguivo a distanza, prestando attenzione al risuonare dei loro passi.

Le ampie scale proseguivano solo fino al secondo ponte. Non si erano accorti di me. Mi fermai al ponte di mezzanino e a poco a poco le loro voci scomparvero. Solo a quel punto osai uscire nell'ampio corridoio. A qualche metro di distanza, verso la sala macchine, sentii una porta richiudersi. M'incamminai in direzione di quel rumore. Le paratie a cui mi capitava di appoggiarmi erano calde. M'infilai in un corridoio corto e decisamente stretto con armadi zeppi di attrezzature. Su una porta c'era scritto CAMBUSA – VIETATO L'ACCESSO AGLI ESTRANEI.

Appoggiai la testa alla porta e tentai di spingerla cautamente. Era chiusa a chiave.

***

Nonostante non abbia più messo piede su una nave dopo il 1940, le immagini dell'espresso costiero mi tornano nitide alla mente, mentre scrivo dalla tenuta di Hordnes. La mia memoria è ancora intatta, ma i ricordi non valgono come prove schiaccianti.

Faccio lunghe passeggiate ogni giorno. La tenuta dei Falck qui a Fana è andata in rovina nei poco più di trent'anni seguiti al periodo del massimo splendore. I cespugli ornamentali sono soffocati da alte piante infestanti e le stalle non vengono ridipinte da parecchi anni. È Per a occuparsi della gestione delle compagnie di navigazione, adesso. Dalla mia finestra in mansarda lo vedo ogni mattina attraversare il cortile a passo svelto, curvo su se stesso. So che andrà in centro per contrattare nuove garanzie sui prestiti per la flotta Falck, grigio e tirato per tutte le cattive notizie. La crisi dei trasporti navali ha messo in grande difficoltà la Compagnia di navigazione Falck, da quel che ho capito, e Per non ha la determinazione necessaria a cambiare le cose.

Ha mostrato comunque una grande benevolenza nei miei confronti permettendomi l'accesso alla dépendance, quella che ospita gli archivi privati della compagnia di piroscafi Det Hanseatiske Dampskibsselskab, ormai chiusa, e concedendomi di abitare nella camera della domestica per il tempo che vorrò. Non credo che abbia capito davvero in cosa si è lasciato coinvolgere, ma questo è un problema suo.

Non sono qui in veste di autrice di romanzi, mi sono prefissa un obiettivo ben più serio: cercare in questi archivi i documenti che dimostrano che la storia che vi sto raccontando è vera, che non è un racconto di fantasia.

In questo senso, ha giocato un ruolo fondamentale la cena del secondo giorno sulla DS Prinsesse Ragnhild. L'ammiraglio Otto Carax e sua moglie si erano fatti riservare un tavolo appartato nella sala da pranzo in prima classe, proprio sotto il salone della musica e quello riservato ai fumatori sul ponte di prua. Per l'occasione avevo scelto un elegante abito blu a fiori che avevo acquistato a Parigi e Thor mi lanciava occhiate soddisfatte mentre insieme attraversavamo la sala da pranzo.

L'ammiraglio Carax non era una volgare camicia bruna qualunque, era un aristocratico vecchio stampo, affettato e corretto nei modi, dai biondi capelli ondulati e dallo sguardo attento e leggermente sprezzante. La moglie, sui quarant'anni, mi osservò con occhio critico e mentre tentava, senza successo, di coinvolgermi in una conversazione sulla pittura nazional-romantica e sul *brillante* compositore norvegese Geirr Tveitt, Thor si schiarì la gola ed esclamò: «Brindiamo, amici cari. Anche se l'ammiraglio Carax e io possiamo avere opinioni divergenti sull'occupazione della Norvegia, siamo comunque d'accordo sull'essenziale: salvaguardare le attività economiche del paese, mantenere i posti di lavoro e far sì che le persone continuino a vivere in pace e benessere.»

Brindammo. All'ammiraglio sfuggì uno sguardo ambiguo nella mia direzione, la moglie se ne accorse immediatamente e lanciò un'occhiataccia furiosa prima a lui e poi a me. Non potevo fare a meno di pensare all'assurdità di quella situazione: io che cenavo in compagnia di un ammiraglio tedesco nel salone ristorante dell'espresso costiero.

Thor e l'ammiraglio continuarono a discutere degli accordi che stavano negoziando, mentre evidentemente noi *signore* ci saremmo dovute intrattenere con chiacchiere di altro tenore. Peccato che io non avessi nulla da dire. Il mondo di Thor, popolato di donne ubbidienti ai mariti e di buone maniere, non era certo il mio.

Alla fine lui si accorse che mi stavo annoiando. Si girò verso di me.

«L'ammiraglio sta cercando da diverso tempo un luogo in cui andare ad abitare, una residenza che possa fungere da dimora e al tempo stesso prestarsi a ricevimenti di tipo più formale. Lui e la sua incantevole signora sono molto esigenti. È una questione su cui ritengo che la metà femminile della tavolata possa avere opinioni ben più qualificate che su affari marittimi.»

In quel momento mi fu chiaro perché fossi stata invitata.

«Ho molto rispetto per la sobrietà norvegese» disse l'ammiraglio sorseggiando del vino rosso. «Ma per quanto mi riguarda avrei preferito che aveste costruito un maggior numero di abitazioni private di dimensioni più adeguate. So che voi ne avete una molto bella a sud di Bergen.»

L'ammiraglio si allungò sorridente sul tavolo.

«Vi riferite forse alla tenuta di Hordnes?» gli chiese Thor con una nota di incertezza nella voce.

«Esattamente» sorrise il tedesco.

Vedevo chiaramente quanto a disagio si sentisse Thor davanti all'insistenza affabile e amichevole dell'ammiraglio. «No, Hordnes non si può affittare, mi dispiace, nemmeno a un buon amico» gli disse.

«Ah, no?»

«Però la nostra famiglia dispone di una proprietà poco distante da Oslo» aggiunse Thor. «Rederhaugen. È stata un po' trascurata negli ultimi anni, ma è una tenuta ben più ampia e prestigiosa di quella di Bergen. Che ne pensi, Vera?»

Sapevo che Rederhaugen era stata ideata da Theodor Falck intorno al 1900 e ci avevamo anche trascorso la notte in qualche occasione, ma non ero particolarmente affezionata a quel posto. Non lo era nessuno dei Falck, al tempo.

«Il posto è magnifico» risposi guardando a uno a uno i tre seduti al tavolo, «ma si dice che sia infestata dagli spettri.»

«Spettri?» L'ammiraglio scoppiò a ridere. «Avete davvero una fervida fantasia, signora Falck!»

Sua moglie invece pareva un po' preoccupata, ma Thor aggiunse: «Credo proprio che l'ammiraglio riuscirà ad affrontare eventuali spettri, con la stessa maestria con cui affronta altre sfide.»

«Sono d'accordo» disse l'altro, e si raddrizzò con un sorriso soddisfatto. «Sulle questioni pratiche torneremo, naturalmente, ma può darsi che si rendano necessarie delle migliorie nel sottosuolo della proprietà.»

«A cosa vi riferite?» gli chiese Thor.

«Come sapete, quei maledetti britannici non hanno ancora capitolato e non mi stupirei se si dimostrassero tanto dissennati da mandare i loro aerei nei cieli norvegesi.»

«Non credete che siano già abbastanza impegnati a difendere se stessi?» disse Thor.

«Sì» concordò ammiccando Carax. «Ma a noi piace essere sempre ben preparati.»

Brindammo. Alla nostra collaborazione, e a Rederhaugen.

***

È inverno. La pioggia scende silenziosa sul fiordo di Fana, al di là del vetro della finestra. Ho esaminato la corrispondenza di Det Hanseatiske Dampskibsselskab risalente al 1940 conservata nell'archivio. C'è una lettera, con il logo della compagnia di navigazione sulla busta come tutte le altre.

Quello che la rende interessante sono i nomi e la data.

Da: Dir. Thor Falck, Det Hanseatiske Dampskibsselskab
A: Admiral Otto Carax

La data è: 21 ottobre 1940. È il giorno in cui la DS Prinsesse Ragnhild è ormeggiata al porto di Trondheim.

Oggetto: trasferimento truppe tedesche

In seguito all'incontro del 21 ottobre a Trondheim, è stato siglato il seguente accordo fra Hauptabt Volkswirtschaft (Hvw) e Det Hanseatiske Dampskibsselskab (Dhs): in caso di necessità, alle autorità tedesche è concesso requisire gli espressi costieri della compagnia per il trasporto di truppe in terza classe. Il compenso sarà calcolato in base alle tariffe passeggeri in vigore, con tariffe supplementari nel caso di trasporto di merci, in modo particolare se tali merci sono costituite da materiale infiammabile o esplosivo.

Faccio una fotocopia della lettera, poi la rimetto a posto.

Thor è stato insignito *post mortem* della Croce di guerra al valor militare con una spada per essersi distinto nel periodo bellico, l'hanno consegnata a me. Loro lo sapevano? Sapevano che lui e la Compagnia di navigazione Falck guadagnavano milioni di corone dal trasporto di truppe nemiche alle linee del fronte sparse sul territorio norvegese?

***

Scesi a passo svelto fino al ponte di corridoio e bussai alla cabina riservata a Ragnfrid e al piccolo Olav. Più ripensavo all'incontro con l'ammiraglio, più cresceva la rabbia. Che cosa avrei dovuto fare? Avvisare?

La bambinaia fece capolino, smarrita e senza dentiera, evidentemente stava già dormendo.

«Vera?»

«Posso?» le dissi, sporgendomi verso l'interno della cabina immersa nell'oscurità.

«Olav dorme» rispose facendomi segno di tacere.

«Non importa» ribattei. Avanzai di un passo e lei si fece da parte, non senza una certa esitazione.

Nell'oscurità intravidi il piccolo volto pacifico di Olav, assopito nella cesta posata a terra. Quella vista mi colmò di amore incondizionato, ma anche di inquietudine per ciò che mi aspettava. Mi arrampicai sul letto a castello, mi sedetti sulla cuccetta superiore, disposta a novanta gradi rispetto all'altra, e mi tolsi le scarpe.

«Domani...» iniziai.

Ragnfrid mi lanciò un'occhiata inquieta. «Domani, cosa?»

«Domani Thor sarà impegnato tutto il giorno con vari appuntamenti» risposi. «Dovresti occuparti tu di Olav.»

«Va bene» disse lei in tono esitante.

«Inoltre...» aggiunsi guardandola negli occhi. «Vorrei che Thor non ne sapesse nulla.»

Ragnfrid mi guardò. «Non siete felice, vero?»

Il suo inaspettato interessamento mi commosse, ma i miei sentimenti non erano inclusi nell'ampio spettro che va dalla felicità all'infelicità. Certo che ero infelice, e felice al tempo stesso. Tremavo di emozione, e di paura.

Domani sarebbe accaduto.

«Posso dormire qui questa notte?» le chiesi.

*Kristiansund-Trondheim*

Lui si chiamava Wilhelm. W come war, W come Weltschmerz, W come Wilhelm. Anche se non avevo idea di quale fosse il suo vero nome. Tutti i dissidenti tedeschi al raduno nazionale usavano uno pseudonimo per ragioni di sicurezza.

Il raduno della sezione giovanile del Partito laburista, l'Auf, nell'estate del 1939 avrebbe avuto luogo a Sunndalsøra. Prima di partire ebbi il primo, grande litigio con Thor. Un giorno di inizio estate di quell'anno ero riuscita a far pubblicare un articolo su uno dei quotidiani cittadini. Thor mi lasciava fare, tutto sommato. Tollerava persino il fatto che mi fossi iscritta a un'organizzazione radicale come l'Auf. Un peccato di gioventù, lo definiva con indulgenza. Il contenuto dell'articolo, però, divenne un boccone troppo amaro da buttar giù. «Sta arrivando la guerra e alla crisi seguirà una radicale ridistribuzione socialista dei mezzi di produzione» avevo scritto, e quando le mie osservazioni pessimiste dallo stile pungente avevano fatto andare di traverso il caffè mattutino ai Falck sparsi per la città, Thor aveva puntato i piedi.

Non sarei andata a nessun raduno *socialista*.

«Non sei mio padre!» avevo urlato, tanto da sentire le mie parole riecheggiare attraverso le balaustre.

«Forse è proprio questo il problema» aveva risposto lui con freddezza.

«*Che cosa* hai detto?» avevo ribattuto con voce stridula per la rabbia.

«Hai sempre risentito della mancanza di una figura paterna, Vera.»

Avevo puntato l'indice verso la sua cassa toracica, in cui batteva un cuore di coniglio. «Non dire mai più una cosa del genere. Mai più. E il raduno nazionale è social*democratico*.»

L'articolo mi procurò problemi con la famiglia Falck, ma aumentò la stima di cui godevo nella sezione giovanile. Scrivere mi era sempre piaciuto e fu presto chiaro che avevo un certo talento per le espressioni caustiche e gli attacchi mirati nello stile semplice che si richiedeva alla polemicità da quotidiano, capacità di cui erano privi i socialdemocratici, per lo meno quelli che non appartenevano alle cerchie intellettuali della capitale che gravitavano intorno al *Mot Dag*. Erano premurosi, pragmatici, bonari, concreti, genuinamente impegnati nel rendere il mondo un posto meno terribile per gli oppressi, ma non erano capaci di scrivere. Gli articoli che uscivano dalle loro penne erano asciutti come resoconti di un revisore, illeggibili.

La mia abilità nello scrivere propaganda politica derivava ovviamente dal mio sogno di diventare una scrittrice. Avevo solo diciannove anni, ma avevo già capito che politica e realtà non erano semplicemente qualcosa da documentare.

Ma da manipolare. E richiedevano creatività.

Chi scrive è, per principio, un prestigiatore, un seduttore, un illusionista. Grande esperta in queste arti io non lo ero di certo, ma facevo caricature dei nemici e abbozzavo sogni per il futuro. Ero una sognatrice. Per tutta la vita mi ero immaginata altrove. E il sogno non era forse il fulcro di tutte le forme di socialismo, oltre che della vita stessa? Il sogno di una vita felice o di un futuro da persona libera. In cui il lavoro salariato e la caccia al profitto sarebbero stati in secondo piano rispetto a gioia e felicità, in cui le persone avrebbero potuto amare chiunque avessero voluto, in cui le aspettative nei confronti delle donne sarebbero state sostituite dalla libertà di fare ciò che si voleva, di dar vita all'arte o fare il bagno nudi in una notte di luna piena.

Ma io ero anche una ragazza ingenua e piuttosto impreparata, che quell'estate sarebbe tornata bruscamente coi piedi per terra. La bandiera rossa e quella norvegese sventolavano sull'accampamento di Tangen a Sunndalsøra. Noi di Bergen eravamo una delegazione ben nutrita, fra le più numerose. Che due compagni fossero caduti in battaglia a Tarragona, proprio alla fine della guerra civile spagnola, ci aveva reso ancor più determinati nelle nostre convinzioni: il fascismo era una pestilenza da contrastare con qualunque mezzo.

Le tende bianche punteggiavano Sunndalsøra come case di una città. Guardavamo con soggezione, alcune tende più in là della nostra, la figura slanciata, magra e austera di Einar Gerhardsen a torso nudo e col viso coperto di crema da barba, impegnato nella rasatura mattutina.

Erano stati montati anche dei tendoni che venivano utilizzati come mensa o per le conferenze più importanti, quando non si tenevano all'aperto. Nonostante la presenza di personaggi della statura di Gerhardsen e Trygve Bratteli, i profughi tedeschi socialdemocratici suscitavano in noi un grande interesse. Bastava entrare nei locali dove avrebbero parlato e subito si percepiva una palpabile differenza. E spesso avevano volti più invecchiati, segnati dalle rughe, con espressioni gravi e occhi pieni di nostalgia da esiliati e ardente desiderio di tornare. Molti erano diventati incredibilmente bravi a parlare in norvegese, e negli incontri illustravano con eloquenza e precisione la tragedia che aveva colpito la loro patria.

Il leader informale degli esuli tedeschi era un uomo che si faceva chiamare Willy Brandt e viveva in Norvegia da alcuni anni. Aveva una voce profonda e dura, un atteggiamento tranquillo e sicuro di sé, ed esponeva il suo punto di vista con argomentazioni logiche e precise, nonostante avesse imparato la lingua in età adulta.

Ci ammaliava.

Mentre teneva il suo discorso, che in poco più di un'ora avrebbe illustrato la sconfortante situazione dei socialdemocratici in un'Europa dominata dal fascismo, un altro esule andò a sedersi nell'ultima fila. In lui si coglieva una sorta di disinvolta noncuranza e di leggerezza che a Brandt e agli altri tedeschi mancava e che attirava immediatamente l'attenzione. Pareva quasi disinteressato, comodamente seduto lì, con quegli ampi calzoni in velluto a coste, una camicia di lino sgualcita e un berretto sotto il braccio. Ma quando, finita la conferenza, prese la parola per fare una domanda, si trasformò.

Non ricordo esattamente che cosa abbia detto, ma riguardava la strategia che i tedeschi radicali avrebbero dovuto adottare nei confronti del nazionalsocialismo. Si accese un vivace dibattito fra i due connazionali, perché l'uomo con la camicia di lino era dell'idea che dal fronte comune di Brandt si sarebbe ricavato più danno che beneficio.

In quella stessa discussione il mio dilettantismo divenne di pubblico dominio. Dopo lo scambio di opinioni alzai la mano e mi lanciai in un'appassionata difesa del modello sovietico, una società senza proprietà privata e sfruttamento capitalistico, abitata dalla nuova persona sovietica. E qui il mio discorso si fece commovente, perché all'improvviso mi apparve l'immagine di mio padre, a testa alta, la pelle abbronzata, la falce sulla spalla. Il mio intervento raccolse applausi da molti dei norvegesi dell'ala giovanile, dove l'Unione Sovietica godeva ancora di grande popolarità.

Willy Brandt riprese le mie osservazioni e le commentò a una a una. Certo, anche lui si era lasciato allettare dall'Unione Sovietica, ma quel paese non era altro che un villaggio Potëmkin, disse fissandomi serio negli occhi.

«Un villaggio cosa?» domandai attonita.

«Grigorij Potëmkin» spiegò, «fece costruire dei falsi villaggi, in realtà semplici facciate dipinte, per impressionare favorevolmente la zarina Caterina la Grande durante la sua visita in Crimea nel 1787 e convincerla del benessere raggiunto e dei progressi fatti. Un villaggio Potëmkin era l'immagine di come la realtà avrebbe dovuto essere e non di com'era veramente.»

Villaggio Potëmkin: nel menzionarlo, Brandt lo aveva esplicitamente caratterizzato in negativo, ma a me quell'espressione piacque fin da subito.

«Nella mia *società ideale*» proseguì Brandt in tono duro, «milioni di persone sono morte per la fame, sono state deportate o giustiziate al minimo sospetto. Inoltre, la rigida suddivisione marxista fra borghesia e proletariato ha avuto come conseguenza di spingere anche i borghesi più moderati dritti fra le braccia dei fascisti, mentre era un fronte unito antifascista quello di cui avevamo bisogno più che mai.

Gli idealisti avevano nobili convinzioni, ma proprio per questo non sono stati in grado di cogliere il carattere fondamentalmente caotico della politica.»

Una certa impressione dovevo comunque averla fatta perché quella sera, mentre me ne stavo seduta davanti alla tenda che condividevo con altri a leggere alla luce della lampada a paraffina, l'uomo con la camicia di lino comparve al crepuscolo. Erano quasi tutti intorno al fuoco e lui rimase a fissarmi per un po' nell'oscurità prima di mostrarsi.

«Che cosa stai leggendo?» Anche lui, come Brandt, parlava il norvegese in modo eccellente, con un lieve accento tedesco.

«*Peccatori al sole*. È norvegese, non credo che tu ne abbia sentito parlare.»

Lui soppesò il libro fra le mani. «È stato pubblicato in tedesco prima che i nazisti salissero al potere. *Sünder am Meer*. L'ho letto in tedesco e poi anche in norvegese. È più facile leggere romanzi che già conosci in una lingua straniera, l'ho letto con piacere. Si chiamano Fredrik ed Erik i ragazzi, giusto?»

«Non dimenticarti delle ragazze.»

«Sono così ingenui...» disse. «Credono in un nuovo essere umano capace di creare un mondo migliore, senza guerre, senza oppressi, in cui si possa coltivare l'amore.»

«Perché, tu no?» Il mio sguardo aveva forse un che di canzonatorio, ma la sua risposta fu terribilmente seria.

«Avevamo lo stesso credo» disse con una certa tristezza. «Ma amore e solidarietà non sconfiggeranno il nazismo.»

«Io sono Vera.» Allungai la mano verso di lui. «Tu come ti chiami?»

«Wilhelm» rispose tranquillo. Mi colpì la sua pacatezza; nonostante non fosse molto più grande di me, era contagiosa. Aveva un'espressione aperta e fiduciosa, uno sguardo che mi catturava.

«Hai parlato di Unione Sovietica» disse con una sorta di cortesia formale, forse perché non parlava nella sua lingua. «Come mai per te è una questione così personale?»

Nessuno me lo aveva mai chiesto in modo così diretto. Per anni avevo nascosto quel lato di me in fondo all'anima. Thor non ne sapeva niente, quella parte della mia vita era rimasta nel Nord-Norge. In lontananza sentivo il vociare animato degli altri partecipanti al raduno nazionale. Abbassai gli occhi a terra.

«Preferirei non parlarne» bisbigliai.

Lui annuì silenzioso, rivolgendo lo sguardo verso l'oscurità.

Restammo seduti così a lungo.

«Comunque grazie per avermelo chiesto.»

Wilhelm si alzò e se ne andò, dileguandosi fra le tende nella luce del crepuscolo.

Per tutto il giorno seguente non persi occasione di guardarmi intorno cercandolo con gli occhi. Al mattino andammo a farci una nuotata a Tippen e nel pomeriggio i membri della sezione locale stracciarono sul campo di calcio i vertici dell'Auf. Persone come Trygve Bratteli e Willy Brandt se la cavavano molto bene con le parole, decisamente peggio con le gambe, nessun dubbio in proposito. Di Wilhelm nessuna traccia, l'aura di mistero che lo circondava s'infittiva. La sera avevano organizzato una festa e i capi della sezione locale mi invitarono a ballare uno dopo l'altro, ma io non facevo che guardarmi intorno e presto tornai in tenda. Frastornata, mi addormentai nel mio sacco-lenzuolo. Dormivo profondamente quando una voce si sovrappose ai miei sogni.

«Vera?» bisbigliava la voce. «Vera?»

Aprii gli occhi, tutti gli altri dormivano e russavano, la festa doveva essere finita da un pezzo. C'era qualcuno affacciato all'apertura della tenda, i tratti del viso non si distinguevano a causa della luce della luna alle sue spalle.

Wilhelm.

«Un giro al chiaro di luna?» disse. «Prendi un maglione e metti delle scarpe comode.»

Ero troppo frastornata per sentirmi nervosa o emozionata. Senza fare rumore mi infilai un paio di pantaloni, mi allacciai le scarpe. Svelti e silenziosi ci allontanammo dal campo. L'erba era umida di rugiada, il cielo limpido e stellato, le pareti dei monti scure.

«Guarda lì» mi disse indicando due biciclette da uomo appoggiate al tronco di un pino. Per far presa sui pedali ero costretta ad allungare il più possibile le gambe. Attraversammo le strade deserte di Sunndalsøra, lui davanti e io dietro a ruota, imbattendoci solo in un gatto grigio dal pelo lucente. Il fondo stradale era leggermente scivoloso per la rugiada e in curva dovevo rallentare per non perdere il controllo.

Al di là del fiume iniziò la salita. Le biciclette avevano un'unica marcia e, a differenza di Wilhelm che pedalava con grande facilità, io dovetti alzarmi dal sellino e spostare il peso a ogni pedalata. Era davvero faticoso. Prima costeggiammo il fiordo, poi salimmo lungo il fianco della montagna e finalmente, dopo quella che a me parve un'eternità, la strada finì.

Il buio ci avvolgeva ancora, le notti si erano allungate dopo il solstizio d'estate.

Wilhelm saltò giù dalla bici con un movimento fluido.

«Avresti dovuto dirmelo che avremmo partecipato alle olimpiadi!» dissi ansimante.

«Sei stata brava, Vera.»

Un sentiero battuto, ben visibile nella notte nonostante ci trovassimo in mezzo agli alberi, si addentrava nel bosco, inerpicandosi ripido. Wilhelm mi precedeva, ben presto il bosco di betulle e la vegetazione verdeggiante lasciarono il posto al ghiaione. A un tratto mi scivolò il piede sulla liscia parete rocciosa, ma lui mi afferrò il polso e mi tenne saldamente come in una morsa. I nostri sguardi si incrociarono per un istante, poi continuammo a salire senza scambiarci molte parole.

Fu solo quando arrivammo sull'altopiano che mi resi conto che stava albeggiando. Alle nostre spalle, laggiù in fondo, scorsi il centro abitato e le tende di Sunndalsøra, mentre davanti a noi un fiordo lucente serpeggiava fra le vette, in direzione del mare, mille metri più sotto.

Ci sedemmo su una piccola cengia poco più in basso della cima. Wilhelm tirò fuori un salame di pecora e cominciò a tagliarlo a fette con un coltellino.

«Anche in Germania abbiamo le montagne, ma il mare non penetra nelle valli.»

«Dovresti andare alle Lofoten» gli dissi. «Lì è come se il mare fosse salito fino a metà del Cervino e dei monti intorno.»

«È da lì che vieni? Hai un accento del Nord-Norge.»

«Sei in grado di riconoscerlo?» gli dissi ridendo.

Lui annuì. «Andiamo alle Lofoten?»

Sorrisi. «La mia vita è a sud, adesso.»

Wilhelm mordicchiò una fetta di salame. «Perché?»

Non saprei per quale ragione, ma iniziai a raccontare. Un fiume in piena. Gli raccontai di Yttersia, dov'ero nata, dove il sole non tramonta mai o non sorge mai, della buia stanza nel seminterrato che mia madre aveva preso in affitto dal proprietario terriero Ellingsen a Å, piccolo villaggio di pescatori alle Lofoten.

Å, l'ultima lettera dell'alfabeto norvegese.

La fine del mondo.

Gli raccontai la storia che mia madre, controvoglia e per necessità, mi aveva confidato prima che partissi. Era il 1919 e lei aveva trovato lavoro per l'estate in una piccola bottega a Svolvær, così avrebbe racimolato un po' di soldi per frequentare la scuola per insegnanti. Il solstizio d'estate si avvicinava, faceva caldo e quella sera la mamma andò a ballare con un'amica.

Una nave russa era ormeggiata in porto e i *pomory* sbarcati bevevano *kvas* e vodka mentre suonavano la fisarmonica e ballavano danze popolari. Finite le danze l'amica se n'era andata, mentre mia madre era rimasta con un tizio sconosciuto dalle sopracciglia scure e dai capelli dai riflessi ramati. Si chiamava Dimitrij. Le aveva raccontato della Russia, di città dalle cupole dorate in cima a campanili, di posti in cui era così freddo da dover accendere fuochi sotto le auto la notte per evitare cortocircuiti. Di case padronali in cui i camerieri servivano vino e pane nero per accompagnare caviale e arrosti che grondavano grasso su vassoi d'argento. Si sarebbero sposati in una chiesa sontuosa dove la luce penetrava attraverso vetrate blu a mosaico e lui non l'avrebbe mai lasciata.

Tutto questo le aveva raccontato la notte in cui io fui concepita. Quando mia madre si svegliò il mattino dopo, lui e la nave dei *pomory* erano spariti.

Wilhelm ascoltò attentamente tutta la storia. «E Dimitrij non è più tornato?»

«Quando sono diventata abbastanza grande» proseguii, «la mamma mi ha portato con sé nella rimessa per le barche e mi ha mostrato un baule da marinaio in legno: ci aveva messo dentro tutto ciò che sarebbe potuto servire a Dimitrij nel caso in cui avesse fatto ritorno. All'inizio mi ha assalito una grande tristezza, era solo una chimera, un sogno che non si sarebbe mai realizzato. Ma poi ho capito che era un gesto simbolico: dobbiamo essere sempre pronti a partire. E così, finita la scuola professionale, sono partita. Ho messo tutte le mie cose in quel baule e mi sono ripromessa di non tornare.» Poi aggiunsi: «Non posso crederci... Ti ho raccontato cose che non ho mai detto a nessuno! Adesso però tocca a te.»

E lui iniziò a raccontare.

Era una storia complessa, sulla scissione all'interno del Partito socialdemocratico tedesco fra socialisti e socialdemocratici, con una lunga sfilza di nomi che non conoscevo. Willy Brandt aveva finito per abbandonare il socialismo teoretico, intellettuale, ed era entrato nell'Arbeiderpartiet. Rispetto al far fronte comune contro i fascisti, spiegò Wilhelm, erano comunque tutte questioni di secondo piano. Quasi tutti i tedeschi esiliati in Norvegia erano ricercati in Germania ed erano stati resi apolidi, anche se nel 1936 Brandt era riuscito a rientrare in patria spacciandosi per uno studente norvegese. La situazione di Wilhelm invece era diversa.

Lui era arrivato in Norvegia da adolescente ed era stato introdotto nella cerchia fortemente antinazista degli esuli da alcuni studenti norvegesi. I suoi genitori, che lavoravano per la delegazione tedesca a Oslo, erano apolitici. Aveva la fedina penale pulita e, quando nell'autunno del 1938 era tornato in Germania, non aveva potuto in alcun modo evitare la chiamata alle armi.

«Sei un militare tedesco?» gli chiesi.

Wilhelm esitò, poi mi rispose: «Ci sono molti modi di combattere, Vera. Io ho il mio. E tu devi trovare il tuo.»

I primi raggi del sole colorarono i monti intorno a noi, seduti lì su quella cengia. E adesso che sto scrivendo, a trent'anni di distanza, da questa mansarda con vista sul fiordo di Fana, ho ancora vivida in me la sensazione della pietra sotto il sedere e dell'erica che mi solleticava le caviglie mentre il sole mi scaldava gli avambracci nudi, in bocca sento ancora il sapore del salame di pecora che masticavo lentamente. Vedo il suo viso sincero e infantile, con quegli occhi leggermente all'insù e la bocca delicata, i capelli biondo scuro, la camicia color cachi sudata e stropicciata per la salita. Come vorrei che in quella magnifica estate del 1939, lì sul monte fra Sunndalsøra e Øksendal, in quello splendente mattino di luglio, avessi posato la mia mano sulla sua e gli avessi bisbigliato: «Partiamo, dai. Tu e io. Oggi.»

Ma è sempre così, se prendessimo in considerazione tutte le frasi che avremmo dovuto dire, le cose che avremmo dovuto fare, le persone che avremmo potuto amare o i libri che avremmo potuto immaginare, riscriveremmo la storia del mondo all'infinito.

Quella sera arrivò la pioggia. I viali del campo diventarono fiumi di fango. Wilhelm non si vedeva. Due giorni più tardi tornai a Bergen. In autunno rimasi incinta di Thor. Arrivò la guerra, nacque Olav e fu come vedere una luce che risplendeva attraverso una finestrella alla fine di un lungo cunicolo buio.

*Trondheim*

Dopo un sonno leggero e agitato, al mattino mi svegliai nella cabina di Ragnfrid e attraverso l'oblò scorsi l'isola di Munkholmen. Stavamo per entrare nel porto di Trondheim. Ero troppo eccitata e nervosa per riuscire a fare colazione. Oggi sarebbe accaduto. Oggi avrei rivisto Wilhelm, per la prima volta dopo il raduno nazionale.

Attraccammo mentre mi trovavo sul ponte di passeggiata con Ragnfrid e il piccolo Olav, lo scafo si appoggiò pesantemente al pontile. Thor salì e ci raggiunse, impeccabile nel suo abito marrone confezionato su misura e con la bombetta in testa.

«La nave salperà questa sera» disse.

Nessuno commentò, Olav gemette piano fra le mie braccia.

«Ho una lunga serie di appuntamenti» aggiunse. «Uno dietro l'altro, fino a tardi.»

Era esattamente quello che avevo sperato, la gioia nel sentirmelo confermare e le aspettative che nutrivo per quella giornata mi indussero a posargli una mano sul braccio.

«Mi sarebbe piaciuto visitare la città insieme a te. Sarà per la prossima volta.»

Lui sorrise compiaciuto per la lusinga. «E le *signore* che cosa hanno pensato di fare oggi?»

«Ci sono dei bei negozi di confezioni nel quartiere di Nybyen...» sorrisi. «E poi avevamo pensato di prendere un tè e passare qualche ora all'Hotel Britannia. Vero, Ragnfrid?»

La bambinaia annuì contrariata. Ci incamminammo verso lo scalandrone, eravamo in molti in attesa di scendere.

«Buona fortuna per i tuoi appuntamenti» gli dissi quando toccammo terra e, turbata com'ero, lo baciai davanti alla pensilina dell'imbarco.

«Ci vediamo questa sera» replicò con un sorriso, prima di dileguarsi.

«Gli avete mentito» disse Ragnfrid. «Avete mentito a vostro marito. Non mi piace.»

Sospirai.

«Avrei preferito raccontargli la verità, ma a volte il prezzo da pagare è troppo alto. Se Thor ti chiederà che cosa abbiamo fatto oggi, rispondigli che abbiamo preso una stanza all'Hotel Britannia e lì siamo rimaste. Capito?»

La bambinaia non mi rispose, abbassò lo sguardo.

«C'è un altro?» domandò alla fine.

«Sì» le risposi. «C'è un altro.»

Ragnfrid prese Olav e se ne andarono.

***

La guglia in rame della cattedrale di Nidaros si stagliava contro il cielo grigio antracite come un bisturi affilato, era uno di quei giorni d'autunno in cui la luce si riduceva a un breve interludio nell'oscurità senza fine.

Avevo trascorso le ore prima dell'appuntamento vagando senza meta per la città. Il cuore mi martellava in petto come migliaia di cavalli lipizzani lanciati al galoppo. Lo avevo sognato spesso. Si presentava in auto nel cortile della casa a Hordnes e mi invitava galantemente a salire, poi ci allontanavamo con il sole dietro di noi. Altre volte mi caricava sulle sue spalle forti e varcavamo il confine con la Svezia. Chi era? Un esule tedesco incontrato al raduno della sezione giovanile del Partito laburista. Che cosa sapevo veramente di lui? In fin dei conti, forse non era altro che un miraggio.

Dall'ingresso principale, la facciata ovest della cattedrale sembrava un'invalicabile parete a strapiombo. Sotto i delicati archi a sesto acuto, sormontati da *gargouille* e da file di cherubini e di santi dominati dal Cristo che circondavano il timpano e il rosone, c'erano degli ufficiali tedeschi che fumavano.

Non avevo più paura di loro. Entrai in chiesa senza tergiversare.

La grandiosità dell'interno mi paralizzò non appena varcai l'ingresso. Non ero mai stata in un luogo chiuso di tale imponenza. Un'ampia navata circondata da file di sedie conduceva a un altare illuminato nella parte finale. Entrambi i lati erano delimitati da un susseguirsi di archi, le trifore terminavano in volte a ogiva dando vita a una struttura che ricordava la prua di una nave. C'era odore di fresco per le pareti in granito, e di aria stagnante, con una nota di incenso e stearina, per le candele dalle fiamme tremolanti.

Non c'era quasi nessuno. Per non farmi notare avanzai a ridosso delle arcate laterali poco illuminate seguendo la fila di pilastri fino a dove lo spazio si ampliava nel transetto.

I rintocchi delle campane suonarono mezzogiorno, ma di lui ancora nessuna traccia.

La navata si apriva su entrambi i lati formando una croce. Mi accomodai sul lato sinistro, accanto a una colonna. Inclinai la testa e osservai le volte. La steatite rendeva l'aria pesante e fresca, come in una grotta.

Per un attimo mi sentii sopraffare dal nervosismo. Sarebbe stato meglio per tutti se non fosse accaduto niente. Se lui non fosse arrivato. Ma ormai era troppo tardi per tirarmi indietro e così rimasi seduta lì, appoggiata al banco davanti, con lo sguardo fisso nel vuoto.

La prima cosa che notai fu il riecheggiare delle scarpe, duro e secco come se avessero le suole di legno. Poi le scarpe scivolarono sotto l'inginocchiatoio del banco davanti, proprio accanto a me, scarpe basse e strette in pelle accuratamente lucidata. Sollevai lo sguardo sulla gamba dei pantaloni blu con la piega. Reagii istintivamente: le mani cominciarono a tremare.

Lui posò la mano sullo schienale dietro di me e bisbigliò.

Non riuscivo a dire niente.

«Hai perso la parola, Vera? Ti ricordavo diversa...»

«Non è possibile» mormorai. «Dimmi che non è vero» aggiunsi subito dopo. «Dimmi che non sei un ufficiale tedesco, che non eri al raduno come infiltrato.»

Lui scosse la testa.

«Che io indossi l'uniforme è innegabile, Vera.»

Per qualche istante tutto si fermò. La mia mente si svuotò.

«Ma non significa che sono nazista. Diciamo che non siete certo stati voi norvegesi i primi a mettere in guardia contro il nazismo. Devi credere in me. Anche se non posso raccontarti tutto. D'altra parte sono sicuro che anche tu hai dei segreti, tutti ne hanno.»

Sorrisi. «Hai vinto tu. Ho un figlio di tre mesi.»

«Vedi? E poi sono molti gli antinazisti nelle forze armate» aggiunse. «Più di quanti voi immaginiate.»

«I nazisti hanno conquistato l'Europa con il più potente degli eserciti» obiettai. «Francia, Paesi Bassi, Danimarca, Norvegia. E l'Europa meridionale è nelle mani dei fascisti. Anche se tu dicessi la verità, che differenza potrebbe fare qualche membro della resistenza?»

Alcuni ragazzi del coro magri e dinoccolati, vestiti di tuniche scure, avanzavano impettiti sul pavimento in pietra, erano più giovani di me e mi fissavano con occhi severi, parevano monaci.

Un accolito corpulento percorse la navata centrale a passi pesanti.

«Non devono vederci insieme. Vieni con me» bisbigliai.

In silenzio, al riparo dei pilastri, raggiungemmo il fonte battesimale vicino all'altare, decorato e rialzato, come se poggiasse su un piedistallo. Il crocifisso in argento splendeva sulle pietre squadrate dai riflessi verdi, parecchi metri sopra le nostre teste era visibile Cristo inchiodato alla croce. Proseguimmo girando dietro l'altare fino a raggiungere un pozzo.

Wilhelm si chinò oltre il bordo con circospezione, sembrava turbato dal parlare apertamente di ciò che provava. «Tutti i cattolici tedeschi conoscono questa fonte. È qui che è stato seppellito sant'Olav. Si dice che sia un'acqua dai poteri miracolosi.»

Bevve. Forse era credente. In fondo era venuto fin qui.

«Naturalmente» commentai non senza una certa ironia. «Le unghie di sant'Olav continuarono a crescere anche dopo la sua morte.»

«È logico» ribatté. «Quando si muore la pelle si disidrata, si ritrae e le unghie *sembrano* più lunghe. Il mito di Olav è una bella storia. Ma niente di più.»

«In effetti... Ma che differenza c'è fra verità e mito?»

«Cosa intendi dire?» mi chiese.

«In questo preciso istante ti trovi nel luogo più sacro della Norvegia. *Cor Norvegiae*.»

Sorrise. «Il cuore della Norvegia. Un nome molto evocativo.»

«Quella è la bara in cui sant'Olav è stato deposto dopo la sua uccisione. Nessuno sa dove si trovino adesso le sue spoglie mortali, ma poco importa. Perché sono ancora in molti a credere nel mito di sant'Olav.»

Proseguimmo sotto i pilastri, alla fine del transetto c'era quella che a prima vista sembrava una chiesa all'interno della cattedrale: file di sedie separate da coro e altare.

Eravamo così vicini che sentivo il suo respiro caldo sul mio viso.

«Dall'ultima volta che ci siamo visti ho passato molte notti insonni, pentita...»

«E di cosa?»

«Di non essere fuggiti insieme.»

Lui abbassò lo sguardo. «Non ci conosciamo nemmeno.»

«Io sono sposata con un uomo che non sopporto e tu sei in un esercito che detesti. Non abbiamo molto da perdere.»

«E tuo figlio?»

«Ho preso accordi anche per lui. Sbarchiamo e varchiamo il confine, ho dei contatti. Ma devi assicurarmi una cosa» gli bisbigliai.

«Che cosa?»

«Che sei sincero.»

Il suo sguardo non vacillò.

«Perché se così non fosse, dimenticherò tutto questo. Dimenticherò la cattedrale e l'espresso costiero, dimenticherò te.»

«Ho qui il biglietto. Ci vediamo all'ala di plancia dopo la partenza» mi disse.

Tornai nella navata e rimasi lì incantata ad ammirare il rosone.

La luce filtrava attraverso la vetrata: dal rosso granato centrale si dipartivano fiamme gialle su fondo blu, gli angeli suonavano le trombe del giudizio universale.

Il rosone preannunciava l'apocalisse.

PARTE TERZA

# Relazioni pericolose

## Capitolo 24
## Finse 1222

Il treno per Bergen cambiò binari, sussultando e fischiando entrò in una galleria. Sasha, sdraiata nell'angusta cuccetta, non riusciva a prender sonno, a non pensare alla voce della nonna. Avevano letto il manoscritto a voce alta, un capitolo a testa, mentre il treno sferragliava verso ovest attraverso la Hallingdal, finché non l'avevano finito e Johnny Berg aveva riposto i fogli nello zaino.

È vero, non era certo stata una lettura neutrale per lei, ma non riusciva proprio a togliersi quel racconto dalla testa. Né la voce *di lui*. Berg aveva letto la parte del raduno a Sunndalsøra e aveva fatto una pausa rendendosi conto del suo sgomento quando era saltata fuori la figura di Wilhelm.

Chi era questo Wilhelm? Davvero la nonna si era innamorata di un dissidente tedesco mentre era sposata, a quanto pare infelicemente, con Thor il Grande? Se la nonna avesse anche solo accennato a qualcosa di simile, se lo sarebbe ricordato. E invece no, Vera non aveva mai detto una sola parola su Wilhelm. Berg lesse anche la fine del manoscritto, e quando le parole si spensero nella cattedrale di Nidaros lei si sentì assalire da quella particolare sensazione che a volte l'interno di una chiesa sa evocare: la percezione dell'eternità della storia e della tragedia imminente. Si domandò se Wilhelm fosse morto nel naufragio.

Il treno superò Ustaoset.

Sasha non aveva sonno, così si vestì, uscì nello stretto corridoio e lo percorse in senso contrario a quello di marcia. Fuori la notte era nera, solo vagamente si riuscivano a intravedere i monti brulli e gli altopiani a cui il bosco aveva lasciato il posto. Alcuni militari di leva in uniforme si erano appisolati su un sedile da quattro, un uomo della sua stessa età leggeva un romanzo completamente assorto, uno spettacolo raro, vederlo la rese felice e triste al tempo stesso. Due bambine, che avranno avuto l'età delle sue, dormivano abbracciate strette.

Berg sonnecchiava appoggiato al finestrino, aveva il respiro regolare, la bocca semiaperta e lo zaino con il manoscritto come cuscino. Era stato lui a insistere per il posto a sedere. Avrebbe dormito comunque benissimo, l'aveva rassicurata.

Il treno ebbe uno scossone. Sasha si fermò e rimase a guardarlo dal corridoio. Nella penombra i suoi lineamenti mediorientali emergevano ancora più chiaramente. Di colpo lui spalancò gli occhi e la fissò.

«Mi controlli?» le chiese con voce rauca.

Lei arrossì, sperò che al buio non si vedesse.

«Credevo che stessi dormendo.»

«Dormo sempre con un occhio aperto» bisbigliò, e sorrise frastornato. «Un vecchio trucco da campo.»

*Un vecchio trucco da campo*. Sasha aveva conosciuto talmente tanti ufficiali da sapere bene che si trattava di un'espressione in voga fra i militari di professione, ma per un giornalista era piuttosto insolita.

«Ci facciamo due passi?» gli chiese.

Sballottati tra le file dei sedili, a gambe larghe e ondeggiando, come su una nave quando il mare è mosso, attraversarono i vagoni bui, illuminati solo qua e là da una lampada da lettura o dal debole riverbero di uno schermo acceso, e raggiunsero il corridoio delle cuccette.

Sasha si fermò e appoggiò i palmi delle mani sul finestrino freddo.

Il bagliore riflesso dalla neve illuminava debolmente un magnifico paesaggio, la candida distesa senza fine dei laghi gelati coperti di neve e il blu ghiaccio del cielo stellato. Sullo sfondo, in lontananza s'innalzava la sagoma del ghiacciaio Hardangerjøkulen. Il treno rallentò e fece il suo ingresso nella stazione di Finse.

«Ho bisogno di una sigaretta» disse Sasha.

Scesero sulla banchina innevata.

L'aria era decisamente fredda, era ancora pieno inverno lassù. Nel vedere il cartello FINSE 1222 imbiancato di galaverna, Sasha trasalì al ricordo della cartolina che Mads le aveva spedito subito prima che la nonna morisse e tutto cambiasse. Alcuni turisti avevano scaricato dal treno la pesante attrezzatura da sci e da *snowkite* e la stavano portando all'hotel in stile chalet svizzero che si stagliava nitido nel paesaggio congelato, sotto la limpida volta celeste.

«Sono argomenti forti quelli di cui scrive Vera» disse Berg. «Non credo sia stata una lettura facile per te.»

Sasha annuì. «Mi fa sentire come se prima non conoscessi davvero la nonna. Adesso riesco a comprenderla meglio, ma sono ancora tante le cose che non capisco.»

«Il fatto che detestasse il marito?»

«Per esempio. Anche se in realtà la sensazione che lo detestasse ce l'avevo ogni volta che si parlava di Thor il Grande. E poi il fatto che la madre fosse morta due anni prima di quel viaggio... Le storie di famiglia hanno sempre riportato la versione secondo cui Vera è partita per il Nord con marito e figlio per dare l'addio alla madre malata. Che cosa è successo durante la guerra? Non ne ho proprio idea. So solo che ha varcato il confine con la Svezia nel 1944. Papà era troppo piccolo per ricordarsene. Quegli anni sono ancora una pagina bianca.»

Berg inspirò a fondo il fumo della sigaretta. «Sei sicura di voler andare avanti?»

«In che senso?»

«Si tratta della tua famiglia, non della mia.»

«I testimoni dell'epoca sono morti. Se qualcosa di nuovo può venir fuori, adesso è il momento. E dopo aver letto il manoscritto ne sono ancora più convinta.»

«Allora meglio non perdere il treno» disse Berg. Con due dita lanciò in un mucchio di neve la sigaretta fumata per metà, giusto in tempo per darle una mano a salire prima che le porte si richiudessero e il convoglio si rimettesse lentamente in moto.

Rimasero lì, uno di fronte all'altra nel corridoio.

«Che cosa ha detto Johan Grieg degli archivi di Bergen?» gli chiese Sasha.

«Che se manca la corrispondenza epistolare fra Thor Falck e le autorità tedesche, il racconto di Vera vale quanto la bozza di un romanzo. Quello che dobbiamo trovare è il contratto con l'ammiraglio Carax.»

«Ho pensato a come risalire all'identità di Wilhelm» disse Sasha eccitata. «Potrei telefonare agli archivi dell'Arbeiderbevegelsen o all'Auf... Forse il Movimento operaio o la sezione giovanile del Partito laburista hanno tenuto traccia degli esuli tedeschi ospitati al raduno nazionale di Sunndalsøra. Potrei anche richiedere all'Archivio federale gli elenchi dei tedeschi che militavano nella Kriegsmarine a Bergen.»

Lui esitò. «Forse.»

«Mi sembri un po'... come dire... restio?» replicò Sasha mentre il treno entrava sferragliando in una galleria.

Berg prese tempo, si mordicchiò il labbro inferiore, poi rispose: «Capisco quanto sia importante per te, Sasha, ma io sto scrivendo la storia di Hans. Vera Lind è un personaggio secondario. Interessante e affascinante, certo, ma nel mio racconto resta secondario.»

«Allora perché sei qui?»

«Perché mi interessano i segreti della tua famiglia» le rispose, e trattenne a lungo il suo sguardo.

Sasha finì per abbassare gli occhi. «Cosa c'entra con Hans?»

«Io mi riconosco negli outsider della famiglia Falck. Lasciare che il lavoro abbia la priorità sulla famiglia, sacrificare le persone a cui tieni davvero per qualcosa di più grande... In un certo senso è tragico. Ma al tempo stesso è comprensibile. Capisci che cosa intendo?»

«Hai fatto lo stesso anche tu?»

Lui le sorrise, intristito. «Se iniziassi adesso, all'arrivo a Bergen sarei forse a metà della storia. Non dovevamo cercare di dormire un po'?»

«Adesso dov'è *Il cimitero del mare*?» gli chiese Sasha. «L'originale...»

«Ce l'ho qui» rispose Berg indicando lo zaino che portava su una spalla.

«Potrei... dargli un'occhiata questa notte?»

Il suo sorriso bianco nella luce fioca. Restò a lungo così, senza dire niente, immobile, se non per il lieve sussultare all'unisono con il treno. Alla fine prese lo zaino, aprì la cerniera e tirò fuori il manoscritto.

«Certo che puoi.» Le porse la busta. «Ma vedi di dormire un po', Sashenka, credo proprio che tu ne abbia bisogno.»

Poi si voltò e ripercorse il corridoio in senso opposto. Sasha lo guardò allontanarsi. Avrebbe potuto buttare il manoscritto fuori dal finestrino, le parole si sarebbero dissolte nella neve bagnata e tutto sarebbe tornato come prima. C'era passione e al tempo stesso indifferenza in Johnny Berg. Lei aveva lasciato perdere tutto il resto e lo aveva seguito su quel treno notturno diretto a Bergen. Altri giornalisti non sarebbero riusciti a nascondere la gioia da guardoni nel trovare scheletri nell'armadio della famiglia Falck. Sasha aveva vissuto abbastanza a lungo con Mads da aver imparato quale potere avesse la ricchezza. Berg però sembrava esserne immune. Al tempo stesso era consapevole dello sguardo penetrante con cui la osservava, come se non gli sfuggisse nessuno dei suoi gesti e dei dettagli esteriori, le unghie ben curate e il pizzo con i fiori sulla camicetta, come se riuscisse a vedere attraverso tutto ciò e guardare dentro di lei, senza restare particolarmente impressionato da quello che veniva alla luce.

Chi si credeva di essere? Anzi: chi era?

## Capitolo 25

## Ci siamo innalzati a dèi

Nel corso della notte, a Rederhaugen era arrivata la primavera, improvvisa come un cambio di scena durante uno spettacolo teatrale. L'ultima neve si era sciolta e lo scialbo paesaggio invernale aveva lasciato il posto a una moltitudine di ronzii primaverili. Nella boscaglia erano ricomparse le formiche e altri insetti, l'erba trinità era fiorita di blu, merli e pettirossi si esibivano in trilli e gorgheggi. Piccoli ruscelli scorrevano verso riva gorgogliando sui letti pietrosi dei torrenti, il gelido inverno senza odori aveva lasciato il posto al profumo di aghi di conifere, terra e polline.

Una folata di föhn accarezzò il viso di Sverre quando uscì per andare a correre. Si era svegliato presto, il sole era basso sul fiordo. Si sentiva in gran forma, più di quanto non fosse stato negli ultimi quindici anni, orgoglioso e forte. Nel viale vide arrivare il padre in auto, gli fece un cenno di saluto e aumentò il ritmo. Anche se ormai Olav era quasi uscito dal suo campo visivo.

Nella Difesa il nome non contava nulla, gli alberi genealogici non pesavano come gioghi sulle spalle. Lì poteva reggersi sulle proprie gambe.

Superato il cancello proseguì sul sentiero accidentato che costeggiava il fiordo. Di solito, mentre correva gli piaceva ascoltare podcast motivazionali o storici su imperi del passato, grandi battaglie e audaci strategie militari. Oggi invece era così pieno di energie da non riuscire a concentrarsi su racconti del genere. Era come se da un allenamento in alta quota sull'Himalaya fosse passato direttamente a uno in pianura tanto si sentiva *brillante*.

Un'ora dopo, sfinito e soddisfatto, varcò di nuovo il cancello d'ingresso. Stava per aprire la porta dello spogliatoio con l'intenzione di farsi qualche vasca in piscina, quando sentì la voce della sorella alle sue spalle.

«Sverre, hai visto il vetraio oggi?» gli chiese Andrea.

«Il vetraio?»

«Per i lavori alla torre. Sarebbe dovuto venire qualcuno a sistemare il rosone.»

«A dire il vero, no» le rispose. «Ho molto altro a cui pensare, sai...»

La sorella si appoggiò alla parete in pietra. «Quando parti?»

Sverre si strinse nelle spalle sicuro di sé. «La fase di arruolamento e preparazione inizia la settimana prossima, quindi partiremo fra qualche settimana.»

Andrea lo guardò pensierosa. «Non voglio che tu parta.»

Sverre le posò una mano sulla spalla. «Posso capire che una missione all'estero sia dura per voi qui a casa.»

Lei lo guardò, scosse la testa. «Non è a noi che stavo pensando. È a te che non farà bene.»

«Certo che mi farà bene. È un'opportunità unica.»

La sorella aprì un pochino la porta e si accese una sigaretta. «L'ultima volta che sei tornato dall'Afghanistan avevi lo stesso sguardo assente che avrebbe un monaco dopo aver meditato per dieci anni di fila in un monastero del Bhutan. Non sei fatto per la guerra, Sverre.»

Lui percepì quella spiacevole sensazione di malessere che lo assaliva ogni volta che qualcuno lo metteva di fronte a una sgradevole verità. Si era spesso domandato come fosse possibile che a partecipare a incontri con influenti uomini d'affari e a conversazioni con politici in vista fosse la stessa persona che la notte giaceva tormentata da pensieri negativi e insonnia.

«Questo è quello che credi tu» ribatté disinvolto. «Ma a chiedermelo è stato il dipartimento della Difesa.»

La sorella aveva tutta l'aria di esser pronta a dargli una serie di consigli.

«È stata la prima volta in cui mi sono sentito davvero felice, Andrea. Non cambierei l'Afghanistan con nient'altro al mondo.»

Ed era vero. Non rimpiangeva nulla di quell'esperienza. Non solo non avrebbe barattato le imprese rischiose e il cameratismo, ma nemmeno i fili di innesco degli ordigni improvvisati sui bordi delle strade, il lampo un attimo prima dell'esplosione che avrebbe fatto saltare per aria un automezzo, l'odore di cordite e gasolio, e nemmeno i talebani nascosti sui monti che gli sparavano addosso. I civili non riuscivano a capire certe cose, non le avrebbero mai capite.

«Può capitare che l'uomo che tradisce la moglie sia felice mentre lo fa» ribatté Andrea. «Ma non significa che lo rifarebbe.»

«Io parto, che ti piaccia o no» tagliò corto Sverre e, cambiando argomento, aggiunse: «Non stavi salendo alla torre?»

Andrea voleva prendere qualcosa in cucina e, passando per la sala del caminetto, s'imbatté nelle figlie di Sasha, che giravano qua e là giocando a nascondino.

«Margot! Camilla!» Andrea allargò le braccia. Le due ragazzine le corsero subito incontro, lanciando però qualche occhiata incerta verso Sverre, che non aveva mai avuto grande intesa con i bambini.

«Oggi partiamo per la Francia» dissero in coro, già in preda all'eccitazione. «Con papà.»

«E la mamma? Non viene con voi?» chiese Andrea.

Camilla sembrò sul punto di piangere. «Adesso la mamma non c'è mai a casa.»

«Lavora tanto. Non capisci niente» le disse duramente Margot. Sverre aveva sempre avuto un debole per lei, una piccola nerd con gli occhiali di quasi otto anni dotata di capacità di gran lunga superiori a quelle della sorella e dei bambini della sua età.

«È quasi Pasqua, adesso deve smetterla di lavorare così tanto, no?» ribatté Camilla.

«La mamma sta cercando di capire perché la bisnonna era così arrabbiata con il nonno. È un lavoro importante» spiegò Margot con aria da piccola adulta, e alzò sorridente lo sguardo verso la zia.

«La mamma è a caccia di fantasmi in famiglia» disse in tono scherzoso Andrea, che adorava raccontare storie alle nipoti.

«Fantasmi?» mormorò ansiosa Camilla.

Margot chiese: «Ci racconti una storia di fantasmi, zia?»

«Va bene.» Con un sorriso, Andrea si accovacciò davanti a loro, poi abbassò la voce. «Io ve la racconto, ma voi dovete promettermi di rimanere zitte zitte mentre mi seguite su per la torre. Altrimenti rischiamo di svegliare gli spiriti malvagi. D'accordo?»

Le due bambine annuirono con gli occhi spalancati. Andrea cominciò a salire i gradini della scala a chiocciola, passò oltre lo studio di Sverre al primo piano e a quello di Olav al secondo e poi salì altre due rampe, fino a un pianerottolo poco illuminato.

«La nonna mi portava qui quando ero piccola» disse con un sorriso civettuolo. «Adesso ci serve qualcuno che faccia la parte del malvagio. Sverre!»

Sverre stirò le labbra mostrando i denti, avvicinò gli indici alla testa per simulare due corna diaboliche ed emise un lungo ululato. «Uuuuhhhaaaa!»

Le bambine gridarono eccitate: «Aahh! Sverre il cattivo!»

I gradini scricchiolavano e la scala si stringeva. Cominciarono a intravedersi le punte degli alberi attraverso le piccole finestre a feritoia coperte dal telo del ponteggio. Arrivati in cima, Andrea si accovacciò.

«C'era una volta» cominciò accendendo un fiammifero, «una bambinaia di nome Ragnfrid. Era arrivata a Rederhaugen da ragazza, quando i genitori, spazzati via da una tempesta autunnale, erano spariti in mare. Ragnfrid era severa, ma giusta. Aveva allattato i bambini quando erano piccoli, ma se facevano qualcosa di sbagliato non esitava a tirar fuori il bastone. Di solito se la prendevano con un ragazzino di nome Per, un piccoletto gracile che si rifugiava in lacrime sul suo grembo ogni volta che i più grandi lo prendevano in giro. Per aveva un padre di nome Thor, e quando Thor ebbe un figlio con la nonna Vera il neonato, che chiamarono Olav, venne naturalmente affidato alle cure di Ragnfrid. Un giorno, Ragnfrid partì con l'espresso costiero insieme al piccolo Olav e alla sua mamma Vera. E nelle onde del mare, Ragnfrid sparì per sempre...»

«Andrea!» disse Sverre.

«Alle vostre spalle c'è il rosone» proseguì impassibile Andrea indicandolo. «Se guardate attraverso il granato rosso centrale vedrete degli angeli lanciare fiamme gialle sullo sfondo blu. La fine è vicina.»

Camilla si era coperta la faccia con le sue piccole mani.

«Io so cos'è un rosone» disse Margot. «Ma ho letto che i rosoni si trovano nelle chiese. E Rederhaugen non è una chiesa. Allora perché qui c'è un rosone?»

«Perché...» rispose seria Andrea, «... abbiamo violato la regola più importante della Chiesa. Abbiamo respinto Gesù Cristo come nostro salvatore e ci siamo innalzati a dèi. È arroganza, è presunzione, e per questo peccato saremo puniti.»

«Io non credo in Dio» disse Margot, mentre lei e la sorella si arrampicavano sulla ringhiera della scala a chiocciola.

Sentirono dei passi salire e subito dopo videro sbucare la testa di Mads.

«Margot! Camilla! Ecco dov'eravate finite! Andiamo, su, altrimenti rischiamo di perdere l'aereo.»

«Ciao zia Andrea e cattivo Sverre!» gridarono le bambine scendendo.

Quando il riecheggiare dei loro passi si spense, Andrea guardò fuori dalla finestra e disse: «Perché ti fai mettere i piedi in testa da papà?»

«In che senso?»

«Lo sai benissimo. Sasha è sempre stata la luce dei suoi occhi. Finora, almeno...» Andrea rise. «Io me ne frego. Ma lui si comporta proprio da stronzo con te. Siamo sinceri, non è che te la cavi proprio così bene con lui...»

Sverre si sedette sul davanzale della feritoia davanti al rosone. Inspirò a fondo. Gli piaceva confidarsi con la sorella al telefono, ma detestava quando si metteva in testa di analizzarlo.

«Tanto fra poco parto...» replicò pronto. «Papà è papà. È fatto così. E continuerà a fare quello che vuole.»

Andrea scosse lentamente la testa. «Sei talmente ingenuo...»

Sverre deglutì, la fissò con disappunto. «Ingenuo?»

«Credi che non mi sia accorta di come la subdola sanguisuga M. Magnus abbia attaccato discorso con te? Ci ho fatto caso perché l'avevo visto qui a Rederhaugen qualche giorno prima, e l'ho rivisto qualche giorno dopo. Lui e papà si sono messi a chiacchierare nella sala del caminetto, convinti che io non sentissi quello che si dicevano. Parlavano di te, Sverre.»

«Di me?» chiese, mentre il contenuto dello stomaco gli saliva in gola con la stessa rapidità con cui sale il livello dell'acqua in un seminterrato che si sta allagando.

«Dicevano che avevi bisogno di una sfida, che un viaggio in Afghanistan con le forze speciali della marina militare norvegese avrebbe fatto bene al tuo *carattere*. Papà insisteva. Alla fine MM ha acconsentito. Controvoglia.»

«Non è vero. Non è possibile...» disse Sverre, rendendosi conto che gli tremava la voce. Che gli mancava il fiato per il pugno allo stomaco della sorella, anzi no, di Olav, era stato lui, l'avevano messo alle corde. La voce del padre riecheggiò nella sua testa: *Tu sei un sopravvissuto, Sverre, un pugile dal mento granitico.*

Si era rallegrato per quell'incarico proprio perché lì le parole di Olav non avevano potere. «Hanno parlato con il comandante del mio plotone, è stato lui a fare il mio nome...»

«Li ho sentiti, Sverre.» Andrea scosse la testa. «Niente si salva dai tentacoli di papà, fratello. Ma questa è solo una delle tante ragioni per cui non dovresti partire per l'Afghanistan. Ho la sensazione che accadrà qualcosa qui, presto, che la nave abbia iniziato a imbarcare acqua, se capisci cosa intendo.»

Andrea se ne andò. Sverre si appoggiò alla ruvida parete in pietra. Quando sferrò il pugno contro il vetro poroso del rosone, si accorse che stava piangendo.

## Capitolo 26
## Il pony club dei Falck!

Erano passati molti anni dall'ultima volta che Sasha era stata a Hordnes e senza dubbio quel posto aveva visto giorni migliori. La posizione, sul fiordo di Fana, era davvero idilliaca. Nella luce mattutina la superficie scintillante del mare era visibile attraverso il bosco. Aveva smesso di piovere e il sole primaverile scaldava piacevolmente.

Si fermarono in uno stretto piazzale per l'inversione di marcia, dove conifere e aceri allungavano i loro rami. Un cancello color ruggine sbarrava la strada. Berg fermò l'auto, Sasha saltò giù e spingendolo lo aprì, facendolo cigolare.

«Conosci già la famiglia di Hans?» gli chiese.

«Solo per sentito dire» rispose Berg. «Lui me ne ha parlato molto, soprattutto della figlia.»

«Hans adora Marte» disse Sasha. «I figli non li nomina mai, nemmeno la sua nuova convivente, una specializzanda mi pare, che ha conosciuto al pronto soccorso e messo incinta. Credo sia la sua nidiata numero quattro.»

«A me ne ha parlato bene» replicò Berg, guardandola con una sorta di diffidenza. «Voi dell'Østlandet siete pieni di pregiudizi nei confronti di Hans.»

Lo disse ammiccando, per avere l'ultima parola, ma aveva un modo tutto suo di fare osservazioni che a volte la sorprendeva lasciandola interdetta. Al selciato della strada che scendeva a curve verso il mare mancavano parecchi ciottoli e il fondo non era stato livellato da tempo. Si erano formate numerose buche, i solchi dovuti al passaggio delle auto erano talmente profondi che un'utilitaria qualunque sarebbe rimasta bloccata. Su un terreno pianeggiante alla loro sinistra videro i resti di un trattore, e dietro quelli un fienile basso e lungo, la finestra sotto il colmo del tetto sulla facciata era coperta da un pannello impiallacciato. Come a Rederhaugen, anche a Hordnes il viale di accesso terminava con una fontana, qui asciutta e con i cavalli rampanti coperti di macchie di ruggine e fuliggine.

«Ti ricordi la parte sui cavalli lipizzani, no?» disse Sasha, indicando una stalla fatiscente con un'insegna in colori pastello su cui era scritto: IL PONY CLUB DEI FALCK! SHETLAND A NOLEGGIO: ETÀ CONSIGLIATA 3-6 ANNI.

«Questa proprietà metteva in ombra Rederhaugen negli anni Trenta. E guarda adesso... Il *pony club* dei Falck? Ma quanto in basso si può cadere?»

Scendendo dall'auto, Sasha calpestò escrementi di cavallo e imprecò sottovoce. «I Falck di Bergen mi ricordano degli aristocratici francesi decaduti» borbottò. «Vivono in sontuosi castelli, ma se ne stanno a battere i denti davanti al caminetto acceso.»

«Non posso certo dire che mi facciano pena» replicò Berg, accendendosi una sigaretta. «Non potrebbero semplicemente vendere tutto e trasferirsi in una villetta a schiera?»

«In una villetta *a schiera*?» Sasha alzò gli occhi al cielo. «Oltretutto il vero proprietario è la nonna. Anzi, era la nonna. Hans e la sua famiglia sono in affitto, pagano una cifra irrisoria, decisamente fuori mercato. E comunque proprietà del genere non si vendono certo da un momento all'altro. Non è poi così strano che loro siano tanto interessati al testamento.»

Come Rederhaugen, anche questa residenza era su una penisola, sebbene più ondulata, dominata da un edificio principale che sorgeva su un'altura, in quel momento inondata dal sole. Si trattava di una villa su tre piani in stile chalet svizzero di un intenso color giallo colza, con davanzali blu dalla vernice scrostata; aveva un'imponente facciata con dei gradini, una terrazza sporgente e un alto frontone dal tetto aguzzo.

Sui gradini erano sedute Marte e un'altra donna, intente ad allattare i figli.

«Sasha!» esclamò Marte. Si alzò con il neonato in braccio e la baciò disinvolta su entrambe le guance come si fa nell'Europa del Sud. «Che bello vederti qui. Hai davvero un aspetto splendido!»

Con un certo fastidio, Sasha dovette ammettere che Marte non aveva per nulla risentito della terza gravidanza. Il poncho e il vestito macchiati di latte materno mettevano in risalto quel suo atteggiamento libero e lo stile un po' da hippie. Alta e dalle forme armoniose, aveva un viso che combinava un naso aristocratico con due grandi occhi vivaci. Era una forza della natura.

Marte si girò verso l'altra donna, più o meno sua coetanea, con il viso segnato da occhiaie evidenti. «Papà non c'è in questo momento. Lei è Synne...» Dopo una pausa aggiunse: «Che sarebbe... vediamo... è la fidanzata di papà, quindi la mia matrigna.»

Synne li salutò senza smettere di cullare il piccolo per farlo addormentare.

«Lui è il mio fratellastro» sorrise Marte guardando Berg e Sasha, mentre accarezzava sulla fronte il neonato di Synne. «Saluta gli ospiti, piccolo Per...»

Sasha sorrise e gli accarezzò una guancia, poi si girò verso Berg.

«Johnny Berg» disse presentandolo.

«Berg?!» Marte si illuminò. «Sei quello che scriverà la biografia di papà?»

Trattenne la sua mano un attimo troppo a lungo quando si salutarono. Gli uomini le ronzavano appresso come vespe intorno a un bicchiere di succo, lo avevano sempre fatto. Nonostante Marte fosse più giovane, Sasha l'ammirava da sempre. Aveva lo stesso atteggiamento di indifferente menefreghismo di Andrea, ma all'asessualità di quest'ultima Marte Harriet Falck contrapponeva una sensualità primitiva, fisica ed erotica, che non perdeva occasione di mettere in mostra.

«Fermatevi a mangiare qui con noi, sono sicura che a papà farebbe molto piacere» disse ancora Marte indicando il mare. «Ci porta la cena dal fiordo, di solito.»

«Basta che non ci sia troppa confusione» disse Synne. «Perché altrimenti Per dorme male.»

Marte sollevò un sopracciglio e indirizzò a Sasha un'occhiata rassegnata. «Cosa può esserci di meglio per un bambino che dormire fra le risate e le voci allegre di una tavolata?»

Sorrise a Berg. «Che cosa scriverai di papà? Dovremmo fare due chiacchiere...»

«Ma certo, quando vuoi. Al momento però sto lavorando su alcune fonti scritte.»

«Fonti scritte?» ripeté Marte, gettando all'indietro i capelli biondo scuro senza smettere di cullare il neonato che teneva in una fascia portabebè.

«Riguardo alla Compagnia di navigazione Falck, al rapporto con il padre, all'eredità» le rispose Berg pragmatico. «Vera Lind ha abitato qui nell'inverno del 1970, da quanto ho capito, e così si sono conosciuti per davvero. Dovrebbe esserci qualche traccia nei vecchi archivi.»

Sasha si accorse che dopo quelle parole l'espressione di Marte era cambiata da curiosità mista a scetticismo a sorridente condiscendenza. Quanto sapeva esattamente dell'ultima conversazione fra Hans e Vera?

«Sono anni che non entro nella dépendance dove sono conservati gli archivi» disse Marte. «Se ne stanno lì a prendere polvere da decenni. Potreste trovarci anche i diari di Hitler se cercate bene, c'è davvero di tutto là dentro.»

«Hai voglia di aprirci tu?» le chiese Sasha.

Marte li accompagnò a un edificio di legno simile a una *stabbur*, che si trovava a metà strada fra la vecchia stalla e la villa.

«Synne. È. Così. Tragica» bisbigliò con una mano a coppa vicino alla bocca.

Aprì la porta restando con la mano posata sull'anta, e una zaffata di odore di polvere e di chiuso li investì.

Si guardarono intorno. Era tutto un caos, come se per anni nessuno avesse mai riordinato. Sugli scaffali c'erano raccoglitori di diversi colori, senza etichetta sul dorso, il pavimento era coperto di grossi scatoloni e ci si muoveva a fatica.

«Buon divertimento con *gli archivi*» disse Marte.

Attraverso una finestrella, Sasha la vide girare l'angolo e tornare verso casa.

«Bella, eh?»

«Assolutamente. Ma lo fa notare un po' troppo, non credi?» le rispose Berg, e Sasha provò una punta di irrefrenabile gioia maligna.

Tirò fuori un raccoglitore dagli scaffali. Era contrassegnato 1896-1898 e pieno di ordini, resoconti e corrispondenza epistolare ingiallita. «"Dhs. Corrispondenza epistolare, ufficio centrale, gennaio-marzo 1896." Se sono organizzati così non sarà difficile» disse Sasha. «Basta cercare la corrispondenza a partire dal 1940, per la precisione dall'ottobre del 1940. L'accordo fra Thor il Grande e l'ammiraglio Carax sarà fra quei documenti.»

«Mmh...» commentò Berg, passandosi una mano sul mento.

Si suddivisero gli incarichi e si misero all'opera. Berg si concentrò sugli scatoloni che ingombravano il pavimento, mentre Sasha tentava di capire secondo quale criterio fossero stati disposti i raccoglitori. Risultò meno facile del previsto. Prima di tutto perché erano solamente i primi decenni, quelli dal 1896 al 1918, ad avere le annate scritte all'esterno, dopodiché la disposizione dell'archivio si faceva labirintica. La corrispondenza restava suddivisa in trimestri, gennaio-marzo, aprile-giugno, luglio-settembre, ottobre-dicembre, ma mancavano le annate, e così Sasha si vide costretta ad aprire ogni singolo raccoglitore e leggere qualche pagina a campione per stabilire di quale anno si trattasse. La corrispondenza trimestrale dell'ufficio centrale riguardava qualsiasi cosa, dalla costruzione di una nave ai problemi di consegna, alla collaborazione con i benefattori di Den gode hensigt di Bergen per una donazione a «bambini particolarmente dotati».

Guardò Berg. Con un paio di grosse cuffie sulle orecchie procedeva lavorando in modo sistematico. Perché così tanto interesse da parte sua? Per certi versi era militaresco – la forma fisica e il modo in cui esaminava il locale con lo sguardo –, al tempo stesso però c'era qualcosa in lui che rompeva con lo stile degli ufficiali frequentati dal padre e dal fratello. Addestramento russo, forse? Aveva l'aria di uno con esperienza della vita di strada e un non so che di giocoso che lo rendevano molto diverso da quelli dell'ambiente militare che lei conosceva. Servizi segreti? Doveva trovare l'occasione giusta per fargli qualche domanda.

«Johnny?»

Sasha aveva esaminato diversi metri di scaffali, un lavoro necessario e imprescindibile di cui aveva esperienza.

«Sì?» rispose Berg togliendosi le cuffie.

«Hai trovato la corrispondenza dopo il 1940?»

Scosse la testa. «Qui c'è quella dal 1941 al 1945» rispose. «Dobbiamo continuare a cercare.»

Le mancavano solo i raccoglitori di una parete corta. Iniziò dagli scaffali più in alto, muovendosi da sinistra verso destra tirava fuori sistematicamente ogni singolo raccoglitore e controllava a che anno risalisse la corrispondenza. 1929. 1937. 1931.

Trovò la registrazione delle operazioni effettuate a partire dal 1940 nell'angolo in basso a destra. La sonnolenza scomparve tutt'a un tratto. «Dhs: quarto trimestre 1940, ottobre-dicembre.»

«Johnny!» chiamò.

Lui si tolse le cuffie e chiese: «Cosa c'è?»

«Credo che ci siamo.»

Berg la raggiunse.

«Questo è quello che stiamo cercando. Inizia qui. 1° ottobre 1940, lo stesso mese del naufragio.»

Pensò alla lettera riportata nel manoscritto, dal Dir. Thor Falck all'Admiral Otto Carax, datata 21 ottobre 1940 e avente per oggetto il «trasferimento di truppe tedesche».

«Chi si vede!» esclamò calorosamente una voce alle loro spalle.

Sobbalzarono entrambi e si girarono di scatto verso la porta. Il sole del deserto dell'ultimo soggiorno in Medio Oriente aveva donato un colorito bronzeo alla fronte alta e rugosa di Hans Falck.

«Alexandra Falck e John Omar Berg» disse. «Una coppia meravigliosa, se posso dire la mia. Hai messo alla porta il tuo socialdemocratico di sinistra, Sasha?»

Lei sospirò.

«È in vacanza in Provenza, insieme alle ragazze.»

Hans ridacchiò. «Quando si comincia con le ferie separate il matrimonio è praticamente già finito.»

«Eh, già, i matrimoni alla deriva sono fra i tuoi ambiti di specializzazione» ribatté lei. «Insieme all'anestesia da campo e alla lotta per l'indipendenza curda.»

Hans diede un'occhiata al locale. «Che cosa state cercando?»

Mentre il treno attraversava le montagne aveva riflettuto a lungo su cosa rispondere a *quella* specifica domanda. «Parlerò della vita della nonna e della sua opera letteraria in occasione della *Saga Arctic Challenge* e sto lavorando a una mappatura dell'ultimo viaggio sull'espresso costiero. A cosa sta lavorando Johnny lo sai già.»

«Mai visto prima quest'uomo» scherzò Hans. «Ma ai tempi, in Medio Oriente, mi era giunto all'orecchio che non fosse persona di cui fidarsi. Trovato qualcosa di interessante?»

Sasha lanciò una rapida occhiata a Berg. «Forse. In effetti ci servirebbe ancora un'oretta...»

«Non se ne parla proprio!» ribatté Hans. «È il momento del merluzzo appena pescato, nella casa padronale. Continuerete domani. Nessuno ha messo piede in questi archivi dopo il 1970 e se non lo aveste fatto voi sarebbero rimasti intatti per altri quarantacinque anni.»

# Capitolo 27
## Sono morti tutti

Berg scese alla villa in stile chalet svizzero. Fino a quel momento i tasselli si erano incastrati esattamente come aveva sperato: Grieg gli aveva dato il manoscritto, Sasha aveva abboccato all'amo della storia del materiale compromettente sulla famiglia Falck. E questo era solo l'inizio, ne era certo.

L'arredamento della sala da pranzo era variegato, per usare un eufemismo, un po' come una metropoli in cui i periodi di splendore e di decadenza si fossero stratificati nell'architettura. Il patrimonio marittimo della famiglia Falck si desumeva dagli scuri acquarelli di velieri dalle pesanti cornici dorate su carta da parati a motivi floreali; la loro decadenza e i problemi economici dal gran freddo che faceva là dentro. Su tutto il pavimento erano sparsi giochi per bambini in colori pastello, accanto a librerie Billy sghembe sovraccariche di romanzi di esponenti del realismo magico in edizioni Club del libro, un caotico bancone da cucina coperto di carote ed erbe aromatiche in parte già affettate e busti ingrigiti di Lenin e Karl Marx sul davanzale.

«Vado a mettere a letto Per» disse Synne.

Hans diede il bacio della buonanotte al piccolo, avvolto da un lieve olezzo di pannolino sporco, e un bacio anche alla compagna, sui capelli, poi si girò verso Sasha e Berg.

«Sono padre di neonati da trentacinque anni!» esclamò allargando le braccia. «Trentacinque. Ma ci pensate?!»

«Suona autolesionista» commentò Sasha.

«Mi fa davvero piacere che tu sia venuta fin qui, Sasha, devo ammetterlo, cazzo» disse lui posandole una mano sulla spalla.

Il suo biografo notò come la raffinata parlata di Hans, tipica della città di Bergen, si fosse arricchita di qualche volgarità: di certo un altro tassello, consapevole o meno, nella costruzione della sua immagine pubblica.

Entrò un uomo longilineo e muscoloso, dai capelli corvini raccolti in una coda di cavallo che ricadeva sulla giacca della tuta da ginnastica. Baciò Marte. «Sasha la conosci già, lui è Johnny» disse lei. «E questo è Ivan, mio marito, un artista che crea installazioni. Ha il suo atelier qui.»

Ivan fece un cenno con il capo, senza dire nulla.

«Come vi siete conosciuti?» chiese Marte, appoggiata di schiena al bancone della cucina e con un bicchiere di vino in mano. «Tu, papà, e Johnny...»

«In Libano» rispose Hans, dando una cameratesca pacca sulla spalla a Berg. «Non ci ho messo molto a capire che il ragazzo era venuto al mondo per qualcosa di più grande del giornalismo. Gli altri reporter di guerra passavano quasi tutto il tempo in albergo, lui era sempre sul campo. C'era stata l'ennesima invasione israeliana. I bombardamenti avevano distrutto completamente la parte meridionale di Beirut. Una crisi umanitaria di dimensioni enormi.»

«Non avevi paura?» chiese Marte a Johnny.

«Certo» le rispose lui, cortese. «Non bisogna dar retta a chi dice di non avere paura. Ma conflitti del genere spaventano di più a distanza che quando si è sul posto.»

Marte sorrise. «Mi sembra di sentire papà.»

«Com'era il Kurdistan?» chiese Berg a Hans.

«Sempre peggio, ovviamente. Ricordo che una volta, nei territori palestinesi occupati, erano venuti in visita dei parlamentari norvegesi. "Così non si può andare avanti" avevano detto dopo aver visto come venivano trattati i palestinesi. A quanto pare non sapevano molto di come funzionassero le cose in quella regione... La situazione era la stessa da sessant'anni! I jihadisti guadagnano terreno, l'Occidente resta in disparte, i valorosi curdi sono gli unici a contrapporsi a un Califfato sostenuto dalla Turchia che si estende da Damasco a Bassora. Hanno bombardato un reparto di neonatologia, per fortuna siamo riusciti a portare in salvo i bambini.» Hans accennò un sorriso. «Adesso basta parlare di guerra. Non dovevamo mangiare?»

La sala da pranzo aveva un lampadario di cristallo, buffet e credenze in mogano scuro laccato disposti lungo le pareti e sedie imbottite di velluto ricamato.

Marte e Hans andarono a prendere i piatti con merluzzo e fegato di merluzzo, patate lesse e burro al prezzemolo, poi servirono dell'economico vino cileno in generosi bicchieri da acqua. Ivan se ne stava seduto in silenzio a capotavola.

Marte, che evidentemente aveva assunto il ruolo di padrona di casa, si mise a elogiare l'imminente mostra del marito nella galleria d'arte della città, ma fu interrotta dal padre che, seduto all'altro capo del tavolo, si schiarì la gola con aria seria richiamando l'attenzione.

«Prima di tutto, ho una brutta notizia da darvi. Ho appena ricevuto il messaggio che Johan Grieg è morto. Un uomo che molti di voi qui riuniti, per un motivo o per l'altro, conoscevano.»

«Johan... è morto?» disse Sasha con voce roca.

«Insufficienza surrenalica» aggiunse Hans. «Era malato da tempo e ieri sera ha avuto un malore. Poveraccio, non è riuscito a prendere in tempo il suo *antidoto*.»

Berg gettò una rapida occhiata a Sasha. Aveva la bocca semiaperta dallo stupore.

«A Johan» disse Hans, levando il bicchiere. «Un buon amico, una persona e un editore formidabile. A una vita lunga e bella.»

«A Johan» mormorarono i commensali.

Per qualche minuto rimasero tutti in silenzio.

«Ottimo il pesce, papà» disse dopo un po' Marte, e gli altri annuirono. Hans iniziò una dissertazione sulla pesca con la rete, sui trucchi che aveva imparato alle Lofoten negli anni Settanta, quando era un giovane medico militante di sinistra in servizio nel Nord-Norge.

«Anche Vera veniva dalle Lofoten» disse guardando Sasha, «ma aveva un rapporto complicato con il suo luogo di origine. Tu e Olav non siete andati spesso al Nord, vero?»

Berg si accorse che Sasha si agitava irrequieta sulla sedia. «Lassù hai incontrato...» Ebbe un attimo di esitazione, poi aggiunse: «... molte persone che conoscevano la nonna?»

«Meno di quante mi aspettassi» rispose Hans. «La vita era particolarmente dura in quelle zone, molti morivano precocemente o si trasferivano. Gli insediamenti costieri alle Lofoten sono stati quasi tutti abbandonati dopo la guerra.»

«Qualcuno che si ricordi di lei ci sarà, no?»

Versò altro vino. «Hai mai sentito parlare del dottor Schultz?» Visto che non ebbe risposta, Hans proseguì: «Schultz era un pioniere, un uomo che aveva una vocazione, un medico distrettuale leggendario che abbandonò le cerchie intellettuali di estrema sinistra di Oslo in cui era cresciuto per aiutare i pescatori e le persone semplici su al Nord. Per me e per molti altri medici impegnati della mia generazione, interessati alla medicina sociale, lui è sempre stato un modello.»

«Come ha conosciuto Vera?»

«La curò quando venne ricoverata all'ospedale di Gravdal da ragazzina, aveva la poliomielite.»

«La nonna ha sofferto di piede equino per il resto della sua vita» disse Sasha, e Johnny si accorse che era commossa. «Ma lo ha sempre nascosto bene.»

«Il dottor Schultz e sua moglie, un'insegnante, si resero

subito conto che tua nonna era particolarmente dotata. Si presero cura di lei, la nutrirono di libri e insistettero per farle finire la scuola professionale quando sua madre si oppose. L'aiutarono a partire quando si trasferì al Sud e si occuparono di lei quando tornò alle Lofoten dopo il naufragio.»

Berg si accorse della curiosità che il racconto aveva suscitato in Sasha. «Stai dicendo che Vera ha abitato da loro durante la guerra?»

«A periodi, credo. Sono tutte cose che ho detto a Olav in più di un'occasione, ma lui non si è mai mostrato particolarmente interessato.»

«*Io* sono interessata» disse Sasha. «Vorrei raccontare la storia della nonna al convegno che si terrà sull'espresso costiero.»

«Ah...» commentò Hans annuendo. «È per questo che stai esaminando gli archivi qui?»

Prima che lei potesse rispondergli, un grido riecheggiò nella casa piena di spifferi: «Hans!»

Synne, che si era alzata da tavola per portare a letto il piccolo Per, se ne stava appoggiata alla ringhiera delle scale ripide con il neonato in braccio. Il suo viso si intravedeva appena attraverso la porta d'ingresso, ma sembrava piuttosto nervosa. «Per non vuole dormire. Tocca a te.»

«Amore, lascialo piangere e vieni a berti un bicchiere di vino insieme a noi» le gridò Hans.

Synne non si lasciò incantare. «Allatto» ribatté, ancora più nervosa.

«E sai bene quanto me che i consigli sull'allattamento li hanno ideati preti e moralisti, Synne. Un bicchiere di vino ti farà solo bene. A te e anche al bambino!»

Si sentì sbattere una porta al piano di sopra.

«Perché non le dai qualche dritta, Marte?» sospirò Hans. «Hai sempre avuto i figli sotto controllo dal primo momento, tu.»

Marte gettò all'indietro i capelli. Evidentemente soffriva della sindrome che colpisce le donne più belle. A quanto pare era abituata a vedere gli uomini annuire con fervore a ogni sua parola e l'atmosfera cambiare ogni volta che faceva il suo ingresso da qualche parte.

Non era abituata a darsi da fare per ricevere attenzione. Sasha, invece, meno irruenta ed espressiva, aveva una forza silenziosa che Berg trovava molto più affascinante.

Controvoglia, Hans salì le scale.

Marte si versò dell'altro vino, ne bevve un sorso e chiese: «L'hai distrutto tu il testamento, Sasha?»

Sulla tavolata scese un gran silenzio, interrotto solo dal rumore delle posate nei piatti e dal picchiettare leggero delle gocce contro il vetro. Aveva ricominciato a piovere.

«Ma cosa stai dicendo?»

«Papà mi ha raccontato che Vera ha lavorato a un manoscritto mentre si trovava qui nel 1970» disse Marte. «Lui ha la tendenza a evitare qualsiasi genere di conflitto e non vuole tensioni mentre sei qui, ma il punto è che Vera gli ha fatto promesse concrete prima di...» Marte mimò il segno delle virgolette, «... "togliersi la vita".»

Sasha era impallidita.

«Questo è davvero inaccettabile» disse soffocando la rabbia. «Sono stata io a trovare la nonna. E la polizia ha fatto tutte le indagini del caso.»

«Vera ha promesso a papà che questa proprietà sarebbe tornata a noi» continuò Marte. «Oltre ad averci assicurato una considerevole somma di denaro. E c'era anche dell'altro. Ma a quanto pare non erano cose da discutere per telefono.»

Dalle scale, Hans fece cenno a Johnny di raggiungerlo. «Il ragazzo dorme come un sasso. Vieni, voglio mostrarti una cosa.»

Il pianerottolo era tappezzato di stampe di Toulouse-Lautrec, c'era anche uno scaffale con romanzi gialli letti e riletti e un acquarello della DS Prinsesse Ragnhild.

«Eccoti qui!» La voce di Hans alle sue spalle aveva il tono mite e pacato di chi ha in braccio un neonato. Berg si fermò davanti a un comò traboccante di fotografie e attestati incorniciati. Li prese in mano per osservarli più da vicino: dignitari e personaggi di spicco sia norvegesi che stranieri, un paio di nomine a professore onorario scritte in arabo, diverse targhe. Era come trovarsi davanti a un pantheon di leader arabi, curdi e afghani, con cui Hans Falck aveva stretto rapporti di amicizia.

«Sono morti tutti, o quasi» disse lui piano. «Gli eroi non invecchiano, non laggiù.»

«Queste foto mi riportano in Medio Oriente» commentò Berg sottovoce.

«Qual è la prima cosa che ti viene in mente?»

«Gli odori» rispose. «Cumino, cedro, gasolio e carne di agnello bruciata.»

«Vedi lei?»

Hans si fermò davanti a una fotografia e indicò. Un ragazzo in camicia cachi e con la kefiah, che doveva essere lui, con degli uliveti alle spalle. E una giovane donna in canotta nera aderente, con un kalashnikov. Il viso aveva i tratti forse un po' troppo marcati per essere considerata bella secondo i canoni convenzionali, ma Berg non riusciva a distogliere lo sguardo da quegli occhi ardenti e addolorati.

«È lei la prima cosa che viene in mente a me» disse piano Hans.

«Chi è?»

«Mouna Khouri. Rifugiata cristiana palestinese in Libano, espulsa nel 1948, elemento di punta delle organizzazioni militanti. Una forza della natura, uccisa dai falangisti a Beirut durante i massacri di Sabra e Shatila.»

«È la donna che hai cercato di salvare?»

«Salvarla era impossibile. Ma sono più di trent'anni che mi chiedo se avrei potuto fare di più.»

«Hans, hai salvato più vite tu di molti altri.»

«Hai ragione...» rispose pensieroso.

Berg lo guardò: «Di cosa mi volevi parlare?»

«Qualche novità dall'ultima volta che ci siamo visti?»

«Sono stato da Johan Grieg poco prima che morisse. Mi ha dato la prima parte del *Cimitero del mare*.»

Hans fissava concentrato un punto nel vuoto. «Il manoscritto del 1970?» gli chiese senza guardarlo. «Cazzo...»

«È stato lui a fare la soffiata ai Reparti speciali della polizia nel 1970. Sono entrato in possesso di un documento che lo testimonia e che ho usato per fare pressione su Grieg, così ho ottenuto la prima parte del manoscritto. L'ho fatta leggere a Sasha, l'abbiamo letta insieme. E siamo venuti qui per verificare la fondatezza delle dichiarazioni che contiene.»

«Bel lavoro, Berg. Sapevo che eri la persona giusta per questo incarico. Vediamo se Olav e i suoi discendenti taglieranno il ramo su cui siedono.»

«Il manoscritto racconta della prima parte del viaggio della DS Prinsesse Ragnhild da Bergen a Trondheim e contiene accuse molto precise a Thor Falck, accuse che Vera ha mosso avendo trovato le prove nelle lettere conservate negli archivi privati della compagnia di navigazione. Sono quelle lettere che stiamo cercando.»

«Prendetevi tutto il tempo che vi serve» gli disse Hans.

«Non mi è ancora chiaro che cosa abbia a che fare il manoscritto con la ripartizione dell'eredità. E ancora meno con il fatto che Olav mi ha lasciato abbandonato in una prigione in Medio Oriente.»

Dopo un momento di esitazione, Hans rispose: «Partiamo dalla seconda. Quando sono stato in Kurdistan, la settimana scorsa, mi sono imbattuto in un norvegese, un miliziano, un tiratore scelto.»

«Mike alias NorwegianSNIPER» disse Berg. «Lo conosco. Caduto al fronte, no?»

«No, non è morto» gli rispose Hans sottovoce. «Ci siamo visti in un ospedale a nord di Mosul. Era incazzato nero con le autorità norvegesi e l'intelligence, secondo lui l'hanno pugnalato alle spalle. Mi ha raccontato di aver fatto da intermediario fra i servizi segreti e un norvegese che sarebbe stato mandato in missione nel Califfato un anno fa.»

«E?» Berg sentì il cuore martellargli nel petto, poteva trattarsi di lui.

«L'operatore norvegese fu catturato e quando Mike lo comunicò si sentì dire che il tizio in realtà era un jihadista e che lui stesso era sospettato di aver aiutato un terrorista. Stiamo parlando di te, Johnny.»

«Dove si trova adesso Mike?»

«È tornato al suo battaglione peshmerga al fronte, credo. Hai pensato di raggiungerlo, Johnny? Ricordati che hai accettato l'incarico di scoprire dov'è finito il testamento di Vera Lind.»

E di nuovo Berg sentì l'odore del Medio Oriente.

«Ascoltami bene, Hans» gli rispose a bassa voce. «Ho scoperto di più io di quanto abbia fatto chiunque altro in cinquant'anni. Nel *Cimitero del mare*, Vera descrive il suo incontro sull'espresso costiero con un ammiraglio tedesco con cui Thor il Grande aveva stretto un accordo. Un conto è la collaborazione... Tu lo conosci HK...»

«Una vecchia volpe.»

«La collaborazione con i tedeschi durante la guerra è stata solo l'inizio. A Rederhaugen i tedeschi hanno costruito gallerie e rifugi antiaerei, che poi sono stati utilizzati come deposito di armamenti per Stay Behind. Nel 1970 Vera scrive un manoscritto che viene confiscato per ragioni legate alla sicurezza del regno. Non conosco i dettagli, ma un legame fra la Saga e i servizi segreti della rete Stay Behind dev'esserci. E l'anno scorso, a mia insaputa, mi ritrovo a svolgere una missione per conto della Saga. In altre parole: il collegamento tra la fondazione e i servizi segreti esiste ancora. Dovresti spingermi ad andare in Kurdistan, se vuoi davvero tagliare fuori dai giochi Olav. Perché tutte e due queste storie conducono a Rederhaugen, a Olav.»

«Okay» disse Hans senza troppi giri di parole. «Cerca di essere prudente.»

## Capitolo 28

## Qualcuno aveva trafugato i documenti

Sasha aveva attivato la modalità silenzioso sul telefonino prima di andare a dormire e quando si era svegliata aveva trovato una serie di chiamate senza risposta da parte di Olav. I suoi messaggi erano stringati, come sempre, e la «esortavano vivamente» a telefonargli «riguardo al cosiddetto biografo Johnny Berg». Immaginava che il padre avrebbe tirato fuori la solita vecchia solfa che i Falck non parlano con i giornalisti e le avrebbe fatto notare l'inutilità del biografo. Le aveva lasciato anche diversi messaggi vocali, ma quelli avrebbero aspettato.

Si vestì e scese. Trovò Hans già seduto in cucina davanti a una colazione frugale. Attraverso la porta socchiusa della sala da pranzo si accorse che nessuno la sera prima si era preso la briga di sparecchiare dopo la cena. La luce del mattino rendeva ben visibili le macchie di unto sui bicchieri in cui erano rimasti fondi di vino, un gatto nero attraversò silenzioso la tavola e si mise a mangiare gli avanzi di pesce direttamente dalla leccarda.

«Dormito bene?» le chiese Hans con aria fresca e riposata.

Lei annuì.

«Mi ha chiamato Olav, parecchie volte.»

«Può aspettare» disse Sasha, aggiungendo del latte al caffè. Non aveva appetito.

Avrebbe voluto fargli molte domande sulla telefonata con la nonna, ma decise di aspettare. «Johnny si è alzato?»

Hans si versò del succo di arancia da un brick e si mise a trafficare in cucina. «Si è alzato presto oggi.»

Una leggera inquietudine assalì Sasha. Lavoriamo insieme, aveva detto Johnny, e a lei non piaceva l'idea che avesse iniziato da solo. «È già nell'archivio?»

Hans prese tempo. Alla fine rispose: «È dovuto partire.»

Sasha avvertì una lieve fitta al fianco. «Partire?»

Lui allargò le braccia. «Mi ha chiesto di dirti che si scusa per non essere riuscito ad avvisarti, come sai le cose in Medio Oriente sono sempre piuttosto precipitose. Uno dei leader del Partito comunista curdo, che io conosco da una vita, ha accettato all'ultimo di rilasciargli un'intervista.»

«Scusami, non capisco...» disse Sasha strofinandosi gli occhi assonnati. «Mi stai dicendo che Johnny è andato in Kurdistan?»

Hans annuì.

«Con il primo volo, via Francoforte. Berg è il mio biografo. La storia di Vera è interessante, ma lei resta un personaggio secondario.»

Sasha si alzò e andò alla finestra. L'acqua del fiordo luccicava. C'era qualcosa che non le tornava. Su esortazione di Johnny aveva lasciato perdere tutto il resto. Era stata così felice quando si erano ritrovati a leggere il manoscritto e a discuterne, al di là di quanto compromettente potesse essere il contenuto. Si sentiva ingannata. Devo riprendere il controllo della situazione, pensò.

«Ho una proposta da farti» disse guardando Hans a lungo. «Tu e Johnny Berg interrompete immediatamente la vostra collaborazione per il progetto della biografia.»

Sorridendo, Hans appoggiò la schiena alla sedia e intrecciò le mani dietro la nuca. «Una proposta audace, Sasha. E con la libertà di espressione come la mettiamo? Per un attimo mi sono illuso che avessi preso da tua nonna e dal suo anelito di verità. Adesso invece mi sembra di sentire tuo padre.»

«Credevo che voi comunisti foste critici nei confronti di concetti *borghesi* come quello della libertà di espressione.»

Hans rise, con una certa condiscendenza. «Dopo tutti questi anni mi considero più un liberalsocialista.»

«Non ho detto che avresti dovuto interrompere il tuo progetto di biografia, ma la collaborazione» precisò Sasha. «Vorrei assumere Berg per scoprire la verità sulla nonna. Lo acquisisco compensando l'editore e lo retribuisco a progetto attraverso la Saga. Credo proprio che riusciremo a rilanciare offrendo più di quanto avete fatto tu e la Grieg Forlag con l'anticipo.»

«Una proposta allettante, ma non sono sicuro che Johnny sia il tipo di persona che insegue i soldi. Olav è convinto che persone del genere non esistano, ma credevo che tu fossi diversa.»

Scese il silenzio.

Alla fine Sasha gli chiese: «Hai conosciuto Johnny in Libano?»

Hans rise accomodante. «John è un uomo talentuoso, e quelli come lui non crescono certo sugli alberi. Hai letto l'articolo sulla mia intervista a Beirut?»

«Sai che cosa ha fatto negli ultimi anni?» gli chiese Sasha. «Quasi tutti i suoi pezzi sono di cinque, dieci anni fa.»

«Da quello che ho capito, ha avuto un periodo difficile. È un mestiere che ti logora, ne ho visti gli effetti su molte persone. La guerra è un potente stimolante del sistema nervoso centrale, forse il più potente degli eccitanti. I reporter ne patiscono le conseguenze, sono soli, senza alcun supporto da parte di professionisti, senza alcuna limitazione imposta da altri, per questo è facile che si scavino la fossa da sé. Quando l'ho trovato era messo proprio male.»

«Quando l'hai *trovato*? In che senso?»

La sensazione di essere stata ingannata si acuì.

«L'anno scorso Johnny è stato in prigione in Kurdistan» disse Hans pacato. «I dettagli non li conosco, ma i curdi sono sempre all'erta nel timore di imbattersi in foreign fighter occidentali, e a ragione, perciò è probabile che si sia trattato di un equivoco. In Medio Oriente ci sono molti giornalisti occidentali detenuti con dubbie accuse di spionaggio a loro carico.»

Johnny in prigione in Kurdistan?

«Sono davvero pochi i norvegesi che possono vantare contatti migliori dei miei in quella regione» proseguì Hans con lo stesso tono pacato. «La verità è che mi ha chiamato un amico dei servizi segreti, non molto tempo fa, in via confidenziale.»

«Chi?»

«Una persona che preferisce restare anonima. Mi ha chiesto di servirmi delle mie conoscenze per far rilasciare John per motivi umanitari.»

Sasha si alzò e andò alla finestra. Pioveva, una bassa coltre di densa nebbia copriva il fiordo.

«Viviamo in Norvegia» disse senza distogliere lo sguardo dal fiordo. «Non in una repubblica delle banane dove le autorità non aiutano i cittadini in difficoltà finché un medico di sinistra non prende in mano la situazione.»

Quando tornò a sedersi, Hans posò una mano sulla sua. «Che la Norvegia sia un paese perbene non significa che sia esente da giochi sporchi. La Norvegia ufficiale non apprezza le storie che incrinano l'immagine senza macchia che abbiamo della nostra nazione. Quello che facciamo davvero nelle missioni all'estero, per esempio. O quello che mette in discussione i nostri immacolati eroi della resistenza durante la guerra, come le ricerche di tua nonna. Sei un'archivista, Sasha. Scavi nei fatti del passato. Sei davvero pronta ad affrontare le conseguenze che le ricerche sulla tua famiglia potrebbero avere?»

Sasha raddrizzò la schiena. «Sì, sono pronta. Vivevi qui nel 1970, quando Vera lavorava al suo manoscritto?»

Per la prima volta quella mattina, ebbe l'impressione che Hans fosse stato colto di sorpresa dalle sue parole. Senza dire nulla, lui sparecchiò la tavola e cominciò a mettere i piatti in lavastoviglie.

«Sì» rispose alla fine.

Lei si girò, e fissando il suo volto rugoso e sempre abbronzato gli chiese: «Che cosa è successo veramente, Hans?»

«Esaminare documenti è la tua specialità, Sasha, forse è meglio se il nesso lo scopri da sola» le disse indicando l'edificio dell'archivio. «Le risposte dovrebbero essere lì, no? E se non le trovassi, forse il non trovarle sarebbe di per sé una risposta, non credi?»

Quando uscì, Sasha fu investita dall'aria umida del Vestlandet. Che cosa intendeva Hans? Il prato era tutto un gorgoglio, imboccò un sentiero mezzo coperto di erba e circondato da giunchi bagnati che le frustavano leggeri i pantaloni.

Tirò fuori il raccoglitore con la corrispondenza della Dhs relativa al 1940. Per avere un quadro corretto del contesto cominciò dall'inizio dell'anno. Che cosa avevano capito Thor Falck e gli altri direttori della compagnia di piroscafi Det Hanseatiske Dampskibsselskab di quello che stava accadendo nel resto dell'Europa? Davvero poco, in sostanza. La vita e gli affari sembravano proseguire come al solito.

Thor Falck aveva partecipato a molte riunioni con le autorità tedesche dopo l'invasione nella primavera del 1940. Era evidente, anche se spesso lo si mascherava dietro denominazioni tecniche di dipartimenti e direttorii. Visto il periodo, non si potevano certo considerare attività illegali o particolarmente contrarie all'etica. Il direttore di una compagnia di navigazione non poteva che adeguarsi al nuovo assetto, qualunque esso fosse. Alla fine di luglio era stato il vicedirettore a partecipare alle riunioni più importanti. In concomitanza con la nascita di Olav. «Al direttore Falck sono stati accordati tre giorni di congedo.»

E finalmente trovò il quarto trimestre, che iniziava dal primo ottobre. La corrispondenza epistolare era vasta e contrassegnata rigorosamente per data. Sasha cercò di farsi un quadro generale sulla base di tutti i dettagli inseriti, un'interminabile serie di tecnicismi su navi e tonnellaggi che a lei non dicevano proprio nulla: la P.G. Halvorsen, la Vela, la Hovda, la Juliane. Dal molo Tolbodskaien era in partenza la S/S Tindefjell, da Laksevågshopen, dai cantieri navali di Laksevåg e da Dokken salpavano le norvegesi Finse e Taiwan, oltre che la tedesca S/S Kattegatt. E così via.

A un tratto le saltò all'occhio un dettaglio di non poco conto. Per tutto il mese e fino al 18 ottobre era stata registrata ogni singolo giorno una serie di operazioni, ma nell'archivio non c'era nulla dal 19 al 24 ottobre, data in cui era stato scritto: «L'espresso costiero DS Prinsesse Ragnhild è affondato ieri, al largo di Landegode. Si teme che in molti abbiano perso la vita, il direttore Falck risulta disperso.»

Sui giorni di viaggio verso nord dell'espresso costiero non si trovava nemmeno una riga.

Sasha controllò di nuovo il manoscritto di Vera. Le date coincidevano. Questo significava che non c'era niente che potesse comprovare le dichiarazioni che la nonna aveva affidato al manoscritto, non una sola parola scritta sull'accordo stretto fra Thor Falck e l'ammiraglio Carax. Sasha si alzò, attraversò il locale. In quella stessa stanza la nonna aveva scritto *Il cimitero del mare*, un inverno di tanti anni prima, poi il manoscritto era stato confiscato.

Pensò a quello che Hans aveva detto sull'immagine senza macchia della Norvegia e sulle zone d'ombra durante la guerra. Qualcuno aveva trafugato i documenti, eliminato le prove di quello che Thor il Grande aveva fatto, come quando con un ritocco si cancella la presenza di persone compromettenti da una fotografia storica. Ma chi era stato? E perché? Si trattava di qualcuno che aveva letto il manoscritto e sapeva che cosa cercare?

Sarebbe andata a fondo, indipendentemente da dove tutto questo avrebbe potuto portarla. E avrebbe trovato la seconda parte del manoscritto della nonna.

## Capitolo 29
## Russo alla radio

*Kurdistan, Iraq del Nord*

Berg viaggiava sul sedile del passeggero di un taxi, una vecchia Toyota con il finestrino chiuso con il nastro adesivo e il telaio che grattava a terra quando la strada si faceva sconnessa. I jihadisti avevano dato fuoco ai pozzi petroliferi, da cui si alzava un fumo nero denso e maleodorante.

Non era un buon segno. Chiaramente lo avevano fatto per impedire la visuale ai bombardieri alleati, ma se lo Stato Islamico dava fuoco alle proprie risorse economiche allora qualcosa di grande bolliva in pentola.

Il tassista puzzava di sudore e ascoltava solo *nasheed*, canti religiosi islamici, alla vecchia radio sul cruscotto. Subito dopo aver passato il cartello che indicava 29 km di distanza da Mosul il suo vecchio Nokia si mise a suonare. Rispose in curdo e Berg capì alcune parole di quello che diceva.

«Straniero... giornalista, ho detto... sì, stiamo arrivando.»

Il cattivo presentimento che lo attanagliava fin da quando era atterrato nella capitale curda si acuì. Nonostante i curdi fossero i principali nemici del Califfato, erano comunque in tanti ad appoggiarlo. E non c'era nemmeno bisogno che il tassista fosse un convinto sostenitore, bastava che fosse un povero diavolo con una famiglia da sfamare. Un giornalista straniero era valuta preziosa. Molti di quelli a cui avevano tagliato la gola in diretta tv erano proprio reporter di guerra.

Johnny si chinò in avanti fingendo di grattarsi la caviglia destra e controllò che il coltello fosse al suo posto. Lo aveva acquistato alla borsa nera il giorno prima, un maneggevole coltello da combattimento Ka-Bar di proprietà del corpo dei Marines, piccolo, con la lama scura e il manico antiscivolo color nocciola. Da dove arrivasse, non lo sapeva. Gli americani avevano rifornito gli iracheni con abbondanti quantità di equipaggiamenti, che poi erano stati rubati dai jihadisti, e probabilmente il coltello era diventato bottino di guerra durante l'avanzata dei curdi.

Il piatto paesaggio desertico si estendeva tutt'intorno a loro, il tassista rallentò. Berg gettò una rapida occhiata laterale nella sua direzione, davanti a loro apparve un checkpoint. Se avvicinandosi si fosse reso conto che si trattava di soldati dello Stato Islamico, non avrebbe avuto altra scelta che tagliare immediatamente la gola al tassista e fare inversione. Ce l'avrebbe fatta? Il tassista non avrebbe fatto in tempo a reagire, ma lui sarebbe riuscito a cavarsela?

Non ne era certo.

Le auto davanti alla loro erano poche e in breve raggiunsero lo sbarramento. I soldati indossavano uniformi americane, il che non era per forza sinonimo di buone notizie. L'anno prima, in un'offensiva lampo, i terroristi avevano sopraffatto le forze irachene equipaggiate dagli americani, si erano impossessati di tutte le attrezzature e avevano dato ai soldati la possibilità di scegliere se unirsi a loro o seguirli al fossato delle esecuzioni di massa.

«*Sahafi*» disse Berg ai militari con la barba. «Sono un giornalista.»

I soldati di guardia presero i suoi documenti e si allontanarono. Berg tamburellava impaziente sul cruscotto. Era andato tutto più rapidamente di quanto avesse osato sperare. Non appena Hans gli aveva raccontato di Mike aveva capito che sarebbe dovuto partire. Era il Medio Oriente che lui conosceva, non la storia della Norvegia del periodo bellico. Partire, per quanto traumatici fossero i ricordi della prigionia, perché era lì che avrebbe trovato una spiegazione a quanto era accaduto, non in patria.

Da Bergen aveva preso un volo per Francoforte e poi per la capitale curda. Prima di atterrare a Erbil aveva avuto paura che il suo nome in qualche modo fosse stato compromesso. L'unico a cui lo aveva rivelato era l'americano che aveva condotto l'interrogatorio con la tortura dell'acqua, nessun altro. Comunque, era filato tutto liscio.

Aveva passato velocemente la dogana e raggiunto una foresteria nel sobborgo cristiano di Ankawa, ai confini della città, un posto che conosceva dai vecchi tempi e dove era ancora possibile procurarsi alcolici. Oltretutto preferiva evitare gli hotel a cinque stelle, che solitamente pullulavano di giornalisti occidentali e volontari.

Aveva mandato un messaggio a NorwegianSNIPER su Instagram e già la prima sera Mike lo aveva chiamato in camera su una linea criptata. Le cose erano cambiate, così gli aveva detto, la pressione sul fronte stava aumentando e l'allerta era sempre più elevata. Il generale Kovle, un ex sicario curdo a capo dell'unità, aveva revocato tutti i permessi. L'unico modo per vedersi, gli spiegò Mike, era che lui lo raggiungesse.

«Credo di sapere che cosa ti è successo» gli disse. «Ma ne parliamo di persona, non al telefono.»

Viaggiare in territori di guerra implica passare la maggior parte del tempo in attesa. Come in quel momento. Un'eternità dopo, il soldato del check-point tornò. Il sole era basso sull'orizzonte, il calore del giorno a breve avrebbe lasciato il posto alla fredda oscurità dell'entroterra, le notti erano ancora fresche.

«Giornalista... fuori!» ordinò il soldato, e gli fece cenno di allargare braccia e gambe e di posare il palmo delle mani su un muro. «Giornalista, hai detto?» commentò sfilandogli il coltello da sotto i pantaloni. «*Front... closed... for sahafi.*»

Berg fissava il muro scrostato. Aveva sempre avuto buon fiuto nel decidere di chi poteva fidarsi e chi invece doveva considerare nemico. Quelli non erano jihadisti. Ma la zona era interdetta alla stampa. Decise di correre il rischio e giocarsela.

«*Mukhabarat*» disse in arabo, e poi in inglese con un forte accento americano: «Sono dei servizi segreti. Stiamo cercando di localizzare foreign fighter occidentali.»

E mentre fischiava cercò di mimare la traiettoria di una bomba da mortaio.

«Aha!» Il soldato si illuminò. «*You will... kill... Daesh terrorists...* booom*! Welcome to the Kurdish Peshmerga front, my friend!*»

***

Era ormai buio quando entrarono nel paesino che Mike gli aveva indicato. Dopo che Berg aveva pronunciato la parola *mukhabarat*, il corpulento tassista si era mostrato molto rispettoso nei suoi confronti.

Di notte un riverbero grigiobluastro rischiarava i bassi edifici in muratura color sabbia, le cui sagome erano dominate da minareti e campanili. Cristiani e musulmani avevano convissuto pacificamente fino a che non erano arrivati i barbari. Adesso invece... Quel pensiero lo rese triste, il Medio Oriente lo rendeva sempre triste ed energico al tempo stesso. Il tassista suonò il clacson, un paio di soldati uscirono. Berg pagò la corsa e salutò con un cenno del capo. L'auto si dileguò.

C'era un gran silenzio, interrotto solo dal guaire di qualche cane randagio in un vicolo. Berg prese il suo bagaglio leggero ed entrò nella guardiola, che scoprì essere una villa privata abbandonata l'anno prima da assiri cristiani. Dei soldati curdi giocavano a carte seduti a terra; altri, raggruppati intorno a un piccolo schermo, stavano guardando una telenovela turca, o qualcosa di simile. Erano tutti tranquilli. Appesa alla parete c'era una fotografia del generale Kovle.

«Ho un appuntamento con Mike» disse Berg.

Un curdo tedesco che parlava inglese gli spiegò che Mike era in un avamposto a qualche chilometro di distanza e si offrì di dargli un passaggio. «Può darsi che questa sera l'atmosfera si scaldi» lo avvisò mentre percorrevano una strada sterrata decisamente malmessa.

«Non mi sembrava che foste in allerta» disse Berg.

«*My friend*. Noi conosciamo Daesh, ascoltiamo le comunicazioni radio tutte le notti, sappiamo quando attaccheranno. Ancora non ci siamo. Ma è probabile che succederà questa notte.» Indicò un edificio immerso nel buio. «Mike è là dentro.»

Nonostante l'oscurità, Berg intuì che un tempo doveva essere stata una chiesa. Scambiò qualche parola con i giovani soldati di guardia ed entrò in un locale dal soffitto alto. Sulla parete corta, sopra l'ingresso non più integro, intravide una croce. Su un lato del presbiterio c'era una scala a chiocciola, la prese e salì al piano di sopra.

Mike era seduto a terra, spalle al muro. Nel debole riflesso di luce del telefono, Berg vide che aveva i capelli scuri tagliati corti e una barba ben curata che gli incorniciava il viso rotondo. Lungo le pareti aveva impilato romanzi di Jan Guillou, Jon Michelet e Ken Follett, oltre a cannoni senza rinculo e granate.

«Ce l'hai fatta a trovarmi» disse con la cadenza dell'Østlandet. «Non si può certo dire che tu abbia scelto il giorno migliore per arrivare. È tutto molto tranquillo da troppo tempo. Sono appena uscito dall'ospedale e di solito non vengo quassù, ma questa sera credo che sia la cosa giusta.»

Berg non ricordava cosa si aspettasse, ma quest'uomo aveva un non so che di mite e pacato. Dietro sacchi di sabbia impilati nel mezzo del locale c'era un fucile di precisione con la canna che puntava verso una finestrella.

«Quel Barrett mi ha salvato la vita parecchie volte» disse Mike. «Non avevo i soldi per un fucile, ma grazie al crowdfunding in rete me lo sono procurato. Vale oro.»

Fu interrotto dal crepitare delle trasmissioni, in francese. Berg non riuscì a capire tutto, ma si parlava di «cani curdi».

«Nemici. Lo Stato Islamico. I volontari parlano molte lingue: arabo, ovviamente, russo, francese. Ascoltano le nostre trasmissioni e noi le loro. Mi piacerebbe sapere il francese, così gli direi di tapparsi la bocca.»

«Col francese forse ti posso aiutare» disse Berg. «Prova con *Ta gueule, Mohamed, nique ta mère*.»

Mike sghignazzò. «Ripetimelo...»

Dopo qualche tentativo per aggiustare un po' la pronuncia, Mike lo disse alla radio e subito si sentì un'esplosione di insulti in francese. Berg si rese conto che in compagnia di Mike la tensione diminuiva. Allo stesso modo in cui un norvegese all'estero riconosce un compatriota, Berg identificava sempre chi aveva tolto la vita a qualcun altro.

Erano una nazione di assassini e Mike ne era cittadino a pieno titolo.

«Francesi!» rise Mike. «Finché sono loro a parlare non mi preoccupo. Quando si sentono i russi, invece, il pericolo si avvicina. I russi sono i migliori fra i soldati dello Stato Islamico. A volte i servizi segreti e le forze speciali francesi vengono qui al fronte. Allora sì che si mangia bene! Ratatouille e vino rosso!»

Berg si ricordò che HK aveva detto la stessa cosa e si domandò come l'avrebbe presa il suo vecchio capo se avesse saputo che era tornato in Kurdistan. Avrebbe riso sotto i baffi.

«L'intelligence francese è qui per individuare dove si trovano i loro foreign fighter in modo da poterne uccidere il più possibile. Sono davvero tanti i francesi nelle file del Califfato, e se tornassero in Francia scoppierebbe l'inferno» disse Mike.

Quando si avvicinò, Berg si accorse che zoppicava.

«È stato Hans Falck a curarti, non è vero?»

«Per fortuna era nei dintorni» gli rispose l'altro, secco. «Altrimenti non credo che la gamba si sarebbe salvata.»

«Hans mi ha raccontato del vostro incontro» disse Berg. «Ma ci sono cose che mi sfuggono.»

Mike aveva prestato servizio nel nucleo tiratori scelti ed era stato più volte in missione in Afghanistan. L'avanzata del Califfato nella patria dei genitori aveva cambiato tutto. Restare a guardare quel massacro senza far nulla non era da lui.

Mike aveva rescisso il contratto ed era partito. Tramite un curdo tedesco era finito nell'unità del generale Kovle. Raccontava la sua storia con fare spiccatamente militaresco, dettagliato come un telegramma, senza aggettivi o punti esclamativi.

Approfittando di un congedo, Mike era tornato in patria e si era rivolto ai servizi segreti norvegesi, ma la cosa non aveva avuto seguito. Era passato molto tempo e nessuno si era mai messo in contatto con lui.

«E poi un giorno ricevo un messaggio da una vecchia conoscenza del nucleo tiratori scelti. Si serve di un codice militare per farmi capire chi è.»

«E chi è?»

«Un tale di nome Sverre Falck.»

«Sverre Falck?» Berg strabuzzò gli occhi.

Mike annuì.

«Mi faceva pena quando eravamo commilitoni. Gli altri ridevano di lui, lo chiamavano "il figlio di papà" o "il figlio del miliardario", dicevano tutti che era lì solo per intercessione del padre. Era un abile tiratore, in effetti, ma per il resto piuttosto inetto. Debole psicologicamente. È andato in depressione dopo qualche scontro in Afghanistan, alla fine passava più tempo con il cappellano militare che con gli altri ragazzi.» Mike proseguì: «E comunque, lo Sverre

Falck che è venuto da me era una persona completamente diversa. Troppo ben vestito per essere in Kurdistan. Ha detto che era qui per conto di non so quale organizzazione umanitaria, ma puzzava di servizi segreti lontano un miglio. Con sé aveva la metà della cifra, diecimila dollari in contanti. Io non volevo prendere quei soldi, ma lui ha insistito, così li ho accettati, avrei potuto comprare qualcosa per i ragazzi al fronte. Il resto sarebbe arrivato se avessi fatto quello che mi aveva detto, e cioè procurarmi una pistola e metterla insieme a cinquemila dollari...»

«... in una cassetta di sicurezza della Kurdistan International Bank» completò la frase Berg. «Dove io sono andato a prenderli.»

Mike annuì. «Sverre Falck lavorava per i servizi segreti norvegesi.»

«No» ribatté Berg. «Sverre Falck è venuto per conto della Saga. Non potevano esserci dietro i servizi segreti, perché questa missione non avrebbe mai ottenuto l'approvazione politica da parte dello stato. Era una missione privata, anche se non potevamo saperlo.»

«Ci hanno usati, tutti e due, e poi ci hanno lasciati a marcire nel fango.»

«Sverre Falck è la chiave» disse Berg. «Solo che nessuno ci crederà, se non sarà lui a mettere le carte in tavola. Ma se lo facesse... riusciremmo a smascherare la Saga. Devo tornare in Norvegia.»

«Non credo sia possibile questa sera» disse Mike.

La radio gracchiò di nuovo.

Questa volta parlavano russo.

## Capitolo 30
## Finisce qui, pervertito!

Quando Sverre tornò a Rederhaugen, dopo tre giorni di ostinato sciare, aveva preso la sua decisione. Sarebbe partito per l'Afghanistan, anche se a procurargli il biglietto era stato Olav. A saperlo era solo M. Magnus e gli antefatti legati al padre sarebbero stati dimenticati non appena scattata l'allerta, quando lui avrebbe dimostrato di cosa era capace.

Alcuni giorni prima era salito su un treno che lo aveva portato in montagna, a diverse ore da Oslo. Poi era ridisceso con gli sci, da solo, furibondo e affamato, nel vento e nella neve. La sera si fermava nei rifugi e se ne andava a letto immusonito, senza nemmeno curarsi degli sguardi di estroverse ragazze single a caccia di uomini.

Non che lui non fosse attraente. Le donne ronzavano intorno al figlio celibe di un miliardario come falene intorno a una lanterna accesa nella notte. Ma con le cercatrici d'oro che lo desideravano solo per quell'unica ragione non sarebbe certo andato a letto, decisamente no.

Quelle che lui voleva non lo volevano.

Tornato dall'Afghanistan non aveva avuto nemmeno una relazione vera e propria. A dire il vero neanche prima, solo che prima la sua vita da scapolo incallito era semplicemente oggetto di battutine. «Sverre aspetta di trovare il grande amore» amava ripetere il padre. Adesso invece Olav non commentava più, ma lasciava trapelare il suo sdegno per chi non si riproduceva e quindi non contribuiva alla discendenza della famiglia.

Forse era per via dell'Afghanistan. Si era sentito così felice laggiù nel deserto, così pieno di senso e scopo, prima che l'onda che stava cavalcando si rompesse, travolgendolo, al suo rientro in patria. Era spesso assente, l'insonnia e inspiegabili attacchi di rabbia lo martoriavano, non era certo nelle condizioni migliori per giocarsela bene nell'arena dell'altro sesso.

«Tu non mi vedi» gli aveva detto una.

*No, certo, non ti vedo.*

«So che proteggevi la patria» gli aveva detto un'altra. «Allora perché non proteggi me?»

*Fuck off.*

Non era del tutto vero che il padre lo trattava solo male. Quando Sverre era tornato dal Kurdistan l'anno prima, dopo il suo incontro con Mike, per un breve periodo Olav sembrava aver cambiato atteggiamento nei suoi confronti.

Sverre conosceva Mike da quasi dieci anni. Nel nucleo tiratori scelti il curdo aveva sempre mantenuto un profilo basso. I ragazzi erano rimasti tutti senza parole quando avevano saputo che si era arruolato nei peshmerga e documentava la guerra su Instagram.

Mike era diventato oggetto dei bisbigli dell'intero dipartimento della Difesa, gli ufficiali erano sul piede di guerra. Gli ex commilitoni di Sverre che ancora lavoravano lì gli avevano raccontato che si rischiava grosso con i servizi segreti e la polizia militare anche solo per un commento positivo alle immagini che postava. Per quasi tutti loro, Mike era un eroe norvegese: aveva alzato la posta e preso la situazione in mano, mentre quei codardi dei politici e dei vertici della Difesa non ne avevano avuto il coraggio.

Per quanto riguardava l'incarico da corriere in Kurdistan, era filato tutto liscio. Era stato M. Magnus a organizzarlo. Si trattava di introdurre nel paese una cospicua somma in contanti, incontrare una fondazione curda e Mike. Una volta rientrato, nessuno aveva parlato di quella missione, ma era chiaro che suo padre era orgoglioso di lui. Gli aveva chiesto di presenziare, in rappresentanza della famiglia, a cene a cui prima non lo avrebbe mai invitato.

Era durata poco. Dopo l'estate, Olav era tornato al suo abituale *modus operandi*, con critiche che si susseguivano incessanti. Freddo e caldo, caldo e freddo, lui era fatto così.

Sverre era seduto sul Knatten, il punto più alto di Rederhaugen.

Da lassù, sulla destra vedeva la villa del padre, la casa del custode in cui abitava Sasha e il viale d'ingresso. Aveva sempre desiderato vivere lì, ma visto che la sorella aveva messo su famiglia prima di lui la casa era toccata a lei e Sverre si era dovuto accontentare di un lussuoso appartamento in Gimle Terrasse. Dritto davanti a lui svettava l'edificio principale con la torre col rosone, sulla sinistra ondeggiavano le cime degli alberi del bosco che portava alla baita di Vera, poi il paesaggio s'interrompeva bruscamente: ecco lo Strapiombo e il mare molto più in basso.

Sentì degli arbusti frusciare e dei ramoscelli secchi spezzarsi, poi comparve.

«Volevi vedermi?» disse Siri Greve, ben curata e ben vestita come sempre, una *milf* o una *cougar*, come si diceva nei luoghi che lui frequentava in rete, anche se per l'occasione anziché gli stivaletti portava un paio di scarpe Nike immacolate.

Sverre lanciò in aria una pigna.

«Posso avere la tua parola che non riferirai a mio padre?»

Lei rise. «Non hai idea di quanti segreti *non* riferisco a tuo padre.»

«Voglio vendere la mia quota» disse Sverre senza esitazione.

Siri lo guardò con disappunto. «La tua quota di cosa?»

«Del Gruppo Saga. Non ho futuro qui, anzi, per dirla tutta, non desidero nessun futuro qui. Voglio ricominciare.»

«È per l'intrigo di Olav per mandarti in Afghanistan?»

*Lo sapeva anche lei.*

*Merda.*

«Non solo» azzardò.

«No, certo.» Siri si era seduta accanto a lui sulla roccia e stava spazzando via corteccia e aghi di abete dall'esclusivo giaccone. «La ragione è che Olav ti tratta come tratta chiunque altro, e cioè come un sottoposto e un servo.»

Non l'aveva mai sentita criticare il padre.

«Olav ha i suoi lati buoni, non c'è dubbio» continuò Siri. «La storia lo ricorderà come uno dei più importanti pilastri della società del dopoguerra. Ma ormai è vecchio, e più invecchia più tende a camuffare le sue debolezze criticando gli altri. La morte di Vera non ha migliorato le cose, anzi. Quello che ti chiedo è se hai le risorse per sfidarlo.»

Le parole dell'avvocato lo stupirono.

«Se ho le risorse?» ripeté.

«Non fare l'ingenuo. Sai bene che Olav pretende lealtà assoluta. Da me, dal consiglio di amministrazione e soprattutto da voi figli. È esattamente questo che Sasha è sempre stata in grado di gestire molto meglio di te. Adesso però sembra che anche lei abbia iniziato a guardare al futuro. Se provi a vendere, anche ai familiari, è come una dichiarazione di guerra. Hai le risorse per tener testa a tuo padre?»

«Chi mi assicura che tu non mi stia tendendo una trappola?» Magari Olav si aspettava qualcosa del genere e aveva dato istruzioni a Siri perché lo facesse rientrare nei ranghi.

«Questa è paranoia, Sverre» gli rispose lei, pacata. «La questione è: hai le risorse per sfidare tuo padre?»

Sverre si costrinse a respirare con calma, a ricreare il respiro del tiratore che ricarica l'arma, quello che gli aveva permesso di colpire un soldato talebano a mille metri.

«Fra i tiratori scelti, quando ero in Afghanistan, c'era uno che si chiamava Fiskvik» disse. «Nessuno sollevava più di lui in panca piana, nessuno correva i tremila metri più velocemente, nessuno sparava meglio nelle esercitazioni di tiro, nessuno si vantava quanto lui di tutte le donne che si era portato a letto. Tormentava sempre uno dei nostri, Johansen. Ma la prima volta che ci spararono contro – eravamo in un *wadi* –, Fiskvik si spaventò al punto da rimanere fermo rannicchiato in una trincea. Johansen lo dovette prendere in braccio e trasportare fino alla camionetta. Il giorno dopo lo rimpatriarono.» Sverre appoggiò la schiena e sollevò lo sguardo verso l'alto. «Nessuno può sapere se ha davvero le risorse.»

«Risparmiami le favolette con la morale» ribatté Siri. «Tu vuoi vendere. Bene. Le azioni sono vincolate da una clausola. Solo altri membri della famiglia possono acquistarle e solo a metà prezzo; proprio per evitare il tipo di vendite di cui stiamo parlando ora. Olav è sempre stato riluttante all'idea che qualcuno in famiglia potesse liquidare le proprie quote. Meglio avere tutti mani e piedi legati all'interno, secondo lui. Sono anni che il ramo di Bergen vorrebbe vendere, hanno un disperato bisogno di soldi, ma Olav non ha mai ceduto. Forse potrebbero iniziare a pensare in modo innovativo. Forse dovrebbero trovare il modo di acquistare quote, anziché liberarsi di quelle che hanno.»

«Potrei sentire Marte» disse Sverre.

«Ecco, sentila» concluse Siri alzandosi. Si ripulì i vestiti spazzandoli con le mani e inarcò le sopracciglia. «Telefona a Marte Falck.»

Che sapesse anche la storia di *loro due*?, si domandò Sverre, una volta rimasto da solo sul Knatten.

Quando si biasimava per la sua misera vita da single gli capitava spesso di dare la colpa a Marte Falck.

Non aveva mai amato nessun'altra come aveva amato Marte. Fin da quando erano bambini e correvano nudi sotto gli irrigatori a Rederhaugen o a Hordnes, oppure su all'alpeggio. Era tutto così innocente a quei tempi, e così bello... Ricordi che avevano i colori di vecchie foto polaroid. Lui aveva otto anni e lei sei. Marte gli aveva fatto l'occhiolino e lo aveva trascinato in un boschetto, lo aveva baciato con la lingua e aveva guidato la sua mano tremante al pube ancora glabro, e lui aveva sentito un brivido di piacere, come quando si strofinava il pistolino contro il palo d'acciaio al parco giochi.

Alla fine li avevano scoperti. Olav si era infuriato terribilmente, aveva minacciato Sverre di spedirlo in collegio in Inghilterra. Hans Falck l'aveva presa con molta più rilassatezza. «I bambini hanno una sessualità forte, anche loro» gli aveva sentito dire Sverre una sera che non riusciva a dormire.

Sarebbe potuta finire così, come un ricordo d'infanzia curioso e un po' imbarazzante, non fosse stato per quella mattina di molti anni dopo nella sala blu: dopo una notte di bisboccia con i membri più giovani della famiglia allargata, Sverre si era svegliato con i postumi di una terribile sbornia e senza ricordare cosa avesse fatto, e Marte sedeva a cavalcioni sopra di lui nel letto in cui così tanti vincitori di premi per la pace avevano dormito.

Ovviamente aveva capito subito che non sarebbe stato assolutamente ammissibile. Ma alla carne non importa della morale, e il pensiero di essere sedotto da Marte Falck aveva riempito il giovane Sverre di selvaggia e irrefrenabile eccitazione.

L'andare a letto con Marte era diventata un'annuale tradizione di famiglia, che lui aspettava trepidante di desiderio per un anno intero. Perché Marte continuava a farlo? Forse per il brivido della trasgressione e del moralmente inaccettabile che provava scopandosi il cugino in un cesso esterno desolato o in altri posti simili? Forse per un suo insaziabile appetito sessuale?

Che la ragione potesse essere lui non osava nemmeno prenderlo in considerazione: come tutti quelli che uniscono a una grandiosa immagine di sé una bassa autostima, il fatto che qualcuno potesse amarlo era l'unica cosa che non sarebbe riuscito a immaginare.

La tradizione si perpetuò fino a quando non apparve sulla scena Ivan, l'artista delle installazioni. Una limpida sera di primavera, all'alpeggio del capanno di caccia a Ustaoset, l'uomo prese da parte Sverre e con uno sguardo glaciale alla Putin gli disse sottovoce: «Guarda che so tutto. Finisce qui, pervertito!»

E così fu, purtroppo. Ma chi era stato sedotto da Marte Falck una volta, lo era per sempre. Il sogno di lei restava, sonnecchiante, come una belva assopita, come un virus nascosto.

## Capitolo 31

## Sangue e terra

*Linea del fronte, Iraq del Nord*

L'attacco fu preceduto dall'invocazione «Allah Akbar!» alla radio e si materializzò nei tiri indiretti dei mortai di Daesh. Un debole fragore al di là della linea del fronte, poi un sibilo basso come quelli dei fuochi d'artificio di Capodanno, e alla fine l'esplosione vera e propria, un po' più lontano. Il pavimento tremò leggermente. Mike zoppicò con una certa agilità fino alla vetrata della chiesa e sbirciò fuori attraverso il visore notturno.

«Sarà un attacco imponente» disse serio. «Avanzano a colpi di mortaio.»

Berg gli si affiancò, Mike gli passò il visore e lui vide le trincee, i terrapieni e il filo spinato della terra di nessuno, poi lo sollevò un po' e capì.

Sul fronte nemico, a una distanza di cinquecento metri circa, erano schierate file di pick-up bianchi e altri veicoli con la bandiera nera dipinta sopra, pronti all'attacco.

Un altro sibilo, il rumore dell'impatto, considerevolmente più vicino rispetto al precedente. Libri e posate caddero a terra. Rapido e controllato, Mike andò a prendere il Barrett.

«Qualcuno sta attraversando la terra di nessuno» disse Berg, che si era accorto di alcune sagome scure in avvicinamento. I colpi di mortaio avevano risvegliato in lui l'adrenalina. «Sembra una pattuglia.»

Mike si sdraiò in posizione con il fucile di precisione sulla spalla, dietro un sacco di sabbia. Berg teneva il visore puntato.

Mike sparò un colpo solo mirando all'ultimo della pattuglia. L'immagine verde sgranata del visore non permetteva di cogliere i dettagli, ma senza dubbio l'uomo cadde e gli altri jihadisti si gettarono a terra. In rapida successione, Mike sparò a due che si rialzarono. Gli ultimi due rimasti della pattuglia tornarono a gambe levate da dove erano venuti.

«Ottimo lavoro» commentò Berg.

«Adesso ci penseranno due volte prima di provarci di nuovo» disse Mike.

L'odore di polvere da sparo solleticava le narici di Berg. Dall'altra parte del fronte, un nuovo boato.

Sulla sinistra, il fragore infernale di un'esplosione. Vennero sbalzati via, e quando Berg riprese conoscenza si rese conto che un intero fianco del campanile era crollato. Gli fischiavano le orecchie.

«Scappiamo!» gridò Mike mentre si alzava. Prese il fucile e qualche granata, si appese il visore notturno al collo. «Le armi... Prendi quello che riesci!»

Berg si mise in spalla un cannone senza rinculo, con la mano libera afferrò un M-16 americano. La scala era ingombra di macerie della parete crollata, molti gradini non c'erano più. Il cielo era carico di traccianti, droni sibilanti e altre granate. L'esplosione aveva appiccato il fuoco a una parte dell'edificio.

«Puntano alla chiesa» gridò Mike. «Corri, cazzo. Corri!»

Mentre attraversavano il sagrato correndo in mezzo a piccoli cipressi, ecco un'altra esplosione, una deflagrazione massiccia proprio dietro di loro. Il campanile in cui si trovavano solo un minuto prima fu spazzato via. Intorno a loro i soldati di guardia curdi correvano in tutte le direzioni, urlando e gridando.

Anziché allontanarsi dalla linea del fronte e scappare in direzione del villaggio, Mike si fiondò nella direzione opposta, verso una barricata di sacchi di sabbia che segnava l'inizio della terra di nessuno.

Si gettarono a terra dietro la barricata. Adesso anche le milizie Daesh avevano iniziato a sparare sulle loro postazioni con lanciarazzi Rpg. Un'auto esplose alle loro spalle. I traccianti illuminarono il cielo.

«Qui siamo più al sicuro» gridò Mike. «Preferiscono puntare i mortai un po' più lontano piuttosto che troppo vicino. Gli Rpg non ci colpiscono.»

«Fino a quando non attaccherà la fanteria» ribatté Berg.

Un drone dei terroristi deviò dalla traiettoria e atterrò due metri dietro di loro. Due giovani peshmerga si avvicinarono di corsa. Mike ruggì: «NON toccate quel cazzo di drone!»

Troppo tardi. Una bomba a orologeria esplose catapultando in aria i due ragazzi.

«Merda!» disse Mike. «Mai avvicinarsi ai droni abbattuti. Pronto per sparare, Johnny?» aggiunse. «Dobbiamo impedire ai terroristi di attraversare la linea del fronte. Dobbiamo mantenere la posizione.»

«Pronto» rispose Berg.

Era accaduto tutto così velocemente. Non gli era stato concesso nemmeno il tempo di avere paura. Solo in quel momento si accorse che gli tremavano le mani e che stava battendo i denti. Ancora una volta aveva preso la decisione sbagliata. Non sarebbe mai dovuto andare lì.

Controllò che il fucile d'assalto fosse carico e, strisciando, avanzò sul retro della barricata fino a una piccola cavità da cui si aveva una buona visuale sulla linea del fronte. Sporse cautamente la testa e immediatamente partì una raffica che sollevò la polvere a pochi metri da lui.

«Ci vedono!» Si rannicchiò giù di nuovo e gridò a Mike: «Mi copri?»

Mike annuì, correndo chino si allontanò dalla barricata e si buttò a terra al riparo di un tratto di boscaglia a una ventina di metri di distanza. Dalla sua posizione, Berg lo vedeva.

Berg sparò tre colpi in rapida successione, ma non riuscì a capire se aveva fatto centro. Si sporse di nuovo al di sopra della barricata. Evidentemente i jihadisti si erano spaventati per il fuoco di precisione, perché non arrivò nessun proiettile.

Tentò di farsi un'idea più precisa della linea del fronte. Più in là lungo le barricate, altri soldati peshmerga si davano da fare per difendere la posizione. Difficile stabilire al buio e con il visore notturno quanto fosse distante la terra nemica, saranno stati cinquecento metri. Il paesaggio digradava leggermente da entrambi i lati, separati nel mezzo da un fossato. Era una garanzia di sicurezza. I terroristi potevano superarlo a piedi, ma non con veicoli di una certa stazza.

A un tratto, Berg registrò dei movimenti all'interno del campo visivo. Che si trattasse di piccoli alberi che si muovevano nella lieve brezza? Dall'oscurità emersero dieci, forse quindici combattenti nemici che lentamente marciavano verso il fronte opposto.

Anche Mike li aveva visti e lo comunicò agli altri. Un attimo dopo il cielo fu squarciato da un razzo di segnalazione.

«Fuoco!» ruggì Mike.

Berg rotolò su se stesso e cercò di fare quello che così tante altre volte aveva fatto. Reagì in automatico, anche se dall'ultima volta era passato davvero molto tempo. Il calcio sulla spalla, il dito piegato sul grilletto freddo, il respiro rapido e controllato, il lieve rinculo.

Sparò due colpi: un jihadista cadde.

Altri due colpi, un altro jihadista caduto. Poi ecco una serie di spari con il fucile di precisione dalla postazione di Mike.

Il razzo di segnalazione si spense di colpo, come se qualcuno avesse premuto un interruttore.

Il problema era che i combattenti Daesh erano molto più numerosi. Per ogni terrorista che loro facevano fuori ne spuntavano altri tre. Alcuni con semplici armi automatiche, altri con lanciamissili più pesanti o mitragliatrici montate sui pick-up. Lentamente, metro per metro, s'incuneavano nella difesa. E lui era stato così poco previdente da portarsi dietro solo tre caricatori. Doveva fare attenzione a non sprecare munizioni.

Non avendo abbastanza armi o mezzi con cui infuocare il cielo, i combattenti Daesh stavano facendo scendere grossi veicoli nel fossato. Berg si portò una mano alla schiena. Il cannone senza rinculo era al suo posto. Era una di quelle armi che si utilizzano da sdraiati con il corpo spostato lateralmente, perché il proiettile quando viene sparato provoca una violenta vampa che si sfoga attraverso la culatta sul retro. Sarebbe riuscito a usarlo? A parte durante un addestramento molti anni prima non gli era mai capitato di servirsene, tanto meno in una situazione di emergenza. Comunque, aveva bisogno di Mike, si doveva essere in due.

Corse da lui. «Mi sono rimaste poche munizioni. Ma ho un Carl Gustav. Lo sai usare?»

Mike si strinse nelle spalle. «Ci provo.»

Si sdraiarono sulla barricata ai due lati del cannone, Mike lo puntò, Berg lo caricò con un proiettile esplosivo.

«Pronto!»

Un boato, e l'autocarro che si trovava vicino alla gola sul fronte opposto esplose andando in fiamme.

«*Well done*» esclamò Berg.

Mike scrutò con il visore notturno al di là della terra di nessuno. «Hanno i genieri, cazzo» disse preoccupato.

Daesh aveva truppe di ingegneri che costruivano ponti e aprivano strade per i loro veicoli carichi di esplosivo e guidati da attentatori suicidi.

Da non crederci: nella gola, al riparo dai proiettili, Berg vide un sacco di persone spostarsi rapide qua e là e poi correre a nascondersi. Altra esplosione.

«Stanno aprendo la strada al bulldozer» disse Mike.

«Al bulldozer?»

«Il peggio che hanno. Se arriva qui, finiamo tostati.»

Un bulldozer corazzato con la bandiera nera avanzava verso di loro. Era stato rinforzato con corazza, sbarre e lamiere in acciaio sui fianchi, e mentre gli altri veicoli procedevano a velocità folle, il bulldozer se la prendeva comoda e scendeva lento verso la gola.

Dalla postazione alla sinistra di Berg e Mike, il crepitio delle mitragliatrici era continuo, ma gli effetti non si vedevano, era come una pioggia di scintille contro una parete. Ondeggiando sui cingoli, il bulldozer scese nella gola. A un tratto la benna mordente apparve ai loro occhi, il mostro avanzava risalendo la gola.

«Cannone!» gridò Mike. Berg caricò di nuovo, sparò e si coprì le orecchie con le mani. Il proiettile centrò il bulldozer ed esplose. Senza alcun effetto. Il veicolo continuava a procedere nella loro direzione. A quanti metri era? Duecento?

«Cosa facciamo?» disse Berg sentendo la paura avvolgere la sua voce. «Ci ritiriamo?»

«Siamo peshmerga. Ci battiamo fino alla morte» rispose Mike.

Il bulldozer avanzava. Era come uno di quei mostri che si vedono nei film, che guardano con espressione stupida i proiettili che li colpiscono invano. Se fosse arrivato dove si trovavano loro, di tutto quel posto non sarebbe rimasto che un cratere.

Duecento metri. Il veicolo traballava leggermente attraversando la terra di nessuno. Una recinzione fu schiacciata come niente, una mina esplose senza arrecargli alcun danno.

Cento metri. Berg vide la parte anteriore del bulldozer. I vetri della cabina erano coperti di lastre in acciaio, fatta eccezione per una finestrella.

Fu allora che, fra le granate e i traccianti nel cielo denso di fumo, apparvero due elicotteri. I due Apache sganciarono missili contro il bulldozer riempito di esplosivo e spazzarono via le posizioni nemiche. I combattenti Daesh scapparono precipitandosi in ogni direzione. Dai droni che volavano alti nel cielo cadde una pioggia di missili Hellfire. Berg corse via, lontano dalla terra di nessuno, spinto da chissà quali forze, quando una violenta esplosione lo scaraventò in aria. Poi scese il buio.

***

Sentì dei cinguettii in lontananza. Aveva metà del viso affondata nella dura sabbia. Mosse lentamente la testa, si sentiva frastornato e dolorante. Verso oriente il cielo si tingeva di rosso. La scarica di adrenalina stava scemando, era come tornare a casa da una festa mentre gli effetti dell'alcol svaniscono. Una stanchezza violenta lo travolse. Mike uscì dal suo nascondiglio, lo sguardo era folle, la barba nera era diventata grigia e marrone chiaro per la polvere e la sporcizia. Camminavano tutti come se fossero stati pestati a sangue.

Il comandante in capo delle truppe peshmerga, il generale Kovle, arrivò a gran velocità. Scese dalla Land Cruiser con una sigaretta all'angolo della bocca, portava occhiali da sole modello aviatore. Salì sulla barricata di sacchi di sabbia e scrutò l'orizzonte, poi gridò qualche ordine in curdo.

«Dice di ripulire la terra di nessuno» tradusse Mike.

Il generale si avvicinò.

«Ottimo lavoro» disse con un cenno del capo a Mike, che ringraziò.

«Come saprai, di solito noi non accettiamo stranieri nella nostra unità» aggiunse poi rivolto a Berg. «Ma a quanto pare sei uno che sa il fatto suo. Sei il benvenuto, se lo desideri.»

Sulla distesa pianeggiante il fumo si sollevava a sbuffi da quelli che un tempo erano stati veicoli nemici e ora erano solo un ammasso di rottami andati a fuoco. Un odore di gasolio, escrementi e carne bruciata penetrava nelle narici, Berg sollevò lo scaldacollo di cotone fin sul naso. Sopra di loro volteggiavano già i rapaci.

Tutt'intorno giacevano gli assalitori morti, alcuni con fori di proiettile insanguinati sulla testa e nella parte superiore del corpo, altri mezzi mutilati per le cinture esplosive che erano riusciti a innescare. Altri ancora parevano intatti, probabilmente erano stati tramortiti dallo spostamento d'aria di bombe e razzi. Erano morti, lui era vivo. In quel momento era l'unica cosa che contava.

Alcuni dei curdi tiravano per i capelli i jihadisti caduti e, tenendone sollevati i volti, ispezionavano le uniformi e scattavano *selfie* sorridenti insieme ai cadaveri.

Dietro una carcassa fumante scoprirono un jihadista ancora vivo e cosciente, nonostante il petto insanguinato. Anche da lì dov'era Berg, a qualche metro di distanza, si vedeva che era un bell'uomo, con grandi occhi tondi e capelli nero corvino di media lunghezza che ricadevano sulle spalle marroni dell'uniforme. Avrebbe potuto essere il fratello minore di Abu Fellah. Un paio di combattenti peshmerga gli si avvicinarono con l'intenzione di svuotargli addosso i loro caricatori, ma il generale li raggiunse.

«Gli daremo cure mediche» disse chinandosi su di lui. «Hai sentito?» proseguì in arabo rivolto all'uomo a terra. «Noi trattiamo i nostri nemici come esseri umani. Tra noi e voi c'è differenza.»

Con le ultime forze che gli erano rimaste, il combattente Daesh sollevò il busto e gli sputò in faccia.

Il generale Kovle si tolse gli occhiali da sole, li ripose in tasca senza fretta e si ripulì la guancia con la manica della divisa. Poi estrasse la pistola e sparò sei rapidi colpi in successione alla testa del prigioniero. L'ultima cosa che Berg vide prima di girarsi e andarsene furono i fluidi corporei che penetravano nel terreno formando una miscela di sangue e terra.

## Capitolo 32
## Aveva ragione lei

Sasha percorse i vialetti dell'area universitaria di Blindern e attraversò il piazzale lastricato per raggiungere l'ingresso della biblioteca universitaria.

Erano passati quattro giorni da quando Johnny era partito per il Kurdistan e non le aveva mandato nemmeno un messaggio. Tornata a casa da Bergen, Sasha aveva cercato di evitare sia il padre che il fratello e la sorella. Per fortuna, Mads e le bambine erano ancora in Francia. Aveva bisogno di stare da sola. Controllò lo smartphone. Nessun messaggio da Johnny. Faceva caldo considerata la stagione, gli studenti se ne stavano seduti sulle larghe scalinate e lungo i bordi della fontana.

Dal momento che sia Johnny Berg sia la corrispondenza fra l'ammiraglio Carax e Thor Falck erano spariti, Sasha si costrinse a pensare in modo diverso. Nel *Cimitero del mare* c'era un'altra traccia: quella tedesca. A quale gruppo apparteneva Wilhelm? Era coinvolto nella resistenza tedesca all'interno delle forze armate?

Era il campo di Sindre Tollefsen, che in quel momento l'aspettava, seduto con un thermos di caffè a un tavolino della caffetteria nel foyer della biblioteca. La salutò con un compassato e intimorito cenno del capo. Sasha si accomodò di fronte a lui e intrecciò le dita delle mani.

«Grazie per aver accettato questo incontro» disse e poi,

andando dritta al punto, aggiunse: «Mi sono espressa in modo spiacevole l'ultima volta che ci siamo visti.»

L'accademico annuì senza commentare, cercando di intuire le sue intenzioni.

«Certamente» proseguì Sasha, «saprà che sono accadute molte cose dalla nostra ultima conversazione.»

«Le mie condoglianze» disse lui imbarazzato.

Lei mormorò un «grazie» e gli chiese che cosa facesse al momento.

«Non molto» rispose lui con una nota di amarezza. «Mi hanno assegnato qualche ora di lezione in un liceo privato, spero di riavere il posto nel programma di dottorato, qui, in ottobre.»

Il suo sguardo tradiva una sorta di impotenza e remissività, miste all'invidia accademica che lei così tante volte aveva notato nei borsisti della Fondazione Saga. Ma sciocco non lo era e gli storici come lui a volte possedevano informazioni dettagliate su questioni di una certa complessità, il tassello mancante per poter unire i pezzi del grande puzzle.

«Si tratta del suo progetto di dottorato» disse Sasha. «Vorrei farle qualche domanda.»

«L'ultima volta che lo ha fatto i toni sembravano quelli dell'inquisizione» ribatté lui. «Come posso sapere che non ha intenzione di impossessarsi delle mie ricerche?»

Sasha era preparata a un'obiezione del genere. «Da un punto di vista squisitamente formale era nel mio pieno diritto interrompere la collaborazione con lei, dal momento che si stava occupando di questioni che esulavano dall'ambito della sua ricerca.»

Tollefsen stava per protestare, ma lei alzò la voce di qualche decibel e proseguì: «Comunque, sono arrivata alla conclusione che aveva ragione lei. Sono dell'idea che un nesso fra l'argomento della sua ricerca e Vera effettivamente *esiste*.»

Tollefsen sembrò sorpreso. «Se lo dice lei...»

«Ha delle prove che dimostrano che il movimento di resistenza tedesco era attivo in Norvegia nel 1940?» gli chiese.

«Il problema con il movimento di resistenza tedesco» iniziò Tollefsen, «è che in pratica è sconosciuto, sia agli storici che ad altri esperti. Tutti hanno sentito degli studenti della Rosa Bianca e dell'attentato contro Hitler pianificato dagli ufficiali dell'esercito nel 1944, ma nessuno ha idea di quanti oppositori ci fossero all'interno delle stesse forze armate. E ce n'erano. Il regime nazista aveva diverse centinaia di uomini stanziati in Norvegia nel periodo bellico. Le ricerche ci dicono che i soldati sono uomini come tutti gli altri: una minoranza si trasforma in fanatici e sadici, la maggior parte si limita a eseguire gli ordini, grosso modo, e un'altra minoranza, spesso attestata intorno al venti per cento, si oppone attivamente agli ordini. Inoltre, va considerato che nelle file della Wehrmacht e della Kriegsmarine in molti simpatizzavano con socialdemocratici e comunisti.»

Il dottorando si versò del caffè dal thermos. Sasha fu sopraffatta dai rimorsi di coscienza. «Posso offrirle qualcosa?»

«Sono a posto così, grazie» rispose Tollefsen. «A lungo ho brancolato nel buio. Una fonte mi ha raccontato che il futuro primo ministro Trygve Bratteli incontrava in segreto un vecchio amico socialdemocratico tedesco che prestava servizio nella Wehrmacht in Norvegia. Si presume che si fossero conosciuti a Sunndalsøra, al raduno della sezione giovanile del Partito laburista, a cui aveva partecipato anche il futuro cancelliere federale Willy Brandt, oltre a molti altri tedeschi dissidenti.»

«Aspetti un attimo» lo interruppe Sasha.

Coincideva con quello che Vera aveva descritto nel suo manoscritto. Che si trattasse di Wilhelm? «Ma cos'ha trovato?»

«Be', ho passato al setaccio l'archivio dell'Arbeiderbevegelsen, ma erano stati abbastanza avveduti da liberarsi dei documenti prima dell'occupazione. Impossibile recuperare qualche prova del loro rapporto.»

«Immagino che non sia stato facile» borbottò Sasha.

«Ma i due su cui ho finito per orientare le mie ricerche di dottorato, gli ufficiali di marina tedeschi Karl Neipel e Peter Ewinger, furono inviati in Norvegia nell'agosto del 1940.»

Era questo il cuore del progetto di Tollefsen, che cominciò a parlare tutto d'un fiato. «I due lavoravano nella rimessa per le barche, effettuavano manutenzione e riparazioni sotto il comando della Kriegsmarine che operava in città. Nel 1944 entrarono in contatto con un agente dei servizi segreti norvegesi e lo convinsero che erano realmente antinazisti. Gli fornirono le coordinate relative a navi e convogli tedeschi, lui passò l'informazione e gli alleati furono così in grado di bombardare gli obiettivi. Se i due fossero attivi nella resistenza già nel 1940 io non saprei dirlo. Ma è probabile.»

Quel racconto aveva forti analogie con quello di Wilhelm e Vera durante la guerra. Gli occhi di Tollefsen erano accesi di un ardore infantile.

«Smantellando l'organizzazione militare della resistenza norvegese, la polizia segreta risalì ai due dissidenti tedeschi che avevano appunto contatti con la Milorg. L'agente norvegese fu poi arrestato. Passò del tempo, e un giorno di febbraio del 1945 lo condussero al tribunale militare alle porte della città. Temeva che per lui fosse finita, invece scoprì di essere stato chiamato a testimoniare contro gli ufficiali della Kriegsmarine. I due furono portati al cospetto del giudice. Neipel zoppicava, si era ferito durante un tentativo di fuga. Il giudice spiegò loro che erano accusati di alto tradimento e in che cosa consisteva la pena se fossero stati dichiarati colpevoli. Ewinger e Neipel erano consapevoli di quello che li aspettava, ovviamente. Il verdetto fu di sette condanne a morte, da eseguire per impiccagione. Li condussero fuori. Neipel sputò in faccia al boia. Entrambi rifiutarono di indossare il cappuccio quando li impiccarono nel sole pomeridiano sull'isola di Odderøya.»

«Una storia di forte impatto» riconobbe Sasha, cercando di nascondere la delusione.

«E non ho finito» aggiunse Tollefsen. «Avevo solo le parole dell'agente norvegese su cui basarmi. Quando però ho avuto accesso agli archivi tedeschi e ho esaminato l'atto di accusa, ancora esistente, del tribunale militare, mi sono imbattuto in qualcosa di estremamente interessante. Ho scoperto infatti che i tedeschi appartenevano a un gruppo della resistenza che non aveva nome ed era stato attivo in Norvegia durante tutto il periodo dell'occupazione. Un altro sottufficiale, tale Hoffmann, conosciuto come "il Monocolo", era stato accusato di aver provocato l'affondamento di un espresso costiero nelle vicinanze di Bodø nel 1940.»

*Il Monocolo*, Sasha ricordava bene la sua descrizione contenuta nel manoscritto. Era stato lui ad affondare la DS Prinsesse Ragnhild? Anche Vera l'aveva insinuato in un primo momento, ma di fatto un'azione simile non si accordava al *modus operandi* del movimento di resistenza norvegese, al tempo ancora scarsamente organizzato.

Sasha raddrizzò la schiena. «Naturalmente ho letto l'inchiesta del tribunale distrettuale di primo grado di Salten. Sabotaggi del genere erano inusuali nel nostro paese, perché i norvegesi temevano che potessero mettere in pericolo le vite dei civili, è parte della nostra mentalità» disse.

«Esattamente. Ma non è stato un norvegese a farlo. Provi a mettersi nei panni di un tedesco antinazista nell'autunno del 1940. La Germania stava vincendo su tutti i fronti e un dissidente aveva davvero poco da perdere. Il movimento di resistenza tedesco aveva cercato di uccidere Hitler già nel 1938. E senza curarsi di eventuali perdite di civili. Oltretutto l'espresso costiero era un obiettivo militare; per la maggior parte, infatti, i passeggeri erano soldati tedeschi. Solo in pochi facevano eccezione, fra questi la sua famiglia: suo padre, suo nonno e sua nonna.»

Sasha si sporse leggermente in avanti. «Mai sentito parlare di un certo Wilhelm? Era sull'espresso costiero, non so il cognome, ma so che ha vissuto in Norvegia prima della guerra.»

«Molto probabilmente è un nome di copertura» disse Tollefsen. «I tedeschi in Norvegia se ne servivano spesso. Willy Brandt è entrato in Germania sotto lo pseudonimo di Gunnar Gaasland, un suo caro amico. Comunque no, il nome Wilhelm non mi dice niente.»

«Ha in mano qualcosa che possa comprovare l'ipotesi di sabotaggio?»

«Questo è il problema» rispose Tollefsen, sporgendosi in avanti a sua volta. «Non è stato fatto granché riguardo a questo naufragio. Ma c'è un gruppetto di nerd del mondo delle imbarcazioni e di storici per hobby che se n'è occupato. Hanno portato alla luce testimonianze che raccontano una storia diversa. Alle Lofoten abita un tale di nome Bjørn Carlsen che sa tutto nel dettaglio, sicuramente gli farà piacere ricevere una sua telefonata. Che la sua documentazione abbia valore per la discussione di una tesi di dottorato è un'altra questione. Il segreto è nascosto in profondità, a quasi trecento metri sotto il mare, al di fuori della portata di qualsiasi sommozzatore esperto di relitti.»

Sasha si allungò sul tavolo e posò la mano su quella del borsista. «Mi è stato molto utile, Sindre. Mi dia una settimana, vediamo se riesco ad aiutarla... per il dottorato.»

Si salutarono e Sasha uscì dalla caffetteria. Nessun messaggio da parte di Johnny. Adesso era ancora più convinta che il manoscritto di Vera contenesse rivelazioni su segreti risalenti ai tempi della guerra. Qualcosa la attirava verso il Nord-Norge, verso l'arcipelago delle Lofoten dove Vera era nata e cresciuta, verso il relitto sul fondo del mare.

## Capitolo 33

## Dio salvi il re e la patria, fratello

Lo studio legale Rana & Andenæs si trovava al piano terra di un fatiscente immobile nel quartiere di Grønland, proprio accanto a una moschea ricavata in un seminterrato da cui si stava riversando fuori un fiume di uomini alti con calzoni al ginocchio e pizzetti delle dimensioni di un pugno.

I combattimenti sul fronte di Mosul avevano lasciato Berg scosso e annebbiato per giorni. Si era congedato da Mike ed era tornato a Erbil, da cui aveva preso il primo volo disponibile per abbandonare il Kurdistan. Sul cellulare aveva messaggi e chiamate di Sasha e Hans Falck, ma non aveva risposto: dopo lo scontro a fuoco, quella battaglia per l'eredità gli sembrava irrilevante. Lo sto facendo per me stesso, pensava, non per Hans, né per nessun altro. Sull'aereo aveva dormito, un sonno profondo e senza sogni, e una delle prime cose che aveva fatto una volta atterrato a Oslo era stata passare dallo studio legale di Rana.

Rana era l'avvocato di Mike, il curdo aveva registrato una testimonianza degli eventi che avevano portato all'arresto di Berg in Kurdistan, per tutelarlo nel caso in cui gli fosse accaduto qualcosa lì al fronte.

Jan I. Rana accolse Berg a braccia aperte sulla soglia.

«Johnny Omar! *Long time, no see*. È bello rivederti, fratello.» Si picchiettò leggermente la guancia per indicare le escoriazioni che Berg aveva sulla faccia: «Le hai prese, eh?!»

«Mi hanno pestato. Una baby gang giù al fiume» gli rispose. «Davano la colpa alla povertà e alle case popolari sovraffollate. Sicuramente dei tuoi clienti.»

Rana rise. «Eh, già. Non fa differenza se hai una Croce di guerra al valor militare con spade, quando un Abdulrahim di dodici anni ti si para davanti, puntandoti addosso il suo coltello a serramanico perché il comune *ha ridotto* gli orari di apertura del centro di aggregazione giovanile.»

«Andenæs è il tuo socio?» gli chiese Berg indicando la targhetta.

«Lo so che cosa ti stai domandando... Perché Grønland, vero? Perché restare nel ghetto anziché trasferirsi a Vika o a Tjuvholmen?»

Indicò con il pollice il locale della moschea. «Mettiamola così: a volte capita che ai ragazzi qui serva un avvocato. Capita anche che si smarriscano in Siria.»

Jan I. Rana era basso e sovrappeso, con un viso da bambino; in giacca e cravatta pareva un cresimando, nonostante avesse la stessa età di Berg, anno più, anno meno. Un brillio negli occhi: lassù l'attività era frenetica.

Passando dalla reception occupata da una segretaria di pelle bianca – ovviamente di pelle bianca –, condusse Berg in una sala conferenze molto semplice, dominata da un tavolo di legno impiallacciato con gli angoli smussati. Alla parete era appeso un grande ritratto del re in uniforme di gala.

«Andenæs suona bene, Johnny, questo è il punto. Non hai idea di quanti professori di diritto si chiamino Andenæs. Con la Æ. È come se ogni Andenæs che nasce in questo paese sia un clone destinato alla professione forense. Ho preso in considerazione anche Smith, un altro bel nome da giurista, ma Andenæs suona più norvegese. Suona come dieci generazioni di benessere, giardino con il mucchio di compost, capanni esterni e sciate nei boschi intorno a Oslo. Tutto quell'o che i norvegesi adorano e che noi stranieri non abbiamo.»

«Ma non puoi chiamare il tuo studio di avvocato come ti pare, no? Dal punto di vista legale...»

«È ovvio che dal punto di vista legale è tutto a posto» sghignazzò Rana. «La mia segretaria, nonché socia, fa Andenæs di cognome. L'ho trovata in facoltà. Ho scoperto che c'era un qualche Andenæs che ci studiava, le ho proposto di diventare mia socia, in cambio avrei intestato lo studio anche a suo nome. A quanti studenti della facoltà di Legge viene offerta l'opportunità di diventare soci di uno studio legale, Johnny? Ma il suo cognome lo meritava.»

Andenæs, la segretaria, nonché socia, aveva vent'anni scarsi. Ci portò del caffè e dei dolci da forno di cui Rana si servì avidamente.

Berg tirò fuori dalla tasca una busta e la spinse al di là del tavolo.

«Sarebbe?» gli chiese Rana.

«È da parte di Mike.»

«Mike, alias NorwegianSNIPER, che ama l'odore dei jihadisti morti nel sole del mattino? Ho una vera e propria infatuazione per quell'uomo, Johnny, ha privatizzato il servizio di gestione rifiuti. Basta che non faccia fuori tutti i miei clienti con il suo fucile di precisione...»

«È una testimonianza, nel caso in cui dovesse succedergli qualcosa» disse Berg picchiettando la busta con l'indice. «Me l'ha consegnata personalmente.»

Stupito, Rana alzò gli occhi su Berg. «Aha, adesso capisco da dove arrivano quelle escoriazioni: sei stato in Medio Oriente... Oh, cazzo, sei tu quello che le ha suonate allo Stato Islamico!»

Prese lo smartphone e cercò Mike su Instagram. Fra le immagini dei jihadisti morti, censurate con strisce nere, si vedeva una figura, in piedi a petto nudo, il volto oscurato e la testa avvolta in una kefiah grigia. Era lui. Le tre cicatrici sul petto erano ben visibili. Merda. Doveva avergliela scattata con l'adrenalina alle stelle dopo lo scontro armato. «Piccola esercitazione mattutina con un commilitone del Nord» aveva scritto sotto in inglese Mike.

«Ho riflettuto molto sul tuo caso» proseguì Rana.

«E?»

«Tutto sommato, i servizi segreti temono una sola cosa» gli rispose. «Ma è una cosa che li terrorizza davvero. La trasparenza. Hanno una gran paura dei mass media. Raccontami quello che è accaduto, Johnny. Dobbiamo portare la tua storia alla ribalta. Ho conoscenze nel settore, giornalisti fra i migliori, gente che darebbe il suo dito mignolo pur di avere l'esclusiva. Dal punto di vista legale ti sostengo io. Raccontami la tua storia, Johnny, e l'esposizione mediatica diventerà la tua rete di sicurezza.»

Berg detestava la stampa. Tutti quelli come lui, tutti quelli che conosceva, la detestavano.

«L'eroe che ha sacrificato ogni cosa per permettere a noi norvegesi di dormire sonni tranquilli. Che è stato ingiustamente incarcerato con l'accusa di terrorismo e ha passato quasi un anno di inferno» fantasticava Rana. «Sii onesto e raccoglierai grandi consensi e solidarietà. Sì, certo, qualcuno farà nascere un bel dibattito sugli agenti segreti che se ne approfittano e cose del genere. Ma la gente ti amerà. Altro che solidarietà, di più. Quando capiranno chi sei veramente e che cosa hai fatto, non potranno più farti passare per malato o uscirsene con dichiarazioni senza senso accusandoti di essere un jihadista. E se non potranno farlo, la tua ex non avrà più nessuna valida ragione per tenerti lontano da tua figlia. Riavrai la custodia condivisa.»

«Ascoltami bene» disse Berg. «Il motivo per cui non mi sono fatto vivo per così tanto tempo non è che ho qualcosa in contrario a questa tua idea. Non esattamente. Solo che non è il momento di presentarmi alla stampa.»

«Perché no?»

«Perché non ho prove abbastanza consistenti. Per te sarebbe comunque una vittoria. Se mi crederanno, tu vincerai. Se mi faranno fare il giro di chiglia dell'esposizione mediatica e finirò in tribunale per aver violato le norme sulla sicurezza nazionale, tu vincerai, in quanto avvocato di grido di un caso sotto i riflettori. È questa la differenza fra me e te. Ventun anni di carcere per spionaggio e omicidio per me, una vittoria per te. Sto lavorando al caso per procurarmi le prove che alcuni soggetti privati agiscono segretamente e ordinano esecuzioni di cittadini norvegesi bypassando il parlamento. Per questo sono stato al fronte, dovevo parlare con Mike.»

Rana annuì. «Mossa intelligente.»

«Io so che cosa mi è successo» proseguì Berg. «So come hanno agito quelle persone. Hanno usato Mike per usare me. Ma se vogliamo prenderli dobbiamo prima sbrogliare l'intera matassa. E io so come fare e so dove si trova il bandolo.»

«Dove?»

«Te lo racconterò quando avrò prove più solide.»

«Sei davvero un osso duro, John Omar Berg» gli disse Rana con un sorriso, poi si alzò. «Dimenticavo... Ha telefonato qui una donna. Ho sentito odore di soldi non appena ha aperto bocca, e in effetti... era Alexandra Falck. Voleva sapere se c'erano novità sul "cliente Berg".»

Scoppiò a ridere. Johnny ebbe un tuffo al cuore.

«Arrossisci, fratello? Pensavo l'avessi fatta finita con lo spaccio e i bagni tutti nudi in compagnia di ragazze benestanti come ai vecchi tempi...»

«Con lo spaccio sì» disse Berg.

«Ho fatto dei controlli sulla questione della revoca della Croce di guerra» proseguì Rana, e indicò il ritratto del sovrano alla parete. «È una decisione che spetta al re, quando si riunisce il Consiglio di stato, in pratica i ministri.»

«Il re è una brava persona, lui sì» disse Berg.

Rana sorrise. «Esatto! Nessuno adora il re più di noi stranieri. I norvegesi non lo capiscono. Credono che ce ne stiamo seduti davanti al televisore a guardare trasmissioni via satellite con mullah pazzi che vogliono introdurre di soppiatto la sharia in Norvegia o roba simile. Sì, sì, certo che ci sono anche quelli, nessuno lo nega. Ma quello che dico io è: nessuno adora il re, per non parlare poi della festa nazionale del 17 maggio, più di noi stranieri. Gente che scende in strada a festeggiare e vecchi capi di stato che ereditano la carica di padre in figlio, sono cose che gli stranieri *capiscono*.»

Berg annuì.

«I norvegesi non si rendono conto di quanto siamo felici in questo paese. Ed è esattamente questo che dovrai trasmettere alla stampa quando ti presenterai a loro, Johnny.»

«Questo cosa?»

«Dio salvi il re e la patria, fratello.»

## Capitolo 34
*Sensed-presence effect*

Passò molto tempo davanti allo specchio, pur di avere l'aspetto di una che non si è preoccupata di sapere che aspetto ha. Alla fine scelse una camicetta vintage fantasia sui toni del rosso e con il collo alla coreana che aveva comprato a Parigi. Si truccò gli occhi con un ombretto scuro, poi sospirò rassegnata, se lo lavò via e uscì.

La serata primaverile era luminosa e insolitamente calda. Era tutto un ronzare di insetti e un gorgogliare di piccoli ruscelli a cui la stagione aveva dato vita. Il sole basso rischiarava le foglie verdi. Sasha si tolse la giacca e l'appoggiò al braccio, nemmeno con le maniche arrotolate sentiva freddo.

Berg le aveva mandato un messaggio, scusandosi per il silenzio e proponendole di vedersi. «A Rederhaugen» gli aveva risposto. «Dov'è?» le aveva chiesto. «È casa mia.» Ma cosa stava facendo? Faccio ricerche d'archivio, si era risposta andando verso il cancello. La storia porta al Nord-Norge, al passato di Vera, al relitto in fondo al mare. Johnny sarebbe riuscito ad arrivarci?

Forse. Ma Sasha avrebbe mentito a se stessa sostenendo che fosse quella la ragione per cui si era messa in contatto con lui.

Berg l'aspettava al cancello d'ingresso di Rederhaugen, appoggiato a una delle colonne.

«Sasha» disse abbracciandola.

Il suo sguardo era diverso, introspettivo quasi, come quello che aveva Sverre quando era tornato a casa dall'Afghanistan. Vide le escoriazioni, ma non disse niente, lo fece entrare e s'incamminarono lungo il viale.

«Ne hai di cose da spiegarmi» esordì.

«Che cosa vuoi sapere?»

«Te ne sei andato, così, di punto in bianco, in Kurdistan.»

«Avevo delle interviste da fare.»

«Interviste...» lo interruppe lei. «Sei stato in carcere per spionaggio.»

«Te l'ha detto Hans?»

«Cosa importa chi me l'ha detto. Tu sai un sacco di cose sulla mia famiglia, ma di te non mi hai raccontato niente.»

Arrivarono al piazzale. In cima alla collinetta sulla destra, ecco la torre col rosone avvolta dalla luce dorata del pomeriggio.

«È perché non sono stato sincero con te» le disse.

«Ah, no?» Una lieve inquietudine la assalì.

«Lo sai che in realtà desidero per voi ogni male, Sasha?»

«*Voi* chi?»

«La Saga, la tua famiglia, la Compagnia di navigazione Falck.» Si strinse nelle spalle. «Non prenderla sul personale. Mi riferisco a quell'uno per cento, anzi, uno per mille della popolazione, in Norvegia e in altri paesi. Trovo ingiusto che così tanti debbano dividersi così poco...» Indicò oltre le chiome luccicanti degli alberi, su, verso l'edificio principale, «... mentre pochi hanno così tanto.»

«È nostro» replicò lei. Quelli come lui non riuscivano a capire che i suoi antenati non erano aristocratici decadenti, ma uomini d'affari intrepidi e visionari che avevano costruito società e creato posti di lavoro correndo enormi rischi in prima persona. «Cosa proponi in alternativa? Un *kolchoz*?»

«Ricordo bene la prima volta che sono stato in un posto

del genere» disse Berg. «Hai presente quando hai tredici, quattordici anni e cominci a capire che il mondo è più grande del quartiere in cui sei cresciuto? Vivevo ancora con la mia madre affidataria a Bjølsen. Girava sempre un po' di roba da rivendere e, un giorno che ero con due amici, alcune ragazze di famiglie bene che volevano comprare del fumo ci hanno invitati da loro. Poco dopo eravamo a mollo in una bella piscina, e pensa che Abu, uno dei due, non sapeva nemmeno nuotare. Quando una ragazza è svenuta in acqua, le altre hanno chiamato la polizia, per farci dare una lezione e sbattere dentro.»

«Ti hanno preso?»

«No, mai.» Sorrise. «Non mi hanno mai preso. Sono corso via.»

Sasha aprì la porta d'ingresso del piano terra accanto alla torre e lo condusse in biblioteca. «Io lavoro qui» gli disse.

Lui fece qualche passo nell'atrio, poi sollevò lo sguardo al soffitto. «Che posticino...» commentò, e per la prima volta sembrò colpito da qualcosa che lei gli mostrava.

Fino ad allora, in sua presenza Sasha si era comportata come una ragazzina nervosa, e la cosa la irritava; era arrivato il momento di cambiare atteggiamento.

«Anch'io non sono stata del tutto sincera con te» gli disse guardandolo dritto negli occhi verdi. «Effettivamente c'è una ragione che mi rende particolarmente interessata al manoscritto di Vera.»

«Contiene la chiave per risolvere la disputa testamentaria con Hans e il ramo di Bergen. È piuttosto evidente» osservò Berg.

«La questione è più complessa. Ti racconterò tutto, ma prima voglio una garanzia.»

Lui sorrise, un po' diffidente. «Una garanzia?»

«Forse sarebbe meglio definirla una proposta. Ti prendi una pausa dal lavoro sul libro di Hans.»

Berg stava per ribattere, ma lei proseguì.

«Ogni traccia in questa storia porta al Nord-Norge. È da lì che viene la nonna, è lì che ha vissuto durante gli anni della guerra ed è lì che si trova il relitto. Ho parlato con un esperto. Secondo lui la nave non è affondata per una mina, ma per un'esplosione avvenuta all'interno, esattamente come afferma Vera nel manoscritto. Mio padre ha sempre sostenuto l'opposto. Se noi scendessimo a esaminare lo squarcio nello scafo, allora sì che potremmo documentare la veridicità delle parole della nonna. E smascherare la menzogna della verità ufficiale.»

Berg ridacchiò sarcastico. «La DS Prinsesse Ragnhild è a trecento metri di profondità. E come potremmo, *noi*, raggiungerla? Buona fortuna, Sasha. Ci sono più presidenti americani vivi che sommozzatori scesi a profondità del genere e tornati a raccontarlo.»

«Lo so. Solo che noi abbiamo a disposizione un'attrezzatura speciale. Chiamarsi Falck ha dei vantaggi. Anzi, avevamo a disposizione. Mio fratello si era accordato per prendere uno scafandro rigido articolato in prestito da un magnate dell'allevamento ittico, un certo Ralph Rafaelsen, ma a quanto pare nostro padre è riuscito a offenderlo.»

«Lofoten e Vesterålen» disse Berg. «Due arcipelaghi che conosco, anzi *conoscevo*. E tu vorresti che io mi immergessi in quelle acque?»

Lei colse l'attimo. «Ovviamente ti risarcirei per l'accordo interrotto e ti pagherei a progetto con i fondi della Saga.»

Berg scoppiò a ridere.

«Quanto vuoi?» gli chiese lei, seria.

«Come minimo l'indennità di rischio per immergermi a trecento metri di profondità in uno scafandro rigido articolato.»

Quando uscirono stava per calare la sera. Attraversarono il prato umido e fangoso e s'incamminarono verso il chiosco della musica, giù, vicino al mare, mentre lei gli raccontava dei due tedeschi dissidenti che erano stati giustiziati alla fine della guerra.

«*Quello* è eroismo autentico» commentò Berg.

«Sì, è vero.»

«Niente da dire sui norvegesi della resistenza. Hanno corso dei rischi, sono stati coraggiosi, senza dubbio. Ma hanno fatto quello che ci si aspettava da loro. Hanno difeso la patria. I tedeschi invece si sono macchiati di alto tradimento per gli ideali in cui credevano.»

«Tu l'avresti fatto?» gli chiese.

«Non lo so. Spero di sì, ovviamente. Ma certe cose si sanno solo dopo essere stati messi alla prova.»

Lei inclinò la testa, i capelli le ricaddero su una spalla. «Per certi versi somigli a Hans» disse ridendo. «Pensi che avresti agito come lui?»

«In che senso?»

La luce del crepuscolo li avvolgeva pian piano, come la marea che sale. All'improvviso si trovarono immersi nell'oscurità.

«Avresti anteposto le missioni in Medio Oriente alla famiglia?»

«Non so se è quello che volevo» rispose lui. «Ma è andata a finire così anche per me. Non sono stato un buon padre. Essere stato incarcerato in Kurdistan per un anno non ha migliorato la mia posizione.»

Sasha rimase seduta in silenzio per qualche secondo, cercando di metabolizzare le sue parole.

Senza sapere esattamente il perché, aveva dato per scontato che non avesse figli, e la reazione che lei stessa aveva avuto pochi istanti prima l'aveva sorpresa.

«Scusa, ma...» Riprese fiato. «Hai un figlio che non hai visto per un anno?»

Berg annuì. «Una bambina.»

«Come hai fatto a sopportarlo?»

Lui si strinse nelle spalle.

«Una volta ho sentito un esploratore polare spiegare quella che chiamava *sensed-presence effect*» rispose Berg. «È normale fra gli esploratori polari, i marinai che percorrono lunghe tratte e tutti quelli che non vedono i familiari per mesi e mesi. È un modo elaborato dal cervello per aiutarci a superare la solitudine. Quelli che amiamo vengono da noi. Non come un vago ricordo, ma come presenza tangibile. Mia figlia veniva da me ogni sera quando ero laggiù, si sedeva sul letto e sgambettava con quelle sue gambette diventate sporche e piene di croste dopo aver giocato all'aperto per tutta l'estate. Io le spazzolavo i capelli, le facevo la treccia. Poi le lavavo i denti e le leggevo una storia. E alla fine le cantavo una ninnananna. Mi ha aiutato molto.»

Sasha rimase in silenzio. Solo dopo una lunga pausa si alzò e gli chiese: «Vuoi vedere l'edificio principale?»

Arrivarono all'ingresso del piano terra della torre col rosone, da dove si accedeva allo studio di Olav. L'allarme aveva un sistema di riconoscimento biometrico, per disinserirlo Sasha disse il suo nome avvicinandosi a un altoparlante sulla parete. Berg si fermò a guardare una planimetria di emergenza su cui erano segnate le vie di fuga in caso di incendio.

«Com'è lavorare a così stretto contatto con tuo padre?» le chiese.

Dopo un momento di silenzio lei rispose, senza sforzo: «Papà non è male. Anche se questa cosa di restare al passo coi tempi è solo un'illusione. In fondo non è altro che un patriarca conservatore convinto che il mondo fosse migliore prima che alle donne venisse concesso di partecipare alla staffetta di Holmenkollen. Stiamo parlando di una gara di sci di fondo del 1975... È ossessionato dall'idea di preservare le tradizioni dei Falck. Ogni mattina apre la cassaforte per contemplare la Croce di guerra al valor militare di Thor il Grande. La sua scrivania è appartenuta a Theo Falck, non fa che sbandierare che il codice per aprire la cassaforte, le penne stilografiche e il vino sono gli stessi dell'epoca di Thor il Grande.»

«E tu hai passato la vita a cercare un uomo come tuo padre?»

«No, o forse sì, in un certo senso. Credevo che lui fosse come papà. Ma non lo è. E la madre di tua figlia?»

«Non è come mia madre, almeno. O magari chissà, non l'ho mai conosciuta... Lei somiglia a te. Brillante, sofisticata, intellettuale, un po' snob, diretta... Non proprio della mia stessa categoria, insomma...»

«Secondo me te la cavi bene, sai, Johnny Berg.»

Lui parve leggermente imbarazzato dal suo complimento. Scesero per la scala a chiocciola, Berg la precedeva di qualche gradino. Arrivarono davanti all'ingresso dello spogliatoio nel seminterrato. Sasha decise di correre il rischio e azzardò: «Hai voglia di farti una nuotata?» Indicando una porta aggiunse: «Puoi cambiarti nello spogliatoio. Ci vediamo in piscina, dall'altra parte, fra cinque minuti.»

Berg rifletté per qualche secondo, poi annuì ed entrò, lei sparì attraverso l'altra porta. Sasha si cambiò rapidamente, indossò un bikini color crema che trovò appeso lì e si esaminò alla luce intensa della lampada posta sopra lo specchio. Aveva la pelle d'oca sulle braccia. I riflessi rossi dei capelli parevano più vividi in quella luce. Li raccolse all'altezza della nuca.

Berg ci stava mettendo talmente tanto che cominciò a domandarsi se avesse cambiato idea e se ne fosse andato. Fece qualche vasca nuotando lentamente a stile libero, poi lo vide avvicinarsi a piedi nudi sulle piastrelle riscaldate, indosso aveva uno dei costumi di suo fratello. Sasha si fermò, si appoggiò al bordo della piscina allargando le braccia. Era più magro di quanto avesse immaginato. Il petto bronzeo era segnato da tre cicatrici diagonali. Come se le era procurate? Si tuffò dal lato corto e nuotò tranquillo fino a lei.

«Bella piscina» disse guardandosi intorno sorridente. «Mi sento un po' come quando avevo quattordici anni, smerciavo fumo, e una ragazza ricca ci aveva invitato a casa sua.»

«Che cosa è successo in Kurdistan? Qualcosa è successo, me ne accorgo dalla tua voce. Sei diverso, più aperto, forse.»

«È stato assolutamente irreale» le rispose. «La guerra è irreale. Lo Stato Islamico ha attaccato la base in cui mi trovavo.»

«Hai ucciso qualcuno?»

«Sì. Altrimenti loro avrebbero ucciso me.»

Erano uno di fronte all'altra, le teste fuori dall'acqua, a qualche centimetro di distanza. Sasha aveva ancora una possibilità di ritirata.

«Non ce la faccio a risolvere questa cosa da sola» bisbigliò. Era così vicina a lui da vedere la forma delle gocce d'acqua sulla sua guancia. «Vuoi venire con me nel Nord-Norge? Tu e io.»

«Mi dimostri che posso fidarmi di te?»

«Sì» gli rispose, e lo baciò esitante. Una luce fioca colorava di porpora le pareti. La superficie dell'acqua era leggermente increspata.

Poi chiuse gli occhi, si allontanò, si issò sul bordo della piscina, uscì dall'acqua, a piedi nudi sulle piastrelle riscaldate raggiunse lo spogliatoio, senza voltarsi indietro. Si tolse il bikini e si fece una lunga doccia, mentre l'acqua da calda diventava sempre più fredda, fino a che si ritrovò a battere i denti sotto il getto ghiacciato.

## Capitolo 35

## La fama postuma è tutto ciò che rimane dopo la morte

Nelle aree più settentrionali dei boschi intorno a Oslo era ancora possibile sciare. Mentre il föhn innalzava la temperatura a Rederhaugen fino a superare i venti gradi e i dehors della capitale si affollavano di euforici avventori desiderosi di primavera, a un'ora di strada dalla città in direzione nord c'erano ancora metri di neve e condizioni sciistiche ideali per il periodo pasquale.

Olav aveva trascorso gli ultimi giorni nella baita di M. Magnus a Mylla. Più lontano di così non si sarebbe spinto, non in quel momento. Di solito si ritrovava con gli altri membri della famiglia vicino a Geilo, nel cosiddetto capanno di caccia a Ustaoset. Ma si sentiva franare la terra sotto i piedi. Era tutto in divenire.

Nell'ultimo periodo gli era capitato spesso di pensare a Johan Grieg, al suo vecchio amico sul parquet in preda ai crampi, quell'ultima sera. Alla veglia funebre nella villa di Grieg, Olav aveva tenuto un discorso in cui lo dipingeva come «il più vitale e ottimista fra gli editori della seconda metà del Ventesimo secolo, il cui operato nel nome della libertà di pensiero e di stampa giocherà un ruolo fondamentale il giorno in cui arriverà il momento di raccontare la storia del nostro paese all'epoca del petrolio e del benessere».

Era un tardo pomeriggio, le giornate si allungavano sempre più. Il passo diagonale di Marten Magnus non era male e Olav aveva il suo bel daffare per stare dietro all'ufficiale sulle piste da sci di fondo, dalla sponda meridionale del lago Mylla, attraverso Fuglemyra e su fino al rifugio Bislingen.

«Il circuito Formo, da Ivar Formo» ridacchiò l'ufficiale rivolto a Olav, di qualche falcata indietro, mentre si avvicinavano alla cima. «Medaglia d'oro olimpica nella cinquanta chilometri di sci di fondo ai giochi invernali di Innsbruck del 1976. Questo era il giro che faceva per allenarsi.»

«È stato qui nei dintorni che Formo è caduto in un lago ghiacciato qualche anno fa, o sbaglio?» disse Olav amareggiato. «Una morte davvero tragica.»

Magnus si fermò davanti al rifugio Bislingen e si appoggiò ai bastoncini, mentre Olav riprendeva fiato.

«Pensi troppo alla morte, Olav.»

L'altro scosse la testa lentamente.

«Difficile pensare a qualcosa di diverso quando si è qui» disse Olav indicando l'edificio con il suo bastoncino.

Il vecchio rifugio era in condizioni pessime: le porte erano sbarrate da pannelli di legno, le finestre avevano i vetri in pezzi, e in alcuni punti gli abeti lungo i muri scrostati avevano allungato i loro rami fino a penetrarci attraverso. Lo spettacolo della decadenza aveva sempre terrorizzato Olav.

M. Magnus conficcò gli sci in un cumulo di neve e camminò fino alle vetrate panoramiche nella sala comune al piano terra. Scavalcò il davanzale ed entrò.

«E pensare che una volta lo chiamavano il tetto del Nordmarka» disse scuotendo la testa. «Ricordo che quando avevo voglia di una tranquilla gita domenicale e di sentire il sole scaldarmi il viso prendevo lo skibus e venivo qui. E guarda adesso...»

I locali erano stati messi sottosopra da qualche balordo e danneggiati da vandali locali.

«Sai, Martens» disse Olav pensieroso mentre sbirciavano nella cucina devastata, «mi capita di svegliarmi per l'incubo di Rederhaugen ridotta in questo stato. Con solo la struttura ancora in piedi e le finestre sigillate.»

Magnus lo guardò con occhi socchiusi. «A cosa pensi che siano dovuti questi incubi?»

«Al fatto che tutto quello che abbiamo e che siamo un giorno svanirà. Possiamo lavorare duramente, possiamo mantenere lo stato di benessere, ma prima o poi capiterà qualcosa e ti sentirai mancare il terreno sotto i piedi. Che si tratti di qualche nostro errore o di qualcosa al di fuori del nostro controllo.»

«La morte rappresenta l'estrema perdita di controllo» disse MM.

«*Parli* troppo di morte, tu» borbottò Olav.

Il decadimento del posto aveva risvegliato in loro il pessimismo, così decisero di uscire. Anche se l'aria era quella di montagna, la giornata era calda e il sole splendeva. Si sedettero su un pendio con vista sulle dolci colline che si allungavano a perdita d'occhio verso sud.

MM passò un mandarino a Olav e gli offrì un sorso di acquavite dalla sua fiaschetta.

«Devi riprendere il controllo» gli disse.

«Più facile a dirsi che a farsi. Sverre e Alexandra non vogliono saperne di me e fra qualche giorno ci sarà quella dannata riunione di famiglia con il ramo di Bergen.»

«Affrontiamo una cosa alla volta» disse Magnus in tono pedagogico. «La riunione di famiglia non è un gran problema. Da quella uscirai vittorioso.»

«Che cosa intendi?»

«Sii sincero. Tu hai paura che Vera nel suo testamento abbia ceduto la proprietà di Bergen. E allora sbarazzatene! Liberati di questa seccatura. Fai scrivere nero su bianco che il testamento non si trova e che l'accordo che stringerete sarà giuridicamente vincolante.»

«Cedere Hordnes?» gridò Olav. «È una proprietà sontuosa in cui hanno vissuto in affitto a un costo ridicolo e che adesso sembra essère stata invasa da una masnada di zingari.» Con il pollice indicò alle sue spalle. «Fra poco sarà ridotta come il rifugio Bislingen.»

«Torniamo? Inizia a far buio.»

In quel momento il telefono di Olav cominciò a squillare nella tasca della giacca a vento dello sci club. Lo aveva avvolto in un guanto e dovette armeggiare a lungo per tirarlo fuori.

«Olav Falck.»

«Pronto, sono Johnny» disse una voce. «Johnny Berg.»

***

Berg passeggiava lento per le strade costeggiate da ville che portavano a Rederhaugen, oltrepassando Tesla parcheggiate e siepi che nascondevano i giardini alla vista dei passanti. Aveva un appuntamento con Sasha, ma prima doveva sbrigare una faccenda.

«Berg» disse Olav Falck lentamente all'altro capo del telefono, cercando di guadagnare tempo. «La sua telefonata mi sorprende, lo ammetto. Ho sentito che è stato liberato. Non è affar mio quello che succede al dipartimento della Difesa, certo, ma spero che possa tornare in servizio, in qualche modo... La Norvegia è un piccolo paese e abbiamo bisogno di tutte le forze a disposizione. E lei era uno dei migliori, anzi, forse il migliore in assoluto.»

«La ringrazio. Chiamavo per un'altra ragione. Vorrei che ci incontrassimo.»

«Che ci incontrassimo...» ripeté Olav esitante. «Si tratta di questo...» cercava le parole, «... questo progetto di scrittura di un libro su Hans, giusto? Eh, già, sul buon caro Hans potrei dirne di cose. Condividiamo una lunga storia e i rami delle nostre famiglie sono intrecciati per l'eternità. Pensavo di telefonarle io stesso, in effetti.»

«Bene» disse Berg. «Una chiacchierata su Hans la faccio volentieri. Ma non è esattamente quello a cui stavo pensando. Ci siamo quasi incrociati di recente, quando sono andato a trovare il suo vecchio amico Johan Grieg. Sembrava debole, sì, ma non avrei mai creduto che sarebbe finita così rapidamente. Non so se sia tragico quando persone anziane e malate ci lasciano, ma di sicuro è triste. Grieg mi ha dato la prima parte del manoscritto di sua madre Vera, promettendomi la seconda non appena avessi verificato alcuni dettagli negli archivi privati di Bergen. Ma le cose sono andate diversamente. Grieg è morto e il manoscritto è sparito.»

«Riflessioni fantasiose, Berg» ribatté Olav in tono seccato e impaziente. «Che cosa vuole da me?»

Berg era ormai vicino al cancello d'ingresso di Rederhaugen.

«Ho accettato l'incarico di scrivere la biografia di Hans per capire meglio come lei tratta le persone che cercano di raccontare la verità sulle sue attività. Sua madre è stata messa sotto tutela, io sono stato fatto passare per jihadista e abbandonato in Medio Oriente. Ma non può nascondere cose del genere in eterno. Prima o poi la verità verrà a galla.»

Olav Falck fece una lunga pausa prima di ribattere, tanto lunga che Berg pensò che fosse caduta la linea.

«Come sa» disse poi, «ho deciso fin da subito che la tradizionale carriera di armatore di mio padre e dei miei antenati maschi in linea paterna non faceva al caso mio. I soldi finiscono, la storia lo testimonia, svaniscono dopo un paio di generazioni, con discendenti senza ambizioni, senza determinazionc. Quello che a me interessa è costruire qualcosa di duraturo. Cos'è la fama postuma, Berg? Io non credo in una dimensione soprannaturale. Per me la fama postuma è tutto ciò che rimane dopo la morte.»

«Sta cambiando discorso» disse Berg, rendendosi conto che il telefono era bagnato di sudore all'altezza dell'orecchio. «Adesso mi ascolti bene. Io sono disposto a restituire il manoscritto alla sua famiglia. Ma voglio qualcosa in cambio.»

«Qualcosa?» Il tono era scettico, ma più bendisposto.

«Sono stato dichiarato inabile al servizio, e l'insensato sospetto che io sia un traditore e un jihadista mi crea una serie di problemi nella sfera privata di cui farei volentieri a meno. Voglio che sia tutto cancellato.»

«Che la gente mi sopravvaluti è una delle prerogative che mi contraddistinguono» disse Falck. «Ma non posso invalidare documenti dell'Agenzia di sicurezza o del dirigente medico del dipartimento della Difesa.»

«Peccato, perché in tal caso non abbiamo più niente di cui parlare.»

«Aspetti» disse Olav riprendendo il controllo della situazione. «Diciamo che un paio di telefonate potrei farle.»

«Bene» concluse Berg e riagganciò.

Entrò a Rederhaugen e proseguì in direzione dell'edificio principale.

Inaspettatamente era stata Sasha, la sera prima, a fornirgli per caso gli ultimi dettagli necessari a completare il piano.

Racchiusa da una recinzione in acciaio zincato con il cartello VIETATO L'INGRESSO, l'area che circondava la torre col rosone pareva un cantiere come tanti altri. Berg ci entrò scavalcando.

Nella luce del crepuscolo intravide macchinari edili, betoniere e container pieni di assi e materiali di scarto allineati sotto i ponteggi. Sollevò il fondo del telone e ci si infilò sotto. Qui l'odore di vernice e di pannelli per casseforme era più intenso. Era anche più buio, per poco non inciampò in una bottiglia abbandonata, che roteò e finì per cadere sulla tavola sottostante facendo un rumore che a lui sembrò un fragore enorme.

Merda. Si immobilizzò. Restò in ascolto. Sentì un cane guaire in lontananza e il rombo costante di un fuoribordo in direzione del fiordo. Nient'altro. Si arrampicò su per la scala a pioli interna al ponteggio. Arrivato alla vetrata col rosone si fermò e fece luce sul rosso granato centrale e sul mosaico intorno. Era rotto nel mezzo. Esaminò attentamente il telaio. Pareva ben fisso, difficile da rimuovere.

Si arrampicò sull'ultima tavola del ponteggio e scavalcò uno dei merli. I suoi occhi si erano abituati all'oscurità. Si fermò un attimo, incantato dal meraviglioso panorama. Da lì si vedeva non solo l'intera Rederhaugen – la simmetria dei vialetti, i piccoli boschi scuri, la sala conferenze, il viale di tigli che si allungava perfettamente dritto, lo strapiombo affacciato sul mare grigioblu della notte – ma anche, in lontananza, le luci scintillanti della città.

La porta era stata smontata per via dei lavori, aprì il pannello che la sostituiva provvisoriamente. Entrò nella torre. La scala a chiocciola scendeva al rosone e poi ancora più sotto di un piano. Ecco la chiave per entrare. Era quello il punto che aveva individuato sulla planimetria di emergenza. Al centro della stanza i falegnami avevano aperto un varco nella vecchia parete di legno. Berg sbirciò nell'oscurità. Si chinò e trovò la griglia del condotto di aerazione. La rimosse con facilità e l'appoggiò cautamente lì accanto. Poi si infilò nel condotto, stretto come un tubo lanciasiluri di un sottomarino. Scendeva ripido, e lui dovette allargare braccia e gambe puntellandosi con tutta la forza che aveva per evitare di precipitare, uno sforzo non da poco. Procedeva lento, respirando affannosamente.

Un metro più in basso gli parve di vedere della luce. Si rese conto che le pareti erano più porose, probabilmente il soffitto era stato ribassato. Con grande attenzione, posò i piedi sui bordi della griglia e la sollevò.

A quel punto si lasciò cadere sul tappeto persiano rosso scarlatto, che attutì l'impatto. Berg rotolò su se stesso e si alzò in piedi. L'allarme bippava minaccioso. Prese lo smartphone e lo posizionò davanti all'altoparlante, mentre riproduceva la registrazione vocale.

«Olav Falck.»

Silenzio. Berg rimase immobile.

«Allarme disattivato» disse alla fine la meccanica voce femminile.

Tirò il fiato.

Lo studio era meno antiquato e appariscente di come se l'era immaginato. Una scrivania antica dominava parte della stanza, gli oggetti d'arte erano moderni. La cassaforte, incassata nella parete dietro la scrivania, era fiancheggiata da due scaffali.

Che la combinazione fosse la stessa dal tempo di Thor il Grande poteva significare due cose. La prima era che Olav utilizzava ancora la data di nascita, a ritroso, del primogenito del tempo, vale a dire Per Falck. Anche se... era poco credibile. Tradizione e modernità, cambiare per conservare: era più che altro questo il mantra di Olav. Quindi era sensato ipotizzare che il principio fosse lo stesso dei vecchi tempi, e cioè che la data di nascita fosse quella di Sverre Falck a ritroso.

Si era informato: 9 febbraio 1980.

09/02/80. Berg ruotò il disco combinatore.

La serratura scattò con un *clic*. Aprì con cautela la pesante porta.

In ginocchio davanti alla cassaforte a tre ripiani, vide un piccolo astuccio rosso e lo aprì delicatamente. Era una croce con lo stemma norvegese del leone rampante coronato al centro, appesa a una corona d'alloro dorata, piccola come un anello portachiavi, attraverso cui passava un nastro rosso con al centro una striscia blu bordata di bianco. Di traverso, sui tre colori della bandiera, c'era una spada.

Era la Croce di guerra al valor militare concessa postuma a Thor Falck.

Con precauzione la appoggiò sul palmo della mano e per un attimo si lasciò sopraffare dai ricordi personali di quando anche lui aveva ricevuto quella stessa onorificenza:

i generali e il re, l'uniforme di gala stretta in vita, sembrava passato così tanto tempo, anche se non era così.

Berg tornò in sé. Si trovava nello studio di un'altra persona. Rimise cautamente a posto la Croce di guerra, chiuse l'astuccio e lo pose nel punto esatto in cui lo aveva trovato.

Il manoscritto era sul ripiano sotto, in una busta marrone della casa editrice Grieg Forlag, proprio come quella che Grieg gli aveva dato quella sera. La tirò fuori con attenzione, la soppesò, sembrava meno voluminosa dell'altra. Al suo posto infilò nella cassaforte la «Prima parte», resistendo alla tentazione di aggiungere un messaggio per Olav Falck.

Berg risalì lungo il condotto e uscì ripercorrendo la stessa strada da cui era arrivato, con la spiacevole sensazione di essere stato ingannato. Era stato fin troppo facile.

Troppo bello per essere vero, pensò.

***

Sasha finì di bere il bicchiere di vino e attraversò le stanze della casa del custode, passò accanto al tavolo in rovere e allo scrittoio antico, a passi lievi come quelli di un animale che non lascia tracce sulla neve. Le tende si muovevano leggere. Si sedette sul davanzale e si accese una sigaretta. «Ho la seconda parte del *Cimitero del mare*» le aveva scritto Johnny. «Sto arrivando.»

L'ultima volta che aveva cenato insieme alla nonna, Vera aveva posato le mani coperte di macchie sulle sue spalle chiedendole come andava in amore.

«Ho molto amore nella mia vita.»

«E con Mads come va?»

Lei aveva esitato. «È amore, solo di un altro tipo. Sono troppo vecchia per arrossire e farmi venire il batticuore.»

«Che sciocchezze! Quanti anni hai? Trentatré?»

Sasha annuì. Ne aveva trentaquattro.

«Credimi» le aveva detto Vera. «Sei troppo giovane per una cosa del genere. Non è così. È adesso che inizia.»

Come sempre, nelle sue battute sagaci c'era un fondo di verità. Non è vero che la passione in età adulta è solo una pallida eco di quella di gioventù. Anzi, forse è addirittura più forte, pensò Sasha. Lo vedeva in ogni stanza, seduto al tavolo accanto a lei o sul davanzale a fumare insieme a lei.

Controllò lo smartphone: nessun messaggio da JB, come l'aveva salvato nei contatti. Nel momento in cui spense la sigaretta sentì dei passi dall'altro lato della casa. Il cuore le balzò in petto, un calore le si sprigionò in tutto il corpo.

Saltò giù dal davanzale sentendo bussare, lanciò una rapida occhiata a cucina e soggiorno: era tutto pulito, se non addirittura ordinato. Scese le scale, si sistemò i capelli allo specchio, si rimboccò una manica della camicetta a fiori.

«Arrivo, Johnny» disse.

Bussarono di nuovo.

Aprì la porta di casa.

Si trovò davanti Olav. «Disturbo, Alexandra?»

«No, no. Non disturbi affatto, accomodati, papà» rispose lei imbarazzata.

Senza neanche togliersi le scarpe com'era sua abitudine, Olav entrò e cominciò a passeggiare avanti e indietro nel soggiorno, come se stesse cercando qualcosa che nemmeno lui sapeva cosa fosse.

«Un bicchiere di vino» disse. «Ce l'hai?»

Lei glielo diede.

«Una volta, negli anni Sessanta, Vera era venuta a parlare con me e con il vecchio Grieg perché aveva preso in considerazione l'idea di cambiare casa editrice» disse Olav appoggiandosi al bancone della cucina. «Brikt Jensen della Gyldendal era pronto ad accoglierla con nuove prospettive e mazzette di banconote. Vera era delusa perché i suoi libri non vendevano abbastanza, nonostante fossero così apprezzati. L'insoddisfazione è parte integrante della normalità di uno scrittore. "Ma cambiare casa editrice" le aveva detto il vecchio Grieg con enfasi, "è come divorziare." In determinate circostanze può essere giustificato, ovviamente, ma in linea di massima i problemi si ripresentano anziché risolversi. Poco dipende dagli altri, molto riguarda se stessi. E il vecchio Grieg sapeva bene di cosa parlava.»

«Perché me lo racconti?»

«Sei andata a Bergen» rispose Olav senza scomporsi.

Lei, con fare quasi dimostrativo, prese una sigaretta dalla borsa e se l'accese.

«Non fumare.»

«Sono andata a Bergen per fare ricerche sul periodo bellico negli archivi privati della Det Hanseatiske Dampskibsselskab» gli rispose, soffiando il fumo dalle narici. «Senza trovare niente, fra l'altro. Probabilmente i documenti sono spariti nei giorni successivi alla confisca del manoscritto della nonna. E come mai? Perché dimostravano che Thor il Grande non era un eroe di guerra, ma un profittatore della guerra.»

«Guardati intorno qui a Rederhaugen, Alexandra» disse Olav andando alla finestra. «Credi che si possa arrivare a questo senza sacrifici?»

«*Sacrifici!* Menzogne sarebbe una parola più adatta. Chissà quante ossa sono seppellite qui sotto.»

Lui scosse la testa.

«Non essere ingenua. Chi siamo noi per giudicare vivi e morti? Mio padre ha dovuto prendere delle decisioni che io e te dobbiamo solo essere felici di non aver mai dovuto prendere. Come riuscire a mantenere la flotta della compagnia di navigazione di famiglia e i posti di lavoro lungo la costa quando una potenza straniera ha occupato la tua nazione? Come farlo in modo da preservare amore e devozione nei confronti della patria? Di' quello che vuoi, ma mio padre è stato audace.»

«È per salvaguardare la fama postuma di Thor che hai portato via parte degli archivi?»

Olav non rispose, lasciò a lei la mossa successiva.
«Hai una sigaretta?» le chiese.
«Stai scherzando?» ribatté Sasha sollevando un sopracciglio. Poi gli allungò il pacchetto. Tenendo la sigaretta fra indice e medio con fare inesperto, Olav se l'accese.
«Ci sono molti fatti storici di cui le persone non hanno idea» disse aspirando il fumo. «Per esempio, come mai quelli che prima erano nemici si sono trovati alleati nella lotta al comunismo. Nel 1949 una delegazione di ammiragli tedeschi si trovava in Norvegia per istruire i nostri ufficiali sulle postazioni dei cannoni e le fortificazioni che avevano costruito durante la guerra. Sono venuti anche qui.» Puntò il pollice alle sue spalle. «Negli anni successivi l'intero paese è stato rifornito di arsenali.»
«Stay Behind» disse Sasha. «Conosco *questa* storia.»
«E allora saprai anche che è stata Vera a permetterglielo» disse Olav. Si schiarì la gola. «Lei sapeva delle unità di pronto impiego sotto Rederhaugen.»
Sasha cominciava a sentirsi inquieta, si era preparata a menzogne e silenzi, non a un discorso franco e diretto.
«Solo che poi, per imperscrutabili ragioni, nel 1970 decise di rivelare tutto. Sai che conseguenze avrebbe avuto il suo gesto, mia cara Alexandra? Catastrofiche. Le unità di pronto impiego, scoperte solo dieci anni dopo, sarebbero rimaste indietro rispetto agli obiettivi. Stiamo parlando di sicurezza del regno. E non è tutto. Ai tuoi occhi può sembrare che la Saga sia scolpita nel marmo, ma nel 1970 le cose erano ben diverse. Io ero giovane, la Saga era agli inizi. Per Falck portava avanti i suoi infruttuosi affari con le compagnie di navigazione di Bergen. Se non avessimo agito così non saremmo certo seduti qui oggi. Avremmo perso tutto, Alexandra.»
«Stay Behind non è più un segreto di stato» disse Sasha. «Ho deciso di andare a fondo nella storia della nonna, anche se questo comporterà spiacevoli verità per la Saga e per noi.»

«Andare a fondo...»

Olav sospirò pesantemente, rassegnato.

«Sono così tante le verità consolidate che si danno per scontate.»

«Certamente. E allora?»

Sasha fissò il padre. «Hai sempre detto, in riferimento all'inchiesta, che la DS Prinsesse Ragnhild era affondata per una mina. E se invece non fosse vero?»

Il labbro di Olav iniziò a tremare all'improvviso, lui batté forte il pugno sul tavolo, tanto che uno dei calici si capovolse e il vino si rovesciò.

«È affondata per una mina britannica!» gridò.

«Perché ti fa infuriare così? Che importanza può avere il *perché* un espresso costiero è affondato settantacinque anni fa?»

«Ce l'ha eccome» disse Olav. «Sei così ingenua da credere che sia solo una questione storica e di libertà di espressione. Quello che invece ignori del tutto è che per i nostri avversari rappresenta un modo per rovinarci.»

«I nostri avversari?» Sasha non poté trattenersi dal sorridere. «Tu credi che sia tutto un incontro di pugilato.»

Lui annuì.

«Mi riferisco a John Omar Berg.»

Sasha sobbalzò sentendo il suo nome.

«In realtà di Berg non sai proprio niente, Alexandra. Berg era un bambino di Oslo in affido, un piccolo delinquente dal grande fascino e un occupante abusivo che il dipartimento della Difesa ha rimesso in carreggiata. Gli hanno dato la migliore istruzione civile e militare. Un progetto pilota. Berg è diventato l'operatore più importante, ha partecipato a tutto. Afghanistan, Iraq, Libano, Russia... È diventato una leggenda. Pochi sarebbero in grado di reggere le pressioni a cui è stato sottoposto.»

«Quali pressioni?»

Olav tralasciò di rispondere alla domanda e proseguì: «Dovremmo prenderci più cura di chi paga il prezzo più alto. Povero John Omar Berg. Non poteva che finire male. Berg ha cominciato a odiare il paese che gli aveva dato tutto. Un copione già noto: disturbo post-traumatico da stress, crisi familiare, causa per l'affidamento della figlia. È diventato un simpatizzante del fondamentalismo islamico. È partito come foreign fighter per unirsi allo Stato Islamico. È stato fermato nella terra di nessuno vicino alla linea del fronte dopo aver incontrato alcuni jihadisti norvegesi. E adesso è tornato in patria.»

«Per un pelo Johnny non ha sacrificato la vita combattendo contro lo Stato Islamico in Kurdistan la settimana scorsa» ribatté lei. «Credi che un foreign fighter jihadista lo avrebbe fatto?»

«Credo che tu sappia ben poco di quello che un uomo come lui fa all'estero, Alexandra.»

«Be', per lo meno questo lo so» disse aprendo Instagram e cliccando sull'account di NorwegianSNIPER. «Qui Johnny Berg è insieme ai peshmerga curdi dopo aver combattuto contro lo Stato Islamico.»

Olav si infilò gli occhiali da lettura e diede un'occhiata alla fotografia. «L'immagine è censurata. Ma l'uomo a petto nudo lo riconosci?»

«Sì» gli rispose Sasha arrossendo leggermente.

«C'è una cosa che devi sapere di quelli come lui» le disse il padre in tono severo. «Sono esperti manipolatori. Il loro lavoro consiste nel far parlare le persone, con qualunque mezzo, incluse le strategie di ricatto emotivo, pura psicologia nera da manuale. Farebbero di tutto per raggiungere i loro scopi, anche a costo di *instaurare una liaison personale*.»

«*Instaurare una liaison personale?* Ma che razza di modo di esprimersi è?»

Dopo un momento di silenzio, Olav proseguì: «Johnny Berg è un contatto pericoloso, molto pericoloso. Berg sta cercando di distruggere la Saga. Sul perché possiamo solo avanzare ipotesi, di certo fa quel che deve per raggiungere lo scopo. A costo di spacciarsi per il biografo di Hans Falck. Non avrai creduto davvero che stesse scrivendo una biografia dello zio Hans?»

Lei non rispose, ma avvertì di nuovo una fitta di inquietudine.

«Ha un contratto con la casa editrice» disse, rivolgendo al padre uno sguardo improvvisamente incerto. «So anche che è stato incarcerato in Kurdistan. Al contrario di te, lui è sempre stato sincero.»

«Quel contratto non vale più della carta su cui è scritto. Usare come copertura il ruolo di giornalista è una modalità ben nota nelle sue cerchie per avvicinarsi al vero obiettivo. È la specialità di Berg, la sua firma. Trova un buon pretesto per stabilire un contatto. Un po' di chiacchiere *off-the-record* su Hans, e chi potrebbe resistere alla tentazione?»

*Spunta* sulla check-list, pensò Sasha con crescente sgomento.

«E poi...» proseguì Olav, «ecco che, incidentalmente, ti dice che nelle sue ricerche su Hans è saltato fuori qualcosa di strano riguardo a Vera nel 1970. Magari potresti dargli una mano? Così, una donna che amava sua nonna, è un po' stanca di suo marito e avrebbe bisogno di un progetto nuovo nella sua vita diventa facilmente la vittima perfetta quando un tipo carismatico come lui appare sulle scene. Chi resisterebbe a una piccola avventura? E così lei accetta.»

Sasha inspirò a fondo. *Spunta. Spunta.*

«I due partono per Bergen. Ma lui, ovviamente, è troppo astuto per recitare la parte di quello insistente e mettersi in cattiva luce. Allora usa il trucco di psicologia più vecchio del mondo: si finge disinteressato. Arrossisci? Perciò ci troviamo nella particolarissima situazione in cui Alexandra Falck, direttrice del museo della Fondazione Saga – la lealtà in persona, che mai ha rivelato una sola parola di questioni interne a qualcuno di estraneo –, si ritrova a insistere e a chiedere aiuto in ginocchio a Johnny Berg, di cui si è chiaramente innamorata, per rovinare gli affari di famiglia, anzi, la famiglia stessa.»

Olav sorrise.

«Eh, già, cosa vuoi che sappia io, mia cara Alexandra, sono solo un tirannico bugiardo a cui resta ormai poco tempo... Ma è possibile che le cose siano andate così?»

***

Berg percorreva le strade costeggiate da ville che portavano al cancello d'ingresso con il falco dalle ali spiegate inciso sulla targa, leggero come il vento che sospinge gli uccelli. Era buio quando arrivò. Era carico di adrenalina, lucido, non faceva che pensare alla sera prima, all'intrusione nello studio di Olav, a lei.

Il cancello era chiuso. Bussò piano alla porta d'ingresso contigua.

«Sasha?»

Silenzio. Avrebbe dovuto essere lì, da quando la conosceva era sempre stata puntuale.

La porta si aprì in automatico. Nella semioscurità vide solo la sagoma di lei, e il cane al suo fianco. Con le orecchie all'indietro mostrava i denti e ringhiava minaccioso.

Qualcosa non andava, decisamente no.

«Sasha?»

«Mi hai mentito» disse lei, senza guardarlo negli occhi.

«Ma cosa dici?»

«Durante l'addestramento ti hanno insegnato anche a fingere sorpresa quando le vittime smascherano le menzogne che hai raccontato?»

«Non è così, credimi.»

«Non devi scrivere nessuna maledetta biografia. Il tuo unico scopo è quello di rovinare la mia famiglia e chissà cos'altro. È lo zio Hans che c'è dietro? O qualcun altro?»

Berg tirò fuori la busta di Grieg. «Questa è la seconda

parte del *Cimitero del mare*. Adesso possiamo trovare le risposte a quello che Vera...»

«Jazz è un cane da difesa. Se fai qualcosa ti attaccherà.»

Jazz abbaiò forte, ringhiava scoprendo i denti.

«Vattene. Del manoscritto fanne quello che ti pare. Non voglio più vederti.»

Lui rimase lì, immobile, si sentiva le gambe così pesanti.

«Dimmi solo una cosa» aggiunse Sasha con voce fremente di rabbia. «È stato tutto parte dell'*incarico*?»

Lui restò in silenzio, avvertiva il dolore di lei, ci era già passato.

«Mi hai chiesto di andarmene» disse alla fine.

«Prima rispondi, poi te ne vai.»

«Solo menzogne, tutto quanto» rispose Berg incrociando il suo sguardo. «Ma ricordati una cosa. Quello che è successo a tua nonna è accaduto anche a me. Forse tu anteponi la lealtà verso la famiglia alla verità riguardo a ciò che è successo. Io non ho famiglia, ma posso capirlo.»

«Vattene. Sparisci.»

«Scoprirò se tua nonna diceva la verità» le disse. «E le mie menzogne diventeranno qualcosa di diverso.»

Berg si girò e se ne andò. Camminò attraversò i boschi della penisola, costeggiò i campi scuri e alla fine arrivò alla stazione ferroviaria. Salì sul treno per l'aeroporto, comprò un biglietto aereo per il Nord, ma non riuscì a togliersi dalla testa quel pensiero. I ricchi e i potenti scrivono la storia, sempre, e quelli che scombinano il loro racconto devono essere puniti, sempre. Sasha Falck poteva tentare di sottrarsi, ma correva in circolo.

La storia è come una ruota per criceti. La storia si ripete.

Berg iniziò a leggere.

# Il cimitero del mare

## Seconda parte

*Trondheim-Bessaker*

Tornata sulla banchina dell'espresso costiero mi accorsi che l'atmosfera era cambiata: era come se la guerra ci avesse raggiunti. Una colonna di autocarri tedeschi affiancava la nave e file di soldati stavano caricando a bordo materiale bellico. L'odore di gasolio degli automezzi in folle appestava l'aria, si adagiava pesante sulla fresca brezza marina, il brusio infervorato dei tedeschi era ovunque.

M'intrufolai lì in mezzo. Fra i verricelli e gli alti teloni che coprivano gli autocarri era tutto un pullulare di soldati. Con gli scarponi marrone scuro, gli ampi pantaloni da campo, le giacche brune e i bastoncini, non somigliavano affatto ai tedeschi che avevo visto fino a quel momento. Avevano volti rugosi e la barba lunga, sulle maniche e sui copricapi erano cucite insegne con le stelle alpine.

«Sono Gebirgsjäger» disse un ragazzo curioso.

«Gebir-cosa?» gli chiese l'amico, un piccoletto che portava calcata in testa una coppola grigia a scacchi.

«Dicono che siano i migliori. La fanteria leggera delle truppe di montagna. Sono diretti a nord, di rinforzo al fronte settentrionale.»

«Le armi non gli mancano» disse l'altro, puntando l'indice verso i lunghi bauli di legno sigillati pieni di armi, le casse di munizioni in metallo lucido, le provviste e le motociclette col sidecar che venivano issate sulla nave.

Salii a bordo e in mezzo alla folla davanti alla biglietteria intravidi Wilhelm, indossava l'uniforme della Kriegsmarine e accanto a lui c'era il tedesco con la benda sull'occhio.

Nel buio della notte la DS Prinsesse Ragnhild prese silenziosamente il largo. I Gebirgsjäger erano dappertutto. Ecco da dove arrivavano i guadagni di Thor e della sua compagnia di navigazione.

Raggiunsi svelta la cabina dell'armatore. Per fortuna Thor non era lì. Mi truccai, poi mi guardai allo specchio e cambiai idea, mi lavai via il trucco e mi asciugai con una salvietta di carta. Wilhelm mi aspettava sul ponte. All'ala di plancia, aveva detto. Mi annodai un fazzoletto al collo e uscii.

L'aria era mite, la temperatura si era alzata di diversi gradi nelle ultime ore e il vento si era placato. Una coltre di nebbia mi avvolse, la costa non si vedeva più. Era buio. Dal ritmo dei pistoni compresi che la nave aveva rallentato per la scarsa visibilità.

Ebbi la strana sensazione che lui fosse rimasto a osservarmi attraverso uno spiraglio degli oblò oscurati. Wilhelm era in abiti civili; con quel maglione in lana dal motivo jacquard tradizionale, gli ampi calzoni scuri e il berretto in lana sembrava un norvegese.

«Vieni» mi bisbigliò conducendomi verso prua, sul ponte esterno oltre la sala da pranzo. La porta di ferro del ponte di prua sembrava chiusa a chiave, ma Wilhelm inclinandosi all'indietro riuscì ad aprire il pesante battente. Sgusciammo non visti all'interno, lui lo richiuse e indicando verso l'alto mi disse senza voce «ala di plancia».

«Seguimi» ansimò.

Approfittando della nebbia fitta come fumo denso corremmo chini verso prua, superando il portello di carico coperto da un telone e il cassero. Ci fermammo. Mi girai, il ponte di comando era avvolto dalla bruma. Solo in quel momento mi resi conto che Wilhelm mi aveva afferrato il polso, per un attimo restammo così, poi io mi ritrassi.

Il silenzio era assoluto.

«Sai che cosa c'è qui?» gli chiesi indicando un casotto. Uno degli alberi si innalzava nella nebbia.

«Sei tu l'esperta del posto.»

«La cella per gli ubriachi. Capita regolarmente che l'equipaggio sotto di noi resti sveglio per colpa di qualche ubriacone.»

Diedi un calcio leggero a una bitta.

Ci sedemmo appoggiandoci alla parte davanti al cassero: così non saremmo stati visibili dal ponte di comando nemmeno se ci fosse stato bel tempo.

«Ti sei accorto che la linea di galleggiamento sullo scafo è coperta dall'acqua?» gli chiesi.

«Ci sono centinaia di soldati a bordo» mi rispose lui in tono grave. «Sono di rinforzo per il fronte settentrionale, costruiranno infrastrutture.»

«Chi è l'uomo con la benda sull'occhio?»

Lui sorrise nella foschia. «Dieter? È nella Kriegsmarine come me.»

«C'è qualcosa nel modo in cui mi fissa che non mi piace per niente.»

«È un brav'uomo» disse serio Wilhelm. «Uno di quelli su cui si può contare. Uno dei pochi.»

Fissai impensierita la superficie scura del mare.

«Cominci a fidarti di me, adesso?» mi chiese.

«Tendo a fidarmi più di chi infrange le regole che di chi non lo fa.»

Le nostre voci non bisbigliavano più, ci sentivamo intrepidi, ma avremmo dovuto continuare a parlare sommessamente, e io lo sapevo bene. All'improvviso ecco un rumore. Sobbalzammo entrambi. La porta del cassero si aprì, a dritta, a un paio di metri da noi.

«C'è qualcuno?» gridò una voce nella nebbia.

Pensai, febbrilmente. Era il momento di agire. Davanti a noi, in una cassa vicino ai nostri piedi, c'era una catena arrotolata. Con mossa fulminea la presi e la gettai per creare un diversivo. Cadde sul ponte con un frastuono di ferraglia, afferrai la mano di Wilhelm e, mentre l'uomo si dirigeva verso prua per cercare di capire cosa fosse stato quel rumore metallico, noi sgattaiolammo dietro il cassero e raggiungemmo la porta sul lato opposto. Tenendo Wilhelm per il polso mi affrettai giù per le strette scale.

Al piano dove alloggiava il personale di camera mi si parò davanti il marinaio che mi aveva invitato alla festa, aveva le mani piantate sui fianchi e un'espressione stupefatta in viso. Mi si gelò il sangue nelle vene, mi sentii come un animale intrappolato nel ghiaccio. E Wilhelm non sembrava avere una scusa pronta da servire.

«Eravate voi due lassù? È severamente vietato ai passeggeri camminare sul ponte di prua.»

Mi aggrappai all'ultima, remota possibilità di salvezza. Sorrisi al marinaio, che aveva la pelle impura e doveva essere più giovane di me, e gli dissi: «Mi hai invitato tu alla festa nella topaia. Abbiamo solo preso una scorciatoia.»

Lui restò immobile e in silenzio per un attimo, poi il suo viso si schiuse a un sorriso.

«Tu sei quella che ha lavorato sulla Dronning Maud?»

«La topaia?» chiese Wilhelm.

«Gli alloggi riservati alle cameriere, cioè, scherzosamente, alle tope.»

Il marinaio e Wilhelm si salutarono.

La scala era davvero ripida, scendemmo nel ventre della nave, fino alla topaia. Una delle porte era socchiusa, all'interno due cameriere sedute sul bordo del letto trangugiavano acquavite in tazze di alluminio. Dall'angusto refettorio a prua proveniva un gran chiasso, si sentivano canti e scrosci di applausi, oltre che un forte odore di alcolici, fumo di sigarette artigianali, profumi dalle fragranze intense e sudore. Il marinaio aprì la porta: là dentro erano stipati sette, otto fra marinai e cameriere.

«Vera e il suo cavaliere» ci presentò il marinaio, che si chiamava Fagerheim.

«Ehi! Vera Lind!» gridò una voce. Era una delle cameriere con cui avevo lavorato sulla Dronning Maud molti anni prima. «Lei sì che beve! Ne ho visti di macchinisti ubriachi prima di lei, credetemi!»

Fuochisti e cuochi esultarono e fischiarono, mentre le cameriere lanciavano gridolini di giubilo.

Ridevano e ridevano, l'atmosfera era contagiosa. Mi porsero una tazza di acquavite, la bevvi in un sorso. Era fatta in casa, bruciava in gola e quando la buttai giù mi contorsi tutta, ma un attimo dopo mi sentii in gran forma. Brindammo. Mi avvicinai a Wilhelm, profumava di dopobarba e tabacco, mi accarezzò delicatamente i capelli, io mi appoggiai a lui. La cameriera della Dronning Maud mi allungò un'altra tazza, i macchinisti mi incoraggiavano battendo i piedi a terra.

«Che eccellente festa» disse Wilhelm.

«Cos'hai detto?» gli chiese Fagerheim.

«Che eccellente festa.»

Il marinaio si girò verso gli altri. «Che eccellente festa» ripeté ridendo. «Ma di dove sei che parli così?»

«Andiamocene, Wilhelm» gli bisbigliai.

«Ho chiesto al tuo uomo da dove viene» insistette. «Non è che è tedesco?»

Il chiacchiericcio cessò di colpo, gli occhi di tutti erano puntati su di noi.

«Avvicinati» gli dissi. Fagerheim fece un passo nella mia direzione. «Sai che cosa facevo ai marinai sfacciati?»

Gli afferrai saldamente i genitali con una mano e la ruotai, sentii i suoi testicoli e il suo membro ritrarsi come una chiocciola nel guscio. Lui impallidì.

«Esci dal tuo buco e vieni su alla luce del sole se vuoi accusare qualcuno di cose di cui non sai un bel niente.»

Lo spinsi via, si levarono delle grida di giubilo così alte che credevo che lo scafo sarebbe esploso. Ringraziai gli altri per l'acquavite, abbracciai le cameriere e mi affrettai a risalire insieme a Wilhelm. Prendemmo la stessa scala da cui eravamo scesi e seguimmo il corridoio verso poppa. Il forte rollio mi spinse più volte contro le paratie, fino a che uscimmo dagli alloggi riservati all'equipaggio. Nella sala macchine i pistoni battevano a ritmo regolare, salendo ancora sentii delle voci forti e alterate dall'alcol. Alla fine ci ritrovammo davanti alla porta della cabina in cui dormiva Olav.

Wilhelm si appoggiò ai pannelli della paratia.

«Grazie» mi disse.

«Sei una bella persona» gli dissi io, e lo baciai.

*Bessaker-Rørvik*

Il mattino dopo mi svegliò il penetrante boato del corno della nave. Spalancai gli occhi in preda a un senso di smarrimento. Accanto a me, Ragnfrid russava forte. Confusa e stordita mi tirai a sedere sul letto. Avevo dormito troppo poco, mi assalirono nausea e vertigini, come se fossi ancora ebbra. Dalla cesta di Olav provenivano brevi respiri e, di tanto in tanto, qualche vagito. Rapida e silenziosa come un gatto mi lavai e vestii, poi uscii nel corridoio. Il pianerottolo era deserto. Mi voltai: alle mie spalle un passeggero col fiato grosso si trascinava dietro una valigia pesante. L'orologio da parete segnava le sei e mezza. Fuori era ancora buio.

Salii sul ponte. Eravamo nel Follahavet, quello che i comandanti delle navi costiere chiamavano «il cimitero del mare», dove i venti soffiavano con forza e le creste delle onde nascondevano migliaia di capricciosi e affilatissimi scogli sommersi. Inspirai l'aria della costa con la stessa voracità di chi risale in superficie dopo aver trattenuto il fiato sott'acqua. Il paesaggio era immerso in una luce grigiastra. Davanti ai miei occhi, come una tela magnificamente dipinta, ecco apparire isolotti e scogliere levigate dai flutti in un burrascoso mare bianco e blu; onde spumeggianti si rompevano a intervalli regolari contro i monti scuri. Un gabbiano che volava lasciandosi portare dal vento si tuffò in mare.

Quassù ero sola. Mi sedetti su una panca. Molto più in là, verso poppa, vidi la sagoma di una persona che camminava nella mia direzione. Oltre a noi due, sul ponte non c'era nessun altro. Quando si avvicinò sentii un brivido corrermi lungo la schiena: era il tedesco con la benda sull'occhio. Dieter: non era così che si chiamava?

Senza dire una parola si sedette a qualche metro da me. Io tenni lo sguardo ostinatamente fisso in avanti, all'orizzonte vedevo una boa di segnalazione e un faro lontano.

«In passato avete lavorato su un espresso costiero, non è così?» mi chiese in tedesco.

Mi resi conto che fino a quel momento avevo parlato solo in norvegese con i tedeschi: con Wilhelm, naturalmente, ma anche con lo Sturmbannführer che aveva fatto irruzione nel salone della musica. Non perfettamente, forse, ma il tedesco lo sapevo: lo avevo studiato a scuola e per le lingue ero portata.

«Di solito non passo il tempo a raccontare agli estranei dove ho lavorato in passato» gli risposi.

«Più che altro sono curioso di sapere se è possibile raggiungere la stiva dal corridoio riservato ai passeggeri sul ponte inferiore» disse. «Potreste mostrarmi come si fa?»

Mi girai e fissai la benda in pelle e l'occhio scrutatore di sinistra.

Rabbrividii. Per chi lavorava?

«Non sono in servizio su questa nave» gli risposi nervosa. «Fareste meglio a rivolgervi al primo ufficiale.»

«Eh...» sospirò. «Servirebbe solo a mettere in moto dicerie e timori.»

Si alzò, sollevò il berretto da ufficiale. «Se doveste cambiare idea, fatemelo sapere, Frau Falck» mi disse congedandosi.

Rimasi lì seduta a lungo. A bordo si respirava una strana atmosfera, era come se tutti guardassero con sospetto chiunque incontrassero. Cercai di andare a poppa, ma fui subito fermata dalla polizia militare tedesca: con modi bruschi mi informò che l'intero salone ristorante di terza classe era stato chiuso perché riservato ai Gebirgsjäger. Evidentemente erano molti i soldi in gioco, quando si trasportavano truppe tedesche verso nord.

Tornata nel salone ristorante di prima classe incontrai Thor. «Non c'eri quando mi sono svegliato» disse in un tono minacciosamente calmo. «Ti sei alzata presto?»

«Sono andata a dormire con Olav e la bambinaia. A quanto pare stare lontana da lui mi costa più di quanto immaginassi.» Mi guardai intorno. «La nave è sovraccarica, lo scafo scende molto, temo che possa succedere qualcosa.»

Lui accostò alle labbra la piccola tazza di porcellana, ma a causa del moto ondoso finì per rovesciarsi il bollente surrogato di caffè sulla mano e sul colletto della camicia. «Che cosa stai dicendo?»

«L'intero ponte di poppa è stato chiuso e riservato ai Gebirgsjäger e ieri a Trondheim ho visto quante armi e munizioni hanno caricato a bordo.»

Lui impallidì e scosse freneticamente la testa.

«Lo stai facendo per aumentare i profitti della compagnia di navigazione?» gli chiesi a bassa voce.

Mi resi conto che la sua rabbia controllata stava per esplodere.

«Credi che il biglietto dell'espresso costiero, tanto più se include la cabina dell'armatore, si paghi con lo stipendio di un mese all'ufficio portuale? L'ultima volta che ho controllato ammontava a centoquarantacinque corone. Hai idea di quanto mi sia costato ottenere la cabina dell'armatore? E non sto certo parlando solamente di soldi, anzi, direi che quelli sono secondari.»

«Forse è proprio questo il problema» risposi. Presi con il cucchiaino la bustina di tè fumante e ci avvolsi intorno il filo sottile a cui era legata. Fuori, le onde schiumavano bianche.

«Dopo la nascita di Olav a malapena hai messo piede in casa. E credi davvero che una maledetta cabina dell'armatore possa sistemare le cose?»

«Ho lavorato, dannazione!» sbottò. «Ho lavorato ogni singolo giorno per te e per il bambino, per offrirvi una vita dignitosa.»

Si ricompose, anche se la mano gli tremava ancora leggermente.

«Non voglio sentir parlare di soldi» dissi.

«Siamo sposati. E dal giorno del nostro matrimonio non ho più guardato nessun'altra donna. Ti ho giurato fedeltà. Mi sono impegnato a fare del mio meglio per noi, per te, per il piccolo. Ti ho dato tutto. Hai una vaga idea di cos'hai ricevuto?»

I miei pensieri erano altrove, avrebbe potuto dire qualsiasi cosa ma per me non avrebbe avuto importanza.

«E come se non bastasse» proseguì, «se dovesse accadermi qualcosa tu erediteresti una considerevole quota dei miei beni, è tutto nero su bianco nel testamento che ho sottoscritto l'anno scorso. Ma se continui così potremmo vederci costretti a rivedere qualche dettaglio.»

«Ho paura» sussurrai.

Lo sguardo di Thor cambiò immediatamente, si fece più mite e comprensivo.

«Vuoi spiegarmi perché?» mi disse accarezzandomi delicatamente l'avambraccio.

«È difficile» singhiozzai, a voce così bassa che quasi non si sentì.

Le menzogne sono più efficaci se contaminate di verità, lo sapevo bene. Mi schiarii la voce. «Il giorno prima di partire» iniziai a raccontare in un tono diverso e riacquistando all'improvviso una sofisticata cadenza di Bergen, «mentre stavo tornando dall'ufficio portuale, ho girato l'angolo e all'improvviso mi è apparso davanti un uomo. Mi ha detto che mi tenevano d'occhio, che avrebbero preso Olav se non avessi fatto quello che volevano: consegnare una sigaretta contenente un microfilm a un uomo nel salone della musica.»

«Avresti dovuto dirmelo, Vera.»

«Mi hanno messo in guardia dal farlo. E così ho incontrato quell'uomo. Per farla breve: ho contrabbandato un microfilm in una sigaretta fino a Trondheim. Ero così spaventata, Thor...»

Una smorfia si dipinse sul suo viso.

«Se è così che stanno le cose...» disse. «Apprezzo il fatto che tu sia stata sincera. Solo una cosa ancora...»

Tirò fuori una fotografia e me la mostrò: l'uomo che ritraeva non aveva una benda sull'occhio, ma era senza dubbio Dieter.

«Fonti del controspionaggio hanno informato la compagnia di navigazione che quest'uomo starebbe cercando di infiltrarsi nelle maglie della resistenza per smantellarla. È molto preparato sui viaggi in nave e quello che lo rende particolarmente pericoloso è che parla un norvegese impeccabile, dopo i molti anni trascorsi nel nostro paese. Se mai dovessi entrare in contatto con lui, Vera, devi assolutamente farmelo sapere.»

*Rørvik-Brønnøysund*

Seguivo la grande nave che si accostava elegantemente alla banchina in retromarcia, mentre le gomene venivano assicurate alle bitte con la stessa facilità con cui i lapponi prendono al lazo le renne. Con il mio racconto avevo guadagnato un po' di tempo, ma sapevo che non sarebbe bastato per tenermi a galla a lungo.

Di sicuro Thor aveva cercato di riscattarsi ai miei occhi e di minimizzare il fatto che stava guadagnando grazie agli occupanti, ma non avevo ragione di dubitare della veridicità delle sue parole.

Se Dieter era un provocatore che cercava di avvicinarsi a Thor attraverso me, che dire allora di Wilhelm? Erano in combutta? Non poter escludere una simile eventualità mi dava la nausea. Non c'è sensazione peggiore che il sentirsi ingannati. E se fosse stata tutta una messa in scena? Al solo pensiero mi sentivo mancare. E se

Wilhelm stesse lavorando per lo spionaggio tedesco già al raduno nazionale?

Andai al ponte inferiore di prua. Perché a Dieter interessava tanto? Questa volta la porta era aperta. Appoggiai cautamente l'orecchio sulla superficie metallica. Nessuno. Scesi rapidamente la scala e sbirciai nella cambusa. Che qualcuno non autorizzato fosse entrato?

Mentre riflettevo sentii dei rumori sulle scale. Aprii silenziosamente la porta di quello che mi sembrò un ripostiglio interno. Il locale era talmente piccolo che, entrando, dovetti rannicchiarmi. Mi accovacciai dietro alcuni bidoni di latte e spostai una pila di casse per il pesce per nascondermi. Se qualcuno avesse controllato il locale ovviamente non avrei avuto nessuna possibilità di cavarmela. Potevo solo sperare che non accadesse. L'adrenalina che mi scorreva nelle vene mi distrasse dal freddo che c'era lì dentro. Sentii aprirsi la porta di sopra, poi il calpestio sui gradini ripidi, mi sforzai di capire se si trattasse di una o due persone.

«Questo è il posto *più sicuro* di tutta la nave» disse una voce. Era Thor, senza dubbio. Altri passi giù per la scala. «Vera ha detto che ci sono molte orecchie attente a bordo, e su questo ha ragione.»

Le bottiglie tintinnarono, il fondo della cassa più in basso sfregò contro il pagliolato.

«Voglio sapere esattamente che cos'ha detto Vera» rispose una voce. «Cerca di ricordarti le sue parole precise.»

Ebbi un tuffo al cuore.

Betsy Flisdal.

Ero impietrita, non sentivo nemmeno più il freddo.

«Che cosa c'è qui sotto?» chiese Betsy. «Come possiamo essere sicuri che non ci sia nessuno oltre a noi?»

A un tratto riecheggiarono dei colpi forti sulle paratie e sulla porta in acciaio imbullonata.

«Questa non la possiamo aprire» disse Thor. «Cerca di darti una calmata.»

La porta della cella frigorifera cigolò. Una striscia di luce penetrò all'interno. Thor si chinò per esaminare il locale all'altezza dei piedi.

Adesso mi avrebbe scoperto. Mi rannicchiai ancor di più dietro uno dei bidoni per il latte. Trattenni il respiro.

Qualcosa gocciolava sul pavimento.

*Tic*, *tic*, *tic*.

A voce bassa, ma non abbastanza da impedirmi di sentire, Betsy raccontò di quella sera nel salone della musica. Mi aveva notata, «una donna attraente ma molto giovane», che aveva anche ballato con un uomo con una cicatrice sul viso.

«Con Henry Hagemann, sì, questo lo sappiamo già.»

Rabbrividii. Thor conosceva il suo nome.

«Nel salone della musica non c'era molta luce, ho cercato di non perderla di vista» proseguì Betty, «e anche se non ne ho la certezza, credo che Hagemann a un certo punto le abbia consegnato qualcosa. Poi c'è stata l'irruzione della Gestapo.»

«Le cose stanno così» disse Thor. «I miei contatti nella polizia tedesca sospettano da tempo una fuga di notizie, attività di spionaggio e tradimento da parte di alcuni elementi della Kriegsmarine. Altrimenti non si spiegherebbe come l'aviazione britannica sia riuscita ad affondare così tante navi subito dopo che avevano lasciato il porto. Molte vite sono andate perdute, di tedeschi soprattutto, ma anche di norvegesi. Per non parlare dei tonnellaggi: le cifre si aggirano sulle centinaia di migliaia di corone. E questo significa anche una perdita di profitti per le compagnie di navigazione e di posti di lavoro per i norvegesi.»

«Ma il lavoro non aumenta nei cantieri navali se si devono costruire altre navi?»

Era *davvero* un'idiota.

Thor fece finta di non aver sentito e proseguì: «Quando ho parlato con quelli del Reichskommissariat a Oslo la settimana scorsa, il messaggio è stato molto chiaro: questa insensata attività deve cessare. Dello stesso parere è anche la grande maggioranza degli armatori norvegesi. La Germania vincerà questa guerra, e con un buon margine.» Poi aggiunse: «A bordo ci sono due uomini della resistenza infiltrati nel corpo della Kriegsmarine.»

Aguzzai le orecchie.

«Uno è noto con il nome di copertura "Wilhelm Frahm", l'altro è Dieter Hartz, riconoscibile dalla caratteristica benda sull'occhio.»

Rabbrividii per tutta quella malvagità. Non solo Thor collaborava facendo affari con i tedeschi ma, pur di proteggere i suoi privilegi, nel cupo teatrino delle ombre che aveva inscenato era addirittura arrivato a diffondere menzogne estremamente pericolose per i veri membri della resistenza.

«La cambusa non è posto in cui fermarsi a lungo» disse Betsy. «Come procediamo?»

«Ascoltami con attenzione» le rispose Thor. «Hai dei contatti tedeschi qui sulla nave?»

«No» rispose lei esitante. «Non nella polizia militare, nel battaglione dei Gebirgsjäger.»

«Loro non hanno alcuna autorità a bordo.»

«Conosco il capo della polizia di Sandnessjøen» disse Betsy. «Abbiamo collaborato in precedenti operazioni.»

Thor rifletté. «Ottimo. Secondo i miei calcoli raggiungeremo Sandnessjøen questa sera verso le dieci e mezza. Fino ad allora non devi fare niente. Quando attracchiamo, sbarchi e avvisi la polizia, che organizzerà un'accoglienza coi fiocchi ai due ufficiali della Kriegsmarine all'arrivo a Bodø, il mattino seguente. Non fare niente di insensato fino a che non saremo a Sandnessjøen.»

«Va bene» lo rassicurò Betsy. «Ho bisogno di soldi.»

Thor sospirò irritato, poi si sentì un fruscio. Banconote.

«Grazie» borbottò lei. «E a tua moglie cosa succederà?»

«È una faccenda privata» rispose. «Ma Vera non è più mia moglie, e molto probabilmente verrà accusata di attività di spionaggio e resistenza. Le pene sono molto severe.»

«Sono parole dure.»

I loro passi svanirono su per le scale e il rimbombare dei pistoni riprese il sopravvento. Rimasi immobile, rannicchiata, per diversi minuti; una parte di me aveva voglia di restare lì fino a quando la temperatura corporea non fosse scesa al punto da farmi perdere conoscenza e scivolare nell'eternità. Il freddo avrebbe portato una morte piacevole. In fondo non mi rimaneva molto da vivere. Mi alzai, le giunture scricchiolarono, quasi si fossero congelate. Il conto alla rovescia era iniziato, secondo la tabella di marcia avrei avuto meno di dieci ore prima che il mio destino si compisse a Sandnessjøen.

Sgattaiolai fuori.

Betsy non doveva sbarcare a Sandnessjøen, ma come avrei potuto impedirglielo?

*Brønnøysund-Sandnessjøen*

Ieri ho preso il treno e lasciato Bergen, sono a Rederhaugen e scrivo da qui. Ho trovato quello che stavo cercando negli archivi lassù a ovest. È aprile, le folate pungenti di aria fredda lasciano il posto al tepore della primavera, la narrazione procede come un piroscafo sul mare calmo.

Spesso mentre scrivo mi domando quale accoglienza potrebbero avere queste mie parole, quale potrebbe essere la reazione della società norvegese. Lo fanno tutti gli autori, certo. Noi scrittori vagheggiamo la fama e temiamo di essere umiliati dai critici, anche se di solito quel che ci aspetta è una pacca sulle spalle, più o meno benevola, seguita dall'oblio.

Questa volta, però, è diverso. Le mie parole non passeranno di certo sotto silenzio. Cosa diranno i discendenti di Thor? E Olav, cosa dirà?

Adesso, nel 1970, a quasi trent'anni di distanza, non è un segreto che chi ha tradito facendo affari con gli occupanti ha avuto pene più miti rispetto a chi si è macchiato di altre forme di collaborazionismo, sempre che sia stato condannato. Questi traditori non combattevano in prima linea e non hanno le mani sporche di sangue come i torturatori, hanno semplicemente «cercato di mandare avanti il paese», per dirla con le parole di un influente avvocato difensore. Il capitale non serve solo a suddividere i rischi, ma anche a polverizzare la responsabilità fra chi dirige e chi amministra, fra la società madre e il terzista. Effettivamente, chi andava punito per il sostegno fornito ai nazisti da parte della compagnia di piroscafi

Det Hanseatiske Dampskibsselskab? In fondo, qualunque altro capitalista avrebbe fatto lo stesso.

A rendere la situazione ancora più piccante è naturalmente il fatto che nel 1949 Thor, su proposta diretta dell'avvocato di famiglia Greve, è stato insignito *post mortem* della Croce di guerra al valor militare per «avere organizzato con grande rischio personale attività di resistenza sulla costa nel 1940, in tempi pionieristici».

Non mi hanno lasciato scelta, ho dovuto presentarmi alla cerimonia e accettare l'onorificenza in sua vece ma, fingendo un improvviso malessere, mi sono scusata e me ne sono andata subito dopo re Haakon. Ho chiuso quell'onorificenza nella cassaforte murata a Rederhaugen e non l'ho mai più tirata fuori. Olav, crescendo, ha mostrato sempre più interesse per l'argomento, purtroppo tutti i miei suggerimenti sono caduti nel vuoto.

Ma della vera ragione che rende tutto questo così difficile per me, ancora non ho parlato. Il punto è che i crimini commessi in tempo di guerra sono poi proseguiti, gettando lunghe ombre sulla pace.

***

Era già buio quando lasciammo il porto di Brønnøysund. La costa selvaggia, frastagliata e ondulata dell'Helgeland, che tanto meravigliosa mi era apparsa quando avevo viaggiato in senso opposto, un'eternità fa, si delineava sullo sfondo come una cupa scenografia. Quella volta la nave era illuminata e invitante come un casinò, adesso la notte era nera.

Aveva iniziato a cadere pioggia mista a neve, e questo significava che c'erano uno o due gradi, la temperatura più pericolosa, perché è quella in cui si muore di freddo.

Andai nella caffetteria di terza classe a poppa, lì Thor non avrebbe certo messo piede. Me ne stavo seduta a giocherellare con uno spargipepe trovato sul tavolo, nel giro di meno di cinque ore Betsy sarebbe sbarcata e avrebbe avvisato la polizia. A quel punto sarebbe stato troppo tardi.

Qualcuno mi chiamò.

«Vera?»

«Chi si rivede!» dissi alla cameriera.

«Ho una lettera per te» bisbigliò, si congedò con una riverenza e sparì prima che potessi chiederle qualunque cosa.

Mi gettai qualche occhiata intorno, poi aprii la busta. «Vediamoci alla cabina 31. W.» Non c'era scritto altro. Strappai il breve messaggio in piccoli pezzi e mi affrettai verso il ponte principale, per poi scendere alla cabina. Wilhelm mi aprì, io sgattaiolai dentro e non appena richiuse la porta lo baciai. Era una cabina spartana, con due cuccette – anche qui quella superiore era disposta a novanta gradi rispetto all'altra per ottimizzare gli spazi – e una scrivania di legno laccato sotto il piccolo oblò. Ma era comunque una cabina. Mi sedetti sulla cuccetta inferiore.

«Un collega non è potuto venire» disse lui. «La nave è sovraffollata, sono fortunato ad aver trovato un posto.» Un'ombra passò sul suo viso quando si accorse della mia espressione scossa. «Cosa succede, Vera?»

Con la tranquillità che riuscii a mantenere gli riferii quanto avevo sentito nella cambusa.

«Dobbiamo fermare Betsy, il tempo stringe.»

La nave oscillava. Udii delle voci nel corridoio, dall'accento sembravano persone originarie della mia zona. Negli occhi di Wilhelm lessi tenerezza e preoccupazione. Per un attimo non esistette altro all'infuori di noi due, poi la gravità della situazione mi travolse. Avevamo imboccato il tratto di mare che ci avrebbe portato a Sandnessjøen.

Saremmo arrivati nel giro di poche ore.

«Tu le hai parlato» disse Wilhelm pensieroso. «Cos'è importante per lei? Che cosa la spinge?»

«Una cosa sola: il denaro. L'ideologia non conta nulla.»

«Ho dei soldi. Non molti, diciamo duecento corone. A quanto corrispondono? A un mese di salario?»

«Non possiamo certo competere con Thor» gli risposi sconfortata.

Wilhelm, il viso fra le mani, disse: «Non abbiamo scelta...»

«Una ce l'avremmo» mormorai, ma nemmeno io sapevo se ne sarei stata capace. «Aspetta qui.»

Betsy non era in nessuno dei saloni di prima classe. Forse si era rifugiata in cabina in attesa dello scalo. Cominciai allora a setacciare la nave. Prima andai verso poppa, sul ponte di sovrastruttura, ma a un certo punto la polizia militare tedesca mi impedì di proseguire, allora salii al ponte di passeggiata, deserto, proseguii oltre la sala macchine con le grandi scialuppe di salvataggio lungo il parapetto e girai intorno alle cabine a poppa.

Eccola. Un vento gelido penetrava attraverso i vestiti. Sopra lo specchio di poppa una bandiera sventolava forte.

«Betsy, finalmente ti ho trovata.»

«Vera?» disse lei con voce incerta e meravigliata.

«Ricordi quando mi hai raccontato che il tuo fidanzato era stato portato via? Era il 6 luglio, il giorno in cui avreste dovuto incontrarvi con un peschereccio proveniente dalle Shetland, ma all'appuntamento avete trovato dei tedeschi, giusto?»

Ancora Betsy non sospettava niente e mi disse: «Sì, esatto.»

«Quel giorno io ero di turno all'ufficio portuale» proseguii. «E siccome ho una buona memoria, almeno per quanto riguarda le questioni di lavoro, ricordo nel dettaglio il traffico marittimo. Bremanger, vero? Non c'era nessuna imbarcazione tedesca nei dintorni di Bremanger in quella data. Erano tutte molto più a sud, nei pressi di Osterøy. Hai mentito, Betsy, proprio come hai mentito su molte altre cose.»

Impietrita, mi fissava addossata alla battagliola. I nostri occhi si erano abituati all'oscurità. Alle sue spalle intravidi la scia della nave.

«Sei una spia, Betsy» dissi ancora, in tono sorprendentemente calmo. «Tradisci i patrioti in cambio di denaro. Fra poco, appena arrivati a Sandnessjøen, tradirai anche me. Spero ti diano molti soldi. Ma ho una controproposta da farti.»

«Aiuto!» gridò Betsy. «Una donna della resistenza vuole uccidermi!»

L'afferrai per il bavero, ma lei riuscì a liberarsi, cadde sul ponte e barcollando si diresse verso la porta.

Mi lanciai su di lei e atterrai su una delle sue gambe. Betsy gridò di dolore. Sdraiata a terra, scalciava freneticamente, con un calcio mi colpì al petto così forte che mi mancò il respiro per qualche istante, poi rotolai su un fianco e le diedi una gomitata nello stomaco.

Le onde che raggiungevano la barca ci coprivano di spruzzi. Mi rialzai, stordita. Anche Betsy era di nuovo in piedi. Per un attimo riprendemmo fiato entrambe, poi la colpii in pieno viso. Non era stato un gran pugno, ma lei con un urlo crollò all'indietro contro la battagliola. Allora le tirai un calcio alla gamba.

«Maledetta» gridò, mentre stringevo le mani intorno alla sua gola. «Aiuto!»

Si divincolò riuscendo a liberarsi dalla presa e mi spinse contro la battagliola. L'acciaio gelido premeva contro la mia colonna vertebrale. Mi spingeva sempre più forte, tanto che mi ritrovai con la testa e il busto che sporgevano sul mare.

Pensai all'elica che girava là sotto. Ancora pochi centimetri e sarei caduta in acqua, in quel mare gelido. Betsy era sorprendentemente forte. Contrassi gli addominali più che potevo per non perdere l'equilibrio.

«Crepa!» gridò.

A distanza di tutti questi anni, mentre me ne sto qui a scrivere, è ancora vivida in me l'immagine delle sue labbra tese e di quegli occhi folli, sento l'acqua mista a neve cadermi addosso e vedo il mare burrascoso sotto di me. In un tentativo disperato riuscii a liberarmi le braccia, mi divincolai dalla sua presa, mi chinai al riparo della battagliola e la gettai giù.

Non sentii il tonfo del suo corpo fendere la superficie del mare agitato vicino all'elica. Mi guardai intorno. Nessuno mi aveva visto. Per un istante rimasi lì, con gli occhi fissi a poppa, ma non scorsi altro che una lunga scia, di lei nessuna traccia.

*Sandnessjøen-Bodø*

Mi fermai sulla soglia, tremavo, avevo freddo e caldo al tempo stesso, lo sguardo allucinato. I vestiti fradici gocciolavano, la giacca era strappata. Wilhelm, seduto sul letto, non appena mi vide balzò in piedi spaventato. Mi abbracciò, senza una parola. Iniziai a piangere. Lui non chiese nulla, rimase in silenzio, ed era esattamente quello di cui avevo bisogno. Restammo a lungo così, abbracciati, cullati dal mare agitato in quella minuscola cabina.

«Betsy Flisdal non avviserà la polizia» dissi alla fine.

«Vuoi raccontarmi cos'è accaduto?»

«No.»

«Va bene.»

Era comunque una risposta anche quella.

Wilhelm tirò fuori una bottiglia di brandy e me la allungò. Ne bevvi un sorso, mi sedetti accanto a lui sulla cuccetta e posai una mano tremante sulla sua coscia.

«Era solo una ragazza» dissi. «Una ragazza idiota e ingenua, questo sì. Ma non era cattiva.»

«Va tutto bene» cercò di consolarmi Wilhelm.

«Non va bene niente! Maledizione!»

Piangevo, a un tratto mi alzai e presi a girare freneticamente in quello spazio angusto assestando colpi alle cuccette e all'armadio. Lui mi afferrò risoluto e mi costrinse sul materasso.

«Siamo in guerra» disse.

«Che ne sai tu di cosa significa togliere la vita a qualcuno?» singhiozzai. «Sei un soldato semplice della marina.»

Rividi Betsy gridare e scalciare e poi precipitare nel mare agitato.

«A volte, soprattutto in guerra, privare qualcuno della vita è inevitabile.»

«La teoria è facile da spiegare, ma farlo realmente è molto diverso.»

«Come pensi che ci si senta a combattere in patria contro chi è al potere e ha l'appoggio della quasi totalità della popolazione?»

«Siete in molti a opporvi al regime?»

«Più di quanti tu possa credere. Anche fra gli uomini in divisa. E le scelte che dobbiamo fare sono difficili. Per non dire impossibili. Esattamente come quella che sei stata costretta a fare tu oggi.»

«Ma che razza di scelta è?» bisbigliai.

«Non ti sei mai trovata, come me, nel dilemma di dover scegliere se fare o meno rapporto sui movimenti delle navi per dare la possibilità alle forze britanniche o a qualcun altro di bombardarle. E forse per te non sarebbero altro che le navi degli occupanti, mentre per me significa condannare a morte delle persone, anche centinaia, brave persone, persone normali, con mogli e figli che amano a casa ad aspettarle.»

Wilhelm inspirò a fondo, bevve un sorso di brandy. «Perciò, la questione non mi è certo estranea, anzi...»

Non disse altro. Calò il silenzio.

«Ma come puoi giustificare tutto questo?»

«Ho ideali più alti. Sono convinto della necessità di combattere il nazismo, con qualunque mezzo, nessuno escluso, per annientarlo, anche a costo di sacrificare vite di civili.»

Lasciai sedimentare le sue parole dentro di me.

Wilhelm era un traditore della patria.

Ma erano i suoi atti di alto tradimento a renderlo un eroe. Quelli che in Norvegia, giorno dopo giorno, combattevano il nazismo facevano semplicemente il proprio dovere in difesa del loro paese, mentre i socialdemocratici tedeschi tradivano la patria per difendere un ideale più alto.

Non era forse quanto di più vicino alla definizione di eroismo si potesse immaginare?

«Ascoltami» disse Wilhelm con una ruga di preoccupazione sulla fronte, mentre mi stringeva forte il polso. «Io sbarcherò a Bodø. Anche tu e tuo figlio dovete farlo.»

«Perché?»

«Quello che ti sto per dire non devi raccontarlo a nessuno, per quanto crudele possa essere. Te la senti?»

Deglutii e poi annuii.

«Dieter appartiene alla mia stessa rete nella Kriegsmarine...»

«Il Monocolo?»

«Chiamalo un po' come ti pare. Comunque, lui metterà nella stiva una miccia collegata a un semplice detonatore, che provocherà un incendio. Come ben sai, la nave è carica di armi e munizioni: l'effetto finale sarà quello di una deflagrazione.»

«Oh, mio Dio» gemetti pensando ai membri dell'equipaggio, al capitano, alle cameriere e ai macchinisti. «Ci sono centinaia di norvegesi a bordo.»

«E centinaia di Gebirgsjäger» ribatté lui, con inaspettata freddezza.

«Alla fine, le sorti delle guerre sono in mano a singoli soldati. Il soldato che si addormenta durante il turno di guardia può far crollare l'intero castello di carte. I Gebirgsjäger di rinforzo al fronte settentrionale non arriveranno a destinazione. Manca poco per vincere la guerra.»

Con la testa fra le mani, puntai i gomiti sul materasso.

«Spiegami il tuo piano» disse lui.

«Thor pensa che andremo a trovare mia madre sul letto di morte. In realtà la mamma è mancata due anni fa, e l'ho saputo quando era già stata seppellita. Gli ho mentito per poter intraprendere questo viaggio verso nord. L'espresso costiero farà una sosta di un'ora a Bodø. Lì conosco delle persone che sanno come evitare i posti di blocco, e quando Thor comincerà a sospettare qualcosa noi saremo già a Sulitjelma.»

Lui sbarrò gli occhi. «Sul-i-tjel-ma. Mi piace. Bel nome.»

«Ho dei parenti a Sulitjelma, una zia e un cugino. È proprio vicino alla frontiera con la Svezia. E da lì potremo iniziare a combattere.»

Wilhelm si tolse la piastrina identificativa, la soppesò e disse: «Non posso viaggiare con questa al collo.»

L'oblò aveva un coperchio in acciaio fissato con una catena bianca a un gancio sul soffitto. Wilhelm svitò la copertura in plastica della piastra a cui era attaccato il gancio. Apparve un condotto di aerazione. Io presi il portasigarette, ricordo di questo viaggio, e ci adagiai dentro la piastrina identificativa. Poi infilammo il portasigarette all'interno del condotto.

Ora toccava a noi. Baciai Wilhelm. Lui mi prese con quelle sue mani forti, mi tolse la giacca e il vestito di trine e mi sganciò il reggiseno mentre io gli strappavo di dosso l'uniforme; i nostri abiti rimasero a terra, gettati alla rinfusa, la nave ondeggiava, i pistoni battevano nascondendo i suoni del nostro amore.

Era passata da poco la mezzanotte del 23 ottobre 1940 e forse lo sapevamo già che non saremmo più potuti tornare indietro, che non ci sarebbe stata altra strada se non quella che portava verso nord, oltre Nesna e Indre Kvarøy, oltre Grønnøy e Ørnes fino a Bodø, e poi ancora più a nord, verso le Lofoten. Non ci sarebbe stata altra strada se non quella che portava fin nelle profondità degli abissi.

Continuava a cadere acqua mista a neve con forti raffiche di vento quando la DS Prinsesse Ragnhild raggiunse Bodø la mattina del 23 ottobre. Il mare era bianco di schiuma e increspato, simile a un altopiano innevato scolpito dal vento, la nave si dispose lateralmente e, sospinta dalle onde, raggiunse la banchina.

Appoggiata alla battagliola, con quel tempo inclemente ero l'unica sull'intero ponte. Bodø era stata bombardata in primavera, i comignoli nudi svettavano sulle fondamenta collassate dell'agglomerato di basse case di legno. E io mi sentivo sgretolata dentro. Ancora annebbiata dalla notte segreta con Wilhelm, ancora tremante al pensiero di Betsy Flisdal che scompariva nella scia scura. Ero terrorizzata per quello che era accaduto e per quello che mi aspettava.

Il piano di cui la notte precedente avevo reso partecipe Wilhelm era semplice, almeno in teoria. Avrei preso il piccolo Olav dalla cabina e lo avrei portato sul ponte di corridoio. Thor sarebbe stato lì all'uscita ad accogliere la polizia, perciò Olav non sarebbe potuto sbarcare con me: ci avrebbe pensato Wilhelm, con la sua uniforme tedesca. Ci saremmo incontrati dietro la pescheria e poi saremmo andati insieme a Sulitjelma.

Condizione fondamentale per la riuscita del piano era che Thor credesse che ci trovassimo a bordo.

A passo rapido scesi al ponte di sovrastruttura. Lo scalandrone grattò contro la banchina e lo scafo si appoggiò pesantemente ai parabordi durante la manovra di attracco. A terra c'era una gran confusione, evidentemente erano in tanti a essere diretti alle Lofoten. Alcuni ragazzini col berretto ben calcato in testa correvano qua e là. Un paio di marinai aiutarono un'anziana signora che faceva fatica a camminare a sbarcare. Riuscii a scendere dalla nave senza farmi scoprire, mi aprii un varco attraverso la folla, seguendo il percorso svoltai all'angolo e, dopo aver oltrepassato un edificio portuale dipinto di rosso, vidi davanti a me, sul lato opposto della strada, la pescheria.

Pregustavo già la gioia di rivederlo.

Ma ad aspettarmi là dietro non c'era Wilhelm.

«Ti stai sgranchendo un po' le gambe approfittando del maltempo?» mi disse Thor, tenendo saldamente il cappello in una mano, mentre nell'altra reggeva la cesta con il piccolo Olav.

Ebbi un tuffo al cuore. Wilhelm dov'era? Che cos'era accaduto? Thor, tranquillo e sicuro, diede un'occhiata all'orologio.

«Non abbiamo così tanto tempo, Vera. Credo proprio che sia il caso di tornare a bordo.»

Dovevo fare qualcosa. «Thor» gli dissi seria, con il vento alle spalle. «La situazione è grave. Si dice che abbiano pianificato di far saltare in aria la nave.»

Lui rise condiscendente. «Sì, certo, far saltare in aria la nave. Ne dubito fortemente.»

«Non possiamo tornare a bordo!» gridai. «Non tu, non io, e soprattutto non Olav!»

Thor mi afferrò con forza per una spalla. «Sono davvero stufo di tutte le menzogne che mi hai rifilato. Si torna a bordo! Adesso!»

Nella calca scorsi Dieter il Monocolo abbandonare la nave e dileguarsi nella folla. Che cos'avrei potuto fare? Seguii Thor.

Poco dopo, la DS Prinsesse Ragnhild lasciò il porto e si allontanò nelle agitate acque del mare.

Erano le dieci e mezza del mattino di giovedì 23 ottobre.

***

Mi alzo dalla scrivania. È sera, una limpida e fresca sera di primavera, sono nella baita allo Strapiombo, sola, quando sento dei passi sul retro.

Qualcuno bussa e poi apre la porta senza aspettare risposta. Nel pallido riflesso della finestra vedo Olav al centro della stanza. Mio figlio ha trent'anni ormai, è un adulto. È cresciuto, diventando alto e forte, ha lo sguardo ambizioso e il sorriso carismatico. Ha preso più da suo padre che da me. Negli ultimi anni ha lavorato per i servizi segreti.

«Mamma...» dice senza muovere un passo.

«Olav» gli rispondo. «Entra pure.»

Restiamo immobili, ognuno nella propria parte di stanza, senza dire nulla, come se ciascuno stesse aspettando che l'altro commetta per primo un errore. Il suo autocontrollo mi spaventa un po'. Osservandolo meglio mi accorgo che il labbro gli trema leggermente.

«Qualcosa da bere?» Raggiungo il piccolo angolo cottura dove prendo una bottiglia di birra, che apro e poso sul tavolo prima che lui abbia avuto il tempo di rispondermi.

«So cosa stai scrivendo» dice.

«No» rispondo con freddezza, anche se mi accorgo di quanto siano sudate le mie mani quando le stringo a pugno in reazione alle sue parole. «Non puoi saperlo.»

«Sono venuto a chiederti di interrompere la stesura di questo libro.»

«Non hai mai letto una sola parola di quel che ho scritto.»

«Non hai mai fatto altro che scrivere» ribatte lui con uno sguardo di mite rimprovero, come quando era un ragazzino. «Notte e giorno, non facevi altro che scrivere. D'inverno partivi, stavi lontana per mesi, e quando tornavi non eri comunque presente, sempre in compagnia di questo o quell'amante, oppure persa nel tuo mondo.»

«Non è vero.»

«Tutto quello che desideravo da piccolo era riuscire a far colpo su di te» aggiunge a voce bassa. «Era che mi mostrassi quanto mi volevi bene, perché di certo a modo tuo me ne volevi, ma non me l'hai mai detto. Finché ho capito che in fondo sei solo una grande egoista, che mette sempre se stessa al primo posto. Forse eri ferita, per via di tua madre malata e di un padre che non hai mai conosciuto...»

«Basta!» lo interrompo con un gesto della mano.

«Perché non mi hai mai raccontato niente di mio padre?»

«Riesco a esprimermi meglio con la scrittura. È tutto qui» gli rispondo indicando la macchina per scrivere.

«Ti chiedo di fermarti, adesso. Per il bene della famiglia» dice Olav. «Se non lo farai, non potrò più proteggerti.»

«Si tratta dei tunnel e delle unità di pronto impiego» gli dico.

Lui annuisce rapido. «Sei consapevole, vero, delle ripercussioni che una simile pubblicazione avrebbe sulla difesa del nostro paese e sulla nostra famiglia?»

«Un paese che deve ricorrere a mezzi illeciti per difendere se stesso non è degno di essere difeso» ribatto.

«L'unico punto che non riesco a capire è come una storia del 1940 possa raccontare qualcosa di Stay Behind, che è un'organizzazione successiva alla guerra.»

Scuoto la testa. «Stay Behind è nata durante la guerra. È iniziato tutto con l'accordo che Thor ha stretto con l'ammiraglio Carax sul trasporto di truppe tedesche e materiale bellico. Un accordo che ha permesso alle compagnie di navigazione di guadagnare facendo affari con i nazisti.»

Olav sta per protestare, ma io con un gesto della mano lo dissuado dall'aprire bocca.

«In seguito, l'ammiraglio Carax diventò comandante in capo della Flotta del Nord e si trasferì a Rederhaugen, dove fece costruire tunnel e rifugi antiaerei. Ma Carax non era uno di quei torturatori o comandanti dei campi di prigionia che vennero sottoposti a processo dopo la guerra, no, lui si rese invisibile mimetizzandosi fra i ranghi dell'esercito tedesco non appena il regime nazista cadde. Nel frattempo, tu e io ci trasferimmo qui, dove tu sei cresciuto diventando un giovanotto brillante. Un giorno, quando eri ancora bambino, a Rederhaugen si presentarono degli ospiti molto illustri. Un corteo di auto fece il suo ingresso nella proprietà: ne scese uno stuolo di ufficiali di altissimo livello, burocrati e politici, oltre all'ammiraglio Carax.»

«Carax è tornato qui?» chiede Olav.

«Esattamente. Da quando ci eravamo visti l'ultima volta, aveva ricoperto il ruolo di consigliere Nato nella questione del fianco settentrionale e poteva vantare una considerevole esperienza in fatto di strategie militari russe nella regione del Mare di Barents. Insieme ad alcuni ufficiali, sia tedeschi che norvegesi, e a diversi politici scese nei tunnel e nei rifugi antiaerei ormai in rovina. Quando ne uscirono era già quasi sera e mi presentarono una dichiarazione di sicurezza che fui costretta a leggere e sottoscrivere. In qualità di proprietaria di Rederhaugen, mi impegnai a mettere volontariamente la proprietà a disposizione delle unità norvegesi di pronto impiego. Per la sicurezza del regno. L'obbligo di riservatezza era assoluto e sarebbe durato a vita. Feci come mi avevano detto e l'anno seguente a Rederhaugen arrivò una fila ininterrotta di operai. Nei tunnel iniziò una frenetica attività edilizia. Quindi, fra i tempi della guerra e il presente un collegamento c'è» concludo. «Del presente sai già di più.»

Olav si fa un giro per la stanza.

«Non puoi pubblicare un libro del genere.»

«Posso dirti una cosa, Olav?» Lo fisso a lungo. «Mostrami che cosa nascondono questi tunnel, che cosa c'è di così terribilmente segreto.»

«Mamma, non posso, lo sai bene.»

«Mostramelo.»

Olav ride, come rassegnato, poi annuisce e allarga le braccia. «Vuoi vedere? E allora lo vedrai, vedrai proprio tutto, per la miseria!»

Solo ora mi accorgo che ha portato con sé un cilindro. Apre il coperchio di plastica che lo chiude a un'estremità e ne tira fuori una cartina arrotolata. La spiega sul tavolo, è contrassegnata dalla scritta GEHEIME: ORGANISATION TODT, un documento segreto dell'ente tedesco di costruzioni Organizzazione Todt. I nostri sguardi si incontrano.

«Questi tunnel per te non sono altro che febbrili deliri letterari tratti da qualche romanzo gotico, non è così? Ma questo non è un romanzo ambientato in qualche dimora inglese, per la miseria! Questi tunnel sono stati costruiti durante la guerra come rifugi antiaerei da ingegneri tedeschi. Qualcuno è riportato sulla piantina, altri no. Sono ancora in uso. Capisci adesso che cosa c'è in gioco?»

Sul pavimento del corridoio fra il soggiorno e la cucina c'è una botola da cui si accede alla legnaia e alla cantina delle patate. Olav la solleva tirando l'anello e scendiamo le ripide scale fino alla porta tarlata della cantina. In mano stringo una lampadina a incandescenza. Olav sposta di lato una scaffalatura e appare quello che sembra un armadio. Solleva una mano verso un punto preciso del soffitto e batte i piedi per terra.

Sento un suono meccanico e, un istante dopo, ecco le pareti scorrere di lato e aprirsi svelando un vano delle dimensioni di una porta.

«Vieni» dice Olav. Lo seguo lungo il corridoio che si addentra per una cinquantina di metri e termina con una piccola porta di ferro su cui campeggia il cartello ALTA TENSIONE: PERICOLO DI MORTE. Olav digita un codice e poi, spingendola, la apre.

Il locale, cinquanta metri quadri circa, è buio. Alla luce della lampadina vedo che tutte le pareti sono coperte da scaffalature davanti a cui, addossate in verticale, sono schierate file di armi.

«Questa» dice Olav soppesandone una con fare esperto, «è una mitragliatrice MG-34, qui accanto ci sono lanciarazzi anticarro, questa così pesante invece è una mitragliatrice MG-3, e qui ci sono fucili Mauser, pistole mitragliatrici Schmeisser, apparecchiature radio e bombe a mano.»

Resto lì, ammutolita.

«Questo è un ricetrasmettitore di emergenza» prosegue Olav con un entusiasmo quasi infantile, «ha un'antenna che può infilarsi in un condotto, come un periscopio, salire e poi scendere. E sai perché abbiamo tutto questo, mamma?»

«Non è il modo giusto» mormoro. «Abbiamo mezzi militari di difesa e servizi di intelligence, sotto il controllo del parlamento.»

Olav mi fissa con occhi ardenti. «Tutto questo è la difesa norvegese, nel caso in cui il resto dovesse fallire. Alcuni segreti militari sono di natura tale che non possono essere affidati a funzionari eletti dal popolo o a rappresentanti politici di rigidi principi. Sono in mano a privati cittadini. Se ne scrivi metterai tutto a repentaglio. E le unità di pronto impiego faranno un passo indietro di un decennio. Senza considerare poi che sarà la fine per Rederhaugen e le attività che abbiamo messo in piedi qui.»

«È iniziato tutto con un ammiraglio tedesco che Thor incontrò sull'espresso costiero il giorno prima del naufragio» gli rispondo. «I cittadini hanno diritto di sapere che cosa accadeva dietro le quinte.»

Olav si appoggia a una scaffalatura. «No. Di certe cose non si deve parlare.»

«Pubblicherò il mio libro» ribadisco.

«In tal caso devi scegliere» risponde mio figlio, «fra la famiglia e il tuo ego. Se lo darai alle stampe, non sarai più un membro di questa famiglia.»

Olav non è tipo da fare minacce a vuoto.

«Credi di essere arrivato in fondo alla questione» gli rispondo. «In realtà, non hai proprio la minima idea di niente.»

***

È il 23 ottobre del 1940 e l'espresso costiero ha appena lasciato Bodø. Che cosa è accaduto a Wilhelm? E mio figlio dov'è?

Devo trovarlo. Per prima cosa mi precipito nella cabina dell'armatore.

Appoggio l'orecchio alla porta. Nessun suono: né passi di adulto, né vagiti di neonato. Maledizione! Non sono qui. Dove saranno? Il piroscafo è grande, ma non così grande. Mi giro, corro verso il guardaroba e proseguo in direzione della prua, attraverso rapida il salone fumatori a forma di ferro di cavallo sotto il ponte di comando, ci sono parecchie persone lì, poi entro nel salone della musica, completamente vuoto. Non sono qui, ovviamente. Scanso alcuni passeggeri e mi precipito sul ponte di passeggiata a dritta. La luce mi acceca, il vento forte sembra strapparmi i vestiti di dosso, ma non ho freddo, anzi, ardo di paura. Non c'è quasi nessuno qui fuori: qualche tedesco appoggiato alla battagliola e, poco più in là, qualche passeggero appena imbarcato con le mani affondate nelle tasche. Oltrepasso la sovrastruttura e le scialuppe di salvataggio e mi dirigo verso poppa. All'improvviso vedo un neonato, sto per strapparlo alle braccia della donna che lo stringe, quando mi rendo conto che naturalmente non è Olav, il mio Olav.

Dove può essere?

I soldati della polizia militare mi guardano perplessi mentre attraverso la sala mensa di terza classe riservata a loro e all'equipaggio. Olav non c'è. Ovviamente. Anche se di ovvio non c'è più nulla, ormai.

La biglietteria è al centro della nave. L'ufficiale di coperta saluta amichevolmente, ma vedo la preoccupazione sul suo viso non appena mi vede.

«Signora Falck» si rivolge a me. «In che cosa posso esservi utile questa volta?»

«Mio figlio...» rispondo io scossa. «Non lo trovo più.»

Lui inspira a fondo. «Non sapete dov'è? Che situazione terribile. Ma sono certo che si tratti di un equivoco.»

«Un equivoco?» grido. «Non c'è più! Da nessuna parte! Dovete dare l'allarme!»

«L'ultima volta che ho visto vostro figlio era insieme a una bambinaia. Avete chiesto a lei?»

«No. Sapete dove trovarla?»

«Adesso che ci penso, l'ho vista in compagnia di vostro marito quando abbiamo fatto scalo a Bodø.»

«Dovete dare l'allarme!»

«Ascoltate, signora Falck... Capisco che la situazione per voi sia angosciante, ma di sicuro vostro figlio sarà con la bambinaia o con vostro marito. Capite bene che dare l'allarme scatenerebbe una grande agitazione in tutti i passeggeri.»

Sul ponte principale cammino svelta verso poppa, sul lato sinistro, mentre busso forte alle porte delle cabine gridando: «Olav! Thor! Per favore! Dobbiamo parlare!» Cabine 1-3-5-7-9-11. A parte qualche passeggero del Nord-Norge e alcuni soldati che non nascondono la loro irritazione, nessuno apre le porte degli angusti dormitori di terza classe. E poi indietro, sul lato a dritta: 10-8-6-4-2. Qui non ci sono. Salgo fino al corridoio di prima classe della mezzeria. Il portalettere mi guarda titubante. Il calore della sala macchine penetra nel corridoio.

Batto con forza alla porta della cabina della bambinaia, quando sento una voce alle mie spalle.

«Vera!»

È Wilhelm, ha i vestiti zuppi. Con voce sconvolta gli dico: «Ma dov'eri finito?»

«Thor deve aver scoperto il piano. Ha preso tuo figlio prima che potessi farlo io. Ho cercato la miccia per provare a disinnescarla.»

«E?»

Mi guarda rassegnato. «Mi dispiace. È finita.»

Gli stringo la mano e poi corriamo via, in direzioni diverse. L'esplosione che segue è così violenta che la forza della detonazione mi toglie l'aria dai polmoni e mi comprime il petto schiacciandomi il cuore.

PARTE QUARTA

# Kong Olavs vei

## Capitolo 36
## Kåken

*Ramsund, Nord-Norge*

Berg si svegliò nel momento in cui l'aereo si inclinò da una parte e il pilota annunciò che si stava preparando alla fase di atterraggio.

Sotto di lui la superficie dell'acqua era lucida e scintillante al sole, in lontananza svettavano le cime innevate dei monti dell'arcipelago delle Lofoten. Qui il cielo era più alto e i rilievi più scoscesi di qualunque altro posto conoscesse. I fiordi si snodavano verso l'interno e terminavano in spiagge di sabbia candida e acque cristalline color turchese. Le Lofoten erano alte catene montuose collocate nel mare, dove pianure e valli erano sommerse e solo le cime spuntavano al di sopra della superficie. Era come sorvolare un'Europa in cui il livello del mare si fosse innalzato di tremila metri e solo le Alpi fossero rimaste visibili, o come abbassare lo sguardo sul pianeta terra dopo il diluvio universale. Un fiordo lucente, ampio, argenteo e liscio come un foglio di alluminio separava le isole dalla terraferma. Qui, da qualche parte, a molte centinaia di metri di profondità, c'era il relitto dell'espresso costiero DS Prinsesse Ragnhild.

Sasha aveva preso le parti del padre. Berg aveva fatto il viaggio che lei aveva programmato. Sasha poteva anche fingere che non fosse così, ma in fin dei conti il racconto di Vera Lind era subordinato agli interessi del padre e della famiglia Falck. E le presunte prove della collaborazione erano sparite da tempo dagli archivi privati. Berg era al punto di partenza.

O forse...

All'inizio non aveva capito bene perché fosse così importante fare un'immersione al relitto per stabilire se l'esplosione fosse avvenuta all'interno per una detonazione o fosse dipesa da una mina. Ma dopo aver letto gli ultimi capitoli del manoscritto di Vera gli era diventato chiaro. L'espresso costiero era stato stipato fino all'inverosimile di armi e munizioni tedesche con il benestare di Thor Falck e della compagnia. Chi aveva fatto saltare la DS Prinsesse Ragnhild? Volendo credere a Vera, materialmente era stato un dissidente tedesco ormai defunto di nome Dieter. Ma chi era il vero responsabile, a un livello più alto?

Thor Falck. Era stato lui ad aver concesso alle autorità tedesche di trasportare materiale militare esplosivo sull'espresso costiero.

L'aereo atterrò a Evenes. Il cielo si era rannuvolato, l'aria fredda e umida lo investì. Dopo aver ritirato l'auto a noleggio imboccò la Europavei 10. L'ultima volta si chiamava Kong Olavs vei: che quella strada portasse il nome di re Olav era secondo lui decisamente più appropriato.

Percorse il breve tratto fino a Ramsund. Erano passati molti anni da quando era stato qui dopo aver superato la prima selezione per entrare nelle Mjk, le unità delle forze speciali della marina militare norvegese. Alla Difesa, Ramsund era per tutti una località avvolta da un alone leggendario e Berg ricordava ancora bene la delusione provata in quel gelido giorno d'inverno, anni prima. Le reclute si erano immaginate una struttura altamente tecnologica e all'avanguardia, ma avevano trovato un agglomerato di alloggi a buon mercato riservati alla Difesa e una banchina chiusa con annessi edifici amministrativi, tendoni con struttura metallica riposizionabili e caserme.

Il punto era proprio quello. A Ramsund si andava per essere temprati. Quasi tutto ciò che imparò lassù, per lo meno nelle fasi iniziali dell'addestramento, riguardava l'operatività sott'acqua. Si doveva acquisire e sviluppare la *competenza acquatica*. Molte persone erano spaventate dal mare, soprattutto quello glaciale artico. Mancanza di ossigeno, assideramento, tempeste, naufragi facevano paura, e a ragione. Nelle Mjk imparavi ad amarlo, ad amare l'acqua gelida in cui ti tuffavi tutte le mattine, i tubi lanciasiluri attraverso cui strisciavi, la piscina in cui venivi gettato con le mani legate dietro la schiena e una benda sugli occhi. Quel periodo era come un'altra vita, un'esperienza a volte totalmente pervasiva, ma che alla fine era stata relegata in un remoto angolo della coscienza divenendo un ricordo sbiadito, pari agli altri.

Quel piccolo agglomerato urbano era esattamente come lo ricordava. Il pensiero dell'addestramento e del duro lavoro evocò immediatamente in lui la sensazione dell'uniforme fradicia sulla pelle. Sul fiordo rombava il motore di un gommone a chiglia rigida. Lasciò la strada principale e prese una stretta traversa.

Se Ramsund era entrata nella leggenda lo si doveva anche a Kåken, il luogo di ritrovo dei militari, un locale modesto ricavato in una vecchia abitazione privata. Berg controllò l'orologio: era in anticipo.

Bussò alla porta, dopo un po' un tizio giovane con la barba ben curata e il collo taurino da giocatore di hockey socchiuse la porta e lo squadrò con aria scettica.

«Corso 44» disse Berg. «Ho un appuntamento con Einar Grotle.»

L'altro rimase in silenzio sull'uscio per qualche secondo, poi annuì e si spostò lateralmente di un passo. Berg entrò. A terra c'erano un secchio e uno spazzolone. L'uomo doveva essere una recluta a cui era stato dato l'ordine di lavare il pavimento.

A Kåken vigeva un chiaro ordinamento gerarchico.

Berg proseguì sulla destra ed entrò nel locale. Kåken non era una semplice birreria, era anche una sorta di museo delle operazioni del reparto: conflitto nel Kosovo nel 1999, Tora Bora nel 2002, la missione a Helmand nel 2005-2006 e così via. All'altro capo del bancone era seduto un tizio più o meno della sua età. Berg gli fece un cenno con il capo.

Ordinò una birra e prese a sorseggiarla giocherellando con un sottobicchiere.

«Veterano?» gli chiese laconico il tizio. In sottofondo, un vecchio album di Tom Waits a basso volume.

«In un certo senso» rispose Berg.

Stava osservando una fotografia di operatori caduti in servizio, i loro sguardi si incrociarono.

«In un certo senso?»

«Non sono rimasto qui a lungo. Sono stato mandato a sud.»

«Ti sei *ferito*?» disse l'altro conciliante. «Di solito è così per chi è uscito. Ferito... nella volontà?»

«Ho cambiato reparto» rispose Berg. «Sono passato al lavoro d'ufficio.»

«Lavoro d'ufficio» aveva consigliato HK durante l'addestramento. «Voi lavorate in ufficio. E se vi domandano altro rispondete "uffici della logistica". Non vi chiederanno più niente.»

L'altro rise.

«Per lo meno sei sincero» disse girandosi verso di lui. «Quasi tutti quelli che vengono qui, i giornalisti per esempio, non fanno che vantarsi.»

L'uomo parlava con la cadenza di Oslo e l'intonazione tipica della zona orientale della città, quella benestante; aveva un timbro leggermente nasale.

«Nemmeno io faccio parte delle Mjk» aggiunse con un mezzo sorriso.

«Ah, no?»

«Ho prestato servizio come tiratore scelto. Sono stato più volte in Afghanistan. Una situazione davvero brutta quella nel Faryab nel 2009-2010.»

Berg annuì. «Immagino.»

L'uomo lo fissava pensieroso. «Non è che ci siamo visti laggiù?»

Molto probabile, pensò Berg. Anche se operavano quasi sempre in borghese, poteva capitare che facessero da supporto ad altri militari.

«Io in Afghanistan?» Berg rise. «No, più facile che ci siamo visti all'aeroporto di Gardermoen quando abbiamo consegnato le attrezzature a voi pronti per partire in missione. Lavoravo per l'organizzazione logistica della Difesa. I dilettanti parlano di strategia, i professionisti di logistica.»

«Lo dice sempre anche mio padre» commentò l'uomo con un sorriso. «Si vede che mi confondo con qualcun altro. Adesso stiamo mettendo insieme una squadriglia per una missione a Kabul. Monitoraggio di forze speciali afghane: pare che siano diventate molto abili. Diciamo che hanno fatto tanta pratica.»

Collo taurino puliva il pavimento tenendoli d'occhio, sembrava ascoltare la loro conversazione.

«Comunque... sono Sverre Falck, piacere» disse l'uomo al bancone allungando la mano.

Berg non poté trattenere una risatina.

«Perché ridi?» gli chiese Sverre, colto da un'improvvisa insicurezza.

«Il mondo è piccolo... Sto lavorando alla biografia di Hans Falck. Piacere, Johnny. Johnny Berg.»

Collo taurino li fissò perplesso mentre andava dietro il bancone e alzava il volume della musica. Altri militari entrarono nel locale, erano piuttosto giovani, indubbiamente delle reclute. Sembravano lui dieci anni prima.

«Johnny Berg, hai detto?» Collo taurino si avvicinò camminando a gambe larghe. Quelli dietro di lui si alzarono e avanzarono di qualche passo in direzione di Berg. «Io so chi sei. La tua fama è arrivata anche quassù. Levati dai piedi, John Jihadi, tu qui non c'entri un cazzo.»

Berg si guardò intorno, vide il volto perplesso di Sverre, poi collo taurino che si era piazzato davanti a lui a braccia conserte. Cercò di pensare rapidamente. L'addestramento gli aveva insegnato che quando si fiuta il pericolo bisogna reagire alla svelta e con i mezzi a disposizione. Un boccale di birra poteva funzionare. Ma queste erano persone addestrate più o meno al pari di lui, se non meglio. Senza contare che avevano dieci anni di meno ed erano più in forma. E quali sarebbero state le conseguenze se, contro ogni aspettativa, avesse atterrato il tizio che aveva davanti?

No, impossibile.

Berg allungò la mano verso la birra. «Finisco di bere e me ne vado.»

Collo taurino posò la mano sul suo avambraccio.

«Sei davvero sfacciato.»

Berg non replicò. Non avrebbe avuto senso.

«Prima ti arruoli nello Stato Islamico, poi credi di poter venire qui come se nulla fosse a scambiare due chiacchiere bello tranquillo. Avrebbero dovuto toglierti la cittadinanza, cazzo.»

«Che cosa vuoi?» gli chiese Berg.

«Niente di più di questo» gli rispose l'altro, tirandolo giù dallo sgabello con un unico movimento, prima di sbatterlo con la pancia sul bancone con la mossa successiva. Berg sentì i polmoni svuotarsi di colpo. Quello che si dice a Kåken, a Kåken rimane, pensò annaspando alla ricerca d'aria. Collo taurino lo tirò per il bavero e lo sbatté sul pavimento, Berg sentì un anfibio premere all'altezza del diaframma, rimase senza fiato, altro calcio al fianco, come una scossa elettrica.

«Dovrebbero toglierti la Croce di guerra» disse con sdegno la recluta.

«Non dimenticarti delle due spade» gemette Berg, mettendosi in ginocchio. «Tu non le avrai mai.»

«Fai lo spiritoso?»

Collo taurino lo sollevò e lo sbatté contro la parete.

«Che cazzo sta succedendo qui?»

Einar Grotle si fece largo in mezzo ai militari. Berg si liberò dalla presa.

«L'ultima volta che ho controllato, ai jihadisti era vietato l'ingresso a Kåken» disse.

Gli altri annuirono, a quanto pare collo taurino era il gorilla dominante e il loro leader ufficioso. Grotle lo sollevò come fosse un ragazzino, Berg aveva dimenticato quanto fosse forte.

«Johnny Berg ha fatto per la Norvegia più di quanto tu riuscirai mai a fare in tutta la tua vita, recluta» disse. «Voglio il bagno delle donne splendente prima dell'ispezione. Fra mezz'ora. Sono stato chiaro?»

L'altro, umiliato, uscì nel corridoio.

«Mi dispiace, Johnny. L'ignoranza sui fatti storici dilaga, come ben sai. Ci troviamo un posto in cui parlare indisturbati?»

## Capitolo 37
## Johnny Berg è innocente

Mads e le bambine tornarono dalla Provenza il giorno prima della riunione di famiglia.

Dopo la predica del padre e dopo aver mandato a quel paese Johnny Berg, Sasha provava vergogna per essersi lasciata ingannare. Che cosa avesse o non avesse fatto Berg in Medio Oriente giocava un ruolo marginale. Segreti ne avevano tutti, quello che però non sopportava era l'essersi lasciata inconsapevolmente manovrare, spostare qua e là come un pezzo degli scacchi sulla tavola da gioco. Al solo pensiero le si rivoltava lo stomaco. La risata di lui al parco Frogner, il viaggio in treno fino a Bergen, il bacio in piscina: era stato tutto solo illusione e recita? All'idea si sentiva pervadere da una sensazione di malessere così intensa da non riuscire più a sopportare quelle immagini. Ma nemmeno a cancellarle dalla sua mente. Era stata talmente ingenua, una sognatrice, come Vera.

Mads non era uno che portava rancore. Come la maggior parte dei mariti (a giudicare dalla chat di amiche in corso), cercava di evitare i conflitti e preferiva nascondere i problemi, come la polvere sotto il tappeto, se serviva ad assicurare la tranquillità domestica. E quando si preparava a un litigio, l'intenzione svaniva non appena lei lo abbracciava a lungo singhiozzando, o lo accoglieva con una cena speciale, o si stringeva a lui nel letto bisbigliando che le sarebbe piaciuto molto *farlo*, se solo non avesse avuto il ciclo. Di tempo ne era passato così tanto che lui del suo ciclo non sapeva più niente.

Le ragazze sparirono dietro una piccola roccia e Mads la baciò, con tenerezza. Lei si sentì felice. Apprezzava le sue premure, la sicurezza che le infondeva.

«Ora di pranzo!» disse Mads spiegando un plaid e posandoci sopra il cibo, poi soddisfatto tirò fuori due lattine di birra con cui accompagnare il pasto. Camilla, che aveva ricevuto una nuova macchina fotografica mentre era in Francia, insistette per fare una *foto di famiglia* tutti insieme.

Sasha si soffermò a guardarla sullo schermo mentre Mads, dopo mangiato, faceva il bagno insieme alle figlie. Forse era così che si manifestava la felicità: nel quotidiano, come tutte le persone intelligenti continuavano a ribadire.

«Hai scoperto qualcosa riguardo al manoscritto di Vera?» le chiese Mads in tono amichevole, lasciando spaziare lo sguardo sul fiordo. Passeggiavano lenti sulla riva, mentre le bambine correvano qua e là alla ricerca di granchi e conchiglie, felici di vedere i genitori di nuovo insieme dopo tanto tempo.

«Ho scoperto diverse cose» rispose lei con una scrollata di spalle. «Il problema è che non è possibile credere a quello che scrive. In fondo era un'autrice di romanzi. Perciò ho deciso di lasciar perdere. È meglio così.»

«Mi sembra la decisione giusta, è il tempo che abbiamo davanti quello che conta davvero» disse Mads.

Gli aveva mentito con una leggerezza che la stupiva e al tempo stesso la spaventava. La verità era che non riusciva a togliersi dalla testa né Vera né il Nord-Norge. Nei momenti liberi navigava in internet guardando immagini di *rorbuer*, incantata da quelle casette di pescatori ben piantate sui loro pali che affondavano nelle acque costiere, si soffermava sugli itinerari turistici e sui musei delle Lofoten. Apriva Google Earth e si godeva la sensazione di cadere dallo spazio fino a quel posto sperduto: Å, luogo di origine di Vera, circondato dalle vette montuose e dall'infinito Oceano Atlantico, oppure l'isola Landegode nel Vestfjorden, vicino a dove la DS Prinsesse Ragnhild si era inabissata. Era come se forze esterne l'attirassero verso il Nord.

Di tanto in tanto anche Johnny s'intrufolava in queste sue fantasie, allora lei raddrizzava la schiena dicendo: «No, no», ad alta voce. Sapeva di dover andare a nord, e sapeva altrettanto bene che non c'era posto per lui in quella storia. Lo odio, pensava.

Ed era anche vero, in un certo senso. Solo che lui aveva la seconda parte del manoscritto e lei doveva leggerla, doveva sapere che cosa aveva scritto Vera, anche semplicemente per potersi lasciare tutto alle spalle. Ma il vero problema era un altro: ogni volta che sentiva arrivare un messaggio o un'email sul telefono, prima che la sua parte razionale arrivasse ad analizzare e annullare la reazione immediata del corpo, si accendeva in lei la speranza che fosse di JB.

Lo smartphone vibrò nella sua tasca. Aprì l'email con un misto di sollievo e lieve delusione. Era di Bjørn Carlsen, uno studioso di storia locale di Moskenes, a cui lei aveva scritto qualche giorno prima.

> Alexandra Falck, grazie per avermi contattato. Venga quando vuole, qui al Nord siamo ospitali, soprattutto se la richiesta riguarda la nostra cara e compianta Vera. Ho testimonianze che provano la veridicità delle sue parole e che l'espresso costiero è stato effettivamente immolato da traditori a bordo.

Si infilò di nuovo il cellulare in tasca, salutò Mads e accompagnò le bambine nell'edificio principale, dove lei aveva appuntamento con fratello e sorella. In sala da pranzo, in piedi davanti a un olio su tela dallo sfondo brunorossiccio, c'era Olav. Il ritratto mostrava Theodor Falck seduto su una poltrona di legno intagliato, con gli avambracci posati sui braccioli. Il trisavolo indossava un tight.

Sasha si fermò sulla soglia, dietro il padre, e osservò il quadro: la luce del sole ne svelava le irregolarità della superficie. Olav rimase lì a lungo, di spalle, immobile.

«Alexandra» disse poi, senza voltarsi. Come si fosse accorto della sua presenza, per lei era un mistero. «Che cosa avrebbe detto il buon vecchio Theodor della situazione che si è creata?»

«Della controversia sul testamento?»

Olav annuì, poi, lentamente, si girò verso di lei. «Theo era un uomo del compromesso, un diplomatico eccellente, si dice. Pare abbia giocato un ruolo fondamentale dietro le quinte nella dissoluzione dell'unione con la Svezia nel 1905, aveva la capacità di far sentire vincente la controparte, anche liquidandola con poche briciole.»

Scese il silenzio.

«Vieni qui, Alexandra» le disse spalancando le braccia.

Dopo l'invettiva contro Johnny Berg, Olav non aveva più toccato l'argomento. Per Sasha il solo pensiero di parlare ancora con il padre di qualcosa di personale era spiacevole come lo sarebbe stato proseguire una conversazione intima con qualcuno a cui non si è legati da un rapporto stretto, ma con cui per insondabili ragioni ci si è confidati. Cose che capitano, di tanto in tanto.

«Theo e gli uomini di famiglia dopo di lui, incluso mio padre, erano diplomatici per natura» disse lui con aria assente. Poi, guardandola negli occhi, aggiunse: «E proprio perché lo erano potevano permettersi di puntare i piedi. Di sparare se qualcuno doveva morire. Hans e gli altri si aspettano da me una raffica di critiche durante il consiglio di famiglia.»

«Devi ritrovare la veste di diplomatico di Theodor Falck» gli disse Sasha.

Olav posò la mano robusta sul suo braccio. Aveva sempre avuto mani grandi e forti, nonostante non avesse mai svolto alcun lavoro fisico.

«No» replicò.

«*All in?* Ce la giochiamo? Senza esclusione di colpi?»

«*Yes!*» confermò Olav con un sorriso. «Senza esclusione di colpi. Ma tu farai da nostra portavoce con quelli di Bergen.»

«Dici sul serio?» Sasha inspirò a fondo, doveva riflettere prima di aggiungere altro.

«Bene» concluse Olav. «Vieni con me su nello studio che ti spiego quello che devi sapere.»

Lei lo seguì.

***

Quando una mezz'ora più tardi scese con i punti del discorso ben chiari in mente, Sasha si sentiva ancora scossa dalla spregiudicatezza del padre, senza scrupoli quanto brillante. D'altra parte, se era riuscito a mettere in piedi un'impresa miliardaria mentre la maggior parte delle persone si ritrovava con il conto corrente vuoto alla fine del mese, una ragione doveva esserci.

E comunque, era vero anche che Hans Falck aveva cercato di ingannarli servendosi di Johnny Berg come di un cavallo di Troia da infiltrare in famiglia, e per questo era giusto che la pagasse.

Andò in cucina, Andrea stava preparando da mangiare. Anche Sverre era rientrato, lo trovò seduto a tavola che tamburellava. Aveva un aspetto migliore, stare lontano per un po' da Rederhaugen e dal padre gli aveva fatto bene.

«Sei rientrato dal Nord-Norge?»

Lui annuì prendendosi un pezzo di pane abbrustolito con sopra dei pezzetti di pomodoro. «Licenza breve per il fine settimana. Ho preso un volo questa mattina presto.»

Andrea versò del vino in due bicchieri. «Sono contenta che siate venuti» disse.

Sasha e Sverre si scambiarono un'occhiata, sorpresi dal fatto che Andrea avesse preso una qualunque iniziativa.

«L'ultima volta che ci siamo visti, l'atmosfera non era delle migliori. Sasha ha ragione, dobbiamo restare uniti. Ho pensato che fosse una buona idea trovarci prima della riunione di famiglia, per essere più in sintonia su cosa dire.»

Sasha trattenne un sorrisetto, era troppo poco e troppo tardi, ma non un muscolo del suo viso lasciò trapelare ciò che pensava. Era questo a renderla diversa da loro, e lei aveva imparato che quell'atteggiamento dava potere. Andrea aveva un modo di fare espressivo e irruento e in Sverre, nonostante il suo sforzo per dimostrarsi stoico, i sentimenti trasparivano sempre, come in un bambino.

«Ma certo» disse guardando la sorella. «E quale pensi che potrebbe essere il nostro denominatore comune?»

«Dovremmo andare incontro a quelli di Bergen» rispose Andrea. «Capisco che siano *incazzati*, per dirla in parole povere. Lo sanno tutti che papà al tempo ha ingannato quell'idiota di Per Falck. Non potrebbe dargli qualche centinaio di milioni di corone? Così siamo pari e la facciamo finita. Dal punto di vista economico graverebbe sulle sue finanze quanto per un operaio medio donare un pezzo da mille a una raccolta fondi alla tv.»

«Questo ragionamento è il motivo per cui papà è ricco e tu compri a credito» commentò Sasha.

«*Fuck off*» le rispose Andrea con una risata. «Non sei brillante come credi, sai. Anche senza essere un borghese decaduto di Bergen privo di liquidità si può facilmente intuire che la nonna ha pianificato di lasciare in eredità a Hans e agli altri molto più di quello che ho proposto. Se riuscissimo a stringere un accordo con loro, così allettante da non lasciargli altra scelta che accettarlo, potremmo convincerli a sospendere le ricerche del testamento di Vera.»

Sasha pensò che le parole della sorella avevano una loro logica, ma lo tenne per sé. «Ho preso nota, Andrea, riferirò a papà. Sverre, tu cosa ne pensi?»

Sverre era rimasto seduto in silenzio mentre le sorelle discutevano.

«Anch'io avevo intenzione di parlare con voi» disse con un lieve imbarazzo, «per sapere se siete interessate ad acquisire la mia quota di azioni, in base al diritto di prelazione. Tutto quanto, baracca e burattini.»

L'ordigno inesploso era detonato. Sasha intrecciò le dita sotto il mento. Andrea esclamò stupefatta: «Sverre, ma che cazzo...»

Sasha la interruppe con un gesto. «*Potrebbe* essere interessante» disse al fratello guardandolo negli occhi. «Ma puoi spiegarci perché?»

«Vendere mi permetterebbe di avere il capitale per poter intraprendere un'attività mia.»

«Non è questo!» gridò Andrea. «Tu sei infuriato con papà perché ha cospirato con Magnus per mandarti in Afghanistan.»

«Non vi seguo...» intervenne Sasha.

Senza aspettare il benestare del fratello, Andrea raccontò di come aveva scoperto il complotto.

«È così che è andata?» chiese Sasha.

«In linea di massima, sì» ammise Sverre. «Ho parlato con Siri Greve e da un punto di vista puramente formale non ci sono impedimenti alla vendita di azioni all'interno della famiglia.»

«Non puoi farlo» disse Sasha. «Non te lo permetterò. Siamo una famiglia, dobbiamo restare uniti. Tu sei arrabbiato, e posso capirlo. Ma proprio per questo *non* è il momento di prendere decisioni simili.»

Il fratello si innervosì. «È facile per te dire una cosa del genere, papà ti ha sempre trattato bene! Io però mi sono stufato dei suoi giochi di potere e di tutte le sue menzogne.

Credevo che te ne fossi resa conto anche tu, dopo aver messo mano alle cose della nonna.»

«Papà non è l'unico ad aver mentito» ribatté Sasha. «Vera...»

Sverre la interruppe. «Di recente, su a Ramsund ho scambiato quattro chiacchiere con il biografo di Hans» disse. «Lavorava nelle forze speciali della marina militare norvegese, per questo era lì.»

Per la prima volta dall'inizio della conversazione, Sasha non riuscì a rimanere impassibile. «Hai scambiato quattro chiacchiere con *chi*?»

«Mi ha raccontato che ci sono ancora molte incognite irrisolte riguardo al manoscritto della nonna. Documenti che improvvisamente sono spariti dagli archivi...»

«Di questo sono ben informata» disse Sasha. Con sollievo constatò di essere già a conoscenza di quel che aveva da dire il fratello e di essere anche riuscita a distogliere la conversazione dal tema Berg.

«È vero che mancano dei documenti negli archivi privati dei Falck di Hordnes. Ho esaminato accuratamente la storia raccontata dalla nonna e, come tutte le teorie cospiratorie ben riuscite, a un primo sguardo risulta allettante. Se si scava a fondo, però, le prove collassano.»

A questo, Sverre non replicò, ma disse: «Conoscevo Berg dai tempi dell'Afghanistan. Ha portato a termine operazioni decisamente rischiose, lì.»

Il fratello raccontò l'episodio della sera prima, della conversazione interrotta da reclute convinte che fosse un traditore e che per questo gli si erano scagliate addosso, e di come poi fosse stato salvato da un anziano fra gli operatori, un suo ex collega.

«Ha raccolto quel che ha seminato» disse Sasha, che ancora non riusciva a pronunciare il suo nome. «Ha cercato di sabotare la nostra famiglia con il pretesto di scrivere la biografia di Hans.»

Sverre scosse la testa.

«Quello che non capisci è che Johnny Berg ha una ragione inattaccabile per essere infuriato nei confronti di papà. Ha molti sostenitori nelle unità delle forze speciali della marina. Dopo che se n'era andato, ieri, sono rimasto lì a parlare di lui con qualcuno dei ragazzi più grandi. Conosci la sua storia?»

Per Sasha quella domanda equivaleva a sentirsi chiedere se voleva dettagli sull'amante del marito: fremeva dalla voglia di sapere e al tempo stesso non voleva saperne niente.

«Adesso non c'è tempo per parlarne» gli rispose.

«Il tempo tu ce l'hai, sorellina» disse Sverre spavaldo. «Te lo leggo in faccia.»

«Ti dispiace se usciamo?» propose Sasha, e guardò Andrea, che si strinse nelle spalle.

«Berg è sempre stato una persona speciale» iniziò Sverre una volta fuori, sul prato. «Nessuno sa di dove sia originario, probabilmente di qualche posto in Medio Oriente. È stato dato in affido, ma... era sempre in conflitto con tutti, a sedici anni è stato cacciato di casa, è andato a vivere con i punk negli stabili occupati. Per qualche ragione ha deciso di voler entrare nelle unità delle forze speciali della marina, e siccome era incontenibile e forte ce l'ha fatta. È stato arruolato nei servizi segreti.»

Sasha si era spesso ritrovata a pensare che i problemi del fratello fossero da ascrivere a quello che un amico psicologo chiamava *covert*, o "narcisismo nascosto".

Sverre aveva un'alta considerazione di sé ed era egocentrico esattamente quanto un megalomane narcisista come Olav o Hans, ma a differenza loro mancava di determinazione e spudoratezza. «*Sarei potuto* entrare nelle unità speciali della marina se l'avessi voluto» si lagnava spesso quando era ubriaco e amareggiato. Tipico di un narcisista nascosto, esattamente come quel sentimento ambivalente di denigrazione e al tempo stesso ammirazione che provava per gli altri. E Berg era decisamente uno che lui ammirava.

«Il punto è...» disse Sverre quando arrivarono al chiosco della musica, «... che è stato M. Magnus a reclutare Johnny Berg per la missione che si è conclusa in una prigione curda. E questo è già interessante di per sé, ma la cosa peggiore è che è stato papà a fare pressioni sulle autorità per impedirgli di tornare a casa in Norvegia.»

«E tu come lo sai? Perché qualche militare delle unità speciali ti ha raccontato le storie che girano nell'ambiente davanti a un bicchiere di whisky?»

«Questo non te lo posso dire» le rispose Sverre fissandola. «Ma io *so* che Johnny Berg è innocente. E non faccio fatica a capire perché uno come lui, che ha lavorato per M. Magnus ed è stato tradito e abbandonato in una prigione dello Stato Islamico, possa serbare rancore nei confronti dell'uomo che abita lì» concluse, indicando alle sue spalle la torre col rosone.

## Capitolo 38

## Una somma *una tantum* esentasse

Visto il bel tempo, Sverre si appostò sulla soglia dell'edificio principale per accogliere la delegazione di Bergen. Tutto compiaciuto, Hans Falck raggiunse l'edificio in compagnia della convivente, del piccolo Per nello zaino portabambini e dei tre figli adulti.

Ancora una volta una fitta al petto attraversò Sverre vedendo Marte, che lo baciò su entrambe le guance. Il profumo di lei penetrò nelle sue narici.

«È un piacere ritrovarsi, Sverre» gli disse in tono piuttosto formale, probabilmente per via del russo e dei bambini al seguito.

Ivan aveva uno dei figli sulle spalle e lo salutò con una granitica stretta di mano e l'espressione impassibile. Andrea, appena uscita, andò subito da Marte e con fare provocatorio la baciò sulla bocca.

«Sei in splendida forma, Marte. Più che mai.»

«Prova a fare un paio di figli anche tu, Andrea. Al contrario di quel che dicono, si diventa ancora *più* attraenti» replicò la cugina con quella sua erre moscia tipica di Bergen.

Christian, il maggiore dei figli di Hans, un noioso mediocre che amava la vita all'aria aperta e si reputava un professionista in gamba, aveva più o meno la stessa età di Sverre, una moglie modesta e due bei bambini sani. Invece il fratello Erik, sulla trentina, era un vagabondo e un tossico, con gli occhi arrossati, grassottello e gonfio per gli antidepressivi. Hans li aveva avuti da una conduttrice radiotelevisiva con cui era stato per un breve periodo negli anni Ottanta. Olav amava dire che ritrovava in Erik Falck «molto di Per e Harriet». Il ragazzo aveva secondo lui la stessa «debolezza costituzionale», che affliggeva alcuni membri del ramo di Bergen; da parte sua, Erik non era mai riuscito ad accettare il vuoto educativo del padre, così spesso assente.

«Ho sentito che stai per tornare in Afghanistan, Sverre» disse Hans mettendogli una mano sulla spalla.

«Siamo nella fase dei preparativi, sono appena rientrato.»

Hans scosse la testa. «Ma i politici quando se lo ficcheranno in testa che occupare quel paese non ha mai portato a niente di buono?»

«Io sono un soldato, non un politico» replicò Sverre, cercando di evitare la solita tiritera dello zio.

«Eh, no» ribatté Hans fissandolo severamente. «Tu sei un occupante. E ho visto con i miei occhi che cosa succede con gli occupanti laggiù. Come nel 1985, quando i mujaheddin iniziarono ad abbattere gli elicotteri sovietici...»

«... con lanciamissili Stinger forniti dagli Usa, che credevano di avere un solido alleato nella lotta al comunismo e che in realtà hanno gettato le basi per Al-Qaida» completò la frase Andrea, facendo sorridere tutti. «Ci hai raccontato questa storia centinaia di volte, zio Hans.»

«Sì» ammise lui serio. «E la racconterò fino a quando non troverò qualcuno che la ascolti per davvero.»

«Che ne dite di goderci la libertà e la prosperità che abbiamo ereditato, qui a Rederhaugen?» Andrea guardò Hans. «In fondo, siamo gli esseri umani più ricchi e liberi che siano mai vissuti!»

Nella sala del caminetto vennero servite ostriche e *foie gras* generosamente annaffiati di champagne Pol Roger. Il tempo era ancora mite e molti uscirono sulla terrazza lastricata. I bambini giocavano chiassosamente correndo nei corridoi e fuori sul prato. Sverre percepì della tensione dietro l'atmosfera di gioviale rilassatezza. Si scusò e andò in bagno. Quando uscì sentì una voce alle sue spalle.

«Sverre?»

Marte. Come sei bella, pensò. I capelli di un biondo dorato e più scuri alle radici che ricadevano ondulati sulle spalle, gli zigomi alti, gli occhi blu sotto le scure sopracciglia arcuate. E poi il suo odore, lo stesso profumo di sempre, avrebbero dovuto proibirlo per legge.

«Mi hai telefonato» gli disse scostante. «Devo chiederti ancora una volta di smetterla di chiamarmi.»

«Ho telefonato per l'eredità di Vera.»

Lei lo guardò con interesse. «In che senso?»

«Seguimi» le disse Sverre. Salirono l'ampia scalinata che dall'ingresso portava alla biblioteca al primo piano. Marte si accomodò su una poltrona in stile rococò e accavallò le gambe. Con fare un po' impacciato, Sverre aprì un armadietto e ne tirò fuori un whisky invecchiato.

«Io passo» disse Marte rifiutando l'offerta. «Spiegami che cosa vuoi.»

«La verità è che non avrete proprio niente. La vendita ai non familiari non è contemplata, questo lo sapete anche voi. In teoria potremmo acquistare le quote e pagarvi un risarcimento, ma lui non è d'accordo. Vuole avervi dentro.»

«Sono tutte cose che so già. Non mi avrai trascinato quassù per dirmi questo, no?»

Sverre inspirò a fondo. «Ho offerto a Sasha e Andrea la mia quota di azioni della Saga. Loro non ne vogliono sapere. Partire per l'Afghanistan, come sto per fare, spinge a riflettere sulle cose davvero importanti, così ho pensato di sentire se voi potreste essere interessati ad acquistare il mio pacchetto. Dal momento che si tratterebbe di una vendita a discendenti in linea retta di Thor il Grande non ci sarebbero impedimenti. Se volete liquidarmi le azioni che possiedo, sono vostre.»

Marte fece un cenno con il capo in direzione dell'armadietto rustico. «Un bicchierino adesso ci vuole.»

Lui le versò il whisky.

«Sento gli altri» disse Marte. «Al momento non abbiamo *cash*, tu lo sai bene. Ma presto le cose potrebbero cambiare. E allora la proposta diventerebbe interessante.»

«In che senso presto le cose potrebbero cambiare?»

«Quando salterà fuori il testamento.»

Sverre prese tempo, girò la testa per accertarsi che fuori non ci fosse nessuno in ascolto. «Il testamento *è* effettivamente sparito, almeno per quanto ne so. E comunque vorrei una garanzia.»

«Sentiamo.»

«Se dovessero esserci dei cambiamenti, se papà dovesse perdere il controllo su tutto e uscire di scena, voglio essere certo di poter riacquistare la mia quota della Saga, anche avendola ceduta.»

Marte guardò la specchiera girevole e poi Sverre con espressione triste e occhi carichi di compatimento.

«È per via di tuo padre...»

«No, è per via di tante cose.»

«Per esempio?»

Lui la guardò scoraggiato, si rese conto che non avrebbe potuto esserci occasione più sbagliata per quello che stava per dire, ma non riuscì a trattenersi. «Voglio che tu sia felice. Ti ho sempre voluto un gran bene, Marte.»

«Anch'io ti ho sempre voluto bene, Sverre» lo rassicurò lei posandogli una mano sulla spalla, ma c'era qualcosa nel suo tono che non lo rese felice, anzi, piuttosto il contrario.

La guardò finire il whisky. Poi le disse: «Lo ami?»

«È per questo che mi hai portata quassù?» Marte giocherellò con il bicchiere di cristallo. «Non c'è mai stato niente fra noi, Sverre. E quel niente è finito molto tempo fa.»

Si allungò verso di lui e lo baciò rapida, poi se ne andò richiudendosi la porta alle spalle.

Sverre rimase seduto lì, immobile, nella tradizionale poltrona con decoro floreale ricavata da un tronco d'albero, fino a quando l'odore di lei non si dileguò. Dalla terrazza gli arrivavano voci eccitate di bambini e chiacchiere allegre. Si alzò, attraversò la stanza trascinando i piedi come un vecchio. Era come se dall'essere giovane e promettente fosse passato direttamente all'essere anziano e malaticcio, senza vivere quel peculiare intreccio di realizzazione professionale e educazione dei figli tipico della mezza età. Era come se l'assenza di donne e di fama fosse un buco attraverso cui fuoriuscivano da lui forze ed energie.

***

Quando finalmente riuscì a trascinarsi giù, gli altri si stavano accomodando a tavola. Era arrivata anche Sasha, insieme a Mads e alle bambine. Il cognato si intratteneva con Christian Falck in una noiosa conversazione sulla traversata dello Jotunheimen, Sverre annuì immusonito e proseguì oltre. Olav non si vedeva da nessuna parte. In sala da pranzo, il lungo tavolo era stato sfarzosamente apparecchiato: un'elegante tovaglia con inserti al tombolo e decori floreali, servizio blu marino, argenteria scintillante e alti candelabri antichi. L'imponente lampadario di cristallo brillava.

Jazz sonnecchiava a capotavola.

A un tratto, il brusio delle voci si azzittì e le teste si girarono verso la porta della cucina. Olav era sulla soglia, con il fucile levato. Ma che cosa ha intenzione di fare?, pensò Sverre.

L'intera tavolata era a bocca aperta dallo stupore.

«Miei cari parenti di Bergen!» disse. «Come tutti sappiamo, la nostra è una stirpe orgogliosa che da sempre si fa portavoce del meglio della Norvegia, dalla tradizione commerciale lungo l'intera costa della nazione alla consolidata gestione amministrativa nella capitale. Questo ha portato di tanto in tanto a qualche dissidio, ma oggi è giorno di riconciliazione.»

«Con un vecchio fucile?» gli chiese Hans sorpreso.

«Questo fucile, un Purdey con munizioni originali, è stato trovato fra i beni lasciati in eredità dalla mamma allo Strapiombo.» Olav guardò Hans. «Apparteneva a mio padre Thor, tuo nonno paterno, che se ne servì in occasione del suo viaggio nell'Africa orientale britannica nel 1935, per cacciare antilopi e zebre insieme a un gruppo di lord inglesi. Vieni qui, Hans.»

Dopo aver alzato gli occhi al cielo, Hans lasciò il suo posto e lo raggiunse. «All'inizio avevo pensato di darlo a Sverre, che è innegabilmente il miglior tiratore della famiglia.»

Gli altri annuirono in direzione di Sverre, che rimase seduto a tavola, orgoglioso e imbarazzato.

«Riflettendoci meglio, il fucile è finito in mano alla nostra famiglia nel periodo in cui Thor era sposato con la sua amata Harriet. In virtù di questo e come segno della nostra buona volontà vorrei consegnarlo a voi. Il calcio è delicato come l'interno della coscia di una donna...»

«Papà» lo rimproverò Andrea. «Il fucile sarà del 1935, ma non per questo deve esserlo anche il tuo modo di esprimerti!»

«E va bene.» Passò le dita sul calcio del Purdey. «Qui c'è inciso il nostro emblema, il falco, e il nostro motto, *Familia ante omnia*, la famiglia prima di tutto.»

Tenendolo con due mani lo consegnò a Hans.

Qualche isolato applauso si levò dalla tavolata, mentre ragazze in camicetta bianca versavano altro champagne nei calici degli ospiti. Sverre si stupì del fatto che il padre avesse deciso di provocare così apertamente quelli di Bergen la sera prima della riunione di famiglia. A nessuno di loro importava di un fucile. Molti dei loro figli erano vegetariani e, se Hans aveva abbracciato un'arma, tutt'al più sarà stato quando era un giovane militante di sinistra in Medio

Oriente, all'epoca in cui le armi si puntavano contro quelli come il padrone di casa di Rederhaugen.

Quasi a sottolineare che i temi della serata erano caccia e armi, venne portato in tavola un maialino rosso. Sverre ne mangiò ingordamente anche se non aveva fame. Buttava giù un bicchiere dietro l'altro e si rese conto di avere facoltà mentali rallentate e la parlata sempre meno fluida; la conversazione con la modesta e mortalmente noiosa moglie di Christian Falck, che gli sedeva accanto, ben presto si arenò. Marte era seduta di fronte a lui in diagonale, passionale e affascinante, intenta a parlare col padre e lo zio, senza dimenticarsi di lanciare di tanto in tanto amorevoli occhiate al marito Ivan.

Sverre, che non smetteva di bere, cominciò a oscillare, come uno che nuota nella sua stessa alcolemia. La sorella minore se ne accorse e lo trascinò fino al bagno del corridoio, dove preparò un paio di spesse piste con l'aiuto della carta di credito.

«Questa è roba buona, Sverre. Soprattutto per te, visto come sei messo. È un ordine.»

Lui sniffò la polvere attraverso una banconota arrotolata, si sentiva le vie nasali intorpidite e la mente più lucida. Tornò in sala da pranzo, bevve ancora, la cocaina era cherosene puro, con quella si poteva bere a volontà.

Un tintinnio su un calice di cristallo, poi Hans si alzò. Si schiarì la gola. «Come spesso capita, il discorso di ringraziamento dopo il sacrificio rituale tocca a me» disse. «E chi dobbiamo davvero ringraziare, a parte Olav per la splendida arma coloniale che così generosamente ci ha donato, è Andrea Falck, la rappresentante del gusto e dell'edonismo in questa dimora. Andrea, il tuo maialino da latte carbonizzato è tenero e morbido come burro...»

«Un maialino da latte di ventun giorni!» sbottò il figlio Erik. «È questo che vi state mangiando. Se aveste visto le immagini che...»

«Almeno per questa sera risparmiaci la conferenza dalla University of YouTube, Erik» lo interruppe Hans condiscendente, e proseguì con altri complimenti per Andrea e per l'ospitalità. «La sera prima della battaglia si deve mangiar bene, un'arte che i nostri cari Falck dell'Østlandet padroneggiano a meraviglia.» E continuò: «Come qualcuno di voi saprà, sono arrivato all'età in cui si guarda tanto avanti quanto indietro. Per questo, in collaborazione con un promettente, giovane biografo, ho deciso di raccontare la storia della mia vita e di tutto ciò a cui ho preso parte, che alla fine non è poco.»

Sverre lanciò un'occhiata a Sasha, che continuava a fissare immobile la tovaglia bianca. Sentì il bisogno di un altro bicchiere, ma Andrea non accennava ad alzarsi.

«La biografia sarà un ritratto fedele, non edulcorato» spiegò. «Ve lo prometto. Se qualcosa è vero, allora verrà inserito, anche se mi metterà in cattiva luce. Da quel che ho capito il mio biografo vi ha chiesto di collaborare dando il vostro contributo. Spero che lo facciate. Ho sempre creduto che la possibilità di sbagliare e la sincerità valgano più della pace in famiglia.» Riprese fiato, bevve un sorso di vino. «A questo proposito vorrei dire qualche parola su una persona che nella mia biografia finirà per occupare un posto più importante di quanto molti si aspetterebbero e che purtroppo non è più fra noi.»

Piccola pausa.

«Vera, mia cara Vera» disse abbassando la voce, mentre Olav si raddrizzava inquieto sulla sedia. «Vera ha avuto un ruolo fondamentale nella vita della maggior parte di noi. Anche nella mia. È stata per me grande fonte di ispirazione quando ero giovane, durante quell'inverno che ha trascorso con noi a Hordnes per scrivere il racconto sull'espresso costiero, prima che le venisse tolto tutto.»

Hans si interruppe, Sverre si accorse che il padre aveva un colorito grigiastro. «Tolto tutto. Tutto. Tradita dai potenti della società e da chi avrebbe dovuto starle più vicino.» Fissò il ramo di Oslo, uno dopo l'altro. «Vera non vi ha mai perdonato.»

«Il resto ce lo puoi raccontare domani» lo interruppe Olav. «Ci sarà tempo anche per i tuoi racconti fantasiosi.»

«Perché aspettare?» rispose Hans. «Ero io quello che la conosceva. Sono sempre andato a trovarla, in tutti questi anni. Prima a Blakstad, poi allo Strapiombo. L'ho ascoltata, ho ascoltato i suoi racconti, anche quando capitava che fossero confusi e folli, i racconti sugli spettri del relitto che vagavano nei tunnel di Rederhaugen, sulla bambinaia scomparsa nel naufragio che camminava nei corridoi bui sotto Rederhaugen stringendo fra le braccia il piccolo Olav che piangeva. Questo raccontava, e voi non avete voluto ascoltare.»

«Direi che è arrivato il momento del dessert» intervenne Olav, e batté le mani.

«Non credo» disse Hans. «Due giorni prima di morire, Vera mi ha telefonato. Non ho messo al corrente ancora nessuno dei dettagli della nostra conversazione, comunque quello che mi ha detto è che desiderava lasciare – anzi, restituire sarebbe il termine corretto – a noi la proprietà di Hordnes. Voleva anche informarmi di altre cose, questioni delicate che non si sentiva di affrontare al telefono, ma che avrebbero gettato una nuova luce sulla successione ereditaria. Sì, puoi ridere sprezzante, Olav, ma il biografo mi aiuterà a sciogliere anche questo nodo.» Levò l'indice verso il soffitto, come un oratore d'altri tempi. «Certo, a meno di non trovare le risposte durante questa *informale* riunione di famiglia.»

Sverre bevve l'ultimo sorso che aveva nel bicchiere.

«Sai cosa?» disse Olav. «Sono d'accordo con te, Hans.» Amava disorientare l'avversario con proposte inaspettate. «Lasciamo perdere l'incontro di domani. Facciamola finita adesso con questa pietosa riunione di famiglia. Fa' sentire cos'hai da dire.»

***

Sasha aveva seguito la scena che si stava delineando con crescente inquietudine. L'ignobiltà del tutto, quello stupido fucile dei Falck appoggiato alla cassettiera sotto la cornice dorata della tela che ritraeva un Theodor Falck dallo sguardo autorevole, e il fatto che Hans si fosse reso ridicolo, senza filtri, davanti all'intera famiglia allargata: era tutto così insensato che doveva esserci sotto qualcosa. Mentre lei aveva solo assaporato il vino, gli sguardi di fratello e sorella erano già appannati e persi, come anche quelli di molti di Bergen.

Pensò che la strategia di Hans consistesse nello svelare dei segreti sul suo rapporto con Vera per seminare in loro il germe della paura prima del consiglio di famiglia che si sarebbe tenuto il giorno dopo. In questo, però, Hans aveva commesso un errore di valutazione riguardo a Olav. E comunque... aveva detto la verità? Era stato davvero un amico fidato e un sostegno per Vera fin dal 1970?

Olav non si era mosso dal suo posto di padrone di casa. Pensieroso, teneva il capo chino in avanti. Poi lentamente si alzò, girò intorno al tavolo fino a raggiungere Sasha, si fermò e le sussurrò all'orecchio: «Sei pronta, Alexandra? Avanti tutta!» Lei avvertì il suo profumo da persona anziana.

Come spesso le accadeva quando doveva parlare in pubblico, il suo nervosismo svaniva non appena si alzava. Si domandò se avrebbe avuto bisogno dei suoi fogli per i punti chiave, ma ricordava tutto perfettamente.

«Voi volete vendere. Bene. Vi ricordo però ciò che è scritto nello statuto della Saga, che di fatto si basa sulla volontà del nostro avo Thor Falck. Gli altri azionisti hanno diritto di prelazione, al cinquanta per cento del prezzo. Se quindi stimiamo che l'ammontare totale delle vostre quote sia pari a cento milioni, tale somma dovrà essere dimezzata. In secondo luogo, non dobbiamo dimenticare che, dopo la bancarotta della Compagnia di navigazione Falck, Vera ha stretto un accordo con Per Falck in base al quale si impegnava ad acquistare la proprietà di Fana durante la liquidazione dei beni del fallimento e ad affittarla a voi per una cifra simbolica. Nel contratto di locazione è esplicitamente menzionato che...» Sasha sorrise, si rese conto che quello che stava per dire non l'affliggeva per niente, «... che nel caso in cui voi desideraste vendere le vostre quote di azioni, nel calcolo del valore pecuniario si deve tener conto dei redditi da affitto andati perduti. Supponiamo dunque che gli introiti non incassati ammontino a... – vediamo il nostro contabile a quale risultato è pervenuto – ... a 52,8 milioni di corone per i quarantaquattro anni trascorsi; a questa cifra andrebbero ovviamente sottratte le cinquemila corone al mese che avete pagato e quindi, arrotondando, arriveremmo a un totale di 2,6 milioni per tutto il periodo considerato. Quindi siamo a zero virgola zero, suppergiù. Questo è il calcolo da fare se volete vendere la vostra quota. Non avete diritto a niente. Come segno di buona volontà, però...» aggiunse Sasha con un sorriso, «vogliamo comunque offrirvi una somma *una tantum* esentasse di cinquantamila corone. Ciascuno.»

Mentre lo diceva, si soffermò a lungo con lo sguardo su Marte e Hans, ma loro non aprirono bocca.

«Cinquantamila corone. Cazzo» disse Erik rompendo il silenzio.

Sasha si sedette, affondò il naso nel bicchiere di vino, posò il calice, si appoggiò allo schienale e chiuse gli occhi.

«Pur non avendo discusso la proposta con la mia famiglia» rispose Hans, «ho fondate ragioni di credere che *non* siamo particolarmente interessati all'accordo che ci avete presentato.»

Il ramo di Bergen annuì alla luce tremolante dei candelabri intorno al tavolo.

«Vorrei dire una cosa» intervenne Marte, lanciando a Sasha un'occhiata come quando erano giovani, e l'ultima cosa al mondo che avrebbe voluto era portarsi appresso l'insulsa cugina. «In effetti, ci è appena stata fatta una proposta che ha modificato le nostre precedenti valutazioni» proseguì. «Come tutti sappiamo, il Gruppo Saga è controllato dalle azioni che possiedi tu, Olav. Al di là del simbolico pacchetto di azioni della mia famiglia, ognuno dei tuoi tre figli possiede una propria quota azionaria. A quanto pare tuo figlio, Sverre, adesso vuole vendere la sua.»

«Sverre vuole vendere» ripeté Olav con disprezzo. «Non può certo agitare la bacchetta magica e vendere a chiunque, dev'essere un discendente in linea retta di Thor il Grande. Ti sei dimenticata dello statuto?»

«No» rispose Marte con immutata sicurezza. «Sto parlando di una vendita interna alla famiglia: a noi, con diritto di prelazione e cinquanta per cento di sconto.»

Olav sedeva con un gomito puntato sul tavolo, si grattava il mento con aria pensierosa.

«E come avreste pensato di finanziare questa acquisizione?» chiese Sasha. «Se anche aveste mio fratello e lo statuto dalla vostra parte, si tratta di cifre elevate, con o senza sconto. Somme che voi non possedete. Credo che nemmeno con i cinquantamila *una tantum* esentasse raggiungereste il dovuto.»

«Di sicuro non accettiamo di sottoscrivere nessun accordo per ora. Finanzieremo l'acquisto con i beni che il testamento di Vera ci assicurerà» rispose Marte. «Quando verrà ritrovato. E se non succederà, la vostra disonestà verrà comunque a galla una volta per tutte. Papà mi ha detto che il suo biografo sta per fare un'immersione al relitto dell'espresso costiero al largo della costa vicino a Bodø. Perderete, e tu lo sai bene.»

L'atmosfera era quella di una notte di spoglio in diretta seguita da una scioccante sconfitta elettorale. I commensali si alzarono, Sverre evitò lo sguardo del padre e si affrettò verso il bagno insieme ad Andrea.

Poco dopo, Sasha sentì il rumore di un bicchiere che si rompeva e delle voci concitate nel corridoio. Corse verso la porta e vide che Sverre aveva sbattuto Ivan contro la parete e lo teneva per la gola, mentre Marte gridando cercava di separarli.

A un tratto, dall'altro lato della stanza arrivò come una furia Erik Falck, brandendo il Purdey.

«No!» gridò Andrea. «Fermate Erik! Vuole sparare a Sverre!»

Da una stanza laterale, come in un film al rallentatore, Sasha vide Jazz accorrere a grandi balzi e prendere lo slancio con le fauci da lupo spalancate e la lingua che fluttuava nell'aria. Come una belva feroce puntò alla gola e un istante dopo Erik stramazzò sul pavimento di pietra, con il cane sopra. Jazz ringhiava minaccioso. Il fucile era stato scagliato a terra.

Erik era stravolto, si toccò la gola da cui usciva del sangue. «Toglietemi questa bestia di dosso!» ruggì.

Olav si fece strada. «Vedete di trovarvi un albergo per la notte» disse guardando Hans e Marte. Poi fissò il figlio, con disprezzo. «Vattene anche tu, Sverre.»

Quando Sasha uscì nell'aria fresca, aveva comprato un volo per il Nord con partenza il giorno successivo.

## Capitolo 39

## Il mare è un mistero

«Quindi voi vorreste...» disse Ralph Rafaelsen con lo sguardo fisso sulle acque grigio scuro dell'Atlantico al di là della vetrata panoramica del soggiorno, «utilizzare la mia Exosuit per scendere fino al relitto della DS Prinsesse Ragnhild?»

«E ci servirebbe anche un'imbarcazione con un argano come si deve per effettuare l'immersione» aggiunse Grotle. «E tu hai il modello giusto per noi.»

Rafaelsen aveva modi duri e diretti. La cosa migliore sarebbe stata contraccambiare con la stessa moneta. Berg gli si affiancò. «Quando possiamo partire?»

Anziché rispondere, il padrone di casa fece un cenno e disse: «Seguitemi.»

Davanti al salotto bianco, su una delle pareti corte c'era uno schermo talmente grande che avrebbe potuto essere quello di un cinema; un sistema *home theatre* diffondeva musica tropicale a basso volume. Berg e Grotle si scambiarono un'occhiata. Una ragazza asiatica riordinò il tavolino.

«Grazie, Tri. Puoi andare» disse Rafaelsen, e lei sparì.

Il padrone di casa indossava jeans attillati, mocassini e una maglietta che riproduceva l'uniforme di un ammiraglio, con medaglie e una bandoliera rossa in diagonale sul petto. A passi energici li precedette lungo un corridoio dominato da un'installazione di subacquei sospesi al soffitto, opera del famoso artista Ola Enstad.

Era stato grazie ai profitti del suo impero di acquicoltura che Ralph Rafaelsen si era potuto permettere di comprare l'unica Exosuit esistente in Norvegia e di costruire quella casa sul mare. A Berg sembrava che l'intero edificio avesse un non so che di irreale, come una sorta di museo in cui non viveva nessuno. Costruito sulla costa occidentale dell'arcipelago delle Vesterålen, a un paio d'ore di auto da Ramsund, era esposto alle intemperie. I media ne avevano parlato parecchio.

Il padre di Rafaelsen aveva un giro d'affari, piuttosto cospicuo per gli standard del tempo, nel settore della lavorazione del pesce. Inoltre, si era portato lassù al Nord una reginetta di bellezza americana, il che spiegava il nome inglese del figlio. Negli anni Novanta era arrivata la crisi e lui aveva perduto tutto il patrimonio e anche la moglie. Girava voce che il padre biologico di Ralph fosse in realtà un medico distrettuale donnaiolo che all'epoca lavorava nel Nord-Norge. Ralph era ossessionato dall'idea di rialzarsi e rimettere in sesto l'attività del padre, che aveva perso la vita in mare. Forse per via dell'alcol, o forse si trattò di suicidio, di certo venne inghiottito dalle acque.

Avendo lottato per tutta la vita, Rafaelsen era quel tipo di persona che non avrebbe esitato a prevaricare chiunque si fosse mostrato debole. Nutriva un gran rispetto per i soldati delle unità speciali, lui stesso era stato scartato all'ultimo passaggio delle selezioni per l'ammissione nelle Mjk, ed era poi diventato un artificiere del nucleo di sminamento della marina militare. Rafaelsen e Grotle si conoscevano, ed era per quello che aveva acconsentito a invitarli a casa sua.

Aprì una porta alla fine del corridoio bianco e scese gli ampi gradini ricoperti di lastre di pietra fino a una moderna rimessa per le barche con un tetto aguzzo che arrivava ripido fino a terra. Laggiù, di neve non ce n'era, solo afrore di alghe e salsedine. Rafaelsen aprì un'altra porta chiusa a chiave.

Bombole di ossigeno, mute e attrezzature varie erano appese alle pareti. Odore di gomma, odore di passato, ne era trascorso di tempo dall'ultima immersione di Berg.

«Avrei fatto il sommozzatore» disse Rafaelsen guardando il mare, «se questi miseri affari non mi avessero assorbito così tanto. Ecco qui l'Exosuit.»

Nella luce fioca somigliava a un morto sulla forca. Dal soffitto pendeva uno spesso cavo metallico che terminava sul collo dello scafandro, simile a un corpo umano, con visiera, *rebreather* e braccia con manipolatori.

«L'ho comprato per cinque milioni» disse Rafaelsen senza troppi giri di parole. «Un affare, il prezzo di mercato è almeno il doppio.»

Berg rimase fermo in contemplazione di tanta meraviglia un paio di metri sopra di lui.

«Questa diavoleria è alta due metri, pesa duecentoquaranta chili ed è costituita da diciotto parti mobili in lega di alluminio. I problemi legati alle immersioni a grandi profondità non esistono più! Niente più malattia da decompressione o miscele di ossigeno e chissà quali gas. La pressione è la stessa che in superficie. Vi rendete conto?»

Berg annuì sbalordito.

«Si è al sicuro come in un sottomarino» disse ancora Rafaelsen. «Ma si hanno braccia e gambe mobili. I due manipolatori consentono di utilizzare strumenti e afferrare oggetti, sulla schiena c'è un propulsore a elica da 4 cv, ha un cavo di collegamento diretto con la superficie che garantisce alimentazione elettrica e comunicazioni audio e video, è dotata di telecamera e di un *rebreather* che assicura un'autonomia di ossigeno di cinquanta ore. In caso di emergenza si può restare sul fondo del mare per cinquanta ore.»

«Grotle» disse Berg, «perché non mostri a Ralph le immagini del relitto?»

L'altro sfilò un portatile dallo zaino e lo posò su un bancone.

«Questa» disse, «è la DS Prinsesse Ragnhild nel Vestfjorden.»

Il padrone di casa annuì concentrato, il suo interesse era evidente.

«Sono le immagini scattate da un minisommergibile della Difesa quando ha trovato il relitto nel 2000.»

Era tutta una strategia promozionale per convincere Rafaelsen, che secondo Berg lassù si annoiava. Un'immagine tremolante apparve sullo schermo.

In alto c'era scritto: «Data: 29/02/00. Luogo: Vestfjorden. Ora: 12.37.33. Profondità: 289.32.» Un mare buio e impenetrabile. Berg intravide il profilo di uno scafo. I fasci di luce del minisommergibile lo facevano sembrare grigio. Poi ecco la prua e il cassero di poppa, gli oblò e il fumaiolo, le sovrastrutture e l'ala di plancia.

Avendo letto il manoscritto non poté fare a meno di immaginare la giovane Vera affrettarsi a passi disperati sul ponte in teak. Lì furono investiti dal lampo di luce dell'esplosione e dallo scoppio subito dopo, corsero e gridarono, sopravvissero e morirono.

«Trecento metri» disse lentamente Grotle guardando gli altri due, uno dopo l'altro. «Il fondo del mare è ancora una pagina vergine sulle vecchie mappe. Conosciamo meglio lo spazio cosmico. Il mare nasconde una realtà che va oltre quella che vediamo qui sulla terra. Lo sapevate che sul fondo vivono organismi quasi impossibili da immaginare? Che emettono una luce intermittente e policroma che farebbe impallidire le insegne luminose di Times Square? Cefalopodi con otto tentacoli luminescenti e meduse che in caso di pericolo cominciano a lampeggiare di blu come veicoli di emergenza? Il mare è un mistero, forse il più grande che ancora ci resta.»

Rafaelsen, che era rimasto seduto in silenzio fino a quel momento, si alzò. «La DS Prinsesse Ragnhild è una nave cimitero, anche dal punto di vista giuridico. Quindi i sommozzatori che dovessero imbattersi nei resti dei defunti sono tenuti a restare a debita distanza. Una tomba naturale non può essere violata, se non allo scopo di trasferire il cadavere in un luogo di sepoltura, circostanza che nel nostro caso si può escludere.»

Berg si era preparato a questa obiezione. «Suppongo allora che tu sia a conoscenza anche dell'articolo 14 della legge sui beni culturali: dice che i sommozzatori sono tenuti a mostrare attenzione e rispetto, ma che l'immersione a questo tipo di relitti non è proibita. Quelli famosi, come l'incrociatore pesante Blücher e la nave da battaglia Tirpitz, sono stati dichiarati beni protetti dalla Direzione dei beni culturali della Norvegia perché saccheggiati da subacquei non professionisti, ma questo non vale certo per un relitto che si trova a trecento metri di profondità.»

«Potreste usare dei droni sottomarini» disse Rafaelsen.

Berg scosse la testa. «Droni e minisommergibili non riuscirebbero ad arrivare alla falla nello scafo. Nell'immagine la prua è a destra, perciò quello che vediamo qui è il fianco destro. E l'esplosione è avvenuta nel fianco destro. Dobbiamo immergerci. E l'unico modo realistico per farlo è con l'Exosuit.»

Ralph Rafaelsen li guardò, prima uno e poi l'altro. «Olav Falck del Gruppo Saga di Oslo e suo figlio insistono per poter utilizzare l'Exosuit in occasione di un convegno che si terrà quassù fra qualche mese. Perché dovrei metterla a vostra disposizione?»

Era il momento che Berg stava aspettando. «Sto lavorando alla biografia di Hans Falck.»

«Hans Falck» ripeté con solennità Rafaelsen. «Un uomo decisamente in gamba, una leggenda. Anche se dal punto di vista politico ci separa una certa distanza, se così si può dire. Davvero una brava persona.»

«La biografia di Hans» proseguì Berg, «è solo una copertura per quello che sto facendo davvero.»

Rafaelsen inarcò le sopracciglia. «E cioè?»

«Olav Falck ti ha trattato bene?»

Rafaelsen si stranì.

«È stato Hans in persona a chiedermi di farti questa domanda. Per un'intera generazione, lui e il suo ramo della famiglia si sono dovuti accontentare delle briciole di Olav. Scenderemo al relitto per dimostrare che mente, in modo che Hans Falck possa avere ciò che legittimamente gli spetta in eredità. Olav la pagherà cara.»

Berg tornò a sedersi e rimase in attesa. Grotle taceva. Rafaelsen passeggiava avanti e indietro nella rimessa. Poi sorrise condiscendente.

«Diamo un'occhiata alla barca, allora. È giù al pontile. Ci andiamo sì al relitto, cazzo.»

## Capitolo 40
## È stata un'esplosione all'interno

Il mattino dopo, Sasha prese un volo di linea per Bodø e da lì, con un piccolo aereo, proseguì fino alle Lofoten, dove noleggiò un'auto.

Si diresse verso ovest, costeggiò *rorbuer* dipinte di rosso, magazzini per la lavorazione del pesce, negozietti di alimentari Mix, nude rastrelliere per l'essiccazione del pesce che si stagliavano contro il mare sotto i monti innevati, rocce levigate da spumeggianti onde lunghe. Ed ecco, all'improvviso, il paesaggio aprirsi in ampie vallate punteggiate di primaverili campi coltivati, gallerie e ponti. A Flakstad si fermò a fumarsi una sigaretta.

Il soffio dell'Atlantico qui era diverso, il vento lasciava striature nelle pozzanghere. Johnny non aveva ancora risposto ai suoi messaggi.

Quando si avvicinò a Moskenes iniziò a nevicare. I piccoli fiocchi sul parabrezza si trasformarono ben presto in una nevicata così fitta che Sasha dovette rallentare per non rischiare di precipitare giù dal ponte attraverso cui si entrava nel villaggio di Reine. Finalmente arrivò a destinazione. Dopo aver parcheggiato uscì nella tormenta di neve e raggiunse a passo svelto l'indirizzo che le era stato indicato e che corrispondeva a una *rorbu* sulla battigia, circondata da piccoli pescherecci e rastrelliere. REINE KRIGSMUSEUM, diceva l'insegna sulla porta.

Lo studioso di storia locale Bjørn Carlsen, che somigliava al cantante country Willie Nelson, era un settantenne minuto e vivace, con i capelli grigi raccolti in una coda di cavallo. La condusse all'interno del suo museo sulla guerra, visibilmente orgoglioso e felice di mostrarglielo.

Le pareti erano occupate da vetrine con manichini che indossavano uniformi norvegesi, britanniche, sovietiche e tedesche: giacche a vento della Milorg, giubbini dell'esercito britannico, mimetiche dell'Armata rossa, svariati equipaggiamenti della Wehrmacht, della Luftwaffe e della Kriegsmarine, uniformi di gala e divise dei Gebirgsjäger. Qua e là si vedevano piccoli oggetti dei generi più disparati, pezzi di servizi di stoviglie, medaglie, campane da nave, differenti tipi di armi, manifesti di arruolamento, facsimili di giornali, cartelli e foto in bianco e nero incorniciate. Al soffitto erano appesi corvi, gabbiani e aquile di mare impagliati.

«Una collezione degna di nota» disse Sasha.

Carlsen si fermò davanti a un set di acquarelli. «Chi li ha dipinti secondo lei?» chiese con quella sua vocina acuta. E prima che lei potesse dire alcunché, rispose lui stesso: «È stato quell'A. Hitler, proprio lui, nel 1940.»

«Caspita!» esclamò Sasha inarcando le sopracciglia.

«Mi sono capitati in mano qualche anno fa, quando i parenti di un'anziana signora bavarese le hanno svuotato la soffitta. Gli storici dell'arte e i cosiddetti esperti ovviamente non mi credono, ma li ho messi a tacere.»

All'improvviso Sasha si sentì pervadere dal dubbio su quel viaggio al Nord.

Non ricorreva a *medici* dilettanti, perciò per quale ragione avrebbe dovuto ascoltare uno *storico* dilettante?

Entrò nell'ufficio di Carlsen, anche quello invaso di soprammobili e cimeli. Il locale era in stile nautico, con vetrinette contenenti modellini di navi e figure di gesso con uniformi da capitano.

«Per quanto riguarda il naufragio della Prinsesse Ragnhild...» disse Sasha andando dritta al punto, «ho letto le deposizioni rilasciate dal capitano e dall'equipaggio: emerge chiaramente che la causa è stata una mina britannica nel Vestfjorden.»

«Le deposizioni!» sbottò Carlsen. «Meglio usarle per accendere il fuoco, quelle! Ma lei ci crede davvero? Sono state rilasciate a un tribunale sotto il controllo nazista durante l'occupazione. Le persone erano terrorizzate, dicevano quello che i tedeschi volevano sentirsi dire.»

«Forse» replicò Sasha. «Ma lei che elementi ha per dimostrare il contrario?»

«Aspetti qui un attimo» disse Carlsen e uscì. Tornò un paio di minuti dopo. «C'è un testimone oculare, il comandante Knut Indergård, del cargo MK Batnfjord.»

«Sì, mi ricordo il suo nome, ha rilasciato una deposizione» replicò Sasha dopo un attimo di riflessione.

«La prima cosa che lei deve sapere di Indergård è che lui e il resto dell'equipaggio sono stati degli eroi. Risulta anche esplicitamente dagli atti del tribunale: "In totale hanno caricato a bordo della Batnfjord circa centoquaranta persone, di cui sette sono morte prima di arrivare a Bodø. Ben più della metà erano soldati tedeschi." Centoquaranta persone!» gridò Carlsen. «Uno dei più grandi atti di eroismo compiuti in Norvegia durante la guerra. E senza aver avuto nessun riconoscimento. Ha mai letto di Knut Indergård o della MK Batnfjord su qualche libro di storia? Non gli è mai stata assegnata un'onorificenza, ma il suo eroismo è fuor di dubbio. Quello che invece resta controverso è ciò che il comandante ha raccontato del naufragio dopo la guerra, quando i tedeschi se n'erano andati e si poteva di nuovo parlare liberamente.» Sollevò verso la luce una chiavetta usb, poi la collegò al computer. «Questa è un'intervista a Indergård, l'ha rilasciata non molto tempo prima di morire, è stata donata all'Associazione dei trasporti navali norvegesi di Nordmøre, con sede a Kristiansand, e loro sono stati così disponibili da farmene avere una copia.»

Partì un frusciante file audio di qualità piuttosto scarsa in cui una voce con spiccato accento del Nordmøre, doveva essere lo stesso Indergård, cominciò a parlare.

Era una nave di centoquaranta tonnellate, comprata dalla Francia durante la precedente guerra mondiale. Scafo solido e buon motore. Non ci ha dato problemi per vent'anni, nessuno dei pezzi. Al tempo navigavamo lungo la costa norvegese, dell'Østlandet e del Vestlandet, ma soprattutto facevamo la tratta Bergen-Trondheim-Finnmark. Eravamo partiti da Trondheim diretti a Havøysund. A Trondheim eravamo ormeggiati a fianco della Prinsesse Ragnhild.

Carlsen interruppe la registrazione. «La MK Batnfjord e la DS Prinsesse Ragnhild una accanto all'altra a Trondheim. E poi hanno risalito la costa affiancate fino al momento in cui l'espresso costiero si è inabissato.»

«Sentiamo il resto» disse Sasha, con la sensazione che stessero arrivando al nocciolo della faccenda.

Carlsen avviò di nuovo la riproduzione, l'intervistatore chiedeva a Indergård quale fosse stata secondo lui la causa del naufragio.

Io non ho dubbi. Anche se magari sarò l'unico a dirlo. È stata un'esplosione all'interno della nave. Altrimenti il fianco non si sarebbe aperto verso l'esterno. E se posso dire altro... Il capitano Brækhus di Bergen che era al comando si è spaventato, ma il primo e il secondo ufficiale di coperta sono corsi giù. Sono andato diverse volte a casa di Brækhus a Bergen. Abbiamo parlato di questa faccenda. Diceva che poteva essere stata solo una mina e io ero sicuro che non era andata così, perché una mina fa esplodere le cose dall'esterno. Le travi del salone fumatori, le travi di legno, non c'erano più. Solo quelle di ferro erano rimaste. E c'erano appese persone morte. Lo hanno detto quelli che erano a bordo. Tre volte sono andato a casa di Brækhus, e la seconda volta mi dice che non lo sapeva che i tedeschi avevano nascosto le munizioni nelle casse per le arance. «Ma si ricordi» gli dico, «che i soldati tedeschi erano molte centinaia, avevano bombe a mano, avevano munizioni, avevano fucili.» C'era un sacco di materiale esplosivo a bordo.

Carlsen interruppe di nuovo il file audio. «Perché non l'ha detto durante la deposizione?» gli chiese Sasha.

«Senta che cosa dice lui stesso» rispose Carlsen. «E se in effetti lo avesse dichiarato al tribunale distrettuale di Salten?»

Il vecchio file audio ripartì, ecco di nuovo la voce del comandante Indergård.

Gliel'ho detto, sì. E stavo per pagarla cara. Perché c'erano i tedeschi lì a controllare e loro volevano che la falla fosse aperta verso l'interno e non verso l'esterno.

Sasha si alzò, aveva lo sguardo fisso sulle pareti del museo.

Forse Carlsen era un dilettante, ma la registrazione che le aveva appena fatto sentire era autentica e credibile. Confermava quello che aveva scritto Vera. L'esplosione che aveva affondato la DS Prinsesse Ragnhild era avvenuta all'interno, ma era una cosa che i tedeschi non volevano si sapesse.

«Mio padre è sopravvissuto per miracolo» disse Sasha. «Salvato dal mare, forse dallo stesso Knut Indergård.»

Carlsen annuì. «Probabile. C'era anche un'altra nave, la Gange-Rolf di Sortland, ma Indergård ha detto che quell'equipaggio non si è dato molto da fare.»

Sasha immaginò questi anonimi marinai del Nordmøre,

temprati alla fatica, tirar su la nonna e Olav neonato dalle gelide acque del mare, immaginò le onde, le grida, i naufraghi aggrappati alle assi e ai rottami. Senza di loro la discendenza diretta si sarebbe interrotta, niente papà, niente Sasha.

Che casualità, la vita.

«C'è qualcosa di strano nella storia di Vera Lind» disse Carlsen. «Non risulta registrata in nessun documento dopo il naufragio. Non fosse stato che nel dopoguerra è diventata famosa, si sarebbe potuto credere che fosse scomparsa anche lei. Non è neanche mai tornata al paese d'origine, dopo il conflitto. Durante il periodo bellico tutti dovevano registrarsi, in continuazione. Non si poteva andare praticamente da nessuna parte senza che ne rimanesse traccia sui permessi timbrati. Ma su Vera Lind non c'è nulla.»

«È andata in Svezia.»

«Sì. Tre anni e mezzo più tardi.»

«Ma dove può essere stata nel frattempo?»

«Provi ad andare a Bunessanda.»

«Dov'è nata e cresciuta?»

Lui annuì. «Non è molto distante. Quella costa si è in gran parte spopolata, ma a Bunessanda ci vive ancora un'anziana signora. Si chiama Else, è la figlia del dottor Schultz, un uomo formidabile.»

## Capitolo 41

## Vieni al faro di Landegode

Sasha seguì la strada sterrata coperta di neve che costeggiava il fiordo, s'inerpicava per qualche metro sul livello del mare sopra un basso crinale tra due formazioni montuose e poi scendeva lungo il versante opposto affacciato sull'Atlantico. L'aria qui, sulla costa del Mar di Norvegia, era diversa, più fredda, e il vento soffiava più intensamente.

Sulla destra si ergeva lo scosceso Helvetestinden. Una gola portava alla spiaggia, che ricordava piuttosto un delta fluviale di parecchie centinaia di metri. Il sole indorava le pareti dei monti, in fondo alla gola e alla spiaggia si vedeva l'Oceano Atlantico, blu e infinito. Sasha s'incamminò sulla sabbia bianca coperta di legname portato a riva e ghirlande di alghe. La casa era sulla sinistra, sopra un piccolo promontorio. Ruscelli poco profondi solcavano la spiaggia, fece attenzione a scavalcare la fredda acqua di disgelo.

La casa era dipinta di rosso e aveva gli infissi bianchi. Le piccole finestre e il cavo d'acciaio sul retro che ancorava l'estremità del tetto al suolo la dicevano lunga su quanto fosse esposta alle intemperie. Bussò alla porta.

Nessuno rispose.

«C'è qualcuno?» Bussò più forte.

Girò intorno alla casa, scorse un'ombra affacciarsi a una finestra sul davanti. Fece un cenno e rimase ad aspettare fino a che la sagoma non apparve di nuovo.

«Non è un ufficio turistico, questo! Per la miseria!» gridò una voce di donna socchiudendo la finestra.

«Un attimo, aspetti!» disse Sasha. «Sono venuta per sapere se conosce una donna che abitava qui durante la guerra. Mia nonna, Vera Lind.»

La donna allungò il collo fuori dalla finestra. «Cos'ha detto?»

Else Foss era un'arzilla signora sui settantacinque anni, ancora senza rughe e con i capelli corti e grigi. Non senza un certo scetticismo, aprì la porta a Sasha, che entrò fermandosi sulla soglia. La casa era in ordine e pulita, l'arredamento anni Cinquanta semplice, con centrini sui tavoli e una stretta cucina con una radio d'altri tempi, sintonizzata sulle gradevoli voci della trasmissione in diretta *Nitimen*. A quanto pareva, viveva da sola.

«Sono venuta per farle qualche domanda su mia nonna» disse Sasha.

Else la fece accomodare al tavolo della cucina e le propose del caffè bollito. «Chiedo scusa se non ho molto da offrirle, ma d'inverno vivo a Bodø e sono appena arrivata.»

«Lei era al funerale della nonna» disse Sasha, ricordandosi del suo viso e di averla vista parlare con il padre e con Hans Falck.

«Certo. Sarebbe stato impensabile il contrario. Mentirei se non dicessi che ho pensato spesso al momento in cui qualcuno sarebbe venuto qui.»

Sasha annuì, provava già affetto per quella donna.

Else si alzò e mise delle stoviglie nel lavandino. «Speravo solo che sarebbe stata lei e non suo padre.»

«Perché?» chiese Sasha aguzzando le orecchie, anche se immaginava la risposta.

La donna la guardò con occhi indulgenti. «La facciamo finita con le frasi di circostanza? Suppongo che tu sia venuta fin qui per sapere che cosa è successo a tua nonna, no?»

«Sì. È così.»

Else le versò dell'altro caffè e iniziò a raccontare.

Aveva incontrato Vera Lind nell'autunno del 1969, in una sala gremita della Società studentesca di Oslo, dove Vera era stata invitata a partecipare a un dibattito. Else aveva trentadue anni. Del dibattito non ricordava molto, ma quando era finito i relatori si erano fermati a bere qualcosa e così lei si era fatta coraggio ed era andata a presentarsi a Vera. Else, che non aveva mai avuto alcun desiderio di distinguersi o di emergere ma ammirava chi osava farlo, era rimasta indicibilmente affascinata dai suoi modi semplici. L'aveva salutata con una riverenza e si era presentata come la figlia della maestra Gjertrud Schultz di Sørvågen e del dottor Schultz, medico distrettuale di Moskenes.

Per un attimo, Vera era rimasta come paralizzata.

«Ai tuoi genitori devo tutto» le aveva detto quando si era ripresa, e l'aveva abbracciata. «Tutto. Gli sono davvero grata.»

Avevano trascorso la serata insieme, loro due sole. E verso la fine Vera le aveva raccontato del manoscritto a cui stava lavorando.

«Andrò al Nord» le aveva detto, senza giri di parole. «Sto scrivendo di luoghi che conosciamo.»

«Un poliziesco?»

«No. È una storia vera. E saranno molti quelli a cui non piacerà.»

Naturalmente era stata Vera a procurare a Else il lavoro alla Grieg Forlag. Niente di prestigioso, si trattava per lo più di svolgere mansioni di routine e incarichi di segreteria, ma Else era veloce nel battere a macchina e scriveva correttamente, e col passare degli anni le erano stati affidati compiti di maggiore responsabilità. Avevano trascorso molto tempo insieme quell'autunno.

Quando Else era tornata a casa per le festività natalizie, aveva portato con sé una lunga lettera per i genitori scritta a mano da Vera. Di cosa parlasse, Else non l'aveva mai saputo, ma un giorno, fra Natale e Capodanno, il padre l'aveva portata a Å.

«Papà mi portò a Å, dove Vera era nata e cresciuta in povertà, dicendomi che sperava che la Norvegia fosse progredita, che adesso fosse in grado di offrire ai giovani opportunità migliori di quante ne avesse avute la generazione di Vera. Era davvero brillante, secondo lui, diceva di non aver mai conosciuto una bambina così dotata, così unica. Ma era anche una bambina ferita, aveva aggiunto, segnata dalla malattia della madre e dal non aver mai conosciuto il padre.»

«Ti ha detto altro tuo padre?» le chiese Sasha, prendendo fiato per riuscire a parlare con calma.

«Mio padre diceva che l'ammiravano tutti, perché era davvero intelligente e affascinante. Ma proprio per questo con lei bisognava essere prudenti. "Quando Vera racconta la verità crediamo che menta, e quando mente" aveva detto mio padre, "le crediamo." "E tu come lo sai?" gli avevo chiesto. "Lo so perché Vera ha vissuto con noi durante la guerra, dopo il naufragio" mi aveva risposto.»

Sasha si alzò, andò alla finestra. Non dubitava di una sola parola di Else, per questo stava così male. Perché qui, con l'oceano infinito al di là del vetro, un'altra storia si andava delineando, una storia ben diversa da quella che il padre le aveva raccontato e che lei aveva ubbidientemente tramandato.

Tornò a sedersi. «E poi la polizia ha fatto irruzione in casa editrice, vero?»

Else annuì.

«Ricordo che nei giorni precedenti Johan Grieg era piuttosto nervoso» raccontò. «Aveva capito che stava per succedere qualcosa. Quella mattina presto mi prese da parte e mi diede il manoscritto di Vera. "Sei la più veloce e la migliore fra le mie segretarie, battilo a macchina, più in fretta che puoi" mi disse, e mi diede una copia del *Conte di Montecristo* con uno scomparto nascosto, raccontandomi che il padre lo aveva usato per contrabbandare documenti segreti durante la guerra. E io scrissi, a folle velocità scrissi. Quando un paio d'ore più tardi i poliziotti arrivarono, Grieg consegnò loro il manoscritto originale, mentre io, infilato quello appena battuto nel libro cavo, passando davanti a loro me ne andai.»

*Il Conte di Montecristo*, pensò Sasha. Tre generazioni si erano servite di quel volume per trasportare informazioni.

«Grieg ha detto che è stato lui a contrabbandare il manoscritto.»

«Preferirei non parlar male di Johan Grieg, l'editore per il quale sono stata così fortunata di lavorare» ribatté lei cortesemente. «Ma quello che ha detto non è vero.»

«Oh, mio Dio» sfuggì detto a Sasha.

Else le sorrise con affetto.

«Se c'è qualcosa che ho imparato dopo una vita a lavorare per molte persone importanti è che amano intessere narrazioni con se stessi nel ruolo di protagonisti. E comunque, dopo quello che era successo Vera e io diventammo piuttosto paranoiche, avevamo paura che i Reparti speciali potessero arrivare a noi. Dove avremmo potuto nascondere il manoscritto? Fu Vera ad avere l'idea di depositarlo presso il notaio distrettuale come testamento. E in fondo *era* anche un testamento. Una soluzione geniale. Da lì nessuno avrebbe potuto spostarlo, per legge, persino la polizia avrebbe avuto problemi a farselo consegnare. E se a Vera fosse accaduto qualcosa, se qualcuno fosse arrivato al punto di ucciderla, il suo testamento, sotto forma di *Cimitero del mare*, sarebbe diventato pubblico.»

Sasha pensò alla seconda parte, quella che Johnny Berg voleva darle quando lei lo aveva respinto ordinandogli di andarsene.

«Perciò l'intero manoscritto era stato depositato presso il notaio distrettuale?»

Per la prima volta, Else parve esitare.

«No» rispose. «Non l'ultimo capitolo. Quello decisivo. Vera l'ha mandato a me.»

«Un attimo. Non capisco» la interruppe Sasha. «Mi sembra davvero complicato. Perché avrebbe dovuto depositare il manoscritto presso il notaio e poi mandare a te l'ultimo capitolo?»

«Non è per niente complicato» ribatté tranquilla Else. «Tu hai letto il manoscritto, vero? Si parla di Thor Falck e della sua collaborazione con i tedeschi, e di quali furono le conseguenze nel dopoguerra. Era questo che Olav voleva ossessivamente impedire che divenisse di pubblico dominio. Ma il vero segreto non lo ha mai saputo.»

«Con tutto il rispetto» disse Sasha, «tu eri una persona marginale nella vita di mia nonna. Perché mai avrebbe dovuto condividere proprio con te una cosa che non ha mai raccontato a nessun altro?»

«Perché io ero l'unica a sapere che cosa era davvero successo» rispose Else. «Solo che ero così piccola da non averlo capito.»

Sasha era perplessa. «Dimmi che cosa c'era scritto» intimò.

Else sorrise. «Ti ho vista avvicinarti alla baita di Vera dopo la cerimonia funebre, insieme a Ruth Mendelsohn. Non siamo mai andate molto d'accordo, Ruth e io. Quando vi siete allontanate, ci sono entrata e ho lasciato l'epilogo...»

«... nell'esemplare cavo del *Conte di Montecristo*» terminò la frase Sasha, e si toccò la fronte.

«Secondo Vera sarebbe stato giusto rivelare quel che accadde nel 1970 a chi fosse riuscito a trovare il nascondiglio segreto. In caso contrario sarebbe rimasto solo un libro fra migliaia di altri. Chi sapeva che cosa lei aveva subito all'epoca avrebbe cercato proprio lì. Altro non voglio dirti. Possiamo riparlarne dopo che lo avrai letto.»

Sasha uscì. Il vento soffiava forte, le rocce erano scivolose. Non poteva tenere Johnny all'oscuro di tutto ciò. Con dita intirizzite dal gelo gli scrisse un messaggio: «Johnny, rispondimi. Sono alle Lofoten e so che manca un capitolo, e so anche dov'è. Torniamo a Oslo insieme?»

In realtà non si aspettava niente, invece subito dopo sentì lo smartphone vibrare in tasca. JB. Era la prima volta che si faceva sentire da quella sera. Armeggiò con il telefono, pioveva, alcune gocce caddero sullo schermo e dovette asciugarlo con la manica della giacca per riuscire a leggere il messaggio: «Vieni al faro di Landegode. Scenderò al relitto non appena possibile, come ti avevo promesso. Ci vediamo lì.»

Immobile, Sasha esaminò quelle righe in cerca di eventuali messaggi cifrati o significati nascosti, ma non ne trovò. O meglio: le chiedeva di raggiungerlo. E le diceva che sarebbe sceso al relitto. «Al faro di Landegode.» Stava per rispondergli che l'immersione poteva aspettare, ma sapeva che sarebbe stato inutile.

Allora rientrò. «Devo andare a Landegode» disse a Else. «Un amico farà un'immersione dov'è affondata la Prinsesse Ragnhild per cercare di capire se l'esplosione è stata causata da una mina o è avvenuta all'interno.»

«Impresa rischiosa» commentò Else. «Ma c'è una cosa che non si può scoprire leggendo il manoscritto. E non è un dettaglio di poco conto. Chi era davvero Wilhelm?»

«Quindi?»

Else uscì dalla stanza, tornò poco dopo con un cilindro bianco di cartone da cui tirò fuori i disegni della pianta della nave. Li distese sul tavolo e indicando disse: «Guarda... "salone fumatori", "salone della musica", "prima classe". Questo è il ponte di passeggiata, a prua. Al centro le scale dorate, sulla destra si intravede il salone fumatori con vista a poppa. Qui c'è il salone della musica e subito prima delle scale a destra la cabina dell'armatore.»

Else passò alla tavola sotto.

«Qui siamo scesi, siamo al "secondo ponte", sotto il ponte principale» proseguì, sempre indicando. «Vedi i numeri in alto sulla tavola?»

Sasha strizzò gli occhi. «È una serie: 33, 31, 29, 27.»

«Sono i numeri delle cabine. Cabina 31. È quella in cui Vera e Wilhelm hanno trascorso l'ultima notte.»

Else la fissava, come se quella fosse un'informazione decisiva, lei annuì cercando di mascherare il fatto di non riuscire a seguirla. Probabilmente c'entrava con qualcosa che si trovava nella seconda parte del manoscritto, quella che aveva Johnny.

«Ti ricordi che a un certo punto, quando decidono di fuggire insieme, Wilhelm si toglie la piastrina che porta al collo?»

Piastrina, fuggire insieme... Era come ascoltare qualcuno che ti racconta l'ultimo episodio di una serie tv che non hai visto. «Sì, certo.»

«Di' al sommozzatore di controllare il condotto di aerazione della cabina 31, se ne ha la possibilità. La piastrina è nel portasigarette. E, come ricorderai, l'alpacca non arrugginisce sott'acqua.»

«Me lo ricordo, sì» disse Sasha.

Scattò delle foto ai disegni della pianta della nave e le mandò a Johnny.

«Cabina 31, se ti è possibile.»

Quella stessa sera, all'imbrunire, Sasha sorvolò il sito del naufragio con l'aereo per Bodø, da cui poi avrebbe proseguito via mare fino all'isola Landegode, e pensò a quanto fosse assurdo. Un piccolo portasigarette in alpacca in quel mare enorme. E in fondo era così un po' per tutto, le persone che s'incontrano, la vita che si vive, il fatto stesso di esistere, che lei fosse Sasha Falck, di una delle famiglie più facoltose di uno dei paesi più moderni al mondo, e non una moglie schiava nello zarato russo o una prostituta babilonese o una primitiva che viveva di caccia e raccolta nelle foreste di diecimila anni fa. L'intera esistenza era assurda e fortuita, a ben guardare, infinitamente molto più casuale di un portasigarette in alpacca vecchio di settantacinque anni nascosto nelle tenebre a trecento metri di profondità nelle acque sotto di lei.

## Capitolo 42

## Nuotare dentro la nave

Erano le prime luci dell'alba. Johnny venne fissato a una fune in acciaio e sollevato al di sopra della battagliola con un argano.

Il cavo era collegato al collo, sembrava un uomo sulla forca. L'Exosuit fuori dall'acqua era ingombrante e deforme. È vero che gli elementi in lega di alluminio pressofuso avevano giunti che simulavano ginocchia, anche e gomiti, ma muoversi a terra in quello scafandro era impossibile. Sulla schiena aveva il *rebreather* e sopra una spalla la telecamera esterna, da cui gli altri avrebbero seguito il suo viaggio negli abissi.

Grotle pareva un ragazzino eccitato, con sguardo esperto controllava ogni cosa, assistito da Rafaelsen. Dopo essersi accertato che la superficie fosse intatta, che i propulsori funzionassero e che il cavo in fibra ottica fosse montato correttamente, sistemò l'oblò circolare anteriore.

Johnny fu calato in acqua lentamente. La temperatura all'interno dello scafandro era regolata in modo automatico, il silenzio era opprimente come quello di una stanza insonorizzata. Utilizzò le pedaliere sul fondo delle scarpe con cui governava i propulsori per posizionarsi orizzontalmente. La visiera ruppe la superficie dell'acqua. Da una parte intravide i contorni dello scafo della nave appoggio, come una balenottera azzurra in lontananza; sotto di lui l'abisso nero. Il cavo in acciaio venne sganciato, rimase collegato alla superficie solo con l'ombelicale in fibra ottica, che gli forniva alimentazione elettrica e connessioni audio e video. Fluttuava nell'acqua senza peso. Un sommozzatore si tuffò dalla nave appoggio e nuotò tranquillo verso di lui. Era Grotle. I loro sguardi si incrociarono sott'acqua. Grotle controllò che tutto fosse come avrebbe dovuto, poi sollevò il pollice.

Berg lo guardò allontanarsi, la muta nera e le lunghe pinne contro l'azzurro del mare, finché non scomparve alla sua vista in direzione della nave appoggio con lenti movimenti ondulatori.

Adesso era solo. Girò la testa da una parte e dall'altra. La visuale dall'oblò circolare anteriore era buona. L'ombra di un banco di pesci si allungò sopra di lui oltrepassandolo, come uno sciame d'api o uno stormo di uccelli in un cielo autunnale. Cominciò a scendere cautamente. Spostando lo sguardo negli abissi sotto di lui, il blu della superficie si tingeva di tonalità più scure. Cercò di mantenere una rotta costante a velocità moderata, aumentando solo leggermente la potenza dei propulsori. Il profondimetro segnava 30 metri e mezzo. Qui la DS Prinsesse Ragnhild si era inabissata in diagonale, come scendendo da una pista da sci. Settantacinque anni prima. Che ne era stato dei passeggeri che non ce l'avevano fatta a uscire? Probabilmente, a quella profondità, avevano perso conoscenza. O magari qualcuno era rimasto imprigionato in una sacca d'aria, aveva martellato di pugni la porta in preda alla disperazione fino a che non aveva capito di essere spacciato, fino a che la pressione non aveva infranto i vetri degli oblò ed era annegato.

Per quelli rimasti a bordo, la morte doveva essere arrivata come una liberazione. Come spesso capita. Non aveva mai avuto paura di morire, solo dell'attimo che precede la morte, come quando stai cadendo e vedi il suolo avvicinarsi, o quando davanti al parabrezza si materializza il radiatore di un camion, o quando il lampo dell'esplosione non si è ancora trasformato in un vento supersonico che squarcia gli organi interni. L'attimo in cui capisci che è finita.

Nell'oscurità intravide qualcosa sulla destra. Avanzava tranquillo nella sua direzione. Che fosse un minisommergibile? Sarebbe stata davvero una strana coincidenza. Il ritmo del respiro accelerò. Si rese conto che si trattava di un pesce, con una pinna caudale da squalo. La luce penetrava ancora debolmente nell'acqua: un vago riflesso illuminava la schiena di quell'essere grigionero.

Non erano molti i metri che li separavano. Berg si trovò a fissare la sua bocca spalancata, del diametro di un grosso tombino, con fessure branchiali enormi. Era uno squalo elefante, si ricordò di averne vista l'immagine da qualche parte. Era pericoloso per gli esseri umani? No, ma persino con tanto di scafandro addosso sarebbe potuto sparire in quella bocca senza che il gigante se ne rendesse conto.

«Vedo uno squalo elefante» bisbigliò, come se il pesce potesse sentirlo parlare.

«Goditi lo spettacolo» gli rispose Grotle. «Non fa male a nessuno.»

Quella bocca spalancata gli scivolò accanto oltrepassandolo.

Johnny rimase lì, immobile e senza peso, e percepì nettamente il risucchio dovuto al passaggio dello squalo elefante. Tirò finalmente un sospiro di sollievo, il vetro dell'oblò si appannò.

Scese ancora. La luce naturale non riusciva più a penetrare nell'acqua, intorno a lui era tutto buio, come una notte tropicale. Avanzava: sessanta, novanta, centoventi metri di profondità. L'assenza di peso rendeva quel viaggio simile a un sogno, sembrava di trovarsi in un'altra dimensione.

Sotto di sé scorse delle deboli luci. Che avesse le allucinazioni? Sbatté le palpebre un paio di volte. No, era tutto vero, le luci si intensificarono, come quando si sorvola una metropoli di notte. Un tappeto blu intenso bioluminescente di dinoflagellati e fitoplancton si stendeva sul fondo del mare come una coperta, pesci con branchie coperte da strisce di un verde mimetico, vitree meduse blu fluorescente, anguille rosso intenso, esseri dalle zampe trasparenti quasi li si vedesse ai raggi X, stelle marine verde smeraldo delle dimensioni di un pallone da calcio, piante acquatiche con file di luci in cima alle foglie come piste di atterraggio per aerei, granchi yeti con zampe e chele ricoperte di lunghe setole chiare.

Ruotò su un fianco. Materiale organico bioluminescente fluttuava sopra di lui simile a neve che volteggia. Non aveva mai visto niente di più bello.

Per un paio di minuti rimase sdraiato sul fondo.

«Tutto bene là sotto?» gli chiese Grotle.

«È così bello» rispose Berg. «Sembra di essere in un altro universo... Come trovarsi davanti alle insegne luminose di Times Square, solo con una luce un milione di volte più intensa.»

«Sei a trenta metri dalla DS Prinsesse Ragnhild, si trova alla tua sinistra» gli disse Grotle. «A ore dieci.»

Berg controllò il gps e avanzò in quella direzione. La nave avrebbe dovuto essere lì, ma lui non vedeva nulla. Sul fondo nuotavano dei pesci, dopo l'incontro ravvicinato con lo squalo elefante gli sembravano innocui pesciolini d'acquario. Procedeva lentamente. A un tratto scorse un'ombra a qualche metro di distanza: una parete rocciosa, forse? No. Quelle linee dritte erano sicuramente opera dell'uomo.

Lo scafo. Il fascio di luce lo faceva sembrare bianco. Avvicinandosi intravide l'impavesata e gli ombrinali a prua, e la fila di oblò. L'espresso costiero era adagiato sul fianco sinistro, lo scafo a dritta era in parte rialzato. Una buona notizia, dato che il lato visibile era quello dov'era avvenuta l'esplosione.

«Ho localizzato la nave» disse.

«Bene» rispose Grotle. «Controlla se ci sono squarci nello scafo. Noi ti seguiamo dal monitor.»

Berg chiuse la comunicazione.

Una miriade di piccoli pesci nuotava intorno allo scafo. La nave era sepolta per metà in un banco di sabbia, un enorme relitto in un deserto dorato. Berg cominciò dalla prua. Per quel che riusciva a vedere era intatta. Poi si spostò lentamente verso poppa ed ecco, alla sinistra del suo campo visivo, una macchia scura. Nuotò in quella direzione. Era una conca, uno squarcio di uno o due metri di diametro. Nonostante la forma circolare, aveva un bordo irregolare che spiccava rispetto al resto della struttura.

Davanti ai suoi occhi c'era la risposta agli interrogativi che avvolgevano il naufragio della DS Prinsesse Ragnhild. Sentì il battito accelerare, la visiera si appannò.

Cercando di mantenersi il più possibile in posizione orizzontale, illuminò l'oscurità davanti a lui. I dettagli ancora gli sfuggivano. Il bordo, su cui si era attaccata una stella marina, era frastagliato e sporgeva verso l'esterno. Lo toccò con il manipolatore a pinza. Non c'era ombra di dubbio: se l'acciaio intorno allo squarcio sporgeva verso l'esterno significava che l'esplosione era avvenuta all'interno. Non era stata una mina.

La teoria della mina britannica era una menzogna. Vera aveva raccontato la verità.

La voce di Grotle risuonò al suo orecchio: «Sembrerebbe che tu sia dove è avvenuta l'esplosione. Dalle riprese non è molto chiaro. Cerca di filmarlo da più angolazioni.»

«Okay.»

«Quando hai finito, torna su.»

Lui si spostò lateralmente e si sollevò di un paio di metri. L'ala di plancia era intatta, gli parve che anche il resto della struttura fosse in buone condizioni. Oltrepassò la plancia e il fumaiolo. Sarebbe riuscito a entrare nella nave?

Berg spense la videocamera, un attimo dopo ecco la voce di Grotle: «Johnny? Non abbiamo più le immagini. Johnny, ci senti?»

«Forte e chiaro. Qui tutto bene.»

«Non mi piace» disse Grotle. «Risali subito!»

«Devo solo controllare un paio di cose» rispose Berg, chiudendo la comunicazione.

Una corrente lo sospinse sopra il dritto di prua, gli sembrava di volare. Fluttuò sopra il cassero e proseguì verso il ponte di comando. Aveva trovato quello che gli serviva, era a posto. Tentare di arrivare all'interno della cabina 31 era una cosa che avrebbe fatto per Sasha, solo per lei.

Entrò nella DS Prinsesse Ragnhild.

Prima dell'immersione aveva memorizzato la pianta della nave. In apparenza era piuttosto semplice: ponte di comando più in alto, poi ponte di passeggiata, ponte di sovrastruttura, ponte principale e altri ponti. A prua, vicino ai saloni sul ponte più in alto, c'era la scala che Vera aveva descritto così tante volte e che portava ai ponti passeggeri più bassi. Ma un conto era guardare dei disegni alla luce del sole, un altro orientarsi nelle oscure profondità del mare. Berg iniziò a nuotare sopra il relitto: il fascio di luce illuminò il punto in cui il ponte di comando finiva e la base del fumaiolo leggermente inclinato. Indirizzò la luce verso il basso e cominciò ad avvicinarsi.

Si ritrovò, orizzontale e senza peso, nel corridoio che un tempo collegava i saloni ai ponti sottostanti. Sulla destra vide quella che doveva essere la porta di accesso al salone fumatori e al salone della musica, dove Vera aveva ballato nel suo abito di trine. Combatté la tentazione di sbirciare per pura curiosità e si diresse verso la scala. Il corrimano non era difficile da individuare. Di specchi, ottone e teak che nelle fotografie abbellivano le scale non c'era più traccia: era rimasto solo lo scheletro in acciaio della struttura. Scese fino al mezzanino fra i ponti, si accertò che l'ombelicale che gli forniva corrente elettrica e lo teneva in comunicazione con la superficie non si fosse aggrovigliato, poi proseguì l'immersione senza fretta. Si trovò in un locale identico a quello di sopra, ma dalla porta si accedeva alla sala da pranzo di prima classe. Ancora un ponte e sarebbe arrivato al livello giusto.

Berg ripeté la procedura: scese le scale, al mezzanino controllò che l'equipaggiamento fosse a posto, proseguì. Non era rimasto granché della DS Prinsesse Ragnhild: i materiali organici si erano decomposti ormai da tempo, solo i più resistenti si erano conservati. Frammenti di specchio appesi a una parete. Rimase abbagliato dalla luce riflessa, intravide il proprio volto al di là dell'oblò dell'Exosuit. *Che cosa ci fai qui?* A 294 metri sotto il livello del mare, come indicava il profondimetro. La scala finiva con due porte con oblò da cui si accedeva ai due corridoi che attraversavano la nave. Visualizzò mentalmente la piantina.

«Cabina 31» gli aveva scritto Sasha. Oltre la porta, giù e poi a destra.

Era così stretto che per entrare dovette girarsi su un fianco. Sentì la schiena grattare contro la paratia. Il corridoio proseguiva verso prua per diversi metri. Stava andando nella direzione giusta? O aveva perso la visione d'insieme? All'improvviso si sentì avvolgere da un'opprimente sensazione di claustrofobia. Come se il coperchio di una bara si fosse richiuso sopra di lui e sentisse la terra cadere sul legno. No. Sapeva esattamente dove si trovava. Per uscire doveva tornare indietro verso la porta con l'oblò, da lì salire su per le scale...

Le porte della cabina non esistevano più. Scivolò all'interno. Non era nemmeno più una stanza, delle paratie non c'era più traccia. Il fascio di luce illuminò un oblò rotondo nello scafo davanti a lui; il coperchio in acciaio era fissato al soffitto con una catena agganciata alla piastra che chiudeva il condotto di aerazione sul soffitto. Era tutto intatto. Puntando il fascio di luce, con il manipolatore a uncino afferrò la staffa di fissaggio superiore e la ruotò in modo da staccarla. Cadde verso il basso.

Ai suoi occhi apparve un oggetto. *L'alpacca può resistere in fondo al mare per centinaia di anni.* Il portasigarette di Vera.

Berg lo prese con il manipolatore, ma non osò aprirlo lì sotto. Era soddisfatto. *Adesso però esci.* Cominciò a muoversi nella direzione opposta seguendo lo stesso percorso. *Adesso risali in superficie.*

Subito dopo sentì un violento colpo sulla schiena. Fu sbalzato via e ruotò su se stesso come un panno nell'asciugatrice. Doveva essere stata una pinna a colpirlo, di un pesce decisamente grosso, perché aveva la forza di un cavallo che scalcia. Gemette per il dolore, ma quello era il minore dei problemi.

Il collegamento con la superficie era saltato. Si ritrovò a gridare in un microfono morto. Con le braccia tastò il resto dello scafandro. Funzioni e comandi non rispondevano più, né quelli remoti dei manipolatori, né i propulsori, né la bussola satellitare. Nemmeno le luci. Il sistema era in avaria.

Aguzzò la vista nelle tenebre. Era a 294 metri sotto il livello del mare, in una capsula all'interno di una nave. Dentro lo scafandro si stava bene e questo rendeva il tutto ancora più angosciante. Sindrome *locked-in*, quella dei soldati russi nel sottomarino Kursk. Cercò di riflettere. Avrebbe potuto riparare i cavi da solo? No, impossibile in quell'oscurità.

Toccò con il manipolatore. Aveva due *lightstick* extra in dotazione. Questo gli diede un briciolo di speranza. Al fioco chiarore emanato da uno dei cilindretti cominciò ad avanzare lentamente in direzione delle scale. Gli sembrò di intravedere qualcosa. I cavi che si erano staccati dallo scafandro. Se li avesse seguiti, per lo meno avrebbe saputo in che direzione andare. Cominciò a muoversi verso l'alto, ma senza propulsori l'unico modo per avanzare era usando braccia e gambe.

Quanto tempo fosse trascorso non era in grado di dirlo, ma finalmente si ritrovò all'esterno della nave. Risalire non era particolarmente faticoso vista l'assenza di peso, ma avanzava molto lentamente. Comunque avanzava, questo era l'importante. Il relitto divenne un'immagine sempre più distante, fino a scomparire del tutto. Ovunque, intorno a lui, solo oscurità. Stava andando verso la superficie? Non avrebbe saputo dirlo. Avanti, pensava, avanti. Verso l'alto, verso l'alto. Un astronauta senza rotta, un sommergibile senza direzione. Aveva i crampi ai piedi. Cercò di riposare le braccia tenendole il più possibile distese lungo i fianchi.

Era più chiaro? All'inizio credette che fosse solo un'illusione. Cercò di aumentare l'andatura. E invece era proprio vero: un chiarore, l'ora del lupo, quel momento fra la notte e l'alba quando la luce impercettibilmente si diffonde. Ed eccoli i raggi del sole, riusciva a intravederli nitidamente lassù, in alto. Vederli gli diede nuove energie. Ancora dieci metri? Venti, trenta, quaranta?

E alla fine, quando ruppe la superficie dell'acqua, non avvistò navi nei dintorni, ma a un paio di centinaia di metri scorse alcuni scogli aguzzi. Nuotò in quella direzione, e quando finalmente raggiunse la spiaggia, coperta di alghe e catrame, e vide i monti dell'isola Landegode innalzarsi davanti a lui, era talmente sfinito che perse i sensi.

## Capitolo 43

## La piastrina identificativa

«Sta dormendo» le disse il mite gigante buono dai capelli rossi che l'aveva accolta al faro. «Dobbiamo lasciarlo dormire finché non si sveglia da solo.»

Il faro di Landegode era su un isolotto a nord dell'isola dalle alte vette che gli aveva dato il nome. La torre era un obelisco a strisce rosse e bianche su una collina che dominava i dintorni, circondato da edifici bianchi e rimesse per le barche dipinte di rosso, che si specchiavano sulla calma superficie del mare.

L'uomo indicò la casa del guardiano del faro. «C'è qualcosa per lei alla reception.»

Per Sasha fu dura leggere del tradimento di Thor il Grande, del destino di Betsy e della disperata ricerca sulla nave prima dell'esplosione. Ma quello che più la fece rabbrividire fu l'incontro fra Vera e Olav. Il conflitto fra suo padre e sua nonna aveva avuto origine da una conversazione sul *Cimitero del mare* nel 1970.

Sasha uscì dalla vecchia casa del guardiano del faro. Sul lato opposto del cortile c'erano il capanno e il locale del gruppo elettrogeno, mentre gli alloggi del personale erano alla sinistra dell'uscita.

Salì su alcune rocce e guardò verso l'orizzonte. Vide le vette di Landegode e, in lontananza, quasi fosse un'unica parete, scorse il profilo aguzzo delle cime montuose delle isole Lofoten.

Il telefono squillò, facendola sobbalzare. PAPÀ, comparve sul display. Prese in considerazione l'idea di lasciarlo suonare e basta, ma alla fine si decise a rispondere.

«Sasha? Sono io.»

Si sentì subito sopraffare dallo stress.

«Ho letto *Il cimitero del mare*.»

«Alexandra» replicò il padre in tono autoritario.

«So che cosa ha fatto Thor il Grande. So che cosa ha fatto la nonna. So che cosa hai *detto* tu.»

«Sasha, un passo alla volta, per favore. Devi capire una cosa fondamentale: questa informazione è stata taciuta per una sola e unica ragione. Mia madre. Vera. Capisco che ormai questa cosa del *doversi proteggere da se stessi* sia inflazionata, ma nel suo caso era appropriato.»

«Tu l'hai letto?»

«No. Non ho mai voluto avere niente a che fare con quel manoscritto, anche se conosco a grandi linee la storia che racconta. E so che fine ha fatto. So che Grieg, in quanto editore responsabile, ne ha parlato con i servizi segreti, che l'hanno confiscato. È stato meglio così, per tutti.»

Sasha sospirò rassegnata. A volte quell'uomo era capace di essere maledettamente arrogante.

«Imporre il ricovero a persone che raccontano la verità è una tecnica da repressore.»

«Può darsi. Ma in questo caso chi ha fatto certe affermazioni era inconfutabilmente una persona gravemente malata, a detta dei migliori psichiatri della città.»

«Stiamo parlando di tua madre e tu ti nascondi dietro qualche fottuto psichiatra!»

«No.» La voce di Olav era autorevole e dura. «L'ho visto anch'io che era malata. Per tutta la vita l'ho visto. Tu non c'eri ancora, Sasha. Non puoi sapere quanto sia terribile quando la persona che per natura dovrebbe prendersi cura di te, essere il tuo porto sicuro, non è in grado di assolvere ai suoi compiti. Quanto sia terribile sapere che da un momento all'altro potresti ricevere la peggiore delle notizie: che tua madre, l'unico genitore che ti resta, si è tolta la vita. Ho convissuto con questa paura fin da bambino. E in un certo senso mi sono sentito sollevato quando mi hai telefonato quel venerdì in cui hai trovato la nonna, Sasha. Perché sapevo, per quanto terribile potesse essere la notizia, che ciò che temevo era accaduto e non avrei dovuto temerlo mai più.»

Per qualche secondo ci fu silenzio.

«Torna a casa, Sasha.»

«No» disse lei. «Sono stufa delle tue menzogne. Io resto qui.»

«Allora... a presto. Prendo il primo volo in partenza domani.»

***

Nel sogno, ordigni esplosivi improvvisati scoppiavano sott'acqua, spegnendo la luce al neon del mare, il napalm brucia sott'acqua, aveva letto una volta, lui era imprigionato in un carro armato e alla fine, quando credeva che il bombardamento fosse cessato, aveva osato avventurarsi fuori e si era ritrovato sul fiordo, ragazzino, con boccaglio e maschera, prendeva i granchi mettendo le dita fra il guscio e le lunghe chele in modo da non farsi pizzicare, e accanto a lui, sul fondo del mare, nuotava sua figlia.

Quando Berg si svegliò, vide Sasha su una sedia accanto al letto.

«Che ore sono?» chiese.

C'era ancora luce. Frastornato si tirò su e si sedette sul bordo del letto.

«Com'era là sotto?»

«Magico» rispose, un po' stordito. «Esseri fluorescenti

e plancton incandescente che piovevano su di me. Vera ha detto la verità.»

«In che senso?» gli chiese Sasha.

«Il fianco della DS Prinsesse Ragnhild è esploso dall'interno. Ho delle immagini che lo provano.» Sorrise un po' annebbiato. «O per lo meno le avevo.»

«Capisco.»

«Sono entrato nella nave» disse. «Cabina 31. Quello che ne restava...»

«Che cos'hai trovato?»

Lui allungò la mano verso il comodino.

«Questo.»

Lei guardò la superficie irregolare, la toccò con la punta delle dita.

«Il portasigarette di Vera, nel posto in cui ha scritto di averlo lasciato l'ultima notte.»

Dell'incisione con la vecchia bandiera della compagnia di navigazione Det Nordenfjeldske Dampskibsselskab non rimaneva che una vaga parvenza sull'astuccio in alpacca.

«E guarda... dentro c'era questo.»

L'oggetto ovale somigliava a una moneta. Berg lo posò sul comodino. Sasha si chinò. La superficie, un tempo di ottone dorato, era scialba, ma l'iscrizione ancora decifrabile.

Era una piastrina identificativa.

«Oh, mio Dio» disse lei, guardando Johnny. «Dev'essere la sua. Dev'essere quella di Wilhelm. Ti ricordi che ti ho raccontato del nostro progetto di collaborazione con l'Archivio federale di Friburgo? È proprio per reperire informazioni del genere che è nato. Scopriremo la sua identità, adesso. Ma...» proseguì, «... la cosa più importante è un'altra. So dove si trova l'ultimo capitolo.»

Lui si alzò in piedi, ondeggiò prima di ritrovare l'equilibrio.

«Da dove arrivi?» le chiese tornando a sedersi.

«Non importa. Mi dispiace di essermi arrabbiata così con te, Johnny.» Appoggiò la mano sulla sua.

Subito dopo si ritrovarono l'uno nelle braccia dell'altra, e così rimasero fino al mattino dopo.

Quando ripartirono per il Sud.

PARTE QUINTA

# Anime inabissate

# Il cimitero del mare

# Epilogo

Ecco cosa accadde quando l'espresso costiero s'inabissò. Se non avete mai visto una prua riempirsi di acqua al punto da inabissarsi come una lama che affonda nelle profondità oscure, se non avete mai visto passeggeri aggrapparsi ad aste e sartiame mentre la poppa si solleva fino a sembrare una torre, se non avete mai visto l'elica di una nave ruotare stagliandosi contro il cielo, se non avete mai sentito persone annaspare in acque burrascose, se non avete mai sperimentato la forza di gravità trascinarvi sul ponte in teak viscido come squame di pesce, allora potete continuare a vivere sereni. Siate felici di non esservi mai trovati a dover scegliere se seguire la nave nei vertiginosi abissi neri come la notte fino a toccare il fondo oppure saltare nelle onde gelide stringendo forte un neonato, vostro figlio, fra le braccia.

I neonati trattengono il fiato sott'acqua.

È un riflesso istintivo.

Ecco cosa accade quando la nave affonda. Prima, un'esplosione così violenta che la forza della detonazione mi toglie l'aria dai polmoni e mi comprime il petto, le costole mi schiacciano il cuore. Un'esplosione a dritta di prua. Così potente che i pannelli di legno dei saloni si crepano e le travi di ferro tornano spoglie, così violenta che i passeggeri vengono scaraventati tutt'intorno, privi di sensi. L'onda d'urto è così forte da sollevare la nave di ottanta metri dalla superficie del mare, mentre la forza di gravità schiaccia il mio corpo verso il basso, prima che l'imbarcazione atterri di nuovo sulle onde tumultuose e io sia sbalzata verso l'alto.

Sto scendendo le scale mentre tutto questo accade. Nel boato i gradini spariscono da sotto i miei piedi, vengo scagliata sulla moquette di feltro che copre il pianerottolo e sbatto la testa contro il corrimano in ottone. Un odore acre, pungente, di cordite e fumo penetra nelle mie narici. Mi tiro su, in ginocchio. Ho la testa pesante come piombo, come se il cranio fosse intatto ma il contenuto si fosse dilatato, il mento ricade verso il basso. Rantolando sollevo le mani alle tempie, guardo i palmi rossi di sangue, poi alzo lo sguardo e vedo il mio viso, frantumato e distorto nel mosaico dello specchio rotto.

Nel momento in cui mi alzo in piedi per correre via, la nave s'inclina pesantemente a dritta. Scivolo, mi rannicchio impotente quando colpisco la paratia del pianerottolo sottostante. Sento rumore di stivali sui gradini. Lo scafo rumoreggia, come un gigante ferito. Vedo stivali neri, battono forte a terra, sui miei capelli, stivali con le stringhe allacciate all'interno, passi duri sul pavimento rosso di feltro, passi di guerra. Per i soldati è come se non ci fossi. Sento le loro suole sulle mie dita, ma nessun dolore. Qualcuno grida in tedesco. La paura è contagiosa. Dai corridoi delle camere affluiscono in massa passeggeri che, spintonando, si aprono un varco nella strozzatura che si crea sul pianerottolo.

Su, su, al ponte di passeggiata, alle scialuppe di salvataggio!

Mio figlio ancora non so dove sia.

«Olav, dove sei?» Mi sollevo in ginocchio. «Dov'è mio figlio?» grido.

Nessuno mi ascolta in quella calca, nessuno risponde.

Ondeggia tutto quando mi alzo e mi metto a correre. Corro giù per un corridoio, spingo di lato tre giovanissimi soldati della Wehrmacht, due mercanti in abito elegante e una vecchia signora che grida aiuto.

La nave imbarca acqua rapidamente. Come durante la grande inondazione di Storofsen, le masse d'acqua trascinano con sé fiumi straripanti di assi di legno, lampade da tavolo e merci imballate che invadono i corridoi.

Devo piantare i piedi ben bene a terra, a ogni singolo passo, per evitare di cadere. Le paratie fra la sala macchine e il corridoio in molti punti sono collassate. L'aria è pesante e di un calore infernale, quello di un incendio.

Dev'essere nella cabina. Olav, il mio bambino, era così piccolo quando è nato, pesava solo 2,7 chili. La settimana scorsa mi ha sorriso per la prima volta. Olav, dove sei?

I pistoni rallentano il ritmo, poi si arrestano.

La DS Prinsesse Ragnhild sta per affondare e io non so dov'è mio figlio.

***

Il giorno dopo il naufragio presi il traghetto e attraversai il Vestfjorden per tornare dov'ero nata e cresciuta. E dove altro sarei potuta andare? Non mi era rimasto più nessuno. Era andato tutto perduto, tutto giaceva nel cimitero del mare. Il cielo era crollato, il mare si era sollevato al di sopra della terra distruggendo ogni forma di vita, o quasi, io mi ero ritrovata a fluttuare in un piccolo spiraglio fra gli elementi, una sorta di sacca d'aria nel corridoio di una nave che affonda.

I monti di Moskenes si ergevano davanti a me, attraccammo nella piccola baia dove c'era la chiesa. Non era cambiato niente: gli urli dei gabbiani, le *rorbuer*, l'odore di interiora di pesci e di sale marino. Era cambiato tutto.

Seguii la strada che costeggiava l'insenatura, oltre le rimesse delle barche, i magazzini e qualche stupefatto abitante del posto che abbassava gli occhi al passaggio della donna dallo sguardo folle, fino a Sørvågen. Pochi minuti dopo bussai alla porta di una villa in stile chalet svizzero con una targhetta in ottone su cui era inciso un nome che conoscevo bene: SCHULTZ.

«Vera» disse con un filo di voce per la sorpresa la maestra Schultz aprendo la porta. «Per l'amor del cielo, ma cosa ti è successo?»

Non riuscii a rispondere, ma lei era una donna abbastanza saggia da capire la gravità della situazione quando incespicai nella soglia e mi accasciai sulla pelle di renna davanti al caminetto. Mi permise di restare, mi accolse, si prese cura di me, mi avvolse in una coperta. Una bimbetta spaventata si nascondeva dietro le sue sottane. La piccola Else aveva solo tre anni. Dormii fino al giorno dopo.

E quando mi svegliai, quel breve attimo che precedette la consapevolezza fu il mio unico momento di felicità. Quando i miei occhi si posarono sul mare agitato e sul cielo cupo il mondo era già ingrigito.

Anche il dottor Schultz era tornato, mi diede dei sedativi che mi facevano sentire fiacca e trasognata, finalmente il dolore allentava la presa e io fluttuavo in un mondo dove niente era ancora accaduto, dove l'espresso costiero non si era inabissato, io non dovevo fuggire, la guerra non era arrivata, la mamma non era morta e papà non se n'era andato.

In quelle prime settimane, ogni sera la piccola Else entrava nella stanza degli ospiti, si sedeva a terra e giocava con le sue bambole. Dopo qualche tempo prese ad accarezzarmi la testa.

L'inverno arrivò tardi alle Lofoten, nel 1940. In autunno iniziai a spingermi a Sørvågen e sui monti intorno per procurare del cibo. Gjertrud coltivava cipolle e patate che accompagnavamo a carne di lepre e pesce del Vestfjorden, mangiando meglio che in molti altri posti della Norvegia. A me l'appetito non mancava di certo. Nelle prime settimane dopo il naufragio non avevo quasi toccato cibo solido, ora invece divoravo *lefser* a colazione e pesce a cena.

Un giorno Gjertrud mi disse: «Hai un appetito da cavallo, Vera.»

«Devo rifarmi di tutto quello che ho perduto.»

«Sei sicura di non aspettare un bambino?»

«Un bambino?» le risposi. «Ma no. Che assurdità.»

Solo che l'appetito non si placava e ben presto comparvero anche nausee mattutine, sensazione di gonfiore al seno e una stanchezza che pareva non finire mai. Nel corso dell'inverno del 1941 il ventre cominciò ad assumere una forma tondeggiante. Non potevano più esserci dubbi.

Era una sera di luglio, il fiordo scintillava e il sole splendeva sulla costa battuta dalle onde oceaniche, quando mi ritrovai sdraiata a letto in una piccola stanza in preda alle doglie, circondata dal dottor Schultz, che per l'occasione faceva le veci dell'ostetrica, da Gjertrud e dalla piccola Else che mi stringevano le mani. Diedi alla luce un bel bambino sano e lo chiamai Olav.

Non avevo scelta.

Alcuni giorni dopo uscii diretta alla chiesa per far battezzare il neonato e registrare la sua nascita, ma arrivata sulla soglia mi fermai.

Tornai dalla famiglia Schultz e pochi giorni dopo mi venne recapitato il certificato di nascita originale di Olav, nato a Bergen nel luglio del 1940.

Il mio compito era occuparmi di Olav e di Else. Ce ne stavamo per conto nostro, in una casa isolata che il dottor Schultz aveva a disposizione proprio accanto all'ampia spiaggia di Bunes. Eravamo sani e forti e scattanti, senza alcuna traccia dell'anemia che affliggeva quelli del Sud. Olav cresceva in fretta. A sei mesi gattonava e prima di compiere un anno fece i suoi primi passi fra il muro della casa e una piccola *stabbur*, il magazzino rialzato di legno dove conservavamo le provviste.

Ero stata su una nave che era andata a fondo, e con lei tutto il mio mondo, ma non raccontai mai nulla di quello che era successo. A quei tempi accadimenti del genere non si rielaboravano, non erano cosa di cui parlare, si dovevano tacere. Il che aveva anche i suoi vantaggi. Si continuava a vivere. E così l'inverno lasciò il posto alla primavera e poi all'estate, che quell'anno durò un venerdì, come si diceva scherzosamente al Nord, per poi lasciare il posto all'autunno con forti raffiche di vento, neve e periodi sempre più lunghi di oscurità. Così passarono gli anni della guerra.

Un giorno d'inverno inoltrato, era il 1944, Else entrò nella mia stanza. Avrebbe iniziato la scuola l'anno dopo, ma sapeva già leggere. Olav dormiva tranquillo. Si presentò in camicia da notte e con un'espressione seria su quel visetto intelligente. In mano stringeva un foglio. Per un attimo mi sentii raggelare, mi mancò l'aria. Il certificato di nascita.

Il certificato di nascita.

«Perché l'hai preso?» gridai soffocando la rabbia e strappandole il foglio di mano. «È un documento da adulti!»

«C'è scritto che Olav è nato a Bergen nel 1940» disse. «Ma questa non è Bergen, qui siamo a Sørvågen. E io c'ero la notte in cui è nato, mi ricordo quanto gridavi.»

«Else...»

«Mamma!» gridò. «Zia Vera dice che Olav è nato...»

La tirai energicamente a me, il cuore mi batteva come dieci cavalli al galoppo. Alla fine si tranquillizzò. Le accarezzai i lunghi capelli, sussurrandole che andava tutto bene.

«In guerra» le dissi, «ci sono cose che devono restare segrete. Anche tu hai dei segreti che condividi solo con le tue amiche, non è vero? E sai bene che la cosa più importante in assoluto è mantenerli.»

Else annuì con sguardo serio e pensieroso.

«Sai che cosa fanno i tedeschi se scoprono dei segreti? Danno fuoco alla casa. Ti portano via la mamma. Per questo nessuno deve scoprirli. Capisci? Né adesso, né in futuro.»

Il giorno dopo me ne andai. Mi bruciava la terra sotto i piedi. Se fossi rimasta, qualcun altro avrebbe potuto scoprirlo, trovando la prova del certificato oppure esigendo da me la verità. Se invece fossi partita ed Else avesse raccontato il suo segreto, molto probabilmente la madre non gli avrebbe dato grande importanza, considerandolo frutto della sua fantasia, del resto accade spesso con i racconti dei bambini. I ricordi a poco a poco sarebbero sbiaditi, come scritte sulla sabbia, finché la stessa Else avrebbe finito per metterne in dubbio il contenuto. Io la vedevo così.

Ero alla battagliola, con Olav accanto a me. Era diventato così alto che quando allungava il collo la testa superava quasi il corrimano. Un pescatore aveva accettato di portarci dall'altra parte del Vestfjorden.

Le cime aguzze dei monti di Moskenes si rimpicciolivano all'orizzonte. Non ci sarei più tornata.

Il pretesto di andare alle miniere di Sulitjelma in cerca di lavoro per mantenere me e il piccolo mi aiutò a passare senza problemi i posti di blocco tedeschi lungo il tragitto in treno. Un giorno lasciammo l'insediamento di Jakobsbakken a Sulitjelma, con due sciatori a farci da guida verso il confine nel primo tratto del viaggio.

Quel mattino il tempo era bello e freddo, cinque-dieci gradi sotto lo zero, una condizione ideale per il manto nevoso. I due patrioti trainarono il *pulk* in cui avevo messo Olav sui declivi scoscesi fino a che non raggiungemmo l'altopiano, dove ci salutarono. Proseguii verso ovest, attraverso l'esteso massiccio montuoso e i laghi ghiacciati, su per gli erti pendii e giù per le ripide discese, sempre con Olav al traino, ben protetto nello slittino a forma di canoa. La posta in gioco era la vita, non solo la mia, ma anche la sua. A un tratto il tempo cambiò repentinamente e a causa del brusco aumento di temperatura mi trovai a sprofondare nella neve. Imprecavo, mentre Olav dormiva tranquillo nel *pulk*, beatamente inconsapevole che se lo sfinimento mi avesse costretto a sedermi per una pausa non mi sarei più rialzata. Continuavo faticosamente ad andare avanti, ma non ero una brava sciatrice e le condizioni della neve intorno allo zero rendevano tutto più difficile. Non solo perché sprofondando facevo molta più fatica, ma anche perché mi bagnavo, e restare bagnati era peggio che dover sopportare un freddo ancora più intenso. Il vento soffiava, io mi sforzavo di proseguire, di non fermarmi, e finalmente ecco che il paesaggio cominciò a cambiare, la discesa dominava, la neve era screpolata da insidiosi ruscelli gorgoglianti e dall'erba che, dopo essere rimasta appiattita là sotto per tutto l'inverno, faceva capolino in tutto quel biancore. Le provviste erano finite da tempo e così mi ridussi a mangiare la crema di cereali che avevo portato per Olav. Senza di quella non ce l'avrei fatta.

Un paio di giorni più tardi mi presentai barcollando al centro di accoglienza al confine con la Svezia settentrionale. Il medico svedese ci accolse incuriosito, poi guardò il certificato di nascita di Olav e osservò che mio figlio era troppo piccolo per l'età che aveva. Gli risposi che il cibo in Norvegia scarseggiava. Obiettò che aveva un linguaggio piuttosto povero per essere un bambino di quattro anni. Gli risposi che ogni bambino ha i suoi tempi.

Così appose il timbro sui nostri documenti.

Adesso era ufficiale: Olav era rinato.

Ma qual è la verità?

È il 23 ottobre del 1940, un'esplosione ha squassato la nave e io non trovo mio figlio. Tempesto di pugni la cabina 11, colpisco il legno della porta con le mani e con la fronte, ho le nocche insanguinate, sento Olav piangere all'interno. Ma la porta non si apre. Un colosso d'uomo si ferma ad aiutarmi, ma dopo qualche tentativo scappa a gambe levate. La porta non si muove di un millimetro. Disperata, mi giro e corro su al ponte di passeggiata. Stanno per calare in mare le scialuppe. Sul ponte vedo Wilhelm. L'inclinazione della nave è surreale, mi aggrappo a una sartia mentre lo specchio di poppa si solleva contro il cielo basso. Insieme ci precipitiamo di nuovo dentro, il pianerottolo è un fiume in piena, il corridoio è quasi sommerso dall'acqua, abbiamo solo la testa in superficie, ma Wilhelm fa un ultimo tentativo, cerca di buttar giù la porta con una spallata, tentativo vano, una corrente forte lo trascina via, lungo il corridoio, verso il fondo del mare.

Io faccio il possibile per trattenerlo, ma l'ondata successiva mi scaraventa nella direzione opposta, lontano da lui, lontano da te, Olav, attraverso corridoi e pianerottoli, tutto si fa nero e blu, poi intravedo una debole luce, rompo la superficie dell'acqua, boccheggio, qualcuno mi issa sul cargo MK Batnfjord.

E per settantacinque anni ho cercato di tenerti in vita.

## Capitolo 44
## Firme dei testimoni

Cautamente Sasha posò l'epilogo sul vecchio tavolo da cucina di Vera, accanto all'edizione aperta del *Conte di Montecristo*. La luce che entrava dalle finestre cadeva sul pavimento di legno che ondeggiava impercettibilmente quando ci si camminava sopra, e si allungava sui dorsi dei libri sugli scaffali.

Uscì. Era una giornata tiepida, il fiordo era calmo, il rumore di un fuoribordo ruppe il silenzio. Sasha seguì il sentiero che dai gradini della soglia in pochi passi portava allo Strapiombo. Si fermò, il busto leggermente sporto oltre la roccia. Là sotto ecco la scogliera affiorante, l'insenatura verde e poco profonda, con alcune meduse criniera di leone, rosse e gelatinose, che fluttuavano sulla superficie dell'acqua. Di solito l'altezza l'avvertiva nelle viscere, ma in quel momento non sentiva proprio nulla.

Che cosa significava questo epilogo, in effetti? Che Olav in realtà era morto nel naufragio e nato a Moskenes nell'estate del 1941. Era terribilmente scioccante, rimetteva totalmente in discussione la storia di sé che il padre da sempre amava raccontare, lui e i suoi bagni nelle acque gelide, l'uomo duro, che nella vita aveva lottato fin dalla nascita o quasi. Ne sarebbe uscito distrutto, lei lo conosceva bene. Non era stata lei stessa a dire che la menzogna in sé era peggio del suo contenuto? Sì. Lo aveva detto. Ma al di là di questo, che cosa significava davvero? Papà era un *tyskerunge*, il figlio avuto da un occupante tedesco, per quanto si trattasse di un tedesco di insolita levatura. E allora?, pensò Sasha provando un improvviso sollievo. Ce ne sono di persone che in età adulta hanno scoperto che il loro premuroso padre non era quello vero. Certo, nel suo caso era peggio, ma comunque ci si poteva convivere.

Non l'avrebbe raccontato a nessuno, né ai fratelli, né al padre. Di lì a poco lui l'avrebbe chiamata. E in fondo che differenza faceva se era nato settantaquattro o settantacinque anni prima? Gli ultimi anni della sua vita sarebbero stati rovinati da qualcosa che era fondamentalmente irrilevante e che avrebbe avuto importanza solo per lui. No, non avrebbe detto niente a nessuno, e Sasha era una che sapeva tacere. «La verità» diceva la gente, e in fondo lei stessa non aveva fatto altro che predicarla, la verità era secondaria, adesso se ne rendeva conto.

Vera le faceva una gran pena. Comprendeva il suo dolore – perché quello che descriveva era la più grande paura di ogni genitore – e quanto doveva essere stato difficile da sopportare, non solo per il trauma dovuto a ciò che era successo, ma anche per la menzogna, cresciuta sempre più fino a diventare ingestibile. Cose del genere distruggono una persona, la mandano all'ospedale, la spingono al suicidio.

Berg, che fino a quel momento si era tenuto discretamente in disparte, le si avvicinò. «Come stai?» le chiese.

«Meglio del previsto, credo.»

«Dimmi tu se te la senti di controllare il numero sulla piastrina.»

La piastrina identificativa.

Assorbita dalla storia che avevano appena finito di leggere, se n'era completamente dimenticata. Chi era Wilhelm? Un sussulto l'attraversò. Chi era?

«Johnny. Ci siamo imbarcati insieme in questa storia e insieme andremo fino in fondo.»

A passo svelto attraversarono il bosco, il piazzale per l'inversione, risalirono la collinetta erbosa sulla cui cima sorgeva l'edificio principale. Lei sbloccò l'accesso al piano terra. Entrarono, la biblioteca era aperta, fece un cenno all'addetto alla reception, aprì la porta chiusa a chiave dello studio ed entrò, accese il computer ed effettuò il login al database dov'erano archiviati i file dei soldati tedeschi di stanza in Norvegia durante la guerra. Berg era in piedi alle sue spalle. Sasha inserì i numeri della piastrina identificativa della Kriegsmarine.

*Un risultato.*

La descrizione era breve:

Hans Otto Brandt. Data di nascita: 12/05/1916; arruolato nella Kriegsmarine, Hafenkommando, Abteilung Bergen, presumibilmente deceduto durante il naufragio della DS Prinsesse Ragnhild il 23/10/1940, il corpo non è mai stato trovato.

«È Wilhelm» disse a Berg. «È il suo vero nome.»

Ma ancora mancava una cosa. In quanto amministratrice della pagina, Sasha poteva controllare chiunque su internet vi avesse avuto accesso. Era stato così che aveva scoperto l'attività di Tollefsen, quella volta. Guardò la cronologia accanto al nome di Brandt.

C'era un solo nome. Siri Jacqueline Greve aveva visitato quella pagina il giorno dopo la morte di Vera.

A quel punto cominciò a capire. Senza nemmeno chiudersi la porta alle spalle uscì, salì le scale nella torre col rosone, attraversò soggiorno e ingresso, arrivò allo studio dell'avvocato nell'altra ala dell'edificio.

Sasha si fermò, riprese fiato e bussò.

«Hai due minuti?» le chiese con voce sorprendentemente pacata.

«Entra pure» rispose Siri.

L'avvocato guardò l'orologio. Berg rimase sulla soglia, appoggiato allo stipite.

«Sono stata nel Nord-Norge» disse Sasha. «E ho letto il manoscritto di Vera.»

Siri annuì. O era una brava attrice, oppure era solo un'ingenua.

«Lì ho trovato risposta a molte delle domande che mi ponevo» proseguì Sasha. «Come mai la nonna stesse così male, e anche per quale ragione sarebbe stato così pericoloso per papà se il manoscritto fosse diventato di pubblico dominio.»

Sasha tirò fuori un pacchetto di sigarette e se ne accese una. Siri la guardò esterrefatta. «Ma ancora non avevo capito dove fosse il testamento, o se ci fosse un testamento. Fino a quando Johnny» e indicò alle sue spalle, «non ha recuperato dal relitto la piastrina identificativa.»

Sul volto di Siri apparve un'espressione smarrita.

«A quel punto è stato facile» disse Sasha, «è bastato inserire il numero nel motore di ricerca e in un attimo è apparsa l'identità della vecchia fiamma di Vera nel *Cimitero del mare*. Ma tu la conosci già. C'erano quattrocentomila tedeschi in Norvegia nel periodo dell'occupazione. E fra tutti hai scelto un Brandt della Kriegsmarine, Abteilung Bergen.»

Siri Greve sorrise a labbra serrate. «E allora?»

«Era la risposta alla domanda che mi sono posta fin dal giorno in cui Vera si è tolta la vita e il suo testamento è sparito. Chi ha firmato come testimone sul testamento? Ce ne vogliono due, no? Una firma doveva essere quella di Grieg, che aveva ricevuto il manoscritto in modo da poterlo pubblicare. Ma l'altra? Ho continuato a pensarci, mentre mi davo da fare per ritrovare il manoscritto e il testamento era passato in secondo piano. Ovviamente non poteva che essere la firma dell'avvocato della famiglia che da tre generazioni gestisce i documenti legali dei Falck, che si muove in punta di piedi, scommette su molti cavalli diversi e conosce tutti i segreti di Rederhaugen. Ci hai mentito, per tutto questo tempo, Siri. Lo hai sempre avuto tu il testamento, da quando è stato firmato il giorno in cui Vera si è gettata dallo Strapiombo.»

«Sì, ce l'ho io» rispose l'altra, composta.

Sasha indicò la porta dell'archivio dov'erano entrate l'ultima volta che era stata lì, quando l'avvocato le aveva mostrato i documenti relativi all'interdizione di Vera.

«Forse sarebbe il caso di lasciarmi raccontare perché l'ho tenuto nascosto.»

«Ascolta, Siri. Oggi ho saputo che la persona che mio padre crede di essere in realtà è morta nel naufragio del 1940 e che la nonna lo ha tenuto nascosto per settantacinque anni. Credo che ce la farò ad affrontare anche questa verità.»

«Non ne sarei così sicura.»

Lo disse con una tranquillità tale che, per la prima volta dall'inizio di quella conversazione, Sasha ebbe un attimo di esitazione. Ma ormai era arrivata al punto di non ritorno. Indicò di nuovo verso la porta dell'archivio.

«Condivido tutti i segreti d'affari con Olav» disse Siri. «Ma questo... non ho trovato nessun modo per dirglielo. Inoltre, Vera ha messo in chiaro che bisognava aspettare che tu avessi letto il manoscritto. Era il suo modo per spiegartelo. Quindi ti metto in guardia, per l'ultima volta.»

Aprì la porta dell'archivio e tornò con un documento, che posò davanti a sé e lesse ad alta voce.

## TESTAMENTO

TESTATRICE
Vera Margrethe Lind 20032034284
«Lo Strapiombo», Rederhaugen, 20/03/2015
[firma autografa]

La famiglia Falck ha sempre seguito il principio della discendenza in linea retta in merito alla successione ereditaria per quanto riguarda le proprietà della famiglia e il controllo di società/fondazioni della famiglia.

La verità è che Olav Falck è figlio del soldato tedesco Hans Otto Brandt, che si presume deceduto durante il naufragio dell'espresso costiero DS Prinsesse Ragnhild il 23/10/1940. Di conseguenza, né Olav, né i suoi discendenti hanno alcun diritto legale sull'eredità.

Essendo il più anziano discendente in linea retta di Thor Falck, Hans Falck sarà quindi il legittimo erede dopo la mia morte. Rederhaugen e le altre proprietà della famiglia andranno a lui.

Per quanto riguarda il Gruppo Saga, faccio riferimento al testamento di Thor Falck, in cui si stabilisce che tutti i beni derivati dal suo patrimonio – dunque sia le attività che i beni mobili e immobili – devono essere gestiti da un suo discendente in linea retta, ovvero Hans Falck.

La proprietà intellettuale dei miei libri ed eventuali futuri introiti da quelli derivati andranno tutti a mia nipote Alexandra Falck.

Firme dei testimoni: due testimoni di età superiore ai diciott'anni che dichiarano di non essere fra i beneficiari del presente testamento.

Johan Grieg
[firma autografa]

Siri Jacqueline Greve
[firma autografa]

## Capitolo 45
## È un'emergenza

Una volta, quando aveva otto anni, Sasha restò con i capelli impigliati nella bocchetta di un idromassaggio. Si era immersa con la testa sott'acqua e all'improvviso aveva sentito un'inspiegabile forza tirarle i capelli e trascinarla giù, verso il fondo della vasca alta un metro. Per quanto si sforzasse non riusciva a spostarsi, era lì, bloccata, l'aria stava per finire, naso e bocca cominciarono a riempirsi d'acqua, poi qualcuno la strappò da là sotto e la riportò in superficie.

Era Olav.

Quando lesse il testamento nello studio di Siri Greve, quella sensazione tornò viva in lei. Non solo il panico del sentirsi bloccata, ma anche il ricordo di lei e del padre seduti sul bordo, abbracciati. Scossi dai singhiozzi. Sasha ricordava bene di aver affondato il viso nella sua camicia zuppa e trasparente.

«Va tutto bene, tesoro» le aveva bisbigliato. «Va tutto bene.»

In quel momento il padre le mancava. Nella stanza era sceso il silenzio, si sentiva solo il ronzio di un tagliasiepi in sottofondo. Ma questa volta non ci sarebbe stato Olav a consolarla.

Per quanto tempo fosse rimasta lì seduta non avrebbe saputo dirlo, ma le parve un'eternità. Si alzò, andò alla finestra. Rederhaugen si estendeva sotto i suoi occhi, magnifica come sempre in primavera, quando i prati si ammantavano di un verde acceso e il fiordo scintillava argenteo abbracciando rocce e scogli fino al pontile vicino alla rimessa. Tutto quello era loro da sempre e Vera gliel'aveva tolto con un tratto di penna. *La verità è...* Era vero, o era vendetta, o entrambe le cose? Probabilmente entrambe le cose. Era la voce di una persona che avevano reso muta. Le ragioni venivano comunque in secondo piano. La nonna li aveva diseredati, era questo il punto.

No, non poteva andare così. Da giovane, Sasha aveva avuto paura di morire, di cancro o per un incidente, ma dopo essere diventata madre la paura della morte l'aveva abbandonata, perché l'aveva proiettata sulle figlie. La paura di perdere ciò che possedevano, invece, non l'aveva mai abbandonata.

Dicevano che somigliava a sua nonna, ma lei era figlia di Olav.

In quel momento seppe che cosa doveva fare. In effetti quello era l'apogeo di tutto ciò che il padre e Vera le avevano insegnato. La realtà non era qualcosa da documentare, la storia uno se la scriveva da solo.

«Siri, Johnny» disse in tono deciso. «Venite qui.»

I due si avvicinarono di qualche passo, esitanti. Sul tavolo davanti a loro c'era il testamento.

Sasha, tenendolo sollevato per un attimo, chiese: «Cosa ne pensate?»

«Vera ha scritto sul perdere un figlio» disse Johnny. «Un figlio vale più di un milione di proprietà o di imprese miliardarie. Non dimenticarlo.»

Lei non commentò, guardò l'avvocato: «Siri?»

«Potrà avere lunghi strascichi legali.»

«No» disse Sasha guardando l'uno e l'altra. «Questo testamento non verrà reso pubblico. Voglio che mi garantiate che non ne farete parola con nessuno. Quello che sta per accadere non è mai accaduto. Il vostro silenzio sarà ricompensato, ovviamente. Se mai ne parlerete con qualcuno, a prescindere dal contesto in cui lo farete, mi vedrò costretta a mettere in gioco tutte le mie risorse, nessuna esclusa, per fermarvi. È chiaro?»

Siri annuì.

«No» disse Johnny. «Non sono disposto ad accettare una cosa del genere.»

«A te del testamento non importa» ribatté Sasha. «Interessa a Hans. Tu vuoi vendicarti di papà per quello che è successo in Kurdistan. Avrai la tua vendetta. Ma a una condizione: devi dimenticarti del testamento.»

Lui la guardò con i suoi occhi verdi, poi scosse la testa. «Va contro tutto ciò in cui credo. Non posso. Volevamo trovare la verità.»

Senza nemmeno lasciar loro il tempo di reagire, Sasha prese l'accendino e diede fuoco al testamento. Il fuoco avvolse a spirale il foglio, prima come macchie grigio fuliggine, poi come una fiammata. La cenere cadde sul pavimento dello studio di Siri Greve.

«Sei come tuo padre» disse Johnny con freddezza. «Credi di poter bruciare documenti che raccontano la verità su chi siete veramente. Per un po' funziona, ma alla fine andrà tutto a rotoli. Non dimenticarlo.»

Senza ribattere, Sasha se ne andò e si fermò solo una volta arrivata sul prato. Era entrata in modalità sopravvivenza e digitò il 112.

«Sono Sasha Falck, chiamo da Rederhaugen. È un'emergenza.»

«Mi dica...»

«Si tratta di una persona. Johnny Berg. John Omar Berg. Ex soldato delle forze speciali, di recente sospettato di aver combattuto in Siria e Iraq come foreign fighter. È qui.»

«Lei si trova al sicuro?»

«È qui, nella nostra proprietà. È pericoloso. Venite, fate presto.»

«Mandiamo subito una pattuglia» disse la voce. «Resti dov'è.»

Poco dopo, sentì le sirene.

## Capitolo 46
## Spazio aereo afghano

Sverre si svegliò quando il velivolo entrò nello spazio aereo afghano. Riconobbe il paesaggio di campi marroni riarsi dal sole, il deserto e i monti imbiancati di neve in lontananza. Sui sedili intorno a lui i soldati delle forze speciali della marina, con le loro lunghe barbe, dormivano un sonno profondo; sollevarono a malapena un sopracciglio quando scesero di quota nella valle del Panjshir e il carrello colpì forte la pista di atterraggio di Kabul.

Indossò elmetto e giubbotto antiproiettile, e portò il borsone, pesante come piombo, al terminal militare. Quelli delle Mjk lo trattavano bene. Con un certo scetticismo e qualche riserva, forse, ma in fondo cosa poteva aspettarsi? Avrebbe fatto quello per cui lo avevano chiamato, il resto sarebbe venuto da sé.

Già lì all'aeroporto percepì l'aria pesante di Kabul, satura di cherosene e carne alla brace.

In colonna raggiunsero l'accampamento. A una prima occhiata non sembrava essere cambiato nulla dall'ultima volta. Il paesaggio urbano sfilava accanto a lui: fili spinati, check-point, case basse, alti edifici in stile Europa dell'Est, gruppetti di uomini in *salwar kamiz*, donne velate con figli al seguito.

La strada che portava all'accampamento passava attraverso diversi perimetri di sicurezza, procedevano zigzagando fra ricci cechi, blocchi in calcestruzzo, veicoli corazzati e barriere di sacchi di sabbia. Sverre portò i suoi effetti personali in una piccola tenda con l'aria condizionata. In mensa mangiò da solo, ma neanche quello intaccò il suo buonumore.

Andò nella sala operativa per la riunione.

«Bentornati» disse un capitano di corvetta che, evidentemente, aveva il comando operativo. «Si comincia subito, da questa sera.»

Spiegò nel dettaglio l'operazione imminente di quella notte. Avrebbero arrestato un fabbricante di bombe in collaborazione con le forze speciali del corpo di polizia afghana. Si trattava di un'azione pericolosa, le condizioni di sicurezza in città erano critiche, come sempre. I soldati delle Mjk annuirono assonnati, per loro era semplice routine, Sverre invece era teso e impaziente. Sarebbe stata l'occasione per dimostrare chi era e che cosa sapeva fare.

Il capitano di corvetta batté le mani. «Prepararsi, soldati! Mettiamocela tutta.»

Le sedie raschiarono il pavimento mentre la truppa si alzava all'unisono.

Sverre stava uscendo insieme agli altri, quando una voce alle sue spalle lo chiamò.

«Falck» disse il capitano.

Sverre si fermò.

«Tu non vieni, resti qui.»

«Perché?»

L'uomo, un tizio basso e robusto suo coetaneo, con il viso rotondo coperto dalla barba lunga, sospirò infastidito. «Sono io a dirigere le operazioni qui. Se tuo padre ti manda quaggiù per fortificarti il carattere sono affari suoi, io non voglio pagarne le conseguenze.»

Quelle parole ebbero l'effetto di un colpo ai reni.

«Ma...»

«Nessun *ma*. La responsabilità di suddividere i compiti

nel migliore dei modi è mia. Tu eseguirai manutenzione e controllo delle armi della compagnia. Tutto chiaro?»

Sverre restò lì, ammutolito.

«Molto bene. A rapporto fra tre ore.»

Sverre si voltò e si allontanò tra i container della caserma.

«Falck» gli gridò il capitano di nuovo. «Un avvocato si è messo in contatto con noi per parlare con te. Un tale Rana non so cosa, forse Jan Rana. Vorrebbe fare una chiamata su FaceTime. Gli dico che sei irraggiungibile?»

«No» rispose Sverre dopo averci riflettuto. «Gli dica che va bene.»

***

Nelle settimane seguenti, Sasha si dimostrò una madre e una moglie presente e premurosa. La casa era impeccabile, ogni giorno preparava lei la cena, accompagnava le figlie alle attività sportive e ricreative, e un fine settimana di splendido sole finalmente lei e Mads fecero l'escursione da Finse al ghiacciaio Hardangerjøkulen.

Una sera, comunque, abbandonò la famiglia e s'incamminò lungo il viale che portava all'edificio principale. Era una tiepida serata di maggio, poco prima della festa nazionale. Non aveva ancora avuto occasione di confrontarsi con il padre dopo quanto era successo, ma quella sera avevano deciso di cenare insieme nella sala del caminetto al primo piano.

Olav era già lì quando lei arrivò. La morte della madre lo aveva invecchiato, la figura era un po' più curva e il viso più pallido.

«Alexandra» le disse abbracciandola. «Ti trovo in gran forma. Hai chiesto ad Andrea di prepararci la cena?»

Sasha aveva detto a chiare lettere alla sorella di cucinare in anticipo, se c'era una cosa che voleva assolutamente evitare era che Andrea si aggirasse dietro le quinte durante la conversazione che avrebbe avuto luogo.

Andò a prendere un piatto di sushi e sashimi dal frigorifero al piano di sotto e quando tornò gli chiese: «Hai notizie di Sverre? A me ha detto che sono in missione lunga e senza possibilità di comunicare.»

«È tanto che non lo sento» disse Olav. «Credo sia arrabbiato con me. Ma come si dice... nessuna nuova, buona nuova. E tu... sei pronta per la *Saga Arctic Challenge*? Il tuo discorso sarà su Vera?»

«Sì. È proprio per questo che volevo vederti» gli rispose Sasha fra un boccone di pesce e l'altro.

«Io parlerò di mio padre e delle origini del movimento di resistenza lungo la costa nel 1940» disse Olav.

Sasha lo fissò a lungo, con la testa leggermente inclinata. Alla fine gli disse: «No, non ne parlerai.»

«Allora no» le rispose lui, quasi divertito dalla durezza del suo tono. «Credevo che libertà di parola e trasparenza fossero contemplate nella nostra famiglia.»

Sasha lo guardò pensierosa. «Ho letto il manoscritto della nonna. Aspetta... Lasciami finire. Vera aveva ragione: la nave non è affondata per una mina, ci sono le prove fotografiche, immagini scattate con l'Exosuit di Rafaelsen. Per quanto riguarda la collaborazione di Thor il Grande con i tedeschi, è vero che la corrispondenza epistolare è stata sottratta all'archivio della Dhs di Bergen. Ma nel *Cimitero del mare* la nonna riferisce di una discussione avuta qui a Rederhaugen, mentre stava concludendo la stesura del manoscritto, nella primavera del 1970. Una discussione che chiarisce come mai i quarantacinque anni seguenti sono stati così difficili. Una discussione con te.»

Olav taceva.

«Naturalmente» proseguì lei, «puoi sparare all'ambasciatore. Puoi accusare la tua defunta madre di aver mentito, o me di cospirare contro di te.»

Sasha sorrise.

«Ma non lo farai. Nel profondo, caro papà, sai bene che

i tempi sono cambiati. La Saga deve mantenere tutto ciò in cui abbiamo avuto successo, ma al tempo stesso abbiamo bisogno di trasparenza. La mia proposta, quindi, è che tu ti ritiri. Io subentro come ceo del Gruppo Saga e come presidente del consiglio di amministrazione della fondazione. Quale occasione migliore potrebbe esserci per annunciare il cambio ai vertici se non la *Saga Arctic Challenge*?»

L'ultimo sole di quella serata luminosa rischiarava per metà il viso del padre. Per un lungo momento rimase lì seduto in silenzio, poi un accenno di sorriso gli increspò gli angoli della bocca.

«Mi stai licenziando, Alexandra?»

Olav sorrise, Sasha ricambiò il sorriso. «A quanto pare, sì, papà.»

«In tal caso» disse lui pacato, «avvisa a casa che farai tardi. Abbiamo parecchio di cui parlare.»

## Capitolo 47
## Ho sbagliato in molte cose

Nonostante la cella fosse di tutt'altro livello rispetto all'ultima volta, in quei primi giorni di carcere Johnny Berg si sentì molto abbattuto, più di quanto ricordasse di essere mai stato.

Di notte quasi non dormiva e di giorno non riusciva a mangiare. Cercò di evocare l'immagine della figlia, ma il suo viso pareva dissolversi, come una fotografia divorata dalle fiamme.

L'udienza era stata una formalità. I capi di imputazione erano: profanazione della sepoltura, nello specifico di una nave cimitero, reato contemplato dalla legge sui beni culturali e ambientali, articolo 14, e, ancora più grave, furto con scasso e violazione dell'articolo 184 del codice penale, oltre che violazione delle norme sulla tutela della sicurezza dei cittadini. Che prima fosse stato sospettato di essere un foreign fighter era un'aggravante e il tribunale non aveva potuto fare altro che disporre la custodia cautelare.

Più di tutto, però, si sentiva tradito da Sasha. Aveva collaborato, flirtato con lui, allargato le gambe e dormito stretta a lui dopo. Ma alla resa dei conti si era trovata a dover scegliere. E aveva scelto la famiglia, aveva scelto la versione ufficiale. La Saga aveva *scritto* la versione ufficiale. Non l'aveva fatto per cattiveria, aveva le sue buone ragioni per comportarsi così, il potere per lei era fondamentalmente giusto. Il potere l'aveva sempre trattata bene, non l'aveva mai fermata alla frontiera o scambiata per una jihadista. Non era mai stata una straniera.

O forse aveva motivazioni che andavano al di là della sua comprensione. Nello studio dell'avvocato Greve aveva avuto la sensazione che Sasha fosse mossa da forze a lui estranee e incomprensibili, ma potenti quanto un delitto d'onore. Famiglia e radici facevano quell'effetto su di lui. Aveva intuito che c'erano forze smisurate in gioco, ma non avendo mai avuto famiglia non riusciva comunque a comprenderle.

Johnny era sdraiato sul letto quando sentì qualcuno armeggiare con la serratura.

«Allora, Berg, come va oggi?» gli chiese la guardia carceraria con fare amichevole, le braccia da boscaiolo lungo i fianchi.

L'altro non rispose.

«Okay...» sospirò la guardia. «Ero venuto solo per dirti che hai visite.»

Quando dieci minuti dopo arrivò in sala colloqui, trovò ad aspettarlo l'avvocato Jan I. Rana e HK.

«Johnny!» esclamò il vecchio abbracciandolo. «Hans ti manda i suoi saluti e ti ringrazia per esserti dato tanto da fare. Non è più così sicuro di voler continuare con la biografia, ma ti ricompenserà comunque.»

Berg non disse niente.

«Mi dispiace di non essere stato presente all'udienza per la custodia cautelare» s'inserì Rana. «È mancato mio padre, ma non preoccuparti, era malato da tempo. Il fatto è che era tornato in Punjab. Esportazione di previdenza sociale.» Rise. «Dopo la sua morte ci sono dovuto andare anch'io, a sistemare certe cose. Ero in Punjab quando c'è stata l'udienza. Ma non startene lì a testa bassa, Johnny, quell'udienza è stata uno scandalo, cazzo. La tua difesa non era esattamente il team di avvocati di O.J. Simpson. Adesso ascolta me...»

«Mi hai ingannato» disse Berg fissando duramente HK. «Mi hai dato il documento del 1970 e hai messo in moto tutto quanto solo per inchiodarmi.»

«No» rispose HK. «Al contrario.»

«*Case in point!*» intervenne Jan I. Rana. «Il tuo è un caso da manuale. Perché in effetti, anche se un avvocato di serie C non lo sa, quando un informatore denuncia condotte riprovevoli nei servizi segreti ha diritto alla protezione legale; la Corte suprema si è espressa in modo molto chiaro. Soprattutto quando i fatti denunciati risalgono a cinquant'anni prima e non minacciano in alcun modo la sicurezza del regno. E la profanazione della sepoltura? Andiamo... è una barzelletta.»

Berg scosse la testa. «È finita. Mi sconto la mia condanna e ricomincio da capo.»

«Bene» disse HK. «Siamo sulla stessa linea. Rana?»

L'avvocato tirò fuori dalla borsa un tablet e lo piazzò sul tavolo davanti a loro.

«Dal momento che qui è vietato connettersi a internet» disse, «ho portato con me un file che dovresti vedere.»

Inserì una chiavetta usb nel tablet, digitò la password sullo schermo e cliccò su un file.

L'immagine mostrava una tenda verde, del tipo usato in Afghanistan, al suo interno si vedeva Sverre Falck, con la mimetica da deserto e la piastrina identificativa appesa al collo.

Berg sentì una voce.

«Sverre Falck? Sono l'avvocato Jan I. Rana, mi sente?»

«Forte e chiaro.»

«Bene. Lo scopo di questa conversazione non è di acquisire informazioni che abbiano validità giuridica. Si tratta solo di una conversazione preparatoria al rilascio di una deposizione che possa in seguito essere utilizzata a supporto della causa del mio cliente. È tutto chiaro?»

«Sì. Tutto chiaro.»

«Dove si trovava il 6 settembre del 2014?»

«A Erbil, la capitale del Kurdistan iracheno.»

«È passato più di un anno, come fa a esserne certo?»

«Le date difficilmente mi sfuggono. E poi quella era la mia prima volta in Kurdistan, perciò ne sono sicuro. Anche i biglietti aerei e i movimenti delle carte possono confermarlo.»

«Perché è andato in Kurdistan?»

«Per consegnare una somma di denaro a un'unità curda vicino al fronte, dove avrei dovuto incontrare il mio contatto. Si parlava di un consistente importo in dollari, ventimila se non ricordo male. La prima metà *upfront*, in anticipo, e la seconda metà una volta portato a termine l'incarico.»

«Un attimo, vorrei chiarire alcuni punti. Chi era il suo contatto laggiù?»

«Il suo vero nome è Miraz Barzani, ma lo conoscono tutti come Mike, o NorwegianSNIPER. Eravamo insieme nel nucleo tiratori scelti, l'ho contattato attraverso un falso profilo Instagram.»

«Di quale incarico si trattava?»

«Non l'ho mai saputo. Mi è stata data una busta sigillata da consegnare a Mike, ma era evidente che si trattava di un sostegno ai curdi contro Daesh.»

«Chi le ha dato i soldi e la busta prima della partenza?»

«Martens Magnus. Lo conoscono tutti come MM.»

«E perché questo MM ha scelto lei?»

«Perché MM è un amico di famiglia, o meglio di mio padre.»

«Sarebbe disposto a dichiarare tutto questo sotto giuramento se necessario?»

«Sì» rispose Sverre Falck. «Assolutamente sì.»

Rana interruppe la registrazione audio e si girò verso Berg. «Sverre Falck è disposto a testimoniare contro suo padre. Montiamo un caso. Ma per poterlo fare tu ci devi raccontare che cosa è successo in Kurdistan quando eri lì in missione.»

Berg si prese il viso fra le mani, si appoggiò allo schienale e chiuse gli occhi.

«Sarò breve, i dettagli un'altra volta» disse. «L'obiettivo: il jihadista norvegese Abu Fellah, che aveva minacciato la Norvegia e aveva legami con la sezione dello Stato Islamico specializzata in "operazioni all'estero". Abu Fellah si trovava in un piccolo villaggio non lontano dalla linea del fronte iracheno settentrionale. Abbiamo studiato mappa e immagini satellitari e ci siamo messi in contatto con il soldato delle forze speciali americane, volontario delle milizie assire, che avrebbe preso parte alla missione. Il viaggio in Kurdistan è andato liscio» proseguì Berg. «Sono atterrato, sono andato a prendere i soldi in banca, ho incontrato l'americano e mi sono procurato l'arma che avremmo dovuto usare. Per farla breve: una notte abbiamo oltrepassato la linea del fronte. Era larga dai cinquecento ai mille metri, coperta di erba alta. Sapevamo dove erano le guardie e quindi le abbiamo evitate facilmente. Fellah viveva in una casa in muratura a due piani, con un cancello di ferro e, su un lato, una guardiola presidiata da un vecchio iracheno. Mentre l'americano lo legava io sono entrato in casa. C'era un cane, ho dovuto usare un colpo per ucciderlo. Sono salito per le scale. In camera da letto Fellah doveva essersi svegliato per lo sparo, anche se avevo il silenziatore, perché quando ho aperto la porta stava venendo verso di me. Ho sparato due colpi, uno al petto e uno in fronte. Sua moglie urlava come una pazza quando me ne sono andato. E lì...» Berg fece una pausa e abbassò lo sguardo. «C'erano due ragazzini, un maschio e una femmina, mano nella mano, al chiarore della luna. Dovevano essersi svegliati per i colpi, anche loro. Se ne stavano lì, come due zombi, io mi sono messo a correre, sono corso via da loro, sono sceso e uscito, l'americano mi aspettava, abbiamo continuato a correre, ma a quel punto il villaggio si era svegliato e quando siamo arrivati alla terra di nessuno gli hanno sparato. Io ce l'ho fatta, ma sono stato catturato. Non dallo Stato Islamico, ma dai curdi, che mi credevano un jihadista.»

A quel punto Berg tacque.

«Perché sia inequivocabilmente chiaro» disse l'avvocato Rana, «quello che ci hai appena raccontato è quello che Magnus ti ha ordinato di fare?»

«Sì» rispose Berg. «Far fuori Abu Fellah prima che possa nuocere alla Norvegia. Ha usato queste parole.»

«La Difesa impone l'obbligo di riservatezza per le operazioni a cui si prende parte» proseguì Rana in tono inquisitorio. «Sei disposto a violare tale obbligo e a raccontare tutto questo in tribunale?»

«Per come la vedo io non violerei nessun obbligo di riservatezza» rispose Berg. «Si tratta di ammettere un crimine. Non credo che Magnus, o la persona che rappresentava, stesse agendo per conto della Difesa, e se invece così fosse, allora la Norvegia non è un paese per cui voglio lavorare.» Berg guardò HK. «Come il mio mentore diceva sempre... Quello che difendo non è il mio paese in sé, io difendo la Costituzione; e chi viola la Costituzione con il pretesto di difendere il paese non è degno di essere difeso.»

«Eccellente, davvero brillante» disse Rana soddisfatto. «Non vedo l'ora della prossima mossa.»

Berg si guardò intorno nella sala colloqui, fissò HK che, silenzioso, si agitava inquieto sulla sedia. «Hai promesso che mi avresti aiutato» gli disse. «Mia figlia... quasi non me la ricordo.»

«Sì, è vero.»

Si alzò e andò alla porta.

Rebecca entrò nella stanza, salutò a bassa voce. Per mano teneva la figlia. Ingrid era diventata una bambina di sei anni dalle gambe lunghe e con le trecce che scendevano rigide sulle spalle. Berg fece un passo verso di lei, la sollevò, ne sentì il profumo, poi la rimise giù.

«La mamma dice che vai in prigione quando fai qualcosa di sbagliato» gli disse fissandolo curiosa.

«È vero» rispose il padre.

«Hai fatto qualcosa di sbagliato?»

«Ho sbagliato in molte cose.»

# Epilogo

## La cabina dell'armatore

L'espresso costiero era una nave ibrida così moderna da non essere stata ancora inserita nella flotta di linea regolare. Situata a prua, sotto il ponte di comando, la suite Explorer era arredata in stile scandinavo minimalista, in una palette di colori delicati e freschi nelle nuance del grigio, beige e marrone; aveva un divano a tre posti in lana grigia, un angolo salotto e vetrate panoramiche che digradavano verso prua.

Sasha se ne stava in piedi davanti allo specchio nel bagno spazioso.

«Che ne pensi, Mads?»

«Il verde non fa per te, Sasha.»

Lei buttò la giacca verde su una sedia.

«Mettiti in tweed» le suggerì il marito, «è elegante e senza tempo. Sono le tue parole a dover brillare, non la giacca.»

Un Mads giocoso si avvicinò alle sue spalle, le cinse la vita e la baciò sul collo.

Sasha chiuse gli occhi con un sorriso soddisfatto.

«Ero preoccupato per te, per noi. Dopo la morte di Vera ero davvero preoccupato. Per la prima volta.»

I loro sguardi si incrociarono nello specchio. «Non sei mai stato tu il problema, Mads. Riguardava solo me.»

Lui la baciò sui capelli.

«Ho bisogno di due minuti da sola. È un gran giorno, sai.»

Era stato Olav a dire che questa volta la cabina dell'armatore sarebbe toccata a Sasha e alla sua famiglia. Aveva strizzato l'occhio dicendolo, una battuta da patriarca in una famiglia di armatori da generazioni, ma che aveva spazzato via in lei la leggerezza delle ultime settimane. Di colpo si era sentita proiettata nel 1940, anzi no, nelle settimane immediatamente successive alla morte di Vera, quando tutto era in gioco, prima che il mondo ritrovasse il suo equilibrio. Un equilibrio nuovo.

Bussarono. Sasha aprì. Erano Siri Greve e Olav.

«Siri, mi concedi un paio di minuti con papà?»

L'avvocato annuì cortesemente e se ne andò. Ovviamente non una sola parola su quanto era accaduto quel giorno nel suo studio era sfuggita alle sue labbra.

Olav entrò nella suite. I capelli ispidi, ingrigiti sulle tempie, gli occhi infossati e intensi, le orecchie che parevano a sventola con i capelli tagliati così corti, la bocca circondata da rughe che salivano curve alle ali del naso. Era vestito in modo meno formale del solito: camicia di lino con le maniche rimboccate, jeans e mocassini. Andò dritto al minibar e si prese una birra.

«Ne vuoi una anche tu?»

«Da quando hai iniziato a bere al mattino?»

Con un gran sorriso, Olav le rispose: «Sono in pensione, Alexandra. Mi sento già ringiovanito di dieci anni.» Bevve un sorso di birra. «Avrei dovuto ritirarmi molto tempo fa, è la migliore decisione che abbia mai preso. Niente più vuote frasi di cortesia con membri dell'alta società internazionale che non sanno nemmeno in che continente si trovano. Niente più intrighi, membri del consiglio direttivo arrabbiati, discussioni accese con costruttori, uomini d'affari o lamentosi vincitori di premi Nobel.»

«Grazie per l'incoraggiamento» disse Sasha.

«Detto questo, il convegno è importante. Dobbiamo sbarazzarci di questi spettri dell'espresso costiero.»

***

Era una splendida giornata di metà giugno. Un'ondata di caldo siberiano, spingendosi verso ovest, aveva raggiunto il Nord-Norge, il sole splendeva giorno e notte, piccole imbarcazioni di curiosi circondavano la nave, aquile di mare planavano sopra di loro sfruttando i venti, all'orizzonte Sasha scorse il profilo delle cime montuose delle isole Lofoten, pareva un'unica parete avvolta dalla foschia. L'espresso costiero aveva lasciato il molo di Bodø quella mattina. Il convegno *Saga Arctic Challenge* – che avrebbe affrontato questioni di geopolitica e cambiamento climatico, oltre ad alcuni fra i più urgenti quesiti riguardanti i territori norvegesi, svedesi e finlandesi a nord del circolo polare artico – si sarebbe tenuto a bordo e sarebbe durato due giorni, durante i quali avrebbero navigato attraverso gli arcipelaghi delle Lofoten e delle Vesterålen, per poi sbarcare a Tromsø.

L'espresso costiero rallentò. La sirena della nave suonò tre volte. Olav andò alla battagliola e gettò fuori bordo una corona di fiori. «In onore dei sacrifici della nostra famiglia e della nave cimitero DS Prinsesse Ragnhild. Che la pace sia con tutti quelli che il mare si è preso» proclamò. Poi aggiunse: «Cari amici, c'è anche altro che vorrei dirvi.»

Come sempre quando iniziava a parlare, ci voleva un po' perché le parole gli uscissero fluide di bocca, quasi avesse bisogno di qualche secondo per ingranare.

«Come qualcuno di voi saprà, questo è un luogo fortemente simbolico per la nostra famiglia. Qui mio padre è morto tra i flutti nel 1940, una disgrazia che ci ha portato a intraprendere strade diverse. Il posto ideale, secondo me, per annunciarvi che da oggi si apre un nuovo capitolo nella storia della Saga. È un piacere per me comunicarvi che ho deciso di ritirarmi ed è per me un onore lasciare la parola al nuovo ceo e presidente, Alexandra Falck.»

Quando salì sul palco, Sasha fu sommersa dai lampi dei flash e dallo scroscio degli applausi, e sentì l'adrenalina scorrerle in tutto il corpo. Prese la parola.

«Il mio mantra da presidente della Saga è: "Chi siamo? Chi siamo come nazione e come singoli individui?" Pochi luoghi incarnano l'identità norvegese come questa costa e le meravigliose isole Lofoten e Vesterålen, allo stesso modo non c'è luogo che abbia lasciato il segno sulla mia famiglia più di questo tratto di mare. È un cimitero del mare. È qui che mio nonno paterno Thor il Grande scomparve negli abissi durante il naufragio, è qui che il coraggioso comandante Knut Indergård e il suo equipaggio compirono uno dei più grandi atti di eroismo nel periodo di guerra, salvando centinaia di persone dalle acque gelide. Uno dei sopravvissuti è mio padre, Olav.» Sasha lo indicò. «Torna sul podio...»

Olav cercò di rifiutarsi con gesti esitanti, ma tutti cominciarono a fischiare e a incitarlo battendo i piedi, allora lui si decise e salì, accompagnato da applausi scroscianti.

«È una fortuna che tu sia sopravvissuto al naufragio» disse Sasha rivolta al padre, in tono serio. «Dal momento in cui hai fondato la Saga ti sei impegnato a raccontare la storia del nostro paese. Lo hai fatto per tutelare i valori che ci stanno a cuore, per contrastare le forze estremiste, a favore della libertà e della democrazia. Come tutti sanno, il futuro è difficile da prevedere. Ma credimi, mio caro Olav, porterò avanti quello che tu hai iniziato. Combatteremo i nemici della democrazia e della libertà con ogni mezzo a disposizione. Perché questi valori sono superiori a tutti gli altri: se perdiamo la nostra libertà, perderemo anche tutto il resto. Dedicherò la mia vita a continuare a lottare per quello in cui tu hai creduto.»

Le sembrò di vedere una lacrima spuntare all'angolo dell'occhio del padre.

«Non so che cosa potrei dare a un uomo che ha tutto e che ha vissuto di tutto» proseguì. «Anche se... credo di conoscere la risposta. Questo è un esemplare rilegato in pelle del manoscritto di tua madre, *Il cimitero del mare*!»

L'intera sala esplose in un tripudio di applausi e flash quando lei gli porse la preziosa edizione. Non conteneva alcun epilogo.

***

Dopo il discorso di Sasha era stato organizzato un rinfresco sul ponte di passeggiata. Hans Falck si fece largo fra i personaggi di spicco che bevevano champagne e spettegolavano. Difficile trovare ipocriti peggiori di quelli che, per compensi milionari, giravano il mondo in prima classe facendo la morale su come i veicoli diesel degli altri e gli hamburger alla griglia rovinassero il pianeta. Non faceva che incontrare persone del genere, ovunque andasse. Jeffrey Sachs, Tom Friedman, Sheryl Sandberg, Steven Pinker... C'era qualcosa di stonato, qualcosa di falso. Lo aveva percepito nettamente quando aveva tenuto la sua conferenza sulle coraggiose donne curde in lotta contro lo Stato Islamico. Quella non era la realtà, non com'era veramente, era la realtà come qualcuno l'avrebbe voluta.

Avevano attraversato il fiordo e imboccato lo stretto di Raftsundet. Hans si sporse al di sopra della battagliola. L'espresso costiero virò lentamente a sinistra. Le celebrità erano uscite sul ponte, lo spettacolo era impressionante, i monti si tuffavano a picco nei bracci dei fiordi.

Una donna sui quarant'anni, atletica ed elegante, si appoggiò alla battagliola proprio accanto a lui.

«Siri Greve, che piacere vederti» esclamò Hans.

«Hai un attimo?»

«Le generazioni vanno e vengono, ma tu resisti. La famiglia Greve ha dimostrato una perseveranza che mi ha sempre colpito.»

«Ascoltami con attenzione» disse Siri, chiaramente poco interessata a chiacchierare del più e del meno.

«Perché?»

«Per questa ragione» gli rispose, e con grande discrezione tirò fuori dalla tasca della giacca una busta. «Ho fatto da testimone per il testamento di Vera Lind. L'altro testimone, Johan Grieg, è morto pochi mesi fa. Ho visto con i miei occhi Sasha Falck bruciare il testamento e non me la sento più di essere garante delle azioni della famiglia Falck. Sasha si è dimostrata ancora più spietata di suo padre. Questa è la copia del testamento.»

Davanti a loro la foce del Trollfjorden, con i monti che si ergevano da entrambi i lati a formare una V e sullo sfondo le cime innevate. Lo scafo fendeva la superficie dell'acqua, il sole di mezzanotte scintillava sulle vette.

Hans si voltò, ripercorse i corridoi fino alla sua cabina.

Una volta entrato, buttò la giacca dell'abito sul letto rifatto. Istintivamente sapeva che quello che avrebbe letto gli avrebbe cambiato la vita, come quell'inverno del 1970 a Hordnes con Vera, o come quella terribile notte di settembre a Beirut nel 1982. Già... Hans aprì una foto sullo smartphone, una vecchia foto che aveva conservato e scansionato, l'unica che aveva di *loro*. Lui era orgogliosamente chino su un letto con le sponde: Mouna Khouri, con quell'aria esausta e felice che hanno le donne subito dopo aver partorito, teneva fra le braccia un neonato dagli occhi verdi. Il primogenito di Hans. «Si chiamerà Yahya» aveva bisbigliato la madre. «La versione araba di Johannes Døperen, il Battista, o John, come lo chiamano gli inglesi.»

## Ringraziamenti

Questo è un romanzo, ma sono molti quelli che devo ringraziare per avermi aiutato a trovare la verità. Il giornalista Christian Lyder Marstrander che, per un caso fortuito, mi ha messo sulle tracce del destino della DS Prinsesse Ragnhild. La sua serie sui naufragi norvegesi *Norske skipsforlis*, trasmessa da Nrk Radio nell'autunno del 2017, include un episodio su questo naufragio ed è disponibile come podcast sul sito web di Nrk.

Mentre facevo ricerche sull'affondamento dell'espresso costiero, Rune Thomas Ege, responsabile delle comunicazioni della Hurtigruten, mi ha messo in contatto con Lina Vibe, del museo dedicato all'espresso costiero, l'Hurtigrutemuseet di Stokmarknes. Sten Magne Engen mi ha accompagnato in una visita privata mostrandomi anche le vecchie planimetrie e la pianificazione della rotta della DS Prinsesse Ragnhild; senza questi documenti il mio lavoro di ricostruzione dei giorni di ottobre precedenti il naufragio sarebbe stato molto più arduo, e spero mi si perdoni per aver fatto partire l'ultimo viaggio dell'espresso costiero da Bergen anziché da Trondheim, come invece è realmente accaduto. Nonostante questo ho cercato di rispettare gli scali e gli orari dell'ottobre del 1940 come documentati.

Un grazie per il suo decisivo contributo a Jørgen Strand

della Norsk Skipsfartshistorisk Selskap Nordmøre, che ha rinvenuto la vecchia testimonianza del comandante Knut Indergård e mi ha permesso di utilizzarla. La migliore introduzione scritta al naufragio è quella presente nel compendio *En samling av tekst omkring "Prinsesse Ragnhilds" forlis den 23. oktober 1940* (*Una raccolta di testi sull'affondamento della Prinsesse Ragnhild il 23 ottobre 1940*), a cura di Åge Johansen e custodita alla Biblioteca nazionale, contenente fra l'altro le deposizioni rilasciate al tribunale distrettuale di Salten.

È stato lo storico delle religioni Terje Emberland, dell'HL-senteret (The Norwegian Center for Holocaust and Minority Studies), a suggerirmi di approfondire il tema, su cui ancora non si è fatta abbastanza luce, della resistenza all'interno delle forze armate tedesche durante la guerra. Ne ho discusso anche con lo storico Bjørn Tore Rosendahl della Fondazione Arkivet (Peace and Human Rights Centre) di Kristiansand, dove i due tedeschi sono stati detenuti prima di essere giustiziati. Sarebbe esagerato se dicessi di aver sviscerato la questione: come in questo romanzo, anche lì potrebbe esserci materia per futuri studi accademici.

Per informazioni più generiche sull'espresso costiero e sui trasporti marittimi nel periodo bellico ringrazio Per Kristian Sebak del Museo marittimo di Bergen, lo scrittore Asgeir Ueland e soprattutto Pål Espolin Johnson, che ha viaggiato a lungo sull'espresso costiero, ha scritto *Hurtigruta* (Cappelen, Oslo 1978), divenuto ormai un classico, e ha risposto con pazienza alle mie domande su navi e cultura costiera. Mi sono basato molto anche su *Livslinje og eventyrreise: Historien om Hurtigruten* di Dag Bakka jr. (Bodoni, Bergen 2017), oltre che su *I storm og stille på alle hav: Nordenfjeldske 125 år* di Leif B. Lillegård (F. Beyer, Bergen 1982) e *Hurtigruta: en litterær reise* di Øystein Rottem (Forlaget Press, Oslo 2002). Quest'ultimo è uno dei pochi letterati norvegesi che hanno cercato di dare alla cultura costiera il posto che a mio parere merita nella storia della letteratura.

Per quanto riguarda la costa, naturalmente mi sono lasciato ispirare molto da *Havboka, eller Kunsten å fange en kjempehai fra en gummibåt på et stort hav gjennom fire årstider* di Morten A. Strøksnes (Oktober, Oslo 2015; trad. it.: *Il libro del mare o come andare a pesca di uno squalo gigante con un piccolo gommone sul vasto mare*, Iperborea, Milano 2017). Prima, durante i miei viaggi alle Lofoten mi sono consultato con William Hakvaag del Lofoten Krigsminnemuseum, il Museo della memoria della guerra delle Lofoten, a Svolvær, e con la storica Gro Røde, autrice di *På et berg eg kalla mett* (Orkana, Stamsund 1994), un testo di incredibile forza e fascino che racconta dello spopolamento dei villaggi di pescatori sulla costa occidentale delle Lofoten, quella rivolta verso l'Atlantico e particolarmente esposta alle intemperie.

***

Per quanto riguarda la narrazione ambientata in epoca odierna ho fatto ricerche meno esaustive. Ringrazio Mohammed Usman Rana, Matias L'Abée-Lund, Adele Matheson Mestad, Inger Zadig, Kim Heger e Lasse Gallefoss per il loro aiuto su questioni di vario genere. Guri Hjeltnes, direttore dell'HL-senteret, mi ha accompagnato in una visita privata a Villa Grande, proprietà che potrebbe mostrare qualche somiglianza con Rederhaugen.

Le parti sul Kurdistan difficilmente avrei potuto scriverle se non ci fossi andato io stesso. Un grazie di cuore a Mike Peshmerganor (pseudonimo), di cui qualche anno fa ho curato l'opera *Min kamp mot Kalifatet* (*La mia lotta contro il Califfato*, Kagge, Oslo 2017). Mike ha riletto i capitoli in cui si parla di lui e ha acconsentito a lasciarmi usare una versione romanzata di se stesso negli intrighi che ho ideato. I miei amici delle forze speciali e dei servizi segreti resteranno anonimi.

Ringrazio la casa editrice Aschehoug, i miei editor Nora Campbell e Marius Fossøy Mohaugen per il loro decisivo apporto, per l'enorme impegno e l'incrollabile fiducia dimostrati quando avrei avuto voglia di abbandonare il progetto. Ringrazio anche Benedicte Treider, Trygve Åslund e Sarah Natasha Melbye per le loro importanti osservazioni dopo aver letto il testo. Anne-Laure Albessard non sa leggere il norvegese ma ha la capacità di comprendere intuitivamente come una storia debba essere congegnata. Fortunati gli scrittori come me, che hanno avuto un interlocutore del calibro dello sceneggiatore Petter Skavlan: forte della sua esperienza, è stato in grado di sciogliere quasi all'istante le incongruenze della trama; alla sua creatività devo molte delle idee presenti in questo libro. Un sentito ringraziamento anche alla collega scrittrice Ruth Lillegraven. Ho curato i suoi thriller, ma qui i ruoli si sono invertiti e senza la sua lettura, la sua sensibilità artistica e le sue considerazioni sarebbe stato tutto più difficile.

Per quanto riguarda i contenuti, il solo e unico responsabile sono io.

*Aslak Nore*

Marsiglia, agosto 2021

Stampato da
Grafica Veneta S.p.A., Trebaseleghe (PD)
per conto di Marsilio Editori® in Venezia

«Farfalle Marsilio»
Periodico mensile n. 388/2024
*Direttore responsabile* Giuseppe Lupo
*Registrazione* n. 1334 del 15.06.1999
Tribunale di Venezia
Registro degli operatori di comunicazione-ROC n. 6388



EDIZIONE
10 9 8 7 6 5 4 3 2 1

ANNO
2024 2025 2026 2027 2028